O Mínimo e o Escondido
Crônicas de Machado de Assis

O Mínimo e o Escondido

Luiz Antonio Aguiar (org.)

Crônicas de
MACHADO DE ASSIS

Eu gosto de catar o mínimo e o escondido. Onde ninguém mete o nariz, aí entra o meu, com a curiosidade estreita e aguda que descobre o encoberto.

Machado de Assis, "A Semana",
Gazeta de Notícias, 11 de novembro de 1900.

SUMÁRIO

9   Apresentação
15 Sobre esta coletânea

20 [Os Bondes e os Burros]
28 [Policarpo e seu Escravo Pancrácio]
34 [Fuga do Hospício]
42 O Autor de Si Mesmo
50 [Um Barbeiro]
60 [O Ranzinza Policarpo]
66 *Væ soli!*
72 [Por que Morrem os Remédios?]
82 [Intimação]
90 Metafísica das Rosas
98 Garnier
106 [Regulamento dos Bondes]
112 [Como Noé no Dilúvio]
120 [Novidade na Ata da Assembleia de Acionistas]
128 [Tiradentes]
136 Elogio da Vaidade
150 O Sermão do Diabo

158	Conto do Vigário
164	[Que Há de Novo?]
174	A Canção de Piratas
182	A Cena no Cemitério
190	[*Debêntures*]
198	Salteadores da Tessália
206	Um Cão de Lata ao Rabo
220	[Um Burro no Jardim]
228	[O Sineiro]
238	[A Aposentadoria da Vida]
246	[Faleci Ontem...]
254	Filosofia de um Par de Botas
266	[O Mínimo e o Escondido]
277	Sobre Machado de Assis
279	Sobre Luiz Antonio Aguiar
280	Obras consultadas
285	Créditos das fotos

APRESENTAÇÃO

Machado de Assis viveu num tempo em que o Brasil *não* era o país do futebol. Nem do samba. Nem da pizza. Nem do jeitinho. Era um tempo diferente, e as pessoas se viam de maneira diferente também. Até porque a *identidade* do país e do povo, essa história de o que é *ser brasileiro*, ainda estava se formando. Estávamos começando a pensar em nós como um país independente, que tinha de tomar decisões próprias em relação a si mesmo e saber como lidar com a sua situação no mundo. E nisso tudo, mais do que esse *ser brasileiro*, havia o *ser humano*; os eternos dilemas de vida e morte, de ganância e glória, de valor e de pequenez, e tantos e tantos outros desvios do espírito humano, vivenciados desde que o mundo é mundo e nos quatro cantos do planeta, mas que aqui, como em cada lugar, tinham uma feição, uma ginga e uma paixão peculiares — *todas próprias*.

Daí, ler estas crônicas de Machado de Assis é como fazer uma viagem no tempo (uma viagem facilitada para você pelas *notas* que acompanham as crônicas) e dar uma espiada em como eram as coisas por lá. E melhor: em como essas tais coisas começaram a ser *do jeito que são hoje*. Como nenhum outro, com uma inteligência e uma sensibilidade que só ele tinha, Machado viu este país e este povo ainda no seu início e como que pressentiu mudanças que nos lançariam nos chamados *tempos modernos*.

Por exemplo, entre outras coisas, Machado testemunhou o nascimento do século XX. Numa carta a um amigo, em 5 de janeiro de 1900, ele escreveria: "Quanto ao século, os médicos que estão presentes ao parto reconhecem que este é difícil, crendo uns que o que aparece é a cabeça do XX, e outros que são os pés do XIX. Eu sou pela cabeça, como sabe".

É sabido, também, que Machado escrevia suas crônicas buscando o humor, os detalhes reveladores, os ângulos mais tocantes. E ainda: ironizando a incompetência e os desacertos das autoridades, lamentando a pobreza de espírito das elites, debochando da burrice da burocracia, indagando, desconfiando, instigando a dúvida, demolindo as certezas, mostrando na prática que viver é manter a mente aberta para a complexidade do jogo entre nossos desejos e o dia a dia, entre nossa avidez de saber do mundo e a fragilidade de nossa possibilidade de descobrir respostas.

O prestigiado crítico norte-americano Harold Bloom, ao incluir Machado de Assis entre os cem maiores gênios da literatura mundial, declarou que ele foi "uma espécie de milagre". E esse gênio escreveu em português — em português *brasileiro* (diferente, por exemplo, do português de Portugal usado por um escritor, seu contemporâneo, Eça de Queirós) — também nesse momento em que nosso idioma buscava uma identidade própria, *brasileira*. Ele escreveu suas obras, que hoje são reconhecidas ao lado das de outros milagres como o russo Dostoievski e o inglês Shakespeare, nesta mesma língua que conhecemos desde as cantigas de ninar. Na língua em que temos aqueles pensamentos que viram segredo mal são formulados. Na língua que exploramos e que nos serve de ferramenta quando decidimos conhecer a nós mesmos. Enfim, é um privilégio ler esta obra e pressentir seus significados ocultos, em cada palavra ou construção de frase. Compartilhando de uma cumplicidade que só é possível dividir com alguém que tenha buscado traduzir a alma humana universal, sua solidão, seu transbordamento, sua dor e suas maiores alegrias, em nossa mesma *língua-mãe*.

Esta obra, este milagre, tem nas crônicas seu gênero mais acolhedor...

É como certas casas, maiores e mais bem construídas, quando abrem a porta da frente e recebem seus convidados, hóspedes e, principalmente, os seus moradores num *vestíbulo*. O vestíbulo é o espaço em que se começa a deixar a rua e suas tensões do lado de fora. Um lugar que já anuncia o conforto e a familiaridade daquela casa. Que permite uma passagem de estado de espírito entre uma coisa e outra.

As crônicas de Machado de Assis são bem isso. Funcionam como vestíbulo da sua obra.

São por onde se deve entrar nesse mundo caprichoso.

Nas crônicas, vamos encontrar o mesmo escritor cheio de ardis dos contos e romances. O mesmo estilo elegante, que já o distinguiu em sua época como o maior escritor brasileiro. Os mesmos temas e enfoques inusitados. A mesma construção de personagens, que ganham alma em suas páginas, e de estruturas narrativas — maneiras de contar a história — que mais parecem passes de magia. E isso em textos pequenos — algumas poucas páginas. São a iniciação mais apropriada ao encantamento de ler a obra de Machado de Assis.

Muito pobre, mulato, doente, gago e terrivelmente tímido, Machado, com esta obra na qual você está sendo convidado a entrar, conquistou seu lugar na sociedade e no mundo, o respeito dos maiores escritores e intelectuais da época, assim como a admiração do público e da posteridade. Tudo graças à literatura. Isso é muito! Qualquer povo se orgulharia de ter um escritor como Machado, de ele ser *nosso*. Nosso Machado.

Certa vez, Mário de Alencar, crítico literário e filho de José de Alencar, ao comentar um romance de Machado recém-lançado, escreveu: "Leitor meu, vai ler o livro dele... podes lê-lo sem dificuldade porque não há palavra ali que não uses na tua linguagem de todo o dia... Não consultarás o dicionário, e essa é outra virtude do livro. Anda, vai lê-lo".

Isso foi em 1904. Algumas palavras "de todo o dia", da época, já quase não são utilizadas. Assim como o modo de expressar as ideias mudou muito. Mas nada como ler, hoje e sempre, um escritor que amava ser lido, que queria ser lido, que publicava em jornais, em revistas, em meios populares, justamente porque toda a sua alegria e o motivo de seu esforço eram para ser lido. Machado não afasta o leitor — chama-o, quer diverti-lo, seduzi-lo. Por isso, suas crônicas (e também seus contos e romances), uma vez facilitadas por notas de pé de página, por exemplo (repito, como as que acompanham esta coletânea, assim como comentários esclarecedores nas *Entrelinhas*), são deliciosas.

Se você escutar por aí que Machado é *difícil*, não acredite. Que ele é chato e ultrapassado, duvide. Venha conferir nestas crônicas. Veja se elas não falam de todos nós. Se continuam, ou não, nos desafiando a pensar o Brasil — e a vida! — com mais inteligência e criatividade. Se Machado não é, sempre, Machado.

Para alguém como eu, apaixonado por Machado de Assis — e essa foi a razão de organizar esta coletânea —, é impossível não soar suspeito quando escrevo sobre ele. Mas, pelo menos, queria dizer a você que não estou fazendo *propaganda enganosa*, não estou tentando enredar você num *marketing forçado*. E talvez, para provar isso, o melhor seja encerrar esta apresentação falando um pouco da minha experiência, justamente, ao montar este volume.

Sou leitor de Machado há décadas. Alguns dos textos que aqui estão, eu já os discuti, ou em oficinas de leitura, ou em palestras, mesas-redondas e outros eventos, dezenas de vezes. Ou mais. Li muito sobre alguns deles, assim como li e reli alguns deles até poder dizer trechos de cor. E, mesmo assim, este trabalho me pegou pelo pé, me pregou *várias* surpresas.

Descobri coisas!

Vi coisas!

Parecia que alguns textos se transformavam, diante dos meus óculos, simplesmente porque eu os estava, agora, examinando com uma preocupação diferente para fazer as notas e comentários. E o que mais me espantava é que eram os mesmos textos, tão meus conhecidos. Ou melhor: aprendi que estas crônicas de Machado nunca são *domesticadas*. Que sempre guardam espírito. Que voam, quando já não se espera.

Agora veja você... Há lendas sobre Machado de Assis. Uma delas se refere a um objeto, exposto na Academia Brasileira de Letras, no Rio de Janeiro, que pertenceu a Machado. Trata-se de um caldeirão, com um suporte e correntes, tudo de bronze. Machado, morando então no Cosme Velho, bairro da zona sul do Rio de Janeiro, tinha esse caldeirão no jardim de sua casa. Ali costumava queimar cartas velhas e manuscritos ultrapassados. Conta-se que a vizinhança, vendo aquele ritual constante, comentava: "Olha ali no Bruxo, no seu caldeirão".

Ora, se tudo começou com fofoca de vizinhos, não se sabe ao certo. O caso é que Machado fez tantas *bruxarias literárias* que o apelido pegou também em relação ao escritor e sua obra. Para os que amam seus livros, ele será para sempre também o *Bruxo do Cosme Velho*.

E ninguém ganha um apelido desses à toa...

No mais, é como disse Mário de Alencar: "Anda, vai lê-lo".

Luiz Antonio Aguiar

SOBRE ESTA COLETÂNEA

Para quem prioriza ver nas crônicas de Machado de Assis reflexos dos episódios históricos da época, tem toda lógica do mundo organizar a sequência de crônicas em ordem cronológica. Mas não é o caso desta seleção. Aqui se procurou oferecer uma boa leitura, o mais fluente possível, e destacar os aspectos literários destas crônicas — os recursos ficcionais empregados por Machado, bem como seu diálogo com outras obras dele e com a literatura como um todo. Assim, colocamos as crônicas selecionadas numa ordem de leitura que favorece essa proposta. O que não quer dizer que o leitor tenha de lê-las na ordem em que estão. Pode muito bem escolher pelo título, por recomendação ou ao acaso, folheando o livro. Como em qualquer seleção, entra muito o aspecto do gosto, da preferência do organizador; e aqui não é diferente. Machado de Assis selecionou somente seis de suas crônicas (que publicamos nesta coletânea, marcando essa peculiaridade) para publicação em livro; as demais somos nós, leitores de Machado, que vamos lá buscá-las, escolhendo por critérios às vezes mais, às vezes menos pessoais. O critério usado aqui foi o de escolher crônicas em que mais se destacavam o aspecto literário, justamente para mostrar esse aspecto, raramente realçado, no Machado cronista. Ao longo de sua vida, Machado publicou mais de 600 crônicas, em diversos jornais e revistas. Até hoje continuam sendo descobertas crônicas ainda inéditas, até porque ele usou muitos pseudônimos para assiná-las ou, em alguns casos, não as assinou. Alguns dos textos incluídos aqui são de um gênero à parte (conto? crônica? ou...?). São eles "Elogio da Vaidade", "O Sermão do Diabo", "Um Cão de Lata ao Rabo" e "Filosofia de um Par de Botas". Finalmente, sobre os títulos das crônicas... Machado deu título a muito poucas das crônicas que publicou. Para facilitar a localização das crônicas, aqui, demos títulos também às que não os tinham originalmente, e estes aparecem entre colchetes.

Luiz Antonio Aguiar

•••

CRÔNICAS

[OS BONDES E OS BURROS]

16 de outubro de 1892[1]

Não tendo assistido a inauguração dos *bonds*[2] elétricos, deixei de falar neles. Nem sequer entrei em algum, mais tarde, para receber as impressões da nova tração e contá-las. Daí o meu silêncio da outra semana. Anteontem, porém, indo pela Praia da Lapa, em um *bond* comum, encontrei um dos elétricos, que descia. Era o primeiro que estes meus olhos viam andar.

Para não mentir, direi o que me impressionou, antes da eletricidade, foi o gesto do cocheiro. Os olhos do homem passavam por cima da gente que ia no meu bond, com um grande ar de superioridade. Posto não fosse feio, não eram as prendas físicas que lhe davam aquele aspecto. Sentia-se nele a convicção de que inventara, não só o bond elétrico, mas a própria eletricidade. Não é meu ofício censurar essas meias glórias, ou glórias de empréstimo, como lhe queiram chamar espíritos vadios. As glórias de empréstimo, se não valem tanto como as de plena propriedade, merecem sempre algumas mostras de simpatia. Para que arrancar um homem a essa agradável sensação? Que tenho para lhe dar em troca?

Em seguida, admirei a marcha serena do *bond*, deslizando como os barcos dos poetas, ao sopro da brisa

---

[1]. Coluna dominical "A Semana", publicada no jornal *Gazeta de Notícias*.
[2]. Quando a Botanical Garden Railroad entrou em funcionamento no Rio de Janeiro, com seus veículos sob trilhos puxados por parelhas de burros, a empresa vendia bilhetes denominados *bond* (em inglês: "compromisso", "obrigação"), que garantiam o transporte do passageiro. A população apelidou os veículos de *bonds*.

invisível e amiga. Mas, como íamos em sentido contrário, não tardou que nos perdêssemos de vista, dobrando ele para o Largo da Lapa e Rua do Passeio, e entrando eu na Rua do Catete. Nem por isso o perdi de memória. A gente do meu *bond* ia saindo aqui e ali, outra gente entrava adiante e eu pensava no *bond* elétrico. Assim fomos seguindo; até que, perto do fim da linha e já noite, éramos só três pessoas, o condutor, o cocheiro e eu. Os dois cochilavam, eu pensava.

De repente ouvi vozes estranhas, pareceu-me que eram os burros que conversavam, inclinei-me (ia no banco da frente); eram eles mesmos. Como eu conheço um pouco a língua dos Houyhnhnms, pelo que dela conta o famoso Gulliver[3], não me foi difícil apanhar o diálogo. Bem sei que cavalo não é burro; mas reconheci que a língua era a mesma. O burro fala menos, decerto; é talvez o trapista[4] daquela grande divisão animal, mas fala. Fiquei inclinado e escutei:

— Tens e não tens razão, respondia o da direita ao da esquerda.

[3]. Protagonista de *Viagens de Gulliver*, romance de aventuras fantásticas escrito pelo irlandês Jonathan Swift (1667-1745) em 1727. Tornou-se um clássico da literatura mundial, hoje traduzido em inúmeras línguas e adaptado para adolescentes e crianças. Em tais adaptações, reduzem-se as viagens do explorador Lemuel Gulliver a dois reinos: Lilipute, o dos povos pequenos, e Brobdingnag, o dos gigantes. Mas Gulliver conhece também outras terras e povos diferentes. Em sua última viagem, vai parar no reino dos Houyhnhnm, cavalos civilizadíssimos, cuja língua o narrador desta crônica machadiana afirma conhecer. O nome da língua, por sinal, é impronunciável para seres humanos.

[4]. Monge religioso pertencente à Ordem de Trapa, fundada na França em 1644, cujos membros vivem em grande austeridade, sob o voto de silêncio, sempre dedicados à reflexão e ao trabalho.

O da esquerda:

— Desde que a tração elétrica[5] se estenda a todos os *bonds*, estamos livres, parece claro.

— Claro parece; mas entre parecer e ser, a diferença é grande. Tu não conheces a história da nossa espécie, colega; ignoras a vida dos burros desde o começo do mundo. Tu nem refletes que, tendo o salvador dos homens nascido entre nós, honrando a nossa humildade com a sua, nem no dia de Natal escapamos da pancadaria cristã. Quem nos poupa no dia, vinga-se no dia seguinte.

— Que tem isso com a liberdade?

— Vejo, redarguiu melancolicamente o burro da direita, vejo que há muito de homem nessa cabeça.

— Como assim? bradou o burro da esquerda estacando o passo.

O cocheiro, entre dois cochilos, juntou as rédeas e golpeou a parelha.

— Sentiste o golpe? perguntou o animal da direita. Fica sabendo que, quando os *bonds* entraram nesta cidade, vieram com a regra de se não empregar chicote. Espanto universal dos cocheiros: onde é que se viu burro andar sem chicote? Todos os burros desse tempo entoaram cânticos de alegria e abençoaram a ideia dos trilhos, sobre os quais os carros deslizariam naturalmente. Não conheciam o homem.

---

5. A eletricidade, mesmo no Rio de Janeiro, na época capital da República, era uma grande novidade e ainda não fazia parte do cotidiano das pessoas, que a viam com um misto de reserva e encantamento.

— Sim, o homem imaginou um chicote, juntando as duas pontas das rédeas. Sei também que, em certos casos, usa um galho de árvore ou uma vara de marmeleiro.

— Justamente. Aqui acho razão ao homem. Burro magro não tem força; mas, levando pancada, puxa. Sabes o que a diretoria mandou dizer ao antigo gerente Shannon? Mandou isto: "Engorde os burros, dê-lhes de comer, muito capim, muito feno, traga-os fartos, para que eles se afeiçoem ao serviço; oportunamente mudaremos de política, *all right!*".

— Disso não me queixo eu. Sou de poucos comeres; e quando menos trabalho, quando estou repleto. Mas que tem capim com a nossa liberdade, depois do *bond* elétrico?

— O *bond* elétrico apenas nos fará mudar de senhor.

— De que modo?

— Nós somos bens da companhia. Quando tudo andar por arames[6], não somos já precisos, vendem-nos. Passamos naturalmente às carroças.

— Pela burra de Balaão![7] exclamou o burro da esquerda. Nenhuma aposentadoria? nenhum prêmio? nenhum sinal de gratificação? Oh! mas onde está a justiça deste mundo?

— Passaremos às carroças — continuou o outro pacificamente — onde a nossa vida será um pouco melhor; não

6. Atualmente, diríamos que a energia é transmitida por *cabos* ou *fios*. Curiosamente, no dicionário *Moraes* (que Machado costumava utilizar para trabalhar), encontra-se outra possibilidade de significado: "Diz-se freqüentemente, *andar por arames*, i.é, com muito cuidado e cautela para não cair, perdendo o equilíbrio".

7. Balaão é personagem do Velho Testamento. Sua burra, inspirada por Deus, impede o dono, que a montava, de prosseguir caminho, quando ele iria cometer um ato de traição contra seu povo, os hebreus. Por sua desobediência, o animal apanha, até que Deus lhe concede a palavra para protestar e questionar Balaão sobre suas ações.

que nos falte pancada, mas o dono de um só burro sabe mais o que ele lhe custou. Um dia, a velhice, a lazeira, qualquer coisa que nos torne incapaz restituir-nos-á a liberdade...
— Enfim!
— Ficaremos soltos, na rua, por pouco tempo, arrancando alguma erva que aí deixem crescer para recreio da vista. Mas que valem duas dentadas de erva, que nem sempre é viçosa? Enfraqueceremos; a idade ou a lazeira ir-nos-á matando, até que, para usar esta metáfora humana, — esticaremos a canela. Então teremos a liberdade de apodrecer. Ao fim de três dias, a vizinhança começa a notar que o burro cheira mal; conversação e queixumes. No quarto dia, um vizinho, mais atrevido, corre aos jornais, conta o fato e pede uma reclamação. No quinto dia sai a reclamação impressa. No sexto dia, aparece um agente, verifica a exatidão da notícia; no sétimo, chega uma carroça, puxada por outro burro[8], e leva o cadáver.
Seguiu-se uma pausa.
— Tu és lúgubre, disse o burro da esquerda. Não conheces a língua da esperança.
— Pode ser, meu colega; mas a esperança é própria das espécies fracas, como o homem e o gafanhoto; o burro distingue-se pela fortaleza sem par. A nossa raça é essencialmente filosófica. Ao homem que anda sobre dois pés, e provavelmente à águia, que voa alto, cabe a ciência

---

8. A ironia aqui é imensa — até porque o burro empregado para puxar o veículo que leva embora o cadáver, um dia, certamente, terá o mesmo fim: será, por sua vez, levado por outro burro... E assim infinitamente.

da astronomia. Nós nunca seremos astrônomos. Mas a filosofia é nossa. Todas as tentativas humanas a este respeito são perfeitas quimeras[9]. Cada século...

O freio cortou a frase ao burro, porque o cocheiro encurtou as rédeas, e travou o carro. Tínhamos chegado ao ponto terminal. Desci e fui mirar os dois interlocutores. Não podia crer que fossem eles mesmos. Entretanto, o cocheiro e o condutor cuidaram de desatrelar a parelha para levá-la ao outro lado do carro; aproveitei a ocasião e murmurei baixinho, entre os dois burros:

— Houyhnhnms!

Foi um choque elétrico. Ambos deram um estremeção, levantaram as patas e perguntaram-me cheios de entusiasmo:

— Que homem és tu, que sabes a nossa língua?

Mas o cocheiro, dando-lhes de rijo uma lambada, bradou para mim, que lhe não espantasse os animais. Parece que a lambada devera ser em mim, se era eu que espantava os animais; mas como dizia o burro da esquerda, ainda agora:

— Onde está a justiça deste mundo?

---

[9]. Quimera é o monstro da mitologia grega morto pelo herói Belerofonte. "Procurar quimeras" é buscar o que não existe, ir atrás de utopias, ilusões, fantasias.

ENTRELINHAS

ORDEM E PROGRESSO

Este é até hoje o dístico da Bandeira Brasileira, criada em 1889, na sequência da proclamação da república. O dístico era acima de tudo um lema, inspirado nos princípios do Positivismo, uma doutrina filosófica e política (para alguns também religiosa) que inspirou alguns dos mais proeminentes republicanos brasileiros. O positivismo se baseia no Progresso, positivo e benéfico, e na Verdade – assim era a mentalidade da época. Esta crônica, tão na contramão do pensamento que lhe era contemporâneo, indaga: o progresso será igualmente bom para todos?

CREDORES E ENDIVIDADOS

"Não é meu ofício censurar essas meias glórias, ou glórias de empréstimo, como lhe queiram chamar espíritos vadios. As glórias de empréstimo, se não valem tanto como as de plena propriedade, merecem sempre algumas mostras de simpatia. Para que arrancar um homem a essa agradável sensação? Que tenho para lhe dar em troca?" Há aqui um tom irônico, quase desdenhoso, ou no mínimo condescendente – uma simulada aceitação da fraqueza do personagem. Machado usa esse tom e seu forte efeito crítico em diversos momentos em sua obra.

[POLICARPO E SEU ESCRAVO PANCRÁCIO]

19 de maio de 1888[1]

Bons dias![2]

Eu pertenço a uma família de profetas *après coup*, *post factum*[3], depois do gato morto, ou como melhor nome tenha em holandês. Por isso digo, e juro se necessário for, que toda a história desta lei de 13 de maio estava por mim prevista, tanto que na segunda-feira, antes mesmo dos debates, tratei de alforriar um molecote que tinha, pessoa de seus dezoito anos, mais ou menos. Alforriá-lo era nada; entendi que, perdido por mil, perdido por mil e quinhentos, e dei um jantar.

Neste jantar, a que meus amigos deram o nome de banquete, em falta de outro melhor, reuni umas cinco pessoas, conquanto as notícias dissessem trinta e três (anos de Cristo)[4], no intuito de lhe dar um aspecto simbólico.

1. Note que esta crônica foi publicada menos de uma semana depois da assinatura da Lei Áurea (13 de maio de 1888), pela qual a Princesa Isabel, regente do Império brasileiro, decretou a Abolição da Escravatura.
2. Esta crônica faz parte da série publicada na coluna "Bons Dias!", no jornal *Gazeta de Notícias*, entre abril de 1888 e agosto de 1889. Para o papel de *cronista*, Machado cria um personagem a quem dá o nome de Policarpo, um rabugento e excêntrico relojoeiro (aqui, não aquele que *conserta* relógios, mas provavelmente o que os *fabrica* e *vende*) aposentado.
3. São ironias: *après coup*, em francês, e *post factum*, em latim, significam "depois do ocorrido" — no caso, uma profecia formulada em cima de algo que era dado como certo. Na época, as revoltas dos escravos e o embargo internacional contra o *tráfico negreiro* inviabilizavam a continuidade da escravidão. Todos sabiam que a Abolição seria decretada a qualquer momento, tanto que o preço dos escravos despencava. Como patrimônio, já não valiam quase nada, o que dá uma dimensão muito menos grandiosa ao ato do que a pretendida por Policarpo. Já a menção ao holandês, que ocorre na sequência, somente introduz o deboche que vai imperar, linha a linha, nesta crônica.
4. A associação do número de convidados do jantar (ou *banquete*?) à idade de Cristo é um disparate, somente mais uma demonstração da tentativa de Policarpo de atribuir grandeza a si e ao seu ato.

No golpe do meio (*coup du milieu*[5], mas eu prefiro falar a minha língua) levantei-me eu com a taça de champanha e declarei que acompanhando as ideias pregadas por Cristo, há dezoito séculos, restituía a liberdade ao meu escravo Pancrácio; que entendia que a nação inteira devia acompanhar as mesmas ideias e imitar o meu exemplo; finalmente, que a liberdade era um dom de Deus que os homens não podiam roubar sem pecado[6].

Pancrácio, que estava à espreita, entrou na sala, como um furacão, e veio abraçar-me os pés. Um dos meus amigos (creio que é ainda meu sobrinho) pegou de outra taça e pediu à ilustre assembleia que correspondesse ao ato que acabava de publicar brindando ao primeiro dos cariocas. Ouvi cabisbaixo; fiz outro discurso agradecendo, e entreguei a carta ao molecote. Todos os lenços comovidos apanharam as lágrimas de admiração. Caí na cadeira e não vi mais nada. De noite, recebi muitos cartões. Creio que estão pintando o meu retrato, e suponho que a óleo.[7]

No dia seguinte, chamei o Pancrácio e disse-lhe com rara franqueza:

---

[5]. Em rodas elegantes, é o cálice que contém o licor ou outra bebida tomada durante a refeição. A tradução literal de *coup*, "golpe", e o uso despropositado da expressão para qualificar o ato, aqui, acentuam a farsa da libertação de Pancrácio, como se verá.

[6]. O fato é que, se a escravidão é pecado, Policarpo a cometia até aquele momento sem que tal sentimento de humanismo cristão viesse a incomodá-lo.

[7]. Neste notável parágrafo está mais uma demonstração da genialidade com que Machado faz seu narrador, Policarpo, *entregar-se*, expor-se. Cada "creio" utilizado aqui é uma confissão. Pintar um quadro *a óleo* significa conferir solenidade e permanência, dessas que deveriam imortalizar o retratado. É trabalho caro, feito sempre por encomenda — e é possível imaginar que o próprio Policarpo estaria pagando o serviço, além de precisar posar horas e horas para o artista.

— Tu és livre, podes ir para onde quiseres. Aqui tens casa amiga, já conhecida e tens mais um ordenado, um ordenado que...

— Oh! meu senhô! Fico.

— ... Um ordenado pequeno, mas que há de crescer. Tudo cresce neste mundo: tu cresceste imensamente. Quando nasceste, eras um pirralho deste tamanho; hoje estás mais alto que eu. Deixa ver; olha, és mais alto quatro dedos...

— Artura não qué dizê nada, não, senhô...

— Pequeno ordenado, repito, uns seis mil-réis; mas é de grão em grão que a galinha enche o seu papo. Tu vales muito mais que uma galinha.

— Eu vaio um galo, sim, senhô.

— Justamente. Pois seis mil-réis. No fim de um ano, se andares bem, conta com oito. Oito ou sete.[8]

Pancrácio aceitou tudo: aceitou até um peteleco que lhe dei no dia seguinte, por me não escovar bem as botas; efeitos da liberdade[9]. Mas eu expliquei-lhe que o peteleco, sendo um impulso natural, não podia anular o direito civil adquirido por um título que lhe dei. Ele continuava livre, eu de mau humor; eram dois estados naturais, quase divinos[10].

---

8. Podemos supor que Policarpo, ao reduzir o valor do ordenado, e de sua promessa, esteja aos poucos se arrependendo de sua generosidade.
9. Efeitos, claro, de uma *liberdade farsesca*, como a que — em certa medida — foi concedida pela Lei Áurea. Embora aqui narrada em tom de deboche, a situação de Pancrácio não seria muito diferente daquela experimentada pela grande maioria dos escravos beneficiados com tal *libertação*.
10. Direito divino, ou natural, seria, pela crença liberal, isso sim, a liberdade. Policarpo dá o mesmo peso aos abusos que a posição de *senhor de escravos* lhe autoriza cometer.

Tudo compreendeu o meu bom Pancrácio: daí para cá, tenho-lhe despedido alguns pontapés, um ou outro puxão de orelhas, e chamo-lhe besta quando lhe não chamo filho do diabo; coisas todas que ele recebe humildemente, e (Deus me perdoe!) creio que até alegre[11].

O meu plano está feito; quero ser deputado, e, na circular que mandarei aos meus eleitores, direi que, antes, muito antes de abolição legal, já eu, em casa, na modéstia da família, libertava um escravo, ato que comoveu a toda a gente que dele teve notícia; que esse escravo, tendo aprendido a ler, escrever e contar, (simples suposição) é então professor de filosofia no Rio das Cobras; que os homens puros, grandes e verdadeiramente políticos, não são os que obedecem à lei, mas os que se antecipam a ela, dizendo ao escravo: *és livre*, antes que o digam os poderes públicos, sempre retardatários, trôpegos e incapazes de restaurar a justiça na terra, para satisfação do Céu.

Boas noites.

---

11. O desdém pela humanidade do escravo e sua negação chegam ao auge: como cogitar que o escravo poderia ficar alegre com os maus-tratos? Ao mesmo tempo, a condescendência de Policarpo com si mesmo, com seus atos hediondos, mostra um *encaixe* num procedimento corriqueiro da época. O fato de um procedimento hediondo ser *corriqueiro*, não próprio apenas de pessoas *perversas*, mas um comportamento socialmente aceito: essa é a denúncia mais impactante de Machado.

UM NARRADOR COMO BRÁS CUBAS

Nesta crônica, Policarpo é o narrador-personagem, o que, em Machado de Assis, com frequência, é uma posição temperada com rara ironia. De um lado, Policarpo é uma posição escravagista; ele é o senhor de escravos. Por outro, é como se Policarpo, embriagado por esse mesmo poder (de contar a história), revelasse, manhosamente, mas suficientemente sem disfarces, o ponto de vista dessa classe. A tática é entregar a corda ao sujeito, confiando que ele a usará para se enforcar. Machado já havia usado esta tática, por exemplo, no seu célebre Memórias Póstumas de Brás Cubas (1881), em que o personagem-narrador, filho de família abastada, confessa candidamente suas falhas morais e todos os desacertos que cometeu, avalizado por sua condição social e pela complacência do seu meio.

MACHADO E A ESCRAVIDÃO

Leitores pouco atentos costumam acusar Machado de ter se omitido em relação à escravidão. Não é verdade. Descendente de escravos, mulato, funcionário público, que, entre outras atribuições, fiscalizava o cumprimento da Lei do Ventre Livre (e percebia o logro de se libertar um recém-nascido que não poderia se separar da mãe, que continuava escrava), e amigo de um dos mais respeitados abolicionistas da época, Joaquim Nabuco, com quem compartilhava ideias, Machado tinha, isso sim, uma maneira peculiar de denunciar a desumanidade da escravidão e a maneira como a sociedade via os negros. Em primeiro lugar, Machado considerava, como outros abolicionistas lúcidos, que libertar os escravos sem uma reforma agrária que lhe desse terra e trabalho e sem um programa nacional de alfabetização jamais poderia promover o negro no meio social. Ele poderia deixar formal e legalmente de ser escravo, mas seria condenado à submissão e à miséria. É o teor dessa libertação de Pancrácio que, mesmo que fosse promovida pela Lei Áurea, não resultaria em mudança de vida para ele. Diferente de um inflamado abolicionista como Castro Alves, Machado tinha denúncias mais sutis a fazer. Ele punha o dedo em feridas mais profundas.

[FUGA DO HOSPÍCIO]

31 de maio de 1896

A fuga dos doidos do Hospício é mais grave do que pode parecer à primeira vista. Não me envergonho de confessar que aprendi algo com ela, assim como que perdi uma das escoras[1] da minha alma. Este resto de frase é obscuro, mas eu não estou agora para emendar frases nem palavras. O que for saindo saiu, e tanto melhor se entrar na cabeça do leitor.[2]

Ou confiança nas leis, ou confiança nos homens, era convicção minha de que se podia viver tranquilo fora do Hospício dos Alienados. No *bond,* na sala, na rua, onde quer que se me deparasse pessoa disposta a dizer histórias extravagantes[3] e opiniões extraordinárias, era meu costume ouvi-las quieto. Uma ou outra vez sucedia-me arregalar os olhos, involuntariamente, e o interlocutor, supondo que era admiração, arregalava também os seus, e aumentava o desconcerto do discurso. Nunca me passou pela cabeça que fosse um demente. Todas as histórias são possíveis, todas as opiniões respeitáveis. Quando o interlocutor, para melhor incutir uma ideia ou um fato, me apertava muito o braço ou me puxava com força pela gola, longe de atribuir o gesto a simples loucura transitória, acreditava que era um modo particular de orar ou expor. O mais que fazia, era

---

[1]. Aqui, metaforicamente, "escoras" simbolizam o ponto de referência fundamental para a maneira de o cronista ver o mundo.
[2]. Machado dissimula a deliberação, o veneno do que virá a seguir. É sabido que o escritor costumava rever e pensar muito sobre o que escrevia.
[3]. No caso, histórias que seriam consideradas indícios de loucura, por serem estranhas demais, se não fossem contadas por pessoas de fora do Hospício.

persuadir-me depressa dos fatos e das opiniões, não só por ter os braços mui sensíveis, como porque não é com dois vinténs[4] que um homem se veste neste tempo.

Assim vivia. E não vivia mal. A prova de que andava certo, é que não me sucedia o menor desastre, salvo a perda da paciência, mas a paciência elabora-se com facilidade; perde-se de manhã, já de noite se pode sair com dose nova. O mais corria naturalmente. Agora, porém, que fugiram doidos do hospício e que outros tentaram fazê-lo (e sabe Deus se a esta hora já o terão conseguido), perdi aquela antiga confiança que me fazia ouvir tranquilamente discursos e notícias. É o que acima chamei uma das escoras da minha alma. Caiu por terra o forte apoio. Uma vez que se foge do hospício dos alienados (e não acuso por isso a administração) onde acharei método para distinguir um louco de um homem de juízo? De ora avante, quando alguém vier dizer-me as coisas mais simples do mundo, ainda que me não arranque os botões, fico incerto se é pessoa que se governa, ou se apenas está num daqueles intervalos lúcidos, que permitem ligar as pontas da demência às da razão. Não posso deixar de desconfiar de todos.[5]

A própria pessoa, ou para dar mais claro exemplo, o próprio leitor deve desconfiar de si. Certo que o tenho em boa conta, sei que é ilustrado, benévolo[6] e paciente, mas depois

4. O *vintém* é uma moeda antiga, de cobre, que circulava no Brasil e em Portugal. Valia vinte réis, valor pouco significativo na época.
5. A afirmação é bastante maliciosa, e não é por acaso que prenuncia o comentário que Machado fará, mais à frente, sobre episódios da política.
6. Pessoa movida por boas intenções.

dos sucessos desta semana, quem lhe afirma que não saiu ontem do Hospício? A consciência de lá não haver entrado não prova nada; menos ainda a de ter vivido desde muitos anos, com sua mulher e seus filhos, como diz Lulu Sênior[7]. É sabido que a demência dá ao enfermo a visão de um estado estranho e contrário à realidade. Que saiu esta madrugada de um baile? Mas os outros convidados, os próprios noivos que saberão de si? Podem ser seus companheiros da Praia Vermelha.[8] Este é o meu terror. O juízo passou a ser uma probabilidade, uma eventualidade, uma hipótese.[9]

Isto, quanto à segunda parte da minha confissão. Quanto à primeira, o que aprendi com a fuga dos infelizes do Hospício, é ainda mais grave que a outra. O cálculo, o raciocínio, a arte com que procederam os conspiradores da fuga, foram de tal ordem, que diminuiu em grande parte a vantagem de ter juízo. O ajuste foi perfeito. A manha de dar pontapés nas portas para abafar o rumor que fazia Serrão[10] arrombando a janela do seu cubículo, é uma obra-prima; não apresenta só a combinação de ações para o fim comum, revela a consciência de que, estan-

---

[7]. Pseudônimo usado pelo médico e jornalista José Ferreira de Souza Araújo, outro cronista da época, um dos que dividiram a coluna "Balas de Estalo" com Machado de Assis.
[8]. Local onde ficava um dos hospícios do Rio de Janeiro.
[9]. Essa frase é notável, uma provocação para as *certezas* da época, colocando em perspectiva, relativizando, tornando *ponto de vista* a razão e a verdade. Em outra crônica, Machado escreve: "Mas que há neste mundo que se possa dizer verdadeiramente verdadeiro? Tudo é conjectural. Dai-me um axioma: a linha reta é a mais curta entre dois pontos. Parece-nos que é assim, porque realmente, medindo todas as linhas possíveis, achamos que a mais curta é a reta; mas quem sabe se é verdade?" (In: "A Semana", 3 de março de 1895.)
[10]. Provavelmente, um personagem dessa fuga — um dos internos no hospício da Praia Vermelha.

do ali por *doidos*, os guardas os deixariam bater à vontade, e a obra da fuga iria ao cabo, sem a menor suspeita. Francamente, tenho lido, ouvido e suportado coisas muito menos lúcidas.

Outro episódio interessante foi a insistência de Serrão em ser submetido ao tribunal do júri, provando assim tal amor da absolvição e consequente liberdade, que faz entrar em dúvida se se trata de um doido ou de um simples réu. Não repito o mais, que está no domínio público e terá produzido sensações iguais às minhas. Deixo vacilante a alma do leitor. Homens tais não parecem artífices[11] de primeira qualidade, espíritos capazes de levar a cabo as questões mais complicadas deste mundo?[12]

Não quero tocar no caso de Paradeda Júnior, que lá vai mar em fora, por achá-lo tardio. Meio século antes, era um bom assunto de poema romântico. Quando, alto-mar, o infeliz revelasse, por impulsão repentina, o seu verdadeiro estado mental, a cena seria terrível e a inspiração germânica, mais que qualquer outra, acharia aí uma bela página. O poema devia chamar-se "*Der närrische Schiff*"[13]. Descrição do mar, do navio e do céu; a bordo, alegria e confiança. Uma noite, estando a lua em todo o esplendor, um dos pas-

---

11. Pessoa hábil, que pratica artifícios, que tanto pode incluir enganação como arte, dependendo do sentido que se queira aplicar.
12. Daqui em diante, Machado comenta episódios da semana, mencionando personalidades do momento. Agora, entretanto, já *preparou o terreno*: está sob a tensão da dúvida que colocou — como distinguir os *loucos* dos *sãos*?
13. "A nau dos insensatos", uma figura muito usada na literatura e na pintura ocidentais. Seria uma alegoria, uma imagem crítica do mundo, na qual as pessoas habitariam um enorme barco à deriva, sem que soubessem para onde estariam indo e também sem que se importassem com isso.

sageiros contava a batalha de Leipzig[14] ou recitava uns versos de Uhland[15]. De repente, um salto, um grito, tumulto, sangue: o resto seria o que Deus inspirasse ao poeta. Mas, repito, o assunto é tardio.

De resto, toda esta semana foi de sangue[16], ou por política, ou por desastre, ou por desforço pessoal. O acaso luta com o homem para fazer sangrar a gente pacata e temente a Deus. No caso de Santa Teresa, o cocheiro evadiu-se e começou o inquérito. Como os feridos não pedem indenização à companhia, tudo irá pelo melhor no melhor dos mundos possíveis. No caso da Copacabana, deu-se a mesma fuga, com a diferença que o autor do crime não é cocheiro; mas a fuga não é privilégio de ofício, e, demais, o criminoso já está preso. Em Manhuaçu continua a chover sangue, tanto que marchou para lá um batalhão daqui. O comendador Ferreira Barbosa, (a esta hora assassinado) em carta que escreveu o diretor da *Gazeta* e foi ontem publicada, conta minuciosamente o estado daquelas paragens. Os combates têm sido medonhos. Chegou a haver barricadas. Um anônimo declarou pelo *Jornal do Comércio* que, se a comarca de S. Francisco tornar à antiga província de Pernambuco, segundo propôs o Sr. Senador João Barbalho, não irá sem sangue. Sangue não tarda a escorrer do jovem Estado (peruano) do Loreto...

14. Também chamada de batalha das Nações, ocorreu em 1813, na cidade alemã de Leipzig. De um lado, os exércitos franceses comandados por Napoleão; do outro, Rússia, Prússia (nação europeia que não existe mais hoje em dia), Áustria e Suécia. A batalha terminou com a derrota de Napoleão.
15. Johann Ludwig Uhland (1787-1862), poeta alemão.
16. O que acentuaria a característica de *insanidade* destes episódios... Ou não?

Enxuguemos a alma. Ouçamos, em vez de gemidos, notas de música. Um grupo de homens de boa vontade vai dar-nos música velha e nova, em concertos populares, a preço cômodo. Venham eles, venham continuar a obra do Clube Beethoven[17], que foi por tanto tempo o centro das harmonias clássicas e modernas. Tinha de acabar, acabou. Os concertos populares também acabarão um dia. Mas será tarde, muito tarde, se considerarmos a resolução dos fundadores, e mais a necessidade que há de arrancar a alma ao tumulto vulgar para a região serena e divina... Um abraço ao Dr. Luís de Castro.

Pela minha parte, proponho que, nos dias de concerto, a Companhia do Jardim Botânico, excepcionalmente, meta dez pessoas por banco nos *bonds* elétricos, em vez das cinco atuais. Creio que não haverá representação à Prefeitura, pois todos nós amamos a música; mas dado que haja, o mais que pode suceder é que a Prefeitura mande reduzir a lotação a quatro pessoas do contrato; em tal hipótese, a companhia pedirá como agora, segundo acabo de ler, que a Prefeitura reconsidere o despacho, — e as dez pessoas continuarão, como estão continuando as cinco. Há sempre erro em cumprir e requerer depois; o mais seguro é não cumprir e requerer. Quanto ao método, é muito melhor que tudo se passe assim, no silêncio do gabinete, que tumultuosamente na rua: *Não pode! Não pode!*

---

17. Machado de Assis pertenceu a esse clube. Lá, seu principal interesse era o xadrez, jogo pelo qual era apaixonado.

ENTRELINHAS

TUDO LOUCURA!

Machado já havia explorado o tema da loucura — ou a relatividade dos limites entre razão e loucura — em seu célebre O Alienista, publicado em Papéis Avulsos, em 1892. Lá, o doutor Simão Bacamarte é vencido, justamente, pela impossibilidade de estabelecer o que é sanidade numa terra de loucos. Outro de seus famosos loucos é Quincas Borba, que aparece nos romances Memórias Póstumas de Brás Cubas (1881) e Quincas Borba (1891).

LOUCO, EU?

"Ou confiança nas leis, ou confiança nos homens, era convicção minha de que se podia viver tranquilo fora do Hospício dos Alienados." O que define a loucura? Quem está dentro e quem está fora do hospício — algo tão formal? Machado aproveita o episódio que ocorreu na semana e o comenta dando-lhe uma dimensão original e desafiadora. Ou seja, mesmo escrevendo sobre sua atualidade, coloca tempero universal: o que é a sanidade? O que é a razão?

UM SORRISO SUTIL

A palavra sátira aceita as seguintes definições:
"[Do lat. satira, 'oferenda de vários frutos a Ceres'; 'mistura de prosa e verso'.]
S. f.
1. Liter. Na literatura latina, obra de caráter livre (no gênero, na forma, na métrica), e que censurava os costumes, as instituições e as ideias contemporâneas em estilo irônico ou mordaz.
2. Arte Poét. Composição poética que visa a censurar ou ridicularizar defeitos ou vícios.
3. Qualquer escrito ou discurso picante ou maldizente, crítico.
4. Troça, zombaria, ironia.
5. Censura jocosa."

De fato, mais do que humor, o que Machado faz aqui é sátira. Machado não provoca gargalhadas, risadas inconsequentes. O sorriso que nos acompanha ao ler uma crônica como essa vem com questionamentos sobre nossas certezas no mundo. E isso alcançando tanto o indivíduo do seu tempo como o de hoje... E sempre.

O AUTOR DE SI MESMO[1]

16 de junho de 1895

Guimarães chama-se ele; ela Cristina. Tinham um filho, a quem puseram o nome de Abílio. Cansados de lhe dar maus-tratos, pegaram do filho, meteram-no dentro de um caixão e foram pô-lo em uma estrebaria, onde o pequeno passou três dias, sem comer nem beber, coberto de chagas, recebendo bicadas de galinhas, até que veio a falecer. Contava dois anos de idade. Sucedeu este caso em Porto Alegre, segundo as últimas folhas, que acrescentam terem sido os pais recolhidos à cadeia, e aberto o inquérito. A dor do pequeno foi naturalmente grandíssima, não só pela tenra idade, como porque bicada de galinha dói muito, mormente em cima de chaga aberta.[2] Tudo isto, com fome e sede, fê-lo passar "um mau quarto de hora", como dizem os franceses, mas um quarto de hora de três dias; donde se pode inferir que o organismo do menino Abílio era apropriado aos tormentos. Se chegasse a homem, dava um lutador resistente; mas prova de que não iria até lá, é que morreu.

 Se não fosse Schopenhauer[3], é provável que eu não tra-

---

1. Esta é uma das poucas crônicas às quais Machado deu título; publicada na coluna "A Semana", da *Gazeta de Notícias*.
2. O episódio do qual parte o cronista para fazer seu texto é horripilante, e a maneira sumária, enxuta (ou *econômica*, factual) como vai narrado até aqui acentua isso. No entanto, a secura de estilo tem um sentido funcional: não gasta o leitor; pelo menos, ainda não: pior do que os fatos em si é o que está por vir.
3. Arthur Schopenhauer, filósofo alemão, nasceu em Dantzig, em 1788, e morreu em Frankfurt, em 1860. Pela sua maneira de ver o redor como *representação* do indivíduo, nascia uma consciência subjetiva a respeito das coisas, sem a qual o mundo não existiria. Era um dos filósofos prediletos de Machado de Assis, que o lia regularmente. Schopenhauer não era uma leitura comum na época, quando a fé predominava como possibilidade para alcançar a verdade última e absoluta

tasse deste caso diminuído, simples notícia de gazetilha[4]. Mas há na principal das obras daquele filósofo um capítulo destinado a explicar as causas transcendentes do amor. Ele, que não era modesto, afirma que esse estudo é uma pérola. A explicação é que dois namorados não se escolhem um ao outro pelas causas individuais que presumem, mas porque um ser, que só pode vir deles, os incita e conjuga. Apliquemos esta teoria ao caso Abílio.

Um dia Guimarães viu Cristina, e Cristina viu Guimarães. Os olhos de um e de outro trocaram-se, e o coração de ambos bateu fortemente. Guimarães achou em Cristina uma graça particular, alguma coisa que nenhuma outra mulher possuía. Cristina gostou da figura de Guimarães, reconhecendo que entre todos os homens era um homem único. E cada um disse consigo: "Bom consorte para mim!". O resto foi o namoro mais ou menos longo, o pedido da moça, as formalidades, as bodas. Se havia sol ou chuva, quando eles casaram, não sei; mas, supondo um céu escuro e o vento minuano[5], valeram tanto como a mais fresca das brisas debaixo de um céu claro. Bem-aventurados os que se possuem, porque eles possuirão a terra.[6]

---

dos fatos e elementos do mundo — fosse isso no positivismo, no campo da filosofia, ou no Realismo e no Naturalismo, no campo da literatura.
[4]. Seção de menor importância no jornal, como a de episódios policiais, menos prestigiados do que economia e política. Também se refere a jornais aos quais se costuma chamar de *sensacionalistas*.
[5]. Nome que se dá, no Rio Grande do Sul, ao vento frio e seco que sopra de sudoeste.
[6]. Trata-se de uma referência ao Sermão da Montanha. Na verdade, uma paródia. Machado de Assis, sempre que cita a Bíblia, o faz ironicamente. Em outra crônica desta coletânea, o Sermão do Diabo é também parodiado.

Assim pensaram eles. Mas o autor de tudo, segundo o nosso filósofo, foi unicamente Abílio. O menino, que ainda não era menino nem nada, disse consigo, logo que os dois se encontraram: "Guimarães há de ser meu pai e Cristina há de ser minha mãe; é preciso que nasça deles, levando comigo, em resumo, as qualidades que estão separadas nos dois". As entrevistas dos namorados era o futuro Abílio que as preparava; se eram difíceis, ele dava coragem a Guimarães para afrontar os riscos, e paciência a Cristina para esperá-lo. As cartas eram ditadas por ele. Abílio andava no pensamento de ambos, mascarado com o rosto dela, quando estava no dele, e com o dele, se era no pensamento dela. E fazia isso a um tempo, como pessoa que, não tendo figura própria, não sendo mais que uma ideia específica, podia viver inteiro em dois lugares, sem quebra da identidade nem da integridade. Falava nos sonhos de Cristina com a voz de Guimarães, e nos de Guimarães com a de Cristina, e ambos sentiam que nenhuma outra voz era tão doce, tão pura, tão deleitosa.

Enfim, nasceu Abílio. Não contam as folhas coisa alguma acerca dos primeiros dias daquele menino. Podiam ser bons. Há dias bons debaixo do sol. Também não se sabe quando começaram os castigos, — refiro-me aos castigos duros, os que abriram as primeiras chagas, não as pancadinhas do princípio, visto que todas as coisas têm um princípio, e muito provável é que nos primeiros tempos da criança os golpes fossem aplicados diminutivamente. Se chorava, é porque a lágrima é o suco da dor.

Demais, é livre, — mais livre ainda nas crianças que mamam, que nos homens que não mamam.

Chagado, encaixotado, foi levado à estrebaria, onde, por um desconcerto das coisas humanas, em vez de cavalos, havia galinhas. Sabeis já que estas, mariscando, comiam ou arrancavam somente pedaços da carne de Abílio. Aí, nesses três dias, podemos imaginar que Abílio, inclinado aos monólogos, recitasse este outro de sua invenção: "Quem mandou aqueles dois casarem-se para me trazerem a este mundo? Estava tão sossegado, tão fora dele, que bem podiam fazer-me o pequeno favor de me deixarem lá. Que mal lhes fiz eu antes, se não era nascido? Que banquete é este em que o convidado é que é comido?"[7].

Nesse ponto do discurso é que o filósofo de Dantzig, se fosse vivo e estivesse em Porto Alegre, bradaria com a sua velha irritação: "Cala a boca, Abílio. Tu não só ignoras a verdade, mas até esqueces o passado. Que culpa podem ter essas duas criaturas humanas, se tu mesmo é que os ligaste? Não te lembras que, quando Guimarães passava e olhava para Cristina, e Cristina para ele cada um cuidando de si, tu é que os fizeste atraídos e namorados? Foi a tua ânsia de vir a este mundo que os ligou sob a forma de paixão e de escolha pessoal. Eles cuidaram fazer o seu negócio, e fizeram o teu. Se te saiu mal o negócio, a culpa não é deles,

---

[7]. Machado cita o dramaturgo inglês William Shakespeare, em uma de suas mais famosas peças, *Hamlet* (ato 4, cena 3). Nesse ponto da peça, Hamlet mata Polônio e oculta seu cadáver. O rei chega e pergunta por Polônio, seu camareiro. Hamlet responde que ele está no "jantar... um jantar no qual não come, mas é comido" (pelos vermes).

mas tua, e não sei se tua somente... Sobre isto, é melhor que aproveites o tempo que ainda te sobrar das galinhas, para ler o trecho da minha grande obra[8], em que explico as coisas pelo miúdo. É uma pérola. Está no tomo 2, livro 4, capítulo 44... Anda, Abílio, a verdade é verdade ainda à hora da morte. Não creias nos professores de filosofia, nem na peste de Hegel..."[9].

E Abílio, entre duas bicadas:

— Será verdade o que dizes, Artur; mas é também verdade que, antes de cá vir, não me doía nada, e se eu soubesse que teria de acabar assim, às mãos dos meus próprios autores, não teria vindo. Ui! Ai!

---

[8]. O narrador refere-se a *A Metafísica do Amor*, suplemento ao Livro IV (2.ª edição, 1844) da principal obra de Arthur Schopenhauer, *O Mundo como Vontade e Representação* (São Paulo: Unesp, 2007).

[9]. Georg Wilhelm Friedrich Hegel (1770-1831), filósofo alemão. Inspirou toda uma linhagem de pensadores de esquerda, de Karl Marx e Friedrich Engels a Walter Benjamin e Theodor Adorno, integrantes da Escola de Frankfurt, que, com sua crítica à cultura de massas, teve grande influência no pensamento da revolta da juventude dos anos 1960 na Europa e em toda crítica social dos anos 1970.

ECONOMIZANDO O VERBO

"Tudo isto, com fome e sede, fê-lo passar 'um mau quarto de hora', como dizem os franceses, mas um quarto de hora de três dias; donde se pode inferir que o organismo do menino Abílio era apropriado aos tormentos. Se chegasse a homem, dava um lutador resistente; mas prova de que não iria até lá, é que morreu."

Cruel sarcasmo, ainda mais considerando quem é a vítima, um menininho pequeno e indefeso, e o suplício que sofreu. Mas o efeito no leitor, de indignação e de revolta diante do crime medonho, é ampliado justamente por esse sarcasmo. Outro seria esse efeito se o cronista *gastasse* justamente a indignação e a revolta com um texto irado, que condenasse implacavelmente os pais de Abílio. Machado não dá vazão ao horror, que obviamente sente, ao desalento com a humanidade, que pode praticar um ato desses; em vez disso, acentua o martírio de Abílio — debocha dele — e isso tem um impacto poderoso no leitor.

NADA DE APLICAÇÕES PRÁTICAS

"Apliquemos esta teoria ao caso Abílio"...

A aplicação da teoria ao caso de Abílio é um despropósito, porque evidentemente *A Metafísica do Amor* não foi pensada para explicar uma situação como a que é narrada na crônica, mas sim a existência do amor nos indivíduos. Claro que Machado sabe disso, e aqui se pode ler, talvez, sua costumeira crítica à tentativa de se cunharem explicações para a vida com teorias filosóficas. Talvez, ainda, Machado acreditasse que há *cavernas* da alma humana nas quais a razão, o raciocínio, a explicação não penetram.

Curiosamente, Machado admirava Schopenhauer, o qual, em termos, ridiculariza nesta crônica. É como no dito popular: "Perde o amigo, mas não perde a piada". Ou, por outra, não há explicação que contenha a dor, o pesar diante de um episódio como esse. A crônica oferece uma explicação muito racional, mas que não adianta nada em termos de um entendimento; aqui o caso está além de todo entendimento.

O FAMOSO HUMANITISMO

Nos romances *Memórias Póstumas de Brás Cubas* e *Quincas Borba*, por meio do filósofo louco Quincas Borba, Machado nos transmite o *humanitismo*, doutrina que tinha por objetivo explicar a energia vital da humanidade e do mundo. Apesar de leitores apressados identificarem ali a filosofia de vida de Machado, o mais provável é que seja uma ironia do tipo que se faz nesta crônica com *A Metafísica do Amor*. É impossível entender a coerência do humanitismo somente pelas preleções de Quincas Borba — repita-se, um personagem insano. Não há de fato lógica, consistência, e tudo o mais parece ser uma grande sátira à fé cientificista da época.

VÃS FILOSOFIAS

Se fosse para eleger um pensador que Machado levasse realmente a sério, seria William Shakespeare (1564-1616), um dramaturgo que, a cada momento, em suas peças, põe em questão o que é a humanidade e sua relação com o mundo (e de cada indivíduo consigo mesmo). E aqui, apesar de ser um lugar-comum, vale a pena citar o trecho: "Há mais coisas entre o céu e a terra do que supõe tua vã filosofia". Este, sim, bem aplicável à tragédia de Abílio. Shakespeare é de fato leitura dileta de Machado — as obras completas do dramaturgo inglês estavam em sua biblioteca. Assim, poderia, por exemplo, ser um pensamento *humanitista* a fala de Hamlet logo a seguir da já citada: "Um homem pode pescar usando como isca um verme que comeu um rei, e comer o peixe que comeu esse verme [...] Isso mostra que um rei pode até mesmo passar pelos intestinos de um mendigo".

[UM BARBEIRO]

26 de julho de 1896

Apaguemos a lanterna de Diógenes[1]; achei um homem. Não é príncipe, nem eclesiástico, nem filósofo, não pintou uma grande tela, não escreveu um belo livro, não descobriu nenhuma lei científica. Também não fundou a efêmera república do Loreto[2], conseguintemente não fugiu com a caixa, como disse o telégrafo acerca de um dos rebeldes, logo que a província se submeteu às autoridades legais do Peru. O ato da rebeldia não foi sequer heroico, e a levada da caixa não tem merecimento, é a simples necessidade de um viático. O pão do exílio é amargo e duro; força é barrá-lo com manteiga.

Não, o homem que achei, não é nada disso. É um barbeiro, mas tal barbeiro que, sendo barbeiro não é exatamente barbeiro. Perdoai esta logomaquia; o estilo ressente-se da exaltação[3] da minha alma. Achei um homem. E importa notar que não andei atrás dele. Estava em casa muito sossegado, com os olhos nos jornais e o pensamento nas estrelas, quando um pequenino anúncio me deu rebate ao pensamento, e este desceu mais rápido que o raio até o papel. Então li isto: "Vende-se uma casa de barbeiro fora da cidade, o ponto é bom e o capital diminuto; o dono vende por não entender...".

---

[1]. Diógenes (413 a.C.-323 a.C.), de Sínope, hoje parte da Turquia, foi o mais folclórico dos filósofos. Tinha como marca o cinismo, e conta-se que ele, decidido a viver sem nada de seu, na maior pobreza, passeava pela cidade à luz do dia com uma lanterna acesa, à procura de *homens de verdade*.

[2]. Região do extremo norte do Peru, em meio à Floresta Amazônica, que experimentou um período de riqueza graças à exploração da borracha, no século XIX.

[3]. O que o cronista insinua é que está exaltado, agitado, comovido demais ao escrever esta crônica.

Eis aí o homem. Não lhe ponho o nome, por não vir no anúncio, mas a própria falta dele faz crescer a pessoa. O ato sobra. Essa nobre confissão de ignorância é um modelo único de lealdade, de veracidade, de humanidade. Não penseis que vendo a loja (parece dizer naquelas poucas palavras do anúncio) por estar rico, para ir passear à Europa, ou por qualquer outro motivo que *à vista se dirá*, como é uso escrever em convites destes. Não, senhor; vendo a minha loja de barbeiro por não entender do ofício[4]. Parecia-me fácil, a princípio: sabão, uma navalha, uma cara, cuidei que não era preciso mais escola que o uso, e foi a minha ilusão, a minha grande ilusão. Vivi nela barbeando os homens. Pela sua parte, os homens vieram vindo, ajudando o meu erro; entravam mansos e saíam pacíficos. Agora, porém, reconheço que não sou absolutamente barbeiro, e a vista do sangue que derramei, faz-me enfim recuar. Basta, Carvalho (este nome é necessário à prosopopeia), basta, Carvalho! É tempo de abandonar o que não sabes. Que outros mais capazes tomem a tua freguesia...

A grandeza deste homem (escusado é dizê-lo) está em ser único. Se outros barbeiros vendessem as lojas por falta de vocação, o merecimento seria pouco ou nenhum. Assim os dentistas. Assim os farmacêuticos.[5] Assim toda a casta de oficiais deste mundo, que preferem ir cavando as caras, as bocas e as covas, a vir dizer chãmente que não enten-

---

[4]. Ao elevar o ato e principalmente a justificativa dada pelo barbeiro à condição de modelo, Machado prepara terreno para a mordaz ironia que virá mais adiante.
[5]. A culpa caiu nos dentistas, nos farmacêuticos e em todos que Machado acusa aqui de incompetência.

dem do ofício. Esse ato seria a retificação da sociedade. Um mau barbeiro pode dar um bom guarda-livros, um excelente piloto, um banqueiro, um magistrado, um químico, um teólogo. Cada homem seria assim devolvido ao lugar próprio e determinado. Nem por sombras ligo esta retificação dos empregos ao fato do envenenamento das duas crianças pelo remédio dado na Santa Casa de Misericórdia[6]. Um engano não prova nada; e se alguns farmacêuticos, autores de iguais trocas, têm continuado a lutuosa faina, não há razão para que a Santa Casa entregue a outras pessoas a distribuição dos seus medicamentos, tanto mais que pessoas atuais os não preparam, e, no caso ocorrente, o preparado estava certo: a culpa foi das duas mães[7]. A queixa dada pela mãe da defunta terá o destino desta, menos as pobres flores que Olívia houver arranjado para a sepultura da vítima. Também há Céu para as queixas e para os inquéritos. O esquecimento público é o responso contínuo que pede o eterno descanso para todas as folhas de papel despendidas com tais atos.

Sobre isto de inquéritos, perdi uma ilusão. Não era grande; mas as ilusões, ainda pequenas, dão outra cor a este mundo. Cuidava eu que os inquéritos eram sempre feitos, como está escrito, pelo próprio magistrado, mas ouvi que alguns escrivães (poucos) é que os fazem e redigem, supondo presente a pessoa que falta, como no *whist* se joga com um mor-

---

[6]. Nem por sombras deixa de estar Machado, justamente, manifestando sua indignação com um episódio desses, que deve ter tido enorme repercussão na época.
[7]. Ver "O Autor de Si Mesmo" nesta coletânea, na qual Machado também *ataca a vítima*, provavelmente, para ampliar o efeito de indignação.

to. Creio que é por economia de tempo, e tempo é dinheiro, dizem os americanos. O maior mal desse ato é não ser verídico, não o ser ilegal ou irregular. Se as dores humanas se esquecem, como se não hão de esquecer as leis? E dado seja simples praxe, as praxes alteram-se. O maior mal, digo eu, é não ser verídico, posto que aí mesmo se possa dizer que a verdade aparece muita vez envolta na ficção, e deve ser mais bela. *As Décadas*[8] não competem com *Os Lusíadas*.

O ideal da praxe é a cabeleira do *speaker*[9]. Os ingleses mudarão a face da terra, antes que a cabeça do presidente da Câmara. Este há de estar ali com a eterna cabeleira branca e longa, até meia-noite, e agora até mais tarde, se é exato o telegrama desta semana, noticiando haver a Câmara dos Comuns resolvido levar as sessões além daquele limite. Não é que o não tenha feito muitas vezes; basta um exemplo célebre. Quando Gladstone[10] deitou abaixo Disraeli, em 1852, acabou o seu discurso ao amanhecer, — um triste e frio amanhecer de inverno, que arrancou ao ministro caído esta palavra igualmente fria: "Ruim dia para ir

---

8. *As Décadas da Índia*, de Diogo de Couto (1542-1616), historiador português que cita seu encontro com Camões na Índia — numa época em que o poeta estava em extrema penúria. Os dois voltaram juntos para Portugal, entre 1568 e 1569. Três anos depois, Camões publicaria o monumental *Os Lusíadas*, poema épico que conta a aventura do navegador português Vasco da Gama na descoberta do caminho marítimo para as Índias — e de resto compõe todo um imaginário sobre a grandeza do reino de Portugal e das grandes navegações.
9. É como se chama o presidente da Câmara dos Comuns (isto é, do Parlamento britânico), que por tradição de séculos usa uma cabeleira branca.
10. Em diferentes épocas, William Ewart Gladstone e Benjamin Disraeli foram primeiros-ministros britânicos.

a Osborne!"[11]. Agora vai ser sempre assim, tenham ou não os ministros de ir a Osborne pedir demissão. E o presidente firme, com a eterna cabeleira metida pela cabeça abaixo. Sim, eu gosto da tradição; mas há tradições que aborrecem, por inúteis e cansativas. De resto, cada povo tem as suas qualidades próprias e a diferença delas é que faz a harmonia do mundo. Desculpai o truísmo e o neologismo.

Mas eu que falo humilde, baixo e rude, devia lembrar-me, a propósito de inquéritos, que a clareza do estilo é uma das formas da veracidade do escritor. Parece-me ter falado um tanto obscuramente na *semana* passada acerca das prédicas do Padre Júlio Maria em Porto Alegre. Alguns amigos supuseram ver uma crítica ao padre naquilo que era apenas uma alusão às palmas na igreja, e ainda assim por causa de meu ouvido, que já está bom, dou-lhes esta notícia. Que culpa tem o padre de ser eloquente? Ainda agora acabo de ler o discurso que ele proferiu na Santa Casa, em Juiz de Fora, a 5 de janeiro deste ano. O assunto era velho: a caridade. Mas o talento está em fazer de assuntos velhos assuntos novos, — ou pelas ideias ou pela forma[12], e o Padre Júlio Maria alcançou este fim por ambos os processos. Também ali foi aplaudido. Em verdade, se ele prefere os discursos como os escreve, é natural que os próprios ouvintes de Porto Alegre se sentissem arreba-

---

[11]. Osborne House, residência oficial da realeza britânica na época. O primeiro-ministro, sem base para continuar no cargo, ia à rainha, ou ao rei, pedir demissão.
[12]. O que, aliás, poderia ser uma observação que serve, e muito bem, à composição literária...

tados e esquecessem o templo pela palavra que o enchia. Um ouvido curado faz justiça a todos.

E já que falo em palmas, convido-os à enviá-las ao Congresso de São Paulo, que votou ou está votando a estátua do Padre Anchieta[13]. Ó Padre Anchieta, ó santo e grande homem, o novo mundo não esqueceu teu apostolado. Aí vais ser esculpido em forma que relembre a cultos e incultos o que foste e o que fizeste nesta parte da terra. Os paulistas bem merecem da história. Não é só a piedade que lhes agradecerá; também a justiça reconhecerá esse ato justo. Tão alta e doce figura, como a do Padre Anchieta, não podia ficar nas velhas crônicas, nem unicamente nos belos versos de Varela[14]. Mais palmas a S. Paulo, que acaba de votar o subsídio e a pensão a Carlos Gomes[15] e seus filhos. Salvador de Mendonça[16], um dos que saudaram a aurora do nosso maestro (há quantos anos!), mandou no sérum[17] dos cancerosos de New York uma esperança de cura para o autor do *Guarani*.

13. Padre José de Anchieta (1534-1597), catequista espanhol que desenvolveu grande parte de sua trajetória no Brasil. Foi um dos fundadores da cidade de São Paulo, em 1554, e do Rio de Janeiro, em 1565. Poeta, ensaísta, morreu no Brasil e foi canonizado em 1980.
14. Luís Nicolau Fagundes Varela (1841-1875), poeta brasileiro.
15. Compositor brasileiro (1836-1896), autor da ópera *O Guarani*. Alcançou fama internacional, mas teve problemas financeiros nos últimos anos de vida, agravados por um câncer que o fez sofrer muito.
16. Salvador de Menezes Drummond Furtado de Mendonça (1841-1913), escritor, um dos fundadores da Academia Brasileira de Letras.
17. A porção líquida do sangue residual depois da coagulação, que, nos casos de enfermos com câncer, especulava-se ter poderes curativos. Carlos Gomes viria a falecer em 26 de setembro daquele mesmo ano.

Oxalá o encaminhe à vida, como o encaminhou à glória. E pois que trato de música, palmas ainda uma vez ao nosso austero hóspede Moreira de Sá, que teve a sua festa há quatro dias. A crítica disse o que devia do artista, a imprensa tem dito o que vale o homem. Eu subscrevo tudo, tão viva trago comigo a sensação que me deu o seu violino mestre e mágico.

Enfim, e porque tudo acaba na morte, uma lágrima por aquele que se chamou Dr. Rocha Lima. Não sei se lágrima; quando se padece tanto e tão longamente, a morte é liberdade, e a liberdade, qualquer que seja a sua espécie, é o sonho de todos os cativos. Rocha Lima deve ter sonhado, durante a agonia de tantos meses, com este desencadeamento que lhe tirou um triste suplício inútil.

DANDO VOLTAS...

Muitas crônicas de Machado, como esta, fazem esse percurso tortuoso, que levou o crítico Gustavo Corção a comentar: "Sobre a técnica do desenvolvimento, direi que é nas crônicas, por causa de sua maior liberdade, que melhor se observa as tendências de Machado para o *divertissement* que toca as raias do delírio. Vai de uma coisa aqui para outra acolá, passa do particular para o geral, volta do abstrato para o concreto, desliza do atual para o clássico, galga do pequeno para o grandioso e volta do vultoso para o microscópico, passa do real para o imaginário, do imaginário para o onírico, às vezes numa progressão geométrica vertiginosa, outras vezes com um cômico aparato lógico, para rir-se da lógica, ou para mostrar que existe efetivamente uma esquisita lógica entre as coisas que o vulgar julga distantes e desconexas. E é nesse processo de ilações conectadas pelo riso, que é uma forma de contemplação, ou uma espécie de metafísica prática, que consiste principalmente a técnica de composição machadiana" (Gustavo Corção, "Machado de Assis Cronista", p. 326-327).

DIVAGAÇÕES...

Afinal do que trata essa crônica? É possível que Machado já tivesse dito o que mais lhe interessava no início, na utilização irônica que fez do pequeno episódio do barbeiro que pôs à venda sua barbearia. Ou não, quem sabe? O mesmo rodopio de um assunto para outro, que aparentemente não têm nem articulação, nem nada mais a ver, encontra-se também às vezes em seus contos e romances, recheados de *divertissement*.

É O NARIZ DO CRONISTA

Machado abrirá sua última crônica (que data de 11 de novembro de 1900) com uma frase ("Eu gosto de catar o mínimo e o escondido. Onde ninguém mete o nariz, aí entra o meu, com a curiosidade estreita e aguda que descobre o encoberto") que em tudo lembra as palavras copiadas deste texto: "Estava em casa muito sossegado, com os olhos nos jornais e o pensamento nas estrelas, quando um pequenino anúncio me deu rebate ao pensamento, e este desceu mais rápido que o raio até o papel". Parece mesmo uma orientação geral de suas crônicas (e, em certos aspectos, de sua obra).

[O RANZINZA POLICARPO]

1.º de junho de 1888

Bons dias!

Agora fale o senhor, que eu não tenho nada mais que lhe dizer. Já o saudei, graças à boa criação que Deus me deu, porque isto de criação[1] se a natureza não ajuda, é escusado trabalho humano. Eu, em menino, fui sempre um primor de educação. Criou-me uma ama escrava; e, apesar de escrava e ama, nunca lhe pus a boca no seio para mamar.

— Mas, Policarpo, tu tens direito a ser aleitado, e depois é obrigação da escrava alugada[2]. Em vão chorava, a Florinda corria, desabotoava o corpinho, punha o seio de fora, e eu, por mais fome que tivesse, não lhe pegava sem pedir licença. Pedia por gesto; parece que era um gesto de olhos...

Aos cinco anos (era em 1831), como já sabia ler, davam-nos no colégio *A Pátria*, pouco antes fundada pelo Sr. Carlos Bernardino de Moura, com as mesmas doutrinas políticas que ainda hoje sustenta. A minha alma que nunca se deu com política, dormia que era um gosto; mas os olhos não, esses iam por ali fora, risonhos, aprobatórios.

---

1. Esse ranzinza é *Policarpo*, o relojoeiro aposentado, criado por Machado para ser o cronista (narrador) da coluna "Bons Dias!", da *Gazeta de Notícias*, entre abril de 1888 e agosto de 1889. Machado não mantém a *têmpera policarpiana* com constância e consistência em todas as crônicas dessa coluna; mas há momentos, como este, em que o "relojoeiro de mal com o mundo" aflora. Esta é a única crônica em que o relojoeiro menciona seu nome.
2. Um negócio daquele tempo era alugar escravos — que eram também chamados *escravos de ganho* — para outras pessoas. Note-se que a amamentação, na época e muito depois disso, era tarefa de uma ama de leite; geralmente, não era de bom-tom uma senhora de família (de classe média ou mais abastada) amamentar.

Agora mesmo, lendo naquela folha que o governo é que deu o dinheiro com que os jornais fizeram as festas abolicionistas, pensam que, se tivesse de explicar-me, fá-lo-ia como a comissão da imprensa? Não; seria grosseiro. Nunca se deve desmentir ninguém. Eu diria que sim, que era verdade, que o governo tinha pago tudo[3], as festas e uns aluguéis atrasados da casa do Sousa Ferreira; que para isso mesmo é que fora contratado o último empréstimo em Londres; que o Serzedelo, à custa do mesmo dinheiro, tinha reformado o pau moral[4]; que as botinas novas do Pederneiras não tinham outra origem; e que o nosso amigo e chefe José Telha precisando de uma casaca para ir ao Coquelin[5], é que se meteu naquelas manifestações. O redator ouvia tudo satisfeito; e no dia seguinte começava assim o editorial: "Conforme havíamos previsto" (o resto como em 1844).

Podia citar casos honrosíssimos, como prova de boa criação. Um deles nunca me há de esquecer, e é fresquinho.

Estando há dias a almoçar com alguns amigos, percebi que alguma coisa os amargurava. Não gosto de caras tristes, como não gosto delas alegres; — um meio-termo entre o Caju[6] e o Recreio Dramático[7] é o que vai comigo.

---

3. Menciona-se aqui um escândalo da época, um empréstimo questionado pela opinião pública (principalmente a oposição ao governo e à monarquia).
4. A essência, o mais íntegro da moral (no caso, a nacional), que só por ironia pode ser reformada ao custo de qualquer dinheiro que seja.
5. Constant Coquelin (1841-1909), ator francês que estava criando sensação na cidade com sua turnê ao Brasil, na ocasião.
6. Localização de um dos maiores cemitérios do Rio de Janeiro.
7. O Theatro Recreio Dramático, ou Teatro Recreio, exibia espetáculos de variedades, como de Chiquinha Gonzaga, popular pianista e compositora de polcas e maxixes.

Senão quando, com um modo delicado, perguntei o que é que tinham. Calaram-se; eu, como manda a boa criação, calei-me também e falei de outra coisa. Foi o mesmo que se os convidasse a pôr tudo em pratos limpos. Tratando-se de meu almoço, era condição primordial.

Um dos convivas confessou que no meio das festas abolicionistas não aparecia o seu nome, outro que era o dele que não aparecia, outro que era o dele, e todos que os deles. Aqui é que eu quisera ser um homem malcriado. O menos que diria a todos, é que eles tanto trabalharam para a abolição dos escravos, como para a destruição de Nínive[8], ou para a morte de Sócrates[9]... Eu, com uma sabedoria só comparável à deste filósofo, respondi que a história era um livro aberto, e a justiça a perpétua vigilante. Um dos convivas, dado a frases, gostou da última, pediu outra e um cálice de Alicante. Respondi, servindo o vinho, que as reparações póstumas eram mais certas que a vida, e mais indestrutíveis que a morte. Da primeira vez fui vulgar, da segunda creio que obscuro; de ambas sublime e bem criado.

Em linguagem chã, todos eles queriam ir à Glória[10] sem pagar o *bond*; creio que fiz um trocadilho. De mim,

---

8. O nome significa *bela*, e era a capital da Assíria, destruída em 612 a.C.
9. Filósofo grego, importantíssimo para o pensamento ocidental (Atenas, 470 a.C.-399 a.C.). Sócrates foi julgado por suas teorias e comportamento, considerados inconvenientes, por um tribunal ateniense, que o condenou a beber veneno, cicuta. Mestre de Platão, suas ideias chegaram até nós pelos *Diálogos* — Sócrates não deixou obra escrita, e se recusava a ter alunos formais —, que são a reprodução de suas conversas com seus discípulos.
10. Bairro carioca, mas também, aqui, como sugere a menção ao trocadilho, a glória pelo ato — no caso um ato não realizado. Ou seja, queriam a glória pelo que não fizeram.

confesso que lá iria, se pudesse, com a mesma economia; mas, não havendo outro meio, pago o tostãozinho, e paro à porta do Club Beethoven, que anda agora em tais alturas que já foi citado pela boca de eminente cidadão... Hão de concordar que este período vai um pouco embrulhado, mas não devo desembrulhá-lo; seria constipar a minha ideia[11].

Podia citar outros muitos casos de boa criação, realmente exemplares. Nunca dei piparotes nas pessoas que não conheço, não limpo a mão à parede, não vou bugiar[12], que é ofício feio, e ando sempre com tal cautela, que não piso os calos aos vizinhos. Tiro o chapéu, como fiz agora ao leitor; e dei-lhe os *bons dias* do costume. Creio que não se pode exigir mais. Agora, o leitor que diga alguma coisa, se está para isso, ou não diga nada, e boas noites.

---

11. Uma imagem interessante. O cronista reclama que o "período" (a frase) está "embrulhado", confuso, e novamente joga com duplo sentido, já que "desembrulhá-lo" o faria expor-se a pegar uma *constipação*, o que tanto pode ser prisão de ventre como resfriado.

12. No dicionário *Moraes* há uma entrada que dá *bugiar*, no sentido mais grosseiro, como "despedir alguém com desprezo"; o termo também estaria relacionado aos gestos ou modos que lembram o *bugio*, um macaco.

UM CRONISTA-NARRADOR

Com esta crônica, mesmo soltando apenas em pequenas doses a *biografia* de seu personagem Policarpo, o que ele diz, o que revela (e às vezes trai) de sua personalidade, e mesmo pelos amigos que cultiva, é o suficiente para termos uma ideia de como é essa criatura. Em suas obras — por exemplo, no conto "A Missa do Galo", no romance *Memórias Póstumas de Brás Cubas* —, o narrador tipo Policarpo, que recebe a posse da história, é o centro de tudo e, ao narrar, expõe seu jeito de ser e sua visão de mundo.

PROCURA-SE O NARRADOR

Em Machado, seja em crônica, em conto ou em romance, é sempre aconselhável perguntar: quem está contando a história? — em termos técnicos: quem é o narrador? Ou seja, qual seu *caráter*? Que interesse ele tem na história? O que sua versão tenderia a nos querer passar?

VÆ SOLI! [1]

17 de julho de 1892

Um dia desta semana, farto de vendavais, naufrágios, boatos, mentiras, polêmicas, farto de ver como se descompõem[2] os homens, acionistas e diretores, importadores e industriais, farto de mim, de ti, de todos, de um tumulto sem vida, de um silêncio sem quietação, peguei de uma página de anúncios, e disse comigo:

— Eia, passemos em revista as procuras e ofertas, caixeiros desempregados, pianos, magnésias, sabonetes, oficiais de barbeiro, casas para alugar, amas de leite, cobradores, coqueluche, hipotecas, professores, tosses crônicas...

E o meu espírito, estendendo e juntando as mãos e os braços, como fazem os nadadores que caem do alto, mergulhou por uma coluna abaixo. Quando voltou à tona, trazia entre os dedos esta pérola:

"Uma viúva interessante, distinta, de boa família e independente de meios, deseja encontrar por esposo um homem de meia-idade, sério, instruído, e também com meios de vida, *que esteja como ela cansado de viver só*; resposta por carta ao escritório desta folha, com as iniciais M. R..., anunciando, a fim de ser procurada essa carta".

Gentil viúva, eu não sou o homem que procuras, mas desejava ver-te, ou, quando menos, possuir o teu retrato, por-

---

1. Em latim: "Ai de quem está sozinho".
2. Como se *insultam*. Em mais de uma oportunidade, Machado, "farto" da turbulência dos *grandes acontecimentos*, volta-se para "o mínimo e o escondido" e daí extrai sua crônica mais humana e universal.

que tu não és qualquer pessoa, tu vales alguma coisa mais que o comum das mulheres. *Ai de quem está só!*[3] dizem as sagradas letras; mas não foi a religião que te inspirou esse anúncio. Nem motivo teológico[4], nem metafísico. Positivo também não, porque o positivismo[5] é infenso às segundas núpcias. Que foi então, senão a triste, longa e aborrecida experiência? Não queres amar; estás cansada de viver só. E a cláusula de ser o esposo outro aborrecido, farto de solidão, mostra que tu não queres enganar, nem sacrificar ninguém. Ficam desde já excluídos os sonhadores, os que amem o mistério e procurem justamente esta ocasião de comprar um bilhete na loteria da vida. Que não pedes um diálogo de amor, é claro, desde que impões a cláusula da meia-idade, zona em que as paixões arrefecem, onde as flores vão perdendo a cor purpúrea e o viço eterno. Não há de ser um náufrago, à espera de uma tábua de salvação, pois que exiges que também possua. E há de ser instruído, para encher com as luzes do espírito as longas noites do coração, e contar (sem as mãos presas) a tomada de Constantinopla[6].

3. Eclesiastes 4,10. As "sagradas letras" são as "sagradas escrituras", ou seja, a Bíblia.
4. Teologia: vem do grego; estudo das questões referentes às divindades.
5. O *Dicionário Michaelis* assim define *positivismo*: "2. Corrente filosófica de Auguste Comte (1798-1857), que surgiu como reação ao idealismo, cuja proposta é dar à filosofia um caráter distante da teologia e da metafísica, e considerar como único e verdadeiro o conhecimento humano, baseando-se apenas em fatos da experiência; filosofia positiva, comtismo. 3. Qualquer doutrina filosófica inspirada no comtismo, em que o conhecimento humano tem como base o cientificismo, valoriza o método quantitativo e nega o idealismo, por vezes, conduzindo ao relativismo, ao misticismo ou ao agnosticismo".
6. Atual Istambul, na Turquia.

Viúva dos meus pecados, quem és tu que sabes tanto? O teu anúncio lembra a carta de certo capitão da guarda de Nero[7]. Rico, interessante, aborrecido, como tu, escreveu um dia ao grave Sêneca[8], perguntando-lhe como se havia de curar do tédio que sentia, e explicava-se por figura: "Não é a tempestade que me aflige, é o enjoo do mar". Viúva minha, o que tu queres realmente, não é um marido, é um remédio contra o enjoo. Vês que a travessia ainda é longa, — porque a tua idade está entre trinta e dois e trinta e oito anos, — o mar é agitado, o navio joga muito; precisas de um preparado para matar esse mal cruel e indefinível. Não te contentas com o remédio de Sêneca, que era justamente a solidão, "a vida retirada, em que a alma acha todo o seu sossego". Tu já provaste esse preparado; não te fez nada. Tentas outro; mas queres menos um companheiro que uma companhia.

Pode ser que a esta hora já tenhas achado o esposo nas condições definidas. Não estás ainda casada, porque é preciso fazer correr os pregões, e tens alguns dias diante de ti, para examinar bem o homem. Lembra-te de Xisto V[9], amiga minha; não vá ele sair, em vez de um coração arrimado à

7. Nero Claudius Cæsar Augustus Germanicus (15 de dezembro de 37-9 de junho de 68) foi o quinto imperador romano, entre 54 e 68.
8. Lucius Annaeus Seneca (Córdova, 4 a.C. — Roma, 65 d.C.) recebeu o encargo de educar Nero, e costuma-se dizer que, enquanto o jovem seguiu sua orientação, governou bem. Depois, a história retrata Nero como um excêntrico e mesmo um louco.
9. Xisto V (1521-1590) foi papa de 1585 até sua morte. Teve um papado polêmico. Inquisidor feroz, que perseguia igualmente não católicos e dissidentes, mas também prostitutas e outros cuja conduta a Igreja reprovava, foi um dos responsáveis por convencer Filipe II, rei da Espanha, a declarar guerra à Inglaterra. Em 1588, Filipe II mandou contra a Inglaterra sua Armada Invencível, que foi derrotada pela frota inglesa comandada pelo corsário Francis Drake.

bengala, um coração com pernas, e umas pernas com músculos e sangue; não vás tu ouvir, em vez da tomada de Constantinopla, a queda de Margarida nos braços de Fausto[10]. Há desses corações, nevados por cima, como estão agora as serras do Itatiaia e de Itajubá, e contendo em si as lavas que o Etna[11] está cuspindo desde alguns dias.

Mas, se ele te sair o que queres, que grande prêmio de loteria! Junto à amurada do navio, vendo a fúria do mar e dos ventos, tu ouvirás muitas coisas sérias e graciosas a um tempo, seguindo com os olhos a fúria dos ventos e o tumulto das ondas, livre do enjoo, como pedia aquele capitão de Nero, e por diferente regime do que lhe aconselhou o filósofo. E a tua conclusão será como a tua premissa: em caso de tédio, antes um marido que nada.

---

10. *Fausto* é uma popular lenda alemã sobre um sábio que vende a alma ao diabo para obter em troca riqueza, mulheres, conhecimentos e anos extras de vida. Há diversas versões dessa história, e Machado aqui se refere à de Goethe (1749-1832), publicada em duas versões: 1806 e 1833. Margarida era a mulher a quem o Fausto de Goethe amava.
11. Vulcão na Sicília, Itália.

AVISOS... MORAIS?

Uma das travessuras da crônica machadiana é transformar-se, vez por outra, numa crítica não de um acontecimento, mas de algo mais perene, mais arraigado na sociedade — uma *crítica de costumes*. Aqui, a pressão social que impele a viúva a procurar "menos um companheiro que uma companhia", pelo menos no julgamento de Machado. A viúva não recebe caracterização individualizada, não se torna um *personagem*, mas é utilizada como *tipo*, ou seja, como determinado padrão de comportamento. Machado a alerta para as desvantagens de se unir a outra pessoa, ou pelo menos para os riscos, avisando que ela pode os estar subestimando — ou seja, a idealizada *solução para seus problemas* pode se tornar um grande problema. Curiosa é ainda a volta por tantos outros tópicos, como se o cronista acumulasse argumentos em favor de seu ponto de vista.

[POR QUE MORREM OS REMÉDIOS?]

19 de novembro de 1893

Um dia destes, lendo nos diários alguns atestados sobre as excelências do xarope Cambará, fiz uma observação tão justa que não quero furtá-la aos contemporâneos, e porventura aos pósteros.[1] Verdadeiramente, a minha observação é um problema, e, como o de Hamlet[2], trata da vida e da morte. Quando a gente não pode imitar os grandes homens, imite ao menos as grandes ficções.[3]

E por que não hei de eu imitar os grandes homens? Conta-se que Xerxes[4], contemplando um dia o seu imenso exército, chorou com a ideia de que, ao cabo de um século, toda aquela gente estaria morta. Também eu contemplo, e choro, por efeito de igual ideia; o exército é que é outro. Não são os homens que me levam à melancolia persa, mas os remédios que os curam. Mirando os remédios vivos e eficazes, faço esta pergunta a mim mesmo: Por que é que os remédios morrem?

1. Aqui, a *posteridade*, supondo-se que o comentário interessará a muitas gerações futuras.
2. Personagem principal, cujo nome dá também título à tragédia de Shakespeare.
3. A falta de modéstia (e até certo tom *moleque, calhorda*), aqui, é notável, num autor que geralmente é tão discreto em relação à exposição de sua pessoa. Sugere que, mesmo sem dar nomes nem explicitar isso, Machado esteja brincando de compor uma *persona* (uma criatura literária, dotada de personalidade, espírito próprio, a quem se delega a enunciação, um narrador criado pelo autor para contar aquela história), ou seja, mais uma vez Machado aplica um recurso refinado de ficção em sua crônica, mostrando que trabalha esse gênero sem fronteiras rígidas em relação ao conto e ao romance.
4. Xerxes (519 a.C.-465 a.C.) foi imperador do imenso Império Persa, um dos maiores e mais poderosos da Antiguidade.

Com efeito, eu assisti ao nascimento do xarope... Perdão; vamos atrás. Eu ainda mamava, quando apareceu um médico que "restituía a vista a quem a houvesse perdido". Chamava-se o autor Antônio Gomes, que o vendia em sua própria casa, Rua dos Barbonos n.º 26. A Rua dos Barbonos era a que hoje se chama do Evaristo da Veiga[5]. Muitas pessoas colheram o benefício inestimável que o remédio prometia. Saíram da noite para a luz, para os espetáculos da natureza, dispensaram a muleta de terceiro, puderam ler, escrever, contar. Um dia, Antônio Gomes morreu. Era natural; morreu como os soldados de Xerxes. O inventor da pólvora, quem quer que ele fosse, também morreu. Mas por que não sobreviveu o colírio de Antônio Gomes, como a pólvora? Que razão houve para acabar com o autor uma invenção tão útil à humanidade?

Não se diga que o colírio foi vencido pelo rapé[6] Grimstone, "vulgarmente denominado de alfazema[7]", seu contemporâneo. Esse, conquanto fosse um bom específico para moléstias de olhos, não restituía a vista a quem a houvesse perdido; ao menos, não o fazia contar. Quando, porém, tivesse esse mesmo efeito, também ele morreu, e morreu duas vezes, como remédio e como rapé.

As inflamações de olhos tinham, aliás, outro inimigo terrível nas "pílulas universais americanas"; mas, como estas

---

5. Localizada no centro da cidade do Rio de Janeiro.
6. Tabaco em pó, feito para cheirar e provocar espirros. Em certo tempo, era elegante utilizar rapé, e as pessoas, geralmente os homens, o traziam em finas (às vezes de ouro) caixinhas de bolso.
7. Ou *lavanda*, mas aqui parece que se trata de um emprego fantasioso do nome da planta (*Lavandula spica*).

eram universais, não se limitavam aos olhos, curavam também sarnas, úlceras, antigas erupções cutâneas, erisipela e a própria hidropisia. Vendiam-se na farmácia de Lourenço Pinto Moreira; mas o único depósito era na Rua do Hospício[8] n.º 40. Eram pílulas provadas; não curavam todos, visto que há diferença nos humores[9] e outras partes; mas curavam muita vez e aliviavam, sempre. Onde estão elas? Sabemos o número da casa em que moravam; não conhecemos o da cova em que repousam. Não se sabe sequer de que morreram; talvez um duelo com as "pílulas catárticas do farmacêutico Carvalho Júnior", que também curavam as inflamações de olhos e moléstias da pele com esta particularidade que dissipavam a melancolia. Eram úteis no reumatismo, eficazes nos males de estômago, e faziam vigorar a cor do rosto. Mas também estas descansam no Senhor, como os velhos hebreus.

Para que falar do "elixir antiflegmático", do "bálsamo homogêneo" e tantos outros preparados contemporâneos da Maioridade[10]? O xarope a cujo nascimento assisti, foi o "Xarope do Bosque", um remédio composto de vegetais, como se vê do nome, e deveras miraculoso. Era bem pequeno, quando este preparado entrou no mercado; chego à maturidade, já não o vejo entre os vivos. É certo que a vida

---

8. Atual Rua Buenos Aires, no centro da cidade do Rio de Janeiro.
9. Segundo o *Dicionário Michaelis*, *humoralismo* seria um princípio médico da Grécia antiga de acordo com o qual a origem de todas as doenças era atribuída à alteração dos quatro humores: sangue, fleuma, bile amarela e bile negra.
10. O cronista está se referindo à Proclamação da Maioridade de D. Pedro II, em julho de 1840, que com 16 anos se tornou o segundo imperador do Brasil. Seriam, portanto, remédios "contemporâneos" dessa época.

não é a mesma em todos; uns a tiveram mais longa, outros mais breve. Há casos particulares, como o das sanguessugas[11]; essas acabaram por causa do gasto infinito. Imagine-se que há meio século vendiam-se "aos milheiros" na Rua da Alfândega n.º 15.[12] Não há produção que resista a tamanha procura. Depois, o barbeiro sangrador é ofício extinto. Por que é que morreram tantos remédios? Por que é que os remédios morrem? Tal é o problema. Não basta expô-lo; força é achar-lhe solução[13]. Há de haver uma razão que explique tamanha ruína. Não se pode compreender que drogas eficazes no princípio de um século, sejam inúteis ou insuficientes no fim dele. Tendo meditado sobre este ponto algumas horas longas, creio haver achado a solução necessária.

Esta solução é de ordem metafísica. A natureza, interessada na conservação da espécie humana, inspira a composição dos remédios, conforme a graduação patológica[14] dos tempos. Já alguém disse, com grande sagacidade, que não há doenças, mas doentes. Isto que se diz dos indivíduos,

[11]. Vermes suga-sangues que, desde o Império Romano e por muito tempo, foram usados para fazer sangrias, um tratamento, então, recomendado para várias doenças. Foram substituídos pelo *barbeiro sangrador*, que produzia um corte na pessoa para fazer correr certo volume de sangue — um tratamento em que muitos confiavam, e até mesmo os médicos, em certo período, aplicavam. Havia quem se submetesse a sangrias vez por outra, ou mesmo sempre, em determinada época do ano, como um hábito de manutenção da saúde, para *purificar* o sangue. Ao que parece, nessa época em que escreve Machado, já se havia concluído que é sempre melhor manter o sangue correndo no organismo da pessoa.
[12]. Também no centro da cidade do Rio de Janeiro, com o mesmo nome até hoje.
[13]. Dito de outro modo, é *preciso* achar uma solução para esse mistério (com o qual o cronista, num pensamento original, se intrigou e procura intrigar o leitor).
[14]. *Patologia* são as modificações ocorridas no organismo por causa de alguma doença. Ou seja, o cronista se refere ao tipo e incidência de doenças de que uma sociedade sofre.

cabe igualmente aos tempos[15], e a moléstia de um não é exatamente a de outro. Há modificações lentas, sucessivas, por modo que, ao cabo de um século, já a droga que a curou não cura; é preciso outra. Não me digam que, se isto é assim, a observação basta para dar a sucessão dos remédios. Em primeiro lugar, não é a observação que produz todas as modificações terapêuticas[16]; muitas destas são de pura sugestão. Em segundo lugar, a observação, em substância, não é mais que uma *sugestão refletida* da natureza[17].

Prova desta solução é o fato curiosíssimo de que grande parte dos remédios citados e não citados, existentes há quarenta e cinquenta anos, curavam particularmente a erisipela. Variavam as outras moléstias, mas a erisipela estava inclusa na lista de cada um deles. Naturalmente, era moléstia vulgar; daí a florescência dos medicamentos apropriados à cura. O povo, graças à ilusão da Providência, costuma dizer que Deus dá o frio conforme a roupa; o caso da erisipela mostra que a roupa vem conforme o frio[18].

15. Essas correlações, verdadeiros jogos de pensamentos/palavras com que Machado, *sonsamente*, forja a base para os argumentos de seu *persona-cronista*, de fato são, mais uma vez, hábil utilização de disparates, quase *nonsense*. Ora, como a caracterização das enfermidades do indivíduo teria semelhanças com a dos períodos históricos?
16. Tratamentos. O cronista se questiona sobre o critério que permitiu indicar que um remédio já não cura mais as doenças presentes, como fazia com as doenças do passado, ou seja, perdeu sua eficácia por conta da *passagem do tempo*, o que na argumentação (enganosa) do cronista seria correlato à *substituição* de doenças velhas por outras, novas.
17. Ou seja, o que predomina? A observação *desvenda* a natureza ou a natureza tem o poder de sugerir o que vai *enxergar* a observação? Aqui, o cronista faz a intriga do leitor com o mercado de remédios e os procedimentos médicos. Seriam uns e outros eficazes no passado? E não mais hoje? Então mudaram a natureza das doenças?
18. Aqui, então, a doença varia de acordo com os remédios e os tratamentos (e o conhecimento médico) disponíveis. Uma inversão de raciocínio *marota*, para dizer o mínimo.

Não importa que daqui a algumas dezenas de anos, um século ou ainda mais, certos medicamentos de hoje estejam mortos. Verificar-se-á que a modificação do mal trouxe a modificação da cura[19]. Tanto melhor para os homens. O mal irá recuando. Essa marcha gradativa terá um termo, remotíssimo, é verdade, mas certo. Assim, chegará o dia em que, por falta de doenças, acabarão os remédios, e o homem, com a saúde moral, terá alcançado a saúde física, perene e indestrutível, como aquela.

Indestrutível? Tudo se pode esperar da indústria humana, a braços com o eterno aborrecimento. A monotonia da saúde pode inspirar a busca de uma ou outra macacoa leve. O homem receitará tonturas ao homem. Haverá fábrica de resfriados. Vender-se-ão calos artificiais, quase tão dolorosos como os verdadeiros. Alguns dirão que mais.

---

[19]. De novo, aqui é colocado um raciocínio *absurdo*, que seria a justificativa para a obsolescência, a perda de eficácia dos remédios — de que outro modo explicar por que remédios e tratamentos deixaram de ser usados? Ou será que nunca deveriam ter sido usados?

FALECIMENTOS

"Por que os remédios morrem?"... Trata-se de uma maneira de sentir saudade, de espiar meio enviesado o fluir do tempo e se perguntar sobre seus segredos. Um tema absolutamente universal, eterno na literatura, aqui enfocado por um aspecto "mínimo e escondido", absolutamente original, inesperado — efetivamente, a pergunta e o tema da crônica surpreendem o leitor. O que têm os exércitos persas a ver com remédios? Trata-se de um disparate, que Machado, no entanto, entrelaça com genialidade: o fato é que tanto os exércitos de Xerxes como os remédios sucumbem ao tempo.

ASSIM OS XAROPES COMO OS IMPÉRIOS

Na verdade, Machado tratou do mesmo tema em 10 de agosto de 1884[1]. Deus e São Pedro conversam, e Deus estranha o desaparecimento do mesmo *Xarope do Bosque*, "uma descoberta de 1853... Curava tudo", ao que São Pedro responde: "Os xaropes são como os impérios. Onde está a Babilônia[2]? O *Xarope do Bosque* foi, com efeito, a última palavra da ciência em 1853, creio eu...". Note-se que, em 1884, quando o Império brasileiro, sob o trono de D. Pedro II, vivia uma grave crise — que

---

[1]. Crônica coletada e comentada por Heloísa Helena Paiva de Luca (Balas de estalo de Machado de Assis, São Paulo, Annablume, 1998)

[2]. Fundada aproximadamente em 3800 a.C., na Mesopotâmia, foi capital de grandes impérios da região. O nome significa "porta de deus", em babilônio. Ficava mais ou menos a 80 km ao sul da atual Bagdá, no Iraque.

vai dar na Abolição da Escravatura e depois na Proclamação da República —, escrever que os impérios não são eternos é um atrevimento típico desta irreverente coluna. Aqui, em 1893, cogita-se a possibilidade de extinção dos exércitos em meio à ditadura militar de Floriano Peixoto, dito "o Marechal de Ferro".

INTELIGÊNCIA, PRA QUE TE QUERO?

Um mecanismo comum para a estruturação das crônicas de Machado é aplicar sua inteligência original sobre um assunto em que o dito *bom senso*, ou *senso comum*, predomina (um viés que, na crônica atual, é muito bem explorado por Luis Fernando Verissimo, que tem um olhar *machadiano*, em vários sentidos, sobre os temas que aborda). Ou seja, algo que todo mundo aceita, sem questionar muito, sem saber por que acontece e como, e lá vai o cronista meter seu nariz. E geralmente fazendo troça, sutilmente. É bem o que acontece nesta crônica. Ele nos pergunta: "Será que sua certeza sobre esse assunto é justificada? E se você o pensasse de outra maneira? *Assim*, por exemplo...".

[INTIMAÇÃO]

19 de fevereiro de 1893

É meu velho costume levantar-me cedo e ir ver as belas rosas, frescas murtas, e as borboletas que de todas as partes correm a amar no meu jardim. Tenho particular amor às borboletas. Acho nelas algo das minhas ideias, que vão com igual presteza, se não com a mesma graça. Mas deixemo-nos de elogios próprios; vamos ao que me aconteceu ontem de manhã.

Quando eu mais perdido estava a mirar uma borboleta e uma ideia, parado no jardim da frente, ouvi uma voz na rua, ao pé da grade:

— Faz favor?

Não é preciso mais para fazer fugir uma ideia. A minha escapou-se-me, e tive pena. Vestia umas asas de azul-claro, com pintinhas amarelas, cor de ouro[1]. Cor de ouro embora, não era a mesma (nem para lá caminhava) do banqueiro Oberndoerffer, que depôs agora no processo Panamá[2]. Esse cavalheiro foi quem deu à companhia a ideia de emissão de bilhetes de loteria e o respectivo *plano,* para falar como no Beco das Cancelas[3]. Pagaram-lhe só por esta ideia dois milhões de francos. O presidente do tribunal ficou assombrado.

1. O cronista, nessa frase, aprofunda a imagem das suas ideias como borboletas.
2. O Canal do Panamá foi inaugurado em 1913 e começou a funcionar no ano seguinte. Foi construído pelo governo norte-americano, mas, anteriormente, houve outras tentativas de abrir essa passagem entre o Atlântico e o Pacífico no Istmo do Panamá, algumas tendo fracassado por conta de escândalos financeiros, como é o caso aqui.
3. O Beco das Cancelas existe até hoje. Quando D. João desembarcou no Brasil, em 1808, costumava-se fechar as cancelas que, do beco, davam passagem às ruas que ele cortava. O beco abrigou um elegante restaurante e café de luxo, o Cascata, até 1897, quando o edifício desabou. No século XIX, lá existiam algumas casas lotéricas.

Mas um dos diretores, réu no processo, explicou o caso dizendo que o banqueiro tinha grande influência na praça, e que assim trabalharia a favor da companhia, em vez de trabalhar contra. Teve uma feliz ideia, disse o juiz ao depoente; mas, para os acionistas, era melhor que não a tivesse tido. O depoente provou o contrário e retirou-se.

Tivesse eu a mesma ideia, e não a venderia por menos. Olhem, não fui eu que ideei esta outra loteria, mais modesta, do Jardim Zoológico; mas, se o houvesse feito, não daria a minha ideia por menos de cem contos de réis[4]; podia fazer algum abate, cinco por cento, digamos dez. Relativamente não se pode dizer que fosse caro. Há invenções mais caras.

Mas, vamos ao caso de ontem de manhã. Olhei para a porta do jardim, dei com um homem magro, desconhecido, que me repetiu cochilando:

— Faz favor?

Cheguei a supor que era uma relíquia do carnaval; erro crasso, porque as relíquias do carnaval vão para onde vão as luas velhas. As luas velhas, desde o princípio do mundo, recolhem-se a uma região que fica à esquerda do infinito, levando apenas algumas lembranças vagas deste mundo. O mundo é que não guarda nenhuma lembrança delas. Nem os namorados têm saudades das boas amigas, que, quando eram moças e cheias, tanta vez os cobriram com o seu longo manto transparente. E suspiravam por elas; cantavam à

---

4. *Réis* é o plural de *real*, antiga moeda portuguesa, adotada no Brasil da época. Um *conto de réis* equivalia a um milhão de réis. Machado pagava de aluguel mensal por sua casa no Cosme Velho, 18, a quantia de cem contos de réis.

viola[5] mil cantigas saudosas, dengosas ou simplesmente tristes; faziam-lhes versos, se eram poetas:

Era no outono, quando a imagem tua,
À luz da lua... [6]
C'était, dans la nuit brune,
Sur le clocher jauni,
La lune...[7]

Todos os metros, todas as línguas, enquanto elas eram moças; uma vez encanecidas, adeus. E lá vão elas para onde vão as relíquias do carnaval, — não sei se mais esfarrapadas, nem mais tristes; mas vão, todas de mistura, trôpegas, deixando pelo caminho as metáforas[8] e os descanses de poetas e namorados.

Reparando bem, vi que o homem não era precisamente um trapo carnavalesco. Trazia na mão um papel, que me mostrava de longe, — a princípio, calado, — depois dizendo que era para mim. Que seria? Alguma carta, — talvez um telegrama. Que me dirá esse telegrama? Agora mesmo, houve

5. Instrumento de corda semelhante ao violão, mas maior; muito presente nas rodas de *modinhas* e saraus (encontros que combinavam música e literatura, principalmente poesia) da época.
6. Os versos são do poeta português Raimundo Antônio Bulhão Pato (1828-1912), "Versos para recitar ao piano" (1852), publicado em *Versos de Bulhão Pato* (1862).
7. "Era, na noite escura, / Sobre o campanário amarelecido (envelhecido), / A lua..." (trad. Margaret Seabra). Os versos são de "Ballade à la lune" (Balada para a lua), de Alfred Musset (1810-1857).
8. Ocorre quando uma palavra ou expressão ganha um significado *figurado*, ou seja, um significado diferente do costumeiro, estando no lugar, de fato, de outra palavra ou expressão.

em Blumenau a prisão do Sr. Lousada. Telegrafaram a 16 esta notícia, acrescentando que "o povo dá demonstração sensível de indignação". Para quem conhece a técnica dos telegramas, o povo estava jogando o bilhar. Tanto é assim que o próprio telegrama, para suprir a dubiedade e o vago daquelas palavras, concluiu com estas: "esperam-se acontecimentos gravíssimos". Sabe-se que o superlativo paga o mesmo que o positivo; naturalmente o telegrama não custou mais caro.

Vejam, entretanto, como me enganei. Realmente, houve acontecimentos gravíssimos; a 17 telegrafaram que vinte homens armados feriram gravemente o comissário da polícia: esperavam-se outras cenas de sangue. Vinte homens não são o algarismo ordinário de um povo; mas eram graves os sucessos. Outro telegrama, porém, não fala de tal ataque; diz apenas que uma comissão do povo foi exigir providências do juiz de direito, que este pedia a coadjuvação do povo para manter a ordem, e ficou solto Lousada. Tudo isto, se não é claro, traz-me recordações da infância, quando eu ia ao teatro ver uma velha comédia de Scribe, o *Chapéu de Palha da Itália*[9]. Havia nela um personagem que atravessa os cinco atos, exclamando alternadamente, conforme os lances da situação: — "Meu genro, tudo está desfeito!" — "Meu genro, tudo está reconciliado!".

— Telegrama? perguntei.

— Não, senhor, disse o homem.

— Carta?

---

9. A peça, de 1851, é na verdade de Eugene Labiche e Marc Michel e não, como escreve Machado, de Eugene Scribe (1791-1861).

— Também não. Um papel.

Caminhei até a porta. O desconhecido, cheio de afabilidade que lhe agradeço nestas linhas, entregou-me um pedacinho de papel impresso, com alguns dizeres manuscritos. Pedi-lhe que esperasse; respondeu-me que não havia resposta, tirou o chapéu, e foi andando. Lancei os olhos ao papel, e vi logo que não era para mim, mas para o meu vizinho. Não importa; estava aberto e pude lê-lo. Era uma intimação da intendência municipal.

Esta intimação começava dizendo que ele tinha de ir pagar a certa casa, na Rua Nova do Ouvidor, a quantia de mil e quinhentos réis, preço da placa do número da casa em que mora. Concluí que também eu teria de pagar mil e quinhentos quando recebesse igual papel, porque a minha casa também recebera placa nova. O papel era assinado pelo fiscal. Achei tudo correto, salvo o ponto de ir pagar a um particular, e não à própria intendência; mas a explicação estava no fim.

Se a pessoa intimada não pagasse no prazo de três dias, incorreria na multa de trinta mil-réis. Estaquei por um instante; três dias, trinta mil-réis, por uma placa, era um pouco mais do que pedia o serviço, — um serviço que, a rigor, a intendência é que devia pagar. Mas estava longe dos meus espantos. Continuei a leitura, e vi que, no caso de reincidência, pagaria o dobro (sessenta mil-réis) e teria oito dias de cadeia. Tudo isto em virtude de um contrato.

O papel e a alma caíram-me aos pés. Oito dias de cadeia e sessenta mil-réis se não pagar uma placa de mil e quinhentos! Tudo por contrato. Afinal apanhei o papel, e ainda uma vez o li; meditei e vi que o contrato podia ser pior, — podia estatuir a perda do nariz, em vez da simples prisão. A liberdade volta; nariz cortado não volta. Além disso, se Xavier de Maistre[10], em quarenta e dois dias de prisão, escreveu uma obra-prima, por que razão, se eu for encarcerado por causa de placa, não escreverei outra? Quem sabe se a falta da cadeia não é que me impede esta consolação intelectual? Não, não há pena; esta cláusula do contrato é antes um benefício.

Verdade é que um legista, amigo meu, afirma que não há carcereiro que receba um devedor remisso de placas. Outro, que não é legista, mas é devedor, há três meses, assevera que ainda ninguém o convidou a ir para a Detenção. A pena é um espantalho. Que desastre! Justamente quando eu começava a achá-la útil. Pois se não há cadeia de verdade, é caso de vistoria e demolição.

---

10. Escritor francês (1763-1852), autor de *Viagem à Volta do Meu Quarto*, que, citado na abertura "Ao leitor", de *Memórias Póstumas de Brás Cubas*, teria influenciado Machado em certos aspectos dessa obra revolucionária.

IMAGENS FEITAS COM PALAVRAS

Há uma verdadeira sucessão de imagens feitas com palavras nesta crônica. A começar daquela que aproxima ideias de borboletas. Ambas são leves, quase sem peso, transparentes, e fogem de repente. Foi o que aconteceu com o cronista quando foi interrompido. Falava de seu jardim e de repente foi trazido à realidade mais palpável — o homem, a placa, a multa; sua ideia, fosse qual fosse, foi-se embora de vez. Outra primorosa imagem construída com palavras está na frase: "O papel e a alma caíram-me aos pés" — ora, o que não faz o espanto quando se lê algo tão descabido? É claro que a pena é excessiva em relação à falta. E a explicação se dá por outra imagem/palavra: "A pena é um espantalho".

A LEI NÃO PEGOU

Debochar das formalidades — os blefes — da vida oficial do país é um tema muito caro aos escritos machadianos.

METAFÍSICA DAS ROSAS[1]

1º de dezembro de 1883

*Pour la rose, le jardinier est immortel,
car de mémoire de rose, on n'a pas vu mourir
un jardinier.*

Fontenelle[2]

Livro Primeiro

No princípio era o Jardineiro. E o Jardineiro criou as Rosas[3]. E tendo criado as Rosas, criou a chácara e o jardim, com todas as coisas que neles vivem para glória e contemplação das Rosas. Criou a palmeira, a grama. Criou as folhas, os galhos, os troncos e botões. Criou a terra e o estrume. Criou as árvores grandes para que amparassem o toldo azul que cobre o jardim e a chácara, e ele não caísse e esmagasse as Rosas. Criou as borboletas e os vermes. Criou o sol, as brisas, o orvalho e as chuvas.

Grande é o Jardineiro! Suas longas pernas são feitas de tronco eterno. Os braços são galhos que nunca morrem; a espádua é como um forte muro por onde a erva trepa. As mãos, largas, espalham benefícios às Rosas.

1. Coletada em: MACHADO DE ASSIS, *Obra Completas;* v. 3: Miscelânea. São Paulo: Nova Aguilar, 1979. Cita-se aí que esta crônica foi publicada originalmente na *Gazeta Literária*, em 1.º de dezembro de 1883.
2. "Para a rosa, o jardineiro é imortal já que, ao que se lembre, a rosa jamais viu morrer um jardineiro." Fontenelle (Bernard le Bovier de Fontenelle, 1657-1757) foi um escritor francês que pertenceu à Academia Francesa de Letras.
3. Claro que numa *metafísica* como esta, cujo centro são as Rosas, estas devem vir grafadas com inicial maiúscula.

Vede agora mesmo. A noite voou, a manhã clareia o céu, cruzam-se as borboletas e os passarinhos, há uma chuva de pipilos e trinados no ar. Mas a terra estremece. É o pé do Jardineiro que caminha para as Rosas. Vede: traz nas mãos o regador que borrifa sobre as Rosas e água fresca e pura, e assim também sobre as outras plantas, todas criadas para glória das Rosas. Ele o formou no dia em que, tendo criado o sol, que dá vida às Rosas, este começou a arder sobre a terra. Ele o enche de água todas as manhãs, uma, duas, cinco, dez vezes. Para a noite, pôs ele no ar um grande regador invisível que peneira orvalho; e quando a terra seca e o calor abafa, enche o grande regador das chuvas que alagam a terra de água e de vida.

Livro II
Entretanto, as Rosas estavam tristes, porque a contemplação das coisas era muda[4] e os olhos dos pássaros e das borboletas não se ocupavam bastantemente das Rosas. E o Jardineiro, vendo-as tristes, perguntou-lhes:

— Que tendes vós, que inclinais as pétalas para o chão? Dei-vos a chácara e o jardim; criei o sol e os ventos frescos; derramo sobre vós o orvalho e a chuva; criei todas as plantas para que vos amem e vos contemplem. A minha mão detém no meio do ar os grandes pássaros para que vos não esmaguem ou devorem. Sois as princesas da terra. Por que inclinais as pétalas para o chão?

[4]. Dito de outro modo, como se pode perceber logo adiante, o que as Rosas queriam era quem as admirasse.

Então as Rosas murmuraram que estavam tristes porque a contemplação das coisas era muda, e elas queriam quem cantasse os seus grandes méritos e as servisse. O Jardineiro sacudiu a cabeça com um gesto terrível; o jardim e a chácara estremeceram até aos fundamentos. E assim falou ele, encostado ao bastão que trazia:

— Dei-vos tudo e não estais satisfeitas? Criei tudo para vós e pedis mais? Pedis a contemplação de outros olhos; ides tê-la. Vou criar um ente à minha imagem que vos servirá, contemplará e viverá milhares e milhares de sóis para que vos sirva e ame.

E, dizendo isto, tomou de um velho tronco de palmeira e de um facão. No alto do tronco abriu duas fendas iguais aos seus olhos divinos, mais abaixo outra igual à boca; recortou as orelhas, alisou o nariz, abriu-lhe os braços, as pernas, as espáduas. E, tendo feito o vulto, soprou-lhe em cima e ficou um homem. E então lançou mão de um tronco de laranjeira, rasgou os olhos e a boca, contornou os braços e as pernas e soprou-lhe também em cima, e ficou uma mulher.

E como o homem e a mulher adorassem o Jardineiro, ele disse-lhes:

— Criei-vos para o único fim de amardes e servirdes as Rosas, sob pena de morte e abominação, porque eu sou o Jardineiro e elas são as senhoras da terra, donas de tudo o que existe: o sol e a chuva, o dia e a noite, o orvalho e os ventos, os besouros, os colibris, as andorinhas, as plantas todas, grandes e pequenas, e as flores, e as sementes das flores, as formigas, as borboletas, as cigarras, os filhos das cigarras.

Livro III

O homem e a mulher tiveram filhos e os filhos outros filhos, e disseram eles entre si:

— O Jardineiro criou-nos para amar e servir as Rosas; façamos festas e danças para que as Rosas vivam alegres.

Então vieram à chácara e ao jardim, e bailaram e riram, e giraram em volta das Rosas, cortejando-as e sorrindo para elas. Vieram também outros e cantaram em verso os merecimentos das Rosas. E quando queriam falar da beleza de alguma filha das mulheres faziam comparação com as Rosas, porque as Rosas são as maiores belezas do universo, elas são as senhoras de tudo o que vive e respira.

Mas, como as Rosas parecessem enfaradas da glória que tinham no jardim, disseram os filhos dos homens às filhas das mulheres: — Façamos outras grandes festas que as alegrem. Ouvindo isto, o Jardineiro disse-lhes: — Não; colhei-as primeiro, levai-as depois a um lugar de delícias que vos indicarei.

Vieram então os filhos dos homens e as filhas das mulheres e colheram as Rosas, não só as que estavam abertas como algumas ainda não desabrochadas; e depois as puseram no peito, na cabeça ou em grandes molhos, tudo conforme ordenara o Jardineiro. E levando-as para fora do jardim, foram com elas a um lugar de delícias, misterioso e remoto, onde todos os filhos dos homens e todas as filhas das mulheres as adoram prostrados no chão. E depois que o Jardineiro manda embora o sol, pega das Rosas cortadas pelos homens e pelas mulheres, e uma por uma prega-as no toldo azul que cobre a chácara e o jardim, onde elas ficam cintilantes durante a noite. E é assim que não faltam luzes que clareiem a noite quando o sol vai descansar por trás das grandes árvores do ocaso.

Elas brilham, elas cheiram, elas dão as cores mais lindas da terra. Sem elas nada haveria na terra, nem o sol, nem o jardim, nem a chácara, nem os ventos, nem as chuvas, nem os homens, nem as mulheres, nada mais do que o Jardineiro, que as tirou do seu cérebro, porque elas são os pensamentos do Jardineiro, desabrochadas no ar e postas na terra, criada para elas e para glória delas. Grande é o Jardineiro! Grande e eterno é o pai sublime das Rosas sublimes.

NO INÍCIO...

O cronista já começa desestabilizando o conhecimento habitual do leitor, com essa clara alusão ao Gênesis, a história da criação do mundo, só sob o ponto de vista das Rosas. Mesmo a divisão da crônica em "livros" é sugestiva, já que alude à divisão semelhante na Bíblia.

A CRIATURA...

"Mas a terra estremece. É o pé do Jardineiro que caminha para as Rosas." O cronista de fato nos convida a aceitar (e adotar) o ponto de vista das Rosas, em relação ao (jardim) mundo e seu (criador/mantenedor) Jardineiro. As Rosas são o centro e o sentido de tudo: "as outras plantas, todas criadas para a glória das Rosas".

O CRIADOR...

E a ironia é que, nos parágrafos finais, as Rosas são sacrificadas por conta de sua insatisfação, e a crônica se encerra com uma suprema louvação ao criador das Rosas, o Jardineiro, que se mostrou o senhor da vida e da morte desse mundo criado por esta crônica.

GARNIER

8 de outubro de 1893

Segunda-feira desta semana, o livreiro Garnier saiu pela primeira vez de casa para ir a outra parte que não a livraria. *Revertere ad locum tuum*[1] — está escrito no alto da porta do cemitério de S. João Batista[2]. Não, murmurou ele talvez dentro do caixão mortuário, quando percebeu para onde o iam conduzindo, não é este o meu lugar; o meu lugar é na Rua do Ouvidor 71, ao pé de uma carteira de trabalho, ao fundo, à esquerda: é ali que estão os meus livros, a minha correspondência, as minhas notas, toda a minha escrituração.

Durante meio século, Garnier não fez outra coisa, senão estar ali, naquele mesmo lugar, trabalhando.[3] Já enfermo desde alguns anos, com a morte no peito, descia todos os dias de Santa Teresa para a loja, de onde regressava antes de cair a noite. Uma tarde, ao encontrá-lo na rua,

1. "Volta ao teu lugar." O aviso remete à Criação, já que, segundo a Bíblia, Deus criou o homem a partir de um punhado de pó: "Do pó vieste, ao pó voltarás".
2. No bairro de Botafogo, Rio de Janeiro.
3. Baptiste Louis Garnier (1823-1893), parisiense de nascimento, veio para o Brasil em 1844 e é por muitos considerado o primeiro editor brasileiro. É uma figura fundamental na história de Machado de Assis, de muitos outros nossos escritores e da literatura no país. Sua livraria, aberta no mesmo ano de sua chegada ao Brasil, na rua da moda, a Ouvidor, logo se tornou o ponto de encontro dos mais famosos literatos e intelectuais da época. Machado de Assis seria um frequentador assíduo da livraria, onde em determinada época passou a ter uma cadeira reservada para ele, num canto, e era figura central dessas reuniões. A Garnier era o melhor lugar para encontrá-lo nos finais de tarde. Em 1869, o editor assinou um contrato de publicação dos livros de Machado, que passou a editá-los somente com a casa. O contrato lhe garantiu algum rendimento, o que foi importante para a conquista de estabilidade financeira. No entanto, dizem alguns que Garnier era mau pagador. Fosse como fosse, Machado escreveu esta bela homenagem por ocasião da morte do editor.

quando se recolhia, andando vagaroso, com os seus pés direitos, metido em um sobretudo, perguntei-lhe por que não descansava algum tempo. Respondeu-me com outra pergunta: *Pourriez-vous résister, si vous étiez forcé de ne plus faire ce que vous auriez fait pendant cinquante ans?*[4] Na véspera da morte, se estou bem informado, achando-se de pé, ainda planejou descer na manhã seguinte, para dar uma vista de olhos à livraria.

Essa livraria é uma das últimas casas da Rua do Ouvidor; falo de uma rua anterior e acabada. Não cito os nomes das que se foram porque não as conheceríeis, vós que sois mais rapazes que eu, e abristes os olhos em uma rua animada e populosa onde se vendem, ao par de belas joias, excelentes queijos. Uma das últimas figuras desaparecidas foi o Bernardo, o perpétuo Bernardo, cujo nome achei ligado aos charutos do Duque de Caxias, que tinha fama de os fumar únicos, ou quase únicos. Há casas como a Laemmert e o *Jornal do Comércio*, que ficaram e prosperaram, embora os fundadores se fossem; a maior parte, porém, desfizeram-se com os donos.

Garnier é das figuras derradeiras. Não aparecia muito; durante os 20 anos das nossas relações, conheci-o sempre no mesmo lugar ao fundo da livraria, que a princípio era em outra casa, n.° 69, abaixo da Rua Nova. Não pude conhecê-lo na da Quitanda, onde se estabeleceu primeiro. A carteira é que pode ser a mesma, como o banco

---

[4]. "Você suportaria se fosse impedido de fazer o que vem fazendo há cinquenta anos?"

alto onde ele repousava, às vezes, de estar em pé. Aí vivia sempre, pena na mão, diante de um grande livro, notas soltas, cartas que assinava ou lia. Com o gesto obsequioso, a fala lenta, os olhos mansos, atendia a toda gente. Gostava de conversar o seu pouco. Neste caso, quando a pessoa amiga chegava, se não era dia de mala ou se o trabalho ia adiantado e não era urgente, tirava logo os óculos, deixando ver no centro do nariz uma depressão do longo uso deles. Depois vinham duas cadeiras. Pouco sabia da política da terra, acompanhava a de França, mas só o ouvi falar com interesse por ocasião da guerra de 1870. O francês sentiu-se francês. Não sei se tinha partido; presumo que haveria trazido da pátria, quando aqui aportou, as simpatias da classe média para com a monarquia orleanista[5]. Não gostava do império napoleônico. Aceitou a república, e era grande admirador de Gambetta[6].

Daquelas conversações tranquilas, algumas longas, estão mortos quase todos os interlocutores, Liais[7], Fernandes Pinheiro[8], Macedo[9], Joaquim Norberto, José de Alencar, para só

5. A família imperial brasileira, os Orleans e Bragança.
6. Léon Gambetta (1838-1882), político francês que ocupou o cargo de primeiro-ministro da França entre novembro de 1881 e janeiro de 1882.
7. Caso se trate de Emmanuel Liais, Machado se equivocou quanto à data de sua morte. Liais, político, botânico, astrônomo e explorador francês, nasceu em 1826 e morreu em 1900. Morou muitos anos no Brasil, aonde chegou em 1858. Aqui, foi nomeado por D. Pedro II para dirigir o Observatório Imperial do Rio de Janeiro (1871-1881). Retornou logo depois à França, onde passou a viver, sem contato com o Brasil — e essa falta de notícias pode explicar o deslize de Machado.
8. Cônego Joaquim Fernandes Pinheiro (1826-1876), escritor e historiador.
9. Joaquim Manuel de Macedo (1820-1882), autor de *A Moreninha*, foi provavelmente o mais popular romancista brasileiro de seu tempo e é, até hoje, um dos símbolos do Romantismo. Outro que logo ocupou o coração do público foi José de Alencar (1829-1877), a quem Machado admirava muito e de quem se tornou amigo. Alen-

indicar estes. De resto, a livraria era um ponto de conversação e de encontro. Pouco me dei com Macedo, o mais popular dos nossos autores, pela *Moreninha* e pelo *Fantasma Branco*, romance e comédia que fizeram as delícias de uma geração inteira. Com José de Alencar foi diferente; ali travamos as nossas relações literárias. Sentados os dois, em frente à rua, quantas vezes tratamos daqueles negócios de arte e poesia, de estilo e imaginação, que valem todas as canseiras deste mundo. Muitos outros iam ao mesmo ponto de palestra. Não os cito, porque teria de nomear um cemitério, e os cemitérios são tristes, não em si mesmos, ao contrário. Quando outro dia fui a enterrar o nosso velho livreiro, vi entrar no de S. João Batista, já acabada a cerimônia e o trabalho, um bando de crianças que iam divertir-se. Iam alegres como quem não pisa memórias nem saudades[10]. As figuras sepulcrais eram, para elas, lin-

car e Machado dividiram, em certo momento, a preferência da crítica como os dois maiores romancistas brasileiros. Machado deu continuidade e ampliou o projeto de Alencar de, em parte de sua obra — os *romances urbanos e perfis de mulher* (*Cinco Minutos, A Viuvinha, Lucíola, Diva, Senhora*) —, retratar os dilemas de um país que se queria integrado ao progresso do mundo, compondo personagens ao mesmo tempo locais e universais, como a esplêndida Aurélia Camargo, de *Senhora*. Machado reconheceu sua dívida para com Alencar e se tornou grande amigo do filho do escritor, o crítico Mário de Alencar, confidente de Machado de Assis até seus últimos dias.
10. Naquele *solo sagrado* onde se pisa, estão sepultadas pessoas — "memórias e saudades". Uma metonímia, que segundo o dicionário *Aurélio* é: "1. Tropo que consiste em designar um objeto por palavra designativa doutro objeto que tem com o primeiro uma relação de causa e efeito (trabalho, por obra), de continente e conteúdo (copo, por bebida), lugar e produto (porto, por vinho do Porto), matéria e objeto (bronze, por estatueta de bronze), abstrato e concreto (bandeira, por pátria), autor e obra (um Camões, por um livro de Camões), a parte pelo todo (asa, por avião), etc.", mas que podemos simplesmente considerar uma belíssima imagem construída com palavras.

das bonecas de pedra; todos esses mármores faziam um mundo único, sem embargo das suas flores mofinas, ou por elas mesmas, tal é a visão dos primeiros anos. Não citemos nomes. Nem mortos, nem vivos. Vivos há-os ainda, e dos bons, que alguma coisa se lembrarão daquela casa e do homem que a fez e perfez. Editar obras jurídicas ou escolares, não é mui difícil; a necessidade é grande, a procura certa. Garnier, que fez custosas edições dessas, foi também editor de obras literárias, o primeiro e o maior de todos. Os seus catálogos estão cheios dos nomes principais, entre os nossos homens de letras. Macedo e Alencar, que eram os mais fecundos, sem igualdade de mérito, Bernardo Guimarães[11], que também produziu muito nos seus últimos anos, figuram ao pé de outros, que entraram já consagrados, ou acharam naquela casa a porta da publicidade e o caminho da reputação.

Não é mister lembrar o que era essa livraria tão copiosa e tão variada, em que havia tudo, desde a teologia até à novela, o livro clássico, a composição recente, a ciência e a imaginação, a moral e a técnica. Já a achei feita; mas vi-a crescer ainda mais, por longos anos. Quem a vê agora, fechadas as portas, trancados os mostradores, à espera da justiça, do inventário e dos herdeiros, há de sentir que falta alguma coisa à rua. Com efeito, falta uma grande parte dela, e bem pode ser que não volte, se a casa não conservar a mesma tradição e o mesmo espírito.

---

11. Bernardo Joaquim da Silva Guimarães (1825-1884), romancista e poeta brasileiro. Escreveu o romance *A Escrava Isaura*, publicado por Garnier em 1875.

Pessoalmente, que proveito deram a esse homem as suas labutações? O gosto do trabalho, um gosto que se transformou em pena, porque no dia em que devera libertar-se dele, não pôde mais; o instrumento da riqueza era também o do castigo. Esta é uma das misericórdias da Divina Natureza. Não importa: laboremos[12]. Valha sequer a memória, ainda que perdida nas páginas dos dicionários biográficos. Perdure a notícia, ao menos, de alguém que neste país novo ocupou a vida inteira em criar uma indústria liberal, ganhar alguns milhares de contos de réis, para ir afinal dormir em sete palmos de uma sepultura perpétua. Perpétua!

---

12. Apesar da dúvida, resigna-se o cronista: continuemos trabalhando.

DO PÓ SE FEZ VIDA

A crônica "Garnier" por vezes é dita um *obituário* (ou *necrológio*). Mas, passando pela mão de Machado, esse registro, de praxe, sumário factual da vida e da morte de uma celebridade, ganha outro tom. Não se trata de um obituário propriamente, mas da reflexão sobre o sentido da vida. E não apenas da vida do livreiro Garnier — tão fértil e útil, pelo que indica a crônica —, mas de todos nós, haja vista o último parágrafo, tão dramático, que é muito próximo de outras reflexões de *beira de túmulo* de Machado. Note-se, além disso, o início do texto, uma *entrada* inusitada e instigante ao tema da crônica. Do começo ao fim, esta crônica, na verdade, contradiz o ciclo do pó ("dele vieste e a ele voltarás").

[REGULAMENTO DOS BONDES]

4 de julho de 1883

Ocorreu-me compor umas certas regras para uso dos que frequentam os *bonds*. O desenvolvimento que tem tido entre nós este meio de locomoção, essencialmente democrático, exige que ele não seja deixado ao puro capricho dos passageiros. Não posso dar aqui mais do que alguns extratos do meu trabalho; basta saber que tem nada menos de setenta artigos. Vão apenas dez.

Art. I — Dos encatarroados — Os encatarroados podem entrar nos *bonds*, com a condição de não tossirem mais de três vezes dentro de uma hora, e no caso de pigarro, quatro.

Quando a tosse for tão teimosa que não permita esta limitação, os encatarroados têm dois alvitres: — ou irem a pé, que é bom exercício, ou meterem-se na cama. Também podem ir tossir para o diabo que os carregue.

Os encatarroados que estiverem nas extremidades dos bancos devem escarrar para o lado da rua, em vez de o fazerem no próprio *bond*, salvo caso de aposta, preceito religioso ou maçônico, vocação etc., etc.

Art. II — Da posição das pernas — As pernas devem trazer-se de modo que não constranjam os passageiros do mesmo banco. Não se proíbem formalmente as pernas abertas, mas com a condição de pagar os outros lugares, e fazê-los ocupar por meninas pobres ou viúvas desvalidas mediante uma pequena gratificação.

Art. III — Da leitura dos jornais — Cada vez que um passageiro abrir a folha que estiver lendo, terá o cuidado de não roçar as ventas dos vizinhos, nem levar-lhes os chapéus; também não é bonito encostá-lo no passageiro da frente.

Art. IV — Dos quebra-queixos — É permitido o uso dos quebra-queixos em duas circunstâncias: — a primeira quando não for ninguém no *bond*, e a segunda ao descer.

Art. V — Dos amoladores — Toda a pessoa que sentir necessidade de contar os seus negócios íntimos, sem interesse para ninguém, deve primeiro indagar do passageiro escolhido para uma tal confidência, se ele é assaz cristão e resignado. No caso afirmativo, perguntar-lhe-á se prefere a narração ou uma descarga de pontapés; a pessoa deve imediatamente pespegá-los. No caso, aliás extraordinário e quase absurdo, de que o passageiro prefira a narração, o proponente deve fazê-la minuciosamente, carregando muito nas circunstâncias mais triviais, repetindo os ditos, pisando e repisando as coisas, de modo que o paciente jure aos seus deuses não cair em outra.

Art. VI — Dos perdigotos — Reserva-se o banco da frente para a emissão dos perdigotos, salvo as ocasiões em que a chuva obriga a mudar a posição do banco. Também podem emitir-se na plataforma de trás, indo o passageiro ao pé do condutor, e a cara voltada para a rua.

Art. VII — Das conversas — Quando duas pessoas, sentadas a distância, quiserem dizer alguma coisa em voz alta, terão cuidado de não gastar mais de quinze ou vinte palavras, e, em todo o caso, sem alusões maliciosas, principalmente se houver senhoras.

Art. VIII — Das pessoas com morrinha — As pessoas que tiverem morrinha podem participar dos *bonds* indiretamente: ficando na calçada, e vendo-os passar de um lado para outro. Será melhor que morem em rua por onde eles passem, porque então podem vê-los mesmo da janela.

Art. IX — Da passagem às senhoras — Quando alguma senhora entrar, deve o passageiro da ponta levantar-se e dar passagem, não só porque é incômodo para ele ficar sentado, apertando as pernas, como porque é uma grande má-criação.

Art. X — Do pagamento — Quando o passageiro estiver ao pé de um conhecido, e, ao vir o condutor receber as passagens, notar que o conhecido procura o dinheiro com certa vagareza ou dificuldade, deve imediatamente pagar por ele: é evidente que, se ele quisesse pagar, teria tirado o dinheiro mais depressa.

DEMOCRACIA PUXADA A BURRO

A ironia de Machado contra os maus modos também trai outra coisa, que está dissimulada na classificação do bonde como "essencialmente democrático". Já é época em que o *transporte público* se torna disseminado. Inaugurada em 1868, a Botanical Garden Railroad, concessionária do transporte na cidade, foi a primeira que se firmou no ramo, com todas as suas limitações; no caso, trata-se de bondes puxados a burro. Os contatos entre gêneros e classes sociais se torna mais comum, mulheres e homens lado a lado no banco; humildes trabalhadores com homens mais bem situados na vida. A crônica, aqui, mesmo em tom de gozação, reflete também a relativa novidade da situação — ou pelo menos que os seus conflitos básicos ainda estão vívidos, 15 anos depois da entrada em funcionamento dos *bonds*.

GRAPHIA

Se fosse mantida a grafia antiga desta e de outras crônicas de Machado, o leitor se deliciaria com palavras como: *elle, incommodo, fazel-os, encostal-o, perguntar-lhe-há*. Como se vê, não é apenas no que nos conta uma história que se pode viajar no tempo, mas também em como era a grafia daquela época.

...

[COMO NOÉ NO DILÚVIO]

1º de julho de 1894

Quinta-feira de manhã fiz como Noé[1], abri a janela da arca e soltei um corvo. Mas o corvo não tornou, de onde inferi que as cataratas do céu e as fontes do abismo continuavam escancaradas. Então disse comigo: As águas hão de acabar algum dia. Tempo virá em que este dilúvio termine de uma vez para sempre, e a gente possa descer e palmear a Rua do Ouvidor e outros becos[2]. Sim, nem sempre há de chover. Veremos ainda o céu azul como a alma da gente nova. O sol, deitando fora a carapuça, espalhará outra vez os grandes cabelos louros. Brotarão as ervas. As flores deitarão aromas capitosos.

Enquanto pensava, ia fechando a janela da arca e tornei depois aos animais que trouxera comigo, à imitação de Noé. Todos eles aguardavam notícias do fim. Quando souberam que não havia notícia nem fim, ficaram desconsolados.

— Mas que diabo vos importa um dia mais ou menos de chuva? perguntei-lhes. Vocês aqui estão comigo, dou-lhes tudo; além da minha conversação, viveis em paz, ainda os que sois inimigos, lobos e cordeiros, gatos e ratos. Que vos importa que chova ou não chova?

1. Já se destacou anteriormente quanto Machado trabalhava paródias de episódios e textos bíblicos.
2. Cai o dilúvio, mas não o universal, e sim uma chuvarada que (provavelmente há dias) impede o cronista de ir à Rua do Ouvidor — centro da moda, intelectual e social do Rio de Janeiro —, que aqui o cronista finge desdenhar a ponto de chamá-la de *beco*.

— Senhor meu, disse-me um espadarte, eu sou grato, e todos os nossos o são, ao cuidado que tivestes em trazer para aqui uma piscina, onde podemos nadar e viver — mas piscina não vale o mar; falta-nos a onda grossa e as corridas de peixes grandes e pequenos, em que nos comemos uns aos outros, com grande alma. Isto que nos destes, prova que tendes bom coração, mas nós não vivemos do bom coração dos homens. Vamos comendo, é verdade, mas comendo sem apetite, porque o melhor apetite...

Foi interrompido pelo galo, que bateu as asas, e, depois de cantar três vezes, como nos dias de Pedro[3], proferiu esta alocução:

— Pela minha parte, não é a chuva que me aborrece. O que me aborreceu desde o princípio do dilúvio, foi a vossa ideia de trazer sete casais de cada vivente, de modo que somos aqui sete galos e sete galinhas, proporção absolutamente contrária às mais simples regras da aritmética, ao menos as que eu conheço. Não brigo com os outros galos, nem eles comigo, porque estamos em tréguas, não por falta de *casus belli*[4]. Há aqui seis galos de mais. Se os mandássemos procurar o corvo?

Não lhe dei ouvidos. Fui dali ver o elefante enroscando a tromba no surucucu, e o surucucu enroscando-se na tromba do elefante. O camelo esticava o pescoço, procurando algumas léguas de deserto, ou quando menos, uma rua do Cairo.

3. O galo cantaria três vezes no dia da prisão de Cristo, a cada momento em que Pedro renegasse o Mestre, por medo de que o detivessem também.
4. Em latim, "razão para guerra".

Perto dele, o gato e o rato ensinavam histórias um ao outro. O gato dizia que a história do rato era apenas uma longa série de violências contra o gato, e o rato explicava que, se perseguia o gato, é porque o queijo o perseguia a ele. Talvez nenhum deles estivesse convencido. O sabiá suspirava. A um canto, a lagartixa, o lagarto e o crocodilo palestravam em família. Coisa digna da atenção do filósofo é que a lagartixa via no crocodilo uma formidável lagartixa, e o crocodilo achava a lagartixa um crocodilo mimoso; ambos estavam de acordo em considerar o lagarto um ambicioso sem gênio (versão lagartixa) e um presumido do sem graça (versão crocodilo).

— Quando lhe perguntaram pelos avós, observou o crocodilo, costuma responder que eles foram os mais belos crocodilos do mundo, o que pode provar com papiros antiquíssimos e autênticos...

— Tendo nascido, concluiu a lagartixa, tendo nascido na mais humilde fenda de parede, como eu... Crocodilo de bobagem!

— Notai que ele fala muito do loto e do nenúfar, refere casos do hipopótamo, para enganar os outros, confunde Cleópatra[5] com o Quediva[6], e as antigas dinastias com o governo inglês...

Tudo isso era dito sem que o lagarto fizesse caso. Ao contrário, parecia rir, e costeava a parede da arca, a ver se

---

5. Última rainha do Egito, morta em 30 a.C., imortalizada por Shakespeare na tragédia *Antônio e Cleópatra*.
6. Título do antigo vice-rei do Egito, ou *paxá*, quando o país estava sob o domínio da Turquia.

achava algum calor de sol. Era então sexta-feira, à tardinha. Pareceu-me ver por uma fresta uma linha azul. Chamei uma pomba e soltei-a pela janela da arca. Nisto chegou o burro, com uma águia pousada na cabeça, entre as orelhas. Vinha pedir-me, em nome das outras alimárias, que as soltasse. Falou-me teso e quieto, não tanto pela circunspeção da raça, como pelo medo, que me confessou, de ver fugir-lhe a águia, se mexesse muito a cabeça. E dizendo-lhe eu que acabava de soltar a pomba, agradeceu-me e foi andando. Pelas dez horas da noite, voltou a pomba com uma flor no bico. Era o primeiro sinal de que as águas iam descendo.

— As águas são ainda grandes, disse-me a pomba, mas parece que foram maiores. Esta flor não foi colhida de erva, mas atirada pela janela fora de uma arca, cheia de homens, porque há muitas arcas boiando. Esta de que falo, deitou fora uma porção de flores, colhi esta que não é das menos lindas.

Examinei a flor; era de retórica[7]. Nenhum dos animais conhecia tal planta. Expliquei-lhes que era uma flor de estufa, produto da arte humana, que ficava entre a flor de pano e a da campina. Há de haver alguma academia aí perto, concluí, academia ou parlamento.

Ontem, sobre a madrugada, tornei a abrir a janela e soltei outra vez a pomba, dizendo aos outros que, se ela não

---

7. A ironia é imensa; não se trata de uma flor, mas de uma imagem construída com a palavra *flor*, quando se diz que outra imagem é tão bem-feita, tão bem construída que se trata de uma verdadeira *flor de retórica*; o fato de o cronista manusear uma *flor de retórica* é *literalmente* uma flor de retórica.

tornasse, era sinal de que as águas estavam inteiramente acabadas. Não voltando até o meio-dia, abri tudo, portas e janelas, e despejei toda aquela criação neste mundo. Desisto de descrever a alegria geral. As borboletas e as aranhas iam dançando a tarantela, a víbora adornava o pescoço do cão, a gazela e o urubu, de asa e braço dados, voavam e saltavam ao mesmo tempo... Viva o dilúvio! e viva o sol!

ENTRELINHAS

CHOVENDO (COM ARTE) NO MOLHADO

Outro cronista, quem sabe, menos hábil em lidar com ficção, teria de comentar uma semana de muita chuva de maneira mais *realista*. Machado, para fazer isso, cria uma versão paródica do dilúvio em que faz o papel de Noé. É sempre uma maneira de dizer como uma chuvarada transtorna a vida das pessoas e da cidade. Mas somente Machado faria esse comentário sem se limitar a chover no molhado.

FLORES DA RETÓRICA

"A propósito de tudo, a propósito de nada, ele destila, gota a gota, os tesouros da sua experiência e da sua sabedoria, com um desprezo benevolente dos homens, rindo e cantando, numa desolação serena, diante das frivolidades humanas (...) A ironia é o fio da verdadeira sabedoria". Assim escreve Alfredo Pujol. Claro que nesta crônica há críticas veladas contra certos aspectos da sociedade de sua época, sobre a pessoa humana e suas manias. Mas não se pode também ler este texto como, acima de tudo, algo criado para divertir, para entreter?

•••

[NOVIDADE NA ATA DA ASSEMBLEIA DE ACIONISTAS]

19 de junho de 1892[1]

O Banco Iniciador de Melhoramentos acaba de iniciar um melhoramento, que vem mudar essencialmente a composição das atas das assembleias gerais de acionistas.

Estes documentos (toda a gente o sabe) são o resumo das deliberações dos acionistas, quer dizer uma narração sumária, em estilo indireto e seco, do que se passou entre eles, relativamente ao objeto que os congregou. Não dão a menor sensação dos movimentos e da vida dos debates. As narrações literárias, quando se regem por esse processo, podem vencer o tédio, à força de talento, mas é evidentemente melhor que as coisas e pessoas se exponham por si mesmas, dando-se a palavra a todos, e a cada um a sua natural linguagem.

Tal é o melhoramento a que aludo. A ata que aquela associação publicou esta semana, é um modelo novo, de extraordinário efeito. Nada falta do que se disse, e pela boca de quem disse, à maneira dos debates congressionais. — "Peço a palavra pela ordem" — "Está encerrada a discussão e vai-se proceder à votação. Os senhores que aprovam queiram ficar sentados." Tudo assim, qual se passou, se ouviu, se replicou e se acabou.

E basta um exemplo para mostrar a vantagem da reforma. Tratando-se de resolver sobre o balanço, consultou o presidente à assembleia se a votação seria por ações, ou

---

[1]. Esta crônica é muito conhecida pelo título de "O bocejo", que também não foi dado por Machado de Assis.

não. Um só acionista adotou a afirmativa; e tanto bastava para que os votos se contassem por ações, como declarou o presidente, mas outro acionista pediu a palavra pela ordem. "Tem a palavra pela ordem." E o acionista: "Peço a V. Exa. Sr. presidente, que consulte ao Sr. acionista que se levantou, se ele desiste, visto que a votação por ações, exigindo a chamada, tomará muito tempo". Consultado o divergente, este desistiu, e a votação se fez *per capita*. Assim ficamos sabendo que o tempo é a causa da supressão de certas formalidades exteriores; e assim também vemos que cada um, desde que a matéria não seja essencial, sacrifica facilmente o seu parecer em benefício comum.

O pior é se corromperem este uso, e se começarem a fazer das sociedades pequenos parlamentos. Será um desastre. Nós pecamos pelo ruim gosto de esgotar todas as novidades. Uma frase, uma fórmula, qualquer coisa, não a deixamos antes de posta em molambo. Casos há em que a própria referência crítica ao abuso perde a graça que tinha, à força da repetição; e quando um homem quer passar por insípido (o interesse toma todas as formas), alude a uma dessas chatezas públicas. Assim morrem afinal os usos, os costumes, as instituições, as sociedades, o bom e o mau. Assim morrerá o Universo, se se não renovar frequentemente.

Quando, porém, acabará o *nome que encima estas linhas*? Não sei quem foi o primeiro que compôs esta frase, depois de escrever no alto do artigo o nome de um cidadão. Quem inventou a pólvora? Quem inventou a imprensa, descontando Gutenberg[2], porque os chins a conheciam? Quem inventou o bocejo, excluindo naturalmente o Criador, que, em verdade, não há de ter visto sem algum tédio as impaciências de Eva? Sim, pode ser que na alta mente divina estivesse já o primeiro consórcio e a consequente humanidade. Nada afirmo, porque me falta a devida autoridade teológica; uso da forma dubitativa. Entretanto, nada mais possível que a Criação trouxesse já em gérmen uma longa espécie superior, destinada a viver num eterno paraíso.

Eva é que atrapalhou tudo. E daí, razoavelmente, o primeiro bocejo.

— Como esta espécie corresponde já à sua índole! diria Deus consigo. Há de ser assim sempre, impaciente, incapaz de esperar a hora própria. Nunca os relógios, que há de inventar, andarão todos certos. Por um exato, contar-se-ão milhões divergentes, e a casa em que dois marearem o mesmo minuto, não apresentará igual fenômeno vinte e quatro horas depois. Espécie inquieta, que formará reinos para devorá-los, repúblicas para dissolvê-las, democracias, aristocracias, oligarquias, plutocracias, autocracias, para acabar com elas, à procura do ótimo, que não achará nunca.

E, bocejando outra vez, terá Deus acrescentado:

— O bocejo, que em mim é o sinal do fastio que me dá este espetáculo futuro, também a espécie humana o terá, mas por impaciência. O tempo lhe parecerá a eternidade. Tudo que lhe durar mais de algumas horas, dias, semanas, meses ou anos

---

2. Inventor da imprensa, alemão, nasceu por volta da década de 1390 e morreu em 1468.

(porque ela dividirá o tempo e inventará almanaques), há de torná-la impaciente de ver outra coisa e desfazer o que acabou de fazer, às vezes antes de o ter acabado. Compreenderá as vacas gordas, porque a gordura dá que comer, mas não entenderá as vacas magras; e não saberá (exceto no Egito, onde porei um mancebo chamado José[3]) encher os celeiros dos anos graúdos, para acudir à penúria dos anos miúdos. Falará muitas línguas, *beresith, ananké, habeas corpus*[4], sem se fixar de vez em uma só, e quando chegar a entender que uma língua única é precisa, e inventar o *volapuk*[5], sucessor do parlamentarismo, terá começado a decadência e a transformação. Pode ser então que eu povoe o mundo de canários.

Mas se assim explicarmos o primeiro bocejo divino, como acharmos o primeiro bocejo humano? Trevas tudo. O mesmo se dá com o *nome que encima estas linhas*. Nem me lembra em que ano apareceu a fórmula. Bonita era, e o verbo *encimar* não era feio. Entrou a reproduzir-se de um modo infinito. Toda a gente tinha um nome que encimar algumas linhas. Não havia aniversário, nomeação, embarque, desem-

---

[3]. Na Bíblia, o mancebo (rapaz, jovem) José será vidente, fará previsões do futuro baseado em sonhos.
[4]. Nenhuma dessas palavras é nome de língua. *Beresith* é a primeira palavra do Gênesis — significa "no começo"...; *Ananké* é um personagem da mitologia grega, mãe das Moiras, aquelas que fiavam o destino dos homens e determinavam a morte, quando cortavam a linha — a palavra significa "destino", em grego; *habeas corpus* ("tenhamos o corpo") é um termo jurídico vindo do latim, um instrumento que tem a finalidade de proteger a integridade e locomoção do indivíduo lesado em seu direito.
[5]. Língua inventada pelo padre alemão Johann Martin Schyler, em 1879, ou seja, uma língua *artificial* — se é a sucessora do *parlamentarismo*, segundo o cronista, é talvez por ele achar também esse sistema político *artificial*, uma imposição que viola as crenças e principalmente os hábitos e a cultura do povo.

barque, esmola, inauguração, não havia nada que não inspirasse algumas linhas a alguém, — às vezes com o maior fim de encimá-las por um nome. Como era natural, a fórmula foi-se gastando[6] — mas gastando pelo mesmo modo por que se gastam os sapatos econômicos, que envelhecem tarde. E todos os nomes do calendário foram encimando todas as linhas; depois, repetiram-se:

Si cette histoire vous embête
Nous allons la recommencer.[7]

---

6. É o que acontece com expressões que se tornam *lugar-comum*, como se diz; ficam gastas, como a expressão mencionada pelo cronista.

7. Também um *lugar-comum* de quadrinha popular para encerrar histórias que são contadas, algo que corresponde ao nosso "Quem quiser que conte outra", mas aqui alterado para fazer paródia: "Se esta história o entedia / Vamos reiniciá-la". Na quadrinha popular seria: "Se esta história lhe agrada / Vamos reiniciá-la".

TALENTO X TÉDIO

"As narrações literárias, quando se regem por esse processo, podem vencer o tédio, à força de talento, mas é evidentemente melhor que as coisas e pessoas se exponham por si mesmas, dando-se a palavra a todos, e a cada um a sua natural linguagem." Há uma boa lição de criação literária nessa frase. Machado é sempre um escritor que procura dar vida própria a seus personagens, em vez de ocupar todo o espaço de atuação deles pela voz do narrador — a não ser quando é um narrador do tipo que, deliberadamente, não quer dar espaço aos demais personagens para se expor ou se expressar, como muita gente acha que é o caso de Bento Santiago, narrador de *Dom Casmurro*, que não dá espaço a Capitu, justamente para fazer prevalecer sua versão da história dos dois.

DIGRESSÃO

O cronista toma (sonsamente) por *gancho* (termo jornalístico que significa um episódio que dá oportunidade ou motiva a publicação de uma matéria) uma ata de reunião de acionistas, que nada tem a ver com manias ou virtudes humanas — pelo menos não com sua origem, na impaciência de Eva —, para, bem a seu modo, traçar suas *digressões*. Quer dizer, do episódio inicial, vai indo, vai indo, se distancia, perde-o de vista. Envolve o leitor pelo texto saboroso e pela maneira inteligente como encadeia seus argumentos. Esse movimento *digressivo* é típico de Machado de Assis, de sua maneira não esquemática, não racionalista de desenvolver seus textos, e podem-se encontrar momentos como esses também em seus romances e contos.

•••

[TIRADENTES]

24 de abril de 1892[1]

Na segunda-feira da semana que findou, acordei cedo, pouco depois das galinhas, e dei-me ao gosto de propor a mim mesmo um problema. Verdadeiramente era uma charada, mas o nome de problema dá dignidade, e excita para logo a atenção dos leitores austeros[2]. Sou como as atrizes que já não fazem benefício, mas *festa artística*. A coisa é a mesma, os bilhetes crescem de igual modo, seja em número, seja em preço; o resto, comédia, drama, opereta, uma polca[3] entre dois atos, uma poesia, vários ramalhetes, lampiões fora, e os colegas em grande gala, oferecendo em cena o retrato à beneficiada.

Tudo pede certa elevação. Conheci dois velhos estimáveis, vizinhos, que esses tinham todos os dias a sua festa artística. Um era Cavaleiro da Ordem da Rosa[4], por serviços *em relação* à guerra do Paraguai; o outro tinha o posto de tenente da guarda nacional da reserva, a que prestava bons serviços. Jogavam xadrez, e dormiam no intervalo das jogadas. Despertavam-se um ao outro desta maneira:

1. Trata-se da primeira crônica que Machado escreveu para a *Gazeta de Notícias*, inaugurando assim sua nova coluna, "A Semana", que muitos apontam como sendo a mais brilhante de toda a sua carreira no gênero. Já na época, ele era um escritor consagrado, popular, tanto que nem sequer assinava suas crônicas, e isso não impedia que todos reconhecessem seu estilo.
2. Uma charada exige *adivinhação*; já um problema, resolve-se mais pelo raciocínio.
3. Gênero musical muito popular na época, feito para dançar. Machado tem um intrigante conto sobre um compositor de polcas, "Um homem célebre", de 1888, coletado no livro *Várias Histórias*.
4. Condecoração concedida pelo imperador. Machado ganhara a Ordem da Rosa em 1888.

"Caro *major!*" — "Pronto, *comendador!*" — Variavam às vezes: — "Caro *comendador!*" — "Aí vou, *major*". Tudo pede certa elevação.

Para não ir mais longe. Tiradentes[5]. Aqui está um exemplo. Tivemos esta semana o centenário do grande mártir. A prisão do heroico alferes é das que devem ser comemoradas por todos os filhos deste país, se há nele patriotismo, ou se esse patriotismo é outra coisa mais que um simples motivo de palavras grossas e rotundas. A capital portou-se bem. Dos Estados estão vindo boas notícias. O instinto popular, de acordo com o exame da razão, fez da figura do alferes Xavier o principal dos Inconfidentes, e colocou os seus parceiros a meia ração da glória[6]. Merecem, decerto, a nossa estimação aqueles outros; eram patriotas. Mas o que se ofereceu a carregar com os pecados de Israel[7], o que chorou de alegria quando viu comutada a pena de morte dos seus companheiros, pena que só ia ser executada nele, o enforcado, o esquartejado, o decapitado, esse tem de receber o prêmio na proporção do martírio, e ganhar por todos, visto que pagou por todos.

5. Joaquim José da Silva Xavier (1746-1792). Pelo que nossa história conta, foi o líder da Inconfidência Mineira (Ouro Preto, final da década de 1780). Foi condenado à morte. Enforcado em 21 de abril de 1892, foi esquartejado, e as partes de seu corpo, penduradas em postes ao longo do caminho entre Ouro Preto e o Rio de Janeiro. A cabeça, exposta na praça central de Ouro Preto, foi roubada em meio à madrugada — assim se imagina, por concidadãos do rebelde — e sepultada em lugar desconhecido.
6. Uma vez sendo Tiradentes eleito oficialmente o herói da Inconfidência, os demais Inconfidentes tiveram seu papel ofuscado.
7. Como fez Cristo. Machado aqui expressa sua admiração pela figura histórica (diferente do mito criado e de sua exploração política) de Tiradentes.

Um dos oradores do dia 21 observou que se a Inconfidência tem vencido, os cargos iam para os outros conjurados, não para o alferes. Pois não é muito que, não tendo vencido, a história lhe dê a principal cadeira. A distribuição é justa. Os outros têm ainda um belo papel; formam, em torno de Tiradentes, um coro igual ao das Oceânides[8] diante de Prometeu encadeado. Relede Ésquilo, amigo leitor. Escutai a linguagem compassiva das ninfas[9], escutai os gritos terríveis, quando o grande titão[10] é envolvido na conflagração geral das coisas.

Mas, principalmente, ouvi as palavras de Prometeu narrando os seus crimes às ninfas amadas: "Dei o fogo aos homens; esse mestre lhes ensinará todas as artes". Foi o que nos fez Tiradentes.

Entretanto, o alferes Joaquim José tem ainda contra si uma coisa, a alcunha. Há pessoas que o amam, que o admiram, patrióticas e humanas, mas que não podem tolerar esse nome de Tiradentes. Certamente que o tempo trará a familiaridade do nome e a harmonia das sílabas; imaginemos, porém, que o alferes tem podido galgar pela imaginação um século e despachar-se

---

8. Filhas de Oceano, deus dos mares na mitologia grega. As Oceânides se aproximam de Prometeu quando este, por castigo imposto de Zeus, está acorrentado (*encadeado*) à rocha. A saga de Prometeu está contada em três peças escritas por Ésquilo (c. 525 a.C.-456 a.C.).
9. Na mitologia grega, divindades menores, dos bosques, rios, etc.
10. Os *titãs* eram inimigos de Zeus, deus dos deuses do Olimpo. Na guerra entre uns e outros, Prometeu ficou ao lado de Zeus, mas, quando roubou o fogo dos deuses para dá-lo aos seres humanos (representando a inauguração da inteligência e da cultura na humanidade), caiu em desgraça.

cirurgião-dentista. Era o mesmo herói, e o ofício era o mesmo; mas traria outra dignidade. Podia ser até que, com o tempo, viesse a perder a segunda parte, dentista, e quedar-se apenas cirurgião.

Há muitos anos, um rapaz — por sinal que bonito — estava para casar com uma linda moça — a aprazimento de todos, pais e mães, irmãos, tios e primos. Mas o noivo demorava o consórcio; adiava de um sábado para outro, depois quinta-feira, logo terça, mais tarde sábado; — dois meses de espera. Ao fim desse tempo, o futuro sogro comunicou à mulher os seus receios. Talvez o rapaz não quisesse casar. A sogra, que antes de o ser já era, pegou o pau moral[11], e foi ter com o esquisito genro. Que histórias eram aquelas de adiamento?

— Perdão, minha senhora, é uma nobre e alta razão; espero apenas...

— Apenas...?

— Apenas o meu título de agrimensor.

— De agrimensor? Mas quem lhe diz que minha filha precisa do seu ofício para comer? Case, que não morrerá de fome; o título virá depois.

— Perdão, mas não é pelo título de agrimensor, propriamente dito, que estou demorando o casamento. Lá na roça dá-se ao agrimensor, por cortesia, o título de doutor, e eu quisera casar já doutor...

---

11. *Pegar o pau moral* equivale a dizer "encher-se de brios", ou "chamar às falas", ou algum outro clichê que signifique que a sogra foi tomar satisfações do moço ou perguntar se, afinal de contas, ele estava mesmo querendo se casar com a filha dela.

Sogra, sogro, noiva, parentes, todos entenderam esta sutileza, e aprovaram o moço. Em boa hora o fizeram. Dali a três meses recebia o noivo os títulos de agrimensor, de doutor e de marido.

Daqui ao caso eleitoral é menos que um passo; mas, não entendendo eu de política, ignoro se a ausência de tão grande parte do eleitorado na eleição do dia 20 quer dizer descrença, como afirmam uns, ou abstenção como outros juram. A descrença é fenômeno alheio à vontade do eleitor: a abstenção[12] é propósito. Há quem não veja em tudo isto mais que ignorância do poder daquele fogo que Tiradentes legou aos seus patrícios. O que sei é que fui à minha seção para votar, mas achei a porta fechada e a urna na rua, com os livros e ofícios. Outra casa os acolheu compassiva, mas os mesários não tinham sido avisados e os eleitores eram cinco. Discutimos a questão de saber o que é que nasceu primeiro, se a galinha, se o ovo.[13] Era o problema, a charada, a adivinhação de segunda-feira. Dividiram-se as opiniões; uns foram pelo

---

12. Faltar ao voto, deixar de ir votar. A eleição (cf. John Gledson, "A Semana", p. 47) foi para eleger um senador. Dos mais de 25 mil eleitores escritos, somente 3.112 compareceram. Na nota de Gledson, consta uma observação da *Gazeta de Notícias* dando uma explicação à abstenção: "Urna e espada não foram feitas para andar juntas". Com a renúncia de Deodoro, Floriano, seu vice, assumiu a presidência, apesar de a Constituição exigir a convocação de eleições. Por conta disso, o governo tentava se impor por vários meios. Floriano governava o país de um modo que lhe valeu o apelido de Marechal de Ferro.

13. A charada talvez fosse se a abstenção era causada por uma eleição já em si esvaziada, até por ocorrer sob um governo ditatorial e illegal, ou se o esvaziamento político da eleição era causado pela abstenção (pelo desinteresse ou ainda, quem sabe, por um protesto) do eleitor.

ovo outros pela galinha; o próprio galo teve um voto. Os candidatos é que não tiveram nem um, porque os mesários não vieram e bateram dez horas. Podia acabar em prosa, mas prefiro o verso:

Sara, belle d'indolence,
Se balance
Dans un hamac...[14]

---

[14]. "Sara, bela na indolência / Se balança / Numa rede...", "Sara, *la baigneuse*" — (Sara, a banhista), *Orientales*, de Victor Hugo (1802-1885).

HERÓI NACIONAL

Em 1890, a República recém-proclamada elegeu Tiradentes o símbolo da liberdade e herói nacional. A celebração dos cem anos da morte do Inconfidente era aguardada como um momento decisivo pelo governo, que esperava se popularizar. Esta crônica, publicada poucos dias depois do Centenário, é uma ousadia fina, irreverente. E Machado tornaria ao tema um mês depois, em 22 de maio daquele ano: "Este Tiradentes, se não toma cuidado, acaba inimigo público". O cronista debocha da maneira como se construiu um Tiradentes mártir e herói (não deixa de reconhecer a nobreza da figura, mas, nas entrelinhas, lamenta a utilização política, a criação de um mito). Mostra, nesta crônica, como, da mesma maneira, também se pode mitificar a história para tornar heróis traidores: "E assim fica retirada a história: antes de 1904 ou 1905, Tiradentes será apeado do pedestal que lhe deu um sentimentalismo mofento, que se lembra de glorificar um homem só porque morreu logo, como se alguém não morresse sempre antes dos outros, e, ademais, enforcado, que é morte pronta. Quanto ao esquartejamento e à exposição da cabeça, está provado empírica e cientificamente que o cadáver não padece, e tanto faz cortar-lhe as pernas como dar-lhe umas calças".

ARREAMENTO

Na crônica aqui reproduzida ("A prisão do heroico alferes é das que devem ser comemoradas por todos os filhos deste país, se há nele patriotismo, ou se esse patriotismo é outra coisa mais que um simples motivo de palavras grossas e rotundas."), fica claro que Machado se insurge não contra a figura do herói, mas contra a exploração política da figura de Tiradentes por um governo afundado em crises econômicas e políticas (haja vista que a política econômica do governo Deodoro, 1889-1891, chamada de *Encilhamento*, estava levando o país à falência), que tentava se desviar das críticas estimulando um sentimento patriótico de ocasião.

ELOGIO DA VAIDADE

28 de maio de 1878

Logo que a Modéstia acabou de falar, com os olhos no chão, a Vaidade empertigou-se e disse:

I

Damas e cavalheiros, acabais de ouvir a mais chocha de todas as virtudes, a mais peca, a mais estéril de quantas podem reger o coração dos homens; e ides ouvir a mais sublime delas, a mais fecunda, a mais sensível, a que pode dar maior cópia de venturas sem contraste.

Que eu sou a Vaidade, classificada entre os vícios por alguns retóricos de profissão; mas, na realidade, a primeira das virtudes. Não olheis para este gorro de guizos, nem para estes punhos carregados de braceletes, nem para estas cores variegadas com que me adorno. Não olheis, digo eu, se tendes o preconceito da Modéstia[1]; mas se o não tendes, reparai bem que estes guizos e tudo mais, longe de ser uma casca ilusória e vã, são a mesma polpa do fruto da sabedoria; e reparai mais que vos chamo a todos, sem os biocos e meneios[2] daquela senhora, minha mana e minha rival.

Digo a todos, porque a todos cobiço, ou sejais formosos como Páris[3], ou feios como Tersites, gordos como Pança, ma-

---

1. É uma manobra hábil já classificar a modéstia de "preconceito", ou seja, combatendo sua reputação como *virtude*.
2. *Bioco*: simulação de modéstia, fingimento. *Meneios*: afetações, truques, ardis. Tudo para mostrar que a modéstia não é *sinceramente modesta*.
3. Na mitologia grega, o belo troiano que seduziu Helena raptou-a, levou-a para sua cidade, onde ficaram morando juntos no palácio do rei Príamo, pai de Páris,

gros como Quixote[4], varões e mulheres, grandes e pequenos, verdes e maduros, todos os que compondes este mundo, e haveis de compor o outro; a todos falo, como a galinha fala aos seus pintinhos, quando os convoca à refeição, a saber, com interesse, com graça, com amor. Porque nenhum, ou raro, poderá afirmar que eu o não tenha alçado ou consolado.

II

Onde é que eu não entro? Onde é que eu não mando alguma coisa? Vou do salão do rico ao albergue do pobre, do palácio ao cortiço, da seda fina e roçagante ao algodão escasso e grosseiro. Faço exceções, é certo (infelizmente!); mas, em geral, tu que possuis, busca-me no encosto da tua otomana, entre as porcelanas da tua baixela, na portinhola da tua carruagem; que digo? busca-me em ti mesmo, nas tuas botas, na tua casaca, no teu bigode; busca-me no teu próprio coração. Tu, que não possuis nada, perscruta bem as dobras da tua estamenha, os recessos da tua velha arca; lá me acharás entre dois vermes famintos; ou ali, ou no fundo dos teus sapatos sem graxa, ou entre os fios da tua grenha sem óleo.

Valeria a pena ter, se eu não realçasse os teres? Foi para escondê-lo ou mostrá-lo, que mandaste vir de tão longe esse

---

até que chegou Agamenon, comandando uma frota colossal de gregos, e assim começou a Guerra de Troia (também chamada de Ílion, daí o nome *Ilíada*, poema atribuído a Homero, que viveu por volta do século VIII a.C.). Na *Ilíada*, é o personagem que tenta se insurgir contra Agamenon, levando por isso uma surra de Ulisses.
4. Dom Quixote e seu escudeiro Sancho Pança são personagens do livro do escritor espanhol Miguel de Cervantes (1547-1616), *Dom Quixote*, considerado o primeiro romance já escrito e uma das obras mais importantes da literatura.

vaso opulento? Foi para escondê-lo ou mostrá-lo, que encomendaste à melhor fábrica o tecido que te veste, a safira que te arreia, a carruagem que te leva? Foi para escondê-lo ou mostrá-lo, que ordenaste esse festim babilônico[5], e pediste ao pomar os melhores vinhos? E tu, que nada tens, por que aplicas o salário de uma semana ao jantar de uma hora, senão porque eu te possuo e te digo que em alguma coisa deves parecer melhor do que és na realidade? Por que levas ao teu casamento um coche, tão rico e tão caro, como o do teu opulento vizinho, quando podias ir à igreja com teus pés? Por que compras essa joia e esse chapéu? Por que talhas o teu vestido pelo padrão mais rebuscado, e por que te remiras ao espelho com amor, senão porque eu te consolo da tua miséria e do teu nada, dando-te a troco de um sacrifício grande um benefício ainda maior?

III

Quem é esse que aí vem, com os olhos no eterno azul? É um poeta; vem compondo alguma coisa; segue o voo caprichoso da estrofe. — Deus te salve, Píndaro[6]! Estremeceu; moveu a fronte, desabrochou em riso. Que é da inspiração? Fugiu-lhe; a estrofe perdeu-se entre as moitas; a rima esvaiu-se-lhe por entre os dedos da memória. Não importa; fiquei eu com ele, — eu, a musa décima[7], e, portanto, o conjunto de todas as

---

5. Um banquete de enorme proporção. Babilônia foi capital de diversos reinos da Mesopotâmia, fundada mais ou menos seis mil anos antes de Cristo. Conta-se que os impérios babilônicos eram de muito luxo, muita opulência.
6. Poeta grego, muito famoso (518 a.C.-438 a.C.).
7. A mitologia nomeia nove musas, cada qual responsável por um ramo do co-

musas, pela regra dos doutores de Sganarello[8]. Que ar beatífico! Que satisfação sem mescla! Quem dirá a esse homem que uma guerra ameaça levar um milhão de outros homens? Quem dirá que a seca devora uma porção do país? Nesta ocasião ele nada sabe, nada ouve. Ouve-me, ouve-se; eis tudo.

Um homem caluniou-o há tempos; mas agora, ao voltar a esquina, dizem-lhe que o caluniador o elogiou.

— Não me fales nesse maroto.

— Elogiou-te; disse que és um poeta enorme.

— Outros o têm dito, mas são homens de bem, e sinceros. Será ele sincero?

— Confessa que não conhece poeta maior.

— Peralta! Naturalmente arrependeu-se da injustiça que me fez. Poeta enorme, disse ele?

— O maior de todos.

— Não creio. O maior?

— O maior.

— Não contestarei nunca os seus méritos; não sou como ele que me caluniou; isto é, não sei, disseram-mo. Diz-se tanta mentira! Tem gosto o maroto; é um pouco estouvado às vezes, mas tem gosto. Não contestarei nunca os seus méritos. Haverá pior coisa do que mesclar o ódio às opiniões? Que eu não lhe tenho ódio. Oh! nenhum ódio. É estouvado, mas imparcial.

---

nhecimento ou da arte. A *décima* seria uma musa à parte, toda especial, portanto.
8. *Sganarello ou o Cornudo Imaginário*, comédia do grande teatrólogo francês Molière (1622-1753), um tinhoso crítico dos maus costumes de sua época, que ridicularizava em suas peças. Tinha como um de seus lemas: "O riso corrige os maus costumes".

Uma semana depois, vê-lo-eis de braço com o outro, à mesa do café, à mesa do jogo, alegres, íntimos, perdoados. E quem embotou esse ódio velho, senão eu? Quem verteu o bálsamo do esquecimento nesses dois corações irreconciliáveis? Eu, a caluniada amiga do gênero humano. Dizem que o meu abraço dói. Calúnia, amados ouvintes! Não escureço a verdade; às vezes há no mel uma pontazinha de fel; mas como eu dissolvo tudo! Chamai aquele mesmo poeta, não Píndaro, mas Trissotin[9]. Vê-lo-eis derrubar o carão, estremecer, rugir, morder-se, como os zoilos de Bocage[10]. Desgosto, convenho, mas desgosto curto. Ele irá dali remirar-se nos próprios livros. A justiça que um atrevido lhe negou, não lha negarão as páginas dele. Oh! a mãe que gerou o filho, que o amamenta e acalenta, que põe nessa frágil criaturinha o mais puro de todos os amores, essa mãe é Medeia[11], se a compararmos àquele engenho, que se consola da injúria, relendo-se; porque se o amor de mãe é a mais elevada forma do altruísmo, o dele é a mais profunda forma de egoísmo, e só há uma coisa mais forte que o amor materno, é o amor de si próprio.

9. Outro personagem de Molière, na peça *Les Femmes Savantes* (As Senhoras Sábias) — um poeta e erudito medíocre.
10. Manuel Maria Barbosa du Bocage (1765-1805), poeta pornógrafo e satírico português, muito admirado.
11. Personagem da mitologia grega que mata os filhos por ter sido traída e abandonada por seu marido. Personagem-título da tragédia de Eurípides (480 a.C.-406 a.C.). A peça estreou no festival de Atenas de 431 a.C. e continua fazendo sucesso até hoje, em todas as suas reencenações e adaptações, como a de Chico Buarque de Hollanda, *Gota d'Água*.

IV

Vede estoutro que palestra com um homem público. Palestra, disse eu? Não; é o outro que fala; ele nem fala, nem ouve. Os olhos entornam-se-lhe em roda, aos que passam, a espreitar se o veem, se o admiram, se o invejam. Não corteja as palavras do outro; não lhes abre sequer as portas da atenção respeitosa. Ao contrário, parece ouvi-las com familiaridade, com indiferença, quase com enfado. Tu, que passas, dizes contigo:

— São íntimos; o homem público é familiar deste cidadão; talvez parente. Quem lhe faz obter esse teu juízo, senão eu? Como eu vivo da opinião e para a opinião, dou àquele meu aluno as vantagens que resultam de uma boa opinião, isto é, dou-lhe tudo.

Agora, contemplai aquele que tão apressadamente oferece o braço a uma senhora. Ela aceita-lho; quer seguir até a carruagem, e há muita gente na rua. Se a Modéstia animara o braço do cavalheiro, ele cumprira o seu dever de cortesania, com uma parcimônia de palavras, uma moderação de maneiras, assaz miseráveis. Mas quem lho anima sou eu, e é por isso que ele cuida menos de guiar à dama, do que de ser visto dos outros olhos. Por que não? Ela é bonita, graciosa, elegante; a firmeza com que assenta o pé é verdadeiramente senhoril. Vede como ele se inclina e bamboleia! Riu-se? Não vos iludais com aquele riso familiar, amplo, doméstico; ela disse apenas que o calor é grande. Mas é tão bom rir para os outros! é tão bom fazer supor uma intimidade elegante!

Não deveríeis crer que me é vedada a sacristia? Decerto; e contudo, acho meio de lá penetrar, uma ou outra vez, às escondidas, até às meias roxas daquela grave dignidade, a ponto de lhe fazer esquecer as glórias do céu, pelas vanglórias da terra. Verto-lhe o meu óleo no coração, e ela sente-se melhor, mais excelsa, mais sublime do que esse outro ministro subalterno do altar, que ali vai queimar o puro incenso da fé. Por que não há de ser assim, se agora mesmo penetrou no santuário esta garrida matrona, ataviada das melhores fitas, para vir falar ao seu Criador? Que farfalhar! que voltear de cabeças! A antífona continua, a música não cessa; mas a matrona suplantou Jesus, na atenção dos ouvintes. Ei-la que dobra as curvas, abre o livro, compõe as rendas, murmura a oração, acomoda o leque. Traz no coração duas flores, a fé e eu; a celeste, colheu-a no catecismo, que lhe deram aos dez anos; a terrestre colheu-a no espelho, que lhe deram aos oito; são os seus dois Testamentos; e eu sou o mais antigo.

V

Mas eu perderia o tempo, se me detivesse a mostrar um por um todos os meus súditos; perderia o tempo e o latim. *Omnia vanitas*[12]. Para que citá-los, arrolá-los, se quase toda a terra me pertence? E digo quase, porque não há negar que há tristezas na terra e onde há tristezas aí governa a minha irmã bastarda, aquela que ali vedes com os olhos no chão.

---

12. "Tudo é vaidade." É o versículo de abertura do Eclesiastes 1:2.

Mas a alegria sobrepuja o enfado e a alegria sou eu. Deus dá um anjo guardador a cada homem; a natureza dá-lhe outro, e esse outro é nem mais nem menos esta vossa criada, que recebe o homem no berço, para deixá-lo somente na cova. Que digo? Na eternidade; porque o arranco final da modéstia, que aí lês nesse testamento, essa recomendação de ser levado ao chão por quatro mendigos, essa cláusula sou eu que a inspiro e dito; última e genuína vitória do meu poder, que é imitar os meneios da outra.

Oh! a outra! Que tem ela feito no mundo que valha a pena de ser citado? Foram as suas mãos que carregaram as pedras das Pirâmides? Foi a sua arte que entreteceu os louros de Temístocles[13]? Que vale a charrua do seu Cincinato[14], ao pé do capelo do meu cardeal de Retz[15]? Virtudes de cenóbios, são virtudes? Engenhos de gabinete, são engenhos? Traga-me ela uma lista de seus feitos, de seus heróis, de suas obras duradouras; traga-ma, e eu a suplantarei, mostrando-lhe que a vida, que a história, que os séculos nada são sem mim.

13. Líder ateniense de controvertida história. Convenceu Atenas a construir, contra as tradições da cidade e de seus exércitos, uma poderosa frota de navios, que foi decisiva na guerra contra a Pérsia. Mais tarde, exilou-se entre os persas, a quem auxiliou na guerra contra os gregos.

14. Lucius Quincius Cincinatus (519 a.C.-439 a.C.), segundo se conta, foi designado pelo Senado para o cargo de cônsul, para apaziguar uma disputa em Roma. Cumprida a tarefa, numa demonstração de modéstia, retornou à sua vida pastoril. Quando da invasão de Roma por tribos bárbaras, foi de novo chamado para ajudar a defender a cidade, recebendo então plenos poderes e o posto de ditador do Senado romano.

15. Jean-François Paul de Gondi (1613-1679) chegou a cardeal de Retz e assessor do bispo de Paris, seu tio, em 1643. Insurgiu-se contra a monarquia francesa nos anos 1650, foi exilado, fez as pazes com o rei francês, Luís XIV, em 1662, e passou a escrever suas memórias, publicadas apenas em 1702.

Não vos deixeis cair na tentação da Modéstia: é a virtude dos pecos. Achareis decerto algum filósofo que vos louve, e pode ser que algum poeta, que vos cante. Mas, louvaminhas e cantarolas têm a existência e o efeito da flor que a Modéstia elegeu para emblema; cheiram bem, mas morrem depressa. Escasso é o prazer que dão, e ao cabo definhareis na soledade. Comigo é outra coisa: achareis, é verdade, algum filósofo que vos talhe na pele; algum frade que vos dirá que eu sou inimiga da boa consciência. Petas! Não sou inimiga da consciência, boa ou má; limito-me a substituí-la, quando a vejo em frangalhos; se é ainda nova, ponho-lhe diante de um espelho de cristal, vidro de aumento. Se vos parece preferível o narcótico da Modéstia, dizei-o; mas ficai certos de que excluireis do mundo o fervor, a alegria, a fraternidade.

Ora, pois, cuido haver mostrado o que sou e o que ela é; e nisso mesmo revelei a minha sinceridade, porque disse tudo, sem vexame, nem reserva; fiz o meu próprio elogio, que é vitupério, segundo um antigo rifão; mas eu não faço caso de rifões. Vistes que sou a mãe da vida e do contentamento, o vínculo da sociabilidade, o conforto, o vigor, a ventura dos homens; alço a uns, realço a outros, e a todos amo; e quem é isto é tudo, e não se deixa vencer de quem não é nada.

E reparai que nenhum grande vício se encobriu ainda comigo; ao contrário, quando Tartufo entra em casa de Órgon, dá um lenço a Dorina[16] para que cubra os seios.

---

16. O rico senhor Órgon, sua inteligente empregada Dorina e o farsante Tartufo são personagens de uma das mais famosas peças de Molière, *Tartufo*, encenada pela primeira vez em 1664.

A modéstia serve de conduta a seus intentos. E por que não seria assim, se ela ali está de olhos baixos, rosto caído, boca taciturna? Poderíeis afirmar que é Virgínia[17] e não Locusta[18]? Pode ser uma ou outra, porque ninguém lhe vê o coração. Mas comigo? Quem se pode enganar com este riso franco, irradiação do meu próprio ser; com esta face jovial, este rosto satisfeito, que um quase nada obumbra, que outro quase nada ilumina; estes olhos, que não se escondem, que se não esgueiram por entre as pálpebras, mas fitam serenamente o sol e as estrelas?

VI

O quê? Credes que não é assim? Querem ver que perdi toda a minha retórica, e que ao cabo da pregação, deixo um auditório de relapsos? Céus! Dar-se-á caso que a minha rival vos arrebatasse outra vez? Todos o dirão ao ver a cara com que me escuta este cavalheiro; ao ver o desdém do leque daquela matrona. Uma levanta os ombros; outro ri de escárnio. Vejo ali um rapaz a fazer-me figas: outro abana tristemente a cabeça; e todas, todas as pálpebras parecem baixar, movidas por um sentimento único. Percebo, percebo! Tendes a volúpia suprema da vaidade, que é a vaidade da modéstia.

17. Jovem romana plebeia (data de nascimento desconhecida — data da morte, entre 441 e 449). Cobiçada por um magistrado romano, Ápio Cláudio, para não ter de entregá-la a ele, seu pai a matou e depois fugiu. Em outra versão, o magistrado teria raptado a moça, e mesmo assim o pai teria conseguido matá-la, ainda para não deixar que fosse violentada.
18. Conhecida envenenadora em Roma, que cometia assassinatos por dinheiro. Segundo se conta, foi utilizada por Agripa, mãe de Nero, e pelo próprio Nero.

ENTRELINHAS

MITOLOGIAS

Diz-se que os poemas *Ilíada* e *Odisseia,* cuja autoria se atribui a Homero, fundaram a literatura. Quanto a Homero, diz-se que ele criou a concepção que temos até hoje de *deuses*, de *divino*; que compilou lendas e histórias dispersas, de várias procedências, para criar a história dos deuses do Olimpo, a mitologia grega (juntamente com seu contemporâneo Hesíodo, que compôs a "Teogonia", poema que narra o nascimento dos deuses gregos e a criação do universo). Seus poemas somente ganharam forma escrita no século V a.C. Até então, circulavam como os criou Homero, cantados ao som da harpa pelos *aedos* — poetas/contadores de histórias que percorriam as cidades, como era o próprio Homero. Por outro lado, há também quem defenda que Homero é uma lenda e que *Ilíada* e *Odisseia* teriam sido compostos por aedos anônimos.

CALHORDAS SOB O HOLOFOTE

Machado em outra célebre ocasião cede a voz não à Vaidade, mas a um vaidoso-mor, Brás Cubas (*Memórias Póstumas de Brás Cubas*, de 1881), e é como se lhe *desse corda* para ele expor inteiramente seu caráter, sem modéstias nem constrangimento. Nesta crônica, acontece algo semelhante, mas Machado vai ao elemento *in natura* — na fonte. Não é o vaidoso que ele expõe, mas a própria Vaidade. E ela, com os holofotes sobre si, deita a falar, sem disfarces nem meios-termos. Parece mesmo um Brás Cubas, sem nenhum embaraço, ao expor sua calhordice ao leitor.

A OPINIÃO DOS OUTROS

A Vaidade aqui declara (ou confessa): "Como eu vivo da opinião e para a opinião". Da mesma maneira, o pai de Brás Cubas, num momento em que acredita que é chegada a hora de ter com ele uma conversa franca, *de pai para filho*, lhe diz: "Olha que os homens valem por diferentes modos, e que o mais seguro de todos é valer pela opinião dos outros". Do mesmo ano, e também num *papo de pai para filho*, no conto "Teoria do Medalhão", Machado joga ideia semelhante, acompanhando conselhos que, se não enaltecem os valores humanos mais nobres, tentam, como o pai de Brás Cubas, mostrar o chamado *caminho das pedras* para *se dar bem na vida*.

O SERMÃO DO DIABO

4 de setembro de 1892

Nem sempre respondo por papéis velhos; mas aqui está um que parece autêntico[1]; e, se o não é, vale pelo texto, que é substancial. É um pedaço do evangelho do Diabo, justamente um sermão da montanha[2], à maneira de São Mateus. Não se apavorem as almas católicas. Já Santo Agostinho[3] dizia que "a igreja do Diabo imita a igreja de Deus". Daí a semelhança entre os dois evangelhos. Lá vai o do Diabo:

"1. E vendo o Diabo a grande multidão de povo, subiu a um monte, por nome Corcovado[4], e, depois de se ter sentado, vieram a ele os seus discípulos.

"2. E ele, abrindo a boca, ensinou dizendo as palavras seguintes.

"3. Bem-aventurados aqueles que embaçam[5], porque eles não serão embaçados.

"4. Bem-aventurados os afoitos, porque eles possuirão a terra.

"5. Bem-aventurados os limpos das algibeiras[6], porque eles andarão mais leves.

---

1. Reparem que, para ser autêntico, só se fosse mesmo escrito pelo diabo.
2. Famosíssimo sermão proferido por Jesus Cristo diante de uma multidão. Está no Evangelho de São Mateus 5:1.
3. Um dos doutores da Igreja católica, ou seja, um dos teólogos e filósofos que deram forma à doutrina. Nasceu em 354 e morreu em 430.
4. Onde, em 12 de outubro de 1931, foi inaugurada a estátua do Cristo Redentor, eleita em 2007 uma das sete maravilhas do mundo.
5. *Embaçar*: tornar pouco visível, baço.
6. Bolsos que fazem parte das roupas.

"6. Bem-aventurados os que nascem finos, porque eles morrerão grossos.

"7. Bem-aventurados sois, quando vos injuriarem e disserem todo o mal, por meu respeito.

"8. Folgai e exultai, porque o vosso galardão é copioso na terra.

"9. Vós sois o sal do *money market*[7]. E se o sal perder a força, com que outra coisa se há de salgar?

"10. Vós sois a luz do mundo. Não se põe uma vela acesa debaixo de um chapéu, pois assim se perdem o chapéu e a vela.

"11. Não julgueis que vim destruir as obras imperfeitas, mas refazer as desfeitas.

"12. Não acrediteis em sociedades arrebentadas. Em verdade vos digo que todas se consertam, e se não for com remendo da mesma cor, será com remendo de outra cor.

"13. Ouvistes que foi dito aos homens: Amai-vos uns aos outros. Pois eu digo-vos: Comei-vos uns aos outros; melhor é comer que ser comido; o lombo alheio é muito mais nutritivo que o próprio.

"14. Também foi dito aos homens: Não matareis a vosso irmão, nem a vosso inimigo, para que não sejais castigados. Eu digo-vos que não é preciso matar a vosso irmão para ganhardes o reino da terra; basta arrancar-lhe a última camisa.

---

[7]. Em vez de sal "da terra", significando algo precioso, seria, sim, o sal do "mercado financeiro".

"15. Assim, se estiveres fazendo as tuas contas, e te lembrar que teu irmão anda meio desconfiado de ti, interrompe as contas, sai de casa, vai ao encontro de teu irmão na rua, restitui-lhe a confiança, e tira-lhe o que ele ainda levar consigo.

"16. Igualmente ouvistes que foi dito aos homens: Não jurareis falso, mas cumpri ao Senhor os teus juramentos.

"17. Eu, porém, vos digo que não jureis nunca a verdade, porque a verdade nua e crua, além de indecente, é dura de roer; mas jurai sempre e a propósito de tudo, porque os homens foram feitos para crer antes nos que juram falso, do que nos que não juram nada. Se disseres que o sol acabou, todos acenderão velas.

"18. Não façais as vossas obras diante de pessoas que possam ir contá-lo à polícia.

"19. Quando, pois, quiserdes tapar um buraco, entendei-vos com algum sujeito hábil, que faça treze de cinco e cinco[8].

"20. Não queirais guardar para vós tesouros na terra, onde a ferrugem e a traça os consomem, e donde os ladrões os tiram e levam.

"21. Mas remetei os vossos tesouros para algum banco de Londres, onde nem a ferrugem, nem a traça os consomem, nem os ladrões os roubam, e onde ireis vê-los no dia do juízo.

---

8. *Cinco + cinco* deveria ser *dez* em qualquer conta, a não ser que seja numa conta de obra pública superfaturada; daí pode dar *treze*.

"22. Não vos fieis uns nos outros. Em verdade vos digo, que cada um de vós é capaz de comer o seu vizinho, e boa cara não quer dizer bom negócio.

"23. Vendei gato por lebre, e concessões ordinárias por excelentes, a fim de que a terra se não despovoe das lebres, nem as más concessões pereçam nas vossas mãos.

"24. Não queirais julgar para que não sejais julgados; não examineis os papéis do próximo para que ele não examine os vossos, e não resulte irem os dois para a cadeia, quando é melhor não ir nenhum.

"25. Não tenhais medo às assembleias de acionistas, e afagai-as de preferência às simples comissões, porque as comissões amam a vanglória e as assembleias as boas palavras.

"26. As porcentagens são as primeiras flores do capital; cortai-as logo, para que as outras flores brotem mais viçosas e lindas.

"27. Não deis conta das contas passadas, porque passadas são as contas contadas, e perpétuas as contas que se não contam.

"28. Deixai falar os acionistas prognósticos; uma vez aliviados, assinam de boa vontade.

"29. Podeis excepcionalmente amar a um homem que vos arranjou um bom negócio; mas não até o ponto de o não deixar com as cartas na mão, se jogardes juntos.

"30. Todo aquele que ouve estas minhas palavras, e as observa, será comparado ao homem sábio, que edificou sobre a rocha e resistiu aos ventos; ao contrário do homem sem consideração, que edificou sobre a areia, e fica a ver navios..."

Aqui acaba o manuscrito que me foi trazido pelo próprio Diabo, ou alguém por ele; mas eu creio que era o próprio. Alto, magro, barbícula ao queixo, falava alemão, como Mefistófeles[9]. Fiz-lhe uma cruz com os dedos e ele sumiu-se. Apesar de tudo, não respondo pelo papel, nem pelas doutrinas, nem pelos erros de cópia.

Já agora parece que estou em dia de fantasmas. Mal pingava o ponto-final do outro parágrafo, quando me apareceu um senhor, que me disse ser defunto e haver--se chamado Barão Louis[10].

– Conheço muito – disse-lhe eu –, tenho ouvido a sua célebre máxima: "Dai-me boa política e vos darei boas finanças".

– Ah! meu caro senhor – acudiu o barão –, essa máxima tem-me tirado o sono da eternidade. Já não a posso ouvir, sem tédio. Quer ajudar-me a publicar uma troca de palavras que fiz, mudando o sentido, a ver se pegam na segunda forma e deixam-me em descanso a primeira?

– Senhor barão...

---

9. Na peça *Fausto*, de Johann Wolfgang von Goethe (1749-1832), e nas peças de Christopher Marlowe (1564-1593), Mefistófeles é um demônio, servo do diabo, fazendo a intermediação da compra da alma de Fausto.
10. Mais um defunto na obra de Machado. O mais célebre é Brás Cubas, mas há outros. O Barão Louis (1755-1837) foi conhecido como um mestre da sobrevivência política. Foi ministro das finanças de Napoleão e depois dos adversários que o sucederam no poder, na França.

– Escute-me. Em vez de: "Dai-me boa política e vos darei boas finanças", arranjei esta outra forma: "Dai-me boas finanças e vos darei boa política". Promete-me?

– Pois não!

– Não esqueça: "Dai-me boas finanças e vos darei boa política".

NONSENSE

O *nonsense* — o que não tem lógica, o que não faz sentido — seria bastante usado na literatura depois dos anos 1920, a partir do Modernismo, e revivido sob a forma do *besteirol* nos anos 1970 — talvez em função, em parte, da censura, mas também da necessidade de revitalizar, de tornar menos sisudos, menos carrancudos os espetáculos de teatro, as músicas etc. De todo modo, não era algo muito comum (se bem que se podem encontrar exemplos) na época de Machado, quando o riso, a comicidade não eram *respeitáveis*. Por isso, este texto é duplamente irreverente, tanto por ser cômico como pela paródia a uma das mais estimadas passagens da Bíblia.

MACHADIANAS

Nesta "crônica" e em outras presentes nesta coletânea, o gênero textual é uma questão em aberto. Será mesmo uma crônica? Há quem as classifique como conto. Ou serão, quem sabe, um gênero próprio, o gênero machadiano?

DAR CORDA AO DIABO...

Quando o Diabo diz o que sinceramente pensa...!

CONTO DO VIGÁRIO

31 de março de 1895

De quando em quando aparece-nos o conto do vigário[1]. Tivemo-lo esta semana, bem contado, bem ouvido, bem vendido, porque os autores da composição puderam receber integralmente os lucros do editor. O conto do vigário é o mais antigo gênero de ficção que se conhece. A rigor, pode crer-se que o discurso da serpente, induzindo Eva a comer o fruto proibido, foi o texto primitivo do conto. Mas, se há dúvida sobre isso, não a pode haver quanto ao caso de Jacó e seu sogro. Sabe-se que Jacó propôs a Labão que lhe desse todos os filhos das cabras que nascessem malhados. Labão concordou, certo de que muitos trariam uma só cor; mas Jacó, que tinha plano feito, pegou de umas varas de plátano, raspou-as em parte, deixando-as assim brancas e verdes a um tempo, e, havendo-as posto nos tanques, as cabras concebiam com os olhos nas varas, e os filhos saíam malhados. A boa-fé de Labão foi assim embaçada pela finura do genro; mas não sei que há na alma humana que Labão é que faz sorrir, ao passo que Jacó passa por um varão arguto[2] e hábil.

[1]. No dicionário *Aurélio*, encontra-se: "Embuste para apanhar dinheiro, em que o embusteiro, o vigarista, procura aproveitar-se da boa-fé da vítima, contando uma história meio complicada, mas com certa verossimilhança". Por essa definição, como Machado logo afirmará, o *conto do vigário* ironicamente (se esta não for uma palavra dispensável em muita coisa que se refira a Machado) se aproxima de uma peça de ficção.
[2]. Um "rapaz esperto"... Machado repara que, num caso de aplicação do conto, a população simpatiza com o vigarista — acha-o *engraçado*, *divertido*; quanto à vítima, não recebe a compaixão por sua boa-fé, nem solidariedade pelo prejuízo sofrido, mas sim passa por tola, é ridicularizada. De certo modo, é mais uma ilustração prática da atualidade de "O sermão do Diabo" (crônica anterior).

O nosso Labão desta semana foi um honesto fazendeiro do Chiador, que, estando em uma rua desta cidade, viu aparecer um homem, que lhe perguntou por outra rua. Nem o fazendeiro, nem o outro desconhecido que ali apareceu também, tinha notícia da rua indicada. Grande aflição do primeiro homem recentemente chegado da Bahia com vinte contos de réis de um tio dele, já falecido, que deixara dezesseis para os náufragos da *Terceira*[3] e quatro para a pessoa que se encarregasse da entrega.

Quem é que, nestes ou em quaisquer tempos, perderia tão boa ocasião de ganhar depressa e sem cansaço quatro contos de réis? Eu não, nem o leitor, nem o fazendeiro do Chiador, que se ofereceu ao desconhecido para ir com ele depositar na Casa Leitão, Largo de Santa Rita, os dezesseis contos, ficando-lhe os quatro de remuneração.

— Não é preciso que o acompanhe, respondeu o desconhecido; basta que o senhor leve o dinheiro, mas primeiro é melhor juntar a este o que traz aí consigo.

— Sim, senhor, anuiu o fazendeiro. Sacou do bolso o dinheiro que tinha (um conto e tanto), entregou-o ao desconhecido, e viu perfeitamente que este o juntou ao maço dos vinte; ação análoga à das varas de Jacó. O fazendeiro pegou do maço todo, despediu-se e guiou para o Largo de Santa Rita. Um homem de má-fé teria ficado com o dinheiro, sem curar dos náufragos da *Terceira*, nem da palavra dada. Em vez disso, que seria mais que desleal-

---

3. Ordem religiosa.

dade, o portador chegou à Casa do Leitão, e tratou de dar os dezesseis contos, ficando com os quatro de recompensa. Foi então que viu que todas as cabras eram malhadas. O seu próprio dinheiro, que era de uma só cor, como as ovelhas de Labão, tinha a pele variegada dos jornais velhos do costume.

A prova de que o primeiro movimento não é bom, é que o fazendeiro do Chiador correu logo à polícia; é o que fazem todos. Mas a polícia, não podendo ir à cata de uma sombra, nem adivinhar a cara e o nome de pessoas hábeis em fugir, como os heróis dos melodramas, não fez mais que distribuir o segundo milheiro do conto do vigário, mandando a notícia aos jornais. Eu, se algum dia os contistas me pegassem, trataria antes de recolher os exemplares da primeira edição.

Aos sapientes e pacientes recomendo a bela monografia que podem escrever estudando o conto do vigário pelos séculos atrás, as suas modificações segundo o tempo, a raça e o clima. A obra, para ser completa, deve ser imensa. É seguramente maior o número das tragédias, tanta é a gente que se tem estripado, esfaqueado, degolado, queimado, enforcado, debaixo deste belo sol, desde as batalhas de Josué[4] até aos combates das ruas de Lima, onde as autoridades sanitárias, segundo telegramas de ontem, esforçam-se grandemente por sanear a cidade "empestada pelos cadáveres que ficam apodrecidos ao ar livre". Lembrai-vos que eram mais de mil, e imaginai que o detestável fedor de gente morta não

---

4. Josué, na Bíblia, sucedeu a Moisés na liderança do povo hebreu.

custa a vitória de um princípio[5]. O conto é menos numeroso, e, seguramente, menos sublime; mas ainda assim ocupa lugar eminente nas obras de ficção. Nem é o tamanho que dá primazia à obra, é a feitura dela. O conto do vigário não é propriamente o de Voltaire[6], Boccaccio[7] ou Andersen[8], mas é conto, um conto especial, tão célebre como os outros, e mais lucrativo que nenhum.

---

[5]. Em mais de uma ocasião, em suas obras, Machado expressa o horror sobre como determinados princípios custam *vidas*. É como se perguntasse se o preço pago vale a pena, se o princípio não estaria custando caro demais ou talvez, colocado aqui *como quem não quer nada nesta crônica*, se alguns desses princípios não são embustes a exigir o sacrifício de vidas — nada mais do que contos do vigário.

[6]. François-Marie Arouet (Paris, 21 de novembro de 1694 — Paris, 30 de maio de 1778), mais conhecido pelo pseudônimo Voltaire, foi um poeta, ensaísta, dramaturgo, filósofo e historiador iluminista francês.

[7]. Giovanni Boccaccio (Paris, 16 de junho de 1313 — Certaldo, Toscana, 21 de dezembro de 1375), foi um autor e poeta italiano. Sua obra mais famosa é o *Decamerão*.

[8]. Hans Christian Andersen (Odense, 2 de abril de 1805 — Copenhague, 4 de agosto de 1875) foi um poeta e escritor dinamarquês de histórias infantis, sendo algumas das mais famosas "O Soldadinho de Chumbo" e "A Pequena Sereia".

FARSA E REALIDADE

A aplicação do *convencimento* (que o dicionário classificou de uma operação de *verossimilhança*) pode de fato ilustrar por alto algumas características da construção de uma peça de ficção – seja crônica, conto ou romance. Tudo é formulado com o sentido de provocar um efeito na vítima (no caso, atiçar sua ganância), do mesmo modo como a peça de ficção se estrutura (por exemplo, compõe personagens que despertem empatia, solidariedade, confiança do leitor; verte a história para um enredo...), para *seduzir* seu leitor. Talvez essa demonstração fosse um dos interesses de Machado ao escrever esta crônica. No fechamento do texto, o cronista reforça essa aproximação do conto com a ficção, ao relacionar escritores e suas obras com o conto do vigário.

NÃO É DOCUMENTO...

"Nem é o tamanho que dá primazia à obra, é a feitura dela." Outra *sugestão*, de passagem, mas bem ilustrativa de certas concepções de Machado sobre ficção. Com efeito, seus romances, pela concentração de episódios da história, pela compressão do enredo, seriam por muitos qualificados como *novelas*, se tivéssemos por praxe atual continuar usando essa categoria intermediária entre o conto e o romance (o tradicional, *a história longa*).

[QUE HÁ DE NOVO?]

5 de novembro de 1893

Há na comédia Verso e Reverso1, de José de Alencar, um personagem que não vê ninguém entrar em cena, que não lhe pergunte: — Que há de novo? Esse personagem cresceu com os trinta e tantos anos que lá vão, engrossou, bracejou por todos os cantos da cidade, onde ora ressoa a cada instante: — Que há de novo? Ninguém sai de casa que não ouça a infalível pergunta, primeiro ao vizinho, depois aos companheiros de bond. Se ainda não a ouvimos ao próprio condutor do bond, não é por falta de familiaridade, mas porque os cuidados políticos ainda o não distraíram da cobrança de passagens e da troca de ideias com o cocheiro; porém, chega a seu tempo e compensa o perdido.

Confesso que esta semana entrei a aborrecer semelhante interrogação. Não digo o número de vezes que a ouvi, na segunda-feira, para não parecer inverossímil. Na terça-feira, cuidei lê-la impressa nas paredes, nas caras, no chão, no céu e no mar. Todos a repetiam em torno de mim. Em casa, à tarde, foi a primeira coisa que me perguntaram. Jantei mal; tive um pesadelo; trezentas mil vozes bradaram do seio do infinito: — *Que há de novo?* Os ventos, as marés, a burra de Balaão, as locomotivas, as bocas de fogo, os profetas, todas as vozes celestes e terrestres formavam este grito uníssono: — *Que há de novo?*

[1]. Encenada pela primeira vez em 1857. Na época desta crônica, Alencar já estava morto. Faleceu de tuberculose, em 1877.

Quis vingar-me; mas onde há tal ação que nos vingue de uma cidade inteira? Não podendo queimá-la, adotei um processo delicado e amigo. Na quarta-feira, mal saí à rua, dei com um conhecido que me disse, depois dos bons dias costumados:
— Que há de novo?
— O terremoto.
— Que terremoto? Verdade é que esta noite ouvi grandes estrondos, tanto que supus serem as fortalezas todas juntas. Mas há de ser isso, um terremoto; as paredes da minha casa estremeceram; eu saltei da cama; estou ainda surdo... Houve algum desastre?
— Ruínas, senhor, e grandes ruínas.
— Não me diga isso! A Rua do Ouvidor, ao menos...[2]
— A Rua do Ouvidor está intacta, e com ela a *Gazeta de Notícias*.
— Mas onde foi?
— Foi em Lisboa.
— Em Lisboa?
— No dia de hoje, 1.º de novembro, há século e meio[3]. Uma calamidade, senhor! A cidade inteira em ruínas. Imagine por um instante, que não havia o Marquês de Pombal[4],

---

2. A preocupação do interlocutor se justifica: a Rua do Ouvidor era o coração, o bolso, a boca e às vezes o cérebro do Rio de Janeiro. O que seria da então capital da República se a Rua do Ouvidor houvesse sido destruída?
3. Foi em 1755; matou entre 60 mil e 90 mil pessoas e destruiu grande parte da cidade.
4. Sebastião José de Carvalho e Melo (1699-1782) foi secretário de Estado de D. José I, entre 1750 e 1777, e na verdade a figura mais poderosa do reino. Tomou medidas polêmicas, como a expulsão dos jesuítas do Brasil. Por outro lado, reestruturou a Universidade de Coimbra, deu grande impulso à educação em Portugal e extinguiu a Inquisição no país.

— ainda o não era, Sebastião José de Carvalho, um grande homem, que pôs ordem a tudo, enterrando os mortos, salvando os vivos, enforcando os ladrões, e restaurando a cidade. Fala-se da reconstrução de Chicago[5]; eu creio que não lhe fica abaixo o caso de Lisboa, visto a diferença dos tempos, e a distância que vai de um povo a um homem. Grande homem, senhor! Uma calamidade! Uma terrível calamidade!

Meio embaçado, o meu interlocutor seguiu caminho, a buscar notícias mais frescas. Peguei em mim e fui por aí fora distribuindo o terremoto a todas as curiosidades insaciáveis. Tornei satisfeito a casa; tinha o dia ganho.

Na quinta-feira, dois de novembro, era minha intenção ir tão somente ao cemitério; mas não há cemitério que valha contra o personagem do *Verso e Reverso*. Pouco depois de transpor o portão da lúgubre morada, veio a mim um amigo vestido de preto, que me apertou a mão. Tinha ido visitar os restos da esposa (uma santa!), suspirou e concluiu:

— Que há de novo?
— Foram executados.
— Quem?
— A coragem, porém, com que morreram, compensou os desvarios da ação, se ela os teve; mas eu creio que não. Realmente, era um escândalo. Depois, a traição do pupilo e afilhado foi indigna; pagou-se-lhe o prêmio, mas a indignação pública vingou a morte do traído.

— De acordo: um pupilo... Mas quem é o pupilo?

---

5. Depois do incêndio que destruiu grande parte da cidade, em 1871, matando 300 pessoas.

— Um miserável. Lázaro de Melo.
— Não conheço. Então, foram executados todos?
— Todos; isto é, dois. Um dos cabeças foi degredado por dez anos.
— Quais foram os executados?
— Sampaio...
— Não conheço.
— Nem eu; mas tanto ele, como o Manuel Beckman, executados neste triste dia de mortos... Lá vão dois séculos! Em verdade, passaram mais de duzentos anos, e a memória deles ainda vive. Nobre Maranhão![6]

O viúvo mordeu os beiços; depois, com um toque de ironia triste, murmurou:

— Quando lhe perguntei o que havia de novo, esperava alguma coisa mais recente.

— Mais recente só a morte de Rocha Pita[7], neste mesmo dia, em 1738. Note como a história se entrelaça com os historiadores; morreram no mesmo dia, talvez à mesma hora, os que a fazem e os que a escrevem.

O viúvo sumiu-se; eu deixei-me ir costeando aquelas casas derradeiras, cujos moradores não perguntaram nada, naturalmente porque já tiveram resposta a tudo. Necrópole da minha alma, aí é que eu quisera residir e não nesta cidade inquieta e curiosa, que não se farta de perscrutar, nem

---

6. O episódio é de 1685. Beckman e Sampaio foram líderes de uma reforma contra o monopólio dos portugueses sobre várias atividades econômicas. Beckman foi de fato traído e entregue às tropas legais por seu afilhado, Lázaro de Melo. Beckman e Sampaio foram enforcados.
7. Sebastião da Rocha Pita (1660-1738), historiador e poeta brasileiro.

de saber. Se aí estivesse de uma vez, não ouviria como no dia seguinte, sexta-feira, a mesma eterna pergunta. Eram já cerca de 11 horas quando saí de casa, armado de um naufrágio, um terrível naufrágio, meu amigo.

— Onde? Que naufrágio?

— O cadáver da principal vítima não se achou; o mar serviu-lhe de sepultura. Natural sepultura; ele cantou o mar, o mar pagou-lhe o canto arrebatando-o à terra e guardando-o para si. Mas vá que se perdesse o homem; o poema, porém, esse poema, cujos quatro primeiros cantos aí ficaram para mostrar o que valiam os outros... Pobre Brasil! pobre Gonçalves Dias! Três de novembro, dia terrível; 1864, ano detestável! Lembro-me como se fosse hoje. A notícia chegou muitos dias depois do desastre. O poeta voltava ao Maranhão...[8]

Raros ouviam o resto. Os que ouviam, mandavam-me interiormente a todos os diabos. Eu, sereno, ia contando, contando, e recitava versos, e dizia a impressão que tive a primeira vez que vi o poeta. Estava na sala de redação do *Diário do Rio,* quando ali entrou um homem pequenino, magro, ligeiro. Não foi preciso que me dissessem o nome; adivinhei quem era. Gonçalves Dias! Fiquei a olhar, pasmado, com todas as minhas sensações e entusiasmos da adolescência. Ouvia cantar em mim a famosa "Canção do exílio". E toca a repetir a canção, e a recitar versos sobre

---

8. Gonçalves Dias (1823-1864) vinha da Europa, onde fora se tratar da tuberculose — *o mal do século.* O navio naufragou perto da costa e todos se salvaram, menos o poeta, que agonizava no leito, em sua cabine, e foi esquecido pelos que correram para se salvar. Machado admirava Gonçalves Dias.

versos. Os intrépidos, se me aguentavam até o fim, marcavam-me[9]; eu só os deixava moribundos.

No sábado, notei que os perguntadores fugiam de mim, com receio, talvez, de ouvir a queda do império romano ou a conquista do Peru. Eu, por não fiar dos tempos, saí com a morte de Torres Homem[10] no bolso; era recentíssima, podia enganar o estômago. Creio, porém, que a explosão da véspera bastou às curiosidades vadias. Não me arguam de impiedade. Se é certo, como já se disse, que os mortos governam os vivos, não é muito que os vivos se defendam com os mortos. Dá-se assim uma confederação tácita para a boa marcha das coisas humanas[11].

Hoje não saio de casa; ninguém me perguntará nada. Não me perguntes tu também, leitor indiscreto, para que eu te não responda como na comédia, após o desenlace: — *Que há de novo?* inquire o curioso, entrando. E um dos rapazes: — *Que vamos almoçar.*

---

[9]. O cronista sentia pena de suas vítimas, ficava *marcado* pelo sofrimento que lhes impunha.
[10]. João Vicente Torres Homem, médico, morreu em 1887.
[11]. O cronista imagina uma aliança (tácita, sem formalizações, espontânea) entre vivos e mortos.

ENTRELINHAS

VAREJO DE COSTUMES

De algo mínimo, imaginação e belíssima escrita fazem uma boa crônica. Como quem não quer nada, o cronista vai lançando uma crítica àqueles que se ofuscam pelo mais próximo, pelo imediato — pela *novidade* —, mesmo quando o caso não tem relevância. Já a insistência de lançar contra as vítimas grandes tragédias, grandes perdas é bem uma crítica, como se perguntasse: "Como assim o que há de novo? Nada com o que pessoas inteligentes deveriam se preocupar... pelo menos não somente por ser uma novidade, quando há um século ocorreu algo que realmente alterou vidas, destinos. Por exemplo...".

NA PAZ DOS CEMITÉRIOS

Não deixa de ser uma crônica lúgubre, saudosista, que tem como cenário, em grande parte, um cemitério; que compara o cemitério, sua placidez, onde nada acontece de novo, à futilidade frenética da *outra* cidade; que permanece lamentando perdas já distantes — que não aceita os caprichos do presente, do aqui e agora. Há uma inversão de ponto de vista (o mais comum, o vulgar, o que está na moda) na valorização de episódios: o que importa é o que há de novo? É mesmo?

TEMPO, TEMPO, TEMPO...

É também uma crônica que confronta *o tempo que não passa* (não passa mais, o tempo dos mortos) ao tempo que corre (*corrente*, presente)... De um detalhe do cotidiano, o cronista compõe uma *oração ao tempo*. Em vários momentos de sua obra, Machado reproduz esse embate íntimo, essa angústia do homem em não aceitar que tanto, tanto se vive, para isso não modificar em nada o *destino final*, a morte. Esse inconformismo do ser humano com sua mortalidade rendeu grandes obras da literatura e é um viés comum de leitura de várias peças de Shakespeare, um autor da predileção de Machado. Nesta crônica, numa leitura essencialmente impressionista, subjetiva como toda *interpretação*, mais uma vez parece ressaltar a falta de resignação do ser humano diante do fato de que, depois de sua morte, o tempo (a vida) continue a transcorrer. A morte seria, na perpetuação dos cemitérios, no isolamento em relação ao burburinho do mundo dos vivos, o encontro, afinal, entre o ser humano e o tempo — somente assim se tornariam criaturas e/ou entidades *de igual para igual, eternas*. A mortalidade e o inconformismo em deixar o mundo dos vivos para trás podem ser uma entrada para uma leitura original de *Memórias Póstumas de Brás Cubas*, para contos como "A segunda vida", "Galeria póstuma" e "Verba testamentária", entre outros, para algumas destas crônicas e, de resto, para a obra de Machado como um todo, haja vista que cenários como cemitérios (e mesmo *lojas de belchior*, de objetos usados — como cemitério de pertences que acompanharam a vida das pessoas) são constantes no Bruxo do Cosme Velho.

QUE HÁ DE NOVO?

Trecho de correspondência de Machado de Assis, datada de 6 de novembro de 1893, um dia após a publicação desta crônica). Mantivemos na carta a grafia original da época: "Temos ouvido daqui um forte tiroteio para a capital. Que ha de novo por ahi? Parece que esta faltando outra vez a farinha de trigo. Começou a sentir falta de pão que se vende mais caro. Os outros generos sobem de preço principalmente na roça onde se vende farinha na padaria a 500 rs., carne ruim a 1$500, assucar de 1$000 o kilo. Nictheroy não está em poder dos revoltosos como tem-se propalado ahi, pelo contrario, resiste frime, os soldados batendo-se com valor. Deus permita que cedo a paz seja restabelecida e sobretudo que a paz de Deus sobrepuja o entendimento, guarde os nossos corações em Jesus Christo".

A apreensão pública a que Machado se refere tem uma razão de ser: várias fortificações do Rio de Janeiro têm sofrido bombardeios — é a Revolta da Armada; Saldanha da Gama e outros altos oficiais da Marinha, a bordo de navios estacionados em nosso litoral, tentam derrubar a ditadura de Floriano Peixoto, que assumiu o governo inconstitucionalmente. O cronista se recusa a se referir diretamente ao momento que a cidade vive, até por cautela — é tempo de cuidados políticos e ódios acirrados —, mas principalmente por não querer se tornar refém daquilo de que todos falam, compulsivamente, por querer olhar além do que está tão próximo que até mesmo ofusca a vista. Ele comentaria, de passagem e mantendo o tom entediado, também na coluna "A Semana", em 12 de novembro: "Durante a semana houve algumas pausas, mais ou menos raras, mais ou menos prolongadas; mas os tiros comeram a maior parte do tempo. Basta dizer que foram mais numerosos que os boatos. [...] Uma vez desci do *bond*, na Praia da Glória, para ceder ao convite do amigo que queria ver o bombardeio". Ou seja, o bombardeio o interessa marginalmente, e só cede a assistir a ele por insistência do amigo; senão, prosseguiria em seu caminho. Com frequência, é esse o papel — de pano de fundo, ou às vezes de ruído, aquele que atrapalha quem quer prestar atenção à cena principal — que Machado confere, em suas crônicas mais maduras, aos grandes acontecimentos, aqueles que a história registra... Prefere sempre "o mínimo e o escondido".

COMENTÁRIO

"A atualidade merece atenção curiosa, mas não merece todo o empenho da alma do míope que vê coisas maiores nas coisas menores. É por isso, justamente, por isso que até hoje têm atualidade as crônicas de Machado, e é por isso que envelhecem depressa as crônicas que se submetem ao prestígio da atualidade" (Gustavo Corção, "Machado de Assis Cronista", p. 349).

AIRES

O narrador desta crônica lembra um pouco o Conselheiro Aires, personagem e narrador dos dois derradeiros romances de Machado (*Esaú e Jacó*, 1904, e *Memorial de Aires*, 1908), que declara ter *tédio à controvérsia*.

CANÇÃO DE PIRATAS

22 de julho de 1894

Telegrama da Bahia refere que o Conselheiro está em Canudos com 2.000 homens (dois mil homens) perfeitamente armados.[1] Que Conselheiro? O Conselheiro. Não lhe ponhas nome algum, que é sair da poesia e do mistério. É o Conselheiro, um homem, dizem que fanático, levando consigo a toda a parte aqueles dois mil legionários. Pelas últimas notícias tinha já mandado um contingente a Alagoinhas. Temem-se no Pombal e outros lugares os seus assaltos.

Jornais recentes afirmam também que os célebres clavinoteiros de Belmonte[2] têm fugido, em turmas, para o sul, atravessando a comarca de Porto Seguro. Essa outra horda, para empregar o termo do profano vulgo que odeio, não obedece ao mesmo chefe. Tem outro ou mais de um, entre eles o que responde ao nome de Cara de Graxa. Jornais e telegramas dizem dos clavinoteiros e dos sequazes do Conselheiro que são criminosos; nem outra palavra pode sair de cérebros alinhados, registrados, qualificados,

1. A Guerra de Canudos durou de 1893 a 1897. Canudos foi o *arraial* — povoação — construído por Antônio Conselheiro e seus seguidores no interior da Bahia. Antônio Vicente Maciel (1830-1897) ganhou o apelido de Conselheiro pelos sermões religiosos que fazia. Os que os seguiam eram os despossuídos, os que não tinham nada de seu no mundo. Dizer que eram "2.000 homens perfeitamente armados" era um dos boatos que circulavam no Rio de Janeiro, por inspiração do governo republicano, que vivia uma grave crise e acreditava que um *inimigo a ser destruído* poderia desviar a atenção popular. No entanto, como se viu, os sertanejos não foram tão cordatos quanto as tropas pensavam. Milhares de soldados morreram e efetivos militares nunca vistos no continente, até mesmo artilharia pesada, foram mobilizados antes de Canudos ser exterminada.
2. Cidade do interior da Bahia.

cérebros eleitores e contribuintes. Para nós, artistas, é a renascença, é um raio de sol que, através da chuva miúda e aborrecida, vem dourar-nos a janela e a alma. É a poesia que nos levanta do meio da prosa chilra e dura deste fim de século. Nos climas ásperos, a árvore que o inverno despiu, é novamente enfolhada pela primavera, essa eterna florista que aprendeu não sei onde e não esquece o que lhe ensinaram. A arte é a árvore despida: eis que lhe rebentam folhas novas e verdes.

Sim, meus amigos. Os dois mil homens do Conselheiro, que vão de vila em vila, assim como os clavinoteiros de Belmonte, que se metem pelo sertão, comendo o que arrebatam, acampando em vez de morar, levando moças naturalmente, moças cativas, chorosas e belas, são os piratas dos poetas de 1830[3]. Poetas de 1894[4], aí tendes matéria nova e fecunda. Recordai vossos pais; cantai, como Hugo, a canção dos piratas:

En mer, les hardis écumeurs!
Nous allions de Fez à Catane...[5]

3. Movimento poético que se caracterizava por defender a autonomia da poesia, a *arte pela arte*, em contraposição à tendência de sobrecarregar os poemas de mensagens políticas e cívicas. Victor Hugo (1802-1885) é um de seus expoentes. No prefácio de seu livro *Les Orientales* (1829), lança um verdadeiro manifesto. Curiosamente, alguns de seus romances, como *Os Miseráveis* (1862), não poderiam ser mais *engajados*, defendendo a revolta do povo pobre contra o autoritarismo político, as injustiças sociais e as desigualdades.
4. Em 1893, Cruz e Souza (1861-1898) publicou seu livro de poemas *Broquéis*, dando início ao Movimento Simbolista na poesia brasileira. Há quem identifique esse evento como o início do Movimento de 1893. Machado provavelmente deve estar se referindo a isso, apesar da diferença de data.
5. "Chanson des pirates" (Canção de piratas), de Victor Hugo: "Ao mar, os ousados corsários! / Íamos de Fez à Catânia".

Entrai pela Espanha, é ainda a terra da imaginação de Hugo, esse homem de todas as pátrias; puxai pela memória, ouvireis Espronceda[6] dizer outra canção de pirata, um que desafia a ordem e a lei, como o nosso Conselheiro. Ide a Veneza; aí Byron[7] recita os versos do *Corsário* no regaço da bela Guiccioli[8]. Tornai à nossa América, onde Gonçalves Dias[9] também cantou o seu pirata. Tudo pirata. O romantismo é a pirataria, é o banditismo, é a aventura do salteador que estripa um homem e morre por uma dama.

Crede-me, esse Conselheiro que está em Canudos com os seus dois mil homens, não é o que dizem telegramas e papéis públicos. Imaginai uma legião de aventureiros galantes, audazes, sem ofício nem benefício, que detestam o calendário, os relógios, os impostos, as reverências, tudo o que obriga, alinha e apruma. São homens fartos desta vida social e pacata, os mesmos dias, as mesmas caras, os mesmos acontecimentos, os mesmos delitos, as mesmas virtudes. Não podem crer que o mundo seja uma secretaria de Estado, com o seu livro do ponto, hora de entrada e de saída, e desconto por faltas[10]. O próprio amor é regulado por lei; os consórcios celebram-se por um regulamento em casa do pretor, e por um ritual na casa de Deus,

---

6. José Espronceda (1808-1842), poeta espanhol.
7. Lord Byron (1788-1824), poeta inglês, uma das figuras mais influentes do Romantismo.
8. A Condessa Teresa Guiccioli foi amante de Byron, de 1819 a 1824, quando o poeta morreu, lutando na guerra contra a dominação turca sobre a Grécia.
9. O Poeta do Brasil publicou o poema "O pirata", em *Primeiros Cantos* (1846).
10. Esquema com o qual, Machado de Assis, funcionário do Ministério de Viação e das Obras Públicas, estava familiarizado.

tudo com a etiqueta dos carros e casacas, palavras simbólicas, gestos de convenção. Nem a morte escapa à regulamentação universal; o finado há de ter velas e responsos, um caixão fechado, um carro que o leve, uma sepultura numerada, como a casa em que viveu... Não, por Satanás! Os partidários do Conselheiro lembraram-se dos piratas românticos, sacudiram as sandálias à porta da civilização e saíram à vida livre.

A vida livre, para evitar a morte igualmente livre, precisa comer, e daí alguns possíveis assaltos. Assim também o amor livre. Eles não irão às vilas pedir moças em casamento. Suponho que se casam a cavalo, levando as noivas à garupa, enquanto as mães ficam soluçando e gritando à porta das casas ou à beira dos rios. As esposas do Conselheiro, essas são raptadas em verso, naturalmente:

Sa Hautesse aime les primeurs,
Nous vous ferons mahométane...[11]

Maometana ou outra coisa, pois nada sabemos da religião desses, nem dos clavinoteiros, a verdade é que todas elas se afeiçoarão ao regime, se regime se pode chamar a vida errática. Também há estrelas erráticas, dirão elas, para se consolarem. Que outra coisa podemos supor de tamanho número de gente? Olhai que tudo cresce, que os exércitos de hoje não são já os dos tempos românticos, nem as armas, nem os legisladores,

[11]. "Chanson des pirates": "Sua Alteza gosta das virgens / Faremos de vós uma maometana" (trad. Margaret Seabra).

nem os contribuintes, nada. Quando tudo cresce, não se há de exigir que os aventureiros de Canudos, Alagoinhas e Belmonte contem ainda aquele exíguo número de piratas da cantiga:

Dans la galère capitane,
Nous étions quatre-vingts rameurs[12]

mas mil, dois mil, no mínimo. Do mesmo modo, ó poetas, devemos compor versos extraordinários e rimas inauditas. Fora com as cantigas de pouco fôlego. Vamos fazê-las de mil estrofes, com estribilho de cinquenta versos, e versos compridos, dois decassílabos atados por um alexandrino e uma redondilha. Pélion sobre Ossa[13], versos de Adamastor[14], versos de Encélado[15]. Rimemos o Atlântico com o Pacífico, a Via Láctea com as arejas do mar, ambições com malogros, empréstimos com calotes, tudo ao som das polcas que temos visto compor, vender e dançar só no Rio de Janeiro. Ó vertigem das vertigens![16]

12. "Chanson des pirates": "No navio almirante / Éramos oitenta remadores" (trad. Margaret Seabra).
13. Na mitologia grega, o Monte Pélion era o lar do centauro Quíron, que foi tutor de muitos heróis, como Aquiles, Jasão e outros. Os gigantes Otos e Efialtes, tentando invadir o Olimpo, colocaram o Monte Pélion sobre o Monte Ossa, mas a manobra não deu resultado algum e ficou como uma imagem do enorme esforço inútil.
14. O gigante mítico da mitologia grega que Luís de Camões (c.1524-1580) coloca em *Os Lusíadas*, representando o Cabo das Tormentas.
15. Na mitologia grega, um dos titãs que tentaram tomar o poder de Zeus.
16. O *nonsense* é quase *modernista*. Machado encerra a crônica com uma *mistura geral* que dá um pouco de seu desdém por esse tipo de sensacionalismo que se fazia sobre o movimento de Canudos, assim como o pânico que se gerou no Rio de Janeiro, principalmente quando os jagunços, surpreendendo a todos na capital, obtiveram suas primeiras vitórias, colocando em debandada os exércitos da República.

OS SERTÕES

É impossível pensar na Guerra de Canudos sem mencionar o clássico da literatura brasileira *Os Sertões*, de Euclides da Cunha (1866-1909). O livro, lançado em 1902 (anos depois desta crônica), representa uma completa reviravolta de Euclides com as ideias que defendia até então sobre a guerra no sertão da Bahia. Em escritos anteriores, ele atacava os *jagunços do Conselheiro* e sua luta; já em *Os Sertões*, Euclides assume totalmente o lado dos sertanejos, acusando as tropas republicanas de terem, com essa guerra, praticado um crime, o genocídio, contra os habitantes de Canudos — que, aliás, resistiram até o último homem (quando somente velhos e crianças lutavam contra os soldados da República), sendo que os prisioneiros feitos pelo exército, inclusive os que se entregaram, eram todos *carneados* (degolados). O capítulo "O fim" é um texto curto e arrepiante, que descreve com uma força e magia nunca vistas em nossa literatura o momento final da guerra. *Os Sertões* é dividido em três partes: "A terra", "O homem" e "A luta". Aconselha-se aqui aos jovens leitores que leiam apenas a terceira e deixem para mais tarde as outras duas, de interesse somente histórico, hoje em dia, para verem como eram as concepções sociológicas da época, hoje superadas.

UM DETALHE

Euclides não pensava em *fazer literatura* com *Os Sertões*, mas em resgatar *a verdade* sobre a campanha. Isso porque, na capital, o governo propagandeava que Canudos era um movimento, aliado à Princesa Isabel em Portugal, visando restabelecer a monarquia. Chegou a correr o boato, no Rio de Janeiro, de que os sertanejos invadiriam o Rio de Janeiro (haja vista o primeiro parágrafo desta crônica, embora temperado com o ceticismo de Machado, que questiona o pânico dos cariocas, assim como "a poesia e o mistério"). Euclides, um entusiasta republicano, chegou a avaliar essas versões. Mas, ao ir para a região da guerra, como correspondente do jornal *O Estado de S. Paulo*, deparou com nada mais do que sertanejos defendendo o único pedaço de terra — que lhes dava subsistência modesta — que tinham no mundo. Era isso Canudos; isso, mais fé religiosa, já que o Conselheiro era também um fervoroso católico. A reação de Euclides, lá, foi de espanto, perplexidade e, logo, de indignação. Por várias vezes no seu *Diário de Campanha*, ele repete: "Tudo é incompreensível nesta guerra".

MACHADO, O DESCONFIADO

E a única verdade é que o Rio de Janeiro e Canudos eram dois mundos que não tinham contato, que mal sabiam um do outro, que não compreendiam e temiam o que desconheciam um do outro. O ceticismo de Machado insinua que ele entende bem esse lado do problema.

TUDO PIRATA

"O romantismo é a pirataria, é o banditismo, é a aventura do salteador que estripa um homem e morre por uma dama." Machado não poderia ter feito uma crítica mais mordaz ao Romantismo, com sua tendência de criar heróis — como os índios de José de Alencar, ou do próprio Gonçalves Dias, no poema *I-Juca-Pirama* —, ou melhor, de mitificar determinadas figuras, com muita imaginação. Não deixa também de ser algo simplista demais, mas há também aqui o tom de brincadeira, até porque Machado demonstrou em outras ocasiões respeito e admiração pela figura veterana de Gonçalves Dias e o que ele significou na literatura.

OS CLAVINOTEIROS DO CONSELHEIRO...

Ironicamente, Machado equipara os sertanejos de Canudos com outras figuras, os piratas, que tanto desafiaram a lei como viraram tema de poesia — é uma maneira de chamar a atenção para o quanto de imaginação havia, no Rio de Janeiro, a distâncias vencidas apenas pela curta mensagem dos telegramas, no que se escutava e se acreditava sobre a revolta no interior da Bahia.

POR ZEUS!

A mitologia grega é uma referência sempre estimada na literatura. Aqui e em outros momentos de sua obra, Machado a menciona ironicamente, ou *farsescamente*. Se outros autores a usavam como recurso para dar imponência ao que escreviam ou aos episódios e personagens de que tratavam, Machado dissolve essa dimensão *épica* nesse final carnavalesco, tipo *nonsense*, ao som da polca — música popular, feita para dançar.

A CENA DO CEMITÉRIO

9 de junho de 1894

Não mistureis alhos com bugalhos; é o melhor conselho que posso dar às pessoas que leem de noite na cama. A noite passada, por infringir essa regra, tive um pesadelo horrível. Escutai; não perdereis os cinco minutos de audiência.

Foi o caso que, como não tinha acabado de ler os jornais de manhã, fi-lo à noite. Pouco já havia que ler, três notícias e a cotação da praça. Notícias da manhã, lidas à noite, produzem sempre o efeito de modas velhas, donde concluo que o melhor encanto das gazetas[1] está na hora em que aparecem. A cotação da praça, conquanto tivesse a mesma feição, não a li com igual indiferença, em razão das recordações que trazia do ano terrível (1890-91)[2]. Gastei mais tempo a lê-la e relê-la. Afinal pus os jornais de lado, e, não sendo tarde, peguei de um livro, que acertou de ser Shakespeare. O drama era *Hamlet*. A página, aberta ao acaso, era a cena do cemitério, ato V. Não há que dizer ao livro nem à página; mas essa mistura de poesia e cotação de praça, de gente morta e dinheiro vivo, não podia gerar nada bom; eram alhos com bugalhos.

Sucedeu o que era de esperar; tive um pesadelo. A princípio, não pude dormir; voltava-me de um lado para outro, vendo as figuras de Hamlet e de Horácio[3], os coveiros e as

---

1. Na época, jornais pequenos com princípios políticos a defender.
2. Machado menciona as conturbações políticas e econômicas do governo do presidente Deodoro, que inclusive o levaram à renúncia.
3. Na peça, amigo de Hamlet, o príncipe da Dinamarca.

caveiras, ouvindo a balada e a conversação. A muito custo, peguei no sono. Antes não pegasse! Sonhei que era Hamlet; trazia a mesma capa negra, as meias, o gibão e os calções da mesma cor. Tinha a própria alma do príncipe da Dinamarca. Até aí nada houve que me assustasse. Também não me aterrou ver, ao pé de mim, vestido de Horácio, o meu fiel criado José. Achei natural; ele não o achou menos. Saímos de casa para o cemitério; atravessamos uma rua que nos pareceu ser a 1.º de Março[4] e entramos em um espaço que era metade cemitério, metade sala. Nos sonhos há confusões dessas, imaginações duplas ou incompletas, mistura de coisas opostas, dilacerações, desdobramentos inexplicáveis; mas, enfim, como eu era Hamlet e ele Horácio, tudo aquilo devia ser cemitério. Tanto era que ouvimos logo a um dos coveiros esta estrofe:

Era um título novinho,
Valia mais de oitocentos;
Agora que está velhinho
Não chega a valer duzentos.

Entramos e escutamos. Como na tragédia, deixamos que os coveiros falassem entre si, enquanto faziam a cova

[4]. Claro que nem Machado tinha criado, chamado José ou não, nem há ou houve cemitério na 1.º de Março, no centro do Rio, já então uma das principais ruas da cidade. A ironia é contra o mercado de capitais e sua fragilidade no país. Do mesmo modo que na cena do cemitério em *Hamlet* se comenta sobre a transitoriedade da vida, diante dos túmulos e ossos do cemitério, aqui se fala sobre a desvalorização brutal de títulos, a exemplo do que houve nos "anos terríveis" mencionados pelo cronista pouco antes — consequência do plano econômico denominado na época *Encilhamento*, coordenado por Rui Barbosa, como ministro da Fazenda de Deodoro.

de Ofélia[5]. Mas os coveiros eram ao mesmo tempo corretores, e tratavam de ossos e papéis. A um deles ouvia bradar que tinha trinta ações da Companhia Promotora das Batatas Econômicas. Respondeu-lhe outro que dava cinco mil-réis por elas. Achei pouco dinheiro e disse isto mesmo a Horácio, que me respondeu, pela boca de José: "Meu senhor, as batatas desta companhia foram prósperas enquanto os portadores dos títulos não as foram plantar. A economia da nobre instituição consistia justamente em não plantar o precioso tubérculo; uma vez que o plantassem era indício certo da decadência e da morte".

Não entendi bem; mas os coveiros, fazendo saltar caveiras do solo, iam dizendo graças e apregoando títulos. Falavam de bancos, do Banco Único, do Banco Eterno, do Banco dos Bancos, e os respectivos títulos eram vendidos ou não, segundo oferecessem por eles sete tostões ou duas patacas. Não eram bem títulos nem bem caveiras; eram as duas coisas juntas, uma fusão de aspectos, letras com buracos de olhos, dentes por assinaturas. Demos mais alguns passos, até que eles nos viram. Não se admiraram; foram indo com o trabalho de cavar e vender. — Cem da Companhia Balsâmica! — Três mil-réis. — São suas. — Vinte e cinco da Companhia Salvadora! — Mil-réis! — Dois mil-réis — Dois mil e cem! — E duzentos! — E quinhentos! — São suas.

Cheguei-me a um, ia a falar-lhe, quando fui interrompido pelo próprio homem:

---

5. Na peça, noiva de Hamlet.

"— Pronto Alívio! meus senhores! Dez do Banco Pronto Alívio! Não dão nada, meus senhores? Pronto Alívio! senhores... Quanto dão? Dois tostões? Oh! não! não! valem mais! Pronto Alívio! Pronto Alívio!". O homem calou-se afinal, não sem ouvir de outro coveiro que, como alívio, o banco não podia ter sido mais pronto[6]. Faziam trocadilhos, como os coveiros de Shakespeare. Um deles, ouvindo apregoar sete ações do Banco Pontual, disse que tal banco foi realmente pontual até o dia em que passou do ponto à reticência. Como espírito, não era grande coisa; daí a chuva de tíbias que caiu em cima do autor. Foi uma cena lúgubre e alegre ao mesmo tempo. Os coveiros riam, as caveiras riam, as árvores, torcendo-se aos ventos da Dinamarca, pareciam torcer-se de riso, e as covas abertas riam, à espera que fossem chorar sobre elas.

Surgiram muitas outras caveiras ou títulos. Da Companhia Exploradora de Além-Túmulo apareceram cinquenta e quatro, que se venderam a dez réis. O fim desta companhia era comprar para cada acionista um lote de trinta metros quadrados no Paraíso. Os primeiros títulos, em março de 1891, subiram a conto de réis; mas se nada há seguro neste mundo conhecido, pode havê-lo no incognoscível? Esta dúvida entrou no espírito do caixa da companhia, que aproveitou a passagem de um paquete transatlântico, para ir consultar um teólogo europeu, levando consigo tudo o que havia mais cognoscível entre os valores. Foi um coveiro que me contou este antecedente da companhia. Eis aqui, porém, surdiu

---

[6]. *Pronto*, aqui, no sentido de "sem tostão", "quebrado", "falido". O trocadilho é porque também há o significado de "rápido", "ligeiro", para a palavra.

uma voz do fundo da cova, que estavam abrindo. Uma *debênture*[7]! Uma *debênture*!

Era já outra coisa. Era uma *debênture*. Cheguei-me ao coveiro, e perguntei que era que estava dizendo. Repetiu o nome do título. Uma *debênture*? — Uma *debênture*. Deixe ver, amigo. E, pegando nela, como Hamlet, exclamei, cheio de melancolia[8]:

— *Alas, poor Yorick!* Eu o conheci, Horácio. Era um título magnífico. Estes buracos de olhos foram algarismos de brilhantes, safiras e opalas. Aqui, onde foi nariz, havia um promontório de marfim velho lavrado; eram de nácar estas faces, os dentes de ouro, as orelhas de granada e safira. Desta boca saíam as mais sublimes promessas em estilo alevantado e nobre. Onde estão agora as belas palavras de outro tempo? Prosa eloquente e fecunda, onde param os longos períodos, as frases galantes, a arte com que fazias ver a gente cavalos soberbos com ferraduras de prata e arreios de ouro? Onde os carros de cristal, as almofadas de cetim? Diz-me cá, Horácio.

— Meu senhor...

— Crês que uma letra de Sócrates esteja hoje no mesmo estado que este papel?

— Seguramente.

---

7. Título de crédito emitido por uma sociedade anônima, certificando a aplicação do portador e podendo ser resgatada, mas não nesse caso, já que ao que tudo indica fala-se de empresas falidas que aplicaram calotes nesses pobres investidores.

8. É uma paráfrase magnífica à fala de Hamlet, tão representada, quando ele, com a caveira na mão, admira-se de ver ao que se reduziu, agora morto, o bufão Yorick, que conheceu quando criança. Brinca o cronista, misturando a cena tétrica com o colapso dos títulos e aplicações.

— Assim que, uma promessa de dívida do nobre Sócrates não será hoje mais que uma *debênture* escangalhada?

— A mesma coisa.

— Até onde podemos descer, Horácio! Uma letra de Sócrates pode vir a ter os mais tristes empregos deste mundo; limpar os sapatos, por exemplo. Talvez ainda valha menos que esta *debênture*.

— Saberá Vossa Senhoria que eu não dava nada por ela.

— Nada? Pobre Sócrates! Mas espera, calemo-nos, aí vem um enterro.

Era o enterro de Ofélia. Aqui o pesadelo foi-se tornando cada vez mais aflitivo. Vi os padres, o rei e a rainha, o séquito, o caixão. Tudo se me fez turvo e confuso. Vi a rainha deitar flores sobre a defunta. Quando o jovem Laertes[9] saltou dentro da cova, saltei também; ali dentro atracamo-nos, esbofeteamo-nos. Eu suava, eu matava, eu sangrava, eu gritava...

— Acorde, patrão! acorde!

---

[9]. Laertes, irmão de Ofélia, e Hamlet, se matam mutuamente com espadas envenenadas.

ENTRELINHAS

SHAKESPEARE

É sempre curioso como certas imagens se repetem, como que gravadas na alma do escritor, na obra de Machado. A cena do cemitério de *Hamlet* ganha aqui mais uma referência, assim como se podia repetir parte das anotações e comentários feitos às várias crônicas.

MACABRO

Machado produz aqui este primor de prosa, misturando a crítica ao momento mais atual — um abalo do mercado financeiro —, a elementos como o sonho e a referência a Shakespeare, sempre presente em sua obra quando o assunto é morte e os labirintos sombrios da alma humana. Seria, ainda hoje, uma paródia ao estilo "terrir", aquele que faz humor com ingredientes do terror clássico do período do Romantismo, também chamado gótico romântico, em obras como *Drácula* (Bram Stoker), *Frankenstein* (Mary Shelley), contos de Edgar Allan Poe e outras.

[*DEBÊNTURES*]

31 de julho 1892

Esta semana furtaram a um senhor que ia pela rua mil *debêntures*[1]; ele providenciou de modo que pôde salvá-las. Confesso que não acreditei na notícia, a princípio; mas o respeito em que fui educado para com a letra redonda fez-me acabar de crer que se não fosse verdade não seria impresso. Não creio em verdades manuscritas. Os próprios versos, que só se fazem por medida, parecem errados, quando escritos à mão. A razão por que muitos moços enganam as moças e vice-versa é escreverem as suas cartas, e entregá-las de mão a mão, ou pela criada, ou pela prima ou por qualquer outro modo, que no meu tempo, era ainda inédito. Quem não engana é o namorado da folha pública[2]: "Querida X, não foste hoje ao lugar do costume; esperei até às três horas. Responde ao teu Z". E a namorada: "Querido Z. Não fui ontem por motivos que te direi à vista. Sábado, com certeza, à hora costumada; não faltes. Tua X". Isto é sério, claro, exato, cordial.

A razão que me fez duvidar a princípio foi a noção que me ficou dos negócios de *debêntures*. Quando este nome começou a andar de boca em boca, até fazer-se um coro universal, veio ter comigo um chaparreiro aqui da vizinhança e confessou que, não sabendo ler, queria que

---

[1]. Acerca do que são as *debêntures*, o cronista vai justamente sugerir que nem ele nem ninguém entende direito do que se trata — é o que hoje chamaríamos de *economês*, esse jargão de economia que tanto confunde quem lê notícias nos jornais ou as recebe pelo rádio ou tevê.
[2]. Jornal em que anúncios sentimentais são trocados.

lhe dissesse se aqueles papéis valiam alguma coisa. Eu, verdadeiro eco da opinião nacional, respondi que não havia nada melhor; ele pegou nas economias e comprou uma centena delas. Cresceu ainda o preço e ele quis vendê-las; mas eu acudi a tempo de suspender esse desastre. Vender o quê? Deixasse estar os papéis que o preço ia subir por aí além. O homem confiou e esperou. Daí a tempo ouvi um rumor[3]; eram as *debêntures* que caíam, caíam, caíam... Ele veio procurar-me, debulhado[4] em lágrimas; ainda o fortaleci com uma ou duas parábolas[5], até que os dias correram, e o desgraçado ficou com os papéis na mão. Consolou-se um pouco quando eu lhe disse que metade da população não tinha outra atitude.[6]

Pouco tempo depois (vejam o que é o amor a estas coisas!) veio ter comigo e proferiu estas palavras:

— Eu já agora perdi quase tudo o que tinha com as tais *debêntures*, mas ficou-me sempre um cobrinho no fundo do baú, e como agora ouço falar muito em *habeas corpus*[7], vi-

3. A ironia aqui é que *rumor* pode se referir a "boato" ou ao barulho das debêntures "caindo" no chão.
4. Chorando muito, desfazendo-se de tanto chorar, como se *debulham* (tiram) os grãos da espiga, *desfazendo o milho*. A expressão é a síntese de uma metáfora.
5. Cristo pregava em parábolas (pequenas histórias contendo um exemplo de vida), descritas no Novo Testamento.
6. Num exemplo localizado, o cronista nos faz ver como as flutuações, a instabilidade do mercado financeiro, que deixa tantos no prejuízo, não são de hoje.
7. "Que tenhas teu corpo — Garantia constitucional outorgada em favor de quem sofre ou está na iminência de sofrer coação ou violência na sua liberdade de locomoção por ilegalidade ou abuso de poder." É um instrumento jurídico, usado, por exemplo, por advogados em defesa de prisioneiros políticos que são sequestrados pelo governo autoritário sem acusação nem julgamento. É um dos primeiros recursos, entre os direitos civis, que as ditaduras extinguem.

nha, sim, vinha perguntar-lhe se esses títulos são bons, e se estão caros ou baratos.

— Não são títulos.

— Mas o nome também é estrangeiro.

— Sim, mas nem por ser estrangeiro, é título; aquele doutor que ali mora defronte é estrangeiro e não é título.

— Isso é verdade. Então parece-lhe que os *habeas corpus* não são papéis?

— Papéis são; mas são outros papéis.

A ideia de *debênture* ficou sendo para mim a mesma coisa que nada, de modo que não compreendia que um senhor andasse com mil *debêntures* na algibeira, que outro as furtasse, e que ele corresse em busca do ladrão. Acreditei por estar impresso. Depois mostraram-me a lista das cotações. Vi que não se vendem tantas como outrora, nem pelo preço antigo, mas há algum negociozinho, pequeno, sobre alguns lotes. Quem sabe o que elas serão ainda algum dia? Tudo tem altos e baixos.

O certo é que mudei de opinião. No dia seguinte, depois do almoço, tirei da gaveta algumas centenas de mil-réis, e caminhei para a Bolsa, encomendando-me (é inútil dizê-lo) ao Deus de Abraão, Isaac e Jacó. Comprei um lote, a preço baixo, e particularmente prometi uma *debênture* de cera a São Lucas[8], se me fizer ganhar um cobrinho grosso. Sei que

---

8. Um *ex-voto* original, de muita ironia. Para pagar promessas, há quem mande fazer ou confeccione, por exemplo, pernas de cera (caso a graça, a cura ou o milagre, tenha sido na perna da pessoa), para colocar na igreja ou junto à imagem que atendeu ao pedido. É o que se chama *ex-voto*.

é imitar aquele homem que, há dias, deu uma chave de cera a São Pedro, por lhe haver deparado casa em que morasse; mas eu tenho outra razão. Na semana passada falei de uns casais de pombas, que vivem na igreja da Cruz dos Militares, aos pés de São João e São Lucas. Uma delas, vendo-me passar, quando voltava da Bolsa, desferiu o voo, e veio pousar-me no ombro; mostrou-se meio agastada com a publicação, mas acabou dizendo que naquela rua, tão perto dos bancos e da praça, tinham elas uma grande vantagem sobre todos os mortais. Quaisquer que sejam os negócios, — arrulhou-me ao ouvido, — o câmbio para nós está sempre a 27[9].

Não peço outra coisa ao apóstolo; câmbio a 27 para mim como para elas, e terá a *debênture* de cera, com inscrições e alegorias. Veja que nem lhe peço a cura da tosse e da coriza que me afligem, desde algum tempo. O meu talentoso amigo Dr. Pedro Américo[10] disse outro dia na Câmara dos Deputados, propondo a criação de um teatro normal, que, por um milagre de higiene, todas as moléstias desaparecessem, "não haveria faculdade, nem artifícios de retórica capazes de convencer a ninguém das belezas da patologia[11] nem da utilidade da terapêutica"[12]. Ah! meu caro amigo! Eu dou todas as belezas da patologia por um

---

9. Segundo John Gledson ("A Semana", p. 97), o cronista refere-se a uma taxa de câmbio do dia da Proclamação da República, que vinha se mantendo estável por grande parte do Segundo Reinado.
10. Pintor famoso na época (1843-1905), cujas obras mais conhecidas são *Independência ou Morte* ou *O Grito do Ipiranga* (1888) e *Tiradentes Esquartejado* (1893).
11. Patologia "doença"; Pedro Américo está se referindo à complexidade dos organismos e mesmo das doenças que atingem o organismo.
12. Ou seja, ninguém reconheceria o mérito dos tratamentos e remédios.

nariz livre e um peito desabafado. Creio na utilidade da terapêutica; mas que deliciosa coisa é não saber que ela existe, duvidar dela e até negá-la! Felizes os que podem respirar! Bem-aventurados os que não tossem! Agora mesmo interrompi o que ia escrevendo para tossir; e, continuo a escrever de boca aberta para respirar. E falam-me em belezas da patologia... Francamente eu prefiro as belezas da *Batalha de Avaí*[13].

A rigor, devia acabar aqui; mas a notícia que acaba de chegar do Amazonas obriga-me a algumas linhas, três ou quatro. Promulgou-se a Constituição, e, por ela, o governador passa-se a chamar presidente do Estado. Com exceção do Pará e Rio Grande do Sul, creio que não falta nenhum. *Sono tutti fatti marchesi.*[14] Eu, se fosse presidente da República, promovia a reforma da Constituição para o único fim de chamar-me governador. Ficava assim um governador cercado de presidentes, ao contrário dos Estados Unidos da América, e fazendo lembrar o imperador Napoleão, vestido com a modesta farda lendária, no meio dos seus marechais em grande uniforme.

Outra notícia que me obriga a não acabar aqui, é a de estarem os rapazes do comércio de São Paulo fazendo reu-

13. Referência ao quadro de Pedro Américo *A Batalha do Avaí* (1877). Trata-se de um episódio da Guerra do Paraguai, vencido pelos brasileiros sob o comando do Duque de Caxias, em 1868. As forças militares paraguaias foram praticamente exterminadas nessa batalha.

14. Ainda em Gledson (p. 73), lemos que essa frase é de Fernando II, "das Duas Sicílias, que, ao escapar de um atentado, foi saudado pelos seus áulicos *(súditos)* com tanto servilismo *(a atitude servil, de servo, humilde)* que lhes gritou *(ironicamente)* essa frase: 'Estão todos feito marqueses'" [destaques do organizador].

niões para se alistarem na guarda nacional, em desacordo com os daqui, que acabam de pedir dispensa de tal serviço. Questão de meio; o meio é tudo. Não há exaltação para uns nem depressão para outros. Duas coisas contrárias podem ser verdadeiras e até legítimas conforme a zona. Eu, por exemplo, execro o mate chimarrão, os nossos irmãos do Rio Grande do Sul acham que não há bebida mais saborosa neste mundo. Segue-se que o mate deve ser sempre uma ou outra coisa? Não; segue-se o meio; o meio é tudo.

ENTRELINHAS

AO LÉU...

"Não creio em verdades manuscritas. Os próprios versos, que só se fazem por medida, parecem errados, quando escritos à mão. A razão por que muitos moços enganam as moças e vice-versa é escreverem as suas cartas, e entregá-las de mão a mão, ou pela criada, ou pela prima ou por qualquer outro modo, que no meu tempo, era ainda inédito." Ele falava de *debêntures*, de um roubo... e de repente lá está passando, como num giro de dança de salão, para outro assunto, com a leveza de um ilusionista, que desvia a atenção para um ponto, querendo fazer seu truque noutro. São as famosas *divagações* machadianas. Ele vai e volta, vaga, perambula e retorna sem perder a atenção do leitor, com essa habilidade de prosador que desfia seu texto como quem bate papo conosco.

"O MEIO É TUDO"

Filosofia de vida ou brincadeira? Machado espalha frases como essa — era um *frasista* (um sujeito que cunha frases, que busca o efeito, mais do que o conteúdo) às vezes — que são o bastante para muitos buscarem nelas a *filosofia de vida* do Bruxo. É bem pouco provável que Machado dispersasse sua filosofia de vida em doses homeopáticas e tão de passagem. Claro, sempre se pode especular sobre isso, mas é esperto considerar que a frase pode muito bem ser uma ironia de Machado sobre a questão mencionada. Até porque como levar tão a sério um parágrafo que cava semelhanças entre a questão do alistamento militar e a do mate? E que termina ao estilo mais vulgarizador, com uma *máxima de vida*?

SALTEADORES DA TESSÁLIA[1]

26 de novembro de 1893

Tudo isto cansa, tudo isto exaure. Este sol é o mesmo sol, debaixo do qual, segundo uma palavra antiga, nada existe que seja novo. A lua não é outra lua. O céu azul ou embruscado, as estrelas e as nuvens, o galo da madrugada, é tudo a mesma coisa. Lá vai um para a banca da advocacia, outro para o gabinete médico, este vende, aquele compra, aquele outro empresta, enquanto a chuva cai ou não cai, e o vento sopra ou não; mas sempre o mesmo vento e a mesma chuva. Tudo isto cansa, tudo isto exaure.

Tal era a reflexão que eu fazia comigo, quando me trouxeram os jornais. Que me diriam eles que não fosse velho? A guerra é velha, quase tão velha como a paz. Os próprios diários são decrépitos. A primeira crônica do mundo é justamente a que conta a primeira semana dele, dia por dia, até o sétimo em que o Senhor descansou.[2] O cronista bíblico omite a causa do descanso divino; podemos supor que não foi outra senão o sentimento da caducidade da obra.[3]

Repito, que me trariam os diários? As mesmas notícias locais e estrangeiras, os furtos do Rio e de Londres, as damas da Bahia e de Constantinopla, um incêndio em Olinda, uma tempestade em Chicago, as cebolas do Egito, os juízes

---

[1]. Região da Grécia.
[2]. O cronista se refere ao Gênesis.
[3]. "E no sétimo dia o Senhor descansou", mas não porque a sua obra, recém-criada, tenha se tornado *caduca* (velha), e sim para instituir o dia sagrado (domingo, *dies Dominica*, em latim, "dia do Senhor").

de Berlim, a paz de Varsóvia, os *Mistérios de Paris*[4], a *Lua de Londres*[5], o *Carnaval de Veneza*... Abri-os sem curiosidade, li-os sem interesse, deixando que os olhos caíssem pelas colunas abaixo, ao peso do próprio fastio. Mas os diabos estacaram de repente, leram, releram e mal puderam crer o que liam. Julgai por vós mesmos.

Antes de ir adiante, é preciso saber a ideia que faço de um legislador, e a que faço de um salteador. Provavelmente, é a vossa. O legislador é o homem deputado pelo povo para votar os seus impostos e leis. É um cidadão ordeiro, ora implacável e violento, ora tolerante e brando, membro de uma câmara que redige, discute e vota as regras do governo, os deveres do cidadão, as penas do crime. O salteador é o contrário. O ofício deste é justamente infringir as leis que o outro decreta. Inimigo delas, contrário à sociedade e à humanidade, tem por gosto, prática e religião tirar a bolsa aos homens, e, se for preciso, a vida. Foge naturalmente aos tribunais, e, por antecipação, aos agentes de polícia. A sua arma é uma espingarda; para que lhe serviriam penas[6], a não serem de ouro? Uma espingarda, um punhal, olho vivo, pé leve, e mato, eis tudo o que ele pede ao céu. O mais é com ele.

Dadas estas noções elementares, imaginai com que alvoroço li esta notícia de uma de nossas folhas: "Na Grécia foi

---

4. Alusão ao romance, com este título, de Eugène Sue (1804-1857), escritor francês muito popular por conta de seus *folhetins*, que combinavam mistério, aventura, romance e outros ingredientes de entretenimento.
5. "A lua de Londres" é um poema do poeta português João de Lemos (1819-1890).
6. Duplo sentido, primeiro *castigo*, depois *penas* para escrever — estas, sim, poderiam ser de ouro.

preso o deputado Talis, e expediu-se ordem de prisão contra outros deputados, por fazerem parte de uma quadrilha de salteadores, que infesta a província da Tessália". Dou-vos dez minutos de incredulidade para o caso de não haverdes lido a notícia; e, se vos acomodais da monotonia da vida, podeis clamar contra semelhante acumulação. Chamai bárbara à moderna Grécia, chamai-lhe opereta, pouco importa. Eu chamo-lhe sublime.

Sim, essa mistura de discurso e carabina, esse apoiar o ministério com um voto de confiança às duas horas da tarde, e ir espreitá-lo às cinco, à beira da estrada, para tirar-lhe os restos do subsídio, não é comum, nem rara, é única. As instituições parlamentares não apresentam em parte nenhuma esta variante. Ao contrário, quaisquer que sejam as modificações de clima, de raça ou de costumes, o regime das câmaras difere pouco, e, ainda que difira muito, não irá ao ponto de pôr na mesma curul Catão[7] e Caco[8]. Há alguma coisa nova debaixo do sol.

Durante meia hora fiquei como fora de mim. A situação é, na verdade, aristofanesca.[9] Só a mão de grande cômico podia inventar e cumprir tão extraordinária facécia. A folha que dá a notícia, não conta nada da provável confusão de linguagem que há de haver nos dois ofícios. Quando algum daqueles de-

---

[7]. Há dois Catões na história romana antiga, o mais velho e seu bisneto. Machado deve estar se referindo ao primeiro (243 a.C.-143 a.C.), estadista e político romano.
[8]. Filho de Urano, deus do fogo, na mitologia grega, Caco aparece como ladrão de gado.
[9]. No teatro clássico grego, Aristófanes (447 a.C.-385 a.C.) foi um famoso autor de comédias.

putados tivesse de falar na câmara, em vez de pedir a palavra, podia muito bem pedir a bolsa ou a vida. Vice-versa, agredindo um viajante, pedir-lhe-ia dois minutos de atenção. E nada ficaria, em absoluto, fora do seu lugar; com dois minutos de atenção se tira o relógio a um homem, e mais de um na câmara preferiria entregar a bolsa a ouvir um discurso.

Mas, por todos os deuses do Olimpo[10]! Não há gosto perfeito na terra. No melhor da alegria, acudiu-me à lembrança o livro de Edmond About[11], onde me pareceu que havia alguma coisa semelhante à notícia. Corri a ele; achei a cena dos maniotas[12], que ameaçavam brandamente um dos amigos do autor, se lhes não desse uma pequena quantia. O chefe do grupo era empregado subalterno da administração local. About chega, ameaça por sua vez os homens, e, para assustá-los, cita o nome de um deputado para quem levava carta de recomendação. "Fulano! exclamou o chefe da quadrilha, rindo; conheço muito, é dos nossos."

Assim, pois, nem isto é novo! Já existia há quarenta anos! A novidade está no mandado de prisão, se é a primeira vez que ele se expede, ou se até agora os homens faziam um dos dois ofícios discretamente. Fiquei triste. Eis aí, tornamos à velha divisão de classes, que a terra de Homero podia destruir pela forma audaz de Talis. Aí volta a monotonia das funções separadas, isto é, uma restrição à liberdade das

---

10. O Monte Olimpo, lar dos principais deuses da mitologia grega, localiza-se no extremo norte da Tessália.
11. Edmond François Valentin About (1828-1885), romancista, dramaturgo, crítico, jornalista e membro da Academia Francesa.
12. Ladrões da região de Mânio, no Peloponeso, Grécia.

profissões. A própria poesia perde com isto; ninguém ignora que o salteador, na arte, é um caráter generoso e nobre. Talis, se é assim que se lhe escreve o nome, pode ser que tivesse ganho um par de sapatos a tiro de espingarda; mas estou certo que proporia na câmara uma pensão à viúva da vítima. São duas operações diversas, e a diversidade é o próprio espírito grego. Adeus, minha ilusão de um instante! Tudo continua a ser velho: *nihil sub sole novum*[13].

Eu pediria o perdão de Talis, se pudesse ser ouvido. Condenem os demais se querem, mas deixem um, Talis ou outro qualquer, um funcionário duplo, que tire ao parlamento grego o aspecto de uma instituição aborrecida. Que a Hélade[14] deite os ministérios abaixo, se lhe apraz, mas não atire às águas do Eurotas[15] um elemento de aventura e de poesia. Acabou com o turco, acabe com este modernismo, que é outro turco, diferente do primeiro em não ser silencioso. Não esqueça que Byron[16], um dos seus grandes amigos, deixou o parlamento britânico para fugir à discussão da resposta à fala do trono. E repare que não há, entre os seus poemas, nenhum que se chame *O presidente do conselho*, mas há um que se chama *O Corsário*.

---

13. Em latim: "nada há de novo sob o sol".
14. Região dos helenos, Grécia.
15. Rio da Grécia à margem do qual nasce a cidade de Esparta.
16. Poeta inglês, mais conhecido como Lord Byron (1788-1824), por suas origens aristocráticas, um dos mais destacados nomes do Romantismo.

ENTRELINHAS

TÉDIO À CONTROVÉRSIA

Decididamente, o cronista *escapa* do momento presente, do *Que há de novo?* de que se fala nas ruas e alardeiam os jornais, e, em meio à troca de tiros de canhão entre os fortes da orla e a Armada Rebelde, e, principalmente, em meio à vingativa e persecutória ditadura de Floriano Peixoto, vai buscar um episódio noticiado dias antes no jornal (John Gledson informa que a notícia saiu num jornal partidário do governo, *O Tempo*, no dia 20), na remota Tessália (que a maioria de seus leitores provavelmente não sabia onde ficava), matéria-prima para escrever sua crônica...

INTERTEXTUALIDADE

... e aqui cria um texto que parece responder (sarcasticamente) à pergunta que o aborrecia e que deu motivo para sua crônica de 5 de novembro: Que há de novo?... Já dizia a Bíblia: "Não há nada de novo sob o sol" (Eclesiastes 1, 9). Essa interessante conversa entre textos é chamada, nos meios técnicos da literatura, de intertextualidade: Pronto, aqui está algo novo, os deputados-salteadores da Tessália.

...

UM CÃO DE LATA AO RABO

2 de abril de 1878

Era uma vez[1] um mestre-escola, residente em Chapéu d'Uvas, que se lembrou de abrir entre os alunos um torneio de composição e de estilo; ideia útil, que não somente afiou e desafiou as mais diversas ambições literárias, como produziu páginas de verdadeiro e raro conhecimento.

— Meus rapazes, disse ele. Chegou a ocasião de brilhar e mostrar que podem fazer alguma coisa. Abro o concurso e dou quinze dias aos concorrentes. No fim dos quinze dias, quero ter em minha mão os trabalhos de todos; escolherei um júri para os examinar, comparar e premiar.

— Mas o assunto? perguntaram os rapazes batendo palmas de alegria.

— Podia dar-lhes um assunto histórico; mas seria fácil, e eu quero experimentar a aptidão de cada um. Dou-lhes um assunto simples, aparentemente vulgar, mas profundamente filosófico.

— Diga, diga.

— O assunto é este: — UM CÃO DE LATA AO RABO. Quero vê-los brilhar com opulências de linguagem e atrevimentos de ideia. Rapazes, à obra! Claro é que cada um pode apreciá-lo conforme o entender.

O mestre-escola nomeou um júri, de que eu fiz parte. Sete escritos foram submetidos ao nosso exame. Eram geralmente bons; mas três, sobretudo, mereceram a palma e encheram

[1]. O *Era uma vez* aqui é importante; explicita que o que se vai narrar a seguir é uma *fábula*.

de pasmo o júri e o mestre, tais eram — neste o arrojo do pensamento e a novidade do estilo, — naquele a pureza da linguagem e a solenidade acadêmica — naquele outro a erudição rebuscada e técnica, — tudo novidade, ao menos em Chapéu d'Uvas. Nós os classificamos pela ordem do mérito e do estilo. Assim, temos:

1.º Estilo antitético e asmático.
2.º Estilo *ab ovo*[2].
3.º Estilo largo e clássico.

Para que o leitor fluminense julgue por si mesmo de tais méritos, vou dar adiante os referidos trabalhos, até agora inéditos, mas já agora sujeitos ao apreço público.

I. ESTILO ANTITÉTICO E ASMÁTICO
O cão atirou-se com ímpeto. Fisicamente, o cão tem pés, quatro; moralmente, tem asas, duas. Pés: ligeireza na linha reta. Asas: ligeireza na linha ascensional. Duas forças, duas funções. Espádua de anjo no dorso de uma locomotiva.

Um menino atara a lata ao rabo do cão. Que é rabo? Um prolongamento e um deslumbramento. Esse apêndice, que é carne, é também um clarão. Di-lo a filosofia? Não; di-lo a etimologia. Rabo, rabino[3]: duas ideias e uma só raiz.

---

2. Que busca até mesmo a origem do *ovo*, do início de *tudo*. No caso, uma tática de compor o texto que tenta, em vez de se referir ao episódio presente, buscar suas origens mais remotas — ou forjá-las!
3. Aparentemente, simples *nonsense*, brincadeira; *rabino* é o sacerdote na religião judaica, o doutor em leis judaicas. Não tem raiz em comum com *rabo*. Ocorre que

A etimologia é a chave do passado, como a filosofia é a chave do futuro.

O cão ia pela rua fora, a dar com a lata nas pedras. A pedra faiscava, a lata retinia, o cão voava. Ia como o raio, como o vento, como a ideia. Era a revolução, que transtorna, o temporal que derruba, o incêndio que devora. O cão devorava. Que devorava o cão? O espaço. O espaço é comida. O céu pôs esse transparente manjar ao alcance dos impetuosos. Quando uns jantam e outros jejuam; quando, em oposição às toalhas da casa nobre, há os andrajos da casa do pobre; quando em cima as garrafas choram Lacrima Christi[4], e embaixo os olhos choram lágrimas de sangue, Deus inventou um banquete para a alma. Chamou-lhe espaço. Esse imenso azul, que está entre a criatura e o criador, é o caldeirão dos grandes famintos. Caldeirão azul: antinomia, unidade.

O cão ia. A lata saltava como os guizos do arlequim. De caminho envolveu-se nas pernas de um homem. O homem parou; o cão parou: pararam diante um do outro. Contemplação única! *Homo, canis*[5]. Um parecia dizer: — Liberta-me! O outro parecia dizer: — Afasta-te! Após alguns instantes, recuaram ambos; o quadrúpede deslaçou-se do bípede. *Canis* levou a sua lata; *homo* levou a sua vergonha. Divisão equitativa. A vergonha é a lata ao rabo do caráter.

no *Moraes* também se encontra para *rabino*: "Desinquieto, com teima; maldoso, que tem mau gênio". Ou seja, se foi o menino [maldoso] que amarrou a lata ao rabo do cachorro, o rabino e o rabo do cão se encontraram na origem do problema. Ainda assim, puro deboche.
4. Vinho produzido na região do Monte Vesúvio, Itália, desde a Idade Média.
5. Em latim, algo solto no texto: "Homem, cão".

Então, ao longe, muito longe, troou alguma coisa funesta e misteriosa. Era o vento, era o furacão que sacudia as algemas do infinito e rugia como uma imensa pantera. Após o rugido, o movimento, o ímpeto, a vertigem. O furacão vibrou, uivou, grunhiu[6]. O mar calou o seu tumulto, a terra calou a sua orquestra. O furacão vinha retorcendo as árvores, essas torres da natureza[7], vinha abatendo as torres, essas árvores da arte; e rolava tudo, e aturdia tudo, e ensurdecia tudo. A natureza parecia atônita de si mesma. O condor, que é o colibri dos Andes, tremia de terror, como o colibri, que é o condor das rosas. O furacão igualava o píncaro e a base. Diante dele o máximo e o mínimo eram uma só coisa: nada. Alçou o dedo e apagou o sol. A poeira cercava-o todo; trazia poeira adiante, atrás, à esquerda, à direita; poeira em cima, poeira embaixo. Era o redomoinho, a convulsão, o arrasamento.

O cão, ao sentir o furacão, estacou. O pequeno parecia desafiar o grande. O finito encarava o infinito[8], não com pasmo, não com medo; — com desdém. Essa espera do cão tinha alguma coisa de sublime. Há no cão que espera uma expressão semelhante à tranquilidade do leão ou à fixidez do deserto. Parando o cão, parou a lata. O furacão viu de longe esse inimigo quieto; achou-o sublime e desprezível.

[6]. Metaforicamente, aqui o furacão ganha vida, vira bicho. O mar e a terra recuam, assustados.
[7]. Note-se que esse *estilo*, como o chama o cronista, invoca imagens grandiosas, com a utilização de elementos da natureza...
[8]. Repare-se que, nesse *estilo*, o texto vai para muito além do objeto em si — um episódio pequeno que também poderia ter sido escrito mais economicamente.

Quem era ele para o afrontar? A um quilômetro de distância, o cão investiu para o adversário. Um e outro entraram a devorar o espaço, o tempo, a luz. O cão levava a lata, o furacão trazia a poeira. Entre eles, e em redor deles, a natureza ficaria extática, absorta, atônita.

Súbito grudaram-se. A poeira redomoinhou, a lata retiniu com o fragor das armas de Aquiles[9]. Cão e furacão envolveram-se um no outro; era a raiva, a ambição, a loucura, o desvario[10]; eram todas as forças, todas as doenças; era o azul, que dizia ao pó: és baixo; era o pó, que dizia ao azul: és orgulhoso. Ouvia-se o rugir, o latir, o retinir; e por cima de tudo isso, uma testemunha impassível, o Destino[11]; e por baixo de tudo, uma testemunha risível, o Homem.

As horas voavam como folhas num temporal. O duelo prosseguia sem misericórdia nem interrupção. Tinha a continuidade das grandes cóleras. Tinha a persistência das pequenas vaidades. Quando o furacão abria as largas asas, o cão arreganhava os dentes agudos. Arma por arma; afronta por afronta; morte por morte. Um dente vale uma asa. A asa buscava o pulmão para sufocá-lo; o dente buscava a asa para destruí-la. Cada uma dessas duas espadas implacáveis trazia a morte na ponta.

9. Herói da mitologia grega, com participação na grande Guerra de Troia, protagonista de toda a trama de *Ilíada*, poema atribuído a Homero, tinha no calcanhar seu único ponto vulnerável.
10. A abundância desse estilo leva a repetições, ou quase isso — aqui, "loucura" e "desvario" são equivalentes.
11. O cronista sugere uma dimensão *épica* ao episódio, como a dos grandes poemas gregos.

De repente, ouviu-se um estouro, um gemido, um grito de triunfo. A poeira subiu, o ar clareou, e o terreno do duelo apareceu aos olhos do homem estupefato. O cão devorara o furacão. O pó vencera o azul. O mínimo derrubara o máximo. Na fronte do vencedor havia uma aurora; na do vencido negrejava uma sombra. Entre ambas jazia, inútil, uma coisa: a lata.

II. ESTILO *AB OVO*

Um cão saiu de lata ao rabo. Vejamos primeiramente o que é o cão, o barbante e a lata; e vejamos se é possível saber a origem do uso de pôr uma lata ao rabo do cão. O cão nasceu no sexto dia. Com efeito, achamos no *Gênesis*, cap. I, v. 24 e 25, que, tendo criado na véspera os peixes e as aves, Deus criou naqueles dias as bestas da terra e os animais domésticos, entre os quais figura o de que ora trato.

Não se pode dizer com acerto a data do barbante e da lata. Sobre o primeiro, encontramos no *Êxodo*, cap. XXVII, v. 1, estas palavras de Jeová: "Farás dez cortinas de linho retorcido", de onde se pode inferir que já se torcia o linho, e por conseguinte se usava o cordel. Da lata as induções são mais vagas. No mesmo livro do *Êxodo*, cap. XXVII, v. 3, fala o profeta em *caldeiras*; mas logo adiante recomenda que sejam de cobre. O que não é o nosso caso.

Seja como for, temos a existência do cão, provada pelo *Gênesis*, e a do barbante citada com verossimilhança no *Êxodo*. Não havendo prova cabal da lata, podemos crer, sem absurdo, que existe, visto o uso que dela fazemos.

Agora: — donde vem o uso de atar uma lata ao rabo do cão? Sobre este ponto a história dos povos semíticos[12] é tão obscura como a dos povos arianos[13]. O que se pode afiançar é que os hebreus não o tiveram. Quando Davi (*Reis*, cap. V, v. 16) entrou na cidade a bailar defronte da arca, Micol, a filha de Saul, que o viu, ficou fazendo má ideia dele, por motivo dessa expansão coreográfica.[14] Concluo que era um povo triste. Dos babilônios[15] suponho a mesma coisa, e a mesma dos cananeus[16], dos juabuseus, dos amorreus,

12. Povos do Oriente Médio, descendentes de Sem, um dos filhos de Noé, no Antigo Testamento, entre os quais os hebreus, assírios, palestinos, aramaicos, árabes e fenícios.

13. O termo tem um significado variado, mas deve estar se referindo aqui ao que se costuma chamar de família *indo-europeia* (indianos, persas, gregos, romanos, celtas, germânicos e eslavos), conforme acepção da segunda metade do século XIX.

14. Micol era a esposa legítima de Davi. No entanto, o episódio mencionado está na verdade em Samuel II 6, 16: "Ao entrar a arca do Senhor na cidade de Davi, Micol, filha de Saul, olhando pela janela, viu o rei Davi saltando e dançando diante do Senhor, e desprezou-o em seu coração". O Livro dos Reis já começa com a morte de Davi. É estranho o equívoco de Machado, que não costuma cometer erros como esse. Dilson Cruz Ferreira sugere que o erro pode ser uma demonstração prática da facilidade como, do mesmo modo que se produz um texto tão cheio de artifícios, também tanto se cita displicentemente a Bíblia como se alegam conhecimentos científicos; tudo farsa, tudo sem conhecimento de causa, ou, em outra palavra, *embuste* — como a conclusão, a seguir, sem que a base mencionada efetivamente a embase, de que o povo judeu seria *triste*. Outros *deslizes* espalhados ao longo do texto sugerem que o cronista de fato simulava o estilo de quem escreve sobre o que não sabe, nem faz questão de saber, contanto que quem o leia (não foi selecionado pelo tal júri?) também não saiba nem perceba o logro.

15. Naturais da Babilônia, grande capital de impérios da Antiguidade, onde foi iniciada a escrita, o Direito e muitas outras bases da cultura humana.

16. Naturais de Canaã, Palestina, a Terra Prometida do Antigo Testamento e hoje a região de conflito e disputa acirrados do Oriente Médio. Os heteus, jebuseus (juabuseus), heveus, amorreus eram descendentes de Canaã, filho de Cam, filho de Noé (Gênesis 10). Os filisteus não eram semitas e habitavam o litoral da Palestina (Canaã). Já os fariseus não eram um povo, mais uma seita, caracterizada pela maior rigidez, dentro da religião judaica.

dos filisteus, dos fariseus, dos heteus e dos heveus. Nem admira que esses povos desconhecessem o uso de que se trata. As guerras que traziam não davam lugar à criação do município, que é de data relativamente moderna; e o uso de atar a lata ao cão, há fundamento para crer que é contemporâneo do município, porquanto nada menos é que a primeira das liberdades municipais.[17] O município é o verdadeiro alicerce da sociedade, do mesmo modo que a família o é do município.[18] Sobre este ponto estão de acordo os mestres da ciência. Daí vem que as sociedades remotíssimas, se bem tivessem o elemento da família e o uso do cão, não tinham nem podiam ter o de atar a lata ao rabo desse digno companheiro do homem, por isso que lhe faltava o município e as liberdades correlatas.

Na *Ilíada* não há episódio algum que mostre o uso da lata atada ao cão. O mesmo direi dos *Vedas*, do *Popol-Vuh* e dos livros de Confúcio. Num hino a Varuna (Rig-Veda, cap. I, v. 2)[19], fala-se em um "cordel atado embaixo". Mas não sen-

---

17. *Nonsense* farsescamente fantasiado de conhecimento erudito, ou pior, científico.

18. Com essas frases, o cronista (ou melhor, o autor deste texto, *Estilo 2*), se vale de um *axioma*, uma afirmação que, por força da tradição, do conservadorismo ou do conformismo, ninguém questiona — é o chamado *senso comum*; como se tudo o que veio escrito antes também fosse inquestionável, o que está longe de ser verídico.

19. No atacado, várias obras fundamentais em diferentes civilizações. Além de *Ilíada*, temos os vedas, textos sagrados do hinduísmo e do bramanismo, surgidos há milhares de anos e de origem desconhecida, há cerca de 3 ou 4 mil anos, na Índia; o Rig-Veda é o primeiro dos hinos vedas, e Varuna é um dos deuses védicos. O Popol-Vuh é o livro sagrado da criação do mundo, da civilização maia, da Guatemala. Não se sabe sua origem nem sequer se estima quando foi escrito. Confúcio (551 a.C.-479 a.C.) foi um filósofo chinês que criou o confucionismo, doutrina que teve influência mais importante na China antiga e em boa parte da Ásia.

do as palavras postas na boca do cão, e sim na do homem, é absolutamente impossível ligar esse texto ao uso moderno.

Que os meninos antigos brincavam, e de modo vário, é ponto incontroverso, em presença dos autores. Varrão, Cícero, Aquiles, Aulo Gélio, Suetônio, Higino, Propércio, Marcila[20] falam de diferentes objetos com que as crianças se entretinham, ou fossem bonecos, ou espadas de pau, ou bolas, ou análogos artifícios. Nenhum deles, entretanto, diz uma só palavra do cão de lata ao rabo. Será crível que, se tal gênero de divertimento houvera entre romanos e gregos, nenhum autor nos desse dele alguma notícia, quando o fato de haver Alcibíades cortado a cauda de um cão seu é citado solenemente no livro de Plutarco[21]? Assim explorada a origem do uso, entrarei no exame do assunto que... *(Não houvera tempo para concluir)*.

---

20. Citados assim, sem dizer em que obra o cronista encontrou a menção ao ato dos meninos de amarrar latas ao rabo de cães, não pode ser nada além de farsa: mais nomes no atacado para impressionar. Seria absolutamente improvável que esses autores tivessem se ocupado do problema ou que o autor do texto *Estilo 2* os tenha, de fato, algum dia lido. Cada qual é um sábio da Antiguidade, menos Aquiles, que, fora a menção na mitologia grega, não encontra-se como nome de nenhum erudito antigo. Provavelmente, o nome entrou *de quebra*, entre as demais celebridades, como faria qualquer erudito charlatão, tentando *parecer saber*, ou por ignorância mesmo, valendo-se de um nome muito citado, que ele não sabe do que se trata.
21. Também nada tem a ver a menção a Alcibíades (o obscuro discípulo de Platão?) e Plutarco (autor de famosas biografias de personalidades da Antiguidade, as *Vidas Paralelas*) aqui, já que ocupam o papel decorativo de nomes que soam conhecidos, que, assim, parecem sair de boca de gente culta.

III. ESTILO LARGO E CLÁSSICO

Larga messe[22] de louros se oferece às inteligências altíloquas, que, no prélio agora encetado, têm de terçar armas temperadas e finais, ante o ilustre mestre e guia de nossos trabalhos; e porquanto os apoucamentos do meu espírito me não permitem justar com glória, e quiçá me condenam a pronto desbaratamento, contento-me em seguir de longe a trilha dos vencedores, dando-lhes as palmas da admiração.

Manha foi sempre puerícia atar uma lata ao apêndice posterior do cão: e essa manha, não por certo louvável, é quase certo que a tiveram os párvulos de Atenas, não obstante ser a abelha-mestra da antiguidade, cujo mel ainda hoje gosta o paladar dos sabedores.

Tinham alguns infantes, por brinco e gala, atado uma lata a um cão, dando assim folga a aborrecimentos e enfados de suas tarefas escolares. Sentindo a mortificação do barbante, que lhe prendia a lata, e assustado com o soar da lata nos seixos do caminho, o cão ia tão cego e desvairado, que a nenhuma coisa ou pessoa parecia atender.

Movidos da curiosidade, acudiam os vizinhos às portas de suas vivendas, e, longe de sentirem a compaixão na-

---

[22]. Poderíamos aqui fazer uma *tradução* termo por termo, mas isso fugiria à intenção do cronista. Ou talvez significasse cair na esparrela que ele deixou armada para algum desavisado. Ninguém, nem na época, nem hoje, entenderia um texto falsamente rebuscado desses, simplesmente porque lhe falta o essencial — conteúdo. Trata-se de um discurso vazio, na prática, sem significado, até porque é o mais radical dos três no sentido de, em vez de ir ao assunto, atacar o *tema* dado, preferir o floreio, a retórica inútil. Quem tiver curiosidade sobre cada palavra dessas, é melhor ir a um dicionário por conta própria, armado de muita paciência, em vez de ficar penando, sem ganhos, sem valer a pena, ao longo de mais meia centena de notas de pé de página.

tural do homem quando vê padecer outra criatura, dobravam os agastamentos do cão com surriadas e vaias. O cão perlustrou as ruas, saiu aos campos, aos andurriais, até entestar com uma montanha, em cujos alcantilados píncaros desmaiava o sol, e ao pé de cuja base um mancebo apascoava o seu gado.

Quis o Supremo Opífice que este mancebo fosse mais compassivo que os da cidade, e fizesse acabar o suplício do cão. Gentil era ele de olhos brandos e não somenos em graça aos da mais formosa donzela. Com o cajado ao ombro, e sentado num pedaço de rochedo, manuseava um tomo de Virgílio, seguindo com o pensamento a trilha daquele caudal engenho. Apropinquando-se o cão do mancebo, este lhe lançou as mãos e o deteve. O mancebo varreu logo da memória o poeta e o gado, tratou de desvincular a lata do cão e o fez em poucos minutos, com mor destreza e paciência.

O cão, aliás vultoso, parecia haver desmedrado fortemente, depois que a malícia dos meninos o pusera em tão apertadas andanças. Livre da lata, lambeu as mãos do mancebo, que o tomou para si, dizendo: — De ora avante, me acompanharás ao pasto.

Folgareis certamente com o caso que deixo narrado, embora não possa o apoucado e rude estilo do vosso condiscípulo dar ao quadro os adequados toques. Feracíssimo é o campo para engenhos de mais alto quilate; e, embora abastado de urzes, e porventura coberto de trevas, a imaginação dará o fio de Ariadne com que sói vencer os mais complicados labirintos.

Entranhado anelo me enche de antecipado gosto, por ler os produtos de vossas inteligências, que serão em tudo dignos do nosso digno mestre, e que desafiarão a foice da morte colhendo vasta seara de louros imarcescíveis com que engrinaldareis as fontes imortais.

Tais são os três escritos; dando-os ao prelo, fico tranquilo com a minha consciência; revelei três escritores.

TEXTOS TÊM ALMA

É de admirar a transformação do texto entre os estilos I, II e III. Muda a linguagem, mas sutilmente muda também o relato, a cena descrita, como a nos sugerir que uma coisa não acontece sem a outra, linguagem e visão de mundo.

UM CÃO COM LATA PRESA AO RABO...

Trata-se de uma tortura que faz o cão ficar dando voltas, tentando arrancar a lata sem conseguir alcançá-la com os dentes. Da mesma forma, os três textos ficam dando voltas, girando, girando, sem chegar de fato ao ponto. Essa *metáfora* — a do cão e de seu tormento como imagem do rodopio insano desses textos — é genial e bastante sutil.

O PAÍS DOS BACHARÉIS

Já se disse que somos o País dos Bacharéis — como Brás Cubas, de *Memórias Póstumas de Brás Cubas,* que se formou bacharel em Coimbra, Portugal, algo dispendioso, mas nada sacrificante para um filho de família abastada, e sem ter de fato absorvido nenhuma substância de conhecimento, apenas citações para uso social e de salão. Bem, esses truques retóricos apresentados nesta crônica são *vestimentas* (ou fantasias) típicas desse tipo de pessoa. No estilo I, grandiloquência sem conteúdo; no estilo II, citações sem conhecimento efetivo; no estilo III, um vocabulário rebuscadíssimo, sem raciocínios de fato criativos ou minimamente pontuais.

[UM BURRO NO JARDIM]

10 de junho de 1894

Ontem de manhã, indo ao jardim, como de costume, achei lá um burro. Não leram mal, não, meus senhores, era um burro de carne e osso, de mais osso que carne. Ora, eu tenho rosas no jardim, rosas que cultivo com amor, que me querem bem, que me saúdam todas as manhãs com os seus melhores cheiros, e dizem sem pudor coisas mui galantes sobre as delícias da vida, porque eu não consinto que as cortem do pé. Hão de morrer onde nasceram.[1]

Vendo o burro naquele lugar, lembrei-me de Lucius, ou Lucius da Tessália[2], que, só com mastigar algumas rosas, passou outra vez de burro a gente. Estremeci, e, — confesso a minha ingratidão, — foi menos pela perda das rosas, que pelo terror do prodígio. Hipócrita, como me cumpria ser, saudei o burro com grandes reverências, e chamei-lhe Lucius. Ele abanou as orelhas, e retorquiu:

— Não me chamo Lucius.

Fiquei sem pinga de sangue; mas para não agravá-lo com demonstrações de espanto, que lhe seriam duras, disse:

— Não? Então o nome de Vossa Senhoria...?

— Também não tenho senhoria. Nomes só se dão a cavalos, e quase exclusivamente a cavalos de corrida. Não leu hoje telegramas de Londres, noticiando que nas corridas de Oaks

---

[1]. De fato, Machado de Assis adorava as rosas que ele e Carolina cultivavam no jardim de sua casa, o sobrado da Rua Cosme Velho, 18.
[2]. Lucius Apuleio (Argélia, c.125 — Cartago, norte da África — c.164 ou 180), escritor, estudou em Roma e Atenas e escreveu a sátira *O asno de ouro*, na qual o jovem Lúcio, viajando para a Tessália, é transformado em burro (ou *asno*) por magia.

venceram os cavalos Fulano e Sicrano? Não leu a mesma coisa quinta-feira, a respeito das corridas de Epsom[3]? Burro de cidade, burro que puxa *bond* ou carroça não tem nome; na roça pode ser. Cavalo é tão adulado que, vencendo uma corrida na Inglaterra, manda-se-lhe o nome a todos os cantos da terra. Não pense que fiz verso: às vezes saem-me rimas da boca, e podia achar editor para elas, se quisesse; mas não tenho ambições literárias. Falo rimado, porque falo poucas vezes, e atrapalho-me. Pois, sim senhor. E sabe de quem é o primeiro dos cavalos vencedores de Epsom, o que se chama Ladas? É do próprio chefe do governo, *lord* Roseberry, que ainda não há muito ganhou com ele dois mil guinéus.

— Quem é que lhe conta todas essas coisas inglesas?

— Quem? Ah! meu amigo, é justamente o que me traz a seus pés – disse o burro ajoelhando-se, mas levantando-se, a meu pedido. E continuou: — Sei que o senhor se dá com gente de imprensa, e vim aqui para lhe pedir que interceda por mim e por uma classe inteira, que devia merecer alguma compaixão...

— Justiça, justiça[4], emendei eu com hipocrisia e servilismo[5].

— Vejo que me compreende. Ouça-me; serei breve. Em regra, só se devia ensinar aos burros a língua do país; mas o finado Greenough, o primeiro gerente que teve a Companhia do

---

3. Talvez, haja um equívoco de Machado quanto à notícia; Epsom Oaks é a corrida que acontece em Epsom, Inglaterra.
4. A primeira crônica desta coletânea também indaga, pela boca de um burro falante, onde estará a justiça neste mundo.
5. Atitude servil, submissa.

Jardim Botânico[6], achou que devia mandar ensinar inglês aos burros dos *bonds*. Compreende-se o motivo do ato. Recém-chegado ao Rio de Janeiro, trazia mais vivo que nunca o amor da língua natal. Era natural crer que nenhuma outra cabia a todas as criaturas da terra. Eu aprendi com facilidade...

— Como? Pois o senhor é contemporâneo da primeira gerência?

— Sim, senhor; eu e alguns mais. Somos já poucos, mas vamos trabalhando. Admira-me que se admire. Devia conhecer os animais de 1869 pela valente decrepitude com que, embora deitando a alma pela boca, puxamos os carros e os ossos. Há nisto um resto da disciplina, que nos deu a primeira educação. Apanhamos, é verdade, apanhamos de chicote, de ponta de pé, de ponta de rédea, de ponta de ferro, mas é só quando as poucas forças não acodem ao desejo; os burros modernos, esses são teimosos, resistem mais à pancadaria. Afinal, são moços.

Suspirou e continuou:

— No meio da tanta aflição, vale-nos a leitura, principalmente de folhas inglesas e americanas, quando algum passageiro as esquece no *bond*. Um deles esqueceu anteontem um número do *Truth*. Conhece o *Truth*?

— Conheço.

— É um periódico radical de Londres, continuou o burro, dando à força a notícia, como um simples homem. Radical e semanal. É escrito por um cidadão, que dizem ser depu-

---

6. A empresa que explorava o transporte por bondes no Rio de Janeiro na época. Sobre bondes e burros falantes, ver também a primeira crônica.

tado. O número era o último, chegadinho de fresco. Mal me levaram à manjedoura[7], ou coisa que o valha, folheei o periódico de Labouchère... Chamava-se Labouchère o redator. O periódico publica sempre em duas colunas[8] notícia comparativa das sentenças dadas pelos tribunais londrinos, com o fim de mostrar que os pobres e desamparados têm mais duras penas que os que o não são, e por atos de menor monta[9]. Ora, que hei de ler no número chegado? Coisas destas. Um tal John Fearon Bell, convencido de maltratar quatro potros, não lhes dando suficiente comida e bebida, do que resultou morrer um e ficarem três em mísero estado, foi condenado a cinco libras[10] de multa; ao lado desse vinha o caso de Fuão Thompson, que foi encontrado a dormir em um celeiro e condenado a um mês de cadeia. Outra comparação. Eliott, acusado de maltratar dezesseis bezerros, cinco libras de multa e custas. Mary Ellen Connor, acusada de vagabundagem, um mês de prisão. William Poppe, por não dar comida bastante a oito cavalos, cinco libras e custas. William Dudd, aprendiz de pescador, réu de desobediência, vinte e dois dias de prisão. Tudo mais assim. Um rapaz tirou um ovo de faisão de um ninho: quatorze dias de cadeia. Um senhor maltratou quatro vacas: cinco libras e custas.

---

7. Local onde se alimentariam os burros.
8. O texto dos jornais vem distribuído (diagramado) em colunas — que são menos ordenadas hoje em dia, para conferir um visual mais dinâmico à página. Originalmente, cada página de jornal tem oito colunas.
9. Aqui, de menor *importância*.
10. Unidade monetária inglesa, o *dinheiro* inglês.

— Realmente, disse eu sem grande convicção, a diferença é enorme...

— Ah! meu nobre amigo! Eu e os meus pedimos essa diferença, por maior que seja. Condenem a um mês ou a um ano os que atirarem ovos ou dormirem na rua; mas condenem a cinquenta ou cem mil-réis aqueles que nos maltratam por qualquer modo, ou não nos dando comida suficiente, ou, ao contrário, dando-nos excessiva pancada. Estamos prontos a apanhar, é o nosso destino, e eu já estou velho para aprender outro costume; mas seja com moderação, sem esse furor de cocheiros e carroceiros. O que o tal inglês acha pouco para punir os que são cruéis conosco, eu acho que é bastante. Quem é pobre não tem vícios. Não exijo cadeia para os nossos opressores, mas uma pequena multa e custas, creio que serão eficazes. O burro ama só a pele; o homem ama a pele e a bolsa. Dê-se-lhe na bolsa; talvez a nossa pele padeça menos.

— Farei o que puder; mas...

— Mas quê? O senhor afinal é da espécie humana, há de defender os seus. Eia, fale aos amigos da imprensa; ponha-se à frente de um grande movimento popular. O conselho municipal vai levantar um empréstimo, não? Diga-lhe que, se lançar uma pena pecuniária sobre os que maltratam burros, cobrirá cinco ou seis vezes o empréstimo, sem pagar juros, e ainda lhe sobrará dinheiro para o Teatro Municipal, e para teatros paroquiais, se quiser. Ainda uma vez, respeitável senhor, cuide um pouco de nós. Foram os homens que descobriram que nós éramos seus tios, se não diretos, por afinidade. Pois, meu caro sobrinho, é tempo de reconstituir a família. Não nos abandone, como no tempo em que os burros eram parceiros dos escravos. Faça o nosso *treze de Maio*[11]. Lincoln[12] dos teus maiores, segundo o evangelho de Darwin[13], expede a proclamação da nossa liberdade!

Não se imagina a eloquência destas últimas palavras. Cheio de entusiasmo, prometi, pelo céu e pela terra, que faria tudo. Perguntei-lhe se lia o português com facilidade; e, respondendo-me que sim, disse-lhe que procurasse a *Gazeta* de hoje. Agradeceu-me com voz lacrimosa, fez um gesto de orelhas, e saiu do jardim vagarosamente, cai aqui, cai acolá.

---

[11]. Data da assinatura da Lei Áurea, que aboliu a escravatura no Brasil.
[12]. Abraham Lincoln (1809-1865), presidente dos Estados Unidos de 1861 a 1865, proibiu a escravidão (em 1862), fator principal que desencadeou a Guerra de Secessão ou Guerra Civil Americana (1861-1865). Morreu assassinado.
[13]. Do ponto de vista do asno, pode ser chamado de evangelho o livro *A Origem das Espécies*, escrito pelo inglês Charles Darwin (1809-1882) com base nas observações que fez na aventuresca e longa viagem a bordo do *Beagle*. Darwin revolucionou o conhecimento humano sobre a evolução dos animais e do ser humano no planeta.

ENTRELINHAS

DE PASSAGEM

Reparem que o cronista, escrevendo uma história que nada tem a ver com o que acontece na cidade ou no mundo (e que ficcionalmente se situa em seu jardim), percorre por alto e de passagem vários assuntos que vieram registrados no jornal. É uma coisa bem de Machado, um tipo de crônica como esta, e uma maneira de ligar a história que conta (mesmo sendo quase uma fábula) à atualidade de seu leitor.

NO TEMPO EM QUE OS BICHOS FALAVAM...

Com essa expressão se iniciam muitas histórias populares, fantasiosas; mas nem todas são *ingênuas*, justamente por seu teor crítico. Jonathan Swift (1667-1745), com seu *Viagens de Gulliver,* também fez cavalos falarem e criticarem os modos e tradições humanas. Machado tem um conto chamado "Ideias de Canário" (1895), no qual um canarinho dá aulas de filosofia e vida a um personagem (Macedo) que tem toda uma postura de Darwin (de gabinete) tropical.

[O SINEIRO]

4 de novembro de 1900[1]

Entre tais e tão tristes casos da semana, como o terremoto de Venezuela, a queda do Banco Rural e a morte do sineiro da Glória, o que mais me comoveu foi o do sineiro.

Conheci dois sineiros na minha infância, aliás três, — o *Sineiro de São Paulo*[2], drama que se representava no Teatro São Pedro, — o sineiro da *Notre Dame de Paris*[3], aquele que fazia um só corpo, ele e o sino, e voavam juntos em plena Idade Média, e um terceiro, que não digo, por ser caso particular. A este, quando tornei a ver, era caduco. Ora, o da Glória, parece ter lançado a barra adiante de todos.

Ouvi muita vez repicarem, ouvi dobrarem os sinos da Glória, mas estava longe absolutamente de saber quem era o autor de ambas as falas. Um dia cheguei a crer que andasse nisso eletricidade. Esta força misteriosa há de acabar por entrar na igreja e já entrou, creio eu, em forma de luz. O gás também já ali se estabeleceu. A igreja é que vai abrindo a porta às novidades, desde que a abriu à cantora de socieda-

[1]. Na edição da Jackson, consta uma nota explicando que, em vez de "A Semana", o título desta coluna é "Crônica", na *Gazeta de Notícias*. Faz parte do pequeno grupo de textos que Machado escreveu — isso em novembro de 1900 — cobrindo a falta de Olavo Bilac, que veio substituí-lo em "A Semana", da qual Machado havia se aposentado (e da colaboração em jornais, depois de mais de quarenta anos de presença constante) em 1897. Na coletânea da Nova Aguilar, equivocadamente, esta crônica tem a data de 4 de novembro de 1897.
[2]. De Joseph Bouchardy (1810-1870), teatrólogo francês.
[3]. Popularmente conhecido como Corcunda de Notre Dame, seu nome era Quasímodo, personagem de *Nossa Senhora de Paris*, de Victor Hugo (1802-1885), romancista francês. Portanto, ao menos esses dois sineiros que o cronista conhecia eram personagens de *ficção*.

de ou de teatro, para dar aos solos a voz de soprano, quando nós a tínhamos trazida por D. João VI, sem despir-lhe as calças. Conheci uma dessas vozes, pessoa velha, pálida e desbarbada; cantando, parecia moça.

O sineiro da Glória é que não era moço. Era um escravo, doado em 1853 àquela igreja, com a condição de a servir dois anos. Os dois anos acabaram em 1855, e o escravo ficou livre, mas continuou o ofício. Contem bem os anos, quarenta e cinco, quase meio século, durante os quais este homem governou uma torre. A torre era dele, dali regia a paróquia e contemplava o mundo.

Em vão passavam as gerações, ele não passava. Chamava-se João. Noivos casavam, ele repicava às bodas; crianças nasciam, ele repicava ao batizado; pais e mães morriam, ele dobrava aos funerais. Acompanhou a história da cidade. Veio a febre amarela, o cólera-morbo, e João dobrando. Os partidos subiam ou caíam, João dobrava ou repicava, sem saber deles. Um dia começou a guerra do Paraguai[4], e durou cinco anos; João repicava e dobrava, dobrava e repicava pelos mortos e pelas vitórias. Quando se decretou o ventre livre das escravas[5], João é que repicou. Quando se fez a abolição completa, quem repicou foi João. Um dia proclamou-se a República, João repicou por ela, e repicaria pelo Império, se o Império tornasse.

4. De 1864 a 1870.
5. Em 1871: "Declara de condição livre os filhos de mulher escrava que nascerem desde a data desta lei, libertos os escravos da Nação e outros, e providencia sobre a criação e tratamento daqueles filhos menores e sobre a libertação anual de escravos".

Não lhe atribuas inconsistência de opiniões; era o ofício. João não sabia de mortos nem de vivos; a sua obrigação de 1853 era servir a Glória, tocando os sinos, e tocar os sinos, para servir a Glória, alegremente ou tristemente, conforme a ordem. Pode ser até que, na maioria dos casos, só viesse a saber do acontecimento depois do dobre ou do repique.

Pois foi esse homem que morreu esta semana, com oitenta anos de idade. O menos que lhe podiam dar era um dobre de finados, mas deram-lhe mais; a Irmandade do Sacramento foi buscá-lo à casa do vigário Molina para a igreja, rezou-se-lhe um responso e levaram-no para o cemitério, onde nunca jamais tocará sino de nenhuma espécie; ao menos, que se ouça deste mundo.

Repito, foi o que mais me comoveu dos três casos. Porque a queda do Banco Rural, em si mesma, não vale mais que a de outro qualquer banco. E depois não há bancos eternos. Todo banco nasce virtualmente quebrado; é o seu destino, mais ano, menos ano. O que nos deu a ilusão do contrário foi o finado Banco do Brasil, uma espécie de sineiro da Glória, que repicou por todos os vivos, desde Itaboraí até Dias de Carvalho[6], e sobreviveu ao Lima, ao "Lima do Banco". Isto é que fez crer a muitos que o Banco do Brasil era eterno. Vimos que não foi. O da República já não trazia o mesmo aspecto; por isso mesmo durou menos.

6. Joaquim José Rodrigues Torres, o Visconde de Itaboraí (1802-1872), chegou à presidência do Banco do Brasil e ao cargo de primeiro-ministro do Império. José Pedro Dias de Carvalho (1808-1881) foi outro presidente do Banco do Brasil.

Ao Rural também eu conheci moço; e, pela cara, parecia sadio e robusto. Posso até contar uma anedota, que ali se deu há trinta anos e responde ao discurso do Sr. Júlio Otoni. Ninguém me contou; eu mesmo vi com estes olhos que a terra há de comer, eu vi o que ali se passou há tanto tempo. Não digo que fosse novo, mas para mim era novíssimo.

Estava eu ali, ao balcão do fundo, conversando. Não tratava de dinheiro, como podem supor, posto fosse de letras, mas não há só letras bancárias; também as há literárias, e era destas que eu tratava. Que o lugar não fosse propício, creio; mas, aos vinte anos, quem é que escolhe lugar para dizer bem de Camões?

Era dia de assembleia geral de acionistas, para se lhes dar conta da gestão do ano ou do semestre, não me lembra. A assembleia era no sobrado. A pessoa com quem eu falava tinha de assistir à sessão, mas, não havendo ainda número, bastava esperar cá embaixo. De resto, a hora estava a pingar. E nós falávamos de letras e de artes, da última comédia e da ópera recente. Ninguém entrava de fora, a não ser para trazer ou levar algum papel, cá de baixo. De repente, enquanto eu e o outro conversávamos, entra um homem lento, aborrecido ou zangado, e sobe as escadas como se fossem as do patíbulo. Era um acionista. Subiu, desapareceu. Íamos continuar, quando o porteiro desceu apressadamente.

— Sr. secretário! Sr. secretário!

— Já há maioria?

— Agora mesmo. Metade e mais um. Venha depressa, antes que algum saia, e não possa haver sessão.

O secretário correu aos papéis. Pegou deles, tornou, voou, subiu, chegou, abriu-se a sessão. Tratava-se de prestar contas aos acionistas sobre o modo por que tinham sido geridos os seus dinheiros, e era preciso espreitá-los, agarrá-los, fechar a porta para que não saíssem e ler-lhes à viva força o que se havia passado. Imaginei logo que não eram acionistas de verdade; e, falando nisto a alguém, à porta da rua, ouvi-lhe esta explicação, que nunca me esqueceu:

— O acionista, disse-me um amigo que passava, é um substantivo masculino que exprime "possuidor de ações" e, por extensão, credor dos dividendos. Quem diz ações diz dividendos. Que a diretoria administre, vá, mas que lhe tome o tempo em prestar-lhe contas, é demais. Preste dividendos; são as contas vivas. Não há banco mau se dá dividendos.[7] Aqui onde me vê, sou também acionista de vários bancos, e faço com eles o que faço com o júri, não vou lá, não me amolo.

— Mas, se os dividendos falharem?

— É outra coisa, então cuida-se de saber o que há.

Pessoa de hoje, a quem contei este caso antigo, afirmou-me que a pessoa que me falou, há trinta anos, à porta do Rural, não fez mais que afirmar um princípio, e que os princípios são eternos. A prova é que aquele ainda agora o seria, se não fosse o incidente da corrida dos cheques há dois meses.

— Então, parece-lhe...?

---

7. Pura ironia — que se paguem (prestem) dividendos aos acionistas, em vez de contas e explicações, que não valem nada nem compensam a falta de pagamento.

— Parece-me.

Quanto ao terceiro caso triste da semana, o terremoto de Venezuela[8], quando eu penso que podia ter acontecido aqui, e, se aqui acontecesse, é provável que eu não tivesse agora a pena na mão, confesso que lastimo aquelas pobres vítimas. Antes uma revolução. Venezuela tem vertido sangue nas revoluções, mas sai-se com glória para um ou outro lado, e alguém vence, que é o principal; mas este morrer certo fugindo-lhes o chão debaixo dos pés, ou engolindo-os a todos, ah!... Antes uma, antes dez revoluções, com trezentos mil diabos! As revoluções servem sempre aos vencedores, mas um terremoto não serve a ninguém. Ninguém vai ser presidente de ruínas. É só trapalhada, confusão e morte inglória. Não, meus amigos. Nem terremotos nem bancos quebrados. Vivam os sineiros de oitenta anos, e um só, perpétuo e único badalo!

---

8. Como de costume, o cronista passeia apenas brevemente pelos assuntos recentes — o principal para ele já foi registrado nesta coluna.

O CASO DO SINEIRO

Entre catástrofes e falências, o cronista volta seu olhar para o mais modesto, o que recebe pouca notoriedade. É como se aí estivessem escondidos segredos da alma humana, que ele procura desvendar em suas crônicas. Afinal, ele mesmo escreveu em uma crônica de 28 de agosto de 1892: "Para um triste escriba de coisas miúdas, nada há pior do que topar com o cadáver de um homem célebre. Não pode julgá-lo, sair do comum da vida e da semana. Não bastam as qualidades pessoais do morto, a bravura e o patriotismo, virtudes nem defeitos, grandes erros nem ações lustrosas. Tudo isso pede estilo solene e grave, justamente o que falta a um escriba de coisas miúdas. Na dificuldade em que me acho[9], o melhor é fitar o morto e adeus".

AVERSÃO OU INABILIDADE?

"As crônicas de Machado de Assis [...] tomam os fatos do tempo para usá-los como pretextos para as divagações que escapam à ordem dos tempos. [...] As crônicas de Machado de Assis pertencem, evidentemente, a essa segunda espécie em que os fatos não valem por si mesmos. E para bem marcar a independência, o autor não se cansa de repetir sua preferência pelos acontecimentos miúdos e sua aversão, ou sua inabilidade para tratar dos acontecimentos importantes." (Gustavo Corção. "Machado de Assis Cronista", p. 328) Aversão ou inabilidade? Não estamos na alma de Machado para saber. Vale sempre a opinião do leitor.

---

[9]. O Marechal Deodoro da Fonseca, proclamador da República, o primeiro presidente do Brasil, herói militar, havia morrido em 23 de agosto. O monarquista Machado de Assis realmente fica numa situação difícil aqui.

VIAGEM NO TEMPO...

Ler esta crônica — como acontece com a leitura de clássicos de modo geral — é uma viagem no tempo. Aqui somos transportados para um tempo em que a eletricidade era uma força misteriosa à qual se atribuíam poderes desconhecidos, algo mágico, e que era olhada com reserva e receio. "Um dia cheguei a crer que andasse nisso eletricidade. Esta força misteriosa há de acabar por entrar na igreja e já entrou, creio eu, em forma de luz. O gás também já ali se estabeleceu."

E JOÃO DOBRANDO, E JOÃO REPICANDO

"Quando se decretou o ventre livre das escravas, João é que repicou. Quando se fez a abolição completa, quem repicou foi João. Um dia proclamou-se a República, João repicou por ela, e repicaria pelo Império, se o Império tornasse." São comoventes a dedicação e o isolamento em relação ao mundo que o cronista nos passa sobre João. Já aqui compôs, nestas poucas linhas, uma história e um drama de vida, uma personalidade, um espírito para o sineiro, que, dessa maneira, recriou, o fez *seu*. E note-se: um sineiro que ele nem sabia que existia, até ler a notícia do jornal, sobre cujo repique dos sinos chegou a se perguntar se não era obra da misteriosa eletricidade.

•••

[A APOSENTADORIA DA VIDA]

6 de setembro de 1896

Qualquer de nós teria organizado este mundo melhor do que saiu. A morte, por exemplo, bem podia ser tão somente a aposentadoria da vida, com prazo certo. Ninguém iria por moléstia ou desastre, mas por natural invalidez; a velhice, tornando a pessoa incapaz, não a poria a cargo dos seus ou dos outros. Como isto andaria assim desde o princípio das coisas, ninguém sentiria dor nem temor, nem os que se fossem, nem os que ficassem. Podia ser uma cerimônia doméstica ou pública; entraria nos costumes uma refeição de despedida, frugal, não triste, em que os que iam morrer dissessem as saudades que levavam, fizessem recomendações, dessem conselhos, e se fossem alegres, contassem anedotas alegres. Muitas flores, não perpétuas, nem dessas outras de cores carregadas, mas claras e vivas, como de núpcias. E melhor seria não haver nada, além das despedidas verbais e amigas...

Bem sei o que se pode dizer contra isto; mas por agora, importa-me somente sonhar alguma coisa que não seja a morte bruta, crua e terrível, que não quer saber se um homem é ainda precioso aos seus, nem se merece as torturas com que o aflige primeiro, antes de estrangulá-lo. Tal acaba de suceder ao nosso Alfredo Gonçalves, que foi anteontem levado à sepultura, após algum tempo de enfermidade dura e fatal. Para falar a linguagem da razão, se a morte havia de levá-lo anteontem, melhor faria se o levasse mais cedo. A linguagem do sentimento é outra: por mais que doa ver padecer, e por certo que seja o triste desenlace, o coração teima em não querer romper os últimos vínculos, e a esperança tenaz vai confortando os últimos desesperos. Não se compreende a necessidade da morte do pobre Alfredo, um rapaz afetuoso e bom, jovial e forte, que não fazia mal a ninguém, antes fazia bem a alguns e a muitos, porque é já benefício praticar um espírito agudo e um coração amigo.

Quando anteontem calcava a terra do cemitério, debaixo da chuva que caía, batido do vento que torcia as árvores, lembrou-me outra ocasião, já remota, em que ali íamos levar um irmão do Alfredo. Nunca me há de esquecer essa triste noite. A morte do Artur foi súbita e inesperada. Prestes a ser transportado para o coche fúnebre, pareceu a um amigo e médico que o óbito era aparente, um caso possível de catalepsia[1]. Não se podia publicar essa esperança débil, em tal ocasião, quando todos estavam ali para conduzir um cadáver; calou-se a suspeita, e o féretro, mal fechado, foi levado ao cemitério... Não podeis imaginar a sensação que dava aos poucos que sabiam da ocorrência, aquele acompanhar o saimento de uma pessoa que podia estar viva. No cemitério, feita reservadamente a comunicação, foi o caixão deixado aberto em depósito, velado por cinco ou seis amigos. O estado do corpo era ainda o mesmo; os

---

[1]. Uma morte *aparente* é caso extremamente raro: a vítima é acometida de tal estado de rigidez, palidez e diminuição das atividades vitais que pensam que está morta. É por isso que há prazos legais entre a declaração da hora da morte e o enterro — para evitar que essas pessoas sejam enterradas vivas.

olhos, quando se lhes levantassem as pálpebras, pareciam ver. Os sinais definitivos da morte vieram muito mais tarde.

Saí antes deles. Eram cerca de oito horas; não havia chuva, como anteontem, nem lua, mas a noite era clara, e as casas brancas da necrópole deixavam-se ver muito bem com os seus ciprestes ao lado. Descendo por aqueles renques de sepulturas, cuidava na entrada da esperança em lugar onde as suas asas nunca tocaram o pó ínfimo e último. Cuidei também naqueles que porventura houvessem sido, em má hora, transferidos ao derradeiro leito sem ter pegado no sono e sem aquela final vigília.

Carlos Gomes[2] não deixará esperanças dessas. "Talvez ao chegarem estas linhas ao Rio de Janeiro, já não exista o inspirado compositor, que entrou em agonia", diz uma carta do Pará publicada ontem no *Jornal do Comércio*. Pois existe, está ainda na mesma agonia em que entrou, quando elas de lá saíram. Hão de lembrar-se que há muitos dias um telegrama do Pará disse a mesma coisa; foi antes dos protocolos italianos. Os protocolos vieram, agitaram, passaram, e o cabo não nos contou mais nada. O padecimento, assim longo, deve ser forte; a carta confirma esta dedução. Carlos Gomes continua a morrer. Até quando irá morrendo? A ciência dirá o que souber; mas ela também sabe que não pode crer em si mesma.

2. O grande compositor Carlos Gomes (1836-1896) foi acometido de uma enfermidade dolorosa, e sua morte, dez dias depois de publicada esta crônica; de fato não foi piedosa. Depois de fazer grande sucesso na Europa, estava na miséria, na Itália, quando o governo do Pará o convidou para organizar e dirigir o Conservatório do Estado. Foi o que lhe permitiu retornar ao Brasil para morrer.

Não me acuseis de teimar neste chão melancólico. O livro da semana foi um obituário, e não terás lido outra coisa, fora daqui, senão mortes e mais mortes. Não falemos do chanceler da Rússia, nem de outro qualquer personagem, que a distância e a natureza do cargo podem despir de interesse para nós. Mas vede as matanças de cristãos e muçulmanos em Constantinopla[3]. O cabo tem contado coisas de arrepiar. Na capital turca empregaram-se centenas de coveiros em abrir centenas de covas para enchê-las com centenas de cadáveres. Não nos dizem, é verdade, se na morte ao menos foram irmanados cristãos e maometanos, mas é provável que não. Ódio que acaba com a vida não é ódio, é sombra de ódio, é simples e reles antipatia. O verdadeiro é o que passa às outras gerações, o que vai buscar a segunda no próprio ventre da primeira, violando as mães a ferro e fogo. Isto é que é ódio. O provável é que os coveiros tenham separado os corpos, e será piedade, pois não sabemos se, ainda no caminho do outro mundo, o Corão[4] não irá enticar com o Evangelho[5]. Um telegrama de Londres diz que Istambul está sossegada; ainda bem, mas até quando?

Também começaram a matar nas Filipinas, a matar e a morrer pela independência, como em Cuba. A Espanha comove-se e dispõe a matar também, antes de morrer.

---

3. Atual Istambul, capital da Turquia.
4. Livro sagrado dos muçulmanos, que, segundo a crença, foi ditado por Deus a Maomé (570-632), fundador da religião islâmica.
5. De fato, há ligação do Novo Testamento, que conta a história de Cristo e outros episódios da religião cristã, com o Corão; Jesus é considerado pelos islâmicos um profeta, como Maomé, um dos mais importantes da humanidade.

É um império que continua a esboroar-se, pela lei das coisas, e que resiste. Assim vai o mundo esta semana; não é provável que vá diversamente na semana próxima.

E ainda não conto aquele gênero de morte que não está nas mãos dos homens, nem dentro deles, o que a natureza reserva no seio da terra para distribuí-la por atacado. Lá se foi mais uma cidade do Japão, comida por um terremoto, com a gente que tinha. Os terremotos japoneses, alguns meses antes, levaram cerca de dez mil pessoas. O cabo fala também dos tremores na Europa, mas por ora não houve ali nenhuma Lisboa que algum Pombal[6] restaure, nem outra Pompeia[7], que possa dormir muitos séculos. Mortes, pode ser; a semana é de mortes.

---

6. O Marquês de Pombal (1699-1782), estadista português, teve participação decisiva na reconstrução de Lisboa depois do terremoto de 1755.
7. A Pompeia antiga foi destruída por uma erupção do vulcão Vesúvio, em 79 d.C. Ficou oculta por 1.600 anos, até ser reencontrada.

ENTRELINHAS

MALVADA MORTE

Outra crônica em que volta o tema da morte, da inconformidade do ser humano contra seu fim — e aqui, mais do que isso, com não poder ele próprio ter controle (a aposentadoria com data marcada) sobre a data em que morre. Há, é claro, um lamento profundo, uma inconformidade, percorrendo todo este texto: o cronista se revolta contra a onipotência da morte e chega a propor *reformá-la*, torná-la — a morte e as cerimônias que a acompanham — mais *humana*.

•••

[FALECI ONTEM...]

12 de fevereiro de 1893

Faleci ontem, pelas sete horas da manhã. Já se entende que foi sonho; mas tão perfeita a sensação da morte, a despegar-me da vida, tão ao vivo o caminho do céu, que posso dizer haver tido um antegosto da bem-aventurança.

Ia subindo, ouvia já os coros de anjos, quando a própria figura do Senhor me apareceu em pleno infinito. Tinha uma ânfora nas mãos, onde espremera algumas dúzias de nuvens grossas, e inclinava-a sobre esta cidade, sem esperar procissões que lhe pedissem chuva. A sabedoria divina mostrava conhecer bem o que convinha ao Rio de Janeiro; ela dizia enquanto ia entornando a ânfora:

— Esta gente vai sair três dias[1] à rua com o furor que traz toda a restauração. Convidada a divertir-se no inverno, preferiu o verão não por ser melhor, mas por ser a própria quadra antiga, a do costume, a do calendário, a da tradição, a de Roma, a de Veneza, a de Paris. Com temperatura alta, podem vir transtornos de saúde, — algum aparecimento de febre, que os seus vizinhos chamem logo amarela, não lhe podendo chamar pior... Sim, chovamos sobre o Rio de Janeiro.

Alegrei-me com isto, posto já não pertencesse à terra. Os meus patrícios iam ter um bom carnaval, — velha festa, que está a fazer quarenta anos, se já os não fez. Nasceu um pouco por decreto, para dar cabo do entrudo[2], costume ve-

---

1. Fala-se do carnaval, festa que, sob costumes diversos, existe em inúmeras culturas, por todas as partes do mundo, seguindo tradições bastante antigas.
2. Foi de fato por decreto que se proibiu o entrudo e consequentemente se criou o

lho, datado da colônia e vindo da metrópole. Não pensem os rapazes de vinte e dois anos que o entrudo era alguma coisa semelhante às tentativas de ressurreição, empreendidas com bisnagas. Eram tinas d'água, postas na rua ou nos corredores, dentro das quais metiam à força um cidadão todo, — chapéu, dignidade e botas. Eram seringas de lata; eram limões de cera. Davam-se batalhas porfiadas de casa a casa, entre a rua e as janelas, não contando as bacias d'água despejadas à traição. Mais de uma tuberculose caminhou em três dias o espaço de três meses. Quando menos, nasciam as constipações e bronquites, ronquidões e tosses. e era a vez dos boticários, porque, naqueles tempos infantes e rudes, os farmacêuticos ainda eram boticários.

Cheguei a lembrar-me, apesar de ir a caminho do céu, dos episódios de amor que vinham com o entrudo. O limão de cera, que de longe podia escalavrar um olho, tinha um ofício mais próximo e inteiramente secreto. Servia a molhar o peito das moças; era esmigalhado nele pela mão do próprio namorado, maciamente, amorosamente, interminavelmente...

Um dia veio, não Malherbe[3], mas o carnaval, e deu à arte da loucura uma nova feição. A alta roda acudiu de pronto; organizaram-se sociedades, cujos nomes e gestos

carnaval, para não deixar a população sem esses seus dias de *folia* — que vem do francês *folie*, que quer dizer "loucura".

3. François de Malherbe (1555-1628), poeta francês. Na *Arte Poética* (1674) de Nicolas Boileau, o trabalho de Malherbe é destacado por um famoso verso que diz: "Enfim, veio Malherbe...", com o qual brinca aqui Machado. (Nota definida com base no registro em "A Semana", de John Gledson, p.196.)

ainda esta semana foram lembrados por um colaborador da *Gazeta*. Toda a fina flor da capital entrou na dança. Os personagens históricos e os vestuários pitorescos, um doge[4], um mosqueteiro, Carlos V[5], tudo ressurgia às mãos dos alfaiates, diante de figurinos, à força de dinheiro. Pegou o gosto das sociedades, as que morriam eram substituídas, com vária sorte, mas igual animação.

Naturalmente, o sufrágio universal, que penetra em todas as instituições deste século, alargou as proporções do carnaval, e as sociedades multiplicaram-se, com os homens. O gosto carnavalesco invadiu todos os espíritos, todos os bolsos, todas as ruas. *Evohé! Bacchus est roi!*[6] dizia um coro de não sei que peça do Alcazar Lírico[7], — outra instituição velha, mas velha e morta.[8] Ficou o coro, com esta simples emenda: *Evohé! Momus est roi!*

Não obstante as festas da terra, ia eu subindo. subindo, até que cheguei à porta do céu, onde São Pedro parecia aguardar-me, cheio de riso.

— Guardaste para ti tesouros no céu ou na terra? perguntou-me.

---

4. Chefe de Estado nas antigas repúblicas de Veneza e Gênova, na Itália.
5. É provável que se refira ao imperador do Sacro Império Romano Germânico, rei da Espanha e da Sicília, príncipe dos Países Baixos, neto de Fernando Aragão e Isabel Castela, o último rei do Ocidente a encarnar uma monarquia universal (1500-1558).
6. Em francês: "Evoé! Baco reina". *Evoé* era o grito com que se saudava Baco, o nome dos romanos para Dionísio, deus do vinho, do carnaval, das festas públicas, do teatro.
7. Teatro fundado em 1859 e já então desaparecido.
8. Assim como escreveu uma crônica sobre a morte dos remédios, aqui o cronista lamenta a perecibilidade — a rotina de desaparecimento — de uma *instituição* da vida noturna do Rio de Janeiro de sua mocidade, o Alcazar.

— Se crer em tesouros escondidos na terra é o mesmo que escondê-los, confesso o meu pecado, porque acredito nos que estão no morro do Castelo[9], como nos cento e cinquenta contos fortes do homem que está preso em Valhadolide[10]. São fortes; segundo o meu criado José Rodrigues[11], quer dizer que são trezentos contos. Creio neles. Em vida fui amigo de dinheiro, mas havia de trazer mistério. As grandes riquezas deixadas no Castelo pelos jesuítas foram uma das minhas crenças da meninice e da mocidade; morri com ela, e agora mesmo ainda a tenho. Perdi saúde, ilusões, amigos e até dinheiro, mas a crença nos tesouros do Castelo não a perdi. Imaginei a chegada da ordem que expulsava os jesuítas. Os padres do colégio não tinham tempo nem meios de levar as riquezas consigo; depressa, depressa, ao subterrâneo, venham os ricos cálices de prata, os cofres de brilhantes, safiras, corais, as dobras e os dobrões, os vastos sacos cheios de moeda, cem, duzentos, quinhentos sacos. Puxa, puxa este Santo Inácio de ouro maciço, com olhos de brilhantes, dentes de pérolas; toca a esconder, a guardar, a fechar...

— Para, interrompeu-me São Paulo; falas como se estivesses a representar alguma coisa. A imaginação dos

9. No alto do Morro do Castelo ficava um convento jesuíta do século XVI, sob o qual, segundo lenda que corria, havia, enterrado, um imenso tesouro.
10. Ainda segundo Gledson (p.196-197), tratava-se de um homem que apareceu pelo Rio de Janeiro tentando aplicar um conto do vigário, mas acabou retornando à Espanha, onde foi preso, na lúgubre cadeia da Valhadolide.
11. Não consta que tal pessoa tenha existido. Machado não tinha criados particulares, luxo de gente mais abastada. Ele foi, aliás, uma pessoa de posses modestas, e, inquilino a vida inteira, quase foi despejado nos últimos anos de sua vida, por conta de um aumento abusivo do aluguel do sobrado da Cosme Velho, 18.

homens é perversa. Os homens sonham facilmente com dinheiro. Os tesouros que valem são os que se guardam no céu, onde a ferrugem os não come.

— Não era o dinheiro que me fascinava em vida, era o mistério. Eram os trinta ou quarenta milhões de cruzados escondidos, há mais de século, no Castelo; são os trezentos contos do preso de Valhadolide. O mistério, sempre o mistério.

— Sim, vejo que amas o mistério. Explicar-me-ás este de um grande número de almas que foram daqui para o Brasil e tornaram sem se poderem incorporar?

— Quando, divino apóstolo?

— Ainda agora.

— Há de ser obra de um médico italiano, um doutor... esperai... creio que Abel, um doutor Abel, sim Abel... É um facultativo ilustre. Descobriu um processo para esterilizar as mulheres. Correram muitas, dizem; afirma-se que nenhuma pode já conceber; estão prontas.

— As pobres almas voltavam tristes e desconsoladas; não sabiam a que atribuir essa repulsa. Qual é o fim do processo esterilizador?

— Político. Diminuir a população brasileira, à proporção que a italiana vai entrando; ideia de Crispi, aceita por Giolitti[12], confiada a Abel...

— Crispi foi sempre tenebroso.

— Não digo que não; mas, em suma, há um fim políti-

---

12. Francesco Crispi e Giovanni Giolitti eram rivais, personalidades da política italiana do momento.

co, e os fins políticos são sempre elevados... Panamá[13], que não tinha fim político...

— Adeus, tu és muito falador. O céu é dos grandes silêncios contemplativos.

---

[13]. Fala aqui da construção do Canal do Panamá, que, depois de muitos problemas e mudanças de controle, só foi concluída em 1913.

ENTRELINHAS

SEGUNDAS VIDAS

"... Morri no dia vinte de março de 1860, às cinco e quarenta e três minutos da manhã." Há enorme distância entre o conto "A segunda vida" e esta crônica. Mas há pelo menos uma coincidência, realçada pelas frases iniciais, tão semelhantes que, mais uma vez, demonstravam como o tema da morte, e de nossa mortalidade, mesmo explorado em tons diversos, é frequente em Machado. No conto, José Maria chega ao céu e, como é a milésima alma a entrar, ganha uma segunda vida, que escolhe viver com a exata lembrança de como fora sua primeira oportunidade terrena. Aqui, nesta crônica, logo a tensão se desfaz, e a narrativa se torna leve, brincalhona; já no conto — de 1884 — a história não é nada assim. Lá, o dito "Cuidado com o que pedes, pois poderás ser atendido" se transforma numa maldição para José Maria — e não apenas para ele.

NO BRAÇO NÃO

Em 1904, a população pobre do Rio de Janeiro se levantou contra a obrigatoriedade da aplicação da vacina contra a varíola, que era parte das medidas orientadas por Osvaldo Cruz para livrar o Rio de Janeiro de doenças como a febre amarela, a peste bubônica e outras que matavam centenas de pessoas todos os anos na cidade. Ocorre que a obrigatoriedade da vacina foi instituída por decreto (como no caso do entrudo), que autorizava os agentes sanitários a entrar na casa das pessoas à força e obrigar todos a levantar a manga da camisa para tomar a injeção no braço. Ora, entre outros atos de autoritarismo, esse em especial causou revolta, já que seria bastante impróprio para os costumes da época moças decentes desnudarem os braços para estranhos. A Revolta da Vacina estourou e, segundo registros, deixou 50 mortos e mais de uma centena de feridos.

FILOSOFIA DE UM PAR DE BOTAS[1]

23 de abril de 1878

Uma destas tardes, como eu acabasse de jantar, e muito, lembrou-me dar um passeio à Praia de Santa Luzia[2], cuja solidão é propícia a todo homem que ama digerir em paz. Ali fui, e com tal fortuna que achei uma pedra lisa para me sentar, e nenhum fôlego vivo nem morto. — Nem morto, felizmente. Sentei-me, alonguei os olhos, espreguicei a alma, respirei à larga, e disse ao estômago: — Digere a teu gosto, meu velho companheiro. *Deus nobis haec otia fecit.*[3]

Digeria o estômago, enquanto o cérebro ia remoendo, tão certo é, que tudo neste mundo se resolve na mastigação. E digerindo, e remoendo, não reparei logo que havia, a poucos passos de mim, um par de coturnos velhos e imprestáveis. Um e outro tinham a sola rota, o tacão comido do longo uso, e tortos, porque é de notar que a generalidade dos homens camba, ou para um ou para outro lado. Um dos coturnos (digamos botas, que não lembra tanto a tragédia[4]), uma das botas tinha um rasgão de calo. Ambas estavam maculadas de lama velha e seca; tinham o couro ruço, puído, encarquilhado.

[1]. Publicada na revista *O Cruzeiro*.
[2]. Chegava até a atual Cinelândia, no centro do Rio de Janeiro. Desapareceu com o aterro que começou com o arrasamento do Monte do Castelo, na década de 1920. Hoje, a área é ocupada por parte do Aterro do Flamengo.
[3]. Em latim: "Deus concedeu este repouso". Trecho de uma das *Éclogas* (poesia inspirada na paisagem e modo de vida do campo, *bucólica*) de Virgílio (Publius Vergilio Marus, 70 a.C.-19 d.C., poeta romano que escreveu também *A Eneida*).
[4]. Melpômene era uma das musas, que, na mitologia grega, eram filhas de Zeus, que transmitiam aos homens a inspiração para criar a arte. Ela era a musa da tragédia — do teatro —, geralmente representada calçando coturnos.

Olhando casualmente para as botas, entrei a considerar as vicissitudes humanas, e a conjeturar qual teria sido a vida daquele produto social. Eis senão quando, ouço um rumor de vozes surdas; em seguida, ouvi sílabas, palavras, frases, períodos; e não havendo ninguém, imaginei que era eu, que eu era ventríloquo; e já podem ver se fiquei consternado. Mas não, não era eu; eram as botas que falavam entre si, suspiravam e riam, mostrando em vez de dentes, umas pontas de tachas enferrujadas. Prestei o ouvido; eis o que diziam as botas:

Bota Esquerda. Ora, pois, mana, respiremos e filosofemos um pouco.

Bota Direita. Um pouco? Todo o resto da nossa vida, que não há de ser muito grande; mas enfim, algum descanso nos trouxe a velhice. Que destino! Uma praia! Lembras-te do tempo em que brilhávamos na vidraça da Rua do Ouvidor?

Bota Esquerda. Se me lembro! Quero até crer que éramos as mais bonitas de todas. Ao menos na elegância...

Bota Direita. Na elegância, ninguém nos vencia.

Bota Esquerda. Pois olha que havia muitas outras, e presumidas, sem contar aquelas botinas cor de chocolate... aquele par...

Bota Direita. O dos botões de madrepérola?

Bota Esquerda. Esse.

Bota Direita. O daquela viúva?

Bota Esquerda. O da viúva.

Bota Direita. Que tempo! Éramos novas, bonitas, asseadas; de quando em quando, uma passadela de pano de linho, que era uma consolação. No mais, plena ociosidade. Bom tempo, mana, bom tempo! Mas, bem dizem os homens: não há bem que sempre dure, nem mal que se não acabe.

Bota Esquerda. O certo é que ninguém nos inventou para vivermos novas toda vida. Mais de uma pessoa ali foi experimentar-nos; éramos calçadas com cuidado, postas sobre um tapete, até que um dia, o Dr. Crispim passou, viu-nos, entrou e calçou-nos. Eu, de raivosa, apertei-lhe um pouco os dois calos.

Bota Direita. Sempre te conheci pirracenta.

Bota Esquerda. Pirracenta, mas infeliz. Apesar do apertão, o Dr. Crispim levou-nos.

Bota Direita. Era bom homem, o Dr. Crispim; muito nosso amigo. Não dava caminhadas largas, não dançava. Só jogava o voltarete, até tarde, duas e três horas da madrugada; mas, como o divertimento era parado, não nos incomodava muito. E depois, entrava em casa, na pontinha dos pés, para não acordar a mulher. Lembras-te?

Bota Esquerda. Ora! por sinal que a mulher fingia dormir para lhe não tirar as ilusões. No dia seguinte ele contava que estivera na maçonaria[5]. Santa senhora!

Bota Direita. Santo casal! Naquela casa fomos sempre felizes, sempre! E a gente que eles frequentavam? Quando

---

5. Tradicionalmente, a sociedade dos *pedreiros-livres*, mas de fato, no Brasil, participavam dela personalidades nacionais. Diz-se que teve influência em vários episódios decisivos para a história do país no século XIX. A maçonaria é muito antiga e existe em vários lugares do mundo. Tem rituais próprios, membros que pouco falam a respeito dela para quem é de fora e muitas lendas sobre sua fundação — que alguns situam antes de Cristo — e história.

não havia tapetes, havia palhinha; pisávamos o macio, o limpo, o asseado. Andávamos de carro muita vez, e eu gosto tanto de carro! Estivemos ali uns quarenta dias, não?

BOTA ESQUERDA. Pois então! Ele gastava mais sapatos do que a Bolívia gasta constituições.

BOTA DIREITA. Deixemo-nos de política.

BOTA ESQUERDA. Apoiado.

BOTA DIREITA (*com força*). Deixemo-nos de política, já disse!

BOTA ESQUERDA (*sorrindo*). Mas um pouco de política debaixo da mesa?... Nunca te contei... contei, sim... o caso das botinas cor de chocolate... as da viúva...

BOTA DIREITA. Da viúva, para quem o Dr. Crispim quebrava muito os olhos? Lembra-me que estivemos juntas, num jantar do comendador Plácido. As botinas viram-nos logo, e nós daí a pouco as vimos também, porque a viúva, como tinha o pé pequeno, andava a mostrá-lo a cada passo. Lembra-me também que, à mesa, conversei muito com uma das botinas. O Dr. Crispim sentara-se ao pé do comendador e defronte da viúva; então, eu fui direita a uma delas, e falamos, falamos pelas tripas de Judas... A princípio, não; a princípio ela fez-se de boba; e toquei-lhe no bico, respondeu-me zangada: "Vá-se, me deixe!". Mas eu insisti, perguntei-lhe por onde tinha andado, disse-lhe que estava ainda muito bonita, muito conservada; ela foi-se amansando, buliu com o bico, depois com o tacão, pisou em mim, eu pisei nela e não te digo mais...

BOTA ESQUERDA. Pois é justamente o que eu queria contar...

Bota Direita. Também conversaste?

Bota Esquerda. Não; ia conversar com a outra. Escorreguei devagarinho, muito devagarinho, com cautela, por causa da bota do comendador.

Bota Direita. Agora me lembro: pisaste a bota do comendador.

Bota Esquerda. A bota? Pisei o calo. O comendador: Ui! As senhoras: Ai! Os homens: Hein? E eu recuei; e o Dr. Crispim ficou muito vermelho, muito vermelho...

Bota Direita. Parece que foi castigo. No dia seguinte o Dr. Crispim deu-nos de presente a um procurador de poucas causas.

Bota Esquerda. Não me fales! Isso foi a nossa desgraça! Um procurador! Era o mesmo que dizer: mata-me estas botas; esfrangalha-me estas botas!

Bota Direita. Dizes bem. Que roda viva! Era da Relação para os escrivães, dos escrivães para os juízes, dos juízes para os advogados, dos advogados para as partes (embora poucas), das partes para a Relação, da Relação para os escrivães...

Bota Esquerda. *Et coetera*. E as chuvas! c as lamas! Foi o procurador quem primeiro me deu este corte para desabafar um calo. Fiquei asseada com esta janela à banda.

Bota Direita. Durou pouco; passamos então para o fiel de feitos, que no fim de três semanas nos transferiu ao remendão. O remendão (ah! já não era a Rua do Ouvidor[6]!)

---

6. Mais um indício da degradação das botas, já que a Rua do Ouvidor era o ideal de elegância e consumo da cidade, na época.

deu-nos alguns pontos, tapou-nos este buraco, e impingiu-nos ao aprendiz de barbeiro do Beco dos Aflitos[7].

BOTA DIREITA. Com esse havia pouco que fazer de dia, mas de noite...

BOTA ESQUERDA. No curso de dança; lembra-me. O diabo do rapaz valsava como quem se despede da vida. Nem nos comprou para outra coisa, porque para os passeios tinha um par de botas novas, de verniz e bico fino. Mas para as noites... Nós éramos as botas do curso...

BOTA DIREITA. Que abismo entre o curso e os tapetes do Dr. Crispim...

BOTA ESQUERDA. Coisas!

BOTA DIREITA. Justiça, justiça; o aprendiz não nos escovava; não tínhamos o suplício da escova. Ao menos, por esse lado, a nossa vida era tranquila.

BOTA ESQUERDA. Relativamente, creio. Agora, que era alegre não há dúvida; em todo caso, era muito melhor que a outra que nos esperava.

BOTA DIREITA. Quando fomos parar às mãos...

Bota Esquerda. Aos pés.

BOTA DIREITA. Aos pés daquele servente das obras públicas. Daí fomos atiradas à rua, onde nos apanhou um preto padeiro, que nos reduziu enfim a este último estado! Triste! Triste!

BOTA ESQUERDA. Tu queixas-te, mana?

---

7. No centro da cidade, hoje com o nome de Armando Sales de Oliveira. Em *História das Ruas do Rio*, de Brasil Gerson (Rio de Janeiro: Lacerda Editores, 1981, p. 57), está descrito como: "um beco tão humilde, pequenino e obscuro...".

Bota Direita. Se te parece!

Bota Esquerda. Não sei; se na verdade é triste acabar assim tão miseravelmente, numa praia, esburacadas e rotas, sem tacões nem ilusões — por outro lado, ganhamos a paz, e a experiência.

Bota Direita. A paz? Aquele mar pode lamber-nos de um relance.

Bota Esquerda. Trazer-nos-á outra vez à praia. Demais, está longe.

Bota Direita. Que eu, na verdade, quisera descansar agora estes últimos dias; mas descansar sem saudades, sem a lembrança do que foi. Viver tão afagadas, tão admiradas na vidraça do autor dos nossos dias; passar uma vida feliz em casa do nosso primeiro dono, suportável na casa dos outros; e agora...

Bota Esquerda. Agora quê?

Bota Direita. A vergonha, mana.

Bota Esquerda. Vergonha, não. Podes crer, que fizemos felizes aqueles a quem calçamos; ao menos, na nossa mocidade. Tu que pensas? Mais de um não olha para suas ideias com a mesma satisfação com que olha para suas botas. Mana, a bota é a metade da circunspecção; em todo o caso é a base da sociedade civil...

Bota Direita. Que estilo! Bem se vê que nos calçou um advogado.

Bota Esquerda. Não reparaste que, à medida que íamos envelhecendo, éramos menos cumprimentadas?

Bota Direita. Talvez.

Bota Esquerda. Éramos, e o chapéu não se engana. O chapéu fareja a bota... Ora, pois! Viva a liberdade! viva a paz! viva a velhice! (*A Bota Direita abana tristemente o cano.*) Que tens?

Bota Direita. Não posso; por mais que queira, não posso afazer-me a isto. Pensava que sim, mas era ilusão... Viva a paz e a velhice, concordo; mas há de ser sem as recordações do passado...

Bota Esquerda. Qual passado? O de ontem ou de anteontem? O do advogado ou o do servente?

Bota Direita. Qualquer; contanto que nos calçassem. O mais reles pé de homem é sempre um pé de homem.

Bota Esquerda. Deixa-te disso; façamos da nossa velhice uma coisa útil e respeitável.

Bota Direita. Respeitável, um par de botas velhas! Útil, um par de botas velhas! Que utilidade? que respeito? Não vês que os homens tiraram de nós o que podiam, e quando não valíamos um caracol mandaram deitar-nos à margem? Quem é que nos há de respeitar? — aqueles mariscos? (*olhando para mim*) Aquele sujeito que está ali com os olhos assombrados?

Bota Esquerda. *Vanitas! Vanitas!*

Bota Direita. Que dizes tu?

Bota Esquerda. Quero dizer que és vaidosa, apesar de muito acalcanhada, e que devemos dar-nos por felizes com esta aposentadoria, lardeada de algumas recordações.

Bota Direita. Onde estarão a esta hora as botinas da viúva?

Bota Esquerda. Quem sabe lá! Talvez outras botas conversem com outras botinas... Talvez: é a lei do mundo; assim caem os Estados e as instituições. Assim perece a beleza e a mocidade. Tudo botas, mana; tudo botas, com tacões ou sem tacões, novas ou velhas; direita ou acalcanhadas, lustrosas ou ruças, mas botas, botas, botas!

Neste ponto calaram-se as duas interlocutoras, e eu fiquei a olhar para uma e outra, a esperar se diziam alguma coisa mais. Nada; estavam pensativas.

Deixei-me ficar assim algum tempo, disposto a lançar mão delas, e levá-las para casa com o fim de as estudar, interrogar, e depois escrever uma memória, que remeteria a todas as academias do mundo. Pensava também em as apresentar nos circos de cavalinhos, ou ir vendê-las a Nova York. Depois, abri mão de todos esses projetos. Se elas queriam a paz, uma velhice sossegada, por que motivo iria eu arrancá-las a essa justa paga de uma vida cansada e laboriosa? Tinham servido tanto! Tinham rolado todos os degraus da escala social; chegavam ao último, a praia, a triste Praia de Santa Luzia...

Não, velhas botas! Melhor é que fiqueis aí no derradeiro descanso.

Nisto vi chegar um sujeito maltrapilho; era um mendigo. Pediu-me uma esmola; dei-lhe um níquel.

Mendigo. Deus lhe pague, meu senhor! (*Vendo as botas*) Um par de botas! Foi um anjo que as pôs aqui...

Eu (*ao mendigo*). Mas, espere...

Mendigo. Espere o quê? Se lhe digo que estou descalço!

(*Pegando nas botas*) Estão bem boas! Cosendo-se isto aqui, com um barbante...

BOTA DIREITA. Que é isto, mana? que é isto? Alguém pega em nós... Eu sinto-me no ar...

BOTA ESQUERDA. É um mendigo.

BOTA DIREITA. Um mendigo? Que quererá ele?

BOTA DIREITA (*alvoroçada*). Será possível?

BOTA ESQUERDA. Vaidosa!

BOTA DIREITA. Ah! mana! esta é a filosofia verdadeira: — Não há bota velha que não encontre um pé cambaio.

UMA FÁBULA

"Olhando casualmente para as botas, entrei a considerar as vicissitudes humanas, e a conjeturar qual teria sido a vida daquele produto social."

Um movimento típico da crônica machadiana — um detalhe mínimo, trivial, ao qual o cronista dá espírito (no caso, vida, *anima*) e cria a crônica. Nesse pequeno trecho está também ilustrado o ritual de percepção/criação da crônica explicitado por Machado na crônica a seguir.

Além disso, assim como na primeira crônica desta coletânea, Machado confere espírito e voz a quem não tem (lá, eram os burros que puxavam o *bond*) — um ato ficcional, que distancia Machado do mero *realismo* até mesmo nas crônicas (tidas vulgarmente como peças mais aproximadas do cotidiano, do *real*, embora a transformação machadiana no gênero tenha atuado notavelmente para fazer da crônica também um trabalho de ficção). É possível ler esta crônica como uma *fábula*, que tem inclusive a *moral da história*, encerrando-a.

ANIMA

"Deixei-me ficar assim algum tempo, disposto a lançar mão delas, e levá-las para casa com o fim de as estudar, interrogar, e depois escrever uma memória, que remeteria a todas as academias do mundo. Pensava também em as apresentar nos circos de cavalinhos, ou ir vendê-las a Nova York."

Outro personagem de Machado, Macedo, ornitólogo de "Ideias de Canário", um genial conto, muito pouco comentado, também faz uma espantosa descoberta. Numa loja de belchior (de objetos usados), encontra um canário que começa a lhe expor um ponto de vista (na verdade, diferentes e volúveis pontos de vista) sobre o mundo. Também ele tem como primeira intenção estudar e compilar a sabedoria do canário e apresentá-la nas sociedades de ciência do mundo. O cronista-narrador de "Filosofia de um par de botas" demonstra ser, como Macedo, um cientista amador, figura típica dessa época. A operação ficcional de Machado de Assis, nesta crônica, como em outras obras dele, é apresentar um inusitado ponto de vista sobre a vida e o mundo, conferindo *anima* — voz, vida, espírito — a quem não os possui.

[O MÍNIMO E O ESCONDIDO]

11 de novembro de 1900[1]

Eu gosto de catar o mínimo e o escondido. Onde ninguém mete o nariz, aí entra o meu, com a curiosidade estreita e aguda que descobre o encoberto. Daí vem que, enquanto o telégrafo nos dava notícias tão graves como a taxa francesa sobre a falta de filhos e o suicídio do chefe de polícia paraguaio, coisas que entram pelos olhos, eu apertei os meus para ver coisas miúdas, coisas que escapam ao maior número, coisas de míopes. A vantagem dos míopes é enxergar onde as grandes vistas não pegam.

Não nego que o imposto sobre a falta de filhos e o celibato podia dar de si uma página luminosa, sem aliás tocar na estatística. Só a parte cívica. Só a parte moral. Dava para elogio e para descompostura. A grandeza da pátria, da indústria e dos exércitos faria o elogio. O regímen de opressão inspirava a descompostura, visto que obriga casar para não pagar a taxa; casado, obriga a fazer filhos, para não pagar a taxa; feitos os filhos, obriga a criá-los e educá-los, com o que afinal se paga uma grande taxa. Tudo taxas. Quanto ao suicídio do chefe de polícia, são palavras tão contrárias umas às outras que não há crer nelas. Um chefe de polícia exerce funções essencialmente vitais e alheias à melancolia e ao desespero. Antes de se demitir da vida, era natural demitir-se do cargo, e o segundo decreto bastaria acaso para evitar o primeiro.

[1]. Equivocadamente, a coletânea da Nova Aguilar dá como data desta crônica 11 de novembro de 1897. Trata-se da última crônica publicada por Machado de Assis.

Deixei taxas e mortes e fui à casa de um leiloeiro, que ia vender objetos empenhados e não resgatados. Permitam-me um trocadilho. Fui ver o martelo bater no prego. Não é lá muito engraçado, mas é natural, exato e evangélico. Está autorizado por Jesus Cristo: *Tu es Petrus*[2] etc. Mal comparando, o meu ainda é melhor. O da Escritura está um pouco forçado, ao passo que o meu, — o martelo batendo no prego, — é tão natural que nem se concebe dizer de outro modo. Portanto, edificarei a crônica sobre aquele prego, no som daquele martelo.

Havia lá broches, relógios, pulseiras, anéis, botões, o repertório do costume. Havia também um livro de missa, elegante e escrupulosamente dito *para* missa, a fim de evitar confusão de sentido. Valha-me Deus! até nos leilões persegue-nos a gramática. Era de tartaruga, guarnecido de prata. Quer dizer que, além do valor espiritual, tinha aquele que propriamente o levou ao prego. Foi uma mulher que recorreu a esse modo de obter dinheiro. Abriu mão da salvação da alma, para salvar o corpo, a menos que não tivesse decorado as orações antes de vender o manual delas.[3] Pobre desconhecida! Mas também (e é aqui que eu vejo o dedo de Deus), mas também quem é que lhe mandou comprar um livro de tartaruga com ornamentações de prata? Deus não pede tanto; bastava uma encader-

---

2. "Tu és Pedro ["pedra", em latim é *petra*]. E sobre esta pedra construirei minha igreja." É Cristo dirigindo-se a Pedro (Mateus 16, 18). Machado denomina a imagem dos Evangelhos, baseada na etimologia (origem) do nome, como um trocadilho (*Pedro-pedra*).

3. O cronista não explica como levantou a história da dona do missal, que sugere, é claro, pura ficção.

nação simples e forte, que durasse, e feia para não tentar a ninguém. Deus veria a beleza dela.

Mas vamos ao que me põe a pena na mão; deixemos o livro e os artigos do costume. Os leilões desta espécie são de uma monotonia desesperadora. Não saem de cinco ou seis artigos. Raro virá um binóculo. Neste apareceu um, e um despertador também, que servia a acordar o dono para o trabalho. Houve mais uns cinco ou seis chapéus de sol, sem indicação do cabo... Deus meu! Quanto teriam recebido os donos por eles, além de algum magro tostão? Ríamos da miséria. É um derivativo[4] e uma compensação. Eu, se fosse ela, preferia fazer rir a fazer chorar.

O lote inesperado, o lote escondido, um dos últimos do catálogo, perto dos chapéus de sol, que vieram no fim, foi uma espada. Uma espada, senhores, sem outra indicação; não fala dos copos, nem se eram de ouro. É que era uma espada pobre. Não obstante, quem diabo a teria ido pendurar do prego? Que se pendurem chapéus de sol, um despertador, um binóculo, um livro *de* missa ou *para* missa, vá. O sol mata os micróbios, a gente acorda sem máquina, não é urgente chamar à vista as pessoas dos outros camarotes, e afinal o coração também é livro de missa. Mas uma espada!

Há dois tempos na vida de uma espada, o presente e o passado. Em nenhum deles se compreende que ela fosse parar ao prego. Como iria lá ter uma espada que pode ser

---

4. Aqui, o riso é um artifício para nos *desviar* a atenção do infortúnio que significa os donos terem precisado se desfazer daqueles objetos, alguns evidentemente de estimação. Por isso: "Ríamos da miséria".

a cada instante intimada a comparecer ao serviço? Não é mister que haja guerra; uma parada, uma revista, um passeio, um exercício, uma comissão, a simples apresentação ao ministro da guerra basta para que a espada se ponha à cinta e se desnude, se for caso disso. Eventualmente, pode ser útil em defender a vida ao dono. Também pode servir para que este se mate, como Bruto[5].

Quanto ao passado, posto que em tal hipótese a espada não tenha já préstimos, é certo que tem valor histórico. Pode ter sido empregada na destruição do despotismo Rosas[6] ou López[7], ou na repressão da revolta, ou na guerra de Canudos[8], ou talvez na fundação da República[9], em que não houve sangue, é verdade, mas a sua presença terá bastado para evitar conflitos.

As crônicas antigas contam de barões e cavaleiros já velhos, alguns cegos, que mandavam vir a espada para

---

5. Segundo a história conta, assassinou numa emboscada, junto com outros, Júlio César, a golpes de espada e punhal, em plena rua de Roma, em março de 44 a.C.
6. Juan Manuel Rosas (1793-1877) governou a Argentina de 1829 a 1832 e de 1835 a 1857, quando foi deposto por uma rebelião, apoiada pelo governo e tropas brasileiros.
7. Francisco Solano López (1827-1870) foi presidente do Paraguai durante a Guerra do Paraguai. Durante essa guerra, o exército paraguaio ficou destruído e imensa parte da população civil morta em episódios como o Massacre de Assunção, comandado pelo Conde d'Eu, marido da Princesa Isabel. Em janeiro de 1869, o Duque de Caxias recusou-se a invadir a cidade, alegando que, como militar, para ele a guerra terminara na medida em que o exército adversário se rendera. Mas não foi o fim: em Assunção, a matança atingiu principalmente velhos, mulheres e crianças. Os despojos de Solano López, morto em 1870 por brasileiros, estão no Panteão dos Heróis de Assunção.
8. Conflito no interior da Bahia, no final do século XIX, enfocado por Euclides da Cunha em *Os Sertões*.
9. Em 1899, quando não houve nenhum combate, e a espada não poderia ter sido utilizada.

mirá-la, ou só apalpá-la, quando queriam recordar as ações de glória, e guardá-la outra vez. Não ignoro que tais heróis tinham castelo e cozinha, e o triste reformado[10] que levou esta outra espada ao prego pode não ter cozinha nem teto. Perfeitamente. Mas ainda assim é impossível que a alma dele não padecesse ao separar-se da espada.

Antes de a empenhar, devia ir ter a alguém que lhe desse um prato de sopa. "Cidadão, estou sem comer há dois dias e tenho de pagar a conta da botica, que não quisera desfazer-me desta espada, que batalhou pela glória e pela liberdade..." É impossível que acabasse o discurso. O boticário perdoaria a conta, e duas ou três mãos se lhe meteriam pelas algibeiras dentro, com fins honestos. E o triste reformado iria alegremente pendurar a espada de outro prego, o prego da memória e da saudade.

Catei, catei, catei, sem dar por explicação que bastasse. Mas eu já disse que é faculdade minha entrar por explicações miúdas. Vi casualmente uma estatística de São Paulo, os imigrantes do ano passado, e achei milhares de pessoas desembarcadas em Santos ou idas daqui pela Estrada de Ferro Central. A gente italiana era a mais numerosa. Vinha depois a espanhola, a inglesa, a francesa, a portuguesa, a alemã, a própria turca, uns quarenta e cinco turcos. Enfim, um grego. Bateu-me o coração, e eu disse comigo: o grego é que levou a espada ao prego.

E aqui vão as razões da suspeita ou descoberta. An tes de mais nada, sendo o grego não era nenhum brasileiro,

---

10. Militar aposentado, com pensão magra.

— ou *nacional,* como dizem as notícias da polícia. Já me ficava essa dor de menos. Depois, o grego era um, e eu corria menor risco do que supondo algum das outras colônias, que podiam vir acima de mim, em desforço do patrício. Em terceiro lugar, o grego é o mais pobre dos imigrantes. Lá mesmo na terra é paupérrimo. Em quarto lugar, talvez fosse também poeta, e podia ficar-lhe assim uma canção pronta, com estribilho:

*Eu cá sou grego,
Levei a minha espada ao prego.*[11]

Finalmente, não lhe custaria empenhar a espada, que talvez fosse turca. About refere de um general, Hadji-Petros, governador de Lâmia, que se deixou levar dos encantos de uma moça fácil de Atenas, e foi demitido do cargo. Logo requereu à rainha pedindo a reintegração: "Digo a Vossa Majestade pela minha honra de soldado que, se eu sou amante dessa mulher, não é por paixão, é por interesse; ela é rica, eu sou pobre, e tenho filhos, tenho uma posição na sociedade etc.". Vê-se que empenhar a espada é costume grego e velho.

Agora que vou acabar a crônica, ocorre-me se a espada do leilão não será acaso alguma espada de teatro, empenhada pelo contrarregra, a quem a empresa não tivesse

11. A solução do mistério é dada pela rima, e, salvo engano sobre a pronúncia da época, por uma rima falsa (*grêgo* x *prégo*). Tudo deboche. Mas o cronista prepara o final, que é surpreendente e mais irônico do que tudo até aqui.

pago os ordenados. O pobre-diabo recorreu a esse meio para almoçar um dia. Se tal foi, façam de conta que não escrevi nada, e vão almoçar também, que é tempo.[12]

---

[12]. E assim, sugerindo que ficou a escrever sobre o nada esse tempo todo, Machado se despede de seus leitores.

COMENTÁRIO 1

"Os cronistas são os 'diseurs de riens'. Um acontecimento vulgar, que passa despercebido a toda a gente, desperta na alma do cronista reminiscências e sugestões que criam às vezes uma obra-prima... O ato em si é nada. O engenho do cronista, a sua imaginação, a sua filosofia — é tudo." (Alfredo Pujol, Machado de Assis, p. 243.)

COMENTÁRIO 2

"A propósito de tudo, a propósito de nada, ele destila, gota a gota, os tesouros da sua experiência e da sua sabedoria, com um desprezo benevolente dos homens, rindo e cantando, numa desolação serena, diante das frivolidades humanas. (...) A ironia é a flor da verdadeira sabedoria. Em face do determinismo das coisas, a filosofia de Machado de Assis, feita de resignação e dúvida, consola-se com a ironia. Antes sorrir do que inutilmente protestar..."

A SUPERVISÃO DOS MÍOPES

"Eu gosto de catar o mínimo e o escondido. Onde ninguém mete o nariz, aí entra o meu, com a curiosidade estreita e aguda que descobre o encoberto. Daí vem que, enquanto o telégrafo nos dava notícias tão graves como a taxa francesa sobre a falta de filhos e o suicídio do chefe de polícia paraguaio, coisas que entram pelos olhos, eu apertei os meus para ver coisas miúdas, coisas que escapam ao maior número, coisas de míopes. A vantagem dos míopes é enxergar onde as grandes vistas não pegam." E nessas linhas está não só um sumário do método como Machado compõe suas crônicas, mas um importante aspecto da sua obra em prosa como um todo. Ele foi catar sempre no mínimo e no escondido o que os episódios que narrava e os personagens que construía podiam expressar do universal humano.

MIUDEZAS

E ainda: "Catei, catei, catei, sem dar por explicação que bastasse. Mas eu já disse que é faculdade minha entrar por explicações miúdas". O cronista reafirma seu método, por força de repetição.

SOBRE MACHADO DE ASSIS

JOAQUIM MARIA MACHADO DE ASSIS nasceu em 21 de junho de 1839, no Morro do Livramento, na zona portuária do Rio de Janeiro. Descendente de escravos, era muito tímido, mulato, gago e, ao que se sabe, epilético. Seu pai era pintor de paredes e sua mãe, uma portuguesa do arquipélago de Açores. Machado teve infância pobre e difícil. Perdeu sua única irmã, dois anos mais nova do que ele, quando tinha 6 anos, vítima de sarampo. A mãe morreria de tuberculose antes de Machado completar 10 anos. Praticamente pouco se sabe de Machado de Assis até que ele aparece, com 16 anos, já colaborando em jornais, sabendo ler francês, inglês, familiarizado com grandes obras da Literatura e com conhecimentos de gramática que o habilitariam, já aos 20 anos, ao cargo de revisor em importantes jornais. Machado não frequentou escola formalmente, mas era um leitor apaixonado. Em 1866, conhece aquela que seria sua companheira para toda a vida — Carolina Augusta Xavier de Novais. Apesar da oposição de alguns membros da família da moça (que não se conformavam em vê-la com um mulato), os dois se casaram em 1869. Machado entrou para o serviço público, começou a escrever romances e a publicar crônicas e contos em cada vez mais jornais. Já na década de 1880, era reconhecido como o maior escritor em prosa brasileiro — ora admirado por outros escritores e amado por seus leitores. Em 1884, vai morar no sobrado da Rua Cosme Velho — o endereço que imortalizou o apelido de "Bruxo do Cosme Velho", para cuja origem há várias versões. Em 1896, apoiando uma ideia do escritor Lúcio de Mendonça, participa da fundação da Academia Brasileira de Letras. É eleito seu primeiro presidente, cargo que exerceu até morrer. Em 1904, morre Carolina e Machado fica inconsolável. Ainda continua publicando (inclusive o monumental romance *Memorial de Aires*), mas a saúde se agrava. Cercado por uma verdadeira corte de escritores e intelectuais, morre na madrugada de 29 de setembro de 1908. Contam os depoimentos dos presentes que suas últimas palavras foram: "A vida é boa". Machado de Assis é o Presidente Perpétuo da Academia Brasileira de Letras, que também é chamada A Casa de Machado de Assis. O centenário de sua morte — 2008 — foi instituído por decreto presidencial como o Ano Nacional Machado de Assis.

SOBRE LUIZ ANTONIO AGUIAR

LUIZ ANTONIO FARAH DE AGUIAR é escritor. Publicou seu primeiro livro em 1984. De lá para cá, sempre em atividade, teve obras traduzidas para o italiano e espanhol e ganhou prêmios importantes no Brasil e no exterior, dentre eles 2 Jabutis. Alguns de seus livros foram incluídos no *White Ravens Catalogue*, importante catálogo anual elaborado pela Biblioteca Internacional da Juventude, localizada em Munique, na Alemanha, com os destaques da produção mundial. Mestre em Literatura Brasileira pela PUC-RJ, percorre o país ministrando palestras e oficinas literárias.

OBRAS CONSULTADAS

COLETÂNEAS DE CRÔNICAS DE MACHADO DE ASSIS

AGUIAR, Luiz Antonio. *Almanaque Machado de Assis*; vida, obra, curiosidades e bruxarias literárias. Rio de Janeiro: Record, 2008.

ASSIS, Machado de. *Obras Completas*. Rio de Janeiro/São Paulo/Porto Alegre: W. M. Jackson Editores, 1955.

BETELLA, Gabriela Kvacek. *Narradores de Machado de Assis*. São Paulo: Nankin Editorial/Edusp, 2007.

BÍBLIA Sagrada. São Paulo: Editora Ave Maria, 1967.

CANDIDO, Antonio. Esquema de Machado de Assis. In: ___. *Vários Escritos*. São Paulo: Livraria Duas Cidades, 1977.

CORÇÃO, Gustavo. Machado de Assis cronista. In: COUTINHO, Afrânio (Org.). *Machado de Assis*. Rio de Janeiro: Aguilar, 1979. (Obra Completa, v. 3.)

GLEDSON, John. "A Semana" 1892-3: Uma introdução aos primeiros dois anos da série. In: ___. *Por um Novo Machado de Assis*. São Paulo: Cia. das Letras, 2006.

GUIMARÃES, Hélio de Seixas. *Os Leitores de Machado de Assis*; o romance machadiano e o público de Literatura no século 19. São Paulo: Nankin Editorial/Edusp, 2004.

MACHADO DE ASSIS. Obra Completa. Rio de Janeiro: Nova Aguillar, 1979.

MATOS, Mário. *Machado de Assis*. São Paulo/Rio de Janeiro/Recife/ Porto Alegre: Cia. Ed. Nacional, 1939.

MEYER, Augusto. *Ensaios Escolhidos*. Rio de Janeiro: José Olympio, 2007.

MIGUEL PEREIRA, Lúcia. *Machado de Assis*. 6. ed. 2002. Belo Horizonte: Itatiaia/São Paulo: Edusp, 1935.

PIZA, Daniel. *Machado de Assis um Gênio Brasileiro*. 2.ed. São Paulo: Imprensa Oficial, 2006.

PUJOL, Alfredo. *Machado de Assis*; curso literário em sete conferências na Sociedade de Cultura Artística de São Paulo. Rio de Janeiro: ABL/São Paulo: Imprensa Oficial, 2007.

SANTIAGO, Silviano. Retórica da verossimilhança. In: ___. *Uma Literatura nos Trópicos*. São Paulo: Perspectiva, 1978.

SCHWARZ, Roberto. *Ao Vencedor as Batatas*. 3.ed. São Paulo: Livraria Duas Cidades, 1988.

_____. *Um Mestre na Periferia do Capitalismo*. São Paulo: Livraria Duas Cidades, 1990.

SHAKESPEARE, William. *The Complete Works*. New York: Grummercy Books, 1975

DICIONÁRIOS E OBRAS DE REFERÊNCIA

BOSI, Alfredo. *História Concisa da Literatura Brasileira*. São Paulo: Cultrix, 1964.

BRANDÃO, Junito. *Dicionário Mítico-Etimológico*. 4. ed. Petrópolis: Vozes, 1991.

BRASIL GERSON. *História das Ruas do Rio*. 5.ed. Rio de Janeiro: Lacerda Editores, 2000.

CALDAS AULETE. *Dicionário da Língua Portuguesa*. Rio de Janeiro: Delta, 1958.

CUNHA, Antonio Geraldo da. *Dicionário Etimológico Nova Fronteira da Língua Portuguesa*. Rio de Janeiro: Nova Fronteira, 1982.

DICIONÁRIO Aurélio Eletrônico Século XXI. Rio de Janeiro: Nova Fronteira, 1999.

DICIONÁRIO Eletrônico Houaiss. Rio de Janeiro: Objetiva, 2001.

GRANDE Enciclopédia Larousse Cultural. São Paulo: Nova Cultural, 1998.

MASSAUD MOISÉS. *Dicionário de Termos Literários*. São Paulo: Cultrix, 1968.

MICHAELIS ON-LINE. São Paulo: Melhoramentos, 2015.

MORAIS E SILVA, Antonio. *Diccionario da Língua Portugueza*. 7.ed. Lisboa, 1877.*

RONAI, Paulo. *Não Perca Seu Latim*. Rio de Janeiro: Nova Fronteira, 1980.

SITE da Academia Brasileira de Letras/Espaço Machado de Assis.

---

* Trata-se do famoso *Moraes*, o dicionário mais utilizado em grande parte do século XIX (a primeira edição é do século anterior). Conta-se que era o dicionário predileto de Machado, o que ele usava ao escrever suas obras. Para minha alegria e felicidade, tenho um exemplar de grande valor, que pertenceu ao amigo de Machado de Assis, Rodrigo Otávio.

CRÉDITOS DAS FOTOS

p. 18-19
Largo do Paço e rua Primeiro de Março, c. 1890, Rio de Janeiro.
Crédito: Marc Ferrez / Coleção Gilberto Ferrez / Acervo Instituto Moreira Salles/IMS

p. 146-147
Morro do Corcovado, 1906, Rio de Janeiro
Crédito: Augusto Malta / Acervo Instituto Moreira Salles

p. 276
Machado de Assis, c. 1880
Rio de Janeiro
Crédito: Atribuído à Joaquim Insley Pacheco / Coleção Gilberto Ferraz / Acervo Instituto Moreira Salles

p. 288
Rua do Ouvidor, com Escola Politécnica ao fundo, atual IFCS/UFRJ, c. 1890, Rio de Janeiro
Crédito: Marc Ferrez / Coleção Gilberto Ferrez / Acervo Instituto Moreira Salles

Editora Melhoramentos

O Mínimo e o Escondido: Crônicas de Machado de Assis / organizado por Luiz Antonio Aguiar. São Paulo: Editora Melhoramentos, 2015.

Contém diversas crônicas de Machado de Assis, selecionadas por Luiz Antonio Aguiar

ISBN 978-85-06-07888-4

1. Literatura brasileira – Crônicas.   I. Machado de Assis, Joaquim Maria.   II. Aguiar, Luiz Antonio, org.

15/022   CDD 869.3B

Índices para catálogo sistemático:
1. Literatura brasileira – Contos e crônicas   869.3B
2. Literatura brasileira   869.8B

Obra conforme o Acordo Ortográfico da Língua Portuguesa

©Luiz Antonio Farah de Aguiar (Organização)

Direitos de publicação:
© 2015, Editora Melhoramentos Ltda.
Todos os direitos reservados.
Capa e projeto gráfico: Silvia Nastari
Ilustração de capa: André Ducci
Diagramação: Amarelinha Design e Fabio Kato

1.ª edição, 2.ª impressão, setembro de 2016
ISBN 978-85-06-07888-4

Atendimento ao consumidor:
Caixa Postal 11541
CEP 05049-970
São Paulo – SP – Brasil
Tel.: (11) 3874-0880
www.editoramelhoramentos.com.br
sac@melhoramentos.com.br

Impresso no Brasil

A CANÇÃO DO DESEJO
A música na relação pais-bebê

Ana Paula Melchiors Stahlschmidt

A CANÇÃO DO DESEJO
A música na relação pais-bebê

Coleção Primeira Infância
Dirigida por: Claudia Mascarenhas-Fernandes

Casa do Psicólogo®

O som, ou a palavra de Deus, combinada com o sopro vital, é considerado o primeiro e único elemento propriamente criador. Cada vez que a gênese do mundo é descrita com precisão, um elemento acústico intervém no momento decisivo da ação. No instante em que um deus manifesta a vontade de dar nascimento a si mesmo ou a outro deus, de fazer aparecer o céu e a terra ou o homem, ele emite um som. Ele expira, suspira, fala, canta, grita, uiva, tosse, expectora, soluça, vomita, percute ou toca um instrumento musical. Em outros casos, ele se serve de um objeto que simboliza a voz criadora. A fonte da qual procede um mundo é sempre acústica.

Marie-France Castarède

© 2008 CasaPsiLivraria, Editora e Gráfica Ltda
É proibida a reprodução total ou parcial desta publicação, para qualquer finalidade,
sem autorização por escrito dos editores.

1ª edição
2008

Editores
Ingo Bernd Güntert e Christiane Gradvohl Colas

Assistente Editorial
Aparecida Ferraz da Silva

Editoração Eletrônica
Sergio Gzeschnik

Produção gráfica e capa
Ana Karina Rodrigues Caetano

Preparação de originais
Christiane Gradvohl Colas

Revisão
Flavia Okumura Bortolon

Dados Internacionais de Catalogação na Publicação (CIP)
(Câmara Brasileira do Livro, SP, Brasil)

Stahlschidt, Ana Paula Melchiors
A canção do desejo: a música na relação pais-bebê/ —
São Paulo: Casa do Psicólogo®, 2008. (Coleção
primeira infância / dirigida por Claudia Mascarenhas
Fernandes)

Bibliografia.
ISBN 978-85-7396-559-9

1. Bebês - Desenvolvimento 2. Canções Infantis 3.
Música - Psicologia 4. Musicoterapia 5. Pais e bebê 6.
Psicanálise infantil 7. Psicoterapia infantil I. Fernandes,
Claudia Mascarenhas. II.Título. III. Série.

08-02971   CDD-155.413

Índices para catálogo sistemático:
1. Música na relação pais-bebê: Psicologia infantil:
155.413

Printed in Brazil

Reservados todos os direitos de publicação em língua portuguesa à

CasaPsi Livraria, Editora e Gráfica Ltda.
Rua Santo Antonio, 1010 Jardim México 13253-400   Itatiba/SP Brasil
Tel.: (11) 4524-6997 Site: www.casadopsicologo.com.br

Sumário

Agradecimentos 9
Prefácio 13

1. Prelúdio 15
   O cenário e os personagens deste trabalho 27
   Luciano 30
   Débora 31
   Laura 32
   Vânia 33
   Lucas 35
   Angelina 36
   Carolina 37
   Lúcia 38

2. Da voz materna ao brincar, a música e os bebês 39
   A música nos primeiros tempos da vida 43
   A musicalidade da relação mãe-bebê sob a perspectiva da psicanálise 66
   As pulsões, a atividade musical e a estruturação psíquica do bebê 87
   A função lúdica, estruturante e preventiva das atividades musicais 110

3. A COMPOSIÇÃO DO DESEJO NA CRIAÇÃO E ENTOAÇÃO DE CANÇÕES   143
   Nomeação e atribuição de gênero   149
   Entre a tradição e a liberdade, alienação, separação e filiação   160
   A formação dos laços mãe-bebê   171
   Canto e encantamento   181
   Da educação à maternagem   193
   O nascimento da função materna   200
   A melodia salvadora   206
   A música e a instauração do circuito pulsional   221
   O desejo como personagem principal   239

4. ÚLTIMOS ACORDES   243

5. CODA   251

Referências   261

Agradecimentos

Para a elaboração deste livro, em seus diferentes momentos, e ao longo do percurso que culmina com sua publicação, contei com a contribuição valiosa de colegas, familiares e amigos, em relação aos quais minha gratidão dificilmente poderia ser colocada em palavras, mas que aqui não poderia deixar de citar...

Ao Marcelo, pelo amor e companheirismo ao longo destes anos de vida compartilhados. "Pai" deste livro, não só pela participação em sua construção, através de um apoio constante e auxílio nos mais diversos aspectos, mas também por me lembrar que, apesar do investimento despendido na criação deste "filho", também existia um mundo lá fora...

A meus pais, Leila e Djalmar, pelo amor. Pelos diferentes e preciosos modos como contribuíram nesta jornada, especialmente incentivando e possibilitando, em minha infância, o exercício da criatividade em um porto seguro, que me permitiu encontrar, na música e na escrita, companheiras para toda a vida.

A meu cunhado e a minhas irmãs, Mauro, Cristina e Lúcia, e ao João Marcelo, pela amizade, e pelo "apoio técnico" na parte de informática. Aos dois últimos minha gratidão especial pela documentação da pesquisa que deu origem a este livro em fotos maravilhosas.

A Simone Velho, pela amizade e parceria que tornaram tão agradáveis as primeiras experiências de coordenação de grupos do "Música para Bebês", possibilitando também uma interlocução que gerou diversos desdobramentos neste trabalho.

A Maria Beatriz Kallfelz, pela enorme contribuição, com sua amizade e experiência, para a construção de minha identidade profissional, com constante incentivo e apoio a minhas articulações entre a psicanálise, a arte e a clínica. Aos demais colegas da "Enlace – Clínica e Projetos Interdisciplinares", Maria Elisabeth Tubino, Regina de Souza Silva, Marilei Silveira e Ricardo Vianna Martins, cuja amizade e interlocução ao longo de vários anos contribuíram para o surgimento de muitas das idéias desenvolvidas neste livro e tornaram viável o surgimento do projeto "Sinfonia de Bebês", do qual, de formas diversas, participam ativamente.

À doutora Esther Beyer, minha orientadora de doutorado, pela amizade e incentivo ao longo destes anos, respeitando minha forma de desenvolver e teorizar este trabalho e permitindo-me, assim, encontrar meu "estilo" na composição da "Canção do Desejo", e aos professores que participaram da banca examinadora na defesa de tese, doutoras Maria Folberg, Regina Mutti, Cláudia Belocchio e Ligia Schermann, por suas sugestões valiosas para o desenvolvimento do mesmo.

As colegas do "Comitê" de Winnicott, Luiza Moura e Berenice Pontes Netto, pela amizade e discussões sobre a relação mãe-bebê, essenciais para o nascimento e desenvolvimento de meu interesse pelo tema. Por me incentivarem a incluir nos grupos bebês provenientes de instituições, lembrando que melhor estabelecer laços e correr o risco de perdê-los, do que não conhecer a possibilidade de vincular-se...

Aos colegas de equipe da Casa de Passagem, especialmente Angelita Rebelo de Camargo, Fabiana Gross Reinehr, Soraya Nicolaidis e Christiane Siegmann, que buscaram formas de me auxiliar a tornar meu doutorado e, conseqüentemente, este livro, viáveis, bem como a conciliá-los com minhas atividades nesta instituição. Pela amizade e discussões que possibilitaram algumas articulações entre o tema aqui desenvolvido e o trabalho com crianças vítimas de violência intrafamiliar.

A Robson de Freitas Pereira, pela escuta ao longo destes anos, que em muitos momentos mostrou-se imprescindível para a continuidade deste trabalho.

Aos colegas da Associação Psicanalítica de Porto Alegre, especialmente os integrantes do "Cartel de Estruturas Clínicas", que acompanharam o desenvolvimento deste trabalho e contribuíram, através da interlocução ao longo destes anos, com o desenvolvimento de muitas de suas proposições.

A Cláudia Mascarenhas Fernandes, que acreditou neste livro e batalhou para que se tornasse realidade, e aos demais profissionais que conheci nos "Encontros sobre o Bebê", que através de interlocuções, sugestões, indicações de textos e trocas diversas, em muito contribuíram para o nascimento do mesmo.

A Gislaine Marins, que mesmo "do outro lado do mundo" participou do desenvolvimento e conclusão deste livro, com sua amizade, discussões e diferentes "revisões" que desafiaram a distância e aconteceram através dos mais diversos meios de comunicação.

Aos bebês que freqüentam ou freqüentaram os projetos "Música para Bebês – os primeiros encontros com a música", da UFRGS, e "Sinfonia de Bebês", da "Enlace – Clínica e Projetos Interdisciplinares", bem como a suas famílias, sem os quais este livro não teria sido possível. Minha especial gratidão às mães e monitoras que se dispuseram a comparecer às entrevistas individuais, partilhando comigo impressões e sentimentos tão particulares e delicados como os envolvidos em sua relação com "seus" bebês.

Prefácio

De início são as canções de ninar e o *manhês*, com palavras ritmadas e cadências sonoras, formas pelas quais os bebês são tocados pela voz materna, voz que ao mesmo tempo acalanta e inscreve marcas nesse corpo. Marcas que a mãe, ao exercer sua função de dar sentido às manifestações corporais do bebê (gestos, sons), torna significantes. Em seguida, surgem os jogos orais, que darão origem às brincadeiras de infância, em que se cruzam movimento e linguagem.

O trabalho com bebês e música abre um extenso campo de novas indagações e investigações para a psicanálise. Uma delas seria justamente sobre a linguagem musical, ou, mais pontualmente: como um estilo musical estaria presente no momento inicial da vida do bebê? Momento fundamental, em que uma escuta "a mais" – além das palavras, anterior a qualquer idéia de objeto ou sentido – encontra uma freqüência natural de vibração: o som, de onde surgem as notas musicais.

Se Winnicott diz: "um bebê é algo que não existe", já que nos momentos iniciais só podemos pensá-lo a partir da relação com a mãe, Lacan conclui ser justamente a mãe, ao enunciar a criança em seu discurso, que possibilita ao bebê ganhar um lugar de futuro sujeito, mesmo antes de seu nascimento.

Ana Paula, em seu livro, mostra um desdobramento relativo aos efeitos que a musicalidade da voz materna tem na aquisição da linguagem e na constituição subjetiva, tomando a musicalidade uma linguagem primária, em que o som evocado aí está para ser circunscrito à letra.

Ela nos aponta, em seu estudo aliando a teoria à prática com atividades musicais voltadas para o bebê, como ele entra na ordem da linguagem, levando em conta as complexas manifestações subjetivas que ocorrem entre a mãe e sua pequena criança, e a importância, nos primeiros momentos de vida, de uma escuta que privilegie o som, mais do que o sentido. Escuta que se daria pelos *Nodos* – elementos mínimos constituintes – mas que contém uma infinita quantidade de informações do mundo exterior e também dos códigos familiares de comunicação.

São pontos puros, sem ruído, cujos limites da palavra sequer podem transmitir, tendo por sua conta o real, onde simbólico e imaginário se diluem.

Maria Beatriz de Alencastro Kallfelz

1. Prelúdio

Em uma obra musical, melodias se sobrepõem, harmonias se criam, idéias nascem, tomam forma ou se diluem no universo de sons onde se constituíram e, subitamente, um tema surge, é desenvolvido, desaparece e reaparece em sucessivas variações. Assim parece dar-se a criação e consolidação do laço pais-bebê. A que gênero musical comparar a sua estruturação e as múltiplas nuances que constituem essas relações?

Poderíamos pensar em uma sonata, com toda a complexidade e rigor que caracterizam sua forma. Ou em uma singela e, não por isso menos significativa, canção infantil. Talvez no acalanto escolhido por uma mãe para embalar seu bebê, entoado quase em um sussurro, no momento de relaxamento que antecede o sono. Canção que carrega em si, muitas vezes, a suavidade de uma melodia, sobreposta a um texto que evoca toda a intensidade de sentimentos envolvidos na talvez mais básica e profunda relação de todo ser humano. Ou seja, a relação com a pessoa que este sujeito virá, ao se tornar capaz de nomear, a presentear, muitas vezes, com a primeira palavra e a designação de "mãe". Seria a canção do desejo, como este gênero musical, capaz de conter elementos tão paradoxais e de conciliar afetos contraditórios?

Assim como os pais emprestam significantes ao bebê, tornando possível sua inserção nos grupos familiar e social de que fazem parte ao lhe atribuir em seu desejo um lugar simbólico, que designará sua filiação e possibilitará que venha a se tornar sujeito, também o texto de um livro, para constituir-se, exige a implicação pessoal de seu autor. Aqui, temos a necessidade de articular os pressupostos teóricos que orientam a prática profissional, com a demanda psíquica envolvida no desenvolvimento de temas que, certamente, não são escolhidos ao acaso, mas sim em profunda relação com a história pessoal e profissional de quem escreve. Poderia um texto como este ser, também, relacionado a um gênero musical?

Às questões formuladas, talvez seja demasiado prematuro responder. Deixemos que, na gestação das idéias a serem desenvolvidas, possamos, aos poucos, conhecê-las, para que então seja possível caracterizá-las, intuí-las, nomeá-las, adivinhar-lhes traços, permitindo que seu *Leitmotiv* se faça presente, mostrando-nos o tipo de obra que surgirá. O que me parece evidente, neste momento, é que, assim como na gestação de um filho não é possível, senão *a posteriori*, saber quem este se tornará, também a elaboração de um livro demanda que, apesar das expectativas criadas e do investimento despendido, algum espaço para o inesperado, para a descoberta, permaneça em aberto.

Este livro nasceu da pesquisa que constituiu minha tese de doutorado e, nesta, os temas que se tornaram condutores, a partir de tantos outros que marcaram sua construção, confundem-se em sua origem: aspectos teóricos, vivências práticas, minha formação profissional e história pessoal. Em uma interlocução em que os limites de cada campo se entrecruzam, formando áreas de intersecção, estes diversos temas e idéias tomaram a forma deste texto, no qual busquei articular conceitos e observações relacionadas à música, bebês, voz, prevenção, constituição do sujeito, estruturação psíquica, relação mãe-bebê e função do brincar nesta relação, bem como outros. Transformando-os em uma composição que, pelas proporções wagnerianas que tomou na versão original, foi aqui adaptada e reduzida.[I]

Entre todas, a música talvez seja, para mim, a raiz mais antiga deste trabalho. A importância que vem tendo em minha vida desde a infância, e o interesse pelos processos psíquicos envolvidos nas atividades musicais, me levaram a iniciar minha formação acadêmica nestas duas áreas, e a buscar, ao longo de meu percurso profissional, formas de articulação entre a música e a psicologia e, posteriormente, à psicanálise. Sempre visando oferecer às crianças com quem trabalhava em clínicas, escolas e outras instituições a linguagem musical como uma possibilidade a mais de expressão, quando à palavra faltava o acesso. Nesse percurso, pude observar os efeitos da música no trabalho com crianças com diagnóstico de autismo ou psicose, portadoras de deficiência mental e visual[94] e que apresentavam dificuldades de adaptação à escola regular[93]. Dessas experiências, nasceu a percepção da importância adquirida pela música na clínica com crianças, bem como para a constituição destas enquanto sujeitos desejantes[89,90], desenvolvimento de sua criatividade, posicionamento crítico, autonomia, etc.

Assim, ao iniciar meu doutorado[II], interessou-me um projeto da universidade, então em momento de elaboração e implantação por sua coordenadora, Dra. Esther Beyer, destinado a oferecer a bebês de 0 a 24 meses, acompanhados de seus pais ou responsáveis, algumas experiências musicais[III]. Embora

---

[I] Também visando adaptar o texto a um público mais amplo, o formato acadêmico de citação de autores foi substituído pela alusão dos mesmos através de algarismos arábicos que indicam sua referência completa, ao final do livro, ficando as notas de rodapé designadas pelos números romanos.
[II] Realizado no PPG-EDU – UFRGS, sob a orientação da doutora Esther Beyer.
[III] "Música para Bebês – Os primeiros encontros com a música". Implantado em 1999 como curso de extensão do Departamento de Música da UFRGS, então com 20 bebês de 0 a 12 meses acompanhados de seus responsáveis, atende, atualmente, a aproximadamente 70 crianças entre 0 e 24 meses, divididas em sete grupos.

sua criação tenha-se dado a partir de pesquisas que demonstravam a importância da música para o desenvolvimento cognitivo[6,7], me pareceu interessante principalmente pelas possibilidades que poderia oferecer em relação ao fortalecimento dos laços mãe-bebê e, conseqüentemente, sua importância na estruturação psíquica das crianças envolvidas.

Se, inicialmente, minha inserção nesse projeto me parecia fundamental pela possibilidade de trabalhar justamente com crianças sem maiores transtornos no desenvolvimento ou dificuldades na relação com seus pais e acompanhantes, ao passar a coordenar alguns dos grupos em funcionamento, pareceu-me fundamental disponibilizá-los como atividade preventiva, ou mesmo clínica, a crianças que pudessem apresentar, ou vir a desenvolver, dificuldades relacionadas à constituição psíquica. Surgiu, então, a possibilidade de estabelecer uma parceria informal com uma instituição voltada ao atendimento de crianças cuja guarda encontra-se sob a responsabilidade do Estado, posteriormente ampliado para o abrigo municipal para atendimento de crianças vítimas de violência intra-familiar no qual vim a desenvolver parte de minhas atividades profissionais. Dessa forma, alguns bebês provenientes destas instituições, cada um acompanhado por um monitor, foram incluídos nas turmas que seriam iniciadas. Nesse sentido, o trabalho buscava, principalmente, oferecer-lhes um espaço de desenvolvimento de laços, essenciais à constituição subjetiva e ao processo de estruturação psíquica, através de uma proposta lúdica.

Ao pensar em uma proposta de trabalho voltada para bebês e suas mães ou, mais especificamente, aquele que exerce a função materna, uma questão, necessariamente, surge para mim: saber quem é o bebê. Aparentemente de fácil solução, este enigma vem mostrando-se complexo e envolvendo pesquisadores de diversas áreas, e sua discussão parece fundamental para compreendermos as características e necessidades que lhe são atribuídas, bem como os cuidados que lhe foram dispensados em cada período e cultura.

Ao longo da história, as definições sociais sobre a infância, incluindo as concepções sobre o que é um bebê, passaram por grandes transformações, resultando, também, em formas diferentes de manejo com este, o que pode ser particularmente observado através da literatura[28].

Há alguns séculos, em um contexto em que sequer existia o conceito de infância, como lembra Philippe Ariès[1], podemos pensar que não havia maiores preocupações com a criança ou seu bem-estar. Evidentemente, não havia também a concepção do bebê como sujeito, cabendo ao destino, ou à sorte, a tarefa de possibilitar-lhe a sobrevivência e, então, o direito de ascender ao estatuto de pessoa humana. O desenrolar da história, entretanto, trouxe algumas transformações na percepção de como se lidar com a criança e encontramos, no século XIX, uma passagem desta ao primeiro plano, tornando-se inclusive tema enfocado por muitos poetas românticos[28].

As novas concepções sobre a infância trouxeram também modificações no tratamento dispensado aos bebês. Inicialmente, passou-se a valorizar mais apenas seus cuidados e bem-estar físico, uma vez que era visto como um pequeno corpinho isento de percepções, tábula rasa a ser preenchida ao longo da vida. Aos poucos, entretanto, tais idéias sofreram modificações, à medida que autores de abordagens diversas estenderam seus conceitos e observações a bebês e crianças pequenas, caracterizando-as em relação a fases ou estágios de desenvolvimento.

Nas últimas décadas, observa-se um interesse crescente pelo tema, resultando em inúmeras pesquisas que revisaram as concepções sobre os bebês, passando a descrevê-los como capazes de variadas habilidades, até então insuspeitadas, e aptos a perceber muito mais do ambiente que os cerca do que até então era suposto[43]. A utilização de filmagens contribuiu para o desenvolvimento de pesquisas sobre reações dos bebês aos estímulos do ambiente e à interação com a mãe, resultando em discussões dos aspectos observados, com base em referenciais de diversos campos da ciência, a partir da década de 1970[100]. Por outro lado, com o auxílio de novas tecnologias, como o ultra-som, estas pesquisas ampliaram ainda mais os conhecimentos sobre a psicologia do feto. Disso resultou uma crença, tanto entre profissionais como entre pais, em um potencial muito maior do bebê, e de seu *status* de "indivíduo" mesmo antes do nascimento, como descreve a mãe de Luciano, um dos bebês enfocados neste livro, ao relatar a importância que representou para ela o conhecimento, ainda durante a gestação, sobre o sexo de seu filho, que lhe possibilitou nomeá-lo[91]. Temos assim, atualmente, um novo panorama, em que as mães podem, desde a gravidez, dirigir-se ao bebê já pelo nome, atribuindo-lhe a capacidade de relacionar-se com ela e antecipando o lugar em que estará colocado em seu desejo.

Ao mesmo tempo, surgiram pesquisas e, não raro, mitos, apontando para os benefícios da estimulação para os bebês, visando a desenvolver suas habilidades cognitivas, capacidades neurológicas, entre outras. Como conseqüência destas novas idéias, bem como das informações sobre as necessidades, possibilidades dos bebês e dificuldades que podem surgir em seu desenvolvimento, cresceu também a demanda e a oferta de atividades a eles direcionadas. Surgiram assim atividades esportivas, educativas e de lazer adaptadas às características do bebê, bem como abordagens clínicas, como a estimulação precoce e o acompanhamento psíquico de bebês e suas famílias, quando detectadas deficiências sensoriais ou cognitivas, transtornos de desenvolvimento, dificuldades no relacionamento pais-bebê, etc.

Em vista dessa nova gama de atividades oferecidas, parece-me fundamental o desenvolvimento de pesquisas, avaliando-se os benefícios ou prejuízos que podem trazer para o desenvolvimento do bebê e tornando possível a compreensão dos aspectos envolvidos. Para tanto, é preciso recorrer a autores e teorias de fontes diversas, como a medicina, a educação, a psicologia e a psicanálise, entre outras. Como outra disciplina necessária no desenvolvimento da pesquisa que deu origem a este trabalho, já que enfoca uma atividade musical dirigida a bebês, encontraremos também a educação musical.

A relação entre o desenvolvimento humano e a música vem sendo recentemente estudada, possibilitando, assim, a elaboração de atividades direcionadas especialmente para bebês, como a que descreverei aqui. Ao mesmo tempo, estudos e pesquisas na área apontam para os benefícios que tais atividades podem trazer para a criança em termos cognitivos[5][6], psíquicos[15][31][23][82] e, podemos pensar, até mesmo neurológicos[72], aspecto que vem sendo enfatizado freqüentemente pela mídia[IV].

Embora não desconsiderando os demais fatores, mesmo pela dificuldade de separá-los, neste trabalho optei pela compreensão dos aspectos psíquicos envolvidos na atividade musical com bebês. A psicanálise, abordagem priorizada, vem articular-se à educação musical, já mencionada, e à psicologia do desenvolvimento, necessária para a compreensão das características de cada etapa vivenciada pelo bebê, assim como alguns conhecimentos de disciplinas afins.

A psicanálise, como sabemos, utiliza tradicionalmente, como instrumento, o discurso, definido por Roland Chemama[18] como "organização da comunicação, sobretudo da linguagem, específica das relações do sujeito com os significantes e com o objeto, que são determinantes, para o indivíduo, e que regulam as formas do vínculo social" (p. 47). No caso do trabalho com bebês, entretanto, não podemos entender a "fala" como verbal, já que sabemos que os bebês não falam, no sentido atribuído normalmente a este significante. Por um lado, podemos recorrer a outras formas de compreensão, observando o que o bebê está nos dizendo através de seus gestos, choro, sorrisos, balbucios, posturas corporais, etc.

[IV] A revista *Veja*, por exemplo, publicou, em 20 de março de 1996, uma edição denominada "Como funciona o cérebro das crianças: qual a melhor idade para aprender línguas, matemática e música", onde diversas pesquisas na área foram citadas (*Veja*, Editora Abril, Ano 29 n° 12, 1996).

Ao mesmo tempo, é preciso, para fazermos uso da linguagem nesta interpretação do bebê, valorizarmos também o discurso materno, que pode auxiliar-nos na avaliação e interpretação dos dados levantados na observação do bebê, possibilitando também a compreensão das concepções dessa mãe e seus sentimentos em relação ao filho e ao ambiente que o cerca, bem como os efeitos deste último. A fim de compreender os sentidos construídos nos discursos das mães, ou do sujeito que exerce a função materna em relação ao bebê, recorri, como aliada de fundamental importância da psicanálise, à análise do discurso francesa, especialmente à vertente surgida na década de 1960, a partir das idéias de Michel Pêcheux[74 75 76 77] e seu grupo, questionando, como ressalta Marlene Teixeira[97], a percepção da exterioridade do sujeito em relação à linguagem e sua transparência, propostas pela vertente anglo-americana.

Como suportes teóricos da análise do discurso francesa – AD, encontramos o marxismo, a lingüística e a psicanálise, especialmente de origem francesa, sendo esta última atravessamento e articulação entre todos os pilares. Aracy Pereira e colaboradores[78] lembram que, ao posicionar-se em uma linha em que o sujeito é percebido como descentrado e assujeitado, a AD aparece como uma disciplina que se opõe às análises baseadas em conteúdo e propõe novas formas de interpretação. Neste contexto, é preciso considerar, como ressalta Maria Cristina Ferreira[33] que "(1) o sujeito não é fonte de sentido, nem senhor da língua, (2) o sentido se forma por um trabalho da rede de memória, (3) sujeito e sentido não são 'naturais', 'transparentes', mas determinados historicamente e devem ser pensados em seus processos de constituição" (p. 202). Poderíamos dizer, portanto, que a AD consiste na busca de compreensão sobre a forma como o sentido é produzido por um objeto simbólico, baseando esta compreensão não na decodificação, mas em um procedimento que visa desvendar a historicidade presente na linguagem. Nesta concepção, a história não é percebida como cronologia, causa-efeito ou em uma perspectiva evolucionista, mas "modo como os sentidos são produzidos e circulam" (Eni Orlandi[70], p. 58). Marlene Teixeira[97] observa, portanto, que "o interesse pela História – com um grande H – desloca-se para as histórias singulares, para o *acontecimento*" (p. 63).

Ao propor uma análise do discurso a partir de expressões escritas e verbais das mães, ou substitutos maternos, participantes do projeto que se faz cenário deste livro, portanto, concebo o discurso nesta perspectiva teórica, na qual é entendido em sua relação com a historicidade, relacionada à produção de sentidos e ao funcionamento da linguagem[70], em um contexto em que a língua é tomada como heterogênea e não fechada. A aproximação desta abordagem com a psicanálise, evidente nestas proposições, faz-se particularmente pertinente ao enfocarmos especificamente a terceira época da obra de Pêcheux, quando podemos encontrar espaço para a concepção de um sujeito desejante e, como lembra Marlene Teixeira[98], formulações desse autor relacionadas à heterogeneidade enunciativa, nas quais se percebem concepções, ainda que não explicitadas, de Jacqueline Authier-Revuz, autora que propõe uma nova forma de abordagem da influência da psicanálise para os estudos sobre a linguagem. Sobre os conceitos discutidos por essa autora, Maria José Coracini[19] ressalta que heterogeneidade, dialogismo ou alteridade dizem respeito à presença do outro no discurso, no qual poderíamos inicialmente supor "um". Esse outro, entretanto, não é simplesmente o interlocutor a quem o discurso se dirige, mas sim outro como constituinte do dizer e, portanto, relacionado à ideologia.

Com base nas proposições aqui discutidas, utilizo neste trabalho os conceitos da análise do discurso francesa, particularmente em sua terceira fase, para, em articulação a outras disciplinas, discutir, com base nas falas das mães e cuidadoras participantes do projeto que foi cenário principal da pesquisa que deu origem a este livro, a constituição do sujeito e sua relação com a musicalidade presente na comunicação inicial de uma mãe com seu bebê, da qual fazem parte a voz e as canções. De um *corpus* de *entrevistas, momentos de observação* e participações no *momento de cantar*, posteriormente detalhados, foram recortados e analisados, conjuntamente com imagens registradas e conceitos teóricos, trechos em que esses sujeitos abordam, das mais variadas formas, sua relação com a música, função desta em sua história e, conseqüentemente, história do bebê, aqui também "sujeito em produção", demonstrando, de certo modo, quais significantes lhe são legados e que lugar simbólico o bebê ocupa em seu desejo. Utilizando a interpretação na concepção mencionada, foi possível conhecer a percepção das mães, e demais participantes do projeto, sobre a atividade musical para bebês na qual estão inseridos, os fatores que envolvem suas criações musicais para os filhos ou escolhas de canções e os efeitos que vêm observando, bem como os muitos sentidos que se constroem a partir dessas vivências e que permeiam seu discurso.

Os efeitos da música sobre o ser humano vêm sendo enfocados desde o século VI a.C., despertando o interesse de filósofos como Pitágoras e Platão. Da mesma forma, a relação entre música e psicanálise não é recente, tendo sido discutida por psicanalistas que, já há várias décadas, vêm escrevendo trabalhos sobre o assunto, como Richard Sterba, Heinz Kohut, Donald Winnicott.

Entre os autores que desenvolvem articulações entre a psicanálise e a música, porém, encontramos os mais variados enfoques. Alguns abordam a experiência musical a partir dos processos nela implicados e seus efeitos sobre o ser humano, como Kohut[45], para quem a música pode ser entendida como uma "forma artística altamente desenvolvida, e que por isso envolve como um todo a personalidade do músico, seja ele compositor, instrumentista ou ouvinte"[V] (p. 390). Outros discutem a relação entre determinadas obras musicais e a vida de seus

---

[V] Tradução livre do original em inglês.

compositores, havendo também grande interesse pela célebre aversão, ou ambivalência, de Freud pela música e elucubrações sobre suas causas.

Encontramos também autores que buscam similaridades e correlações entre a experiência musical e a experiência psicanalítica. Nessa abordagem, temos, por exemplo, as proposições de Alexander Stein[96], articulando-as a partir da escuta, elemento essencial em ambas experiências. Da mesma forma, Marie-France Casterède[15][16] apresenta algumas convergências entre a psicanálise e a experiência do canto, ambas relacionadas à audição e à escuta, em interação do sujeito com o outro e consigo. Neste contexto, tanto a voz como a música podem ser percebidas como elementos próximos de puro afeto, da ordem dos sentimentos e da natureza, não representáveis e, assim, relacionadas aos laços com a mãe.

Finalmente, alguns psicanalistas buscaram desenvolver aspectos importantes da experiência musical articulando-os aos processos envolvidos na estruturação psíquica ou desenvolvimento do bebê. Nesse sentido, uma contribuição fundamental é a de Donald Winnicott, ao vincular a arte aos fenômenos transicionais e, estes, ao relacionamento inicial da mãe com seu filho e ao brincar. Ainda através do desenvolvimento destes conceitos, encontramos aproximações dos temas psicanálise e música realizadas por autores como Davi Bogomoletz[9], Marie-France Casterède[15][16], Andréa Sabbadini[85], Peter Ostwald[72], Sally Rogers[82], entre outros.

Nos últimos anos, outros autores, também baseados na psicanálise, têm contribuído para a compreensão dos fatores que envolvem a relação da música com o ser humano por meio de articulações com as proposições de Jacques Lacan. Entre eles, Alain Didier-Weill discute o processo psíquico envolvido na experiência musical específica que, ao conjugar felicidade e nostalgia psíquica, caracterizou como encontro com a "Nota Azul". Ao mesmo tempo, propõe a utilização da música como uma das formas de compreendermos a relação do sujeito com o Outro[VI], enfatizando, ainda, a importância da voz e da pulsão invocante na constituição do sujeito. Neste sentido, Castarède[15] considera que a voz, escutada, entendida e emitida, funda a relação de alteridade e reconhecimento, revelando como e de onde o Outro fala. A voz materna, mediadora de trocas primordiais entre o bebê e a mãe, representa, assim, a primeira relação do feto com a comunidade lingüística e cultural em que será inserido, constituindo-se como melodia materna, prelúdio de todas as relações que o sujeito estabelecerá e que mais tarde poderá ser por ele relacionada à música.

Ainda fundamentadas na teoria lacaniana, encontramos articulações entre psicanálise e música em autores como Paulo Costa Lima[62,63,64], Ana Lúcia Jorge[42], Marie-Claude Lambotte[53] e outros.

Embora conciliar as várias abordagens psicanalíticas da música e seus efeitos sobre o ser humano e, mais especificamente, sobre o bebê, para o qual a musicalidade faz-se presente de forma especial na entonação da voz materna, não seja tarefa fácil, parece-me um desafio indispensável e tornam necessárias teorias complementares em sua abordagem. Da mesma forma como ocorre em relação ao estudo do bebê, que vem exigindo aportes de linhas teóricas e mesmo áreas de conhecimento diversas, como discutimos anteriormente.

A Canção do Desejo, portanto, surgiu de uma articulação entre estes pressupostos teóricos e a observação dos grupos que, através de atividades musicais utilizadas em uma perspectiva lúdica, venho coordenando desde 1999, tanto na universidade quanto no projeto "Sinfonia de Bebês", que desenvolvi posteriormente na clínica particular. Tais observações

---

[VI] Sobre este conceito, diz Marlene Teixeira[97]: "O Outro é, em primeiro lugar, a mãe, (...) mas constitui sobretudo o lugar onde os significantes já estão, antes de todo o sujeito, sendo daí que ele recebe sua determinação maior" (p. 75).

foram complementadas por entrevistas com alguns participantes dos grupos, fundamentais na discussão de alguns dos aspectos que apresentarei.

A fim de não tornar o texto deste livro demasiadamente extenso e acadêmico, suprimi determinadas partes apresentadas em meu trabalho de doutorado. Os que se interessarem por um detalhamento dos aspectos metodológicos da pesquisa que o originou, podem encontrá-los no corpo da tese, em algumas bibliotecas universitárias, entre as quais as das Faculdades de Educação e Psicologia, bem como Instituto de Artes, da UFRGS. Com os demais, espero poder compartilhar a paixão que me despertam os temas discutidos, e a emoção frente às descobertas possibilitadas pelo acompanhamento dos bebês que freqüentaram os grupos enfocados neste trabalho e pela escuta das mães e monitoras entrevistadas. Que, por sua extrema generosidade e disponibilidade, ao compartilharem comigo suas impressões e sentimentos nas entrevistas, tornaram os bebês que rebatizei como Luciano, Angelina, Lúcia, Vânia, Débora, Carolina, Lucas e Laura, os personagens principais deste livro. Seus nomes originais foram substituídos, a fim de preservar sua identidade e de suas famílias, mas os relatos sobre suas histórias tornaram-se parte fundamental da história deste trabalho, funcionando como melodias que, harmonizadas por observações e concepções teóricas, permitiram a composição, ou poderíamos dizer, a gestação, deste livro.

O cenário e os personagens deste trabalho

Ao me inserir no projeto que se fez cenário privilegiado deste trabalho, observando e acompanhando grupos, estabeleci um momento inicial, a partir do qual pude acrescentar ao seu modelo original algumas atividades, adaptando outras à minha forma de trabalho ou necessidade dos grupos. Acrescentei às atividades desenvolvidas, por exemplo, um *momento de observações*, no qual os pais pudessem relatar sua percepção de efeitos observados em sua participação com os bebês, bem como suas impressões sobre as experiências vividas no grupo. Esse momento de interlocução me pareceu importante, não apenas como forma de coletar informações para a pesquisa que vinha elaborando, mas também pela necessidade de criar um espaço para a fala em meio a tantas vivências "não verbais", permitindo ainda uma avaliação do andamento dos encontros e das atividades desenvolvidas.

Quanto ao desenvolvimento dos grupos, seus encontros acontecem em módulos, com duração de um semestre letivo cada um, freqüência semanal, duração de aproximadamente uma hora e participação de um número máximo de 10 pares de bebês e responsáveis por turma. Cada turma é composta por bebês de 0 a 6 meses, 6 a 12 meses, 12 a 18 meses ou 18 a 24 meses. Alguns bebês ingressam no primeiro módulo de um grupo, enquanto outros o fazem ao longo dos semestres restantes.

Os encontros são constituídos de atividades livres ou dirigidas, que enfocam elementos musicais e a musicalidade da voz. Bebês e cuidadores são estimulados a escutar músicas de estilos diversos, explorar instrumentos de fácil manejo, movimentar-se ao som das canções, escutar e contar histórias, realizar brincadeiras musicadas. Nos aspectos desenvolvidos neste trabalho, constituíram-se como atividades fundamentais os momentos em que o canto foi explorado. Teve especial relevância o *momento de cantar,* cuja proposta é possibilitar aos acompanhantes que escolham e cantem, com acompanhamento de instrumentos e de outros participantes, canções que façam parte de sua história e que, posteriormente, são utilizadas em outras atividades ou encontros, com apresentação diferentes, que incluem gravações orquestradas, coro infantil, versões estilizadas, entre outras.

É importante ressaltar que as atividades desenvolvidas nos encontros são, em sua maioria, intermediadas pelas mães, que, após as instruções, as executam com os bebês. Desta forma, especialmente nos grupos de crianças de 0 a 12 meses, a coordenação é sempre indireta, evitando interferências que possam ser prejudiciais à relação mãe-bebê.

A fim de registrar o trabalho desenvolvido e facilitar a observação da interação entre os bebês, seus cuidadores e os demais participantes dos grupos, os encontros ocorridos ao longo do período em que transcorreu a pesquisa foram filmados, mediante autorização dos responsáveis para a utilização destes registros para fins de pesquisa e divulgação da atividade. Alguns instrumentos complementares foram também utilizados, como fotografias, gravações em áudio e o preenchimento, pelos responsáveis, de uma ficha sobre os hábitos das famílias em relação à música e aos sons, solicitada ao ingressarem no projeto, e um questionário sobre as impressões resultantes, de formato dissertativo, respondido a partir de algumas questões apresentadas em seu cabeçalho, ao final do semestre letivo.

As informações obtidas na análise dos instrumentos da universidade nos mostram que os bebês inscritos no projeto são, em sua maioria, primogênitos de famílias de classe socioeconômica média, ou média-alta. Entre os acompanhantes, temos em primeiro lugar as mães, seguidas por um grande número de avós e, posteriormente, pais, tias-avós, tias, primas, irmãos mais velhos, babás e monitores. Estes últimos ingressam nos grupos acompanhando bebês provenientes de instituições de abrigo para crianças que estão sob a guarda do Estado, por motivos variados. Esses bebês, muitas vezes, apresentam alguns déficits no desenvolvimento psicomotor, em relação ao esperado para a idade, tendo sido encaminhados por esta razão, enquanto outros demonstram dificuldades no estabelecimento de laços com seus cuidadores, determinando o motivo de sua inserção no projeto.

Entre um total de aproximadamente 200 bebês acompanhados ao longo da pesquisa, e cuja observação originou as idéias aqui apresentadas, oito deles, que passo em seguida a apresentar, relatando brevemente sua história, foram enfocados especialmente neste trabalho, conforme mencionado, em função da disponibilidade de suas mães ou cuidadoras em aprofundarem suas reflexões sobre a relação dos bebês e de si mesmas com a música, em entrevista individual.

A fim de demarcar para os sujeitos entrevistados o caráter de instrumento de pesquisa das entrevistas realizadas, diferenciando-as em relação à escuta analítica, aspecto particularmente importante uma vez que aconteceram em meu consultório particular, contei com a colaboração de uma das participantes do projeto, coordenadora de alguns grupos e observadora de outros que coordenei, representando um terceiro em minha relação com mães e cuidadoras. Da mesma forma, foi enfatizado o registro em áudio das entrevistas, salientando sua importância na discussão dos temas discutidos, bem como minha gratidão por conhecer um pouco mais sua história e dos bebês enfocados.

Luciano

Luciano ingressou no projeto, no qual permaneceu por um semestre letivo, aos 23 meses, freqüentando sempre os encontros com sua mãe, cujos depoimentos, durante os encontros, permitem-nos conhecer alguns dos dados referentes à importância da música durante a gestação e no cotidiano familiar. Da mesma forma, foi possível presenciar a felicidade do menino ao escutar as músicas compartilhadas com sua mãe. Uma das canções chegou mesmo a ser adotada pelos participantes do grupo como representante de uma identidade grupal, sendo então cantada com a substituição do nome do menino pelos de outras crianças da turma. A gravação de um fragmento de um encontro, constituída pelo *momento de cantar*, parece-me fundamental ao abordarmos alguns aspectos da relação mãe-bebê, tendo sido, portanto, escolhida como momento a ser relatado posteriormente neste trabalho.

Débora

Débora participou do projeto dos 9 aos 11 meses, proveniente de uma das instituições com a qual mantemos uma parceria informal, de onde foi encaminhada por apresentar uma pequena defasagem do desenvolvimento psicomotor esperado para sua faixa etária. Participou do projeto sempre acompanhada por Aline, monitora com a qual parece ter desenvolvido laços bastante significativos.

Aline relata que ninguém, no abrigo onde Débora mora, toca qualquer instrumento musical. Entretanto, gostam de produzir sons de percussão com instrumentos improvisados. Nesse local, ouve-se "de tudo": pagode, *rock*, música sertaneja, mas observam que Débora demonstra preferência acentuada por canções infantis, que costumam cantar para ela, assim como MPB.

Na questão da *ficha sobre os hábitos sonoros/musicais* sobre os motivos que levaram à busca do projeto, Aline considera que "É uma opção da criança interagir com a música de forma organizada e com um objetivo específico". Entretanto, no *questionário final*, diz que acredita que a oportunidade de participar do curso lhes foi dada com o objetivo de "estimular nossos bebês em vários aspectos, entre eles o emocional, o físico e o psicológico". Considera que este objetivo foi "plenamente atingido" e observa que também "outros fatores influenciam de modo positivo o desenvolvimento do bebê", como "a socialização que se dá através do convívio com outros bebês, o vínculo que se cria com o bebê, o relaxamento que estimula a confiança e proporciona o contato com diferentes texturas, entre outros."

A monitora menciona, ainda no *questionário final*, que gostou muito das histórias narradas durante os encontros, pois foi através destas que percebeu "o acompanhamento e concentração do meu bebê". Acrescenta, ainda: "Percebi a Débora bater palmas pela primeira vez aqui na aulinha de música, e isto foi gratificante e emocionante". Chama a atenção, nesse ponto, que se refere à Débora como "seu" bebê, e o fato de que fala sobre suas impressões sobre os efeitos dos encontros na primeira pessoa do plural: "Fomos muito bem recebidas pelos demais membros do grupo e pelas coordenadoras, o que nos fez lamentar as aulas a que não pudemos comparecer e nos faz felizes por sabermos que teremos a oportunidade de continuarmos a fazer parte. Para mim e meu bebê, o curso representou momentos de intensa alegria, relaxamento e satisfação por proporcionar à Débora momentos em que ela teve atenção e exclusividade."

Na *entrevista individual*, bem como ao longo de sua participação nos encontros, Aline reforçou alguns destes aspectos, evidenciando ter estabelecido laços importantes com Débora, que parecia corresponder a seu carinho demonstrando grande prazer na realização de atividades conjuntas.

Laura

Laura ingressou no projeto aos 11 meses, tendo-o freqüentado durante três semestres letivos. Primeira filha de Suzana e Luiz, participou da maior parte dos encontros com sua mãe, que com sua habitual disponibilidade ofereceu-se para participar das *entrevistas individuais*, comparecendo no dia combinado acompanhada pela filha.

Suzana relata que a música é um elemento importante na história familiar. Tanto ela quanto Luiz possuem formação musical e, embora não o façam com freqüência, tocam instrumentos musicais, ao que Laura reage demonstrando prazer, querendo dançar e tocar também. O casal costuma cantar com a filha, especialmente canções de ninar antigas, cantigas de roda e outras que Suzana descreve como "MPB para crianças". No *questionário final*, comenta: "Sempre estimulei ela com música, desde a gravidez e logo depois que ela nasceu, primeiro com música para dormir e depois para cantar e dançar ou ouvir no carro."

Quanto aos motivos que os levaram a buscar o projeto, menciona o gosto pela música por parte do casal e mesmo de Laura, que canta e dança ao escutá-la. No *questionário final*, entretanto, esta mãe especifica mais detalhadamente seus objetivos em relação ao projeto, dizendo:

> *Busquei o curso porque julgava importante a convivência da Laura com outros bebês da idade dela, já que ela fica só em casa comigo e, como gosto muito de música (estudei piano por muitos anos), achei que não poderia haver ambiente melhor para ela. Além disto, gosto de proporcionar experiências diferentes para ela e fazer com que ela tenha acesso a tudo o que pode ajudar no seu desenvolvimento.*

A partir desse comentário, Suzana menciona no questionário que esses objetivos foram atingidos, e acrescenta que mesmo outros também. Considera, por exemplo, que, apesar de estimular muito a filha com músicas, esta passou a "aproveitá-las" mais após a participação no projeto: "Ela agora fica muito atenta, canta junto, dança e percebe música em qualquer lugar por onde passa. No carro, em viagens, tem um efeito incrível, se ela está impaciente e coloco as músicas dela, de cantigas de roda ou caixinha de música, ela fica calma e relaxa". Acrescenta ainda que a filha tornou-se mais atenta ao ouvir histórias, pois passou a "ler histórias para ela com outra entonação". Menciona, também, o interesse de Laura pelos instrumentos e os sons que emitem, e diz que adorou "o convívio com as outras crianças e as trocas de experiências: achei muito mais válido do que eu poderia imaginar."

Vânia

Vânia ingressou no projeto aos 9 meses, encaminhada pela equipe técnica da instituição que a abrigava, em função do importante déficit em termos de desenvolvimento psicomotor e da dificuldade no estabelecimento de laços com seus cuidadores, que os levavam a temer a instauração de uma síndrome autística.

Assim, ao concluir o módulo final desse grupo, considerei importante que continuasse a participar dos grupos, que freqüentou, então, por mais dois módulos, permanecendo no projeto por um total de cinco semestres letivos. Durante quase todos os encontros, foi acompanhada por Júlia, monitora da instituição que, ao longo de sua participação, veio a solicitar a adoção da menina, obtendo-a ainda durante o tempo em que permaneceram no projeto.

Sobre os motivos que levaram a instituição a inscrever Vânia no projeto, Júlia diz que o fizeram para "estimular a criança em relação ao seu desenvolvimento global (psicomotor, afetivo e perceptivo). Instrumentalizar as pessoas que atendem as crianças, reforçando o vínculo afetivo". Júlia reforça este objetivo no *questionário final* preenchido ao final do primeiro semestre, ainda em período anterior à adoção, ao dizer que "o bebê foi encaminhado ao curso pelas técnicas da instituição, com o objetivo de aumentar o vínculo com o cuidador, propiciando momentos de exclusividade para o desenvolvimento motor e afetivo". Ressalta que, como cuidadora do bebê, acredita que estes objetivos foram "plenamente atingidos", e que o curso pode trazer o despertar para a arte musical ou estabelecer a relação do relaxamento e momentos agradáveis à música. Sobre o significado do curso para o bebê, bem como para ela, ainda na posição de monitora, diz que proporcionou "mais apego com o bebê, mais suavidade para lidar não só com o bebê do curso mas com os outros, alegria com o desenvolvimento do bebê e surpresa com os resultados observados". Júlia formulou comentários semelhantes, reforçando sua percepção da importância da participação de Vânia no projeto, para seu desenvolvimento e para o vínculo entre as duas, também em outros momentos ao longo dos encontros.

Vânia compareceu ao projeto, no primeiro encontro, acompanhada por outra monitora, tendo chorado durante todo o tempo em que este transcorreu. A partir do segundo encontro, já acompanhada por Júlia, mostrou-se bem mais tranqüila, observando-se entre as duas o desenvolvimento de laços importantes. Que, aos poucos, se converteram em função materna, resultando em rápidos progressos no desenvolvimento motor de Vânia e contribuindo para sua estruturação psíquica, bem como, por parte de sua cuidadora, para o início legal do processo de adoção. Assim, após o término deste processo, ao início de um dos semestres, Júlia apresentou-se, orgulhosa, aos pais que ingressavam naquele momento: "Esta é a Vânia, e eu sou a mãe dela..."

Lucas

Lucas ingressou no projeto aos 12 meses e permaneceu durante três módulos. Filho primogênito de Fernanda e Gustavo, compareceu à maior parte dos encontros acompanhado por sua mãe ou avó.

Conforme dados fornecidos por Fernanda, o casal não toca nenhum instrumento musical, mas costuma cantar com Lucas, especialmente canções de ninar, de roda e MPB. Ao ouvir música, Lucas costuma dançar, batendo palmas quando a canção termina.

Quanto aos motivos que levaram o casal a procurar o projeto, Fernanda diz, na *ficha sobre os hábitos sonoros/musicais*, achar importante "que ele tenha uma vivência musical." No *questionário final*, entretanto, explicita outros motivos, comentando que sua motivação esteve relacionada à "vontade de que fosse despertado (ou desenvolvido) o lado humano (afetivo) de meu filho através da música, e também que despertasse o gosto musical." Considera, após este relato, que seus objetivos foram atingidos, pois o filho "escuta com atenção todas as melodias e é uma criança bastante afetiva" e complementa suas observações concluindo que verificou também "o amadurecimento dele no decorrer das aulas, ele aprendeu a escutar na hora do conto, a cantar, dançar quando gosta de algum som". Na segunda versão do questionário, respondida ao final da participação de Lucas no projeto, Fernanda considera, entretanto, que apesar de os objetivos que tinha ao buscar o curso terem sido alcançados, "o curso vai muito além disto, acredito que a facilidade na fala, a facilidade de expressar-se que o Lucas tem e que também notei em seus coleguinhas, tenha sido despertada pelas aulas, pois não noto, na maioria das crianças da faixa etária dele, esta facilidade de comunicação."

Além dessas observações, Fernanda comenta ainda outro aspecto em que considera que o projeto possa ter contribuído, fortalecendo seus laços com o filho: "A contribuição que este curso trouxe para mim e para o meu filho foi nossa aproximação, após o parto eu tive depressão e o curso ajudou-me muito neste aspecto de superar a depressão e me aproximar mais do meu filho."

Angelina

Angelina ingressou aos cinco meses no projeto, tendo-o freqüentado durante apenas um semestre letivo. Primeira filha de Betânia e Felipe, compareceu aos encontros sempre com sua mãe, que parecia, assim como a filha, sentir grande prazer na realização das atividades conjuntas.

Sobre os motivos que levaram a buscar o projeto, Betânia diz que inscreveu a filha para que tivesse um maior contato com a música, "pois apesar de gostar, nem sempre canto ou escuto". *No questionário final*, entretanto, explicita melhor seus objetivos, mencionando "em primeiro lugar, a curiosidade e o interesse em conhecer o trabalho de música e com 'bebês' e, em segundo, meu interesse em desenvolver mais em mim o gosto pela música e aprender a estimulá-lo em minha filha". Considera que o curso trouxe benefícios para ela e a filha, dizendo: "É impressionante como tomar contato com outras maneiras de ver velhas coisas é estimulante. Não só passei a ouvir mais música e prestar atenção nas letras, como passei a cantar mais para a Angelina, inventar mais letras de música e 'brincar' mais com sons, ritmos..." Quando falei sobre as *entrevistas individuais*, ao final do semestre letivo, solicitando que os pais que se dispusessem a participar me procurassem para marcarmos horários, Betânia, após concluir o *questionário final*, procurou-me e disse que gostaria de participar, pois teria mais detalhes a complementar sobre suas observações.

Carolina

Carolina ingressou no projeto aos oito meses, encaminhada pela instituição onde se encontrava abrigada, em função da defasagem no desenvolvimento psicomotor esperado para a idade. Ao longo de sua participação, compareceu quase sempre acompanhada por Lívia, monitora da instituição que diz, sobre os motivos que determinaram a inscrição de Carolina no curso: "Achamos uma boa oportunidade para estimular o desenvolvimento integral do bebê."

Durante sua participação no projeto, Carolina e Lívia evidenciaram ter estabelecido um bom vínculo, embora se possa observar, tanto nas filmagens como no discurso da monitora, que, na maior parte do tempo, ela se colocava mais como educadora do que propriamente como sujeito exercendo, em relação ao bebê, a função materna. A canção escolhida para o *momento de cantar* reforça essa observação, vinculando a letra a gestos e caracterizando uma atividade de cunho pedagógico, embora seja concluída com um abraço no bebê. Durante todo o tempo, entretanto, foi possível verificar o carinho de Lívia por Carolina, que reagia com alegria a suas brincadeiras. Da mesma forma, observa-se nas filmagens a constante atenção da monitora e sua disponibilidade em relação à realização das atividades, trazendo, em muitos encontros, também contribuições importantes, nos *momentos de observação*.

Lúcia

Lúcia ingressou no projeto aos dez meses, tendo-o freqüentado ao longo de dois semestres letivos. Participou dos encontros com sua mãe, Ana, que relatou que o bebê fora adotado com apenas alguns dias. O casal já tinha, então, outra filha, que segundo Ana, tem-se interessado por aprender piano, apesar de ela e o marido não terem nenhum conhecimento musical. A família costuma cantar com Lúcia, além de bossa nova, canções infantis.

Sobre os motivos relacionados à busca do projeto, Ana diz que o considera "uma maneira menos agressiva de socialização, e também para ter acesso a um grupo e interagir com ele musicalmente." Já no *questionário final*, comenta a importância do projeto, bem como dos momentos de convivência entre ela e a filha estabelecidos através dos encontros, mencionando que proporcionaram "momentos únicos e inesquecíveis". Diz ainda que o repertório de Lúcia ampliou-se muito e que a menina está "completamente musical": "Estes dias, ela começou a cantar sozinha e bater palmas, daí incentivou a tia, a avó, e eu a continuar batendo palmas e cantando. Quando todo mundo começa, ela olha como se fosse a dona da orquestra". Comenta ainda que a atividade musical parece ter contribuído, também, para que Lúcia "despertasse algumas abstrações que antes não teria", realizando brincadeiras de faz-de-conta em que pega dinheiro inexistente, por exemplo, e sai para fazer compras. Conclui dizendo que "também pode ser da idade forjar realidades, mas ainda acho que ela é muito nova para fazer isso".

2. Da voz materna ao brincar, a música e os bebês

O estudo de qualquer atividade em que esteja implicado o ser humano é multifacetado, tornando necessária a articulação de diversas áreas do conhecimento capazes de abarcar diferentes ângulos de enfoque. Nesse sentido, uma atividade voltada para bebês é ainda mais complexa, uma vez que estamos lidando não com um sujeito constituído, já psiquicamente estruturado, mas com um pequeno ser ainda em formação. É preciso, assim, buscar o aporte teórico de disciplinas como a psicologia do desenvolvimento, a educação, a medicina, a psicanálise, entre outras, delineando campos de união e intersecção entre estas áreas e sua implicação na pesquisa em questão.

Talvez a primeira área de conhecimento a se interessar mais especificamente pelo estudo do bebê tenha sido a medicina, ressaltando alguns aspectos importantes para seu bem-estar físico e realizando estudos sobre seu desenvolvimento. Como menciona Elsa Coriat[20], é a esta disciplina que devemos os estudos sobre o desenvolvimento neurológico do lactente normal, em que foram descritos, por exemplo, os reflexos arcaicos e seus destinos, invariantes relacionadas à postura e desenvolvimento motor no primeiro ano de vida, etc. A estes estudos juntaram-se investigações relativas aos aspectos cognitivos e psíquicos do bebê, centrados, a partir da medicina e da psicologia, basicamente na observação de etapas de desenvolvimento e aquisições que, ainda que dentro de certa variação, costumam estar relacionadas a determinadas faixas etárias. A autora ressalta, entretanto, que se estas disciplinas são fundamentais para o estudo sobre o bebê, encontram limitações ao abordar certos aspectos do desenvolvimento infantil.

É nesses limites, particularmente nos limites da medicina, que entra em cena a psicanálise, buscando abordar problemas teóricos ou sofrimentos humanos não solucionáveis através da primeira. Deve-se a esta disciplina, portanto, o reconhecimento da importância de vários fatores que influenciam a constituição do bebê como sujeito, ressaltando, por exemplo, a implicação do desejo dos pais para sua estruturação psíquica, no sentido atribuído por Jean Jacques Rassial[81] ao conceito de estrutura: "combinatória particular na qual o sujeito vem se inscrever, em relação ao Outro, em relação aos objetos e em relação aos significantes." (p. 82).

À psicanálise cabe, ainda, deter-se sobre a implicação de conceitos e preconceitos que, surgidos ou não sobre os aportes da ciência, muitas vezes acabam por juntar-se aos conhecimentos das disciplinas mencionadas, atribuindo aos bebês certas características unívocas. É o caso de alguns enfoques e propostas de trabalho com bebês nos quais encontramos síndromes ou transtornos de desenvolvimento. É preciso salientar, neste caso, que ainda que suas condições orgânicas ou mesmo ambientais possam parecer adversas, havendo eventualmente mesmo questões intransponíveis da ordem do real, um bebê deve, antes de tudo, ser percebido como bebê.

Sobre esses aspectos, é comum observar, por exemplo, determinadas características creditadas aos bebês institucionalizados que temos nos grupos, sendo necessário que o tempo, bem como a própria criança, possam modificar algumas dessas concepções, o que só é possibilitado em um espaço onde ela possa ser reconhecida como ser que pode tornar-se um sujeito desejante, a partir do investimento por parte da pessoa que exerce a função materna.

Júlia, que de monitora transforma-se em mãe de Vânia, ilustra esses aspectos, ao relatar a percepção da instituição que abrigava a menina antes de sua adoção, representada pelo discurso da cozinheira, e sua diferente leitura sobre os mesmos comportamentos:

Apesar de ter um monte de crianças lá, ela..., às vezes eu via, assim, que ela se negava a participar. Depois da aula de música, é que ela começou a interagir junto com as crianças da casinha. Ela ficava... ela se negava. (...) Eu brincava com a Joana, que é a nossa cozinheira, né? Que ela fazia umas brincadeirinhas meio... Não muito boas, mas a gente deixava, porque é uma coisa sem maldade, assim... Ela dizia que a Vânia não tinha capacidade, essas coisas assim. Eu dizia: "Olha, isso aí é bem ao contrário, é que ela sabe o que ela quer". Então, como ela sabe o que ela quer... Como não estava agradando o ambiente, ela não queria participar. Agora ela já sabe como participar, já quer participar... não se contenta com o que oferecem pra ela, ela quer...

De "falta de capacidade", o funcionamento de Vânia passa a ser compreendido como "falta de vontade". Atribuindo-lhe possibilidades, Júlia assume a função materna em relação ao bebê, o que depois faz oficialmente, através da adoção, considerando-o como um sujeito desejante, capaz de reagir a um ambiente sentido como pouco estimulante "negando-se" à interação e "não se contentando com o que oferecem". Posteriormente, após o investimento que lhe é dirigido, entretanto, Vânia demonstra que "sabe o que quer."

Nesse sentido, talvez um trabalho em que os bebês podem ser considerados antes de tudo sujeitos ainda em formação, possa ter uma função preventiva mesmo socialmente, no sentido de não percebê-los, essencialmente, como algo diferente de um bebê, com todas as implicações que esta definição traz. Faz-se importante, pois, aqui, o enunciado de Coriat[20] sobre o que é um bebê: "uma coisa morna e pequenina, carente de um passado próprio e repleto de promessas de futuro" (p. 76). Promessas que, podemos pensar, dependem de que alguém possa emprestar-lhe seu desejo e supor que se tornará um sujeito capaz de vir a desejar. Neste sentido, diz Lacan[48]:

> O que é o desejo? O desejo é definido por uma defasagem essencial em relação a tudo o que é, pura e simplesmente, da ordem da direção imaginária da necessidade – necessidade que a demanda introduz numa ordem outra, a ordem simbólica, com tudo o que ela pode introduzir aqui de perturbações (p. 96).

Coriat[20] salienta que, para a psicanálise, um bebê não deve ser entendido apenas como uma criança pequena, pois há a seu respeito uma especificidade, em relação a outros tempos da vida infantil, que diz respeito à estrutura. O que o torna singular é estar em um momento em que se encontra particularmente sensível às marcas simbólicas e seus efeitos, capazes de torná-lo sujeito. Lembra, ainda, que Lacan utilizou para designar a criança que ainda não fala o termo *infans,* apenas parcialmente recoberto pela denominação "bebê", já que este último significante está relacionado à ordem cotidiana, trazendo consigo, portanto, o imaginário do adulto, enquanto o primeiro evoca um conceito teórico, objeto no real a espera das marcas simbólicas.

Além dessas idéias, é importante também lembrarmos que, uma vez que muitos dos bebês participantes do projeto ainda se encontram em fase de dependência absoluta em relação aos cuidados maternos, torna-se imprescindível que possamos observá-los em sua interação com a mãe. É necessário, assim, estarmos atentos às necessidades não apenas do bebê, mas da dupla. Esta fusão entre mãe e filho, tornando impossível a um observador, em um momento inicial, distinguir ali dois indivíduos, levou Donald Winnicott[104] a dizer que "não existe essa coisa chamada bebê" (p. 30), referindo-se ao fato de que, sem considerar a mãe e a maternagem implicada na relação, não podemos pensá-lo.

Tendo em vista estas idéias, torna-se particularmente importante o cuidado com qualquer atividade dirigida especificamente a essa faixa etária, sendo fundamental um enfoque sobre as funções, benefícios e possíveis prejuízos que possa vir a trazer para o desenvolvimento e estruturação dos envolvidos. Ou seja, como implicará nas formas de relação que este sujeito virá a estabelecer com a cultura que o circunda, linguagem, pessoas que irão adquirir importância ao longo de sua vida etc.

A música nos primeiros tempos da vida

Ao enfocarmos as atividades musicais direcionadas para bebês, surgem, necessariamente, questões referentes a suas funções para eles. Tópico observado freqüentemente nos enfoques e sentidos construídos sobre este tema no discurso da mídia, está presente também em muitas indagações formuladas pelos pais.

Por um lado, a importância da música para o desenvolvimento da criança parece ser consenso. Foi possível observar, por exemplo, que a maior parte dos pais ou cuidadores que matriculam seus bebês no projeto já havia formulado hipóteses sobre os benefícios gerados pelas atividades musicais. Hipóteses que, de modo geral, encontram-se implicadas na opção de buscar o curso e nos objetivos esperados. Eu me questionava, portanto, sobre as expectativas dos pais ao inscreverem-se e a seus filhos em uma atividade musical para bebês. Que efeitos esperariam da atividade?

Buscando alguns subsídios para responder a esta questão, incluí ao final da *ficha sobre os hábitos musicais/sonoros* a seguinte interrogação: "Por que você optou em trazer o seu filho para o curso Música para Bebês?"

As respostas suscitaram uma série de reflexões sobre as suposições daqueles pais quanto à música e suas funções no desenvolvimento da criança. Ao analisar algumas delas, podemos detectar, também, diversas concepções, presentes no imaginário social, sobre a educação e mesmo sobre a música como elemento da cultura. É importante ressaltar que, uma vez que tais respostas foram elaboradas no ingresso do bebê no projeto, antes de observações e interlocução com outros participantes proporcionadas pelos encontros, podemos supor que as idéias dos pais sobre as funções da música contidas nas fichas não haviam sido influenciadas por atividades desenvolvidas durante o programa. Entre as respostas a seguir, selecionadas a fim de ilustrar os diversos objetivos mencionados, a maioria provêm de fichas preenchidas por mães de bebês participantes, com exceção das respostas 10 e 11, formuladas conjuntamente por pai e mãe, e das respostas 2, 4, 6 e 7, respondidas por monitores que acompanhavam bebês institucionalizados. Algumas das respostas selecionadas são oriundas das fichas preenchidas por responsáveis por bebês enfocados especialmente nesta pesquisa, já tendo sido mencionadas anteriormente na apresentação dos mesmos: Lucas (3), Débora (4), Vânia (6), Carolina (7), Angelina (11), Lúcia (15) e Laura (18).

1. *Porque é estimulante para seu sistema nervoso em formação, é bom para fortalecer o vínculo mãe-filho, para contato com outras mães e curiosidade sobre o trabalho a ser feito.*
2. *A música é uma forma enriquecedora de trabalhar ritmo, sentimentos, motricidade, esquema corporal, enfim, o desenvolvimento em geral.*
3. *Porque acho importante que ele tenha uma vivência musical.*
4. *É uma opção da criança interagir com música de forma organizada e com um objetivo específico.*

5. Acho extremamente válida a vivência musical desde a gestação, para o desenvolvimento do bebê (neurológico, afetivo, social, diferenciação de ritmos, sons, melodias etc...).
6. Para estimular a criança em relação ao seu desenvolvimento global (psicomotor, afetivo, perceptivo). Instrumentalizar as pessoas que atendem às crianças, reforçando o vínculo afetivo.
7. Achamos uma boa oportunidade para estimular o desenvolvimento integral do bebê.
8. Por ter conhecimento dos benefícios que vai lhe trazer: estimulação para falar, caminhar, etc...
9. Vi uma reportagem, e ela já tem um certo gosto para o requebrado.
10. Para ampliar o seu conhecimento, e para que ela se desenvolva junto com a música.
11. Para que tenhamos um maior contato com a música, pois apesar de gostar, nem sempre escuto ou canto.
12. Porque considero a música uma forma de comunicação, e o curso enfoca o desenvolvimento do bebê através da música.
13. Acho interessante as crianças começarem suas vidas sociais desde cedo e porque notei que quando canto para ele, ele fica bem quietinho. E como ele é bem agitado, achei que com a música ele pudesse se tornar mais calmo e disciplinado.
14. Pela possibilidade de ter contato com outras crianças em um ambiente criativo e estimulante pela música.
15. Porque acho que é uma maneira menos agressiva de socialização e também para ter acesso a um grupo e interagir com ele musicalmente.
16. Por considerar a música importante para o desenvolvimento do bebê e pela oportunidade de conviver com outras crianças.

17. *Por identificar na minha filha vários traços de que a música a tranqüiliza, acalma e a deixa feliz.*

18. *Porque gostamos muito de música aqui em casa e achamos que ela também gosta, já que dança e canta sempre que escuta música.*

Como podemos ver, os objetivos dos pais e suas percepções sobre as possibilidades da música, quando utilizada com bebês, são bastante diversos, evidenciando filiações discursivas às mais distintas áreas e abrangendo aspectos como desenvolvimento psicomotor, cognitivo e neurológico, socialização, fortalecimento dos vínculos, bem como outros, entre os quais está o prazer despertado pelo contato com as atividades musicais.

Se tomarmos as concepções de educadores musicais, encontraremos muitos autores, como Nereide Rosa[84], para os quais a música é entendida como uma linguagem, e considerada importante na educação de crianças e adultos de culturas diversas, cabendo-lhe papel de relevo na exteriorização de emoções, aspecto observável em vários exemplos de sociedades ditas primitivas. Para essa autora, a música constitui-se também como elemento importante na formação dos cidadãos, conforme podemos perceber na utilização dessa disciplina já na Grécia antiga, bem como em diversas outras culturas. Defendendo a importância da educação musical nos dias de hoje, ressalta que a música é uma forma de representação e expressão de idéias, possibilitando à criança uma leitura de seu mundo e assimilação do ambiente em que está inserida. A educação musical oferece, ainda, uma forma de representar um saber construído a partir de elementos intelectuais e afetivos. Em relação a estes últimos, a música pode ser um importante veículo de emoções, possibilitando à criança o reconhecimento de seu próprio sentir.

As concepções da autora mencionada, que as aborda com base em sua prática, evidenciam a compreensão da música como elemento capaz de promover a expressão e elaboração de sentimentos, ou estimular a interação. Portanto, a importância da educação musical é fundamentada principalmente na visão de música como um meio, mais do que como um fim em si mesmo: meio de expressão de emoções, formação da cidadania, adaptação ao ambiente.

Idéias como essas parecem estar referidas em algumas das respostas analisadas, como nas respostas 2, e 12, por exemplo, em que a música é colocada como "uma forma de". No primeiro exemplo, elaborado por uma das monitoras que acompanhou um dos bebês, esta expressão aparece acrescida do adjetivo "enriquecedora" e o verbo "trabalhar", usado na frase como transitivo direto, é complementado pelos elementos "ritmo, sentimentos, motricidade e esquema corporal", reforçando a percepção da música como um instrumento visando um fim. Como hipótese, podemos pensar que o fato de acompanhar o bebê durante seu horário de trabalho, leve a acompanhante a atribuir à música objetivos definidos, percebendo a atividade como algo que deve "trabalhar" elementos, mais do que constituir-se como um fim em si mesmo. Essa monitora diz, ainda ressaltando o que a música poderia trabalhar: "enfim, o desenvolvimento em geral". Já no segundo exemplo, a expressão "uma forma de" refere-se ao substantivo "comunicação". Embora não seja explicitada a concepção dessa mãe sobre o termo, é salientado o "enfoque" sobre o "desenvolvimento do bebê através da música", enquanto a menção à comunicação pode remeter à percepção de Rosa[84], considerando a música como uma linguagem. Ao mesmo tempo, a comunicação entre a mãe e o bebê está relacionada à possibilidade de sobrevivência deste, propiciando tanto o atendimento de suas necessidades como a formação do apego e o desenvolvimento de um companheirismo íntimo[100].

Parte da resposta 1 também remete à idéia de música como meio, quando sua autora diz "é bom para", referindo-se ao fortalecimento do vínculo mãe-filho. Concordando com essa idéia, ao enunciar uma proposta de atividades musicais para bebês, Josette

Feres[31] considera, entre os principais objetivos da atividade musical nos primeiros anos de vida, a estimulação de uma maior ligação entre a mãe, ou cuidador, e o bebê, acrescentando a importância dos momentos de prazer entre eles, propiciado pela atividade. A autora aponta ainda, entre outros objetivos, o estímulo ao canto e à fala, e o desenvolvimento da sociabilidade.

Quanto ao primeiro objetivo apontado por Feres, a "estimulação para falar" aparece na resposta 8, mencionada entre os "benefícios" que a música trará ao bebê. Concordando com essas idéias, Rafael Célia[16] considera que a música é importante para a constituição futura da linguagem entoada, que, segundo algumas pesquisas, precede a linguagem articulada. O canto, mesmo que indiretamente, é lembrado também na resposta 11, possivelmente elaborada pela mãe de Angelina, ainda que a ficha tenha sido assinada conjuntamente pelo casal. Neste caso, entretanto, aparece relacionado mais aos benefícios que poderia trazer à própria mãe, uma vez que diz: "apesar de gostar, nem sempre escuto ou canto". É interessante observar que embora a frase seja concluída por essa mãe na primeira pessoa do singular, referindo-se a si mesma, a primeira parte encontra-se na primeira pessoa do plural, possivelmente fazendo alusão à dupla mãe-bebê: "Para que tenhamos maior contato com a música". Esta resposta, portanto, parece evocar a idéia de que, para o bebê ter contato com a música, nesse momento inicial de seu desenvolvimento, é fundamental a participação da mãe. Um trecho da *entrevista individual* reforça sua percepção: "É uma coisa bem... Eu tive a sensação de que era uma coisa que, ao mesmo tempo que eu estava fazendo com ela, era dentro de mim que a coisa estava passando. Daí eu pensei: 'Bom, é o canal mais seguro de que chegue nela, se eu conseguir...'" A mãe aborda, nestas falas, a concomitância de suas vivências internas e as da filha.

Um trecho da *entrevista individual* da mãe de Laura também nos fornece alguns subsídios para pensar na concepção dos pais sobre este "canal":

Entrevistadora: Então, como é que tu percebes a relação da Laura com a música?
Mãe: Bom, eu, assim, ó, desde o começo, era bastante forte. Até porque eu e meu marido temos uma ligação forte, com a música.

Ao tentar abordar sua percepção sobre a relação da filha com a música, a mãe, assim como a de Angelina, parece misturar-se com o bebê, utilizando no início da frase o pronome "eu" como sujeito para, em seguida, passar a referir-se, provavelmente, à filha, dizendo que "era bastante forte" e explicando, na frase seguinte, com a utilização da expressão "até porque", que ela e o marido tem "ligação forte" com a música.

Essas mães se dão conta, aparentemente, que, neste momento inicial, em que encontram-se fortemente ligadas a seus bebês, de fato sua "ligação" ou "gosto" pela música é o "canal" mais viável de possibilitar ao bebê o acesso a esta.

Se essas respostas trazem implícita a idéia de relação da mãe com o bebê, outras fazem menções à importância da música no desenvolvimento da socialização, terceiro objetivo apontado por Feres[31], como observamos nas respostas 13, 14, 15 e 16. Nas respostas 13 e 16, esse objetivo não aparece diretamente relacionado à música, podendo ser creditado simplesmente ao convívio com outras crianças, já que uma das mães diz, nesta parte de sua resposta "Porque acho importante as crianças começarem suas vidas sociais desde cedo" e a outra menciona a "oportunidade de conviver", referindo-se a outras crianças. O mesmo acontece na resposta 14, quando a mãe que a elabora menciona a "possibilidade de ter contato com outras crianças", embora acrescente que isto aconteceria "em um ambiente criativo e estimulante pela música", incluindo esta última, de certa forma, entre os "instrumentos" para o contato que descreve e evocando a importância do ambiente para que determinados efeitos possam surgir. Já na resposta 15, elaborada pela mãe de Lúcia, a função de socialização atribuída à música é claramente expressada, considerada, ainda, "uma maneira menos agressiva" de alcançar este fim. Sua percepção sobre o assunto é reforçada ao mencionar a possibilidade de "ter acesso a um grupo" e "interagir musicalmente", novamente relacionando o verbo interagir ao substantivo música, aqui transformado em advérbio.

Se é esperado pelos responsáveis que seus bebês possam desenvolver aspectos de sua socialização, um trecho da *entrevista individual* da mãe de Laura parece demonstrar que, pelo menos na visão desta mãe, tal aspecto foi alcançado.

> *Bom, eu, quando soube do programa, foi imediato, assim, nem pensei duas vezes, porque... Várias coisas. Eu procuro, né? Como eu não trabalho, estou me dedicando só a ela, não estou trabalhando agora, tenho tempo, disponibilidade, então tudo que aparece que eu acho que pode ser bom, que vai estimular a Laura, eu participo. Então, uma atividade dessas eu já participaria. E quando eu soube: é música."Bah! Nem pensar duas vezes! Vou com certeza". Mas também pesou este lado, sabe? Ela fica muito só comigo. Então, mais uma coisa. Não que seja por isso, que eu levei pro programa. Não, mas também teve um peso isso.*

Ainda que não seja entendido por essa mãe, como principal objetivo, desenvolver a socialização, "teve um peso isso", já que Laura "fica muito só" com a mãe. Em outro momento da entrevista, a mãe tece algumas considerações sobre o processo de socialização observado, levantando algumas hipóteses sobre a interação entre bebês e o vínculo desenvolvido entre eles.

> *Porque eles, claro, eles convivem, né? Com outras crianças da mesma idade. Então tu até leva eles... Porque ela fica muito só comigo, em casa. Claro, tem o Alexandre, ali na frente, porque ela é minha vizinha de porta, mas eles se vêem de vez em quando. Quando a Patrícia está em casa, porque ela trabalha, então, quando ela não está em casa, a gente não vai lá. Então, de vez em*

quando, aí, uma vez por semana, eles se vêem pra brincar juntos, ou levar em pracinha... Aí, quando levo em pracinha, brinca com outras crianças, mas é diferente. A relação é diferente, o ambiente é diferente. À parte, assim... Não são crianças todas da mesma idade. Ali, tu juntas um grupo todo da mesma idade, que tem um horário pra se ver toda a semana, então, cria um vínculo, eu acho.

O vínculo proporcionado pela participação de crianças de idades semelhantes, nos grupos, portanto, é visto, por esta mãe, como algo "diferente" da experiência vivenciada nos encontros eventuais da filha com outras crianças, em ambientes como a pracinha.

Complementando os objetivos a serem atingidos através da atividade musical para bebês, Feres[31] menciona ainda o resgate do patrimônio cultural, aspecto, ainda que implicitamente, evocado pela resposta 9, já que o "gosto pelo requebrado" referido pela mãe é visto como uma característica de certos tipos de música brasileira e relacionado, portanto, a nosso acervo cultural.

Ao mesmo tempo, em outro estudo, Feres[32], ao relatar uma experiência de atividade musical desenvolvida com bebês, salienta a importância das vivências precoces em relação à música, para o desenvolvimento musical posterior:

> Experiências precoces na exploração do som e movimento são essenciais para criar uma base para o futuro crescimento e desenvolvimento musical. A classe dos bebês oferece um ambiente de exploração musical para cantar, movimentar-se e descobrir sons num ambiente estruturado, mas flexível (p. 144).

Algumas respostas evocam a importância atribuída pelos cuidadores ao contato precoce da criança com a música, abordando sua importância no "desenvolvimento" do bebê e inserindo entre os objetivos alguns aspectos musicais. Exemplo disso temos na resposta 2, em que o ritmo é incluído entre os objetivos a serem trabalhados, e na resposta 5, que, entre os aspectos a serem desenvolvidos menciona "diferenciação de ritmos, sons, melodias etc". Por outro lado, na resposta 4, as menções à interação com a música "de uma forma organizada e com um objetivo específico" parecem aludir aos aspectos creditados pela autora citada ao ambiente onde ocorrem atividades musicais com bebês.

É evidente que, ao pensarmos em atividades musicais para esta faixa etária, o objetivo do trabalho não diz respeito à aprendizagem, propriamente, mas à possibilidade de contatos com essa forma artística, que possam favorecer o gosto por ela, através de atividades lúdicas. Tal idéia concorda com a concepção de Arlene Eisenberg, Heidi Murkoff e Sandee Hathaway[30], que consideram que, antes dos três anos, não se devem estabelecer lições formais de música, mas sim desenvolver a apreciação, pela audição de diversos estilos musicais, participação em concertos, dança e manejo de instrumentos como xilofones, triângulos e tamborins etc.

Se encontramos alguns autores que enfatizam a importância da educação musical em termos das aquisições que proporciona à criança, é preciso considerarmos também a existência de profissionais da área que compreendem esta disciplina em sua relação com as funções que a música exerce em uma sociedade, como Alda Oliveira[69]. A autora ressalta que o processo educativo deve estar "inserido nas funções da sociedade alvo do trabalho educacional" (p. 27) e considera a multiplicidade de usos sociais da música, mencionando, a partir de Merrian, dez principais: prazer estético, lazer, comunicação, representação simbólica, expressão corporal, adaptação às normas sociais, validação de instituições e, finalmente, a contribuição para a continuidade e integridade cultural. Menciona ainda que, embora a música tenha grande valor na sociedade brasileira, sendo utilizada para diversos fins, a educação musical não vem tendo no país a valorização que merece.

Entre as respostas elaboradas pelos pais, algumas parecem relacionadas aos usos e funções da música descritos por Oliveira. Entre estes, a "comunicação" é mencionada na resposta 12, e a "adaptação às normas" na resposta 13, em que a música aparece como um meio de aquisição de disciplina, já que esta mãe conclui sua resposta comentando: "quando canto para ele, ele fica bem quietinho. E como ele é bem agitado, achei que com a música ele pudesse se tornar mais calmo e disciplinado". Da mesma forma, a mãe de Lúcia evoca esta concepção sobre o efeito organizador, ou "ordenador", das atividades musicais, quando inseridas em um contexto como o projeto. Após mencionar o interesse da família por esta atividade, esta mãe diz, na entrevista: "E daí, quando veio essa história de ter a 'aulinha', eu achei que era bom, pra disciplinar ela. Pra colocar, pra ter uma ordenação, porque é tudo desordenado, né?"

O efeito "calmante" da música também aparece na resposta 17, quando é mencionado que "a música tranqüiliza, acalma" e em alguns trechos da *entrevista individual* da mãe de Laura, quando diz:

Ela, quando seca o cabelo, assim... Eram uns momentos... Quando saía do banho, com aquela impaciência que tem... Que não quer sair da água, tu tens que secar, eu começava a cantar musiquinhas para ela, sempre. Por isso que eu digo, é sempre uma coisa que acalma, que tranqüiliza. Eu falo pra ela: "Vamos cantar?" Pára tudo, termina a impaciência e a gente canta junto.

Neste trecho da entrevista, a mãe de Laura considera que a música "é sempre uma coisa que acalma, tranqüiliza" e, em seguida, traz em seu discurso o relato de um convite à filha para que cantem, propiciando um momento de prazer compartilhado em uma experiência conjunta que gera "o término da impaciência". A mãe ressalta seguidamente a importância da música em sua vida, e podemos mesmo supor que o ato de cantar, neste momento de impaciência da filha, possa também auxiliá-la a lidar com sua própria impaciência em situações nas quais, ao descrever como "uns momentos...", em meio a outras reticências, parece encontrar certa dificuldade, tanto de intervir com a filha quanto de descrever. Quando diz que "pára tudo", portanto, parece aludir ao término de uma pequena crise, cujo final feliz é evocado em sua conclusão: "e a gente canta junto."

O efeito tranqüilizador da música também é observado por alguns pais que cantam, em outros momentos, a música de cumprimento utilizada nos encontros, na qual consta o nome da criança. O relato da monitora que acompanha Carolina ilustra esstas considerações:

> *A única coisa assim, ó: sempre que eu estou em casa com ela, a gente tenta cantar aquela música da abertura, "que bom que estás aqui", na hora do banho, e tal... Ela identifica. O "Balança" ela conhece, já...*

Ao que outro monitor acrescenta:

> *E o Márcio, na terça-feira passada, ele foi dormindo, né? Ele estava bem agitado, no ônibus. E a Raquel, que estava junto comigo, ela começou a cantar, dizer: "Tchau, Márcio", com o nome de todo mundo. E ele começou a dormir... descansar... e dormiu!*

Se, por um lado, a monitora que acompanha Carolina evoca o efeito tranqüilizador da música pelo reconhecimento das canções utilizadas durante os encontros, mencionando tanto a canção de cumprimento, que, ao dizer "que bom que estás aqui" faz alusão ao sentimento de alegria com a presença do bebê, como a canção que costuma escolher para o mesmo nos *momentos de cantar*, seu colega descreve a utilização da mesma melodia, porém com o texto de despedida. Através deste, insere Márcio em um grupo, ao cantar seu nome, seguido pelo nome "de todo mundo." Ao mesmo tempo, essa canção, cujo texto inclui a palavra "tchau", parece realmente induzir este bebê ao relaxamento e ao sono, após a "despedida".

A mãe de Lucas também menciona a concepção, aparentemente bastante presente no imaginário social, da música como elemento tranqüilizador para o bebê. Abordando sua relação, e a do filho, com a canção "O sapo não lava o pé", conta que, durante a gestação, ganhou de seu pai um CD no qual esta estava incluída:

> *Eu não conheço nada de música, não fosse aquele CD salvador da minha vida, eu não ia saber nada. E também, na minha primeira consulta com o pediatra, eu tava grávida ainda, eu fui conhecer o pediatra para ver se ele tava dentro daquilo que eu imaginava, e ele comentou isso comigo, "vai chegar uma determinada noite que tu não vais conseguir acalmar o nenê, ou porque está com dor de barriga ou porque os nenês são assim. Ai tu pões uma música e dança com ele, porque eles normalmente acalmam dançando e ouvindo música". Daí, acho que depois que o Lucas nasceu, ele não teve problema de dor de barriga, mas sempre tem um chorinho, uma coisa, daí eu botava aquele CD e a única música que eu sabia cantar era a do sapo.*

Em seu discurso, inicialmente, a mãe salienta sua própria ignorância em termos de música. Porém, ao citar diretamente as palavras enunciadas pelo pediatra do filho, recorre ao discurso da medicina, a que parece filiar-se, e reforça, novamente, a concepção sobre o efeito calmante da música. Conclui esse trecho da entrevista mencionando que, apesar de o filho "não ter problema de dor de barriga", utilizou os conselhos do médico e colocou o CD, que para ela adquire significado especial, quando percebia no filho "um chorinho, uma coisa". Essas concepções parecem realmente compreender os efeitos da música na perspectiva da medicina, já que é utilizada como uma espécie de tranqüilizante ou analgésico, caracterizando-se claramente como um meio para proporcionar bem-estar ao bebê.

Além das respostas que posicionam a música como um meio para alcançar determinados fins, muitas delas citando objetivos específicos, é interessante observar que alguns pais fazem referência a objetivos mais amplos. Mencionam, por exemplo, o "desenvolvimento em geral", concluindo a resposta 2, o "desenvolvimento do bebê" citado nas respostas 5, 12, e 16, na qual são exemplificados, entre parênteses, aspectos tão variados como desenvolvimento "neurológico, afetivo, social" e outros mais diretamente relacionados à música, o "desenvolvimento global", ressaltado na resposta 6, exemplificado como "psicomotor, afetivo, perceptivo", e o "desenvolvimento integral", único objetivo descrito, que há a possibilidade de "estimular", na resposta 7.

Além dos autores que compreendem a educação musical como meio para obtenção de determinadas aquisições, quer individuais, sociais ou gerais, encontramos ainda profissionais[8] que ressaltam a importância de considerar as atividades musicais como fim em si mesmas ainda que não desconsiderando os benefícios trazidos pelo desenvolvimento musical para outras áreas. As respostas 3, 4, 10, 11 e 18, reforçam essa concepção. Na resposta 3, elaborada pela mãe de Lucas, é ressaltada a importância de que o filho "tenha uma vivência musical", como único objetivo mencionado nesse momento. Também na resposta 4, elaborada pela monitora que acompanhou Débora, a "opção da criança interagir com a música" é mencionada, complementada pela percepção da atividade a ser desenvolvida como "uma forma organizada" e "com um objetivo específico", embora não especificando qual seria. A ampliação do "contato com a música" é mencionada também pela mãe de Angelina, na resposta 11, conforme já comentado, e na resposta 10 é evocada a música como uma área de conhecimento, já que sua autora menciona como seu objetivo, na primeira parte da frase, "ampliar o seu conhecimento", referindo-se o pronome possessivo, provavelmente, ao filho.

Mencionando a importância do contato com a música, temos ainda a resposta 17, na qual a mãe identifica em sua filha "vários traços de que a música a tranqüiliza, acalma e deixa feliz" e a resposta 18, elaborada pela mãe de Laura, ambas relacionando a importância do contato com a música ao prazer proporcionado. Esta última diz: "Porque gostamos muito de música aqui em casa e achamos que ela também gosta, já que dança e canta sempre que escuta música". Como no caso da resposta da mãe de Angelina, novamente aqui transparece a relação do prazer sentido pelos pais com o interesse da criança, quando esta mãe inicia a frase utilizando o verbo "gostar" na primeira pessoa do plural, e a conclui na terceira pessoa do singular, mencionando que "ela" também gosta, referindo-se provavelmente à Laura. Por outro lado, a menção do prazer despertado pela atividade como objetivo principal da participação do bebê no projeto, evocado nessas duas respostas, parece posicionar a música como uma atividade importante por seu caráter lúdico. Nesse sentido, alguns autores, como Donald Winnicott[105,] a partir da psicanálise, associam a música ao brincar, atribuindo considerável importância a esta atividade, aspecto que será abordado de forma mais detalhada.

De fato, além dos objetivos ressaltados por profissionais oriundos da educação musical, ao enfocar a relevância das atividades musicais com bebês, encontramos autores de diversas áreas que vêm salientando a importância da música para o ser humano e tecendo hipóteses sobre seus efeitos e funções, aludindo, em alguns casos, ao prazer despertado pela atividade.

Partindo das concepções da medicina, encontramos uma gama de proposições sobre a discriminação auditiva dos fetos e o efeito dos sons escutados no período de gestação.

Marshall e Phyllis Klaus[43] salientam que, ainda na gestação, os bebês são capazes de ouvir e distinguir os sons que escutam, diferenciando intensidade e altura, bem como vozes e sons familiares ou diferentes, chegando mesmo a mostrarem-se capazes de determinar a direção de onde provêm. Já Jean-Pierre Lecanuet e colaboradores[60] descrevem um estudo investigando a capacidade de discriminação fetal entre duas notas musicais, sugerindo que essa acuidade apurada está também relacionada ao desenvolvimento posterior da percepção da fala. Concordando com estas idéias, Marie-France Castarède[15] salienta que o som é o primeiro elo do bebê com seu ambiente, uma vez que pode ser escutado já no útero, imergindo o bebê na cultura em que será inserido já em momentos anteriores ao nascimento. Neste sentido, ressalta que o espaço sonoro é, pois, o primeiro espaço psíquico, inaugurando experiências delicadas e estimulantes, que desempenham papel fundamental no desenvolvimento do bebê.

Tendo em vista as possibilidades auditivas do feto, alguns autores reforçam a importância da música em períodos anteriores ao nascimento, como John Deliege e Irene Sloboda[23], que mencionam que, aproximadamente na metade da gestação, o bebê já pode ouvir sons do ambiente externo, sendo capaz de processá-los ao final desse período. Assim, a exposição a tais estímulos contribuiria para o desenvolvimento e continuidade da capacidade de processá-los. Desta forma, as vivências uterinas podem ser consideradas fundamentais para o desenvolvimento musical do bebê. Menção a esse fato é encontrada particularmente na resposta 5, em que a experiência musical "desde a gestação" é citada como importante para o desenvolvimento do bebê.

Concordando com essas idéias, alguns autores[11,61] descrevem reações diferentes do feto durante a gestação, de acordo com o tipo de música escutado. A mãe de Angelina filia-se ao discurso proveniente destas abordagens, quando alude à preocupação com os sons escutados pela filha durante a gravidez, demonstrando sua concepção sobre a capacidade auditiva do feto. Após comentar a importância de um espetáculo musical em sua gestação, tendo-o assistido no dia em que pensou estar grávida, e meu comentário brincando sobre o fato de que foi "a primeira coisa que o bebê ouviu, então", a mãe diz, na entrevista:

Foi a primeira coisa que significou, né? E eu pensei: 'Aqueles acordes do Fantasma da Ópera não poderiam ser mais significativos, né?' E eu realmente ouvi várias vezes, depois eu acabei ficando meio assim, porque eu achava muito forte a música. Então, no início eu ouvi mais, depois nem tanto.

A partir de determinado momento de sua gestação, ela parece perceber que, apesar de os acordes serem "significativos", talvez seja melhor não escutar a obra com freqüência, já que é "muito forte" para a filha. Da mesma forma, a mãe de Laura também menciona a presença da música durante a gestação e a preocupação de tocar "para ela", ao piano, uma peça que, ao mesmo tempo lhe agradava, e considerava "tranqüilinha". Logo após comentar sua relação com a música e seu gosto por este instrumento, em especial, diz:

Escolhi uma música tranqüila, que eu gostava. De vez em quando tocava, durante a gravidez, sabe? Naquele momento, assim... Não é nem uma música clássica, mas eu gostava e achava tranqüilinha, e eu gostava de tocar pra ela.

Da mesma forma que as mães de Angelina e Laura, a mãe de Arthur aborda a audição do feto e os efeitos do que escuta, comentando, em um *momento de observações*:

Tanto eu como meu marido somos cantores líricos. Então o Arthur está acostumado, desde o ventre, a ouvir sons. Então ele ouvia o Juan, que é um tenor com a voz muito forte, muito forte mesmo, se ouve a dois quarteirões, ele cantando... Quando ele estava na minha barriga, ainda, ele chutava. E hoje, ele... fica no colo do Juan, ele cantando, e ele não chora, não estranha, fica todo faceiro.

Essa mãe, além de evocar o "costume" de seu bebê de conviver com a música e diferentes timbres "desde o ventre", alude ao reconhecimento posterior desses sons, exemplificando com a reação tranqüila do bebê ao ouvir um tenor que o segurava no colo, cuja voz "muito forte mesmo" poderia provocar estranhamento em outros bebês que já não a conhecessem desde "a barriga", quando então, reagia a estes sons "chutando". Ou como diz outra mãe, ao comentar, que durante a gestação da filha, gostava muito de ouvir Chopin: "Os noturnos, aquelas bem calminhas. E ela parecia que, na minha barriga, ficava bem calminha...".

De fato, um estudo envolvendo 28 gestantes demonstrou que os fetos reagem com a diminuição dos batimentos cardíacos à audição de uma rima infantil previamente repetida por suas mães, evidenciando reconhecimento[22]. Encontramos também relatos sobre a capacidade de reconhecer uma frase musical, acalmando-se ao escutá-la após o nascimento[15], bem como estudos mostrando que podem distinguir entre dois semitons e diferenciar as vogais *a* e *i*, a despeito de variações de freqüência e intensidade. Fetos e bebês demonstram, ainda, sensibilidade a timbres e alturas, indiferentemente da utilização de composições tonais ou atonais, e são surpreendentemente sensíveis aos padrões vocais maternos[100].

Em um trecho da *entrevista individual*, a mãe de Angelina também alude ao reconhecimento, por parte da filha, de algumas canções que ouvia durante a gestação. Após comentar sobre dois CDs de uma coleção de que gosta especialmente, a qual reproduz obras musicais de estilos variados em sons semelhantes a caixinhas de música, diz:

> *Pra mim são os mais redondos, daqueles. Eu ouvia muito esses dois no carro, já mais no final da gestação. E a gente levou o som e escutava no hospital, logo nos primeiros dias dela. E duas músicas que a gente ouviu mais insistentemente, ela dava mostras de reconhecer. Uma, basicamente o meu marido, que era a música deles dois, a música que ele ouviu com ela nas primeiras noites,*

que ele que atendeu mais ela, no hospital. E ele disse que a primeira vez que ele colocou, numa madrugada, aquela música, que era uma música que a gente ouvia já antes, ela ficou olhando pra ele muito tempo. E eu vi. Ah! Era uma coisa impressionante, aquilo... É de arrepiar. Ela olhava pra ele, assim, como se estivesse vendo... Até me emociono de pensar nisso. Ui! E é uma coisa assim, bem marcante, mas ela ficava... Porque bebê quase nem abre o olho, passa o dia inteiro com o olho fechado. E ela ficava, assim, com o olho vidrado, no escuro, olhando pra ele e ouvindo a música, sabe? É uma coisa bem impressionante. Olha, fico tri engasgada".

Apesar de comentar que é "meio descrente" e precisa "ver para crer", como diz em seguida a esse trecho, a mãe de Angelina não disfarça sua emoção ao presenciar esses primeiros sinais de reconhecimento na filha. E parece surpresa com a cena descrita, mencionando as reações da filha às canções que ouviam "já antes", atípicas em um bebê "que quase nem abre o olho, passa o dia inteiro com o olho fechado". Ao invés disso, Angelina, ao escutar as canções, interage com seu pai a partir do olhar: "com o olho vidrado, no escuro, olhando pra ele e ouvindo a música".

Explicando algumas das reações relatadas pelas mães e enfatizando a existência de um desenvolvimento musical já na vida intra-uterina, que inclui aparecimento de um senso de ritmo originado pelo bater do coração e movimentos corporais, Peter Ostwald[72] salienta que mães que tocam ou cantam durante a gestação freqüentemente recebem respostas desses estímulos através de diferentes reações do feto, como modificações em sua movimentação, ilustradas pelos "chutes" de Arthur. O autor ressalta, ainda, que a música pode ser importante também para o desenvolvimento neurológico do bebê, o que aparece na resposta 1, quando é mencionado que a música "é estimulante para seu sistema nervoso em formação" e na resposta 5, quando é incluído entre os aspectos do "desenvolvimento do bebê" propiciado pela música, o "neurológico".

A importância da voz humana para o feto, especialmente a voz da mãe, é também ressaltada por Anthony DeCasper e colaboradores[22], bem como Serge Lebovici[58]. Este último salienta que a audição da voz materna durante a gestação gera uma espécie de "impressão sonora" que prepara o bebê para uma futura relação com a mãe. O autor menciona experiências de grupos de "mães que cantam" para seus bebês durante a gestação e as conclusões de Aucher, que considera que a audição de uma melodia cantada durante a gestação, após o nascimento do bebê, pode contribuir para sua tranqüilidade, como relata a mãe de Angelina. Também Jayne Standley e Randall Moore[95], investigando as reações de recém-nascidos prematuros à audição de música e da voz materna, encontraram reações positivas duradouras, ainda que não imediatas, à exposição à fala materna, enquanto a audição de canções de ninar provocou efeitos mais rápidos, mas que cessaram após a supressão do estímulo. Já o estudo de Lynne Owens[73] não encontrou diferenças entre o grupo de recém-nascidos de baixo peso estimulados auditivamente com canções de ninar e o grupo controle. A autora sugere, entretanto, que a ausência de efeitos pode ter se dado, entre outro fatores, devido ao volume utilizado na exposição do estímulo musical, em torno de 70 decibéis.

Se a audição de canções não mostra efeitos em todos os estudos citados, benefícios decorrentes da apresentação da voz materna, por outro lado, são relatados por todos os autores. Aparentemente, a "impressão sonora" que caracteriza a voz materna, descrita por Serge Lebovici[58] não apenas prepara o bebê para futuros vínculos, mas evidencia desde a gestação um laço cuja evocação posterior possui efeitos benéficos para o recém-nascido, contribuindo para o desenvolvimento de sua saúde e mesmo, podemos pensar, estruturação psíquica.

Marshall e Phyllis Klaus[43] comentam que as pessoas se questionam, muitas vezes, sobre a relação entre as preferências e habilidades musicais e as vivências intra-uterinas. Dizem estes autores:

Após conversarmos com uma talentosa violoncelista de treze anos que já se apresentara com orquestras sinfônicas importantes e retrocedermos em sua história pré-natal, descobrimos que sua mãe era musicista profissional e durante a gravidez, junto com a irmã, tocava violino diariamente em um grupo de orquestra de câmara. Muitos grandes compositores tiveram pais músicos. Naturalmente a experiência da primeira infância poderia ser o fator chave, sem mencionar as lições, o trabalho duro e o talento (p.59).

Além dos efeitos mencionados, quanto à importância da música na gestação, é preciso lembrarmos a relação entre a escolha das canções, nesse momento, e o desejo dos pais em relação ao bebê. Afinal, as mães de Angelina, Laura e Arthur aludem à importância da música em suas vidas e à relação de sua presença, na gestação, com a percepção da presença do bebê. Um bebê que já ouve, dá chutes quando a música é intensa, acalma-se quando a música tem andamento lento etc. É, portanto, um bebê que passa, na percepção de suas reações por suas mães, a existir para elas, sendo também reconhecido, após o nascimento, como o mesmo bebê que, durante a gestação, exprimia reações similares aos mesmos estímulos. Se, pela música, os bebês mostram que reconhecem, também são, por outro lado, "reconhecidos" por suas mães. Portanto, ainda que o discurso da medicina seja capaz de validar toda a descrição da experiência musical precoce para os bebês, mesmo já durante a gestação, é fundamental compreendermos que os mesmos efeitos podem ser enfocados pela psicanálise, se considerarmos a importância que assume esta experiência, na construção do lugar simbólico que os bebês ocuparão em relação a seus pais. O relato da mãe de Angelina ilustra essa proposição:

> *Quando eu descobri que eu estava grávida da Angelina, eu estava em Londres. Tinha ido em uma viagem de férias com o Felipe e daí eu disse pra ele: "Bah! Eu acho que eu estou grávida". Porque*

a gente estava meio planejando, mas bom, foi naquela época, assim, quando vier, vem. Daí aconteceu. Daí eu falei "eu acho que eu estou grávida" e a gente comprou um teste na farmácia. E naquela noite a gente tinha ido assistir ao "O Fantasma da Ópera", porque cada dia a gente ia assistir um espetáculo, e tal. Daí, quando eu assisti ao O Fantasma da Ópera eu pensava: "Ah! Eu acho que eu vou ouvir nove meses, essa música". Eu não sabia ainda que eu estava grávida, mas eu já estava com uma idéia, né? Eu ouvi aquilo, assim, eu tinha a sensação de que o nenê já estava ouvindo, sabe? Era uma coisa. Foi muito engraçado aquilo, gurias. Daí eu fiz o teste naquele dia...

Na realidade, naquele momento inicial da gestação, Angelina não poderia "ouvir", na concepção atribuída pelo discurso da medicina a esse verbo. Entretanto, a sensação de que "o nenê" já participava de sua experiência, levava sua mãe a supor sua existência. Ainda que não tivesse um aparelho auditivo capaz de proporcionar a audição do espetáculo em questão, o mesmo foi, como diz Betânia em outro momento, "a primeira coisa que significou". A partir daí, Angelina existia para sua mãe como um sujeito, capaz de compartilhar sua experiência intensa e prazerosa.

Como observamos nas frases elaboradas pelos pais, a música pode desempenhar as mais diversas funções, envolvendo, em relação ao psiquismo, diversos processos psíquicos[39,45]. Nas palavras de Irene Tourinho[99,] temos uma boa percepção da multiplicidade de efeitos e questões envolvidas na educação musical e, desta forma, fundamentais ao considerarmos um trabalho com música voltado para bebês ou crianças pequenas:

> Sabe-se que a atividade musical não é unidimensional, unidirecional ou unimodal. Os motivos que nos levam a ouvir, produzir e criar música - entendendo essa palavra na abrangência experimental que ela hoje nos permite - têm razões variadas e mutantes. Da mesma maneira, as formas de relacionamento com

a música e os efeitos que se pode alcançar através das atividades musicais são múltiplos. Essas condições de multiplicidade de origens e meios, somadas à imprevisibilidade de efeitos, não são exclusivas das atividades musicais. A pluralidade de motivos e conseqüências é uma qualidade das atividades humanas em geral, talvez agora perceptivelmente intensificada pelo dinamismo das relações sociais e pela notável ampliação de opções e valores que intermediam nossas formas diárias de ação (p. 91).

Embora todos os aspectos abordados pareçam essenciais no desenvolvimento de qualquer estudo referente aos efeitos da música para o bebê, ao formular a questão sobre estes, ainda que não desconsiderando os demais, preocupo-me principalmente com a relação entre a atividade musical com bebês e sua constituição como sujeitos e, conseqüentemente, sua estruturação psíquica. Não podemos esquecer que, se os efeitos da música sobre o desenvolvimento musical e neurológico do bebê são mencionados freqüentemente, alguns autores[42 80 85] ressaltam também o valor afetivo das experiências musicais e sua relação com o desenvolvimento ou a estruturação psíquica da criança. Entre estes, encontramos Rafael Célia[17,] para quem a música, experimentada em períodos precoces do desenvolvimento, pode tornar-se um bálsamo contra a vivência de sons ou silêncios perigosos ou desagradáveis. Arthur, por exemplo, como relata sua mãe, parece não se importar com a "voz forte" do tenor, que ao contrário do que se poderia esperar, escuta tranqüilamente. Afinal, conheceu esse som ainda no útero e é possível que essa voz forte evoque uma experiência agradável, talvez mesmo o vínculo com sua mãe.

De fato, entre os efeitos da música considerados importantes pelos pais, encontramos uma ênfase às vivências musicais como elemento de fortalecimento dos laços do bebê com a mãe, como mencionado na resposta 1, na qual é citada a possibilidade de a música "fortalecer o vínculo mãe-filho" e na resposta 6, em que a monitora acompanhante de Vânia e que posteriormente a adota, comprovando sua própria teoria, diz que um dos objetivos da atividade musical é "instrumentalizar as pessoas que atendem as crianças, reforçando o vínculo afetivo." Estes aspectos vêm sendo, em meu trabalho, os mais detalhadamente observados e, para desenvolvê-los, torna-se fundamental o aporte da teoria psicanalítica, preocupando-se com o valor subjetivo das experiências musicais e abordando as muitas questões relacionadas ao estudo das implicações da música para a estruturação psíquica do bebê.

A musicalidade da relação mãe-bebê sob a perspectiva da psicanálise

> De que magia a música retira este poder de nos transportar de um estado para um outro? Do ponto em que estávamos antes de pegar esse meio de transporte, eis-nos em outro ponto, após uma estranha viagem cujos meandros eu gostaria de tentar delinear (Didier-Weill[27]).

Ainda que Sigmund Freud seja freqüentemente citado como "não musical"[63,85], devido à resistência a uma forma de expressão capaz de suscitar sentimentos que ele não podia explicar racionalmente[36], a música vem sendo, desde muito tempo, alvo de estudos de diversos psicanalistas, que se preocuparam em compreender sua relação com o ser humano, atribuindo-lhe funções e relações diversas.

Entre os autores que abordam essas relações, encontramos diversas explicações para a aversão, ou talvez ambivalência, de Freud à música. Conforme Andréa Sabbadini[85], tal fato chama atenção, especialmente se observarmos a valorização da música em sua família e em Viena, local onde residiu a maior parte da vida. Sendo importante lembrarmos ainda que a tradição musical vienense incluía diversos músicos e a cidade era considerada, então, capital mundial da música. A autora observa que o pequeno Hans, célebre aos leitores da obra de Freud, era filho de um eminente musicologista, vindo a trabalhar no contexto operístico na vida adulta. Da mesma forma, Freud também teve contatos com Bruno Walter e Gustav Mahler, cuja sessão única é amplamente comentada em trabalhos sobre a articulação entre música e psicanálise.

Marie-France Castarède[15] observa que, para Freud, a criação artística estaria relacionada ao complexo de Édipo e à culpabilidade. O artista, segundo a proposição freudiana, realizaria simbolicamente o incesto, proclamando-se autocriador ao negar o papel do pai na cena primária. Embora menos perigosa do que outras ilusões, tais experiências deveriam, pois, ser renunciadas pelo homem científico, capaz de reconhecer o "sentimento oceânico" evocado e relacionado à fusão com a mãe. Nesse sentido, conforme Sarah Kofman[44], as concepções de Freud o levavam a perceber a relação da arte com a psicanálise como bastante limitadas.

Descrevendo alguns pontos que podem ter representado obstáculo para a abordagem de Freud à arte, Alain Didier-Weill[27] observa que, em primeiro lugar, para o fundador da psicanálise, o artista é um introvertido, concepção que desconsidera o aspecto do sublime para centrar-se na sublimação. Por outro lado, a arte serviria como sedativo, relacionada ao princípio do prazer e, por isso, volátil. Para o autor, portanto, Freud desconsidera a relação da arte com seu tempo e mostra-se defasado em relação às concepções de artistas de sua época, que percebiam como explosão imaginária a produção do sublime. Por fim, haveria em sua concepção sobre a arte uma contradição interna, desprezando a correlação entre o "sentimento oceânico" e o assassinato primordial descrito em *Totem e Tabu*, que tem como efeito a religiosidade.

Concordando com a relação entre arte e ilusão estabelecida por Freud, Cyro Martins[65] lembra que, de fato, "a arte sempre reinou pelo poder de ilusão" (p. 21), apontando para a relação existente entre arte e magia. Já segundo a psicanálise winnicottiana, como lembra Marie-France Castarède[15], ainda que também entendida como ilusão e jogo, a arte possuiria um caráter construtivo e, nesse sentido, a música seria o apogeu do objeto transicional, representando o espaço sonoro uma ilusão, mas ilusão necessária.

De fato, as mães ou os substitutos maternos que freqüentam o projeto com seus bebês muitas vezes relatam a importância que atribuem às atividades musicais e seus efeitos sobre sua relação com as crianças. Consideram, não raro, que os encontros são momentos nos quais podem dedicar inteiramente sua atenção aos filhos, através de uma atividade que descrevem como "terapêutica" e prazerosa. Poderíamos pensar, assim, que a atividade musical é capaz, por razões diversas, de oferecer ao bebê e sua mãe, ou cuidador, um fortalecimento do laço entre ambos e, assim, influenciar a qualidade da relação.

Entre os aspectos da música mencionados por diversos autores, a partir da teoria psicanalítica, de fato encontramos ênfase dada às vivências musicais como elemento de estreitamento dos vínculos do bebê com sua mãe[15,82]. Esse aspecto é ainda discutido amplamente por Ana Lúcia Jorge[42], ao analisar as funções das canções de ninar na relação mãe-bebê. Entre outros pontos, a autora considera que essas canções permitem à mãe e à criança elaborar a separação que o dormir representa. Na mesma direção, estudos desenvolvidos em laboratório demonstram que, aos seis meses, os bebês respondem diferentemente à canções de ninar e instrumentais, reagindo às primeiras com comportamento mais auto-focado e que, podemos pensar, propicia o adormecer, e às segundas com maior atenção ao mundo externo[100].

Ao mesmo tempo, através do contraponto de textos muitas vezes agressivos com melodias suaves, as canções de ninar permitem à mãe expressar seus sentimentos contraditórios em relação ao filho[42,88,103]. Letras de músicas como "boi, boi, boi... boi da cara preta, pega este menino que tem medo de careta...", escolhida por uma mãe para seu bebê em um dos encontros, ilustram alguns dos aspectos presentes nessas canções. É preciso considerarmos que o boi da cara preta, como lembra Mário Corso[21] foi criado e difundido justamente nas canções de ninar, sendo dificilmente encontrado fora desse contexto ou de seu uso para amedrontar as crianças. Portanto, podemos pensar que tal personagem não existe senão acompanhado por uma melodia que contrapõe suavidade à agressividade da letra, ilustrando a ambivalência, da qual bem nos fala Donald Winnicott[103], ao expor dezoito motivos que poderiam levar uma mãe a odiar seu bebê. Esse autor também aborda a ambivalência presente nas canções de ninar, citando a letra de uma canção inglesa, sobreposta a uma terna melodia, mundialmente conhecida, cuja tradução diz: "Balance o bebê, no topo da árvore, quando o vento soprar o berço vai balançar, quando o galho quebrar, o berço cairá, e o bebê vai cair, com berço e tudo" (p. 352).

A monitora que acompanha Débora, após mencionar na entrevista o quanto a criança gosta de música, e falar do momento em que fica só com os adultos da casa onde está abrigada, quando outras crianças descansam, faz alusão a esta contradição entre texto e melodia, ilustrando-a com uma canção cantada para o bebê por outro monitor:

> *O meu colega me comentou, hoje, que psicóloga até perguntou pra ele qual era a música que ele cantava pra Débora, aí ele disse que era a do Caetano Veloso, aquela: "safada, vadia", daí a psicóloga ficou chocada: "Ah, mas tu não achas que essa música..?" Meu colega é bem diferente, sabe, bem diferente. Ah, mas ela não entende a letra, ela entende o som, né? O som é legal, da música, ela gosta de todos os tipos, ali na casa, está acostumada, tem um plantão de uma "tia" que gosta de sertaneja, então de tarde, é no meu plantão, tem uma "tia" que gosta, então a gente passa a tarde toda escutando a 104, e ali eles vão, né? Cada um tem um estilo, cada um tem um jeito...*

Ainda que mencionando o "choque" provocado pela escolha dessa música, por parte de seu colega, construindo com Débora "um estilo" de relação, como diz ao final deste trecho, diferente do seu, já que "cada um tem um jeito", a monitora parece atenuar os efeitos de uma letra a princípio tão agressiva, ao trazer, em seu discurso, a percepção de que o bebê "não entende a letra, entende o som", para o que pede minha concordância ao finalizar a frase com a partícula "né". Acrescenta que "o som é legal", e que o bebê gosta "de todos os tipos", ilustrando, de certa forma, as concepções de Marie-France Castarède[15], para a qual, mais do que os sentidos das palavras, o bebê percebe o humor da pessoa com quem interage pelo acento da voz, e a percepção de Donald Winnicott[103] e Ana Lúcia Jorge[42] sobre o efeito dessas canções como não prejudiciais ao bebê, já que, como diz esta monitora, apesar do texto agressivo, utilizam um "som" que é "legal".

O uso de personagens aterradores nas canções de ninar é abordado por Mário Corso[21], fornecendo uma explicação, ainda que não contraditória em relação às anteriores, diversa. Para o autor, frente à tarefa de dar contorno à angústia do bebê, as mães podem utilizar as canções de ninar como forma de transformá-la em medo, fornecendo-lhe, para isto, um objeto. O autor observa que "a angústia é sofrimento puro, os bebês a experimentam como uma agonia quase física; o medo, pelo contrário, já possui um objeto, então se pode evitá-lo e de alguma forma controlá-lo" (p. 39).

Sintetizando os motivos que levam as mães a assustar aos bebês antes de dormir, evocando objetos fóbicos como guardiões do sono, como o "Boi da cara preta" ou a "Cuca", o autor menciona ainda duas explicações psicanalíticas:

> A primeira projeta o medo para fora do sono – dormir não é tão perigoso, mais terrível é a Cuca que vem pegar os que ficam acordados; a segunda é que o ser que mete medo é um substituto da face assustadora do pai, que, paradoxalmente tem uma função

calmante, pois contrabalança o poder materno. Trocando em miúdos, a mãe que abraça é a mesma que sufoca, por isso o bicho vem arrebatar a criança deste abraço hipnótico e conduzi-la para as terras do sonho (p. 78).

Da mesma forma, também outros psicanalistas vêm contribuindo diretamente ou através de conceitos desenvolvidos em suas teorias, para a compreensão dos significados da música na relação mãe-bebê e as funções que pode desempenhar.

Sabemos que, para alguns, a música é considerada um instrumento capaz de suscitar uma série de efeitos, como, por exemplo, possibilitar regressões, concepção particularmente discutida por Richard Sterba[72,86]. Utilizando as proposições deste autor, diz Marie-Claude Lambotte[53]:

> Por esta dupla capacidade – de fazer o melômano regredir a fontes pulsionais há muito esquecidas, e de fazê-lo aceder, ao mesmo tempo, à apreensão de combinações formais intangíveis – se auto-expressaria, independentemente de qualquer interpretação concernente a uma interpretação externa a ela. Ora, se ela se basta, sem no entanto conduzir aquele a quem encanta para um impasse autista, é realmente porque gera um modo de comunicação diferente do que é gerado pela linguagem, e porque participa de uma recriação do mundo que dá ao eu do sujeito um material com que vencer sua própria condição existencial (p. 697).

Podemos pensar que a atividade musical poderia levar mães e bebês a reviver períodos anteriores de sua relação, talvez ainda estabelecidos ao longo da gestação e, com isso, trazer sensações de conforto e bem-estar. Tal proposição parece estar presente nas descrições das mães de Arthur e Angelina sobre as reações dos bebês ao ouvirem sons já conhecidos desde o ventre materno, a primeira mãe evocando a tranqüilidade percebida no filho e, a segunda, relatando reconhecimento e atenção.

Além dessas idéias, temos os conceitos de Donald Winnicott[105] de objetos e fenômenos transicionais, posteriormente relacionados à música por autores diversos[82 72 85].

O conceito de objeto transicional foi desenvolvido por Winnicott a partir de 1951, quando apresentou um estudo à Sociedade Psicanalítica Britânica, descrevendo a primeira possessão não-eu dos bebês. Ou seja, objetos que estes possuem e que, apesar de não fazerem parte de seu corpo, também não são reconhecidos como pertencentes à realidade exterior[18]. Para o autor, os objetos transicionais são utilizados pelo bebê para diminuir a ansiedade causada pelo processo de separação da mãe, e podem constituir-se de paninhos, bichinhos de pelúcia, etc. Uma vez que não são percebidos pelo bebê como realidade interna, mas ao mesmo tempo não são sentidos como provenientes do mundo exterior, podemos dizer que se localizam em um espaço intermediário, uma terceira área de experiência, à qual o autor relacionou o espaço potencial, onde se realizam as trocas significativas entre a mãe e o bebê e se dá o surgimento da criatividade[105]. É importante ressaltar, entretanto, que, neste contexto, criatividade não é um conceito relacionado unicamente à criação artística, mas principalmente a um modo de viver: "A criatividade é, pois, o fazer que surge do ser. Indica que aquele que é, está vivo"[101] [VII](p. 48).

Ressaltando a importância do espaço potencial, Winnicott[103] salienta que esta área de transicionalidade estabelecida entre a mãe e o bebê irá crescer para, no futuro, abarcar toda a vida cultural e criativa: arte, lazer, música, religião, e toda uma gama de fenômenos que caracterizou como transicionais. Conforme Alexander Newman[68], o conceito de espaço potencial visa a descrever a localização da experiência proporcionada por atividades como uma caminhada em um parque ou a audição de uma peça musical da qual gostamos. Para esse autor, as experiências vividas

---

[VII] Tradução livre do texto em espanhol.

nestes momentos são consideradas por Winnicott como tendo início no espaço potencial existente entre a mãe e o bebê, quando lhe foi permitido um alto grau de confiança na mãe, que lhe possibilita saber que esta não falhará, se se fizer subitamente necessária. O autor conclui:

> em outras palavras, na saúde não há separação, pois na área tempo-espaço entre a criança e a mãe, a primeira (e também o adulto) vive criativamente, fazendo uso dos materiais disponíveis: (...) uma peça de madeira ou um quarteto de Beethoven, não é tanto o objeto utilizado, mas seu uso: fenômenos transicionais [VIII] (p. 339).

Assim como esse autor, Marie-France Castarède[15] salienta que o que especifica os fenômenos transicionais não é o objeto, mas sim a qualidade de investimento, caracterizada por um espaço intermediário entre mundo interno e mundo externo.

Podemos encontrar, entre os fenômenos transicionais, as atividades musicais, o que é exemplificado por Winnicott[103] ao salientar que entre esses fenômenos estão os balbucios do bebê e as melodias cantadas por algumas crianças mais velhas antes de dormir. Reforçando a idéia da função transicional capaz de ser exercida pela música, Sally Rogers[82] ressalta que algumas canções, quando entoadas pelos pais, podem tornar a música carregada com um sentimento de conexão entre a criança e eles, que muitas vezes perdura da infância para toda a vida do indivíduo.

Com base nos conceitos de objetos e fenômenos transicionais e, particularmente, de espaço potencial, podemos pensar que a atividade musical para bebês, quando oferecida em conjunto com suas mães, auxilia na criação de um espaço potencial, propiciando um momento lúdico em que pode ser exercitado o agir criativo e estabelecidas trocas significativas entre mãe e bebê.

[VIII] Tradução livre do original em inglês

De fato, relatos sobre a importância da música na relação entre o bebê e sua mãe, ou o substituto materno, criando momentos que podemos relacionar ao espaço potencial, aparecem diversas vezes nas entrevistas concedidas por mães e monitoras. Como diz a mãe de Angelina: "Era um momento tão curtido da semana, que eu pensava: 'E lá vamos...' Que era só meu e dela, entende?" Encontramos neste breve trecho talvez dois dos aspectos mais significativos em relação à importância do espaço potencial. Em primeiro lugar, o prazer compartilhado, como diz a mãe ao mencionar "um momento tão curtido", ao qual, em outros trechos da entrevista comenta que aguardava com ansiedade e, em segundo lugar, o fato de ser uma experiência vivida como particular daquela relação, que a mãe alude ao referir-se como um momento "só meu e dela". Conclui sua frase questionando as interlocutoras sobre a compreensão de seu relato, evocando, talvez, a dificuldade de expressar o significado da experiência.

A mãe de Laura, por sua vez, aborda a importância dos momentos vivenciados através da atividade musical, após ressaltar, novamente, o significado da música em sua vida. Referindo-se a seus sentimentos sobre a participação no projeto, diz:

> *Achei que era uma coisa bem... Bem como foi. Eu não tinha... Eu não fui com nenhuma expectativa. Acho que isso era uma coisa bem legal. Por isso que pra mim foi ótimo, entende? Eu não tinha a menor idéia do que pudesse acontecer. Então pra mim foi tudo um monte de lucro. Eu acho que o curso, basicamente, tem a ver com essa vontade de saber como é que era, de poder estar mais junto com ela, com alguma coisa a ver com música.*

Poder estar "mais junto" com a filha, em uma atividade que tem "alguma coisa a ver com música" parece ser o "monte de lucro" gerado pela experiência musical, em um contexto específico como o projeto que freqüentam. Podemos pensar que, talvez, este "lucro" esteja relacionado exatamente ao prazer proporcionado pelas experiências caracterizadas como fenômenos transicionais, e seu nascimento neste espaço capaz de constituir-se como potencial. Essa mãe, por outro lado, também questiona, como a mãe de Angelina, sobre a compreensão das interlocutoras quanto a seu relato, talvez evocando a intensidade dos sentimentos implicados em seu discurso, e sua difícil expressão através das palavras.

Da mesma forma que nas frases da mãe de Laura, um trecho da entrevista realizada com a mãe de Lúcia ilustra a importância que as atividades musicais podem desempenhar na criação do espaço potencial. Após mencionar seu pesar, já que no próximo ano a filha não poderia participar do projeto, pois estaria freqüentando a escolinha no mesmo horário, comenta:

> *Pois é. Mas eu não sei... Porque eu queria continuar, né? Era o único dia, a única tarde da semana que eu ficava com ela. O resto eu trabalho dezoito horas por dia. E eu tinha isso como uma... Foi um jeito que... Porque a Lúcia é adotada. Então foi um jeito da gente criar uma intimidade só nossa, um momento só nosso. Foi uma relação que se estabeleceu através daquilo ali, também.*

Depois de relatar a importância da participação no projeto como um momento na semana dedicado exclusivamente à convivência com a filha, a mãe conta que Lúcia fora adotada com alguns dias, iniciando a frase com a expressão "foi um jeito que...", que parece introduzir o comentário posterior sobre a importância de "criar uma intimidade" entre ambas. Ou, como diz, "um momento só nosso", que possibilita "uma relação que se estabeleceu através daquilo ali também", aspectos que evocam o conceito de espaço potencial.

Uma vez que a criação do espaço potencial permite um fortalecimento da relação do bebê com a mãe, ou sujeito que exerce a função materna, como ilustra a mãe de Lúcia, seu estabelecimento através das atividades musicais parece-me particularmente importante em casos em que os laços entre o bebê e a mãe podem estar em risco. É o que verificamos, por exemplo, no caso da depressão materna. Neste sentido, Maria do Carmo Camarotti[13] observa que a interação entre mães deprimidas e seus bebês é marcada pela descontinuidade, mostrando-se menos disponíveis às demandas de seus bebês, o que gera neles a ameaça de ruptura de sua própria continuidade, reduzindo suas capacidades de contenção, diferenciação e de localização das excitações pulsionais. A autora salienta ainda que:

> A depressão materna introduz uma falha relacional entre a mãe e o filho tanto do ponto de vista quantitativo como qualitativo. As interações bem particulares entre o bebê e uma mãe afetada no seu processo de maternidade geram na criança zonas de fragilidade, desorganizam-na e colocam em risco seu processo de subjetivação (p. 54).

A mãe de Lucas refere, na entrevista, a importância da atividade musical no resgate desses laços com o filho, fragilizados por sua depressão. Relatando seu gosto pela música e o contexto em que se deu sua decisão de buscar o projeto, conta:

> *Então eu li aquela matéria, que desenvolve o raciocínio lógico, daí eu, pô, muito melhor né? Tudo bem, só que aí nesse período, depois que o Lucas nasceu, eu inscrevi ele, só que eu tive problema de depressão pós-parto, então eu também tinha esse interesse porque ali dizia que os pais ficavam junto, como eu imaginava, então eu ia ter uma aproximação maior. Como eu fiz um tratamento, estou fazendo ainda, um tratamento com uma psiquiatra em função da depressão eu comentei com ela e ela: "Bah que legal!".*

Na busca por um projeto relacionado à música, que além de desenvolver "o raciocínio lógico" lhe parecia importante já que "os pais ficavam junto" e que, portanto, "possibilitaria uma aproximação maior", a mãe de Lucas idealiza um espaço que, pelas características que lhe atribui, aprimorando a relação e possibilitando trocas, parece perceber como um espaço potencial.

Se a importância das atividades musicais na constituição do espaço potencial, no contexto do projeto eventualmente funcionando como objetos e fenômenos transicionais, parece tão fundamental na relação dos bebês citados e suas mães, podemos pensar que se mostra ainda mais importante no caso dos bebês institucionalizados, cuja fragilidade dos laços e dificuldade de sua criação, muitas vezes podem dificultar ou mesmo impossibilitar a criação do espaço potencial. Nestes casos, pequenos momentos de intimidade compartilhada em uma experiência prazerosa adquirem relevância e, assim, a atividade musical em grupo possibilita o desenvolvimento de uma série de experiências capazes de reforçar, ou mesmo dar início, ao nascimento de uma ligação com seus cuidadores.

Tal observação é reforçada pelos relatos dos monitores da instituição que acompanham essas crianças, quando mencionam, a exemplo de muitas mães, que os encontros representaram "momentos de intensa alegria" com "seu bebê", como expressa a monitora que acompanha Débora ao responder ao *questionário final*, salientando que, nos encontros, esta teve "atenção e exclusividade."

Em diversos momentos, as monitoras mencionam ainda o estabelecimento de laços através das atividades preparatórias para o comparecimento aos encontros, enfatizando a formação de um vínculo que, muitas vezes, referem ter tido início não só nas atividades musicais, mas também nesses preparativos: vestir o bebê para sair da instituição, dirigir-se ao local onde são realizados os encontros, participar com ele das atividades, ir e voltar de ônibus, etc.

A mãe de Vânia aborda a importância das saídas com o bebê da instituição, referindo-se ao período anterior à adoção, em que a acompanhava ainda como monitora:

> *Entrevistadora: E tu estavas falando da função que a música teve no desenvolvimento dela. Como é que tu percebes isso, por que tu achas que isso aconteceu? Por que a música conseguiu ter esse efeito com ela?*
> *Mãe de Vânia: Eu acho que juntou tudo, sabe? Ela relacionou a música com... Porque ela nunca saía. Porque ela tem esses probleminhas, que já nasceram com ela, de visual, essas coisinhas assim, que são físicas, mas ela não é uma criança que adoeça. Lá na casinha, tem isso aí. A criança que mais sai, pelo menos os bebês, que eles têm bastante atividade até, pras crianças saírem, mas os bebês vão ficando, né? Saem os com problema, ela nunca adoecia, nunca saía, né? Então tudo se juntou, tudo se juntou. Então, acho que aquilo se juntou a muitas coisas boas pra ela, sabe? Quando eu chegava pra arrumá-la, ela já ia eufórica, ela batia palminhas, coisa que ela não fazia. (...) Aí, quando a gente entrava na rua Senhor dos Passos, ali, que ela enxergava, acho que olhava o local, daí ela ficava assim, bem... E sorria, e apertava o pescoço e beijava, sabe? Então ela manifestava que estava gostando, né?*

Para Vânia, portanto, a atividade representava, na visão de Júlia, algo de que "estava gostando", já que recebia a monitora, quando chegava para arrumá-la, "eufórica" e fazendo coisas "que ela não fazia", como bater "palminhas", reagindo de forma semelhante ao aproximar-se do local onde se realizam os encontros.

Também a monitora que acompanha Débora ilustra alguns aspectos da importância da participação do bebê no projeto e em sua relação com este:

> *Entrevistadora: Bom, em relação às aulas, teve alguma atividade que tu notaste que ela gostou mais, ou menos?*
> *Monitora: Ah, eu, particularmente, não sei se é assim, lá da minha casa, eu achei ela super participativa em tudo, eu notei, assim, tudo eu achava que a Débora, dando uma olhadinha aqui, uma*

olhadinha ali, tudo eu achava que a Débora fazia melhor, sabe? Achava que ela participava, não sei se melhor do jeito que tem que ser melhor, melhor pro meu jeito, do jeito que eu entendo as coisas, aí eu acho que tudo... Mas eu acho que, o "Tcheque", eu acho que, o "Tcheque-tcheque", por ser puxadinha, eu acho que ela gostou bastante. Acho que foi...
Entrevistadora: E teve alguma atividade que tu gostaste mais?
Monitora: Que eu gostei? Ah, eu acho que eu gostei do "Tcheque", também.
Entrevistadora: Então fechou, vocês duas... É, a gente vê que vocês duas fecham mesmo!
Monitora: Eu gostei...
Entrevistadora: Tem alguma coisa que tu notas diferente na Débora, a partir desse trabalho?
Monitora: Ah, eu notei bastante, o tipo de coisa que sinceramente até é difícil de explicar... Por que ali, né, o problema da casa, é que as crianças não... é, assim, falta de atenção, por mais que às vezes tu pensas, "ah são três, são..." sabe, não é a atenção de uma casa de uma família, olha um bebê, o que tem de atenção numa casa, é o tempo todo, todo mundo que chega, é o bebê, a parentada, aquela gente toda, tudo é pra um bebê, numa casa. Ali é o que falta, eu acho assim, que lá foi uma oportunidade, óbvio que com a música e em um contexto todo maravilhoso...

Neste trecho, a monitora demonstra sua identificação com o bebê, aspecto que sabemos essencial para sua subjetivação, atribuindo a ambos as mesmas preferências em relação às atividades musicais. Novamente, aqui podemos perceber também uma experiência de prazer compartilhado e trocas realmente significativas atribuídas ao espaço potencial. Por outro lado, mais uma vez constatamos a importância do "momento de exclusividade", como caracteriza em outro momento, representado pela participação no projeto, que permite que esta monitora veja "seu" bebê como "melhor pro seu jeito", ou seja, especial para ela.

Diante dessas proposições, me parece que, tanto para os bebês que comparecem com suas mães, como para os que vêm acompanhados por monitores da instituição que os abriga, as atividades musicais são um elemento importante para que ocorram experiências de trocas entre eles e seus cuidadores, em que os primeiros podem receber uma atenção exclusiva e ambos encontram-se fortemente implicados, favorecendo a criação e fortalecimento de laços.

A monitora que acompanha Carolina aborda essas questões, ao descrever sua percepção sobre o significado dos encontros para os participantes:

> *Eu achei que teve mães bem satisfeitas, bem contentes com aqueles momentos ali, né? São mães que a gente nota que praticamente pararam um pouco as suas vidas pra dar aquela atenção pra seus filhos. (...) Aquele momento, então, acho que foi uma maneira delas aproveitarem bem esse momento em que elas estão com eles, acompanhando eles numa atividade. Eu achei super interessante...*

Embora referindo-se às mães, especificamente, podemos pensar que, ao desempenharem, em relação aos bebês que acompanham, a função materna, as monitoras podem ter experimentado vivências semelhantes, permitindo "pararem um pouco suas vidas pra dar aquela atenção" aos bebês e "aproveitarem bem esse momento em que elas estão com eles", como diz Lívia.

Visando uma compreensão psicanalítica da importância da música para o ser humano e, mais especificamente, da atividade musical voltada para bebês e suas mães, podemos utilizar ainda, além das idéias desenvolvidas por Donald Winnicott, alguns conceitos provenientes da psicanálise lacaniana, que articulados às proposições desenvolvidas pela psicologia do desenvolvimento e lingüística, nos dão alguns subsídios para discutir a importância da voz materna e sua relação com a música e, particularmente, o canto. Nesse sentido, temos, por exemplo, as concepções de Paulo Costa Lima[63], que caracteriza a música, relacionando-a à pulsão invocante, que discutiremos posteriormente, como uma tentativa "de se fazer entendido no mais além da palavra" (p. 42) e desenvolve a questão do papel da música no campo do Outro.

No momento em que essa forma de expressão é utilizada em um contexto em que os sentidos das palavras ainda não podem ser entendidos pelo bebê, essa proposição mostra-se particularmente importante. Nessa etapa de desenvolvimento, as palavras, propriamente ditas, utilizadas pela mãe, são menos relevantes do que a maneira como ela o olha e se dirige ao filho, como bem observa a monitora acompanhante de Débora ao descrever a canção cantada por seu colega e discutir suas implicações. Portanto, a partir destes aspectos, podemos pensar também na importância que a música pode desempenhar enquanto elemento relacionado à entonação, fundamental para o desenvolvimento do bebê.

Ao investigarmos a importância da entonação, particularmente da entonação da voz materna, na estruturação psíquica do bebê, faz-se imprescindível tecer algumas considerações sobre o fenômeno denominado por Anne Fernald, uma das fundadoras da psicolingüística, como *Motherese* ou *Infant Directed Speech*[100][57], termo normalmente traduzido para o português como "mamanhês", ou "manhês". O manhês é o modo de falar caracteristicamente empregado por mães, ou outros adultos em posição materna, ao dirigirem-se a bebês[56]. Caracteriza-se por empregar, em relação ao modo de expressão observado nas interações com adultos ou crianças mais velhas, tons mais agudos, tempos mais lentos e pronúncia mais curta[100]. Este modo de falar, para Marie-Christine Laznik[57] "apresenta uma série de características específicas de gramática, de pontuação, de escansão, e uma prosódia especial" (p. 89), na qual estão presentes estupefação e alegria. A autora acrescenta que tal fenômeno é constituído por "alargamentos dos tempos de cesuras entre as palavras, como se, desde o princípio, a mãe se empenhasse em confeccionar os cortes que permitiriam o surgimento da significação"[IX] (p. 45), e conclui que esta forma de dirigir-se ao bebê é importante para que os sons possam ser percebidos por seu registro sensorial, pois sem estas alterações o bebê não poderia ouvir e registrar a cadeia sonora produzida pelo enunciado do adulto.

O manhês emprega timbre mais agudo do que o normalmente presente na conversação entre adultos com crianças mais velhas, entonação utilizando subidas da voz no final da emissão, curva melódica com mais variações do que o comum, seqüências murmuradas, maior acentuação das palavras e ritmo diminuído, e é um fenômeno é universal, ainda que com variações subjetivas e culturais[15]. É encontrado tanto em línguas não tonais, como alemão, inglês ou português, como em línguas tonais, como mandarim ou tai e funciona como modo de chamar a atenção do bebê, proporcionando, portanto, maior prontidão para a relação com a mãe e tornando-o mais interativo. Esta forma de comunicação mostra-se não referencial, já que a especificação de qualidades dos objetos não é seu principal objetivo, e sim responder e afirmar o interesse do bebê na protoconversação, e possui como objetivos, portanto, engajar a atenção, comunicar afeto e facilitar a aquisição da linguagem[100].

Em uma pesquisa em que observou a interação entre uma mãe e seu bebê em situações como banho, brincadeiras e alimentação, Sílvia Ferreira[34] analisou alguns aspectos do manhês, demonstrando que, nesta fala

> a) a mãe dirige-se à criança dialogicamente, atribuindo-lhe turnos, ou seja, um espaço temporal durante o qual o bebê pode manifestar-se.
> b) que a mãe executa um trabalho interpretativo do fluxo comportamental de ambos os participantes da díade mãe-bebê, num movimento especular, constante e repetido (p. 78).

[IX] Tradução livre do texto em espanhol.

A autora acrescenta que, nessas trocas interativas, a mãe atribui ao bebê função de interlocutor. Entretanto, um bebê pequeno não seria capaz de ocupar seu lugar no diálogo e, dessa forma, a mãe ocupa alternadamente, nele, sua posição e a do bebê.

Na medida em que assim procede, a mãe está utilizando, na estruturação do diálogo com seu bebê, um dos processos constitutivos do diálogo, que é a reversibilidade de papéis: ora ela faz do bebê o ouvinte, ou seja, o destinatário de sua mensagem, ora ela faz do bebê o falante e ela se torna então a destinatária da mensagem do bebê, à qual ela atribui um sentido (p. 80).

Em relação a estes aspectos, Marianne Cavalcanti[16] lembra que este pseudodiálogo possibilita a configuração da relação do bebê com sua mãe como constituição subjetiva, sofrendo esta fala atribuída modificações no decorrer dos meses, com maior freqüência inicialmente, diminuição a partir do sexto mês e configuração de nova estrutura prosódica aos oito ou nove meses para, finalmente, extinguir-se.

Colwyn Trevarthen e Kenneth Aitken[100] descrevem alguns comportamentos observados na protoconversação com bebês de dois meses. Conforme os autores, nesses momentos, os bebês olham para a boca e os olhos da pessoa que se dirige a eles, ao mesmo tempo em que escutam sua voz. Em um padrão cíclico, a criança move-se acompanhando a fala do adulto, muitas vezes de forma sincronizada, combinando seus ritmos e acentos, de modo que mãe e bebê podem, eventualmente, utilizar melodias, alturas, timbres e formas prosódicas similares, o que motiva o adulto para a interação e maternagem instintiva, levando-o a tentar imitar o bebê e liberando a "musicalidade" da voz, expressões faciais, gestos, posturas etc. Os autores observam que o engajamento na interação é facilitado por um dispositivo inato dos bebês, que os levam a mostrarem-se responsivos ao contato com o adulto, o que se torna recompensador para os pais e desperta a sensação de estar realmente interagindo com um ser humano. A protoconversação pode ser liderada pela mãe ou pelo bebê, que então modula gestos ou vocalizações, chegando a antecipar o prolongamento das vogais nos finais das frases. Tais processos caracterizam o que Susan Young[106] denomina inter-modalidade, na qual a percepção sinestésica cria conexões que, embora diminuam com o desenvolvimento do bebê, permanecem em algum grau até a vida adulta, relacionadas à atividade artística ou à comunicação com o outro.

A prontidão para a protoconversação pode ser presenciada ao observarmos recém-nascidos em interação com adultos, dos quais buscam atenção, sendo um fator observado já em bebês com poucas horas de vida. É interessante observarmos que esta concepção diferencia a forma de interação propiciada por esses momentos e as respostas maternas ou paternas ao choro, ressaltando que não desempenham papel imediato para o estado fisiológico, conforto ou sobrevivência do bebê. Os momentos de interação caracterizam-se por tranqüilidade, mostrando-se prazerosos e incluindo, ao lado da atenção mútua e sincronizada ritmicamente, outros aspectos que propiciam a reciprocidade e os turnos de fala, como o toque, as vocalizações, o olhar etc. Portanto, com o desenvolvimento do bebê, a protoconversação evolui, e jogos, rimas, canções e parlendas tornam-se rotina, envolvendo cócegas, sacudidelas, etc., sempre com a presença do ritmo e de repetições previsíveis[100].

Marie-France Castarède[15] observa que, como conseqüência da sonoridade propiciada pela voz e a língua materna nas primeiras interações, o bebê passa a reproduzir os sons que escuta, incorporando palavras e modulações vocais. Mais do que a língua, propriamente, o que a mãe ensina, portanto, é a comunicação, que passa não somente pela voz, mas pelo olhar, o toque etc. Considerando a experiência prazerosa proporcionada pela musicalidade da voz materna, em interação com o bebê, não é difícil compreendermos a similaridade do manhês com a fala dos apaixonados e com a música.

O emprego sistematizado da entonação nas atividades musicais pode, portanto, contribuir para o vínculo do bebê com a mãe ou adulto que o acompanha, uma vez que reforça uma tendência já natural na postura destes últimos frente a um bebê, dirigindo-lhe um tipo de entonação particular. E, tendo em vista os aspectos discutidos sobre o manhês, fica evidente a importância deste, e da entonação, na interação com o bebê. Assim, no desenvolvimento das atividades musicais utilizadas no projeto descrito neste trabalho, a entonação é constantemente valorizada e enfatizada nas atividades. Esta questão parece particularmente significativa se considerarmos as possibilidades de estimulação da interação entre os bebês e seus cuidadores, quando não se tratam de mães, pais ou outros parentes em que essa tendência seria mais "natural", e sim pessoas cuja interação com a criança faz parte de suas atribuições profissionais, como no caso dos monitores, aos quais, especialmente no caso do manejo com bebês e crianças pequenas, cabe atuar como substitutos maternos.

Em relação à importância dos elementos abordados, Elsa Coriat[20] menciona que a voz da mãe é percebida pelo bebê "desde o nascimento como um objeto privilegiado" (p. 52). Ainda que um bebê pequeno não seja capaz de captar os sentidos das palavras, é capaz de perceber as diferenças de tom e direção presentes na voz, o que parece importante tanto em relação à mãe quanto a seus substitutos. Tais idéias são reforçadas por diversos autores[15,43] que ressaltam a preferência dos bebês pela voz materna, em relação à voz de outras mulheres, o que consideram ser, possivelmente, resultado da audição privilegiada desta durante a gestação.

Por outro lado, se a voz materna é privilegiada, e percebida pelo bebê mais como sonoridade do que pelo sentido que suas palavras carregam, também o bebê faz uso da sonoridade para se expressar. Um exemplo bastante evidente disso temos no choro, sobre o qual nos diz Coriat[20]:

Entre os traços mnêmicos que vão sendo inscritos nas sucessivas experiências está o registro de seu próprio choro, que inicialmente é proferido de modo automático, mas em relação ao qual o bebê vai comprovando o poder de provocar a aparição buscada. O choro, com poucas semanas, começa a se diferenciar em função do tipo de objeto que reclama para sua satisfação e já temos o esboço daquilo que se transformará, mais adiante, em uma demanda verbal (p. 145).

Vemos um exemplo claro da importância do choro, ao analisarmos o primeiro encontro a que Vânia comparece, acompanhada por uma monitora com a qual não parece ter um vínculo mais significativo e que se mostra incapaz de atribuir sentidos a suas manifestações ou buscar formas de acalmá-la. Nesse contexto, ao observarmos a gravação em vídeo, vemos o choro adquirir, consecutivamente, as características de um protesto, cansaço, angústia e, finalmente, ao não ser nomeado ou significado, desesperança.

Concordando com essas idéias, Sílvia Ferreira[34] ressalta que, assim como o choramingo e a rigidez corporal, manifestações como vocalizações, gritos, sorrisos e olhar são sinais comunicativos pelos quais o bebê se expressa, em sua relação com a mãe. Tais comportamentos, aos quais a mãe atribui sentido, interpretando-os, são considerados pela autora "Atos de Fala" e, ainda que sejam anteriores à aquisição da linguagem, resultam em reações e atitudes por parte da mãe.

Marie-France Castarède[15] lembra que, antes de ser linguagem, a voz é, para o bebê, expressão e comunicação com a mãe. A autora observa que o processo desenvolvido ontogenicamente é paralelo ao observado filogenicamente, já que podemos pensar que, antes da palavra, a espécie humana pode ter utilizado como forma de expressão a entonação e a modulação da voz. Como o bebê no modo de expressão que a autora descreve como *babytalk*, também o homem primitivo, antes de endereçar a seu entorno a fala, deve ter enfatizado a música da voz.

Elsa Coriat[20] descreve a importância dos balbucios como elementos que, embora ainda não possuam função comunicativa, são importantes para a futura aquisição da linguagem como elemento representativo da cultura. Segundo a autora, entre os seis e oito meses, o balbucio do bebê começa a se constituir de fonações limitadas aos fonemas da língua materna. Concordando com essas idéias, Castarède[15] lembra que os balbucios do bebê tendem a reproduzir também a melodia do discurso adulto, sendo constituídos principalmente de consoantes doces, como sinônimos de satisfação. Na palatalização dos sons, o bebê repete o movimento de sucção, bem como o adulto ao utilizar o manhês ou a linguagem amorosa. A nasal labial M, como podemos observar, relaciona-se ao conceito de mãe em todas as línguas: *mãe*, em português, *mother*, em inglês, *madre*, em italiano e espanhol, *mutter*, em alemão, *mater*, em latim, *mëmë*, em albanês, etc. A autora considera ainda que as vocalizações do bebê instauram dois aspectos da cultura: o reconhecimento da realidade e, com esta, as operações lógicas do pensamento, construindo o domínio da razão e, ao mesmo tempo, a expressão das emoções e estados da alma, que vão dos balbucios e do canto do bebê até formas elaboradas de música vocal, abrangendo o domínio do jogo, da arte, do corpo e do inconsciente.

Da mesma forma que o choro e os balbucios, outras formas de expressão do bebê, mais relacionadas à sonoridade do que ao sentido, podem ser importantes para o futuro desenvolvimento da linguagem. Entre essas, podemos encontrar a música, importante para a constituição da linguagem entoada e, conseqüentemente, linguagem articulada[17].

As pulsões, a atividade musical e a estruturação psíquica do bebê

> Para o bebê humano, a inserção no mundo é inserção em voz: é o grito primal ou palavra de vida... Esta voz não se apaga senão

quando ele dá seu último sopro: é o último suspiro ou silêncio de morte... A sede de ar que faz gritar o moribundo é a mesma que faz gritar o recém-nascido: entre estes dois gritos do ser, há o tempo da vida, o percurso de uma consciência, a trama de um destino. Fazer entender sua voz, balbuciar, falar, cantar, rir ou chorar, é viver como sujeito no mundo dos homens[x] (Castarède[15], p. 11).

Ao discutirmos questões relacionadas à voz e sua implicação na estruturação do bebê, parece-me essencial retomarmos a articulação estabelecida por alguns autores entre a música e o conceito de pulsão, particularmente a pulsão invocante[24,25,26,27,64]. É preciso ressaltar que esse conceito é relevante, aqui, tanto pela relação com a atividade musical, como pela importância que adquire ao compreendermos a constituição do sujeito e sua estruturação psíquica.

Roland Chemama[18] conceitua a pulsão como "energia fundamental do sujeito, força necessária ao seu funcionamento, exercida em sua maior profundidade" (p. 177), e ressalta que uma vez que tal força se apresenta com uma multiplicidade de formas, seria mais acertado usar o termo no plural, "pulsões", salvo quando em referência a sua natureza geral.

Se nos reportarmos à obra de Sigmund Freud, encontraremos o termo pulsão (*Trieb*), pela primeira vez, em 1905, nos *Três ensaios sobre a teoria da sexualidade*. Nessa obra, ele a define como "uma força quantitativamente variável, que nos permite medir os processos e as transformações da excitação sexual" (Freud[35], p. 1221). Após essa primeira abordagem, Freud utiliza o conceito em outras obras, desenvolvendo-o e, finalmente, em 1915, retoma a discussão em um texto dedicado especialmente ao tema: *As pulsões e seus destinos*. É então que define alguns termos empregados em relação às pulsões e com os quais nos

---

[x] Tradução livre do original em francês.

deparamos freqüentemente nas revisões sobre este conceito: impulso, alvo, objeto e fonte[37].

Sobre o *impulso*, nos diz Freud que é caracterizado por ser constante e relacionado ao fator motor, ou seja, a soma de força ou quantidade de trabalho que representa. O *alvo* está articulado sempre à satisfação, alcançada somente pela supressão da estimulação, o que pode se dar por meios diversos. O autor menciona ainda a existência de processos que avançam em direção à satisfação, mas são desviados ou inibidos, o que resulta em uma satisfação parcial. Já o *objeto* é apresentado como "a coisa na qual, ou por meio da qual, pode o instinto alcançar sua satisfação", não sendo necessariamente exterior e podendo, também, sofrer modificações no decurso da pulsão. E embora não relacionado diretamente a ela, lhe está subordinado pela satisfação. O mesmo objeto pode, ainda, estar vinculado a várias pulsões pela via da satisfação. Mas, quando tal relação é rígida, dizemos que há uma fixação, a qual muitas vezes ocorre em períodos precoces do desenvolvimento das pulsões, opondo-se à separação do objeto. Finalmente, a *fonte* diz respeito ao processo somático que é representado pelo instinto. Freud considera haver dúvidas quanto a sua origem, podendo ser esta química ou mecânica, e ressalta que não é imprescindível conhecer as fontes de uma pulsão, já que esta se mostra apenas em relação a seus fins. Roland Chemama[18] salienta, quanto a estes postulados sobre a pulsão, que podemos concluir que "o objetivo da pulsão só pode ser atingido provisoriamente, que nunca será completa a satisfação pulsional, pois logo renasce a tensão, e que, afinal de contas, o objeto é sempre, em parte, inadequado, jamais sendo definitivamente preenchida sua função" (p. 179).

O conceito de pulsão é retomado por Freud em 1917 e, novamente em 1920, no texto *Mais além do princípio do prazer*[38]. Nessa obra, aborda, a partir do estudo das neuroses traumáticas, o tema da repetição, como o que está "mais além" da busca de prazer, e desenvolve, a partir destes aportes, a idéia de pulsão de morte.

O tema das pulsões, exaustivamente discutido na obra de Freud, sofrendo modificações e evoluindo conforme descrito, também é retomado por Jacques Lacan como um conceito fundamental e abordado ao longo de sua obra. O conceito é discutido, por exemplo, no *Seminário 7: A ética da psicanálise*[49]. É em 1964, no *Seminário 11: Os quatro conceitos fundamentais da psicanálise*[51,] entretanto, que é particularmente desenvolvido, na posição de um dos temas essenciais à teoria psicanalítica. Neste texto, examinando a possibilidade de uma relação entre a pulsão e o orgânico, o autor considera que mesmo um exame apurado da obra de Freud vai contra esta idéia, uma vez que "a pulsão não é o impulso" (p. 154), sendo este último apenas um de seus termos. A partir da discussão sobre o impulso, Lacan diferencia a necessidade interna da necessidade externa, demarcando também uma distinção entre pulsão e necessidade. Considera, por exemplo, que a pulsão não estaria relacionada à fome ou à sede, sendo estas necessidades internas.

Sobre tais proposições, Marie-Christine Laznik[55] ressalta que, na teoria lacaniana, a pulsão fica colocada não como uma articulação entre o biológico e o psíquico, mas como articulação entre significante e corpo, não tomado aí como organismo, mas como construção em que existe uma imagem totalizante. A autora ressalta que as proposições de Lacan, diferenciando pulsão de necessidade e desvinculando-a do orgânico em sua totalidade, ao estar vivo propriamente, possui não apenas importância teórica, mas também clínica. É o que possibilita identificar, por exemplo, a existência de casos em que, mesmo havendo um organismo vivo, nos deparamos com um fracasso da instalação pulsional, que se estabelece no caso de patologias como o autismo, tema que discutiremos ao abordar os aspectos preventivos das atividades musicais.

Ainda a partir das proposições de Freud, Lacan[49] discute a questão da satisfação da pulsão, levantando a idéia de que não seria tão simples defini-la simplesmente como a chegada ao alvo, uma vez que, se tomarmos a sublimação como um de seus destinos, veremos que a pulsão é caracterizada justamente por uma inibição quanto a este. Posteriormente, desenvolvendo aspectos relacionados ao objeto da pulsão, o autor sugere considerarmos que esta última o contorna e, ao elaborar algumas idéias sobre a fonte da pulsão, ressalta o fato de que as chamadas zonas erógenas só se dão a conhecer em pontos que poderíamos caracterizar como estruturas de borda: boca, ânus, etc. A partir daí, conclui que a pulsão pode ser equiparada a uma montagem, complementando que é "precisamente esta montagem pela qual a sexualidade participa da vida psíquica, de uma maneira que se deve conformar com a estrutura de hiância que é a do inconsciente" (p. 167). A sexualidade, entretanto, só poderia realizar-se através das pulsões como parciais, em relação a sua finalidade biológica de reprodução. Isso resulta no fato de que, como pulsão parcial, seu alvo não seria outro que o "retorno em circuito", sendo este o movimento circular do "impulso que sai através da borda erógena para a ela retornar como sendo seu alvo, depois de ter feito o contorno de algo que chamo de *objeto a*"[XI] (p.183).

Para Lacan[49], é através destes processos que o sujeito deve atingir a dimensão do Outro. Assim, levanta a hipótese de que "a pulsão, invaginando-se através da zona erógena, está encarregada de ir buscar algo que, de cada vez, responde no Outro" (p. 185). A partir disto, desenvolve aspectos sobre o olhar e a voz, enquanto relacionados à pulsão na perspectiva de "se fazer ver" e "se fazer ouvir", este último aspecto não abordado por Freud, e em relação ao qual diz:

[XI] Marlene Teixeira[97] descreve o "objeto a" como "questão de resto, preso ao *real* e não simbolizável, objeto como falta e objeto como causa do desejo" (p. 89).

É preciso que, muito depressa, eu lhes indique sua diferença para com o "se fazer ver". Os ouvidos são, no campo do inconsciente, o único orifício que não se pode fechar. Enquanto que o "se fazer ver" se indica por uma flecha que verdadeiramente retorna para o sujeito, o "se fazer ouvir" vai para o outro. A razão disto é de estrutura (p. 184).

Concordando com essas idéias, Alain Didier-Weill[26] aborda a experiência musical, e lembra que a pulsão relacionada à voz e denominada "pulsão invocante", é abalada particularmente pela música, já que esta coloca em questão a mesma reversão do sujeito que se faz presente no "comer-ser comido, ver-ser visto". Entretanto, a pulsão invocante não é uma pulsão parcial, o que gera um processo no qual o "sujeito invocado torna-se invocante sem o suporte de um objeto parcial" (p. 253), advindo então um sujeito que é "o sujeito invocante". O autor considera ainda que uma vez "o sujeito, invocado a se tornar, não poderá mais ficar parado no lugar: a partir do momento em que ele recebeu a invocação para dançar, ele passa a invocar a existência do Outro. Então, ele tem que se deslocar para dar seu primeiro passo de dança" (p. 253).

Para Lacan[48], a invocação pressupõe a dependência do desejo do sujeito em relação a outro ser, convidando-o a entrar na via deste desejo de maneira incondicional. Este processo implicaria em um apelo à voz, enquanto aquilo que sustenta a fala, não para esta, mas para o sujeito que a porta. Neste sentido, a invocação está relacionada ao apelo evocando esta voz, em conformidade com o desejo.

Ao abordar a questão da invocação, Didier-Weill[27] a diferencia da demanda, propondo que, enquanto esta se dirige a um Outro presente, a primeira visa um Outro que existe apenas como por vir. O autor conclui, portanto, que a pulsão invocante diz respeito à transferência no tempo.

A partir dessas proposições, considera, em relação à música, que o sujeito descobre que não a escuta, mas, ao invés disto, é escutado por esta[26]: "a música o ouve, ouve nele um apelo do qual ele não sabia nada e do qual podemos dizer que é, para ele, apelo a que se torne o que ele não é ainda" (p. 252), apelo este que só pode ouvir devido à falha no inconsciente que o sujeito não pode esquecer, falha no Outro de onde parte a demanda de amor e que o torna permeável à ouvinte que é a música.

> Se tal música se apodera de nós, é porque ao ouvir nela uma resposta, a questão que nos habita torna-se, por ter podido suscitar uma resposta, viva. Sua presença que ignorávamos é chamada de volta pelo fato de que uma outra pessoa, o Sujeito músico, prova que dela recebeu o chamado.[27]

O que sentimos ao ouvir música, diz respeito ao ponto enigmático em que "a mensagem do Outro torna-se nossa própria Palavra" (p. 81), diz o autor. A partir destas idéias, discute a experiência de conjugação de gozo e nostalgia proporcionada pela "Nota Azul", que descreve como aquela "nota de música que em nós acertará na mosca" (p. 58) e a relaciona à repetição, paradoxalmente produzindo sempre um efeito idêntico a si mesmo e protegendo o sujeito contra o tédio e a monotonia.

> Dessa nota direi que se não é simbolizável, no sentido em que não poderemos inscrevê-la, em que não poderemos reter em nós o efeito eminentemente fugaz que ela produz e cuja extinção é estritamente tributária do real das vibrações sonoras que a suportam, ela é em compensação simbolizante. Simbolizante no sentido em que nos abre para o efeito de todos os outros significantes, como se fosse senha: efetivamente, sob o impacto da "Nota Azul", o mundo começa a falar conosco, as coisas, a ter sentido: os significantes da cadeia ICS, de mudos que eram, despertam e começam, assim causados pela Nota Azul, a nos contar casos (p. 61).

A mãe de Lucas traz em seu discurso alguns aspectos que ilustram as proposições discutidas, como podemos observar neste trecho de sua entrevista:

> *A minha idéia pro Lucas é essa, que ele tenha gosto pela música. Não que eu queira que ele seja um músico, mas que ele veja a música, assim, como uma coisa agradável. Quando ele estiver aborrecido ele tem ao que recorrer, vai ouvir uma música.*

Da mesma forma como menciona estar sempre com o rádio ligado e ter buscado o projeto como mais um instrumento para "superar" a depressão pós-parto, Fernanda parece querer legar ao filho a música como algo "a que recorrer" quando aborrecido. Não "que ele seja músico", mas que tenha na música "uma coisa agradável". Ou como diz Didier-Weill[26], algo que possa escutá-lo, ao mesmo tempo em que a escuta.

A relação do sujeito com a música e o paradoxo "ouvir-ser ouvido" torna-se particularmente complexa, quando relacionada a performance. Neste sentido, é importante lembrar que a execução de uma obra musical pode despertar, para o instrumentista, também, o prazer pela própria habilidade[45]. A mãe de Laura, após abordar a influência da relação de seus pais com a música, em seu interesse pelo estudo do piano, diz:

> *Eu gostava, tanto que eu não segui, nada, porque eu, assim, ó, a minha relação não era... Eu nunca gostei de eu apresentar pros outros, eu ia, fazia as apresentações com a minha professora... Mas não era esse o objetivo. Eu gostava de tocar pra mim. Eu gostava de, em casa, tocar no dia-a-dia, sabe? Tocava pra minha mãe...*

Por um lado, a prática musical permite que Suzana toque "para si", percebendo-se a compreensão de Didier-Weill[26] sobre a música como um elemento capaz de escutar o sujeito em seu apelo para que venha a ser o que não é ainda. Por outro lado, nesta relação com o Outro, a mãe, como Outro primordial, encontra posição privilegiada, quando a música lhe é dirigida, ao mesmo tempo que ao próprio sujeito, que recebe sua própria performance também como um retorno do que endereça. Neste caso, portanto, o "se fazer ouvir", relacionado à pulsão invocante, de que fala Lacan[49] parece ganhar um novo vetor, tornando-se uma flecha de mão dupla, pois, ao mesmo tempo em que o som produzido é dirigido ao Outro, retorna ao sujeito. Neste breve trecho de sua entrevista, Suzana demonstra que não é mais só a música que espera que a escute, mas sua própria mãe.

Se é importante na compreensão de alguns fatores implicados em discussões de temas como a arte em geral, e particularmente a música, o conceito de pulsão é fundamental também ao abordarmos temas como a constituição do sujeito. Nesse sentido, referindo-se ao bebê, Alfredo Jerusalinsky[41] lembra que o ritmo biológico, simplesmente, não pode recortar fontes corporais marcadas para fins, o que abre espaço para a dimensão psíquica através da noção de pulsão. Esta, para se constituir em representante biológico, necessita a intervenção do semelhante, que lida com o mal-estar da criança, delimitando uma fonte, direcionando sua força e articulando o objeto a um alvo. Aqui, podemos pensar, como exemplo, na inclusão das figuras terríficas nas canções de ninar e a proposição de Mário Corso[21] sobre sua função, possibilitando à mãe transformar a angústia do bebê em medo, com um objeto, portanto.

Sobre a importância da pulsão, Elsa Coriat[20] salienta que, para existir um sujeito do desejo, é necessário que a mãe, como representante do Outro, possa marcar o corpo do bebê com significantes, libidinizando zonas erógenas e recortando objetos pulsionais. A partir destas colocações, a autora se propõe a realizar uma leitura lacaniana dos conceitos de Donald Winnicott definidos como *handling* (manipulação) e *holding* (sustentação). Conceitos que, na visão de Alexander Newman[68], devem sempre ser entendidos conjuntamente, caracterizando a maneira como uma mãe manipula seu bebê, cuidando de suas necessidades fisiológicas e psicológicas, respectivamente.

Elsa Coriat[20] ressalta que, quanto à manipulação do bebê, é importante não apenas o toque da mãe sobre seu corpo, mas o "toque" de seu olhar e sua voz, criando com estas marcas o que Lacan chamou de *Letra*, formadores de futuros significantes. Essas marcas, impressas no corpo do bebê a partir do lugar simbólico que lhe é atribuído pelos significantes da história de quem o manipula, habitualmente a mãe, são as bases para a formação do aparelho psíquico, como "condição necessária de possibilidade" (p. 52) para que o sujeito advenha. Entretanto, para que isto aconteça, não basta uma marca qualquer, mas sim marcas que possibilitem ao *infans* a introdução no campo do Outro, a partir da aposta em sua existência mesmo antes que exista realmente.

Também para Piera Aulagnier[2], o desejo materno é fundamental para a constituição da criança, pois é como objeto deste desejo que poderá dar sentido a sua existência. Entretanto, a causa do desejo materno não pode ser entendida como o próprio sujeito, mas sim como a importância para a mãe deste lugar vazio de onde a criança advirá. A autora completa essas idéias dizendo que "é como causa desse desejo que a criança será designada pelo discurso daquela que lhe nomeia: este é o lugar da causa que se lhe atribui" (p. 178).

Exemplo disso temos no relato da mãe de Luciano, transcrito posteriormente, em que descreve os sentimentos vivenciados durante a gestação, especialmente no momento em que, através de ultra-sonografias, soube o sexo de seu filho e, assim, pôde nomeá-lo, "para ser um indivíduo desde o início". Ou, podemos pensar, a partir do que é discutido neste relato, como um sujeito, que já traz desde antes do nascimento uma filiação, inscrito em uma rede de significantes relacionada à história familiar. Como salienta Maria do Carmo Camarotti[13]:

O bebê pré-existe ao nascimento, estando inscrito numa história familiar, onde é ora desejado, ora rejeitado, ora temido, ora negado. Seu nascimento na linguagem, sinal do desejo parental, antecede então o nascimento biológico e seu futuro psíquico vai estar vinculado a esta anterioridade (p. 51).

Um trecho da entrevista da mãe de Angelina também ilustra a importância destas proposições, enfatizando o investimento dirigido ao bebê desde antes de seu nascimento.

Antes de eu engravidar, um dia, eu tive uma coisa na minha cabeça. O meu marido diz: "Eu não entendo, isso que tu falas, uma coisa na tua cabeça". Veio na minha cabeça o nome Angelina. Não sei de onde veio esse nome. Saiu na minha cabeça. E daí eu disse: "Vocês nem sabem..." Contei na minha casa, contei pro Felipe e o nenê começou a se chamar Angelina. Eu não estava grávida, eu tinha planos de engravidar, mas... E daí, desde que eu fiquei grávida, o nenê começou a se chamar Angelina. Todo mundo chamava de Angelina. E eu disse: "E se for um guri? O que eu vou fazer? Vai ser Ângelo." Ainda bem que foi a Angelina, porque o nome já estava dado. Tinha uma musicalidade, esse nome, pra mim. Talvez por isso que eu esteja falando do nome agora, né? Tinha me ligado por causa disso. Tinha uma coisa musical neste nome. Eu dizia "Angelina" e aquilo me soava assim, de uma maneira, era redondo no meu ouvido. Ai, eu disse: "Bom, é Angelina e acabou". E daí, que de repente, veio o lado todo italiano da família do meu pai. Uma vó italianésima, que eu tive e que já faleceu, que ia ser bisavó desse nenê. E ela nasceu muito perto da bisavó paterna, a data de nascimento é muito perto. E eu disse, "bom, tinha que ter o nome italiano, pra contrapor com o outro lado, pra ficar dividida entre as duas famílias". Nascendo perto de uma bisavó, tinha que ter o nome da descendência da outra... Então, eu acho que teve a ver muito a ver, passou muito por essa coisa da inserção, mesmo, dentro da família...

Betânia relata as circunstâncias em que se deu a nomeação de sua filha, através da escolha de um nome que tinha "uma coisa musical" e relacionava-se com a história familiar, contemplando a descendência italiana de sua família em contraponto à proximidade da data de nascimento da bisavó paterna. Neste caso, o "toque", de que fala Elsa Coriat[20], aparece através da voz, já antes do nascimento, na forma da "musicalidade" que experimenta ao pronunciar o nome que escolheu para seu bebê, e que faz nascerem as possibilidades, desde antes de sua concepção, de que Angelina viesse a se tornar sujeito. Para Lacan[50], o nome próprio só poderá ser definido quando percebemos a relação da emissão nomeadora com algo que, em sua natureza, é da ordem da letra, determinante na estrutura psíquica do sujeito. A partir disto, e tomando como base para sua discussão alguns pressupostos da lingüística, o autor estabelece a relação entre o nome próprio, enquanto estrutura sonora e marca, designando o significante como objeto, traço distintivo capaz de especificar o enraizamento do sujeito e ligado ao que, na língua, já está pronto para receber esta informação do traço.

Das idéias discutidas até aqui, podemos perceber a importância da instauração do circuito pulsional para que o bebê venha a constituir-se como sujeito. Ao enfocar este aspecto, Marie-Christine Laznik[54] ressalta que, para Freud, o trajeto da pulsão é visto como formado por três tempos, propondo-se a segui-lo a partir da pulsão oral, uma vez que podemos identificá-la mais facilmente do que outras nos primeiros meses de vida.

Segundo essa autora, em um primeiro tempo, o bebê busca o objeto oral, o que leva Freud a considerá-lo ativo. Já o segundo tempo, particularmente relacionado ao auto-erotismo, diz respeito à experiência alucinatória de satisfação: chupar a mão, uma chupeta, etc. Esse tempo, entretanto, pode mostrar-se enganador, pois só podemos falar em auto-erotismo se já houver uma instalação do terceiro tempo em outros momentos, com a dimensão do Outro e de seu gozo fazendo-se presente através da inscrição no aparelho psíquico, como traço mnêmico. A autora adverte, neste sentido, que a retirada da partícula "eros" do conceito de auto-erotismo resultaria no termo autismo. Finalmente, no terceiro tempo, a criança se faz objeto, assujeitando-se a um outro, transformado em "sujeito da pulsão do bebê", o que demonstra uma alienação necessária, no ser humano, implicada na questão da constituição subjetiva. A autora lembra que:

> No registro da pulsão oral, este terceiro tempo, no qual ninguém pensa, é todavia encontrado na nossa experiência cotidiana com os bebês e as mães; aliás, não escapou do olhar de certos publicitários, que nos propõem imagens surpreendentes: nelas vemos um bebê estender um pé apetitoso em direção à boca de sua mãe que se deleita. Salta aos olhos o prazer partilhado (p. 43).

Laznik observa ainda que, nestas cenas, podemos em geral perceber o sorriso do bebê, indicando que já haveria uma busca de ligação com o gozo da mãe, Outro primordial, provedor de significantes. Portanto, a passividade nesse tempo seria apenas aparente, pois há uma busca ativa por este "fazer-se comer", fazendo-se objeto deste outro sujeito, assujeitamento que visa à ligação com o gozo do Outro.

A mãe de Vânia relata, em sua entrevista, uma cena que podemos relacionar à importância do circuito pulsional:

> *Acho que todo o desenvolvimento dela se deu a partir da música. E agora ela é... Tudo pra ela, que chama atenção, que estimula, pra ela é tudo som. Tudo som. Engraçado, qualquer tipo de música. Às vezes, os meus filhos botam aquelas músicas bem bagunçadas, eu acho aquilo horrível, parece tortura chinesa. Ela vai lá e dança e olha pra mim. Aí, pra mamãe ficar orgulhosa dela, quando dava essas músicas mais lentas, ela levantava os bracinhos... Mas onde que ela aprendeu? Ela levantava os bracinhos e ficava girando, assim, na pontinha dos pés. Eu acho*

tão engraçadinho, que ela levanta as mãozinhas e fica assim. E aquilo vai bem suave, nos movimentos, ela consegue acompanhar no ritmo qualquer som...

Vânia parece dar-se conta de que sua mãe considera "tortura chinesa" as músicas "bagunçadas" dos filhos mais velhos, mas, por outro lado, deleita-se com a dança com que lhe presenteia ao som de "músicas mais lentas". Através de sua dança, em que consegue mostrar-se "bem suave", Vânia convoca o olhar e o gozo materno, e é evidente o prazer de ambas nesta experiência que torna "a mamãe orgulhosa" da filha.

Se a instauração do circuito pulsional mostra-se essencial para a constituição do bebê como sujeito, no contexto deste trabalho é particularmente importante sua relação com a voz, o que Sandra Souza[87] discute, retomando os postulados de Freud. Assim, o primeiro tempo do circuito pulsional, o ativo, será relacionado ao ouvir (seu grito e a voz materna):

> Se o grito da criança é tomado como apelo, e este outro que a socorre na experiência de satisfação interpreta essa manifestação com seus próprios significantes, essa experiência tem conseqüências importantes sobre a complexificação do aparelho psíquico, já que deixará traços mnésicos de lembranças de várias ordens: do seu próprio choro, da voz do outro que socorre e dos trilhamentos *(Bahnungen)* entre essas duas ordens de imagens-lembrança (p. 161).

O segundo tempo do circuito pulsional, o reflexivo, está relacionado ao ouvir-se. O bebê toma a própria voz como objeto e podemos encontrar, então, os balbucios. Finalmente, no terceiro tempo, o passivo, o bebê se faz ouvir, fazendo-se objeto de um outro. É aqui que podemos falar de um sujeito da pulsão:

> É quando a criança busca se fazer ouvir por esse outro, buscando a cada vez repor em jogo algo do seu desejo desse outro, de seu

gozo. (...) Em outras palavras, o sujeito aparece sob a forma de um outro que o escuta. Aquele que é escutado só se torna sujeito por haver um outro que nos escuta. O fechamento do circuito pulsional se dá no momento em que há algo no Outro que se busca atingir, ao mesmo tempo que há algo aí que se perde, que se subtrai (p. 164).

O circuito pulsional é ainda discutido por Alain Didier-Weill[27,] que o relaciona à experiência musical. No primeiro tempo, o sujeito escuta a música. No segundo tempo, ao mesmo tempo em que se reconhece como ouvinte, é também reconhecido desta forma pela música, que era resposta e que havia suscitado uma questão. Ou seja, a música transforma-se, então, em questão que convoca a resposta do sujeito, levando-o a posicionar-se como se fosse o autor dessa música. Este tempo se articula em sincronia com o terceiro, em que, uma vez produtor do que escuta, este sujeito dirige-se a um novo outro com o qual se identifica, não mais Outro do ponto de partida. O sujeito torna-se, portanto, ao mesmo tempo o falante e o ouvinte. Depois destes três tempos, será capaz de passar para uma nova forma de gozo, já que se encontra seguro quanto à impossibilidade de encontrar o *pequeno a*, enquanto objeto faltoso. Este seria, portanto, o ponto derradeiro da pulsão, confirmando a volatilização do objeto. Observando que a falta não estaria apenas no *pequeno a*, mas na hiância entre o Sujeito e o Outro "esta hiância no Outro que se articula com o S de grande Outro barrado: S (A)" (p. 102). A experiência musical estaria próxima, portanto, não de um "mais de gozar" mas de uma forma de gozo que o autor descreve como "gozo da própria existência", possibilitando ao sujeito uma "comemoração do ser inconsciente" em que ocorreria uma suspensão do tempo.

A mãe de Vânia ilustra estes aspectos ao relatar seu deleite com as capacidades vocais da filha e a música por ela produzida:

> *Eu estava te falando do que ela faz, acompanhando com a boquinha, assim, cantando mesmo, né? E ela vai lá em cima, que nem os CDs do Pavarotti, a gente quase não alcança, mas ela vai, ela acompanha, ela sobe lá em cima, com aquela vozinha. Quando nós fomos ver a Pequena Sereia, lá no Teatro São Pedro, a hora que a sereia começou a cantar, todo mundo começou a rir, porque ela começou a cantar junto com a sereia, a voz dela é muito potente, eu digo que tenho dois goelinhas lá em casa, porque o meu filho mais novo também, né? Ele costumava cantar na igreja. Então, todo mundo usava microfone, ele não precisava, porque a dele... Agora eu tenho dois goelinhas.*

Após este relato, Júlia completa: "No Teatro São Pedro, muito bonito... Então ela faz aquele canto de sereia, não sei que tipo de voz é. Bem fininho..." Por um lado, ao cantar como o "filho mais novo" Vânia identifica-se com um traço familiar. Por outro lado, através da música, a menina convoca, não só o olhar materno, com sua dança, mas sua audição, com a voz que a mãe considera "muito bonita", evocando um certo encantamento, quando a relaciona à *performance* da "Pequena Sereia". Tal encanto frente à voz da filha, tomando-a como algo "muito bonito", permitirá que, posteriormente, Vânia venha a endereçar à mãe não apenas a voz, mas as palavras. De fato, Sandra Souza[87] conclui suas concepções, nas quais podemos ver também uma clara relação com as idéias apontadas por Didier-Weill e sua relação da pulsão invocante com a experiência musical, estabelecendo a importância da instauração do circuito pulsional para que a fala possa advir, e a função do Outro, que no caso podemos pensar como representado pelas figuras parentais, neste processo:

> Falar não poderia portanto ser o atributo de fazer coincidir palavras com objetos, mas muito mais que isso. Na fala há um endereçamento ao Outro. (...) O que vai fazer com que a criança fale de um modo ou de outro, isto é, na forma de agrupamentos

ou como um sujeito dividido, é o modo como lhe falam. Ou seja, que fale num ou noutro estatuto vai depender do modo em que é falada, em que a fala lhe é dedicada (p. 164).

Sobre a mãe e sua função na estruturação psíquica do bebê, Elsa Coriat[20] considera que, antes dos seis meses, ele não sabe que existe um outro, e nem mesmo a mãe é vista como tal. Entretanto, ela pode ser entendida como representante do Outro que age sobre seu corpo, enquanto a percepção do outro como tal só irá ocorrer após as primeiras experiências do estágio do espelho, ou o que Spitz denominou "angústia do oitavo mês".

> Nesse momento, o bebê atribuirá todo o saber e todo o poder do universo a esse outro que o tem sob seus cuidados e que, para ele, encarna um Outro absoluto. O pai e a Lei, presentes na estrutura desde o início, irão tornar-se reais para ele somente mais adiante. Mas a entrada destes, assim como toda a possibilidade de que o sujeito advenha, dependerá de que quando o bebê, dirigindo sua demanda ao adulto que ocupa o lugar materno, pergunte-lhe: que me queres?, encontre somente como resposta outra pergunta: *che vuoi?* (p. 53).

A entrada no simbólico, particularmente significativa ao enfocarmos a importância da linguagem, está relacionada ao estádio do espelho, conceito introduzido por Lacan em 1936, e que segundo o autor, nos traz luzes sobre a função de eu na experiência a esta atribuída pela psicanálise[52]. Neste sentido, Silva Molina[67] lembra que a função materna, a partir da pulsão e transmitindo ao bebê a estrutura da linguagem, a inscreverá para este como função, em um processo que se inicia no que denomina significante pré-lingüístico, ou seja, "gradual organização do significante até sua sutil expressão na palavra" (p. 15).

Tendo lugar entre 6 e 18 meses, aproximadamente, o estádio do espelho é compreendido por Lacan[52] como "uma identificação, no sentido pleno que a análise atribui a esse termo, ou seja, a transformação produzida no sujeito quando ele assume uma imagem – cuja predestinação para esse efeito de fase é suficientemente indicada pelo uso, na teoria, do antigo termo *imago*" (p. 97), revelando-se, portanto, como uma forma particular da função deste termo, ou seja, a de estabelecer uma relação do organismo com a realidade. Se pensarmos no momento da transição bebê-criança como a conclusão do estádio do espelho, encontraremos a inauguração de uma dialética através da qual o eu é ligado a situações socialmente elaboradas, através da identificação com a *imago* do outro e do ciúme primordial.

A partir de conceitos da psicologia do desenvolvimento, também Colwyn Trevarthen e Kenneth Aitken[100] observam que, a partir dos seis meses, o bebê passa a demonstrar possibilidade de representação de outros indivíduos, levando também os pais a modificarem suas interações e a tornarem-se mais brincalhões. Para esses autores, o reconhecimento de que o outro é "como eu" advém de funções metacognitivas e contemplativas adquiridas, bem como da observação dos padrões de outras pessoas e desenvolvimento de expectativas. Em relação a esses aspectos, Marie-France Castarède[15] lembra que as vocalizações do bebê apresentam duas fases. Antes dos 6 meses, o repertório é constituído de uma ampla variedade de sons humanos. Após esse período, entretanto, observa-se que o bebê só produzirá sons da comunidade lingüística em que vive, evidenciando já uma percepção da cultura em que está inserido.

Para Lacan[52,] o estádio do espelho pode ser entendido como drama vivido como uma dialética temporal, capaz de projetar a formação do indivíduo na história, precipitando-se da insuficiência à antecipação, unificando a imagem despedaçada em uma totalidade e levando, finalmente, a uma identidade alienante que marcará todo o desenvolvimento mental, gerando a "quadratura inesgotável dos arrolamentos do eu" (p. 100).

Para a criança, o espelho pode ser entendido como o olhar materno em posição especular, condensando em sua imagem a história do desejo materno. Assim, esse olho está relacionado à base das identificações, as quais, por sua vez, necessitam a presença do Outro, inicialmente a mãe. Já o pai, em um segundo momento, intervirá estabelecendo cortes nas amarras que unem a mãe e o bebê, representando a interdição do incesto e estabelecendo a cultura em sobreposição à natureza. A renúncia à mãe, provocada pela entrada do pai, fazendo com que o desejo por ela torne-se inconsciente, constitui-se no recalque imaginário, o qual fará com que o sujeito seja introduzido na cultura[78.]

Completando essas idéias, Elsa Coriat[20], abordando a função realizada pelo pai, menciona que ele, em um primeiro momento, existirá para o bebê somente como significante ou objeto que se relaciona à mãe. Sua importância diz respeito, portanto, ao que atualiza, através de atos ou presença, no inconsciente materno. O pai, para um bebê, não é reconhecido senão como Outro através do qual existe uma diferença entre ele e a mãe, lembrando a esta que, a despeito de seu gozo de mãe, é sua mulher. A autora conclui que para o bebê perceber o pai como real, é necessário que tenha havido alguns passos prévios, os quais se estabelecem ao longo de toda a "vida de bebê", cujo final pode ser demarcado, justamente, pela aparição do pai como tal, quando podemos dizer, então, que passa a haver uma criança. Como lembra Joel Dor[29,] a função paterna mostra-se crucial na estruturação do sujeito, ordenando, diante do inconsciente, uma topografia psíquica capaz de alternar real, imaginário e simbólico. O autor observa que a função paterna não é indissociável da paternidade comum, de modo que a noção de pai, em psicanálise, deve ser compreendida como entidade simbólica ordenadora de uma função, depositário legal da Lei que representa e agente da interdição mãe-criança, o que Lacan chamou "metáfora paterna", capaz de operar uma substituição do significante originário do desejo materno por um novo significante. A partir disto, o autor conclui:

A renúncia da criança ao objeto fundamental de seu desejo, se é, antes de mais nada, uma renúncia simbólica, não é no entanto derrisória. Abrindo para ela, propriamente falando, o acesso ao simbólico, essa renúncia lhe assegura a possibilidade de poder se manifestar aí, ela mesma, como sujeito, a partir do momento em que é ela quem designa. A primeira designação, inaugural, que testemunha o seu estatuto de sujeito, é a do Nome-do-Pai, seguindo-se daí que o sujeito se produz nesta designação como sujeito desejante, já que só o fará, sempre, continuar a significar, na linguagem, o objeto primordial de seu desejo (p. 54).

Vânia, cuja relação com o som é descrita enfaticamente por sua mãe, que lhe atribui a possibilidade de acompanhar "no ritmo qualquer som", como relata ao descrever a dança da filha, ilustra através deste instrumento sua percepção da inserção do pai em seu contexto familiar. Sua mãe conta:

> *E aí, às vezes um som diferente, que a gente nem está percebendo, mas ela percebe, ela faz assim, com o ouvidinho e faz: "oh". E aí, a gente tem que procurar o som, e ela já está escutando o som... O som do carro do pai chegando, vem aquela camionete pela rua. Nós não estamos ouvindo ainda, quando a gente vê ela diz: "Papai". Ela já levantou...*

Vânia, pelo que observamos nos relatos de Júlia, parece esperar o pai, relacionado pela mãe a um "som diferente", que evoca a alteridade, levantando-se para recebê-lo. Sua percepção da existência do pai, nesse caso, coincide com uma fala que lhe é endereçada, ao mesmo tempo que à mãe, descrevendo a presença paterna: "papai". A enunciação da palavra, neste exemplo, está relacionada justamente à percepção de sua existência, ilustrando metaforicamente a relação da criança com a linguagem, a partir da presença do Outro e diferenciação que impõe entre ela e a mãe.

A função dos pais e sua importância para a entrada do bebê na cultura, ou para que passe a haver uma criança e não um bebê, pode ser sintetizada nas palavras de Aracy Pereira e colaboradores[78]:

> São os pais que fornecem à criança sua primeira bateria de significantes, é deles que ela recebe suas marcas primordiais, à imagem e semelhança do desejo desses pais, que tiveram que transformar à imagem e semelhança do desejo de seus próprios pais e assim indefinidamente. Em suma, é a sociedade toda que, havendo exigido dos pais a tarefa de criar a prole, fala por eles no curso da criação (p. 43).

Ao salientarmos a importância das funções materna e paterna, fica evidente as implicações que traz para o bebê a maneira como este é manejado, como é pensado pelos pais etc. É destes fatores, por estarem relacionados ao lugar atribuído pelos pais ao bebê, que dependerá, portanto, sua estruturação como sujeito desejante.

A mãe de Vânia ilustra a importância desse processo ao relatar o contexto em que se deu a adoção da filha, e das novas expectativas que pode endereçar ao bebê:

Mãe: Quando eu peguei a papelada dela, eu vi que tinha... É que eles fazem tipo uma avaliação, com a criança. Então até os três meses... que ela foi com alguns dias, saiu lá do hospital e foi pra "casinha" comigo. Até os três meses, ela tinha uma resposta... Ela tinha, tava ali: "sim", "sim", conforme as respostas, o que ela deveria estar respondendo. A partir dos três meses, mais ou menos, (quando eu fui buscá-la, ela estava com nove meses), a partir dos três meses, só dava: não, não, não. Nenhuma... Mas só que ela era mesmo completamente apática, ela era paradinha, ela não respondia nada, nenhum estímulo, falava com ela, tal... Então... Eu não sei se o pessoal lá passa um pouco do histórico pra ti, ou não?

Entrevistadora: Não. Quer dizer, no caso da Vânia, não. Até porque as pessoas com quem eu conversei, foram as pessoas que cuidam dos bebês, né? A Vânia, quem sempre acompanhou foste tu.
Mãe: É. Aí, isso aí foi o que eu vi nos papéis, quando eu recebi os papéis na adoção. Não, isso aí eu até tinha na casinha, mesmo, isso aí estava na pastinha dela. Mas o pessoal não manifestava também muito estímulo pra ela, porque acreditava, realmente, que ela não tinha capacidade pra ir mais do que aquilo, talvez pelo histórico, né?
Entrevistadora: É, tem um pouco a ver com isso. Apostar na criança, esperar coisas...
Mãe: Isso, né?! Tanto é que ela nem estava, nem era apta pra equipe de adoção. Então, a gente começou a questionar, lá. Porque aí ela começou a dar, com a história da aula de música, ela começou a apresentar, enfim, a se manifestar... Porque simplesmente ela não se manifestava, ela era completamente quietinha, nem sorriso, nada, nem comia, e aí como ela começou a se desenvolver com as aulinhas de música, aí o pessoal começou: "Ah, tem coisa aí". Daí, a gente ficou se questionando. Eu comecei a perguntar por que ela não estava na equipe de adoção. E daí, as gurias disseram que pelo histórico dela, que certamente ela teria problemas mentais, então, eu disse: "Mas por quê?!"
Entrevistadora: Pois é... por quê?
Mãe: "Fizeram algum exame?" E aí disseram que não. "Então vamos encaminhar pro exame, né?" Daí eles fizeram tomografia, eletro... E tudo dentro da normalidade.

Júlia parece ter se transformado de monitora em mãe, ao supor em Vânia "capacidade para ir mais além do que aquilo". A partir das "manifestações" da menina durante experiências que passou a ter "com as aulinhas de música", às quais comparecia como sua cuidadora, pôde questionar o lugar de saber da "equipe de adoção", tomado por ela com certa indignação, e exigir que uma nova avaliação validasse sua percepção sobre a menina, garantindo sua "normalidade" também a partir do discurso da ciência: "tomografia, eletro..."

Tomando Vânia em seu discurso e propondo-lhe novas possibilidades, em termos de prognóstico, Júlia passa também a incluí-la na cultura de que, até este momento, estava excluída, intermediando a relação com o Outro e representando, para o bebê, Outro primordial. Vemos, pois, essa cuidadora possibilitar a inclusão de Vânia na linguagem, preservando-a dos riscos psíquicos de instauração de patologias como o autismo. Nesse sentido, nos diz Alfredo Jerusalinsky[41]: "O autismo é um haver ninguém, ali onde alguém teria de responder há alguém, porque o 'alguém' se constitui por este operar, por esta clivagem incessante a partir da linguagem que torna o ser humano" (p. 55).

Uma vez convocada pelo investimento de sua cuidadora, Vânia "se manifesta", vindo posteriormente a inscrever-se em uma rede de significantes da família que a adota. Neste sentido, é interessante observar que, já no início da entrevista com sua mãe, alguns aspectos parecem apontar para isto, quando diz:

> *A Vânia... Até eu gostaria de perguntar pra ti, assim, que tu tens mais experiência. Porque a gente sabe que ela tem um atrasinho, um atraso em relação ao desenvolvimento da idade dela. Isso está muito defasado, ou... Porque a gente... Como pra nós ela é o nosso nenê, tudo o que ela faz pra nós é maravilhoso.*

Nesse momento seu telefone celular toca e, com a demanda do filho mais velho, de que combinem uma hora para que o apanhe na escola, Júlia explica: "Eu tenho a fama de atraso lá em casa, então..."

O significante "atraso", frente ao "nosso nenê", que para a família faz tudo "maravilhoso", deixa de relacionar-se a uma descrição de *déficit*, e passa a inscrever-se em uma cadeia de significantes permitindo à menina uma filiação, já que sua mãe também "tem a fama de atraso". Vemos, pois, um deslocamento que, novamente, preserva Vânia do "rótulo" a ela atribuído no início da vida e permite que o desejo que lhe é dirigido venha a triunfar, tornando possível sua constituição como um sujeito, quando tudo, desde o discurso da medicina até o da cozinheira, já relatado, parece apontá-la como incapaz. Ainda que sua mãe atribua às "aulinhas de música" seu desenvolvimento, podemos pensar que elas simplesmente permitem que a função materna seja exercida, e Vânia passe a ter um espaço para "manifestar-se", a partir do investimento que lhe é dirigido, conquistando definitivamente um lugar no desejo materno, ilustrado pela mãe com o encantamento com sua "Pequena Sereia". Que, como a personagem do musical, parte de um momento de impossibilidade de utilizar a voz para, finalmente, recuperá-la, bem como à capacidade de expressar-se através desta.

Fica evidente, nessas proposições, a importância do desejo materno para a instauração do circuito pulsional, cuja relação com o olhar e a voz faz-se presente e fundamental na estruturação do bebê. No contexto deste trabalho, a relação do circuito pulsional com a música, evocada por Alain Didier-Weill[26] também se mostra essencial, implicada na constituição dos bebês enfocados e alicerçando, desta forma, a inscrição de significantes que abrem caminho para a entrada no simbólico, representada pelo estádio do espelho.

A função lúdica, estruturante e preventiva das atividades musicais

As proposições desenvolvidas até esse momento, articulando a psicanálise e outras disciplinas às observações realizadas e ao discurso dos sujeitos que exercem em relação aos bebês a função materna, fundamentam a importância das atividades musicais nos primeiros anos de vida, demonstrando sua importância em variados aspectos do desenvolvimento do bebê e em sua relação com cuidadores. Parece evidente, portanto, que seja qual for o ângulo adotado na leitura das informações obtidas, poderemos encontrar na música e em sua utilização pelos cuidadores, diversos benefícios para o bebê.

Em relação aos grupos com que trabalhei no desenvolvimento da pesquisa, podemos dizer que, ainda que não se pretendam "terapêuticos", no sentido normalmente atribuído à palavra, assumem função "clínica", já que neles é considerada a saúde dos sujeitos envolvidos. Especialmente ao priorizar a ênfase na relação mãe-bebê e considerar o momento privilegiado, do ponto de vista do processo de estruturação psíquica, em que se encontra a criança, avaliando, ainda, a implicação das experiências vivenciadas nos encontros neste processo. Como coordenadora de um grupo, conseqüentemente, é preciso lembrar sempre que estamos interagindo com sujeitos em constituição, e mesmo com alguns bebês ainda em fase de dependência absoluta em relação aos cuidados maternos. Pensando nisso, parecem-me importantes alguns cuidados, evitando posicionamentos que possam interferir ou prejudicar a relação dos bebês envolvidos com seus responsáveis.

Muitas vezes, como coordenadores de atividades grupais envolvendo bebês e seus familiares, somos, por exemplo, convocados a falar como representantes da "ciência" envolvida nas questões relacionadas ao bebê e, com isso, colocados em um lugar de saber sobre seu desenvolvimento, ao qual é preciso ceder à tentação de ocupar, devolvendo aos pais, ou responsáveis, este "conhecimento" sobre seu filho. Em relação a isto, Elsa Coriat[20] adverte que, da mesma forma como a medicina, a psicologia e outras disciplinas abriram grandes possibilidades de compreensão sobre o tema "bebês" e perspectivas para as gerações seguintes, trouxeram consigo também os perigos de atuação de forma iatrogênica.

> Com pisadas de elefante, o suposto saber da ciência a este respeito, sustentado em nossa cultura pelos meios de comunicação, por

carradas de livros de divulgação e até por associações de pais, irrompe no delicado terreno do saber inconsciente que, mal ou bem, tem se preservado e transmitido ao longo de gerações e gerações indicando a cada mãe como criar o filho (p. 95).

Exemplo da atuação iatrogênica da ciência temos na "condenação" de Vânia, considerando-a "incapaz" a ponto de levar a sua exclusão da "lista" de candidatos à adoção, até que Júlia exigisse que o diagnóstico existente fosse reavaliado, libertando o bebê dos rótulos que o amarravam e impediam suposições mais otimistas sobre seu futuro. De fato, este movimento materno contra a interdição da ciência quanto às possibilidades de Vânia, tem continuidade ao longo de seu desenvolvimento, para o qual se mostra fundamental, como evidencia esse fragmento do discurso de sua mãe:

> *O oftalmo está certo de que... ela tem um exame agora, né? Mais minucioso. Mais pra saber o grau do problema dela, mas eles já afirmaram que não tem correção. Esse olhinho direito, ela não teria visão, só do esquerdo. Mas ela é tão, assim, sem problemas pra ir pra lá, pra cá, que eu fico duvidando(...) É uma má-formação no olho, que impossibilita a visão. Tanto é que... pior é que a gente se acostuma, né? Depois a gente... Ela... Me parece que não acontece tanto, agora. Mas, no início, parece que a luz refletia no olho, como se fosse um vidro, entende? Quando tu olhas, assim, a luz, de repente, em algum momento da posição dela, dá pra perceber, mas agora eu não tenho nem percebido isso.*

Sem negar a existência do transtorno oftálmico apresentado pela filha, já que dá continuidade a todos os tratamentos e investigações necessárias, Júlia o relativiza. Por um lado, salientando a habilidade de Vânia para locomover-se, que coloca em xeque o grau de suas dificuldades e abre espaço para que o diagnóstico construído não impeça a menina de transpor algumas limitações. Por outro lado, reforçando a ênfase sobre as possibilidades e habilidades da filha, em oposição à leitura médica, que salienta suas dificuldades, ao mencionar que a evidência da má formação apresentada, caracterizada pela reflexão da luz que pode ser observada por quem a olha, "já não acontece tanto agora".

Se a dificuldade de Vânia está de fato diminuindo, ou se é compensada pela ênfase materna em outras de suas características, não saberemos. É evidente, porém, a importância da percepção da mãe sobre a filha para a estruturação psíquica desta, concebendo-a como sujeito. Ou como todo indivisível, no qual as possibilidades superam as dificuldades. Sem deixar de proporcionar à menina todo o atendimento médico de que necessita, Júlia recobre seu corpo, até então apenas objeto da ciência, com significantes, levando a segundo plano os transtornos orgânicos, em relação à inserção da filha na história familiar e na cultura. Com esse posicionamento, impede que o saber da medicina sobre sua filha desautorize seu próprio saber, tornando-se um obstáculo ao desenvolvimento da criança.

Entretanto, ao lidar com o pesado "saber" da ciência, demarcando possibilidades e dificuldades de um bebê, nem todos os pais têm a mesma tranquilidade e segurança apresentada por Júlia. Sendo assim, são necessários cuidados ao abordar aspectos ou características dos bebês, que possam levar seus cuidadores a sentirem-se privados do saber sobre seus filhos. É importante, portanto, evitar posturas que possam desautorizar os pais. Assim, é confortador saber que posicionamentos que possam acarretar consequências negativas para o bebê e sua família, estão sendo revisados por um grande número de profissionais, provenientes de diversos campos da ciência. Deparamo-nos, por exemplo, com pediatras como Terry Brazelton[10], que em palestras para profissionais envolvidos com puericultura, salienta enfaticamente a importância de auxiliar os pais a assumirem o saber que têm sobre o bebê, estimulando-os a falar sobre ele. São preocupações como essa, também, que levam Donald Winnicott[104] a dizer, em resposta à carta de uma mãe:

> Acho que não é possível criar um bebê de acordo com o que alguém diz num livro. O bebê tem uma relação com a mãe e o pai que se desenvolve de acordo com o tipo de pessoas que são os três e, embora seja possível conversar sobre o que acontece e dizer que uma coisa pode ser melhor que outra, o que interessa é como ela funciona naturalmente, e não se ela é certa ou errada segundo algum enunciado padrão (p. 150).

Cuidados como os mencionados pelos autores citados, portanto, têm sido uma de minhas preocupações ao interagir com mães e bebês nos grupos que coordeno. Considero, nesse sentido, que a psicanálise possibilita não apenas um suporte teórico, capaz de auxiliar na compreensão do tema em estudo, mas a construção de uma postura ética, refletida no modo de compreender os sujeitos e os grupos e sustentando a necessidade de não interferir no relacionamento da dupla de forma iatrogênica. Ou no saber dos pais sobre "o que é melhor para o bebê", e sobre o qual, muitas vezes, sou questionada: que tipos de música são melhores para os bebês? Quantas vezes por dia devem-se contar histórias? É melhor contar histórias diferentes ou sempre as mesmas? Enfim, uma gama de questões às quais, muitas vezes, responder além do "bom senso", utilizando para isto o aporte "científico" e estabelecendo significados unívocos para determinados procedimentos, poderia mostrar-se prejudicial.

Além dessas questões, mais relacionadas ao conteúdo dos encontros e das atividades musicais, outras perguntas surgem freqüentemente, voltadas especificamente ao desenvolvimento do bebê. O atravessamento da psicanálise reforça, nestes momentos, a necessidade de, ainda que não desconsiderando certas invariantes, poder entender cada dupla mãe-bebê em sua singularidade e assim, não oferecer às perguntas que nos são colocadas "respostas padrão". Exemplo disso ocorreu quando uma das mães questionou-me quanto ao período ideal para interromper a amamentação de seu filho, então com aproximadamente 7 meses. Uma vez que me dispus a escutá-la relatando suas inquietações, mais do que a oferecer uma resposta apontando uma idade "ideal", rapidamente ela pôde abordar os motivos que a levavam à formulação da interrogação, concluindo que o bebê já se encontrava em processo de desmame e percebia-o apto a separar-se progressivamente de si. Pareceu-me, portanto, que mais do que uma resposta direta, precisava autorizar-se a seguir sua "intuição de mãe", como freqüentemente se denomina este tipo de saber, que a levava a perceber seu bebê já como capaz de alimentar-se de outras formas que não através de seu leite. E conseqüentemente, a buscar também outras relações com o ambiente.

Por outro lado, se nossa intervenção deve ser cuidadosa, ao abordar as questões formuladas pelos pais, muitas vezes o contato de um cuidador com outros, mais tranqüilos quanto ao aspecto em questão, pode possibilitar "respostas" a certas preocupações, pelas trocas sobre dificuldades ou preocupações com o bebê. Uma mãe participante de um dos grupos que observei, por exemplo, ansiosa devido à dificuldade em amamentar seu bebê, com poucos dias de vida, expressou em um encontro seus sentimentos, chorando e relatando sua frustração. Em seguida, foi tranqüilizada por outra mãe, que garantiu-lhe que a amamentação era possível, que ela poderia ficar despreocupada, muitas passavam por aquelas dificuldades etc. É significativo o fato de que, no encontro seguinte, aquela mãe entrou na sala aparentando maior tranqüilidade e descontração, dizendo: "Hoje já está todo mundo mais calmo!"

A mãe de Angelina, no momento da entrevista, aborda a importância desta interlocução com outras mães, estabelecida nos encontros:

> Mãe: E daí, o que eu fui me dando conta: a mãe com quem eu podia conversar mais, com quem as coisas mais... Era a mãe do Rodrigo, porque os dois tem um dia de diferença, então tudo acontecia praticamente junto. Então, a gente sempre tinha alguma coisa pra conversar, assim, no meio de uma troca de música: "Que é que já está comendo?" "O que é que já está fazendo?" Por que a gente tem a necessidade de trocar isso, né? Não é aquilo que o livro diz, o que é que faz, o que é que não faz. Tu queres saber se já comeu Cremogema, se já está tomando Maisena, se já comeu papinha de tal fruta, se deu dor de barriga... Então, eu acho que isso é uma coisa, assim, daí aquele já vai ficando mais conhecido...
> Entrevistadora: Nesse ponto, tu achas que esse contato com outras mães e talvez outros bebês, pode ter alguma função?
> Mãe: Eu acho isso bárbaro! Uma das coisas bárbaras...

Como salienta esta mãe, portanto, mais do que "aquilo que o livro diz", a experiência proporcionada pela convivência com outras mães de bebês de idade próxima, possibilita trocas sobre questões do dia-a-dia, que tantas vezes causam inquietações aos pais. Tal processo remete também a mecanismos de identificação grupal em que, mais importante do que adquirir um saber sobre determinado aspecto do desenvolvimento infantil, é conhecer as experiências de outros sujeitos que vivem momentos semelhantes, em sua relação com seus bebês.

Esse processo pode ser fundamental para alguns cuidadores, em certas situações e, neste sentido, os *momentos de observação*, em que os pais são estimulados a relatar aspectos considerados importantes sobre a criança, têm demonstrado possuir grande importância nos encontros, permitindo que os sentimentos despertados sejam não apenas "cantados", mas também falados, transformando-se desta forma, as experiências com os sons, e as observações realizadas pelos pais, em palavras. Em interlocuções abordando aspectos aparentemente simples, os pais podem relatar observações sobre o funcionamento e características dos filhos, representando o *momento de observações*, portanto, uma forma de constituição de saberes sobre o bebê, através de leituras de suas ações e experiências. Ao mesmo tempo, nesses relatos sobre os filhos, a partir de idéias construídas na participação nos grupos, relação com as coordenadoras e outras mães, os participantes podem perceber também sua implicação na percepção e interesse dos bebês nas atividades desenvolvidas, ao constatarem, por exemplo, que também elas modificaram algumas formas de relacionarem-se com eles e os efeitos que isto gerou.

Ao manifestarem pesar pela interrupção das atividades, ao final dos semestres letivos, as mães muitas vezes expressam também o prazer proporcionado pela participação nas atividades, após relatarem brevemente as evoluções dos filhos ao longo do módulo que se encerra. Surgem, portanto, comparações sobre a maneira como os filhos reagem às atividades propostas no início do período letivo, e como o fazem neste momento, demonstrando o efeito creditado pelas mães à inserção dos bebês no grupo.

Por outro lado, algumas mães parecem considerar importante um espaço de fala, além do proporcionado pelos *momentos de observação*. Assim, talvez as *entrevistas individuais*, além de um instrumento de pesquisa fundamental, possam ter representado para alguns participantes um momento para abordarem, mais profundamente e detalhadamente, alguns dos sentimentos experimentados no decorrer dos encontros. Sobre isto, a mãe de Angelina comenta, no encerramento da entrevista:

> *Eu acho bom ter esse espaço, porque daí parece... Aquele dia, quando eu fui na reunião, eu fiquei pensando:"Bah! E daí, vai acabar?" Entende? A minha sensação é meio que eu não tinha podido conversar, sabe? Todas as coisas, assim. Não sei se é o meu jeito, que eu preciso, sabe? Ter um pouco mais disso... Mas agora eu fico mais... Agora eu fico mais tranqüila, entende? Parece, assim, que*

arredondou algumas coisas, e tal. (...) Se eu me lembrar de alguma coisa, eu ligo e deixo na tua secretaria eletrônica... "A Angelina fez tal coisa" Porque eu acho que tem algumas coisas que, com certeza, eu não podendo ter esse horário semestre que vem, várias coisas que vão acontecer relativas ou não com música, que eu vá me lembrar do momento, que isso são coisas de nomear, entende? Por exemplo, realmente, se acontecer isso, e eu tiver com condição de acesso, eu vou ligar e vou te deixar o recado.

Falar sobre as observações realizadas em relação aos filhos pode ser, portanto, uma forma de legitimá-las, ao dividi-las com interlocutores. É um momento, como diz essa mãe, de "arredondar" mais "algumas coisas". A verbalização de determinadas experiências parece, como faz pensar de Betânia, polir arestas, nomeando-as de forma a dar sentidos às associações realizadas a partir da lembrança dos momentos vividos, "relativos ou não à música".

O fragmento transcrito faz-nos refletir também sobre a complexidade das experiências vividas por mães e bebês nas atividades musicais e na participação nos grupos, tanto no que diz respeito à singularidade de cada dupla, quanto para o grupo como um todo.

Eventualmente, tais aspectos se articulam, pois constatamos que, além dos intercâmbios que estimulam entre os pais, as trocas realizadas, especialmente nos *momentos de observação*, parecem proporcionar aos integrantes dos grupos uma socialização de experiências que torna alguns aspectos da história individual de cada bebê elementos grupais, promovendo uma articulação do individual ao social.

Neste ponto, algumas canções desempenham papel fundamental, como demonstra este trecho do *momento de observações* do oitavo encontro de um dos grupos, ainda em seu primeiro semestre letivo:

Mãe do Rafael: E a da barata, tu tens em CD?
Mãe da Laura: Tenho.

> *Mãe da Luciana: Ai, eu adorei a barata!*
> *Mãe da Laura: Ah, se quiserem, eu trago, semana que vem...*
> *Mãe da Letícia: Eu conhecia, mas não sabia que ela era tão longa, tem vários versos. Se tu quiseres...*
> *Coordenadora: Se tu trouxeres, podíamos fazer a hora dos instrumentos com ela! Já que ela foi tão... popular, todo mundo gostou tanto!*
> *(Risos)*

A canção mencionada realmente foi utilizada em outros momentos dos encontros posteriores, representando um elemento importante na identidade grupal. Tornou-se, portanto, não mais somente a "música da Laura", mas uma canção do grupo, solicitada e apreciada por mães e bebês que o constituíam. A importância deste processo para Laura e sua mãe, por outro lado, é salientada neste trecho da *entrevista individual*:

> *Entrevistadora: Bom, uma das coisas que eu esqueci de te perguntar, em relação ao "momento de cantar", é como é que foi pra ti cantar essa música lá no grupo. Porque, normalmente, tu deves cantar só com a Laura, né? Ou não?*
> *Mãe: O que? A música dela? É, é um pouco diferente, né? Tu cantares assim, com platéia, mas... Mas eu não sei, pra mim não teve problemas nesse sentido, muito pelo contrário, eu acho até legal, tu levares a música da Laura pra outras crianças.*

Além de facilitar a criação do sentimento de pertencimento em relação ao grupo, socializando experiências individuais, que se tornam, então, também "de outras crianças", como diz a mãe de Laura, o *momento de observações* proporciona aos participantes a possibilidade de reconhecer capacidades, até então insuspeitadas, nos bebês. É freqüente, por exemplo, que os pais demonstrem surpresa quando, na atividade de *contar histórias*, a criança se mostra interessada e atenta e, assim, acompanha as narrativas com gestos, ou repete em casa movimentos associados a determinadas partes. Tal fato pôde ser observado, por exemplo, com um bebê cuja mãe relatou que, alguns dias após ser narrada uma história em que gestos e sons eram associados ao frio e ao vento, a filha, com aproximadamente um ano de idade, encolheu os bracinhos e fez "brr" ao ouvir comentários sobre a queda de temperatura ocorrida com a chegada do inverno. Ou, como conta a mãe de Laura, na *entrevista individual*, dirigindo-se, ao mesmo tempo, às entrevistadoras e à filha:

> *Nessa época de primavera tem horrores de vento. É, então... Mas ela associou, ela, lá no fim de semana, eu falava: (assoprando): "Ó, o vento". Como é que faz o vento, Laura? Quando a gente quer que faça, eles não fazem... Hein, sapeca?*

Ao constatarmos a importância da interlocução entre as mães, e entre elas e as coordenadoras, podemos nos questionar sobre os efeitos, para os pais, dos processos de identificação e alteridade implicados em sua participação nos grupos, bem como na função do "outro" que os freqüenta. Embora tal questão possa ser desenvolvida na perspectiva das transformações vivenciadas pelos pais sobre a percepção de seus filhos, descobrindo-os capazes de habilidades inesperadas, através do espelhamento proporcionado pelo olhar deste outro, é importante considerar especialmente as funções que a atividade pode ter enquanto atividade grupal, da qual participam mães de bebês aproximadamente da mesma idade. A mãe de Angelina descreve alguns sentimentos que remetem à importância do processo de constituição do grupo e sensação de pertencimento decorrente:

> *Eu acho que tem a ver com essa coisa, assim, do quanto a pessoa está disposta, ou como é que ela investe, ou como é que... Eu acho que isso, também, eu senti um pouco. Que a Ivana comentou, também. Eu senti muito das pessoas faltarem. Eu sou daquelas*

pessoas que... Eu sinto falta quando os outros não vão. Eu fico pensando: "Pô!". É que eu me liguei, mesmo, nas pessoas, né? Mas, assim, eu ficava pensando: "O que será que aconteceu? Será que o nenê ficou doente? Será que desistiram? Será que não querem?" Eu ficava pensando o que tinha acontecido. Daí, aquele dia que a Angelina adoeceu, foi um arraso, pra mim. Eu disse: "Ah! Minha filha, nós não tínhamos faltado nenhuma!". É uma coisa mais da mãe, do que do bebê.

Fica evidente, nesse discurso, a importância atribuída ao grupo e à participação no mesmo, levando-a a lamentar tanto as faltas de outros cuidadores e bebês, quanto sua própria ausência e da filha, em um dos encontros. Por outro lado, aborda, também, a importância que teve a participação no projeto, para si mesma, além de para Angelina, ou sua relação com a mesma, ao concluir sua observação ressaltando que "é uma coisa mais da mãe, do que do bebê".

Em seguida, Betânia relaciona estes sentimentos à possibilidade de permitir a Angelina diferentes experiências e contatos com outros participantes, tanto bebês quanto cuidadores, no momento em que, de "estranhos", passam a ser percebidos como parte integrante de um grupo.

Mãe: Eu, realmente, em vários momentos, eu pensei na coisa do espaço, assim, poder ser maior, mas sabe que, no fundo, aquilo... Eu não...
Entrevistadora: O espaço físico, tu dizes?
Mãe: Não chegou a me incomodar tanto, sabe?
Entrevistadora auxiliar: Isso, sim, parece que é muito subjetivo, né? Para algumas pessoas, isso foi uma coisa muito desconfortável, né? Agora isso é uma coisa que pelo menos por enquanto, está fora da nossa alçada.
Mãe: Não, eu fico pensando, claro que, no início, assim, eu acho que... Daí, depois, eu fui me soltando. Tipo as coisas de não

deixar a Angelina colocar na boca, né? A gente fica pensando: "Ah! Todas as crianças estão botando na boca, eu não vou deixar ela botar". Daí, o dia que tu disseste: "Não, a gente passa álcool", eu só estava esperando aquilo para liberar, entende?
Entrevistadora: Tanto quanto a gente pode, isso, realmente, a gente tenta...
Mãe: E mesmo que a gente... Porque não tem como limpar cada cantinho. Baba vai por tudo, essa que é a verdade. E se eles tiverem que ficar doentes, eles vão ficar doentes, mas as mães têm medo dos filhos ficarem doentes. E daí, eu acho que essa coisa do espaço, passa um pouco por aí também. É a minha sensação, entende? Porque no início, aquela coisa de ficar encostando, um bebê toca no outro bebê... As mães de primeiro filho já ficam assim. Eu acho que tem um pouco dessa coisa da contaminação, sabe? "Ai, meu bebê que é meu só, vai ter que estar..." Eu acho que fica assim. Por que é que, no início, eu sentava só do lado da Carla? Depois ela até nem estava, mas por quê? Tu te aproximas de quem tu conheces. Se é para babar, que babe o primo, entende? Eu estou passando, mas é uma coisa que a gente pensa e nem se dá conta, às vezes. Eu me dei muito conta de algumas coisas, quando a minha mãe foi. Porque eu sentia, só no olhar dela, que ela... Um dia, a Angelina tocou no pé da mãe do... Eu não sei como é que o nome do gurizinho. Diogo, né? Aquela que acabou não indo, depois... E a Angelina grudou no pé dela, que ela estava de chinelo, e a minha mãe fez assim, ó, sussurrando: "Tira a mão do pé dela". E só falava assim. Daí, eu fiquei pensando... Daí, tu vês, no outro, umas coisas que tu deves fazer. Ela não estava acostumada com o ritmo. Para mim, aquelas pessoas já eram conhecidas, então...

Referindo-se inicialmente ao espaço físico da sala utilizada para os encontros, muitas vezes considerada pequena pelas mães, a despeito de comportar bem as atividades realizadas e mesmo eventuais observadores e acompanhantes dos participantes, acaba por abordar os sentimentos em relação ao "espaço" da relação desenvolvida entre mãe e bebê, e a possibilidade de compartilhá-lo com outros membros do grupo, à medida que "foi se soltando". Inicialmente, há um sentimento de "meu bebê é só meu", permitindo no máximo contatos com pessoas bastante próximas, concepção evocada na frase "se é para babar, que babe o primo". Essa percepção, posteriormente, cede lugar a outras, possibilitando a Angelina novos contatos. A mãe de Diogo deixa de ser uma estranha, tanto para Angelina, que pode explorar seu pé e, assim, experimentar o contato com o outro e com o ambiente, como para sua mãe, para quem "aquelas pessoas já eram conhecidas".

Angelina, na ocasião da *entrevista individual* com sua mãe, encontra-se com aproximadamente nove meses, e portanto, com sua entrada no estádio do espelho, vivencia um processo gradativo de diferenciação, separação e relação com o outro, que com o acesso ao simbólico marcará seu assujeitamento ao Outro. Por outro lado, talvez o processo descrito por sua mãe em que, deixando de ser constituído por estranhos, o grupo torna-se um campo importante de interação com outras mães e bebês, possa estar relacionado à facilidade de socialização dos bebês descrita por alguns participantes, como a monitora que acompanha Carolina, que revela, com admiração, sua precocidade, atribuída à participação no grupo:

> *Mas eu acho que a Carolina ficou bem mais viva, sabe? Ela era uma criança simpática, ela já sorria, bebezinho, mas agora ela sorri mais, ela é mais dada, mais expansiva, eu acho que isso tem a ver com aquele momento ali, com aquela sensibilidade, ela tava num ambiente com outras crianças, com outras pessoas que não eram da casinha, que não eram da monitora. (...) Eu acho, eu acho que, indiretamente, houve uma sociabilidade, houve uma sociabilização, eu acho que sim.*

Muitos autores[30][79] referem que a socialização, no sentido atribuído à palavra pela psicologia do desenvolvimento, inicia-se em torno dos três anos de idade, mas temos observado freqüentemente contatos entre bebês mais novos, muitas vezes não apenas "brincando junto", como descrevem estes autores sobre as interações entre crianças pequenas, mas "brincando com":

> *Mãe da Angelina: Eu acho isso uma coisa legal. A gente nota que, no início, os bebês meio que olham, assim, mas em seguida, eles começam a procurar o contato, mesmo, uns com os outros. Eu tinha essa idéia teórica de que isto era mais tarde...*
> *Entrevistadora: Pois é, eu também.*
> *Entrevistadora auxiliar: Aliás, caiu por terra.*
> *Mãe: E aquilo me surpreendeu, um pouco. Então é uma coisa que, pra mim, também foi uma coisa meio assim, que eu fiquei pensando: "O que está acontecendo? A teoria está errada? As crianças estão mais ligadas? Esse estímulo que as crianças têm?" Porque eles existem agora já dentro da barriga. Eu acho que isso é uma coisa diferente...*

Para a mãe de Angelina, portanto, se é evidente a discordância do que observa em relação à teoria, também o é a importância de considerar que, atualmente, os bebês "existem já dentro da barriga". O que também "é uma coisa diferente" das concepções aceitas até algumas décadas atrás. Poderíamos pensar, portanto, que as "trocas" observadas entre bebês nos encontros, por um lado podem relacionar-se à permissão de seus cuidadores quanto ao contato com o "outro" que constitui o grupo, mas, por outro lado, podem também demonstrar um fenômeno contemporâneo no qual, ao serem concebidos como sujeitos já anteriormente ao nascimento, os bebês são inseridos na cultura bastante precocemente e, com isto, mostram-se mais aptos à socialização, já com alguns meses de vida, diferente do que ocorria anteriormente. A mãe de Angelina conclui:

> *Então, eu acho que esta coisa, assim, do nome, tudo, né? Do bebê. De dizer: "Bah! Nós estamos fazendo tal coisa", ou... Ou saber que ela está ouvindo, dentro da barriga. E, depois que nasce, estas coisas, assim, eu acho que isto faz diferença, no momento de socialização da criança. (...) Claro que eles vão ter o desenvolvimento deles igual, de não querer emprestar os brinquedos, de querer o brinquedo que o outro está brincando... Mas que tem uma modificação, tem, porque não é aquela coisa... Eles não ficam mais enfaixados, né? Até a coluna está reta, para eles poderem se mexer. Então, eu acho que isso é uma coisa, assim, que a gente vai notando a diferença na coisa de, como também a mãe, não sei se a mãe, mas a família inteira, vai podendo autorizar esse bebê a crescer.*

Como ressalta a mãe, as diferenças entre os atuais costumes e concepções sobre os bebês, em relação a antigas práticas como enfaixá-los, resultam em uma "autorização" por parte da mãe "e da família inteira" de que possam "crescer", inserindo-se em sua cultura já com a nomeação e a fala que lhes são dirigidas ainda "na barriga". Fala-se com e do bebê, portanto, antecipadamente, em relação a outros momentos da história, atribuindo-lhe, ainda durante a gestação, nome, gênero, capacidades como audição e visão, etc.

O início dos encontros, nos grupos, é marcado pelo cumprimento aos bebês, mencionando o nome de cada um. Portanto, ainda que proporcione intensas trocas entre mães, não podemos desconsiderar os efeitos do grupo sobre os bebês, possibilitando-lhes, assim como às mães, a inclusão em um contexto social, em que, a partir de determinado momento, passam a compartilhar canções, contos e experiências. Tal fato também pode ter influência sobre a "socialização" descrita pelos participantes, já que, uma vez autorizados a explorar o ambiente e estabelecer contatos, os bebês também deixam de ser "só das mães", como descreve a mãe de Angelina, passando também a participantes de um grupo, com o qual compartilham, durante e fora dos encontros, uma pequena parte de sua história. Poderíamos pensar, talvez, em um atravessamento pelo Outro, a partir do outro que freqüenta os grupos. As mães relatam, com freqüência, que os momentos de inquietação de seus bebês são interrompidos, pela repetição em casa, desta atividade dos encontros, incluindo nos cumprimentos não apenas o nome dos filhos, mas de todos os participantes do grupo. Alguns bebês maiores chegam, mesmo, a citar estes nomes, "cumprimentando" através da música os colegas então ausentes.

Referindo-se a uma das mães, com a qual ela e a filha costumam comparecer aos encontros, e sua provável saída do grupo, a mãe de Laura diz:

Pois é, eu estou rezando pra que ela fique, porque aí fica uma coisa também, a gente vem juntas, sabe? É gostoso. É uma coisa que a gente tem também. Até... É uma outra coisa que, também, pode achar que não é o objetivo, mas também acontece, é um assunto, é um vínculo que eles têm entre eles, mesmo fora da aula de música. Eles têm uma coisa em comum.

A "coisa em comum", referida por Suzana, e que parece caracterizar a participação dos bebês em um grupo, é evidenciada na composição de uma das mães participantes, substituindo a letra da canção "Indiozinhos" por um texto incluindo os nomes de todos bebês de seu grupo e descrevendo algumas das atividades realizadas nos encontros:

Os Seis Amiguinhos
1, 2, 3 amiguinhos,
4, 5, 6 amiguinhos.
Todos estão ouvindo música,
ó, que alegria!

> *Jonas, Bernardo, Anderson e Fábio,*
> *são aqui os menininhos.*
> *Batem tambor e ouvem histórias,*
> *estes amiguinhos.*
>
> *As meninas são Fernanda,*
> *Isadora e Heloísa.*
> *Gostam também das historinhas,*
> *e andam de trenzinho.*
>
> *1, 2, 3 amiguinhos,*
> *4, 5, 6 amiguinhos.*
> *Todos são bem espertinhos,*
> *ó, que alegria!*

O "vínculo" descrito pela mãe de Laura é evocado na letra da canção, criando, com os nomes de cada bebê, subgrupos de "menininhos" e "meninas" que formam "os amiguinhos". A canção mencionada foi alegremente recebida pelo grupo, e cantada em vários momentos até a conclusão do semestre letivo.

A interlocução entre mães e as trocas entre bebês mostram-se evidentes nos relatos das mães, chegando mesmo a criar sentimentos grupais como os evocados nessa canção. A participação nos grupos propicia também um novo olhar dos cuidadores sobre seus bebês, muitas vezes justamente a partir do espelhamento proporcionado pelo olhar do outro, quer seja este um cuidador ou uma das coordenadoras. Como conta a mãe de Angelina, a participação em um grupo, em estreito contato com outras mães e bebês, lhe possibilitou algumas reflexões sobre sua relação com a filha. Após abordar, na entrevista, a importância da participação de ambas no projeto, para a constituição da filha como sujeito e para que a visse já não mais como estando "dentro" de si, relatada em outro momento, diz:

> *Porque eu, várias vezes, eu vi mães com os bebês, e daí, quem está de fora enxerga:"Bah! Olha aí, será que ela não se dá conta que ele tem fome?" Ou "Será que ela não está se dando conta que talvez seja a fralda?", Ou que "é cólica"?. Pra quem está de fora, é muito fácil olhar determinadas coisas, que quem está no meio, não vê. Não vê como uma crítica, entende? Não nesse sentido. Mas assim de como, não adianta, a gente transfere a coisa do saber ou do...*

Ao não tomar de forma unívoca canções, narrativas e comentários, permitimos a entrada em cena da história dos bebês e de suas famílias, com todos os traços que a caracterizam e, desta forma, a construção de sentidos, a partir de cada um dos elementos trazidos, em relação a esta história. Isso se configura no discurso da mãe de Angelina, que evoca, ao mesmo tempo, a experiência de "ver de fora" e, podemos pensar, "ver-se de fora", não apenas através do olhar de outras mães, mas também das coordenadoras, a quem, inevitavelmente, "transfere" a "coisa do saber". Ao mesmo tempo em que alude, indiretamente, à transferência, conceito tão caro à psicanálise, refere-se à função imaginária do coordenador de um grupo, uma vez que a ele são atribuídas observações que, na realidade, partem de si mesma, evocando mecanismos de identificação. O "papel de espelho" do coordenador pode também representar, para determinados membros do grupo, uma possibilidade de tomada de consciência de sua própria posição, permitindo deslocamentos em relação a esta e abrindo espaço para o simbólico.

Para que tais processos possam estabelecer-se, é necessário desenvolver no grupo uma espécie de "espaço potencial coletivo", em que elementos individuais e grupais gerem criações, recriações e, com estas, re-significações de alguns aspectos. Aqui, a importância de "estar à vontade" no grupo, trazida em vários momentos pelos entrevistados, como demonstra este fragmento da *entrevista individual* com a monitora que acompanha Carolina:

> *Entrevistadora: De um modo geral, como é que tu te sentiste no curso?*
> *Monitora que acompanha Carolina: Bem à vontade. Eu acho assim, vocês se relacionam bem com as pessoas, deixaram as pessoas bem à vontade.*

Talvez ao sentirem-se "à vontade", como relata a monitora, os membros do grupo possam autorizar-se a expor aspectos de sua história nos *momentos de observação*, socializando canções ou mesmo criações, como exemplificado na canção "Os Seis Amiguinhos". Nesse ponto, a receptividade do grupo parece um elemento fundamental, como menciona a mãe de Lucas:

> *Entrevistadora: Como que tu te sentiste durante as aulas, no grupo?*
> *Mãe: Muito legal, eu gostei, as mães e avós, que estavam presentes... Era um pessoal querido, simpático, todo mundo muito receptivo, eu gostei!*

Para a mãe de Lucas, esta "receptividade" contribui para que a experiência seja prazerosa, e supomos que também esteja relacionada à importância de sua participação no grupo para a "reaproximação" do filho após a depressão, mencionada em outro momento, já que lhe permite ficar "à vontade" e, com isto, resgatar a espontaneidade na relação, sentindo-se acolhida e aceita.

Ao mesmo tempo, no caso específico das monitoras, o "estar à vontade" também pode contribuir para o estabelecimento dos laços com o bebê, possibilitando-lhes assumir, durante os encontros, a função materna e dirigir-lhe um investimento que permitirá percebê-lo de forma diferenciada, conhecendo algumas de suas características e habilidades, até então inesperadas. Como relata a monitora que acompanha Débora, descrevendo sua emoção ao observá-la batendo palmas, "ali", pela primeira vez. Em relação a seus sentimentos, durante os encontros, diz, no *questionário final*:

Fomos muito bem recebidas pelos demais membros do grupo e pelas coordenadoras, o que nos fez lamentar as aulas que não pudemos comparecer e nos faz felizes por sabermos que teremos a oportunidade de continuar a fazer parte.

Utilizando verbos conjugados na primeira pessoa do plural, que parecem incluir Débora em suas observações, ela relata a satisfação com a recepção por parte do grupo, que, de certa forma, legitima a dupla e a relação estabelecida entre ambas. A monitora comenta também a felicidade pela sensação de pertencimento, possibilitada ao "fazer parte" de um grupo. Na *entrevista individual*, aborda mais detalhadamente seus sentimentos em relação à participação no projeto:

> Eu me senti muito bem (...) Não teve nenhum dia, assim, que eu me lembre, que eu tenha saído insatisfeita, ou que eu tenha saído não gostando. Eu não sei, eu não estava esperando nada, eu acho assim, foi além da minha expectativa, sabe? Não sei se é falta de imaginação minha, que eu poderia imaginar coisas melhores, mas eu não imagino, eu acho assim, eu senti assim, firmeza, senti confiança em vocês e eu gostei de tudo, sinceramente, gostei mesmo, achei que tudo foi, assim, tudo elaborado, nada foi por acaso, acredito que vocês tenham se planejado, né? Eu senti isso, houve um planejamento(...)

Para a monitora, "sentir-se bem" parece estar relacionado à "recepção" do grupo, que lhe permite "fazer parte", e ao fato de perceber, nas coordenadoras, "firmeza", o que desperta a confiança, em um espaço em que há "planejamento". Ou, poderíamos pensar, um ambiente estruturado. Talvez esta articulação entre poder expressar-se, em um local onde se "sintam bem", e a realização de atividades "elaboradas" por coordenadoras nas quais são depositados confiança, firmeza e um saber, como menciona a mãe de Angelina, esteja relacionada à possibilidade de criação do espaço potencial, onde bebê e cuidador podem realizar trocas significativas. Isto porque o espaço é percebido como "confiável" e, ao mesmo tempo, permite que os sujeitos, ao sentirem-se "à vontade", possam expressar-se espontaneamente.

Possibilitar que cada sujeito se expresse e encontre um lugar neste grupo, mostra-se, portanto, fundamental, para que também este sujeito possa situar-se em relação a seu bebê, como demonstra a mãe de Angelina:

> *Agora eu me lembrei dos sentimentos e impressões, mas não era isso. Que eu estava pensando assim, na coisa do... Do papel de vocês, no momento, assim, das divisões de vocês, né? De como... Eu não sei como é que é um grupo coordenado por ti, Simone, até porque a Ana Paula que coordenava mais, mas assim, basicamente, ficava na figura dela. Mas uma coisa assim, de um jeito, que em vários momentos, eu acho que foi muito legal pra mim, daí eu pensei: "Que interessante, ali eu não era uma profissional da área". Entende? Eu era só mãe.*

A existência de um coordenador, centralizando em sua "figura" as projeções realizadas pelos participantes, parece permitir, portanto, sentimentos em relação à participação no grupo, que proporcionam "tranqüilidade" e que cada participante seja "só mãe". E também, ver-se "de fora" e, por outro lado, ver a filha "fora" de si, como um sujeito, a partir do olhar do outro, permite que Betânia reflita sobre sua posição como "mãe", possibilitando à filha, ou não, determinadas experiências:

> *Tu vais e manda ver, né? Aí, tu largas um monte de brinquedos, eles querem o chinelo. Daí tu pensa: "Bah!". Eu acho que isso me ajudou a dizer muito menos "nãos" pra minha filha. Porque eu digo: "Não!" Daí eu penso: "É perigoso?" Se não é perigoso, eu é que tenho que ter o saco de ficar do lado dela. Se ela vai mexer no som, não é perigoso ela mexer no som. Ela pode quebrar, porque*

> *ela não sabe. Mas, então, eu tenho que ficar do lado dela, mostrando pra ela como é que a coisa funciona. Não que ela vá entender. Mas ela fica sabendo que ela pode mexer naquilo acompanhada, entende? Assim, mais ou menos. A Net não é coisa de criança. Não, não é. Mas quer coisa mais divertida do que ela apertar um botão e de repente olhar para cima, e aconteceu alguma coisa ali? Eu posso ficar dizendo: "Não mexe na Net! Não mexe na Net! Não mexe na Net!" Ela não vai mexer na Net, lá pelas tantas. Mas ela nunca vai poder apertar e ver que está mudando o canal de cima, entende? Ela cai e bate com a cabeça. Eu não estou toda hora atrás dela! Teve uma semana, que ela ficou com dois galos, que não saíram dali. Mas, vamos fazer o quê? "Filha, levanta e vai de novo". Porque, "tá, passou, doeu, mas passou, vamos fazer o quê?" Faz parte, vai ter que cair. É melhor que ela aprenda que dá pra levantar, depois que cai, do que ela não conseguir cair, né? Acho que isso é pior...*

Uma vez que passa a perceber a filha como separada de si, a mãe pode também suportar que vivencie diferentes experiências, correndo riscos inerentes ao processo de desenvolvimento, independização e, certamente, constituição como sujeito. Nesta perspectiva, "melhor que aprenda que dá pra levantar, depois que cai, do que ela não conseguir cair". Ainda que com "quedas" pelo caminho, portanto, certamente Angelina poderá explorar seu ambiente, "de um jeito mais livre", como menciona sua mãe em outro momento.

Podemos pensar, portanto, no outro que freqüenta os grupos, através dos coordenadores e demais membros, como representantes do Outro, possibilitando, por um lado, a separação entre mãe e bebê e, por outro lado, a formação de laços com a cultura, ao devolver aos participantes a leitura "social" sobre suas atitudes. A mãe de Angelina completa suas observações sobre a importância da relação com as coordenadoras, comentando:

> *Então, em vários momentos, algumas coisas que cada uma de vocês falou, me fizeram pensar no jeito que eu estava agindo com a minha filha. Daí, aquilo corrigiu, entre, eu vou dizer entre aspas, mas corrigiu alguma coisa. O que me faz pensar muito em prevenção, né? Que é uma coisa assim, que eu ia me dar conta. Mais cedo ou mais tarde, as mães se dão conta. Às vezes caem milhões de vezes antes. Se dá para cair menos, que bom.*

Como a filha, portanto, a mãe de Angelina sente-se, a partir da maneira como se percebe no grupo, autorizada a "cair". Por outro lado, refere-se ao "dar-se conta", evocando, talvez, sua percepção sobre a filha como sujeito, que "corrige alguma coisa". Sua menção à possibilidade de colocar essa palavra "entre aspas", porém, faz-nos pensar que "correção", neste caso, não está relacionado a "erro", mas a um "dar-se conta" que, "mais cedo ou mais tarde" ocorre e possibilita a descoberta do bebê como um ser separado de sua mãe, evocando este relato e a alusão que faz à "queda", os processos de alienação e separação.

Com base nessas observações, parece-me que, se os cuidados para não causar prejuízos aos laços da dupla cuidador-bebê forem respeitados, a atividade musical, desenvolvida em grupos pode representar um momento importante para ambos e, até mesmo, funcionar como um facilitador de certos aspectos da relação.

É preciso considerar que o "dar-se conta" mencionado pela mãe de Angelina, visto por ela como algo que "mais cedo ou mais tarde" acontece, é um processo natural no desenvolvimento "normal", permitindo a separação entre mãe e bebê, mas pode não ocorrer no caso da patologia. Neste caso, a mãe pode não se "dar conta" de que o bebê já está apto a, progressivamente, separar-se dela ou, em casos extremos, como uma depressão severa, sequer se "dar conta" de que o bebê existe e está ali, com suas demandas.

A menção dessa mãe à prevenção, como algo que, neste momento, "corrige entre aspas", portanto, sugere a importância da intervenção precoce, já que, nesta etapa inicial do desenvolvimento, ainda podemos resgatar determinados aspectos da relação através da "estimulação" à espontaneidade e investimento no bebê. Neste caso, não é necessária a intervenção *a posteriori*, como normalmente presenciamos na clínica, mas no momento próprio de constituição do sujeito, desenvolvimento de certas capacidades do bebê etc. E é importante lembrar que, embora diversas proposições tenham sido elaboradas sobre os transtornos do desenvolvimento, apontando-lhes as mais diversas etiologias, a intervenção precoce é considerada, de forma unânime, o melhor caminho para minimizar os *déficits* apresentados pela criança afetada[100].

Nesse sentido, a participação nos grupos pode, como diz a mãe de Angelina, funcionar até mesmo de forma preventiva, especialmente se pensarmos nas crianças institucionalizadas, que são encaminhadas por apresentarem desenvolvimento aquém do esperado para a idade, ou por não terem estabelecido laços com seus cuidadores, essenciais a sua constituição.

Sobre esse ponto, dois aspectos me parecem importantes. O primeiro diz respeito ao lugar atribuído ao bebê por quem o acompanha e, aqui, a criação e escolha de canções vêm se mostrando essenciais, como discutiremos mais detalhadamente no próximo capítulo. Quando uma monitora consegue dirigir-se ao bebê que acompanha, cantando "Meu coração, não sei por quê, bate feliz, quando te vê...", por exemplo, parece dedicar ao bebê um investimento que o torna importante, valorizado, e antecipa possibilidades.

É evidente que tal investimento é fundamental para as crianças institucionalizadas, assim como para todos os demais bebês envolvidos. Assim, penso que a inserção nos grupos pode fornecer a alguns pais momentos em que o bebê passa a ser percebido como dotado de habilidades inesperadas, como ouvir atento uma história e, por outro lado, como um sujeito, como menciona a mãe de Angelina. Neste ponto, a importância

2. Da voz materna ao brincar, a música e os bebês

das atividades musicais, quando tão estreitamente relacionadas à história e desejo dos pais e, conseqüentemente, ao entremear a relação mãe-bebê, na constituição deste enquanto sujeito, como demonstra, por exemplo, a mãe de Laura, na *entrevista individual*:

> *E, até, eu acho... eu acho não, eu tenho certeza, eu vou procurar manter ela dentro da música. Porque eu acho que é um caminho para ela, que ela vai, ela tem. Eu vou, assim, claro, a gente não pode direcionar, né? Mas como é uma coisa que a gente já percebe que é o gosto dela, tudo que for em termos de música, eu vou procurar.*

Uma vez sendo "gosto" de Suzana, que propicia à filha importantes momentos através da música, é muito possível que Laura não abandone este "caminho". Mesmo abrindo espaço para que o desejo da filha possa advir, neste momento ainda é o seu desejo que, através das marcas que imprime com estes significantes, traça um esboço do caminho que Laura, no futuro, poderá optar ou não por seguir. Sobre isto, Elsa Coriat[20] lembra que é em função do desejo dos pais que se constrói o lugar simbólico onde o bebê é situado e, se este desejo não é dirigido ao bebê, encerra-se ou torna-se extremamente diminuída a possibilidade de que esta criança venha a tornar-se sujeito do desejo, portador de uma palavra própria.

> "Sujeito do desejo" são os termos escritos que, em uma linguagem mais cotidiana, implicam uma criança que quer brincar e fazer travessuras, diferentemente de um puro corpo domesticado; condição para que essa criança alguma vez se transforme em um adulto com responsabilidade e consciência de seus atos, com uma vida de intercâmbios sociais, com seus próprios desejos e com uma construção própria do caminho para atingi-los (...) (p. 134).

Faz-se necessário, aqui, pensarmos no conceito de violência primária, introduzido por Piera Aulagnier[3] para designar o discurso antecipador da mãe, porta-voz do desejo do bebê, concernindo-o, ainda que como violência, necessário para que este ocupe um lugar simbólico no desejo dos pais e, portanto, para sua estruturação. Para que Laura venha a fazer opções, no futuro, construindo seu próprio caminho, é preciso que a mãe possa, neste momento, apesar da preocupação em não "direcionar", oferecer-lhe suas próprias opções, expectativas e sonhos, criando para a filha um lugar simbólico em seu desejo.

Sobre a importância deste processo, Elsa Coriat[20] ressalta, por exemplo, que grande parte dos casos de autismo ou psicose, como hoje se sabe, não está relacionada a problemas orgânicos, mas sim ao lugar que foi atribuído pelo Outro à criança. Lembra ainda que o sujeito do desejo é evidenciado na criança capaz de brincar, fazer travessuras, criar e, no futuro, tornar-se um adulto capaz de uma vida saudável. E que, partindo do momento em que é falado pelos pais, já desde o ventre, como salientam as mães em algumas entrevistas, possa falar de si. Capaz de explorar o mundo de uma forma mais livre, como deseja a mãe de Angelina para a filha, ou buscar seus próprios interesses, como nos faz pensar a mãe de Laura.

A mãe de Lúcia descreve a importância deste processo, permitindo que os filhos, partindo do "encaminhamento" dos pais, possam vir a constituir seus próprios caminhos:

> *Até um tempo, tu encaminhas, é claro, se vai virar ou não, sei lá o que, tu não tens condições, porque a vida é maior do que tu, né? Mas se tu queres encaminhar, e se ela é uma pessoa que é inteligente, que consegue ter percepção, ela vai...*

Para crianças como Luciano, Laura, Angelina, Débora, Carolina, Vânia, Lucas e Lúcia, a música, como elemento unificador das atividades apresentadas, pode ser, portanto, uma parte importante destes "encaminhamentos". Quer seja como a melodia materna que caracteriza o manhês, ou através do canto, da dança, do contato e manejo de instrumentos musicais, da audição de canções de ninar ou de outras formas significativas para seus pais, mostra-se importante na constituição do lugar simbólico ocupado pelo bebê, possibilitando que seja inserido na rede de significantes que compõe a história familiar, tornando-se também relevante em sua própria história e constituição como sujeito desejante.

Se os aspectos mencionados parecem importantes, ao buscarmos formas de compreender os efeitos das atividades musicais com bebês, um segundo ponto me parece fundamental. Ou seja, nos determos não apenas nos efeitos que advêm como conseqüência destas atividades, mas em sua função lúdica e, neste sentido, a ser levada em consideração pela possibilidade de oferecer um espaço onde as mães, ou responsáveis, podem brincar com seu bebê.

A questão do brincar, como atividade fundamental para o desenvolvimento da criança, vem sendo estudada por muitos autores[105,59,83,20], alguns dos quais abordaremos aqui. Como um dos principais defensores da sua importância, Donald Winnicott[105] discutiu amplamente suas funções. Entretanto, ressaltou que, a despeito de muitos trabalhos que enfatizam sua utilização em outros sentidos (como instrumento de expressão e elaboração na psicanálise infantil, por exemplo), o brincar deve ser considerado fundamental por sua importância como atividade em si mesma. Assim, podemos observar que muitas mães que aproveitam bastante os momentos proporcionados pelos encontros, esperam apenas um momento lúdico com seus filhos.

Reforçando essas idéias, esse autor propõe, portanto, que seja repensado o processo que coloca o brincar em funções que poderíamos dizer terapêuticas, pensando-o antes como atividade natural da criança:

É a brincadeira que é universal e que é própria da saúde: o brincar facilita o crescimento e, portanto, a saúde; o brincar conduz aos relacionamentos grupais; o brincar pode ser uma forma de comunicação na psicoterapia; finalmente, a psicanálise foi desenvolvida como forma altamente especializada do brincar, a serviço da comunicação consigo mesmo e com os outros (p. 63).

Segundo a concepção winnicottiana, o brincar é essencial não apenas para a criança, mas ao longo de toda a vida, idéia que desenvolve em articulação com sua forma de compreender a criatividade e os conceitos de "objeto transicional" e "fenômeno transicional", já discutidas. A partir desses pressupostos, podemos supor que as atividades musicais, como atividades lúdicas, podem ser relacionadas aos aspectos de saúde que mencionávamos.

O brincar é fundamental ao pensarmos na maneira como se "produz" uma criança, e fundamental para o processo de separação da mãe, permitindo que a criança possa "brincá-lo", tornando-se conseqüentemente uma criança "brincada" pelo outro. O brincar está relacionado, então, à busca de prazer e de gozo, como encontro com o objeto que ocupa o lugar deixado vazio pelo objeto da pulsão perdido. Apresenta-se, desta forma, como continuação do processo iniciado com os objetos transicionais, sendo talvez mesmo "transicional". É, ao mesmo tempo, uma forma escolhida pela criança de se apropriar dos significantes pelos quais foi marcada[20].

Exemplos disso, evidenciados em vários momentos relatados pelas mães e cuidadoras, ou percebidos na observação direta e nas gravações em vídeo de atividades musicais com bebês, são as inúmeras brincadeiras estabelecidas por eles, tanto com as mães, como com outros bebês, ou mesmo individualmente, pelos sons, as canções, a exploração dos instrumentos musicais e dos movimentos do corpo, como encontramos nesse fragmento da entrevista da mãe de Lucas, mencionando novamente a canção "O sapo não lava o pé", que costuma cantar para o filho:

2. Da voz materna ao brincar, a música e os bebês

Daí, eu achava engraçado, eu cantava e ria para ele do sapo, depois que ele começou, assim, eu cheirava o pezinho dele, fazia que ele tinha chulé e agora, até hoje, a gente canta, quando vai dar banho, eu canto para ele, eu gosto da música. Daí eu canto, ele acha engraçado aquilo e ri.

O prazer proporcionado a Lucas pelo canto materno, articulado à brincadeira envolvendo a canção citada, adquire um caráter lúdico e, talvez, a função transicional referida por Elsa Coriat. Parece evidenciar, portanto, que, de fato, a mãe de Lucas consegue, como diz, "superar" a depressão, estabelecendo com o filho formas de relacionamento que incluem a atividade lúdica, espontânea e criativa, característica do espaço potencial. Cabe ressaltar que, relacionando o brincar ao objeto transicional, Alfredo Jerusalinsky[41] situa o como representante do *objeto a*, como sombra de um objeto ausente, recoberto mais extensamente neste lugar de intersecção entre Simbólico e Imaginário e, desta forma, chamando de modo imperativo outros objetos a ocuparem este lugar.

Em relação ao brincar, podemos considerar, ainda, que sua existência ou ausência podem ser elementos importantes para diagnóstico de transtornos no desenvolvimento infantil. Relacionando esse aspecto à importância do desejo dos pais, Elsa Coriat[20] ressalta que, para haver um sujeito, é necessário haver um lugar vazio, preenchido pelo desejo dos pais a fim de que seja formada uma criança singular. A autora salienta, entretanto, que dizer que é necessário um lugar vazio para que se dê a constituição do sujeito, é diferente de dizer que há um vazio de lugar, pois, no primeiro caso, o que encontramos é um "vazio em um lugar preciso" (p. 30). Explica ainda que a fórmula descrita por Lacan "um sujeito é o que um significante representa para outro significante", pode nos levar a pensar que é entre estes dois significantes, onde encontramos um pequeno "espaço em branco", que podemos localizar o sujeito do desejo, e conclui estas idéias afirmando que, portanto, é possível reconhecermos um sujeito "ali onde não nos encontramos com uma marionete (...), crianças às quais nunca foi permitido lançar-se ao vazio que implica todo pulo" (p. 30). Nessas crianças, não podemos observar movimentos de criação, existentes quando há curiosidade e vontade de descobrir novidades. Pela psicanálise, compreendemos que, para os seres humanos, "toda viagem é um deslocamento pelas redes do significante, teias de aranha de contos e histórias em que a graça está em transformar-se sempre no protagonista. Não existe outro mundo do que aquele onde a palavra é intercambiada" (p. 27).

A partir dessas observações, podemos pensar que as atividades musicais têm uma função importante tanto como ação na qual o responsável pelo bebê pode demonstrar seu investimento, como atividade lúdica, na qual a dupla pode "brincar" sua ligação, separação progressiva e principalmente, vivenciar um momento de diversão conjunta.

Finalmente, ao considerarmos a importância das atividades musicais com grupos de bebês e cuidadores, um terceiro ponto pode ser importante, quanto aos efeitos dos encontros, se neles pensarmos também como um espaço onde determinados problemas apresentados pelos bebês poderiam ser detectados precocemente, possibilitando encaminhamento adequado.

Aqui, torna-se importante o conhecimento de alguns parâmetros do desenvolvimento entendido como "normal". Mostra-se fundamental, por exemplo, considerarmos que existe uma variação individual quanto ao período de aparecimento de certos comportamentos e aquisições, entre os quais podemos citar o surgimento do sorriso social, a possibilidade de firmar o tronco ou sentar-se, entre outros. Ao mesmo tempo, é preciso lembrar que essa variação deve ocorrer dentro de certos limites, sendo importante, por isso, estarmos atentos a fatores que podem ser percebidos como indicadores de dificuldades no desenvolvimento do bebê, sendo então imprescindível que se investiguem suas causas.

Uma vez que parte dos bebês institucionalizados são encaminhados ao projeto justamente por apresentarem dificuldades em áreas diversas, observadas por profissionais que os acompanham, tais aspectos parecem ainda mais relevantes, pois se tornam imprescindíveis intervenções para possibilitar a essas crianças o estabelecimento de vínculos que permitam sua estruturação e sua constituição subjetiva, auxiliando na prevenção de transtornos, como a instauração de uma síndrome autística ou de déficits cognitivos, por exemplo. Sobre isto, Marie-Christine Laznik[54] ressalta que o autismo pode ser considerado

> tradução clínica da não instauração de um certo número de estruturas que, por sua ausência, só podem desencadear déficits, de tipo cognitivo, entre outros. Quando estes déficits de tipo cognitivo se instalam de maneira irreversível, podemos falar de deficiência. Esta deficiência seria então a conseqüência de uma não instauração das estruturas psíquicas, e não o contrário (p. 35).

A autora salienta que é através da intervenção nos laços do bebê com seus pais (ou, no caso de crianças institucionalizadas, com seus cuidadores), visando à instauração dessas estruturas, que se pode considerar uma possibilidade de prevenção, ressaltando ainda que sinais de transtornos de desenvolvimento graves podem ser percebidos já em bebês com poucos meses de vida. Entre esses sinais, dois mostram-se particularmente significativos: a ausência do olhar entre a mãe e o bebê, e o que descreve como fracasso do circuito pulsional completo. No primeiro caso, o não olhar pode estar relacionado à ausência da ilusão antecipadora que permitirá advir aí um sujeito. A autora acrescenta: "(...) o que chamo aqui *olhar*, é também o que permite à mãe escutar de início nos balbucios do bebê, mensagens significantes que ele fará mais tarde. Ver e escutar o que ainda não está para que um dia possa advir, é o que Winnicott chamava *a loucura necessária das mães*" (p. 39). Já a não instauração do circuito pulsional acontece quando não se completam seus três tempos, já descritos.

Embora a etiologia da doença psíquica, em especial o autismo e a psicose, permaneça em aberto, pendendo entre aspectos prioritariamente psíquicos ou orgânicos conforme a concepção teórica adotada, profissionais das mais variadas áreas parecem considerar, entre suas características, disfunções precoces na relação bebê-cuidador, aí incluídas alterações na modulação de voz presente nos jogos estabelecidos. É enfatizada, ainda, por diferentes teorias, a importância da intervenção precoce e os benefícios da música na abordagem destes transtornos, havendo pesquisas que propõem sua utilização com base em diversos enfoques.

Pelos aspectos expostos, parece-me importante pensar nas atividades musicais desenvolvidas nos encontros também como portadoras de aspectos preventivos, ou mesmo, em alguns casos, com caráter de intervenção precoce, quer possibilitando formas de "aproximação" entre certos bebês e seus cuidadores, quer auxiliando na detecção das dificuldades mencionadas.

Mais uma vez, portanto, a análise dos sentidos construídos nas observações realizadas pelos acompanhantes sobre os bebês me parece importante, bem como os elementos presentes nas escolhas de músicas e composições musicais elaboradas e apresentadas no *momento de cantar*, permitindo-nos supor que lugar simbólico é ocupado pelo bebê em relação a seu cuidador, seja mãe, pai, monitora, ou outros.

3. A COMPOSIÇÃO DO DESEJO NA CRIAÇÃO E ENTOAÇÃO DE CANÇÕES

Os aspectos estruturantes, lúdicos e preventivos são importantes ao compreendermos os efeitos da atividade musical com bebês, assim como as proposições sobre a importância do desejo e sua relação com o circuito pulsional, mostrando-se fundamentais ao avaliarmos as funções da mesma, particularmente quando observamos as canções, escolhidas pelos cuidadores, para o momento de cantar para seus bebês. Neste sentido, revelam-se especialmente significativas as composições dos pais para seus filhos, criando textos sobrepostos a melodias conhecidas, ou mesmo inventando novas canções. Que lugar é atribuído pelos pais, ao bebê, nessas composições? Que elementos estão envolvidos nessas criações? De que lugar falam os pais ao elaborarem esses textos?

Tomando alguns exemplos como ponto de partida, podemos observar que alguns parecem evocar, nessas composições, um momento de identificação com a criança, cantando na primeira pessoa do singular: "o meu nome é Larissa...". Tal enunciado, evidenciando um tempo em que a mãe ainda fala pelo bebê, pode estar relacionado ao papel de espelho da mãe, proposto por Donald Winnicott[105]. Reformulando os postulados de Lacan sobre o estádio do espelho, enfatizando que este "não pensa no espelho em termos do rosto da mãe do modo como desejo fazer aqui" (p. 153), o autor retoma o conceito, caracterizando-o como uma forma pela qual a mãe pode situar seu bebê, por meio do olhar que lhe dirige, demonstrando através deste os sentimentos que lhe desperta. Ao olhar para o rosto da mãe, o bebê pode, então, ver a si mesmo refletido em sua expressão, o que poderemos pensar como fundamental para a formação de suas identificações.

Da mesma forma, Paulo Costa Lima[64] lembra que os sujeitos são ensinados a escutar o que está à disposição em sua cultura, aludindo a uma representação de mundo portada pela música, e enfatiza que esse processo, aos seis meses de idade, já se encontra em pleno vigor. O autor cita ainda o conceito de espelho sonoro, introduzido por Anzieu, que o considera anterior ao estádio do espelho de Lacan e o situa como o primeiro espaço psíquico existente.

Por meio dessas canções, a mãe pode, portanto, evidenciar ao bebê o que ela sente ao olhá-lo, permitindo assim, que a criança possa construir uma percepção de si mesma. Nesse ponto, vale lembrar as contribuições de Andréa Sabbadini[85] quanto à proposição winnicottiana sobre o papel de espelho da mãe, acrescentando aos aspectos visuais do processo, referidos nessa teoria, o que denominou *echoing*, possibilitando à mãe o espelhamento do bebê através dos sons. A reflexão da voz e dos sons emitidos pelo bebê, demonstrando acolhimento, lhe possibilita, então, ouvir a si mesmo, processo essencial para o desenvolvimento de uma identidade auditiva individual. A autora enfatiza a importância de sons familiares, mentalmente ou vocalmente repetidos, nas experiências musicais de caráter transicional, salientando a importância do processo descrito na formação da capacidade de apreciação, composição e performance musical.

Também Marie-France Castarède[15] enfatiza o papel do "espelho sonoro", possibilitando ao bebê escutar-se e ver-se diante da voz que emite. A autora ressalta a importância da voz no

3. A COMPOSIÇÃO DO DESEJO NA CRIAÇÃO E ENTOAÇÃO DE CANÇÕES

espelhamento que a mãe produz na relação com o bebê, expressando o prazer que sente na interação, e observa que as atividades vocais em eco favorecem as trocas entre ambos, representando momentos prazerosos e criativos. Considera ainda que entre os elementos de caráter transicional, podemos encontrar as vocalizações do bebê e o canto, como prolongamento cultural da voz, passível de ser entendida como objeto transicional, primeira possessão "não eu". Cantar, em um ambiente estruturado como as lições de canto ou, poderíamos pensar, as atividades musicais desenvolvidas nos encontros, seria, pois, uma forma de constituição do espaço potencial.

Pesquisas descritas por Colwyn Trevarthen e Kenneth Aitken[100] apontam para algumas similaridades entre o manhês e a música, demonstrando também que os bebês são atraídos por canções e narrativas emocionais expressadas pela voz humana e que se engajam nestas interações respondendo aos sentimentos musicais e poéticos expressados pela mãe com padrões rítmicos, movimentos do corpo, gestos, etc. Os autores comparam o manhês, nos diferentes períodos de desenvolvimento do bebê, aos andamentos musicais, observando que, em interações com bebês de seis semanas de vida, a alternância dos turnos de fala caracteriza-se como um lento adágio, enquanto aos dois meses acelera para um andante ou moderato. Da mesma forma, observam que os jogos e canções utilizados pela mãe, à medida que o bebê mostra-se mais alerta e enérgico, tornam-se também mais vivos. Consideram ainda que as canções utilizadas pela mãe podem interferir na modulação do humor da criança e na maneira como interage com ela, e acrescentam que, assim como na protoconversação, também nos jogos e canções a criança pode assumir o papel do líder.

Com base nestas proposições, podemos pensar que as canções utilizadas pela mãe representam formas de relação com a cultura e a comunidade lingüística na qual o bebê está inserido, mostrando-se um modo de inserção e propiciando o desenvolvimento da linguagem. Ao mesmo tempo, a entoação de canções compostas por uma mãe, ou escolhidas especialmente para seu bebê, permite tanto o espelhamento visual, representado pelo olhar que lhe dirige concomitantemente ao canto, como o espelhamento pelos sons, traduzindo em música as percepções e os sentimentos despertados pelo filho.

Algumas mães, em seu discurso, situam-se como se se dirigissem ao bebê, descrevendo-o ou presenteando-o com uma espécie de "declaração de amor": "Adriana, Adriana, que lindinha que é você". Encontramos ainda, narrativas, relatos, que falam da criança na terceira pessoa, nem "como se fossem ela", nem "para ela": "O palhacinho convidou a Lucinha para passear...". Existem ainda canções em que mais de um lugar é ocupado pela mãe e, conseqüentemente, pela criança. Ou seja, a mãe, em uma parte da canção, fala *sobre* a filha e, em outro momento, fala *para* a mesma: "E o dia amanheceu, Ivana então nasceu, tão linda, tão especial, presente celestial (...) vamos dormir, minha menina flor, obrigada Nosso Senhor".

O que faz com que cada um dos pais assuma esses lugares ao dirigir-se ao bebê? Chama a atenção o fato de que, muitas vezes, um bebê recebe mais de uma música, proveniente de "compositores" diferentes, como pais, babás ou avós, e uma delas torna-se, no decorrer dos encontros, mais importante. Como exemplo, temos a canção composta pela avó de um bebê e que, embora musicalmente mais elaborada do que a composta posteriormente pela mãe, foi descartada por esta última, ao finalizar a elaboração de sua própria canção. Para a mãe, certamente mais importante do que os sentidos construídos no texto da obra inicial ou sua qualidade musical, seja a elaboração de uma nova canção, permitindo à sua própria mãe situar o neto em uma criação para, em seguida, reafirmar a função materna, estabelecendo uma composição para seu filho.

Embora alguns aspectos da relação dos pais com o bebê se tornem particularmente evidenciados nas composições dirigidas

3. A COMPOSIÇÃO DO DESEJO NA CRIAÇÃO E ENTOAÇÃO DE CANÇÕES

aos filhos, também se fazem presentes na escolha de canções de contextos sociais e estilos diversos, realizada no decorrer dos encontros. Cada estilo ou canção ganha sentidos diferentes para os sujeitos, de acordo com sua história. Como nos mostra a mãe de Angelina, a mesma canção, para um sujeito, pode representar uma declaração de amor, enquanto para outro evoca sentimentos bastante desagradáveis:

> *Em alguns momentos, as músicas que determinadas mães escolheram pros seus filhos me impactaram. Porque eu penso que jamais cantaria determinadas músicas pra minha filha. Mas eu pensei: "Bom, cada mãe tem a sua música com seu filho". Algumas músicas que, pra mim, chegavam a ser melancólicas, né? Bom, teve uma que a Angelina até chorou. E a minha filha nunca chorava em nenhuma música. E eu estava me sentindo mal, ouvindo aquilo. A mãe cantando pro bebê... Uma que foi de sofrimento, que não sei o quê, que tal.*

Se, por um lado, essa mãe evidencia a diferença de percepções sobre uma determinada canção e, concomitantemente, sua identificação com a filha, que "até chorou" frente à audição de uma música que a ela própria soou melancólica, por outro lado Betânia expressa o "impacto" causado em alguns momentos pela atividade de cantar.

Marie-France Castarède[15] aborda a importância do canto na relação da mãe com o bebê, observando que, já na gestação, tendo em vista a capacidade auditiva do feto e a importância do ambiente sonoro e da voz materna, existem excelentes possibilidades de transmissão. Salienta também a importância do canto na história da humanidade, lembrando a ênfase das atividades musicais vocais entre os gregos, para os quais a voz humana era o mais nobre de todos os instrumentos, bem como em todos os ritos do ocidente e oriente, que conferem à voz e ao som importância primordial. Analisando essas observações, ressalta que canto e música evocam a comunicação estabelecida entre mãe e bebê, estando o discurso materno, retido como significante pelo bebê, entre os fundamentos ontogênicos do discurso musical. Assim, o manhês e a música, representada particularmente pelo canto, apresentariam similaridades, devendo-se a isso, talvez, o prazer sentido por adultos em relação à música. Da mesma forma, música e manhês podem ser considerados universais, observando-se que mesmo em sociedades altamente tecnicizadas, as mães cantam para os bebês. Nas canções utilizadas, encontramos, por sua vez, como no manhês, inúmeras repetições de melodias e ritmos, o que pode estar relacionado ao *feedback* da mãe em relação ao filho, utilizando essas repetições até receber pequenas respostas, por gestos, olhar, etc.

Surge, portanto, uma série de questões: nas músicas escolhidas pelos pais, quer recolhidas do repertório popular, das canções infantis ou compostas por eles mesmos, que sentidos são construídos? Que fatores estão implicados na escolha: preferência pessoal, relação da música com sua própria infância, ou outro momento de sua história, ser um elemento da "moda" atual, ou outros? Que "estilo", em termos musicais, transparece nas canções? Que relações têm com o que os pais "querem dizer" com a música? Ou seja, essas músicas abordam que temas? Manifestam afetos como amor, carinho, ambivalência etc.? No caso das canções compostas para os bebês: quem as compôs? Pai, mãe, avós, babá? Que função exerce essa pessoa na história da criança?

A análise discursiva das canções escolhidas pelos participantes dos grupos para os bebês, em articulação com os relatos sobre essas escolhas e o contexto que as envolve, análise do discurso francesa, psicanálise, e demais disciplinas aqui implicadas, nos permite tecer algumas considerações. Tal análise traz, ainda, alguns elementos sobre estas muitas interrogações, possibilitando-nos identificar alguns dos sentidos construídos pelos pais ao relatarem efeitos das atividades sobre o bebê ou abordarem sua relação e dos filhos com a música.

Nomeação e atribuição de gênero

Um exemplo da importância das canções escolhidas para um bebê está no relato da mãe de Luciano sobre a canção composta por ela para o filho, durante a gestação, e o contexto em que se deu a composição, adaptando uma melodia conhecida à letra que elabora.

Luciano, então com quase 2 anos de idade, comparece ao encontro com sua mãe. Enquanto esperam o início das atividades, ela relata, em resposta a um comentário meu, observadora do grupo, sobre a estatura de seu filho, acima da média de sua idade, que durante a gestação jamais havia imaginado que seu bebê seria do tipo "grandão", acrescentando que, de fato, muitas coisas imaginadas sobre o filho haviam se mostrado diferentes, após seu nascimento.

Após o início das atividades, a mãe de Luciano se oferece para cantar, sugerindo uma melodia que usualmente utiliza com o filho quando ambos saem para passear. É uma canção que, talvez devido à simplicidade da letra e ao fato de utilizar uma melodia conhecida, possibilitando ainda que o nome de todas as crianças do grupo seja incluído, vem sendo bastante cantada nos encontros, às vezes solicitada também pelas mães de outros bebês. Em seguida, a mãe de Luciano diz, aludindo à proposta da coordenadora do grupo de que os participantes criassem canções para seus bebês:

Mãe: Eu tenho a tarefa de casa. Quer dizer, não é que eu fiz, eu já tinha, você falou "não precisa criar", eu tinha... Foi assim: dá para falar?
Coordenadora: Sim, claro!
Mãe: Quando eu soube que eu estava grávida, daí, com doze semanas, eu fiz uma eco. Não apareceu o sexo. Daí a pessoa falou assim: "Ah, vai ser uma menina, quando a gente... com doze semanas já dá para ver e... e não apareceu". Daí eu fui para

casa, meu marido falou assim: "Será que é menina?" "Ela disse!", eu falei assim, né? Daí a gente foi pra... pra a eco de dezoito semanas... Porque, como eu estava com quase quarenta anos, foi medir a nuca, para ver se estava... aquelas coisas, né? Foi mais monitorada, a gravidez. Daí, a gente chegou lá com um nome de menina! Tá? Pronto! Daí, apareceu... A primeira coisa que apareceu foi um menino! Daí a gente foi para casa assim meio "puxa, que... chato", porque a gente foi preparada já para dar um... nomear, para a pessoa, para ser um indivíduo desde o início!
(Risos dos participantes)
Daí chegou em casa e ficou assim, tipo três semanas, quase um mês, catando um nomezinho para ele e pensando, né? Mas aí a gente conseguiu uma música que falava... que a minha vizinha cantava. Daí, assim, me puxou aquilo! E o nome do filho dela é Luciano! Né? E eu achei lindo, por que eu tinha um avô que chamava Luciano. Aí eu disse: "ah, pode ser Luciano também!". Daí a gente cantava para ele, os dois. Desde... desde o ventre, né? É assim... "Lu..." Eu nem sei se a música existe, né, a gente...
Luciano menino,
menino de mamãe.
Luciano menino,
menino de papai.
Este é o refrão. Aí, conforme o dia, se a gente está cantando para dormir...
Luciano menino,
dorme, Luciano....
Uma das mães do grupo: Inventa na hora.
Mãe: É, inventa, ou então, sei lá, se a gente saiu, fez alguma coisa... tenta botar aquilo, aquela atividade que a gente fez com ele... Ele já... já entende, né?!
Outra mãe: Cantaram isso no nascimento, também?
Mãe: Sempre a gente cantou com ele essa, é. No hospital foi meio conturbado, foi cesárea, eu passei mal pra caramba, não deu!

3. A COMPOSIÇÃO DO DESEJO NA CRIAÇÃO E ENTOAÇÃO DE CANÇÕES

(Risos por parte do grupo, em função da entonação que emprega ao enunciar esta frase).
Mas depois que a gente se restabeleceu... é a música que eu canto para ele... Pra ele dormir é essa. Então, foi assim... entende? Não deu trabalho, não precisou fazer a lição de casa!
Outra mãe participante: E ele se acalmou, agora, né?
O grupo canta:
Luciano menino,
menino de mamãe.
Luciano menino,
menino de papai.
Mãe, dirigindo-se a Luciano: Canta junto!
Luciano menino,
menino de mamãe.
Mãe: Canta, amor!
Luciano menino,
menino de papai.
Mãe: Ele já sabe cantar essa, agora. Ele canta junto!

Nesse relato, encontramos alguns dos aspectos essenciais a serem abordados ao pensarmos na constituição subjetiva. Percebemos também diversos fatores fundamentais ao desenvolvimento de um bebê, implicados no discurso da mãe, atravessado por formações discursivas provenientes de várias instituições sociais, como a educação e a medicina. Em relação a isto, é interessante observar que o sujeito se filia à memória discursiva através de sua inserção em discursos que vão constituir os processos discursivos. Assim, as filiações realizadas pela mãe de Luciano parecem inscrever também ao filho na cultura, já antes de seu nascimento.

Ao utilizarmos a concepção de práticas discursivas, propondo uma análise do discurso, consideramos este último termo na perspectiva apontada por Eni Orlandi[71], em que, como já mencionado, é relacionado não apenas à constituição dos sujeitos, mas à sua exterioridade, uma vez que a língua só pode significar através de sua inscrição na história, considerada como filiação.

Podemos observar no relato sentimentos, angústias e desejos presentes no período de gestação, com o respectivo investimento que começa a ser dirigido ao bebê neste momento, e permanece após o nascimento como elemento fundamental da constituição como sujeito.

Paralelamente, chamam a atenção também as falas da mãe de Luciano em que se coloca no lugar de aluna, mencionando a "lição de casa" que cumpriu e a qual, no entanto, não lhe deu trabalho, pois já havia sido elaborada anteriormente à solicitação da tarefa:

> *Eu tenho a tarefa de casa. Quer dizer, não é que eu fiz, eu já tinha, você falou "não precisa criar", eu tinha... Foi assim: dá para falar?*

Nessas frases que introduzem o relato, a mãe de Luciano posiciona-se como estudante cumpridora da tarefa de casa e, ainda que em tom de brincadeira, filia-se ao discurso escolar. Num exemplo de heterogeneidade mostrada no discurso, utiliza, em seguida, a expressão "quer dizer", que Jaqueline Authier-Revuz[4] inclui ao levantar a questão da modalização autonímica, considerando-a uma das formas de auto-representação do dizer situada no conjunto de estruturas de reformulação de um enunciado, uma forma sem elemento autônimo ou sem elemento metalingüístico unívoco. Após a utilização dessa expressão, que se segue à menção da "tarefa de casa", a mãe de Luciano complementa que a tarefa havia sido elaborada antes de sua solicitação. Sua referência a uma fala da professora, em uma citação direta, "não precisa criar", por outro lado, parece ser utilizada como forma de autorizar-se a propor a utilização de uma canção elaborada antes da solicitação da tarefa, demonstrando ainda um respeito ao cumprimento das normas estabelecidas para a realização da "tarefa de casa".

3. A COMPOSIÇÃO DO DESEJO NA CRIAÇÃO E ENTOAÇÃO DE CANÇÕES   153

Na frase seguinte, utilizando o advérbio de tempo "quando", a mãe situa seus interlocutores no tempo, levando-nos concomitantemente a dois períodos de sua gestação: o momento em que soube estar grávida e, com doze semanas, quando realizou uma ecografia.

Quando eu soube que eu estava grávida, daí, com doze semanas, eu fiz uma eco.

Ao mesmo tempo, neste momento, a mãe de Luciano introduz a "eco", um elemento proveniente do discurso médico, o qual vai permanecer ao longo de todo o relato, até o nascimento do bebê. É preciso compreender que a gravidez remete a gestante a modificações corporais, às quais fica "submissa". Serge Lebovici[58] analisa a importância dos cuidados médicos dispensados à gestante, com as possíveis influências das atitudes do corpo médico sobre seus sentimentos e expectativas, e aborda as influências da ecografia sobre as representações imaginárias construídas sobre o bebê. O autor considera que as mães a entendem de formas variadas, mas geralmente como uma possibilidade de saber, antecipadamente, o sexo do bebê. Concordando com estas afirmações, podemos perceber que, de fato, nesta primeira menção à ecografia, a mãe de Luciano parece encontrar, mais do que um elemento para sua segurança e controle de sua saúde e do feto, algo que lhe permite, talvez pela primeira vez, atribuir ao bebê um gênero:

Não apareceu o sexo. Daí a pessoa falou assim: "Ah, vai ser uma menina, quando a gente... com doze semanas já dá para ver e... e não apareceu".

Chama a atenção que a atribuição de gênero ao bebê se faz pela ausência: "Não apareceu o sexo". Essa ausência, a partir da citação indireta que alude ao médico ou médica, (que, neste momento, em oposição ao bebê, fica "dessexualizado" – a pessoa), é utilizada pela mãe de Luciano como uma indicação de que seu bebê poderia ser uma menina, uma vez que com doze semanas "já dá para ver" o que parece ser uma referência aos órgãos genitais. É interessante mencionar, aqui, que para Jacques Lacan[47], a criança do sexo feminino é caracterizada justamente por não ter o falo, que adquire então importância exatamente pela ausência, relacionada nesse exemplo ao órgão genital masculino.

Em suas frases seguintes, a mãe relata sua menção da descoberta do sexo do filho ao marido, incluindo, pela primeira vez, o pai do bebê no relato:

Daí eu fui para casa, meu marido falou assim: "Será que é menina?" "Ela disse!", eu falei assim, né?

Nessas frases, parece atribuir um saber ao discurso médico, respondendo a interrogação do marido com a afirmação feita pela profissional que realizara a ecografia: "ela disse". A atribuição desse saber à medicina, relacionada também à visão social creditada ao médico, pode ser articulada ao conceito de ideologia abordado por Eni Orlandi[71], pois como "imaginário que medeia a relação do sujeito com suas condições de existência" (p.56), esta marca a necessidade de considerarmos também, em uma análise, as formações imaginárias que são constituídas a partir do discurso. No caso, a imagem do médico, alguém que se "disse", deve estar certo sobre o que enunciou. É interessante observar que este saber atribuído ao profissional do campo da medicina transparece também no discurso da mãe de Lucas, quando relata o parecer do pediatra do filho sobre o efeito "calmante" da música em relação aos bebês.

Por outro lado, se o discurso da mãe de Luciano remete a uma atribuição de saber à medicina, o tom em que é proferido indica claramente certa dúvida. Podemos supor, talvez, que tal dúvida deva-se ao seu desejo por um menino. O que pode transparecer aqui é uma ambivalência entre uma filiação ao discurso da medicina, dizendo que seu bebê será uma menina e seu próprio desejo, que põe em questão o saber médico. Nessas frases, ainda, podemos ver, através da palavra "né", utilizada em forma de interrogação, uma inclusão dos interlocutores em seu discurso. Ao mesmo tempo, podemos perceber também a emoção que acompanha a lembrança do momento em que pôde atribuir um sexo ao bebê. Observamos aí o início de uma etapa em que a mãe passa a sentir-se mais próxima do feto, uma vez que ele já é percebido de uma forma mais concreta, através da ecografia, onde pode ser visualizado. O conceito de "preocupação materna primária" talvez possa nos auxiliar na compreensão dos sentimentos que passam a aflorar nesta etapa da gestação de Luciano, sendo importante lembrar que, para Donald Winnicott[103], este estado tem início já algumas semanas antes do nascimento do bebê. É evidente, porém, que neste momento inicial da gestação de Luciano, podemos percebê-lo em sua mãe apenas como um vislumbre do que se desenvolve próximo e após o nascimento do bebê, com sentimentos que vão sendo despertados em momentos diversos, como os movimentos do feto, o crescimento do útero e a visualização do bebê através de outras ecografias, como a que a mãe de Luciano descreve em seguida, desta vez incluindo o marido:

> *Daí a gente foi pra... pra a eco de dezoito semanas... Porque, como eu estava com quase quarenta anos, foi medir a nuca, para ver se estava... aquelas coisas, né? Foi mais monitorada, a gravidez.*

Dessa vez menciona os cuidados médicos a que teve que se submeter e alude claramente aos riscos que a gestação em uma pessoa de sua idade representaria para o bebê e, talvez, para si mesma. Quando diz, por exemplo, "foi medir a nuca", transforma a afirmação em algo impessoal, pois não podemos saber, embora possamos supor, nem "quem" nem "de quem" se foi "medir a nuca".

De fato, preocupações com a própria saúde e com a do feto, acompanhadas pelos temores de doenças ou malformações em relação, são comuns, e consideradas normais, durante o período de gestação. Da mesma forma que a ambivalência que acompanha a mãe em sua relação com o bebê, como lembra Donald Winnicott[103], ressaltando os temores maternos sobre os perigos da gestação para seu corpo, bem como as decepções causadas pela diferença entre o bebê esperado e o bebê real, que a mãe de Luciano menciona logo que chega neste encontro, relatando que não imaginava que seu bebê seria do tipo "grandão".

Finalmente, a mãe fala da nomeação do bebê, elemento que sabemos ser tão importante para sua constituição subjetiva:

Daí, a gente chegou lá com um nome de menina! Tá? Pronto!

Ao contar que "chegaram lá" com um nome de menina, demonstra que o casal começava, naquele momento, a se preparar para a chegada de um bebê do sexo feminino. A mãe de Luciano parece, de fato, perceber o momento como um ponto culminante de sua gestação: "Tá? Pronto!". Talvez a idéia de uma etapa concluída, pois, uma vez nomeado, um novo momento surge no imaginário da mãe em relação ao bebê que espera. Diz Serge Lebovici[58] sobre estes sentimentos, que podemos perceber na mãe:

> Durante a gestação, com efeito, seu futuro filho tornou-se vivo: o desejo de maternidade é um desejo de criança. A mãe muitas vezes tem com ele um diálogo imaginário e verbalizado, atenta ao mesmo tempo às reações imediatas do feto e ao futuro da criança a chegar. É o período em que ela lhe adivinha o sexo e prevê seu aspecto, em que ela lhe prediz uma vida, em que ela procura e propõe um prenome, etc. Ela se imagina ao mesmo tempo mãe, mais ou menos competente em função de sua experiência. Ela prepara o lugar do bebê, sua roupa etc. (p. 267-268).

As frases seguintes demonstram, através de uma citação

direta de seus próprios pensamentos, a decepção por ter que voltar atrás nesta etapa de nomeação do bebê, precisando, novamente, acostumar-se com a idéia de um bebê do sexo masculino, ainda sem um nome escolhido:

> *Daí a gente foi para casa assim meio "puxa, que... chato", por que a gente foi preparada já para dar um... nomear, para a pessoa, para ser um indivíduo desde o início!*

Ao mesmo tempo, a mãe de Luciano traz, nessas frases, a idéia de que a nomeação do bebê lhe daria *status* de indivíduo. "Desde o início", parece ainda reforçar essa idéia, marcando o princípio do que poderíamos considerar como existência de um sujeito a partir da atribuição de um nome.

É preciso salientar que Lacan[46] estabelece uma diferença entre sujeito e indivíduo, considerando o primeiro como efeito de linguagem e o segundo como relacionado ao aspecto biológico. Ao mesmo tempo, salienta a importância do discurso do Outro na constituição subjetiva, determinando que "falas fundadoras que envolvem o sujeito são tudo aquilo que o constituiu, os pais, os vizinhos, a estrutura inteira da comunidade, e que não só o constituiu como símbolo, mas o constituiu em seu ser" (p.31).

Portanto, embora os termos *indivíduo* e *sujeito* designem concepções contraditórias, advindas de teorias com paradigmas diferentes, já que o primeiro é relacionado normalmente ao biológico e o segundo seria o "ser humano, submetido às leis da linguagem que o constituem, e que se manifesta de forma privilegiada nas formações do inconsciente" (Chemama[18], p.208), podemos pensar que, no contexto utilizado pela mãe de Luciano, o termo "indivíduo" possa ser considerado como sinônimo de sujeito, compreendido na perspectiva psicanalítica como inscrito em uma rede de significantes, entre os quais o nome próprio que lhe é dado.

O riso dos interlocutores da mãe de Luciano, nesse ponto do relato, parece demonstrar certa empatia e compreensão com o problema e a decepção que relata, uma vez que ela mesma o faz em tom divertido. Finalmente, descreve o processo vivido ao procurar um nome masculino para o bebê, e o contexto em que o escolheu. Ficamos sabendo, assim, alguns dos significados que envolvem o significante Luciano para sua mãe, carregado com um fator importante na história familiar:

> *Daí chegou em casa e ficou assim, tipo três semanas, quase um mês, catando um nomezinho para ele e pensando, né? Mas aí a gente conseguiu uma música que falava... que a minha vizinha cantava. Daí, assim, me puxou aquilo! E o nome do filho dela é Luciano! Né? E eu achei lindo, por que eu tinha um avô que chamava Luciano. Aí eu disse: "ah, pode ser Luciano também!"*

Sabemos que a escolha do nome muitas vezes marca o lugar ocupado pelo bebê no imaginário da mãe, indicando ainda os desejos inconscientes que são depositados sobre ele. Complementando essas observações, encontramos em Lacan[48] a concepção do nome, particularmente do nome próprio, como mensagem.

A partir desse momento, Luciano passa a ser, para o casal, "um indivíduo", como diz a mãe, ou podemos pensar, um sujeito, com um nome, escolhido por seus pais, em um contexto que inclui sua própria história: o nome escolhido é também o nome do bisavô do bebê. Esse nome, através da música, é, pois, desde a gestação, cantado para o menino. Não podemos esquecer, aqui, a importância atribuída por diversos autores à audição da voz materna, mesmo em períodos anteriores ao nascimento, e ao canto, aspectos já abordados anteriormente.

> *Daí a gente cantava para ele, os dois. Desde... desde o ventre, né? É assim... "Lu..." Eu nem sei se a música existe, né, a gente...*
> *Luciano menino,*
> *menino de mamãe*

Luciano menino
menino de papai

Na canção, que recria o texto de uma melodia conhecida, o nome e o sexo do bebê são constantemente reforçados, dissolvendo a confusão inicial que envolveu esses elementos. Ao mesmo tempo, gênero e filiação do bebê são marcados como "menino de mamãe" e "menino de papai". A partir dessas palavras, que ela chama de "refrão", a mãe de Luciano conta, então, que frases são inventadas, a partir dos objetivos do momento, como, por exemplo, fazer a criança dormir, ou das atividades vivenciadas durante o dia:

Luciano menino,
dorme, Luciano...

A mãe comenta, a esta altura, que "Ele já entende, né?!", demarcando a etapa atual de desenvolvimento de seu filho como diferenciada do momento inicial. Ao mesmo tempo, com o "né?", busca novamente uma participação dos interlocutores, que são solicitados a confirmarem sua percepção sobre o filho.

Posteriormente, solicita também a participação de Luciano, estimulando-o que cante junto: "Canta junto!" ou "Canta junto, amor!". É interessante observar que essa solicitação ao filho, colocado nessas frases como objeto de amor, é feita num tom especial, que podemos perceber como quase musical, e que caracteriza o manhês.

Antes desse momento, no qual completa a canção solicitando ao filho que a acompanhe, entretanto, conclui o relato respondendo a uma pergunta dos interlocutores, que a interrogam se "Cantaram isso no nascimento, também?", dizendo que "sempre" cantaram esta, deslocando o início dos tempos para o momento em que Luciano é nomeado e assim, passa a existir. Posteriormente, repete, novamente, que "não deu trabalho, não precisou fazer a lição de casa!", retornando, em uma brincadeira, ao discurso escolar. Demonstrando compreensão e identificação com seu relato, os interlocutores presentes cantam junto a canção proposta. Ainda que originalmente fosse a que sua vizinha cantava, neste momento podemos ver que a canção passou a ser a "Canção de Luciano", sofrendo variações, inclusive, conforme seu dia-a-dia. A mãe de Luciano se apropria da melodia e da letra iniciais para transformá-las na canção que marca o início da constituição de seu bebê como sujeito, o nomeia e acompanha sua gestação, expressando expectativas e desejos em relação ao filho.

Entre a tradição e a liberdade, alienação, separação e filiação

Outro exemplo da relação entre a escolha de uma canção, a história de um bebê e as expectativas que lhe são depositadas, é uma das músicas selecionadas pela mãe de Angelina: a canção tema do filme *A noviça rebelde*.

Na gravação em vídeo do encontro em que é proposta, podemos observar alguns aspectos normalmente presentes na relação de uma mãe com um bebê da faixa etária de Angelina, então com cinco meses, como a utilização do manhês e a aproximação do rosto da filha ao dirigir-lhe a palavra. Outros aspectos observados, entretanto, parecem próprios da relação particular desta dupla. Vemos, por exemplo, Angelina muito atenta ao ambiente, olhando para outras mães e os bebês, e sua mãe possibilitando que alterne seu olhar entre estes e ela própria, posicionando-a, em alguns momentos, voltada para o grupo e, em outros, voltada para si. Encontramos ainda, carinho, abraços e brincadeiras que, podemos pensar, marcam o corpo deste bebê com o investimento de sua mãe, libidinizando-o. Ao final do encontro, presenciamos também um momento de discordância entre os interesses da mãe e os do bebê, quando Betânia diz à filha que "Tem que ficar deitada!", ao observar que Angelina parece não querer manter-se na posição em que a coloca para a realização de uma das atividades propostas. Sua enunciação, por outro lado, evoca uma filiação ao discurso escolar semelhante à observada no discurso da mãe de Luciano, já que a utilização do verbo "ter", de modo imperativo, evidencia preocupação em atender à consigna estabelecida para a atividade. Assim, mãe e filha se tranqüilizam e relaxam quando ressalto a flexibilidade na realização e, portanto, a possibilidade de que a desenvolvam conforme o interesse do bebê.

No *momento de cantar*, a mãe de Angelina sugere a canção e a apresenta ao grupo, logo acompanhada pelo piano e pelos demais participantes:

Dó, um dia, um lindo dia... Ré, reluz a ouro em pó... Mi, assim que eu chamo a mim... Fá, é fácil decorar... Sol, o grande amigo sol... Lá, é bem longe daqui... Si, indica condição... Depois disso, vem o dó!

A importância da canção escolhida na história desta mãe e sua relação com seu bebê é abordada na *entrevista individual*, quando Betânia conta:

Aquela música... Algumas foram me ocorrendo, mas essa do "Dó, um dia..." eu canto há bastante tempo pra ela, porque foi um filme que eu gostei muito. Eu assisti várias vezes, aquela coisa de liberdade, daquele filme... então ficou muito gravado com essa sensação de liberdade, pra mim, essa música. É uma música tri bobona, mas que eu, cantando pra ela, eu vejo aquela cena, basicamente aquela cena, que eles estão no alto daquele morro, aquela mulher andando com aquelas crianças tudo vestidas de pano de cortina, com aquele pai, assim... Talvez pela minha história, tenha a ver. Meu pai sempre teve essa coisa, assim, o certo é certo, o errado é errado, parece meio militar, uma coisa, assim, de alemão, né? Então, pra mim passava muito essa sensação de... (suspiro), sabe? Uma coisa assim. E eu acho que muito a ver com uma coisa que eu quero pra minha filha. De ela poder explorar o mundo de um jeito mais livre. Então é uma música que eu cantei muitas vezes pra ela...

Após descrever o filme relacionado à música, a mãe de Angelina, introduzindo a frase com o advérbio de dúvida "talvez", articula sua escolha à própria história. Vemos que a canção lhe evoca, por um lado, "aquela coisa da liberdade" e, por outro, uma imagem que diz respeito aos valores paternos, que relaciona ao discurso militar e, ao mesmo tempo, à origem: "meio militar, uma coisa, assim, de alemão": "o certo é certo, o errado é errado". De certa forma, este paradoxo aparece na relação com a filha, no encontro relatado, quando a princípio enuncia um imperativo que lhe parece necessário ao cumprimento da atividade realizada, dizendo-lhe que fique deitada e, a seguir, permite que escolha a posição em que deseja permanecer, podendo, então, como diz na entrevista, "explorar o mundo de um jeito mais livre."

O paradoxo mencionado, alternando valores concernentes à tradição familiar e à liberdade para recriá-los, colocando em cena um modo próprio de relação com o ambiente circundante, ilustra a relação entre o desejo materno e a possibilidade de que o bebê venha a se tornar sujeito desejante. Por um lado, a mãe lega à filha os valores de sua família, inscrevendo-a em uma rede de significantes que permite a filiação ou, poderíamos pensar, o Nome do Pai, no sentido como é concebido este termo na teoria lacaniana: "Produto da metáfora paterna que, designando primeiramente o que a religião nos ensinou a evocar, atribui a função paterna ao efeito simbólico de um puro significante e que, em um segundo momento, designa aquilo que rege toda a dinâmica subjetiva, ao inscrever o desejo no registro da dívida simbólica"

(Chemama[18], p. 148). Por outro lado, endereçando seu desejo à filha, abre espaço para que Angelina, posteriormente, venha a constituir seu próprio desejo: sua forma de explorar o mundo.

Presenciamos aqui uma mãe em momento de diferenciação em relação a seu bebê, permitindo que este ensaie seus primeiros movimentos de expressão de interesses diferentes dos seus próprios. Nesse processo, o ambiente parece tornar-se atraente para o bebê, que o observa com atenção constante e, algumas semanas mais tarde, vemos Angelina ensaiando alguma interação com outro bebê, brincando com sua roupa e mãos. Também neste encontro, Angelina ensaia seus primeiros movimentos para engatinhar, o que é permitido pela mãe, que a observa divertida, de certa forma possibilitando que exercite também pequenos movimentos de autonomia. É interessante observar que o pai aparece ao final do encontro, representando concretamente a separação entre bebê e mãe, inicialmente participando das atividades com a esposa e, finalmente, tomando a filha nos braços, para concluir o encontro com ela no colo. Neste sentido, para a mãe e seu bebê, talvez as atividades musicais funcionem, concomitantemente, como forma de interação e separação, representando, assim como o pai, um terceiro na relação que, ao mesmo tempo em que traz normas, percebidas pela mãe quando diz à filha que "tem que" permanecer deitada, permite que o bebê manifeste algumas discordâncias em relação aos interesses maternos. O seguinte trecho, também da *entrevista individual* com esta mãe, ilustra algumas destas proposições:

> *Em vários momentos, eu estava fazendo uma coisa com a Angelina, daí, tipo na hora de recolher o brinquedo, e tu disseste: "Pode deixar..." Aquilo ficou dentro de mim. Daí eu pensei: "Pô, eu não respeitei a minha filha...". Não como uma coisa de tu me criticares, mas assim, de quem está de fora... Daí quando tu disseste aquilo... Porque eu não estava ligada nela, naquele momento. Eu estava ligada em ti. (...) Na tua, entre aspas, na tua autoridade de*

> *coordenadora, que estava recolhendo os brinquedos da hora, por exemplo. Então, daí eu fiquei pensando: "Bah! Mas que coisa importante, aquilo". E daí eu fiquei... Aquilo me fez olhar também pra minha filha de um outro jeito em muitos outros momentos. De pensar: "Tá, será que agora é ela que não quer mais isso, ou eu que não estou mais a fim de brincar com tal coisa", entende? Então eu acho que... Daí eu fiquei pensando: "É mesmo, por que eu vou tirar da mão dela se ela está explorando aquilo?"*

A mãe parece descrever o momento em que percebe uma hiância entre o que "está a fim" de fazer e os interesses da filha, ilustrando com uma citação direta de seus próprios pensamentos, em forma de interrogação, o nascimento da possibilidade de permitir que a filha explore algo sem que vá "tirar da mão dela". Ou que explore o mundo de uma forma mais livre, como menciona. Ao situar suas conclusões a partir do que descreve como "entre aspas" a minha autoridade de coordenadora, percebemos, por outro lado, uma negociação com seu dizer, que parece indicar a impossibilidade de encontrar um significante que melhor se ajuste ao que intenciona expressar. Minha "autoridade entre aspas", portanto, deixa de funcionar como um imperativo em relação à tarefa e desloca-se para a representação de um saber que a leva a questionar sobre novas possibilidades de perceber a filha e seus interesses. Em seguida, continua:

> *Em outros momentos fora dali, eu pensei: "Bah!" Mas... A imagem daquilo ficou. Não como uma coisa negativa, muito pelo contrário, né? Como uma coisa de "olha o que que ela está te mostrando, não o que tu estás achando que está na hora", né? E eu acho que isso me liberou num monte de coisas, assim, pra eu poder acompanhar melhor algumas coisas do ritmo. E a gente vai treinar a vida inteira, porque seguido a gente atropela os bebês, porque a gente tem coisas pra fazer e passa por cima, e nem vê o que eles estão querendo. Eles estão... Está na cara o que eles querem. Tu não enxergas. Atropela.*

A permissão para que Angelina permanecesse explorando o chocalho com que brincava, nesse momento, é sentida como um imperativo para que "olhe o que ela está te mostrando", ou seja, parece possibilitar que se veja como separada do bebê. Refere, por outro lado, que não percebe isto como "uma coisa negativa", mas "muito pelo contrário", em um exemplo do que Jaqueline Authier-Revuz[4] considera uma forma de ruptura com o UM da palavra, fixando o sentido através de uma glosa na forma negativa. A imagem que fica, portanto, é algo que pode "liberá-la" em "um monte de coisas", vendo "o que está na cara", ou seja, "o que eles querem". Ao mesmo tempo em que a mãe de Angelina percebe a importância desse processo, que a faz refletir "em outros momentos fora dali", não lhe escapa a dificuldade deste exercício, quando diz que vai "treinar a vida inteira". De fato, aqui vemos representado o dilema dos pais, equilibrando seu desejo, em relação aos filhos, e a possibilidade de que estes o reformulem, a partir do próprio desejo. Vemos aqui, ilustrado, também, o movimento que permite a constituição do sujeito, como conclui a mãe de Angelina:

> *Então, eu acho que essas coisas que são, assim, não sei se detalhes, mas que são enormes, entende? Porque é uma coisa que... Estava no meio do nada. Podia nem ter ouvido aquilo que tu falaste, entende? Mas aquilo, dentro de mim, bateu, e eu pensei: "Bah!, É mesmo." Então, tu constituíste ela como sujeito na hora que tu disseste aquilo. Ela ainda estava dentro de mim, de repente, naquele momento, entendeu? Eu não tinha me dado conta que eu podia não... Daí quando tu disseste: "Não, pára aí..." Nem foi assim que tu falaste, mas estou dizendo do meu jeito agora...*

Podemos pensar que, se uma intervenção "no meio do nada", tão simples como autorizar a mãe a deixar o bebê explorar um instrumento musical pelo qual demonstra interesse, alcança o efeito de possibilitar que ele passe a ser percebido por sua mãe como um sujeito, é porque sua realização se deu no momento em que mãe e bebê encontravam-se prontos para o início do processo de separação e diferenciação. Como diz Betânia, poderia "nem ter ouvido", mas, "dentro" dela, "bateu". É interessante observar que o significante "dentro", é novamente repetido algumas frases depois, desta vez referindo-se ao fato de que, até então, Angelina estava "dentro" de si. O momento em que percebe a filha como "fora", portanto, talvez demarque a separação e, com ela, o final do período descrito por Donald Winnicott[103] como "preocupação materna primária". E, na concepção lacaniana, o início da fase do espelho, cuja conclusão, muitos meses mais tarde, coincidirá com o momento de deixar de ser um bebê e tornar-se "criança". O que vem de "fora", representado pela minha "autoridade entre aspas", por outro lado, é incorporado em seu discurso através de citações diretas e indiretas, que caracterizam a heterogeneidade mostrada, discutida por Jaqueline Authier-Revuz[4], e passa a ser sentido também como dela.

A canção escolhida mostra-se como uma promessa de um lugar social a ser ocupado por Angelina, no futuro. De alguém que possa "explorar o mundo de um jeito mais livre", mas alicerçada por valores reconhecidos como pertencentes à ordem familiar e também aceitos socialmente. Ou seja, "o certo, é certo; o errado é errado", em que certo e errado funcionam como substantivos e, concomitantemente, adjetivos, ilustrando um modo de inserção social pautado por uma ética que Betânia transmite de seu pai a sua filha. Não apenas suas filiações discursivas se fazem presentes aqui, mas também os movimentos neste sentido em relação à filha, que a inscrevem em discursos delineados pela mesma ideologia.

Ao mesmo tempo, outro aspecto desta canção chama a atenção. Seu texto faz clara referência à música, relacionando as notas musicais a aspectos como a beleza de um dia, amizade, tempo e espaço. Assim, encontramos na canção um dos objeti-

3. A COMPOSIÇÃO DO DESEJO NA CRIAÇÃO E ENTOAÇÃO DE CANÇÕES

vos apresentados pela mãe, ao mencionar na *ficha sobre os hábitos sonoros/musicais*, que inscreveu a filha no projeto "para que tenhamos maior contato com a música, pois apesar de gostar, nem sempre escuto ou canto". A canção escolhida apresenta a música pelas notas musicais, relacionando-a a outros aspectos do dia-a-dia e, novamente, a conteúdos que evocam valores.

É interessante observar que, no encontro em que canta esta canção, a mãe de Angelina relata, no *momento de observações*:

> *Depois que eu peguei o questionário para olhar, eu tava lendo, né? E eu fiquei prestando atenção, mais... em algumas coisas de som. Algumas a gente presta, naturalmente, mas eu apurei, um pouco, a... a atenção. E a Angelina se ligou no som, mais, assim. Ela senta perto do aparelho de som e começa a se embalar, olhando pro som... daí, eu liguei a música, para ela, e ela começou a rir! E eu achei um barato!*

Betânia relata, nesta breve observação, que ao mesmo tempo em que ficou "prestando atenção", a filha também parece ter "se ligado no som, mais". Neste momento, portanto, ambas parecem estar descobrindo na música uma forma de brincar, possibilitando que se crie, conforme proposto, um espaço transicional que permitirá o nascimento de novas possibilidades de relação para esta dupla, a partir da apropriação do "som" como um instrumento.

De fato, o processo de se autorizar a utilizar a música e brincar com a filha através dos sons, de certa forma evocado no texto da canção escolhida, é descrito por esta mãe em alguns momentos da *entrevista individual*:

> *É o desdobramento, que nem eu falei aquele dia, assim. Essa coisa de poder me ligar, essa sensação de que uma história pode ter música, que não era uma coisa assim que tivesse... Talvez o terreno estivesse pronto, entende, Ana Paula, eu acho que neste sentido.*

> *Quando está pronto, dá um pique e vai, né? Mas se não está, tem um outro tempo, né? Pra coisa ligar. Às vezes vai ligar dois, três, um ano, aquela coisa do tempo, assim, interno. Mas eu senti assim, de poder ver que outras coisas tinham música. Eu achei isso muito legal. Eu pensei assim:"Bah! Um chocalho pode ter ritmo!" Tudo bem que a gente faz, que o nenê faz. Mas que eu pudesse fazer aquilo, ter um ritmo no momento que eu estava com a minha filha, isso tem a ver com o que eu fiz com vocês. Que sozinha, eu não sei se eu ia conseguir. Talvez meses depois dela. Mas daí já tinha passado o momento dela de estar mexendo no chocalho. Então, essa coisa dela cantar... De eu cantar pra ela e me dar conta de... Isso teve a ver com as coisas que a gente aprendeu lá.*

A mãe se dá conta de que pode perceber a importância da musicalidade e do ritmo na etapa de desenvolvimento em que se encontra sua filha. Sente, portanto, que pode se "ligar", incluindo o ritmo e o som nas histórias que conta, no brincar com um chocalho, percebendo, enfim, "que outras coisas tinham música". Como ela própria menciona, entretanto, este efeito só pôde ser obtido pois havia "um terreno pronto". Embora ela própria parecesse não se dar conta, entretanto, mencionando que "nem sempre canta ou escuta", a ênfase à "musicalidade" já existia quando escolhera o nome para a filha, da mesma forma que seus primeiros momentos de percepção no útero estavam ligados à possibilidade de que estivesse "ouvindo" o musical a que assistia e aludisse a um "reconhecimento" da filha, após o nascimento, ao escutar canções que o casal ouvia durante a gestação, como salientado neste trecho da entrevista:

> *Entrevistadora: É interessante o que tu estás dizendo, porque tu dizes não ter uma ligação maior com a música, mas uma das primeiras manifestações de reconhecimento da Angelina, tanto na gestação quanto depois que ela nasceu, parece que tem alguma coisa a ver com música...*

> *Mãe: Tem, uma coisa, assim, de... Porque é uma coisa que eu acho que eu comecei a querer me ligar mais nisso de novo, entende? Eu acho que vai tendo a ver com coisas da gente que vão destrancando, também. Que destranca um monte quando a gente tem filho, uma coisa que... Vai abrindo uns espaços. E eu fui me dando conta, também, com o curso, que eu acabei ficando mais ligada. Que eu acho que era um momento meu, particular, né? Mas que foi tendo a ver com esse movimento de estar estimulando, então comecei eu a me ligar mais no rádio...*

Este momento que considera seu, particular, e que, por outro lado, menciona como movimento de "estar estimulando", de certa forma a si e a filha, está relacionado à sua percepção, aludida em outro momento da entrevista, de que é "o canal mais seguro" para que a música chegue a Angelina. A inserção no projeto parece, portanto, "abrir alguns espaços", permitindo que volte a apropriar-se da música como algo considerado importante transmitir à filha, pois já teve, sente que perdeu, mas percebe como essencial. Como diz no início desta entrevista:

> *Porque foi como eu falei naquele dia pra vocês. Eu não tenho muito essa coisa com música. Eu escuto aquelas músicas do tempo... A minha mãe ouvia muita música. Eu acho isso uma coisa bem legal. Minha mãe escutava muita música e ela disse que ela cantava muito pra mim. Ela disse que eu não dormia, que eu abria o olho quando ela parava de cantar, e ela disse que ela gastava todos os repertórios conhecidos dela, era música popular, samba, umbanda, religiosa, ela disse: "Tudo que eu conhecia e não conhecia, eu cantava pra ti". E eu depois perdi essa coisa de música.*

A inserção em um grupo voltado a oferecer possibilidades de contatos dos bebês com a música permite à mãe voltar a "se ligar", em música, como diz, possibilitando que desenvolva com Angelina atividades como as que sua mãe realizava com ela, entre as quais o canto é mencionado como importante. Recorrendo às palavras da mãe em discurso direto, que nos remetem à heterogeneidade mostrada, Betânia tenta também, portanto, transmitir à filha "tudo o que conhecia e não conhecia", reapropriando-se da música e das experiências prazerosas por ela proporcionadas e possibilitando que a filha também "se ligue" aos sons. Da mesma forma como ao ouvir as músicas cantadas por sua mãe, Betânia, em sua infância, também "ligava-se", ao invés de adormecer, descreve a experiência vivenciada ainda no hospital, narrada em outro momento, após o nascimento de Angelina, quando a filha, ao contrário de ficar com os olhos fechados, como esperava diante de um bebê com algumas horas de vida, também "se liga" ao ouvir uma música colocada pelo pai e que, talvez, reconheça de momentos no útero.

No objetivo de possibilitar que a filha "se ligue" à música, portanto, a canção selecionada para cantar-lhe em um momento especial dos encontros parece ter tido um papel fundamental. Como podemos ver, através da canção, a mãe ilustra movimentos de identificação, filiação, alienação e separação, em relação à filha, e marca seu desejo em relação ao bebê, emprestando-lhe sentidos surgidos em sua própria história, ao evocar experiências prazerosas vivenciadas com sua mãe e referências adquiridas a partir dos valores de seu pai.

Angelina, então, passa a fazer parte de uma história mais ampla, que se inicia com seus ascendentes, muito antes de seu nascimento. Está relacionada já a sua bisavó materna, cuja origem "italianésima" influencia sua nomeação e à bisavó paterna, que faz aniversário em data próxima à de seu nascimento, passa pelos interesses da avó materna, que "ouvia muita música" e valores do avô, "meio militar, alemão". Finalmente, abrange objetivos de sua mãe, que quer resgatar "essa coisa de música", que diz ter perdido e que, no entanto, quer legar à filha. Assim, deseja que Angelina "se ligue" em música, ao mesmo tempo em que permite que a filha venha a escolher seus próprios caminhos, constituindo-se como sujeito, ao oferecer-lhe também a possibilidade de "explorar o mundo de um jeito mais livre."

A formação dos laços mãe-bebê

Se as canções de Luciano e Angelina, a primeira uma composição de sua mãe e a segunda extraída da trilha sonora de um filme, surpreendem pela originalidade, observamos que, muitas vezes, canções bastante difundidas e repetidamente escolhidas pelos pais nos encontros, adquirem um sentido especial para uma determinada dupla. Essas canções denotam o lugar simbólico ocupado pelo bebê em sua família, ao mesmo tempo em que permitem movimentos de inserção social e assim, podemos pensar a relação com o Outro, ao caracterizarem-se como músicas "sem idade", que se perpetuam na cultura como significativas ao universo infantil. Como ilustra o trecho seguinte da entrevista com a mãe de Lúcia:

> *Entrevistadora: E a que tu cantaste no momento de cantar, a dos "Saltimbancos", desde quando tu cantas com ela?*
> *Mãe da Lúcia: Desde pequenininha.*
> *Entrevistadora: E era uma música que tinha um significado especial pra ti?*
> *Mãe: Não, porque era a que estava na mão, assim. Era a que eu sabia. Era a que eu me lembrava. Também canto a "Jardineira". Coisas velhas, "Se essa rua"... Aquela...*
> *Entrevistadora auxiliar: Essa "Se essa rua", como aparece...*
> *Entrevistadora: Essa nem é velha, essa já perdeu...*
> *Entrevistadora auxiliar: Essa não tem idade.*
> *Mãe: Não tem idade, né?! Aquela:"O cravo brigou com a rosa", "Terezinha"...*
> *Entrevistadora: E essas músicas são as músicas que tu te lembras da tua infância?*

Mãe: É!
Entrevistadora: É uma coisa interessante, né? É um passar de gerações, essas músicas...
Mãe: É, é bem da minha idade. Que eu sou a última. Pessoas de trinta, assim...

Ao mesmo tempo em que dizem respeito à tradição cultural, para a mãe de Lúcia estas canções possibilitam a inserção da filha em um contexto familiar onde a música encontra função especial, como relata em outro momento da *entrevista individual*:

> *Bom, lá em casa a gente não tem, assim, ninguém que seja músico. Mas a minha filha, eu sempre cantei pra ela, a maior. Ela tem violão, mas não toca. Ela agora está tentando fazer música eletrônica. E a gente escuta muito, escuta muito e canta muito, muito alto, lá em casa, e dança... Eu dançava com a maior e agora... E eu achei que era interessante neste sentido, de fazer alguma coisa mais prazerosa, assim.*

A afirmação de que na família não há músicos, enfatizada com o pronome indefinido "ninguém" parece contrapor-se, neste trecho da entrevista, com o fato de que a filha mais velha tem um violão, e "a gente escuta muito", "canta" e "dança".

É interessante observar que, entre os objetivos que descreve como a tendo levado a inscrever a filha no projeto, Ana destaca a busca por "disciplina" e "ordenação", como relatado, mas menciona, neste trecho, também o prazer, ao dizer que considerou a experiência interessante por permitir "fazer alguma coisa mais prazerosa". A música possibilita a mãe e filha, portanto, uma experiência agradável, em que cantar e dançar se acrescentam ao ouvir. De fato, a dança, como podemos verificar na filmagem de vários encontros, aparece como algo próprio desta dupla, quando vemos a menina dançando sozinha, embalando-se ao som dos cumprimentos ou dançando com a mãe, que lhe toma as mãozinhas simulando uma valsa.

Da mesma forma que a música ganha importância através da dança, também o canto é amplamente enfatizado como importante na entrevista com Ana, adquirindo talvez mais relevância como atividade em si mesma do que pelo repertório selecionado:

> *Ela gosta muito de tudo que é tipo de música, menos de pagode. (Risos) A gente não quer que ela goste... (...) A gente vai proibir ela de ouvir. Ela gosta de tudo que é tipo, inclusive coisas que são só ruído. A minha filha gravou ela e distorceu, fez uma música. As pessoas estão ouvindo e estão achando maravilhoso. "A voz é linda", falaram. A Lúcia cantou, cantou, cantou... e a irmã gravou, distorceu, fez um som. Ela diz assim: "Agora, canta". Daí, ela levanta os olhos e "Uh, uh, uh". Depois dá uns gritos. Olha, as duas, lá... Agora a Lúcia sempre chega no computador e quer cantar.*

A mãe de Lúcia parece se dar conta de que a filha, nesse momento inicial de vida, está aberta a todos os estilos musicais, menos o que "a gente não quer que ela goste". Assim como menciona a mãe de Angelina, portanto, Ana também percebe que as influências familiares e sua forma de conviver com a música são "um canal seguro" para que a filha tenha acesso a determinados estilos musicais, enquanto outros lhe são interditados:

> *Entrevistadora: Tu estavas falando que vocês não gostam de pagode, né? Vocês incentivam mais algum tipo de música?*
> *Mãe: Não, a gente incentiva o que escuta, né? A gente escuta alguma coisa de MPB, escuta Piazzola, escuta alguns cantores portugueses. Escuta bossa nova, o Tom Jobim... O Tom Jobim ela canta, uma música que ele canta com a filha dele.*
> *Entrevistadora: Qual é a música?*
> *Mãe: O "Samba da Maria Bonita"... Ela diz "chuchu", ela diz os*

> *finais. Ela adora. Tem uma outra do Jorge Bem, que ela canta, também, o refrão.*
> *Entrevistadora: E ela chega a pedir, de alguma forma, o que ela gosta?*
> *Mãe: Não.*
> *Entrevistadora: Quando está tocando...*
> *Mãe: Quando está tocando, tá.*
> *Entrevistadora: Ela não tem as prediletas, ainda.*
> *Mãe: Não. Ela não tem ainda.*

Paradoxalmente, Ana diz que a filha "adora" a canção citada e, posteriormente, que ainda não expressa suas preferências. Portanto, neste momento, mãe e bebê parecem estreitamente ligados e, o que a filha "adora" é, na verdade, o que sua mãe, emprestando-lhe sentidos de sua própria história, aprecia. Chama a atenção que, em determinado momento durante uma atividade desenvolvida no primeiro semestre de que Lúcia participou do projeto, sua mãe canta-lhe "Só Danço Samba", quando podemos ver que, de fato, samba e bossa-nova encontram-se entre as preferências de Ana e seu marido que, desta forma, tentam "incentivar" na filha.

A influência dos interesses familiares e a ênfase ao canto evidenciam-se claramente quando a irmã a convida para cantar, enunciando a frase "Agora, canta", como um imperativo familiar, que termina por se tornar um interesse próprio, já que "agora a Lúcia sempre chega no computador e quer cantar". Seus "gritos", sons inicialmente sem significados, tornam-se "música", frente aos sentidos que lhes são atribuídos, resultando em uma composição que as pessoas "estão ouvindo e achando maravilhoso", já que "a voz é linda".

Como no caso da mãe de Vânia, relatando o "canto de sereia" da filha, Ana também parece evocar certo encantamento ao descrever a performance das filhas, uma cantando e a outra compondo. Neste processo em que gritos viram música e o can-

3. A COMPOSIÇÃO DO DESEJO NA CRIAÇÃO E ENTOAÇÃO DE CANÇÕES

to adquire significação especial, Lúcia, partindo do imperativo familiar para que cante, evidencia o "seu estilo":

> *Mãe: E aí ela canta. A gente diz "Canta, Lúcia, canta" e ela fica horas... A gente não entende nada do que ela canta. "Atirei o pau no gato", "gato" ela canta, a gente entende que é o gato. Mas fora isso, ela fala várias músicas, ela canta "Parabéns a Você", que eu sei que é, que ela bate palmas. Ela canta...*
> *Entrevistadora auxiliar: Mas em nenhum momento se percebe as alturas, parecidas, assim?*
> *Mãe: O gato a gente percebe. Ela canta muito, assim. A gente fala pra ela cantar, ela canta.*

Os gritos e o "uh,uh,uh" transformam-se, progressivamente, em canções do repertório infantil. Lúcia parte do interesse dos pais por determinados estilos como MPB, bossa nova, samba, etc., e da irmã pela música eletrônica, para vir a expressar suas preferências musicais. E tal movimento é permitido pela mãe, já que da palavra "gato" deduz o "Atirei o pau no gato", antecipando as habilidades musicais da filha, em um momento no qual a melodia aparece quase como um esboço, e em que ela mesma diz que, a rigor, "a gente não entende nada do que ela canta". Este processo de interpretação no qual, de um pequeno indício, a mãe consegue visualizar um todo, é indispensável para a estruturação psíquica de Lúcia, já que garante um lugar no desejo de sua mãe e ilustra sua inserção na linguagem. Está relacionado também ao conceito de violência primária desenvolvido por Piera Aulagnier[3], já discutido, e em relação ao qual a antecipação no discurso materno faz-se essencial. De fato, essa antecipação, por parte da mãe de Lúcia, compreendendo o que apenas esboça, mostra-se fundamental para que, partindo dos "gritos", balbucios etc., a expressão vocal do bebê se torne fala. Esse movimento, permitindo à mãe ouvir o que ainda irá advir, como podemos perceber, é fundamental à constituição do bebê como sujeito.

Como no caso da mãe de Angelina, Ana lega à filha uma relação com a música que se mostra fundamental no círculo familiar. Por outro lado, se inicialmente a escolha de canções parece mais ou menos casual, "o que estava na mão", como diz ao mencionar "Os Saltimbancos", "Jardineira" e "Se essa rua", posteriormente podemos perceber a estreita relação destas canções com a história familiar da mãe, que empresta estes significantes para a filha ao cantar-lhe. Após referir-se ao resgate destas canções, em parte esquecidas, através de sua inserção no projeto, Ana diz:

> *Mãe: Sim, aquilo ali estava no* winchester, *né? E tu tens uma recordação boa com ela, tu não tens recordação nunca ruim com alguém cantando "Essa rua". Eu me lembro disso aí no "Mundo da Criança" (...) É uma enciclopédia que tinha, do meu irmão, que é bem mais velho do que eu." E eu herdei a tal da enciclopédia. E tem um volume que é de cantigas. E tem "Se essa rua". Tem várias cantigas.*
> *Entrevistadora auxiliar: É das tuas lembranças antigas com música?*
> *Mãe: É. Tem uma série de músicas. Um volume é só de cantigas escritas. E a da jardineira, que meu pai cantava e ensinou a gente a cantar...*
> *Entrevistadora auxiliar: "Jardineira"... Mas essa não é infantil...*
> *Mãe: Não é infantil.*
> *Entrevistadora: Não, não é infantil, ela é de Carnaval, né?*
> *Mãe: É, ela é de Carnaval. Meu pai e a minha mãe cantavam pra mim.*

Através do ato de cantar e do repertório que escolhe, portanto, Ana inscreve a filha em uma rede de significantes que configuram a história familiar, em que algumas músicas da enciclopédia herdada do irmão e cantadas pelo pai e pela mãe para ela própria se tornam, aos poucos, "músicas da Lúcia", ao serem escolhidas por sua mãe. Se este processo se faz essencial na constituição e estruturação de qualquer bebê, mostra-se particularmente importante neste caso, garantindo e ilustrando a "adoção" de Lúcia, não apenas a partir de seus pais, mas em uma história que vai além destes, alcançando seus "antecedentes", como os avós e tio maternos, através de sua mãe.

É interessante observar a ênfase dada à canção "oficialmente" denominada "Nesta rua", e que nas entrevistas foi normalmente chamada "Se essa rua fosse minha", como capaz de evocar lembranças sempre agradáveis. Como diz Ana, "tu não tens recordação nunca ruim com alguém cantando 'Essa rua'". Desta forma, cantar essa canção para a filha funciona como uma forma de compartilhar lembranças prazerosas. Possivelmente, como sua mãe, Lúcia também não terá lembranças ruins com essa canção, já que para Ana, cantá-la evoca momentos bons. Chama a atenção, no trecho mencionado, que, neste momento, esta mãe denomina a canção como "Essa rua", suprimindo a conjunção subordinativa condicional "se" e, desta forma, elimina a noção de condição presente no título original. Poderíamos pensar, talvez, que não é "uma rua que poderia ser", mas "essa rua". Metaforicamente, talvez, um caminho que passa a trilhar com a filha ao adotá-la, e no qual a música tem um papel fundamental. Nesse sentido, talvez, a importância de sua inscrição, com a filha, no projeto, constituindo-se os encontros como um espaço transicional onde a música funciona como um instrumento de brincar conjunto e prazer compartilhado.

De fato, a importância a ela atribuída pela mãe de Lúcia, nos faz pensar na música como um fenômeno transicional, na perspectiva em que Alexander Newman[68] o descreve, enfatizando não o objeto utilizado, mas a experiência criativa, originada no espaço potencial desenvolvido entre mãe e criança, e que permite a esta última a confiança de saber que poderá contar com a primeira, se necessário. O que considero um caminho trilhado por Lúcia e sua mãe, é sentido por esta, talvez, como uma "trilha sonora" a ser buscada para a relação das duas, como demonstra o seguinte trecho da entrevista:

> Entrevistadora: E assim, tu falaste de "um momento pra vocês duas". Tu achas que seria diferente, se fosse outra atividade, que não música?
> Mãe da Lúcia: Acho que sim, tem que ser música. Pelo menos pra mim, né? Sempre foi música. Eu tenho sempre a trilha sonora. Eu tenho a trilha sonora da Fabi, de quando eu conheci o meu marido... Eu tenho trilha sonora pra mim andar na chuva, tem trilha sonora pra eu andar na neblina, tomar cafezinho de manhã, essas coisas... Sempre tem uma coisa assim...

A inserção no projeto e a escolha das músicas que cantou nos encontros, portanto, parece ser uma forma de construir a "trilha sonora" para a relação com Lúcia. Com esta trilha, Ana desloca seu papel de filha ou irmã, evocados a partir das canções utilizadas, e passa a assumir, no discurso, a função materna, identificando-se com as pessoas que outrora lhe cantavam as mesmas canções.

Uma cena extraída da filmagem de um dos encontros, ainda nos momentos iniciais da participação de Lúcia e sua mãe, alude à importância atribuída por Ana a este processo. Na cena, após comentários de outras mães sobre os efeitos das atividades musicais, ao final de um dos encontros, questiono se alguém tem mais alguma observação, uma vez que voltamos ao *momento de observações*, já realizado, mencionando que o retorno sobre os sentimentos dos pais e o que observam em seus bebês é importante para nós. A mãe de Lúcia diz, então:

> Eu tenho pensado nisso, sobre a aula de vocês... Eu acho que a aula de vocês é também para as mães, que... mais, assim, da gente lidar com isso, com essa história da música. Mais do que as crianças, as mães estão aprendendo. A lidar, né... É um momento de... Por que aqui, a gente só é mãe. Em todos os lugares que eu vou, eu sou outra coisa. Entende? Eu tenho que ser outra coisa. E aqui é o

3. A COMPOSIÇÃO DO DESEJO NA CRIAÇÃO E ENTOAÇÃO DE CANÇÕES

único lugar que eu vou... onde eu sou... onde eu divido a história de ser mãe. Então, esse troço é que é... Porque, assim, eu estou aprendendo a... a me concentrar só nela, em um grupo e... Também isso, da gente dividir esse troço, que... esse troço que só mãe que tem.

Por um lado, Ana ressalta a "aprendizagem" necessária à maternidade, que evoca ao aludir o "lidar com isso" e mencionar, inicialmente, "essa história da música", para em seguida dizer, como o faz a mãe de Angelina, que ali, diferente do que ocorre em outros lugares, é "só mãe", acrescentando que está aprendendo a se "concentrar só nela", referindo-se à filha. Por outro lado, o significante "dividir" aparece em dois momentos e podemos pensar que, ao mesmo tempo em que esta mãe "divide" seu tempo com esta filha, dedicando-o a ela inteiramente ao "lidar com a música" nos encontros, também "divide" sua experiência, "esse troço que só mãe que tem", com as demais participantes e com sua mãe, com quem "aprendeu" esta função e para quem o cantar também se constituía como um momento importante na relação com a filha, que tem da experiência de ouvir determinadas canções "recordações boas", como as que busca legar a Lúcia. Ana evidencia ainda certa dificuldade em expressar a complexidade dos sentimentos envolvidos, ao incluir em seu discurso a palavra "entende", em forma interrogativa, que evidencia uma das formas de "não coincidência do dizer", descrita por Jaqueline Authier-Revuz[4] como "não coincidência interlocutiva".

É interessante lembrarmos que, entre os objetivos de Ana, ao inscrever a filha no projeto, cita "ter acesso a um grupo e interagir com ele musicalmente", evocando, de certo modo, a função de interação propiciada pela música. Assim, busca também esta forma artística para constituir seus laços com a filha. Quanto à inserção em um grupo, ao qual considera importante "ter acesso", não explicitando se se refere à filha, podemos pensar que, por um lado, diz respeito à cultura, na qual a introduz através de um repertório "sem idade" e, por outro lado, faz menção também ao grupo familiar, cuja interação se dá, em muitos momentos, através da música, que propicia à família a audição, o canto e a dança.

Tendo em vista o aspecto de interação creditado à música e sua importância para a família de Lúcia, não é difícil compreender que sua mãe mencione, no *questionário final*, que a filha está "completamente musical", buscando através das atividades musicais formas de interagir com a família e que olhe a todos "como se fosse a dona da orquestra."

Como nos exemplos relacionados a Angelina e Luciano, vemos nas canções escolhidas e no ato de cantar, uma importante forma de expressão do desejo de Ana em relação a sua filha. Ao mesmo tempo, ficam evidentes os movimentos de identificação e filiação implicados na atividade, facilitando o processo de adoção de Lúcia e possibilitando que faça parte de sua família, de seu grupo social, como observamos nos encontros, em seus ensaios de interação com outras crianças, e de uma história que antecede seus pais.

Por outro lado, na análise das canções escolhidas por Ana e sua função na relação com a filha, fica evidente a importância do aspecto lúdico que a atividade musical desempenha, tanto para a dupla quanto para sua família, propiciando momentos em que podem, como diz, "fazer alguma coisa mais prazerosa". A música, portanto, proporciona a Lúcia e sua mãe, momentos de interação e prazer, adquirindo especial importância no desenvolvimento do bebê ao permitir a criação de um espaço potencial onde, como nos diz Donald Winnicott[105], ocorrem as trocas entre mãe e filho que são realmente significativas e proporcionam a experiência do viver criativo. Chama a atenção, neste sentido, os momentos de "valsa" que observamos nos encontros, que evidenciam a criatividade e o aspecto lúdico encontrado na música pela dupla. É interessante observar, ainda, que a experiência de participar do projeto é considerada por Ana como tendo, talvez, alguma relação com a criatividade que a menina demonstra ao brincar "de faz de conta", de uma forma que considera incomum em sua idade. A inserção de ambas no projeto proporciona-lhes, portanto, como diz Ana no *questionário final*, "momentos únicos e inesquecíveis".

Canto e encantamento

Da mesma forma como observamos no caso de Lúcia, o ato de cantar mostra-se fundamental no processo de formação dos laços entre Vânia e sua cuidadora, culminando na oficialização da adoção da menina por ela. E também neste caso, a canção "Se essa rua fosse minha" desempenha um papel importante, manifestando, talvez, o carinho inicial de Júlia por aquele bebê que viria, aos poucos, a se tornar "seu". Em um dos encontros do primeiro semestre de que participam, vemos Júlia expressar este carinho, enquanto canta a canção escolhida, aconchegando Vânia junto a seu corpo e facilitando a interação visual entre ambas, de modo talvez instintivo, ao colocar-se próxima do rosto do bebê. O seguinte trecho, extraído da filmagem deste encontro, descreve a apresentação da canção por Júlia:

> *Coordenadora: Quem é que hoje gostaria de trazer uma música nova, para a gente cantar?*
> *Responsável por Vânia: "Se essa rua fosse minha"...*
> *Coordenadora: "Se essa rua fosse minha"... Então, tá. Vamos ver, a gente vai cantar... Então a música da Vânia é "Se essa rua fosse minha"... Bom...*
> *Uma das mães cantarola: "Se essa rua, se essa rua fosse minha"...*
> *O grupo começa a cantar, sendo acompanhado pelo piano a partir da segunda estrofe:"Se essa rua, se esta rua fosse minha, eu mandava eu mandava ladrilhar. Com pedrinhas, com pedrinhas de brilhante, só para o meu, só para o meu amor passar. Nesta rua, nesta rua mora um anjo..."*

Neste período da participação de ambas no projeto, os laços entre Júlia e Vânia começavam a ser construídos. A canção escolhida, neste contexto, parece evocar os sentimentos de Júlia em relação ao bebê, manifestando seu desejo de, quem sabe "ladrilhar" os caminhos que viria a trilhar. Como na aposta que implica o investimento de todas as mães em seus bebês, vemos que, já neste momento, Júlia evocava o desejo de ver Vânia traçar um caminho calçado com "pedrinhas de brilhante", aludindo à "preciosidade" da relação com a menina. Entretanto, à medida que o processo de adoção toma forma, e a condição "se fosse minha", em relação a Vânia, deixa de existir, o que é ilustrado ao início de um dos módulos, quando Júlia apresenta-se orgulhosa, dizendo "Essa é a Vânia, e eu sou a mãe dela", a canção escolhida neste momento inicial deixa progressivamente de ter importância. A história dessa canção, com a aparição e declínio de seu significado, é relatada por Júlia no seguinte trecho da *entrevista individual*:

> *Entrevistadora: Uma das músicas que eu me lembro de tu cantares pra ela, acho que bem desde o começo: "Se essa rua fosse minha". Tem algum significado para ti?*
>
> *Mãe: É, eu cantava para ela, na casinha. Eu não sei se foi a música que ela... como ela... Sei lá. Eu comecei a cantar musiquinhas para ela descansar, e eu acho que comecei antes de ir pro cursinho. Porque como nada tem som, lá, e o som que tem as crianças estragam rápido, então a gente tem que cantar, e como eu ficava muito com os bebês e... aí, a gente," bah, coitadinha, não tem nenhuma canção de ninar!" Não pode dar colo, se dá colo eles quase te tiram a cabeça, lá. Então, a gente ia pro quarto e ficava do lado dos berços, cantando, lá. Pegava a mãozinha dela e ficava cantando. E tu sabes que ela ficava olhando... Como ela não tinha esse comportamento de mudar, a expressão, então ela prestava atenção.*
>
> *Entrevistadora: E essa música vocês ainda cantam, ou não?*
>
> *Mãe: Ih, agora são tantas as que ela canta que... o repertório é maior.*

3. A COMPOSIÇÃO DO DESEJO NA CRIAÇÃO E ENTOAÇÃO DE CANÇÕES

Em um momento inicial, cantar visava fazer com que o bebê "descansasse", enquanto, por outro lado, pretendia proporcionar a Vânia "som", já que "como lá nada tem som", então "a gente tem que cantar." Entretanto, já no momento seguinte, vemos que Júlia destaca-se, em seu discurso, deste grupo de monitores, que descreve genericamente como "a gente", comentando que "ficava muito com os bebês". Posteriormente, é Vânia quem se destaca no discurso de Júlia, deixando de ser mais um entre os bebês, para ser um específico, do qual sentia pena, por "não ter nem uma canção de ninar", e para quem decide cantar, compensando a iatrogenia da interdição institucional, que impede o colo, aliando à voz o toque, "segurando a mãozinha dela". A essa demonstração de carinho, Vânia reage com a atitude de que se mostra mais capaz no momento, já que, como diz Júlia, "ela não tinha esse comportamento de mudar, a expressão": Vânia "ficava olhando", ou seja, conseguia que sua cuidadora percebesse que "prestava atenção" e que, portanto, engajava-se na interação bebê-cuidador.

Vemos nesse fragmento do discurso de Júlia o momento em que parece ter-se dado o nascimento de um laço entre ela e o bebê, e para o qual o canto adquire importância fundamental. Vânia apresenta, conforme Júlia, um transtorno oftalmológico que lhe prejudica a visão. Desta forma, talvez estivesse particularmente receptiva à voz que lhe dirigia, através da música e aliada ao toque, palavras e afeto, que com o tempo viriam a caracterizar-se como desejo materno. O momento em que, de monitora, considerando Vânia mais um entre os bebês, passa a exercer a função materna, é relatado no trecho seguinte:

Mãe: Como eu entrei de férias, daí eu fiquei preocupada de ela estar... Ah, não sei, sei lá. Sei lá, sempre tem uma coisinha que atrai, né? A gente cuida das crianças, tudo, mas não sei, a Vânia sempre foi... bateu alguma coisa.
Entrevistadora: Foi uma adoção muito antes da adoção legal, né?

> *Mãe: Então... Quando eu entrei de férias, eu pedi licença pro Juizado pra levar ela, passar o período de festas. É claro que eu não ia poder fazer isso se não fosse período de festas natalinas, porque isso aí é uma norma, eles não deixam a criança sair, né? Então, me aproveitei das duas coisas, peguei férias, peguei a autorização e liberei ela. Aí, neste período, eu botava sempre pra ela dormir as canções de ninar, então ela... né?*

A escolha da canção de ninar "Nesta rua", para ser apresentada em um dos encontros, portanto, não é casual, já que evoca o desejo de "ladrilhar com pedrinhas de brilhante, para o meu amor passar", o caminho a ser trilhado por um bebê que, até então, era visto por todos como um entre "as crianças, tudo", e incapaz de grandes habilidades e aquisições. Quando Júlia conta que "liberou ela" para passar as festas natalinas em sua casa, podemos perceber que, a partir de seus sentimentos em relação a Vânia, por quem "bateu alguma coisa", de fato algumas possibilidades são "liberadas" para este bebê.

> *Entrevistadora: E tu achas que a tua maneira de perceber ela mudou, com o curso? Alguma coisa que tu não esperavas, que tu vistes ela fazer?*
> *Mãe: Ah, sim, ela pra mim, ela se revelou com o curso, né? Porque até então, na casinha, a gente procurava falar, conversar, chamar, ela não respondia, ela nem olhava. Ela ficava sempre assim, sempre parada de um lado, entende? Com a história da música, aí a gente colocava as musiquinhas, começava a cantar, até pra comer, que ela não comia, eu começava... Lembra que eu te falei do "Sopra o vento", que era da... acho que autoria da tua outra auxiliar, lá, não sei...*
> *Entrevistadora: Ah, "O vento", da Simone...*
> *Mãe: "O vento", né? Ela comia só escutando aquela música: "sopra o vento...". Aí, as gurias diziam: "tá, pronto!" As gurias mexiam*

comigo: "agora, nós vamos ter que cantar pra Vânia comer". Porque aí, ela só comia quando cantava a musiquinha do vento pra ela, né? Então, ela passou a... ela veio... Ela se manifestou com a música. Acho que... não sei como teria sido a história dela, se não tivesse a oficina de música...

A citação direta das palavras das "gurias", colegas de trabalho de Júlia, neste fragmento do discurso, marca sua diferenciação em relação a estas, no que diz respeito ao investimento dedicado a Vânia.

Se em um momento inicial Vânia não "respondia", apesar de se "falar, conversar, chamar", ao "se revelar" frente ao afeto que lhe é dirigido através das canções, com o olhar, "prestando atenção" e mesmo aceitando alimentar-se, mostra que "tem possibilidades", como conta Júlia neste fragmento da entrevista:

*Entrevistadora: Pois é, na verdade tu falas isso, que ela emergiu com a música, que parece que também foi um jeito que ela conseguiu de se mostrar, né? De mostrar, como tu dizes, "o que tinha ali"...
Mãe: Sim, os outros... Pra nós, né? Nós descobrimos ela, com isso. "Não, tem possibilidades!". Porque todo mundo achava que era aquilo ali. E, tanto é, que depois disso ela foi pra equipe de adoção, porque quando eu resolvi ficar com ela, ela já estava na equipe de adoção... Daí, eu me lembro que eu fui correndo no Juizado, no final do ano, no final da autorização, tentando sentir se tinha um candidato, porque ultrapassou o meu mês de férias, daí eu tinha que retornar, e aí eu fui lá perguntar se não tinha nenhum candidato pra ela, porque ela já estava na lista de adoção. Aí disseram: "não, não tem nenhum". "Ah, bom, então eu sou candidata." Daí eu me candidatei.*

A partir do investimento que lhe é dirigido, Vânia responde, ainda que seja, inicialmente, apenas através do olhar, mostrando que não era, como "todo mundo" pensava, "só aquilo ali" e demarcando em relação a sua "candidata" à mãe o aparecimento do desejo. Neste ponto, é imprescindível lembrar o enunciado de Elsa Coriat[20], ressaltando, em relação à importância deste, que "as crianças de olhar perdido são aquelas para as quais nunca ninguém sonhou que pudessem chegar ao céu" (p.27).

Vânia parece emergir da "solidão" evocada na letra da canção "Nesta rua", ao responder ao estímulo que lhe é dirigido através da voz e, com sua reação de "atenção", torna-se o "anjo" que "rouba o coração" de sua cuidadora. Assumindo as funções de *holding* e *handling* abordadas anteriormente, ao mesmo tempo em que dirige ao bebê seu desejo, Júlia passa a exercer em relação a Vânia a função materna, que embora só seja "oficializada" mais tarde, com sua adoção, permite ao bebê, desde o momento em que tem início, demonstrar "habilidades" até então insuspeitadas.

As reações de Vânia, como "prestar atenção", por exemplo, garantem que Júlia passe a sonhar que possa "chegar ao céu", demonstrando que, de fato, sua "candidatura" à adoção mostrava-se bastante procedente. Em um dos *momentos de observação* do primeiro módulo em que participam do projeto, ainda como monitora, Júlia conta:

> Mãe: *Hoje, antes de vir, a gente estava... aí, tinha uma musiquinha, né? Que era uma musiquinha movimentada... ela era paradinha, né? Agora, já está dançarina e cantora!*
> Coordenadora: *Está tranqüila, mas está mais ativa, né?*
> Mãe: *Está mais ativa! Ela despertou... Estava muito apagadinha.*

A partir de suas observações, constatando as reações de Vânia, e verificando que "despertou", Júlia exige que seja realizada uma nova avaliação médica do bebê, como relatado em outro momento, e que Vânia seja incluída na lista de adoção. Mais do que isso, entretanto, exige que sejam refeitos os prognósticos antes tão determinantes em relação a suas impossibilidades. E, de certa forma, "reapresenta" Vânia às pessoas com quem convivia e que lhe creditavam poucas possibilidades de aquisições significativas em termos de desenvolvimento psicomotor. Este movimento envolve não apenas a percepção institucional sobre o bebê, mas sua própria inserção no projeto, onde, aos poucos, Júlia e Vânia parecem "conquistar" o grupo, que passa também a investir nesta última. Um trecho de um dos *momentos de observações* de um dos encontros ilustra o processo descrito:

> *Júlia: Eu observei que a Vaninha já senta!*
> *Coordenadora auxiliar: Ai, que fofa!*
> *Uma das mães: É, e o pezinho cruzado, que amor...*
> *Coordenadora auxiliar: Ai, que bom, Vânia! Que legal!*
> *Uma das mães: Tu estavas cantando, é?*
> *(Várias pessoas brincam com Vânia).*
> *Mãe da Laura: Ela adorou este balão, né? É a única que relaxa, no balão!!!*
> *Coordenadora auxiliar: É!!! Ela confia que nada vai acontecer..!*

Portanto, assumindo a função materna e, desta forma, o lugar de Outro primordial, Júlia permite, a partir de seu próprio olhar, que Vânia possa ser percebida também pela cultura em que está inserida, desdobrando o laço inicial com sua cuidadora, progressivamente, rumo a um laço social. Do bebê que chora durante todo o primeiro encontro, provocando certa ansiedade no grupo, Vânia passa a ser vista como aquela que não apenas está sendo capaz de sentar-se, mas que o faz "de pezinho cruzado", que está "cantando", e que, como diz uma das mães, é "um amor."

Por outro lado, neste trecho fica evidente a confiança que Vânia sente em relação aos cuidados que lhe são dispensados, através do relato de seu "relaxamento" sobre o balão, que traduz a certeza de que se sente segura de que não a deixarão cair, como aponta a observadora do grupo. Uma vez iniciada a formação do laço que garantirá que Vânia confie, e que Júlia possa "apostar" no bebê, possibilitando-lhe que venha a tornar-se um sujeito desejante, este também "se manifesta", encantando sua mãe através de vários meios, entre os quais a voz ganha destaque no "canto de sereia" que a maravilha, mencionado anteriormente. O canto, dirigido por Júlia ao bebê inicialmente, e que permite a este sair de seu isolamento e "manifestar-se", "retorna" neste momento a sua mãe, utilizado pela filha como forma de buscar o gozo materno e revelando, desta forma, a instauração do circuito pulsional completo, que permitirá a Vânia desejar. E, como diz Alain Didier-Weill[26], neste caso, através da música, o sujeito invocado torna-se invocante.

Júlia descreve este processo, dirigindo-se à filha, que brinca com objetos próxima de sua mãe e das entrevistadoras, no momento da entrevista, ao mesmo tempo em que relata suas habilidades:

> *Hein, mocinha, está cantando, aí? Aquela frasezinha dos cumprimentos ela fala, inteirinha e cantada. Eu não sei cantar a melodia certinha da música, mas ela sabe bem certinha, bem cantadinha, aquela música. E ela fala bem... e quando está mais alto, também, ai, ela muda o tom, um tom mais alto, pra mim, pelo menos, é mais difícil manter uma melodia assim, gostosinha. Ela continua, aquela vozinha dela, bem dentro da melodia... a coisa mais querida.*

Neste momento, quando Júlia e Vânia comparecem já como mãe e filha, e a performance vocal desta última leva à caracterização como "a coisa mais querida", as dúvidas sobre as dificuldades de Vânia, ainda que não totalmente solucionadas, uma vez que, de fato, quem se tornará este sujeito só poderemos saber *a posteriori*, são, em grande parte, preocupações do passado. Inicio a entrevista comentando que fico feliz que só a tenhamos feito no encerramento do último módulo da participação de Vânia no projeto, pois a estou entrevistando "como mãe", e Júlia concorda, dizendo: "Agora é diferente, né?"

3. A COMPOSIÇÃO DO DESEJO NA CRIAÇÃO E ENTOAÇÃO DE CANÇÕES

Da mesma forma, a canção "Nesta rua" perdeu a importância que tinha inicialmente, tem significado "diferente", agora. Como um objeto transicional que, após cumprir importante função, é esquecido, ou relegado a um segundo plano. Júlia diz "agora são tantas as que ela canta que... o repertório é maior". Não é mais somente a mãe que canta, mas também Vânia, que, aos poucos, na medida em que sua relação com a família que a adota se fortalece, vai podendo também manifestar seus interesses, reagindo às possibilidades que lhe são oferecidas com expressões diversas, como o canto e a dança.

> *Mãe: Ela gosta muito de música. Então, a gente, tudo... quando tem, quando aparece uma canção, uma coisa assim, na televisão, que seja coloridinha, ou coisa assim, as gurias já saem correndo: "Vânia, Vânia, vem ver!" E ela já pára na frente da televisão e, daqui a pouco, ela tá lá, dançando.*
> *Entrevistadora: Bom, tu estavas falando que toda a família é musical, né? Que um toca bateria, o outro...*
> *Mãe: Todos, menos eu, eu só sou RP, coitada. É meu marido, pela família do meu marido, né? A família do meu marido, eles tem músicos. Então, ele também toca violão.*
> *Entrevistadora: Pra ti, então, a música, antes, não tinha uma função específica... .*
> *Mãe: Não, eu sempre gostei de música, mas eu não tenho nato, eu não consigo assim, sabe, não tenho ouvido, às vezes, quando ele toca, eu gosto de cantar, só que não, nem me permitem, porque eu não consigo acompanhar o instrumento, eu não ritmo o instrumento com a voz, eles ficam "mãe, tu estás na frente, mãe tu estás atrás" e eu digo assim: "Ah, é como vocês sabem, eu sou péssima em música, né?" Então, para mim, cantar é sem instrumento, se eles estiverem tocando, eu estou fora...*
> *Entrevistadora: Mas tu gostas de cantar?*
> *Mãe: Eu gosto, só que não me arrisco, que aí fica feio, né? Com a Vânia, eu canto, lá nas aulinhas de música, eu canto.*

A partir das reações que Júlia interpreta como de prazer em relação à música, Vânia também passa a fazer parte de algo que tem importante função na família, como vemos neste fragmento do discurso de sua mãe. E esta, embora considerada "péssima em música", e que antes só cantava "sem instrumento", também passa a "arriscar-se" a cantar, especialmente "nas aulinhas de música". À medida que o interesse de Vânia pela música torna-se mais intenso, e a percepção de sua mãe sobre as funções que esta desempenha para a filha mostra-se evidente, portanto, Júlia se "reconcilia" com o canto, e autoriza-se a cantar. Mesmo com o acompanhamento do piano, nas "aulinhas de música", o que antes era, como relata a seguir, "proibido":

> *Entrevistadora: O que tu achas, na tua maneira de perceber a música, teve alguma diferença com o curso, ou não? A música em si, a tua relação com a música.*
> *Mãe: Ah, sim, eu passei a cantar, antes eu não cantava, era proibido. Agora eu canto, as músicas da Vânia eu canto todas, com ela.*
> *Entrevistadora: E tu sabes, avaliação de filho adolescente, às vezes é meio rígida, né?*
> *Mãe: Mas depois que eu comecei a cantar as musiquinhas da Vânia, eles até foram mais suaves comigo. "Mãe, até que tu tens uma voz boa. Só que tu tens que te coordenar." Até ganhei alguns pontos, lá, com a turma. Vamos fazer um conjunto, né, Vânia? Uma dupla.*

A partir do interesse de Vânia pela música e da utilização que Júlia faz do canto, na relação com a filha, ambas ingressam na "ala musical" da família. Júlia passa mesmo a ser considerada como portadora de "uma voz boa" e "ganha alguns pontos" com "a turma". Por outro lado, "a dupla" que propõe a Vânia adquire maior repertório quando circula por vários ambientes e sonoplastias diversas ganham importância. Das canções de ninar, chegam às canções de roda, bem como a outras utilizadas nos encontros, como "O Vento", que Júlia diz que Vânia "adora". Esta música, de fato, torna-se parte importante da sonoplastia que acompanha a inserção de Vânia no projeto, como percebemos em um dos encontros, quando Júlia chega dizendo que "a gente" vinha cantando-a, incluindo, em seu discurso, ambas nesta ação.

Embora Júlia afirme, em relação a Vânia, não saber "como teria sido a história dela, se não tivesse a oficina", vemos, na análise de sua entrevista, que muito mais do que às atividades musicais em si, podemos creditar a "manifestação" de Vânia ao investimento que lhe é dirigido por sua mãe, que a partir da "candidatura" a esta função, passa a apostar que haja, "ali", possibilidades inexploradas, que o desejo torna viáveis.

A música, mais especificamente o canto, através da canção que Júlia vem a escolher como a primeira com que presenteia a Vânia, parece ter lhe permitido a constatação de que, de fato, "uma coisinha atraía". Neste tempo inicial, a voz ganha importância e aparece tanto através do manhês, caracterizando o modo de falar com o bebê que observamos em diversos momentos dos encontros, como na canção dedicada a este, que até então não tinha "nem uma canção de ninar", e porta a aposta que permite que todas as "possibilidades" venham a se concretizar.

"Bateu alguma coisa", diz Júlia. Que podemos chamar desejo, e cuja evolução viria a produzir em Vânia a vontade de alimentar-se e focar o olhar, inicialmente, para chegar a constituir-se como voz, através do "canto de sereia", e tornar-se palavra, como vemos no momento da entrevista, quando me dirijo a ela, que brinca com um objeto que encontra na sala:

> *Entrevistadora: Vânia, tu não queres um brinquedo, em vez desse?*
> *Mãe: Tu não queres essas coisinhas ali, minha gorduchinha, não queres?*
> *Vânia: Não.*
> *Mãe: Não?*

Vânia: Não.
Mãe (rindo): Ah, não! *Eles espalhavam brinquedos pra tudo que é lado, na casinha, daí na hora de juntar os brinquedinhos, quando a Ursula disse "vamos guardar, vamos guardar os brinquedinhos", daí ela saiu do colchãozinho em que ela estava, né? E "gadá" "gadá"... Tanto é que a primeira palavra que ela disse, depois de água, foi guardar. Então "gadá" "gadá", e ela começava a juntar e guardar, e as gurias acharam o máximo, né? Porque pra quem não fazia nada, aí já estava ajudando as crianças a guardar os brinquedos...*

Vânia mostra que pode falar e, mais do que isso, manifestar o que quer e não quer, com sua negativa à minha oferta de um brinquedo que, embora me parecesse mais interessante do que o objeto que tinha nas mãos, não lhe despertou o menor interesse. Por outro lado, demonstra também outros interesses, ao expressar sua satisfação batendo palmas ao final de uma música, em um dos encontros finais de seu grupo, quando manifesta intenção de dançar com um colega e solicita auxílio para realizar seu intento, e em casa, ao dançar quando chamada pelas irmãs para ver algo na televisão, como conta sua mãe em outro momento.

Entrevistadora: No caso da música, pelo que tu estás dizendo, "junta a fome com a vontade de comer", porque é algo que ela escolheu e que também diz muito da tua família. As outras crianças tocam, gostam...
Mãe: Sim, eles adoram.

O interesse de Vânia pela música, portanto, facilita também sua inserção no novo ambiente familiar, onde todos são "musicais" e a performance através do canto e de instrumentos musicais mostra-se valorizada, como conta Júlia:

Meu marido, final de semana é música gauchesca, direto, de manhã, com chimarrão. De tarde, quando a turma chega, até quando dá, eles tocam, porque eles têm bateria, tem essas coisas, né? Então, um diz que ela vai tocar teclado, a minha guria, outro diz que ela vai tocar violão, que ele toca violão, e o meu guri, que é o baterista, diz que ela vai tocar é bateria. Então todo mundo quer que ela faça alguma coisa, né? Eles já carregam ela lá pra cima, botam ela na bateria e já começam: "Olha, como ela já sabe, olha como ela já sabe". Ela já começa a bater nos pratos dele, lá, né?(...) Por isso que eu te digo, pelo tempo que ela fica... Ela gosta muito de canções, assim, do estilo da aulinha. Da aulinha, da terapia, né? Da música, que é aquelas canções de roda.

Vânia encontra, portanto, diversas expectativas em relação a ela: que venha a ser tecladista, baterista, violonista. Por hora, consegue, conforme sua mãe, mostrar seu próprio interesse pelas canções de roda e as "do estilo da aulinha", referindo-se esta a participação no projeto que, pela dupla função que ocupa para a criança, é descrito concomitantemente como "aulinha" e "terapia".

Ao som dos diferentes estilos que compõem o universo da família, e entre as diversas expectativas que lhe são dirigidas, Vânia, aos poucos, constitui-se como um sujeito desejante. E "rouba" o coração não apenas de sua mãe, mas de toda a família, que solicita a Júlia que não a "devolva" após o período de festas natalinas. Torna-se para esta família, portanto, "o nosso nenê", como diz Júlia em outro momento da entrevista, para poder, no futuro, vir a fazer suas próprias opções, a partir dos caminhos inicialmente ladrilhados "com pedrinhas de brilhante" por sua mãe.

Da educação à maternagem

Se no caso de Vânia a música é utilizada por Júlia para o estabelecimento de seus próprios laços com o bebê, para Aline, a escolha de uma canção para Débora, ainda que não dissociada de sua própria história, está relacionada à possibilidade de que esta venha a vincular-se a outra "candidata" a mãe adotiva, a qual, ao longo da entrevista com esta monitora, venho a saber ser uma voluntária da instituição que lhe faz visitas com freqüência, juntamente com o marido, tendo já solicitado sua guarda.

A canção escolhida, "Atirei o pau no gato", embora sempre presente no repertório infantil, adquire um significado especial na história deste bebê, tendo lhe sido cantada no projeto, por Aline, em um dos primeiros encontros de que participaram. Nos registros em vídeo deste momento, chama a atenção a maneira carinhosa como esta dirige-se a Débora, sempre a olhando e sorrindo. A implicação da canção mencionada, para a história do bebê, é abordada da seguinte forma por sua acompanhante:

> *Entrevistadora: Qual foi a música que tu cantaste pra ela?*
> *Aline: "Atirei o pau no gato". Que a mãe dela canta pra ela, a mãe dela que quer ser mãe...*
> *Entrevistadora: E essa música tem algum significado especial pra ti?*
> *Aline: Pra mim... Não, acho que especial, acho que não, né? Mas é uma das músicas que até me... é música da minha infância.*
> *Entrevistadora: Por isso que eu perguntei... É uma música muito típica, né?*
> *Aline: Mas não fui eu que, assim, comecei a cantar essa música pra ela, foi a mãe dela que começou, que passou essa musiquinha. Até o dia que eu cantei pra ela, eu achei ela meio xoxa, assim, né... E, a Débora, me contrariando, né? Chega lá, a Débora canta... E a Débora bem séria, naquele dia.*

Inicialmente, Aline relaciona a canção escolhida à "mãe que quer ser mãe" de Débora para, em seguida, dizer que é "uma das músicas que até me...", interrompendo-se para explicar que está relacionada a sua infância. Ao mesmo tempo, ao lembrar-se da reação do bebê ao ouvir a canção no encontro em que a canta, descreve-a como "meio xoxa", diferente de "lá", aludindo, provavelmente, à instituição, onde "Débora canta." Esta observação é feita após relatar que "lá", quem começou a cantar a música de Débora foi "a mãe dela".

No trecho relatado, podemos perceber, portanto, a função desempenhada por Aline em relação a este bebê. Por um lado, possibilita-lhe *holding* e *handling*, dirigindo-lhe constantemente carinho e cuidados, que aparecem na forma aconchegante como o toma em seus braços para a realização das atividades, no olhar, na voz, e nos gestos de afeição, como abraços e beijos, que lhe endereça continuamente. Ao mesmo tempo, mostra a Débora o ambiente e os objetos, ao auxiliá-la, por exemplo, a utilizar os instrumentos musicais que lhes são oferecidos. Por outro lado, ainda que evidenciando importante relação com o bebê, Aline parece facilitar a aproximação e formação de laços entre este e a candidata a sua adoção, ao escolher uma canção que a mesma lhe "passou". Em outro trecho de sua entrevista, Aline aborda estes aspectos:

> *Entrevistadora: Tu tens alguma relação em especial com a Débora?*
> *Aline: Não, eu acho assim... Na nossa casa, todo mundo é bem apegado a ela, porque ela chegou ali com quinze dias, então, ela é o nené da casa, né? Todo mundo.*
> *Entrevistadora: Ela é a mais novinha, atualmente?*
> *Aline: É a mais novinha.*
> *Entrevistadora: Ela tá com...*
> *Aline: Ela fez um aninho, sábado passado, um aninho, então ela é o nenezinho da casa, chegou com quinze dias, foi crescendo, crescendo... Ela não foi pra adoção, porque tem um casal de voluntários que quer ainda adotar a Débora, então, é bom, que eles querem adotar, eles são... Pra mim, assim, eles já são os pais da Débora, só que isso foi prendendo ela na casa, porque ela já poderia ter sido adotada por outros casais, e por isso é que ela foi crescendo, crescendo, assim, com a gente.*

Aline nega um envolvimento especial com Débora, dizendo que "todo mundo" é "bem apegado a ela", mas deixa transparecer seu afeto ao descrevê-la como "o nenezinho da casa", que com alguns dias de vida e foi crescendo aos cuidados da equipe da instituição. Sua predileção pelo bebê se evidencia também, quando, em outro momento, diz que "a Débora é uma criança tranqüila, até o desenvolvimento dela, assim, é bom", continuando em seguida a dizer que "eu comparo... por que a gente não deve comparar, né, mas a gente está sempre comparando, e eu acho ela bem desenvolvida!" Apesar de seu envolvimento, entretanto, Aline aprova a possibilidade de que Débora venha a ser adotada pelo casal em questão, e explica que, paradoxalmente, o bebê "não foi pra adoção, porque tem um casal de voluntários que quer ainda adotar". Não são, portanto, candidatos anônimos, entre "outros casais", mas um casal específico que desenvolveu uma relação especial com o bebê, e cuja legitimidade Aline considera inegável:

> *Entrevistadora: E ela vai ser adotada por eles?*
> *Aline: Eles estão fazendo de tudo. Eu passo pra eles, assim, tudo o que acontece, as musiquinhas, sempre passo, por que ela visita a Débora sábado, durante a tarde, durante uma manhã, e leva a Débora domingo pra passear, passar o domingo inteiro. Ela já está bem, bem vinculada com a Débora, é só que não deixam, por causa da função de voluntária, né? Por que dizem que a pessoa vem, escolhe, e não é certo, tem que entrar na fila... Mas, assim, acho que no caso da Débora... Pra eles, assim, já é "papai, mamãe", sabe? "Vem com o pai", "vem com a mãe", eu também, né, nem sei se acho certo essa história de voluntário adotar, nem tenho opinião formada, mas acho que, no caso deles, eles já são os pais dela.*

Na percepção de Aline, para Débora o casal já desempenha papéis de "papai" e "mamãe", de forma que, sem saber se "acha certo essa história de voluntário adotar", não tem dúvida,

3. A COMPOSIÇÃO DO DESEJO NA CRIAÇÃO E ENTOAÇÃO DE CANÇÕES

entretanto, de que "no caso deles, eles já são os pais dela", apesar do que outros "dizem". Desta forma, centrando sua percepção nos interesses que considera os do bebê, que já percebe o casal de forma especial, Aline evidencia uma identificação com Débora que, por um lado, possibilita que desempenhe seus cuidados de forma a assumir a função materna, quando necessário, e, por outro lado, abre espaço para que o casal em questão fortaleça os laços com o bebê. Assim, "passa para eles", como diz, "tudo o que acontece." Da mesma forma como lhes "passa" o que acontece nos encontros, também "leva" para o projeto a canção que "a mãe que quer ser mãe" costuma cantar-lhe, apresentando-a de forma a estender o sentimento despertado em Débora ao ouvi-la com sua "mãe" a outros momentos. Entretanto, ao verificar que Débora fica "xoxa" ao escutar a canção no projeto, Aline parece dar-se conta, talvez, de que para o bebê a audição da canção, sem a presença de sua "mãe", não surte o mesmo efeito.

A posição de Aline situa-se, portanto, em relação a Débora, como de uma "cuidadora", considerando a palavra cuidado não apenas no sentido de atendimento de necessidades, mas de uma maternagem que, sem deixar de oferecer o "ambiente facilitador" de que fala Donald Winnicott[102], não inviabiliza que Débora estabeleça outros laços, em especial com os candidatos a pais adotivos, que tenta facilitar, já que considera inquestionáveis. A especificidade desta função é descrita por Aline:

> *A gente... eu tenho... assim, como a gente não trabalha numa creche, aquela coisa de dizer... "a mãe vem, a mãe reclama", então, assim, oh, a gente não pode nem reclamar se a criança é mal-educada, eu não posso dizer, eu não me sinto no direito de dizer "essa criança é mal-educada". Porque a criança nasceu, então, mal-educada. A gente que educa, né?*

Aline menciona a ausência, em sua relação com a criança, de uma mãe que "vem e reclama", resumindo sua percepção sobre a importância de sua função ao dizer que "não se sente no direito de dizer 'essa criança é mal educada'", já que faz parte da equipe que educa. Utilizando no discurso a expressão "eu não posso dizer", alude à questão da educação, que não pode "julgar" já que é a educadora. Parece entender a palavra "educação" em um sentido amplo, que envolve a maternagem que dirige ao bebê, já que não há uma "mãe" que o faça, e que implica, portanto, a necessidade de um envolvimento com o mesmo. Esta percepção torna-se especialmente evidente em seu *questionário final*, ao abordar a relevância do projeto para Débora. Inicialmente, relata a importância de "estimular nossos bebês em vários aspectos, entre eles o emocional, o físico e o psicológico". Por estimulação parece conceber, portanto, o fortalecimento da relação com o cuidador, que propicia o desenvolvimento "emocional" e "psicológico", já que em seguida menciona "o vínculo que se cria com o bebê" e que estimula a "confiança". Ao mesmo tempo, sua implicação no projeto e envolvimento afetivo com o bebê são evidenciados quando diz que percebeu "a Débora bater palmas pela primeira vez aqui" e isto foi "gratificante e emocionante". Finalmente, Aline articula sua percepção sobre os efeitos observados em ambas, ao dizer:

> *Para mim e meu bebê, o curso representou momentos de intensa alegria, relaxamento e satisfação, por proporcionar à Débora momentos onde ela teve atenção e exclusividade".*

Se, inicialmente, Aline comenta que sua relação com Débora é como a de "todo mundo", que é "apegado" a ela, nestas frases a situa como "seu" bebê, para o qual sua atenção foi exclusivamente dedicada durante os encontros, "gratificantes e emocionantes", permitindo que percebesse a aquisição de suas habilidades, e capazes de propiciar a ambas momentos de "in-

3. A COMPOSIÇÃO DO DESEJO NA CRIAÇÃO E ENTOAÇÃO DE CANÇÕES

tensa alegria, relaxamento e satisfação". Como sintetiza Aline em um fragmento da entrevista:

> *Aline: Começou sendo uma oportunidade de ter uma exclusividade e, dali pra frente, tudo assim... acho que foi tudo benéfico, assim, sabe? Andou ali, bateu palminha ali, são pequenos detalhes, mas que pra nossas crianças, sabe...*
> *Entrevistadora: Um momento em que tu estavas podendo observar só a ela?*
> *Aline: Exatamente, de repente ela até já tivesse batido palminha antes. Mas é que, pras nossas, pras crianças, né? Acho, assim, que tudo ali foi importante pra ela...*

A participação no projeto parece ter fortalecido entre ambas uma relação em que os laços se consolidaram, partindo de um momento de diversão compartilhada. Neste contexto, algo que "começou sendo uma oportunidade de ter uma exclusividade" gera "pequenos detalhes" que ganham importância, com base no momento em que, sendo observados, apesar de talvez até já existirem anteriormente, passam a ter realmente um significado para seus cuidadores. Desta forma, Aline conclui que "tudo ali foi importante" para Débora. Podemos pensar, contudo, que esta importância da música para o bebê está diretamente relacionada ao valor que sua cuidadora lhe atribui. Após dizer que não tem "aquele fanatismo por música", mas considera "por outro lado" que seja algo "importante, porque é uma coisa que consegue ir fundo no sentimento de uma pessoa, uma música, uma expressão", Aline explica:

> *É bem no sentido, assim, a vida da gente é super corrida, e como eu falei pra vocês, eu não sou daquelas de estar no ônibus e colocar um* walkman, *estar sempre ligada em música, mas, assim, no curso, tem aquela coisa, que tu páras e tu pensas, e ali, é o que eu estava dizendo, ali tu percebes como a música vai,*

> *parece que entra na gente, né?* Como ela consegue, sei lá, não sei porque, eu me lembro direitinho a sensação da gente na aula de música, como era uma coisa boa... eu sei que a Débora relaxava, mas eu também.

Neste contexto, a escolha da canção "Atirei o pau no gato" é não apenas uma forma de evocar ao bebê um significante trazido por seus "pais", mas também uma forma de dedicar-lhe um momento de "atenção e exclusividade", através de uma canção que possui um significado também na história de Aline, como vemos ao descrevê-la como música "da minha infância". E pelo seu comentário ao relatar a satisfação de Débora com as atividades musicais, podemos concluir que, provavelmente, em sua infância, a música também significava algo prazeroso:

> *Ah, ela gosta bastante, apesar de que, eu acho que toda criança gosta, eu acho difícil, às vezes eu prestava atenção, assim, umas mães diziam: "ah, meu filho ama, meu filho adora". Acho difícil uma criança não gostar de música, né?*

Neste processo, no qual a música "entra na gente", provocando uma "sensação boa" em que ambas "relaxam", como conta Aline, a canção de Débora torna-se, portanto, "música das duas", evocando a infância de uma, a relação com pessoas de referência que procura, como cuidadora, "estimular", na outra e, principalmente, o laço entre ambas.

O nascimento da função materna

Da mesma forma como observamos no caso de Débora, também na relação de Carolina com a monitora que a acompanha aos encontros, vemos na canção escolhida um elemento importante na construção do estilo de relação que se desenvol-

3. A COMPOSIÇÃO DO DESEJO NA CRIAÇÃO E ENTOAÇÃO DE CANÇÕES

ve entre ambas. Lívia, já no primeiro encontro de que participam, canta para Carolina uma canção que denomina "Balança". Após ouvir minha explicação sobre a atividade a ser realizada, Lívia propõe:

> *Lívia: Eu posso cantar, tem uma que eu canto para ela, sempre.*
> *Coordenadora: Então, podes cantar...*
> *Lívia: "Balança, balança, vamos balançar. Balança, balança, sempre a cantar. Cantando, cantando, vamos balançar. Pra cima, pra baixo, um abraço vamos dar!"*
> *Coordenadora: Vamos lá, então...*
> *O grupo canta, desta vez com o acompanhamento do piano: "Balança, balança, vamos balançar. Balança, balança, sempre a cantar. Cantando, cantando, vamos balançar. Pra cima, pra baixo, um abraço vamos dar!"*
> *Coordenadora: Que legal!*
> *Lívia: Essas musiquinhas, todas, a gente aprende. Mas é sempre bom, até com os maiores a gente faz, para desenvolver criatividade, amizade, aí eles abaixam, eles levantam e se abaixam...*

Em sua explicação após a apresentação da canção, a monitora alude ao aspecto do "desenvolvimento", que menciona também na *ficha sobre os hábitos sonoros/musicais*, ressaltando então o "desenvolvimento integral" do bebê e, aqui, a "criatividade" e a "amizade".

Na *entrevista individual*, novamente mencionando o "desenvolvimento", Lívia aborda sua relação com a canção escolhida e os motivos que a levaram a cantá-la para Carolina:

> *Entrevistadora: Um pouco tu já falaste, mas como é que tu percebes a relação da Carolina com a música?*
> *Lívia: Muito boa, ela gosta e, quando toca, quando a gente liga o som, ela fica enlouquecida. A Carolina é uma criança assim, ela não gosta de estar sozinha, ela gosta de companhia, ela gosta do*

meio social, tu queres ver a Carolina se acalmar, é tu botares ela sentada onde estão pessoas mais adultas, ela não gosta de se sentir só, ou então no meio das crianças. Tu queres ver, se tu colocares ela na salinha da televisão, em um dia que estiver chovendo, ou se por acaso a televisão estiver ligada, ela presta atenção na televisão, ela sabe de onde é que vem o som, ela sabe da onde vêm as imagens... Ela gosta, eu sempre mexo com ela, a Carolina é a criança da novela das oito. Vou trazer a Carolina pra sala. Por que ela é atenta às coisas, aquela entrada da Globo, nos noticiários, e a entrada das novelas, ela... Sabe? Ela pára, e, qualquer música é balanço pra ela.
Entrevistadora: E tem alguma coisa que tu notas que ela gosta mais?
Lívia: Em geral, as músicas, ela presta atenção nos desenhos, também, tudo que tem muita movimentação.
Entrevistadora: Movimento, música...
Lívia: Ela... É, ela gosta. E, por exemplo, na hora do banho, que eu canto muito com eles na banheirinha, ela bate os braços, ela bate os braços, ela adora. Então acho que é receptiva, ela gosta de música, pra ela. Mexeu com ela, ela é uma criança alegre, ela é simpática.
Entrevistadora: Quando tu pensaste nesta música que tu cantas para ela, teve alguma relação com isso? Balanço, movimento?
Lívia: Era uma música que a gente cantava na escolinha. Sempre cantava essa música, eu cantava, quando eu trabalhei em berçário, eu cantava pra berçário, quando eu trabalhei em maternal, eu cantava pra maternal. Então, sempre, conforme o nível, eu trabalhava, é uma música que desenvolve todo aquele lado emotivo na criança, emoção, afeto. Então, eu sempre trabalhava, cantava essa música, e... eu acho que não, sempre eu canto para todos eles, da casinha.

Apesar de encerrar sua fala mencionando, em resposta à minha questão sobre a possível correlação entre a preferência de Carolina pelo balanço e movimento e sua escolha desta canção para a mesma, dizendo que "acha que não", chama a atenção o fato de que, em determinado momento, Lívia relata que, para

Carolina, "qualquer música é balanço" e que esta gosta de "tudo o que tem movimentação". Da mesma forma, em outro momento Lívia menciona que Carolina, ao ouvir música, "mexe o corpo e os braços e pernas e balbucia". Ao cantar a canção mencionada, também Lívia normalmente o faz associando gestos ao texto e encerrando a apresentação com um forte e "movimentado" abraço. O "movimento" parece caracterizar não só as preferências musicais de Carolina, mas também o estilo de relação das duas, sempre permeada de abraços, "sacudidelas", etc, aspecto particularmente evidente se comparados os registros em vídeo destas cenas e de outras de encontros em que Carolina compareceu acompanhada por outro cuidador.

Entretanto, ainda que o carinho e a importância de sua relação com o bebê se façam presentes em seu discurso, possibilitando que perceba Carolina como uma criança "simpática", "atenta", etc, Lívia, na maior parte da entrevista, posiciona-se como educadora e, ao contrário de Aline, parece conceber esta função como a de "professora", evidenciando em suas enunciações, filiações ao discurso "escolar." Após mencionar sua satisfação com a participação no projeto, por exemplo, Lívia diz:

> *Como professora jardineira, sempre desenvolvi atividades relacionadas à música, né? Então. Que eu já trabalhei com todos os níveis, já trabalhei com maternal, com berçário, com criança de nível A, de nível B, de quatro ou cinco anos, de cinco a seis... Então a música faz parte da vida da criança da pré-escola. Todas as atividades estão relacionadas com música.*

A função que Lívia estabelece como monitora, portanto, tem seu ponto de partida na experiência como "professora jardineira", para quem a "música faz parte da vida da criança pré-escolar" e, por isto, "todas" as atividades desenvolvidas "estão relacionadas com música". Da mesma forma, a canção escolhida está relacionada a esta "experiência":

Entrevistadora: E onde é que tu aprendeste essa música?
Lívia: No cursinho, eu já vim... No magistério, no cursinho de jardim. Eles sempre têm uma musiquinha que a gente toca, que a gente se apega mais, e essa é uma musiquinha que eu nunca esqueci, principalmente por aquela parte do abraço. Então, a gente começa abraçando a criança, pra depois a gente ensinar a criança a abraçar outra criança, pra depois abraçar um outro adulto... Então, eu, sempre, sempre cantei essa musiquinha e, quando cheguei na casinha, comecei a cantar pra eles, todos conhecem, os grandes também conhecem a musiquinha, no que eles entraram, eu também comecei a cantar pra eles...

Ressaltada como "uma musiquinha que a gente toca, que a gente se apega mais", portanto, a canção "Balança" marca a história de Lívia como professora e monitora. A intensidade dos sentimentos que ela lhe desperta é evocada quando utiliza o advérbio de tempo "nunca", para dizer que "nunca se esqueceu e, a partir disso, a canção é emprestada a Carolina, suprindo, ao mesmo tempo, o interesse do bebê pelo "movimento" e "balanço", e sua função de transmissão de afeto, através do abraço que a encerra. Ainda que este afeto se mostre, no discurso de Lívia, como algo a ser "ensinado" e, desta forma, pareça, em princípio, pouco espontâneo, evoca a necessidade do estabelecimento de uma relação dual, permeada pelo afeto, a ser depois estendida "a outra criança" e "outro adulto", possibilitando, então, a relação do bebê com o grupo social em que está inserido. É importante lembrar, neste sentido, que Carolina é percebida por Lívia como uma criança "social", o que torna esta inserção e sua relação com a canção ainda mais significativa.

Se o afeto e a importância da canção escolhida se fazem perceber na relação que Lívia parece ter com a criança, como uma música a que "se apegou" mais, não sendo, portanto, isenta de significações para ela própria e, desta forma, para Carolina, para esta monitora, entretanto, as atividades musicais

3. A COMPOSIÇÃO DO DESEJO NA CRIAÇÃO E ENTOAÇÃO DE CANÇÕES

experienciadas no projeto são vistas essencialmente como instrumento a "desenvolver" aspectos:

> *Eu achei, assim, um momento super bom... tu queres ver um outro momento, assim, que ela... que eu acho que a Carolina adorava, era o da molinha. Aquela, tu sabes, que ela brigava pra ficar com aquele chocalhinho, é, o ovinho. Então, acho que aquilo foi super bom pra eles, eles ficaram atentos, eles queriam pegar, né, então desenvolveu uma série de coisas: atenção, concentração, até a preensão da criança naquilo ali, a força pra sacudir o chocalho, muitas coisas que, indiretamente, vocês ali não estavam nem medindo, mas, sem querer, vocês trabalharam nas crianças.*

Alude-se ao desenvolvimento de "muitas coisas", que não estávamos "nem medindo" e que foram "trabalhadas", como "atenção, concentração e até preensão", talvez, embora sem perceber, Lívia também "desenvolva" em relação a Carolina laços cuja implicação não possa "medir", e que transbordam sua função de "professora jardineira" para beirar, em muitos momentos, a função materna. Desta forma, empresta não só a canção mencionada ao bebê, mas também seu estilo pessoal. Junto com as canções que canta ao banhá-lo, por exemplo, Lívia oferece o toque, bem como a leitura das "preferências" de Carolina, como por televisão, contato com adultos, abertura de programas etc, e sua caracterização como uma criança "social". No "balanço" mencionado na canção, realizado segundo a mesma "sempre a cantar", Lívia acaba por oferecer a Carolina um estilo e a afeição de que esta necessita. Como diz ao final da entrevista, talvez percebendo a importância de sua função, sua relação com o bebê certamente vai além da de "professora":

> *A gente que trabalha com criança, sabe que tem que ser um pouquinho de tudo. Professora, meio palhaça, meio mãe, né? Meio tudo, né? Tia...*

Se a função de professora lhe parece claramente perceptível, portanto, na tarefa de monitora, ou "tia", como é chamada na instituição, neste momento Lívia se dá conta de que precisa ser, também, "meio" mãe. Talvez, portanto, se posicionar inicialmente como "professora" seja uma maneira de defender-se da intensidade dos afetos provocados pela relação com o bebê, já que cantar a canção escolhida "como jardineira" pode parecer menos ameaçador do que fazê-lo como uma monitora que assume, em determinados momentos, os cuidados e a forma de relação que caracterizam a função materna. Essencial para um bebê e que, estando este abrigado em uma instituição, não pode ser desempenhada por sua genitora. Como lembra Aline, neste contexto é "a gente que educa".

A melodia salvadora

Se, para muitas mães ou cuidadores, cantar não apresenta dificuldades, como observamos com Lívia, que o faz já no primeiro encontro de que participa com Carolina, para algumas pessoas as atividades dos encontros envolvendo o canto representam não só uma demonstração de afeto em relação ao bebê, mas também uma confrontação com sua própria dificuldade de expressão através da voz ou de posicionar-se "em público", levando-as a se sentirem "encabuladas", como descreve a mãe de Lucas. Talvez por perceberem, ainda que muitas vezes de modo inconsciente, o quanto seus afetos estão implicados no ato de cantar para o bebê, tais sujeitos mostram-se, ao fazê-lo, constrangidos. Nesse caso, enfrentar tais sentimentos e expor uma canção para o grupo, talvez demarque, para além do próprio ato de cantar, a importância da relação com o bebê, buscando, apesar da dificuldade experimentada, oferecer-lhe na canção escolhida uma "amostra" dos sentimentos por ele evocados. É o que observamos, por exemplo, na maneira como o cantar é percebido pela mãe de Lucas, como ilustra este trecho de sua entrevista:

> *Entrevistadora: E como é que foi cantar essa música no grupo, com as outras mães, com as outras crianças?*
> *Fernanda: Eu te disse, eu sou super encabulada, desafinadíssima, achei isso um horror, ter que cantar.*
> *Entrevistadora auxiliar: Mais por timidez de cantar, não por ser uma música...*
> *Fernanda: Por timidez de cantar!*
> *Entrevistadora: Porque isso me preocupava, por ser uma música particular da relação daquela mãe com aquela criança, que as pessoas pudessem...*
> *Fernanda: Sentir uma invasão? Não, é só por vergonha, mesmo. Para mim, cantar é um horror.*

Ainda que sua menção à possibilidade de sentir-se "invadida", o que diz não ter acontecido, possa levar-nos a pensar em um mecanismo de negação deste sentimento, Fernanda diz que compartilhar com o grupo a canção do filho não é tão difícil, se comparado simplesmente ao ato de cantar. Entretanto, a mãe parece perceber o mesmo como fundamental, uma vez que esperava fazê-lo ao inscrever-se em um projeto através do qual pretendia aproximar-se mais do filho. Quando questiono se os encontros haviam sido como esperava, relata:

> *Mãe: Não, eu imaginava que a gente ia cantar mais.*
> *Entrevistadora: E isso fez falta?*
> *Mãe: Não, não fez falta. Porque acho que teve outras coisas que substituíram isso, que eu não imaginava. Essa história do conto, da gente ficar dançando com ele, naquele vai e volta e repete.*

Cantar, portanto, apesar das dificuldades mencionadas, estava em seus planos ao inscrever-se com o filho no projeto. Assim, encontrar entre as atividades musicais outras formas que "substituam" o cantar, que julga importante, e que talvez se mostrem mais fáceis para a mãe, talvez represente, metaforicamente, a busca de modos de relacionar-se com o filho que lhe sejam menos difíceis. Ao mesmo tempo, como demonstra em outro momento da entrevista, enfrentar sua dificuldade de expor-se "em público" é visto por ela como algo desejável. Após escutar seu relato sobre sua timidez, comento:

> *Entrevistadora: Te ocorre alguma maneira como a gente poderia fazer, para que as pessoas ficassem mais...*
> *Entrevistadora auxiliar: Que fosse mais ameno.*
> *Mãe: Pra mim, não. Só se eu não cantar. Não abrir a boca.*
> *Entrevistadora auxiliar: Cantar com o grupo, tudo bem?*
> *Mãe: Cantar com o grupo, tudo bem, ninguém vai ouvir minha voz em especial. Também acho, assim, que pra mim isso é um treino, né? Porque eu acho que é uma coisa... Pra mim, até profissionalmente, faz falta falar. Eu sempre estou fugindo de ter que falar. Não gosto de falar em público...*

Ao enfrentar sua dificuldade e participar deste momento, portanto, Fernanda demonstra sua intenção e esforço no sentido de "treinar" a exposição de "sua voz em especial." Importante profissionalmente, mas certamente fundamental em sua relação com o filho. Como menciona em outro momento, considerou a hipótese de se inscrever no projeto, sendo para isto apoiada por sua terapeuta, "porque daí tu te obrigas a ficar mais um tempo em uma atividade que é totalmente fora de casa, uma coisa diferente". Ou, como diz na primeira versão que preenche do *questionário final*, ao referir-se à função que esta "coisa diferente" representou, "aproximar-se" do filho:

> *A contribuição que este curso trouxe para mim e para o meu filho foi a nossa aproximação, após o parto eu tive depressão e o curso*

ajudou-me muito neste aspecto de superar a depressão e me aproximar mais do meu filho.

Como conta em outro momento, ao inscrever Lucas no projeto, após seu nascimento, "também tinha interesse porque ali dizia que os pais ficavam junto, como eu imaginava, então eu ia ter uma aproximação maior." Neste processo de aproximação do filho e "superação" da depressão, "abrir a boca" e dirigir-lhe sua voz mostrava-se essencial. Assim, a música parece funcionar para esta mãe como uma forma de oferecer ao bebê alguns significantes. E cantar no momento dos encontros dedicado especialmente a esta atividade, pode adquirir um significado especial.

A canção escolhida é apresentada por Fernanda no segundo encontro de que participam no projeto:

Coordenadora auxiliar: E a gente gostaria que hoje uma outra... um outro bebê trouxesse sua música para cantar.
Mãe do Lucas: O Lucas.
Coordenadora: Qual é a do Lucas?
A mãe de Lucas começa a cantar, logo seguida pelo restante do grupo e pelo teclado: A gente canta "O sapo não lava o pé, não lava porque não quer, ele mora lá na lagoa, não lava o pé, porque não quer. Mas que chulé! O sapo não lava o pé, não lava porque não quer, ele mora lá na lagoa, não lava o pé, porque não quer. Mas que chulé!".
Coordenadora: Muito bom! Semana que vem, a gente vai tentar trazer, pro grupo, em outro momento... Tá?

Após evidenciar sua identificação com o filho ao manifestar-se dizendo que "O Lucas" cantaria, em resposta à proposta da coordenadora auxiliar de que "um outro bebê" sugira uma canção, Fernanda explica que "a gente canta", iniciando diretamente a apresentação da canção "O sapo não lava o pé", sem anunciar seu título previamente. Chama atenção também a mudança de entonação com que encerra sua performance, nos lembrando a similaridade das características do manhês e da música, descrita por tantos autores, como Colwyn Trevarthen e Kenneth Aitken[100].

Podemos perceber ainda que, ao cantar, a mãe de Lucas o faz de forma extremamente carinhosa, proporcionando a ambos um momento que, ao observar na filmagem, poderíamos descrever como de intenso prazer, apesar da dificuldade que menciona ao relatá-lo na *entrevista individual*:

> *Eu me lembro que, naquele dia, eu pensei: "Eu vou me atirar, porque vai que alguém cante a minha música..." Mas pra mim, foi um horror.*

Apesar da dificuldade relatada, a mãe "se atira" para que ninguém cante a canção escolhida por ela. Se cantar, neste momento, "foi um horror", não cantar e correr o risco de que "alguém" cantasse "sua" música, também o seria. Neste ponto, torna-se evidente o de sua inserção com o filho no projeto, garantindo que este escute "sua" canção. E neste contexto, "O sapo não lava o pé" revela-se especial, pois podemos concluir que não só o ato de cantar mostra-se importante para esta mãe, mas a apresentação desta canção específica, escolhida por ela. Fernanda conta, na entrevista:

> *Foi assim, eu estava grávida, e a gente, nem me lembro se foi meu pai que comprou, aquele que vinha na Zero Hora, que vinha um CD com músicas de roda, que vem um monte de músicas, e foi a que me chamou mais a atenção e eu decorei, gravei a música, então, quando eu tinha... Eu não conheço nada de música, não fosse aquele CD salvador da minha vida, eu não ia saber nada.*

Este CD "salvador de sua vida" lhe permite que "saiba" algo de música. Uma vez que Fernanda menciona, em outros momentos, que escuta música com bastante freqüência, podemos pensar que este "saber" que diz não possuir, refere-se, provavelmente, à música infantil, ou, mais especificamente, a músicas que poderia cantar com o filho. Neste contexto, a canção escolhida foi a que "mais chamou a atenção" e, assim, pode "gravá-la". E o CD mencionado é associado por ela a seu próprio pai, ainda que não saiba dizer com certeza se foi ele que o comprou.

Se essa canção em particular, e mesmo o canto, em geral, para a mãe de Lucas, está fortemente vinculada à aproximação que busca estabelecer em relação ao filho, também a música, de modo mais abrangente, parece lhe proporcionar um auxílio importante. Como relata ao mencionar que esperava "cantar mais", outras atividades também se mostraram importantes em sua participação no projeto, como a de dançar junto com o filho, naquele "vai e volta e repete", a que alude. "Vir e voltar", podemos pensar, está relacionado aos jogos presença-ausência que se estabelecem entre mãe e bebê, no momento em que a separação temporária passa a ser possível, processo descrito por Sigmund Freud[38] como o célebre *fort-da*. Neste contexto, a formação do espaço potencial através das atividades musicais desenvolvidas, pode mostrar-se bastante importante. De fato, para Fernanda, a música é descrita como um elemento especial, como conta neste trecho da entrevista, em que menciona o momento em que tomou conhecimento do projeto:

> *Quando eu vi no Correio do Povo aquele anúncio, que era uma coisa pequena, eu pensei: "Bah, vou matricular o Lucas lá"... Porque assim, eu gosto de música de qualquer tipo, a gente escuta bastante música em casa, meu marido também adora, tem milhões de CDs, e durante a gravidez eu ouvi bastante música. Sempre procuro estar ouvindo música. No trabalho a gente deixa o rádio ligado. Fica um ambiente musical...*

Ao comentar que "gosta" de música e o marido "adora", de fato podemos ver que, para a mãe, o "ambiente musical" é um elemento importante de sua vida, o qual tenta transmitir ao filho. Como diz em outro momento, "não que eu queira que ele seja músico, mas que ele veja a música assim, como uma coisa agradável. Quando ele estiver aborrecido ele tem ao que recorrer, vai ouvir música, né?" Provavelmente, também para ela própria a música é um elemento importante "quando está aborrecida", o que nos remete novamente à proposição de Alain Didier-Weill[26], considerando a música algo que, escutado pelo sujeito, pode também representar um modo deste fazer-se escutado. Para Fernanda, portanto, "ouvir música" talvez signifique uma forma de ter seus "aborrecimentos" escutados, o que torna ainda mais importante sua escolha deste elemento como um auxílio no tratamento da depressão e facilitador da constituição de seus laços com o filho. Esta idéia parece confirmada por sua observação no *questionário final*, quando conta:

> *O que me levou a procurar o curso foi a vontade de que fosse despertado o lado humano (afetivo) do meu filho através da música. Penso que o objetivo foi atingido porque ele escuta com atenção todas as melodias e é uma criança bastante afetiva.*

A música é relacionada, portanto, com afetos, com "o lado humano", que busca "despertar" no filho e que considera ter sido atingido, já que, mais uma vez articulando "afetividade" e música, comenta que "ele escuta com atenção todas as melodias e é uma criança bastante afetiva". A "vivência musical" que afirma, na *ficha sobre os hábitos sonoros/musicais*, considerar importante para Lucas, portanto, também traz em si a possibilidade de desenvolvimento de algo que descreve como "o lado humano". Fica evidente, ao mesmo tempo, a implicação que atribui a sua relação com o filho para que este "objetivo" seja alcançado, como podemos ver na continuação de sua exposição na segunda versão do *questionário final*:

3. A COMPOSIÇÃO DO DESEJO NA CRIAÇÃO E ENTOAÇÃO DE CANÇÕES   213

O objetivo que me levou a procurar o curso, obviamente, foi o de despertar no Lucas o interesse pela música, e penso que tenha sido alcançado. O curso, porém, vai muito além disto, acredito que a facilidade na fala, a facilidade de expressar-se que o Lucas tem e que notei em seus coleguinhas, tenha sido despertada pelas aulas, pois não noto, na maioria das crianças da faixa etária dele, esta facilidade de comunicação.

À música, portanto, é atribuída a função de auxiliar no desenvolvimento da "comunicação". Talvez, com base no que relata no fragmento anterior, podemos pensar que também sua própria "comunicação" com o filho foi aprimorada, como demonstra neste trecho da entrevista:

Entrevistadora: Tu notas alguma diferença na tua relação com o Lucas, do começo do curso para cá?
Fernanda: É, noto. Assim, eu não posso te dizer que é em função do curso, mas o curso me ajudou, porque eu tinha, em função da depressão, eu tinha medo de chegar perto dele, era muito difícil para mim, e ali no curso, tu és obrigada a dançar com ele, e é uma coisa tão legal, tão suave, aquela música, as músicas são aconchegantes, alguma coisa que te aproxima da criança. Então, pra mim foi muito bom...

A "suavidade" que descobre através da música, "aconchegante", e que possibilita enfrentar o medo de "chegar perto" do filho, uma vez que, ao sentir-se "obrigada" a dançar com o mesmo descobre que "é uma coisa tão legal", é considerada pela mãe algo "que te aproxima da criança" e, portanto, "muito boa". Para além da música, talvez esteja aqui a questão da "musicalidade" da voz da mãe, que, depois da "aproximação" gerada pelo curso, está mais capaz de se expressar, expondo "a própria voz", à qual talvez Lucas também esteja mais pronto a ouvir, já que "escuta com atenção todas as melodias". Essa melodia materna, que caracteriza o manhês e é discutida por vários autores, é o que Alain Didier Weil[25], citando Quignard, denomina "sonata materna", muitas vezes alterada nos casos de depressão da mãe, como descrevem Colwyn Trevarthen e Kenneth Aitken[100]. Esses autores observam que, nestes casos, a mãe pode expressar-se com afeto monótono, com diminuição na musicalidade da voz, dificultando a tomada de atenção do bebê, o que muitas vezes torna-o triste e evitativo. Salientam ainda que a depressão materna pode comprometer o desenvolvimento cognitivo e motor do bebê, citando estudos que evidenciam, nestes casos, escores anormais na *Brazelton Neonatal Behavioral Assessment*, com alterações na relação e orientação. Consideram ainda que distúrbios na relação mãe-bebê, causados pela depressão, podem estar relacionados ao futuro desenvolvimento de outras patologias.

Mostra-se fundamental, portanto, resgatar a musicalidade para que o desenvolvimento do bebê e sua constituição como sujeito não sofram prejuízos. A "vivência musical" que Fernanda busca no "curso", abrangendo a afetividade que considera importante despertar no filho e o exercício da expressão da própria voz, portanto, talvez possa ser encontrada não apenas no aspecto musical do projeto, mas em sua "aproximação" com o bebê, em um processo cíclico em que ambos os elementos se estimulem mutuamente.

Conforme Donald Winnicott[105], o papel de espelho da mãe sofre modificações quando nos deparamos com a depressão materna. Neste caso, ao dirigir o olhar ao rosto da mãe, mais do que o reflexo de seu significado para esta, o que o bebê encontra é o próprio humor da mãe, impossibilitada de interagir espontaneamente frente ao filho. A partir disto, Maria do Carmo Camarotti[15] observa que estes bebês passam a desenvolver uma hipervigilância em relação ao humor materno. Da mesma forma, também o "echoing" proposto por Andréa Sabbadini[85] fica alterado na depressão, impossibilitando à mãe a reflexão dos sons e balbucios emitidos pelo bebê. Também para esta autora, a ausência destas experiências poderia gerar no bebê futuros prejuízos emocionais.

3. A COMPOSIÇÃO DO DESEJO NA CRIAÇÃO E ENTOAÇÃO DE CANÇÕES

Cantar e participar de outras atividades musicais, portanto, pode oferecer um importante meio de construção do espaço potencial, resgatando o papel de espelho, o *echoing* e, com estes, a "musicalidade" e a espontaneidade que caracterizam a relação da mãe com o bebê, comprometida pela depressão materna. Neste sentido, as brincadeiras desenvolvidas através da canção "O sapo não lava o pé" mostram-se bastante significativas para Fernanda e Lucas.

Esta mãe, após relatar a recomendação do pediatra do filho sobre o efeito da música e o contexto em que comprou o CD "salvador de sua vida", conta que o colocava, após o nascimento de Lucas, e que "a única música que sabia cantar era a do sapo". Em seguida, diz:

> *Mãe: Daí eu achava engraçado, eu cantava e ria para ele do sapo, depois que ele começou, assim, eu cheirava o pezinho dele, fazia que ele tinha chulé e agora, até hoje, a gente canta, quando vai dar banho, eu canto para ele, eu gosto da música. Daí eu canto, ele acha engraçado aquilo.*
> *Entrevistadora auxiliar: Ele demonstra alguma reação diferente com essa música em especial?*
> *Mãe: É que ele sabe que eu vou pegar o pé dele, que eu vou cheirar, que vou fazer uma cosquinha nele.*

A "aproximação" do filho, enfrentando o medo de "chegar perto", a que alude em outro momento, permite também que Fernanda possa construir, com ele, formas de interação estabelecidas no prazer compartilhado, em que a canção escolhida assume um caráter lúdico, divertindo a ambos e trazendo à relação um caráter de previsibilidade, já que através da brincadeira criada, Lucas "sabe" o que a mãe vai fazer. Ao mesmo tempo, Fernanda "gosta da música" e Lucas "acha engraçado aquilo". As brincadeiras estabelecidas através das atividades musicais possibilitam, portanto, que alguns aspectos, prejudicados pela depressão, possam ser resgatados.

Mãe: Esse esquema da massagem, quando eu estava grávida, eu ganhei um... Era um folder da Natura, que vem com uns esquemas de massagens. Comprei um óleo. "Ah, quando o nenê nascer, vou fazer massagem". Achei bárbaro aquilo, coisa e tal. Mas aí não deu certo.
Entrevistadora: Esses óleos têm uns exercícios ligados à Shantala...
Mãe: É, isso. Parece uma coisa fantástica, né? É... Bom, mas daí eu entrei em depressão, daí estragou todos os meus planos, né? Daí eu não tinha condições de fazer massagem.

Brincar com o filho, portanto, "cheirando o pezinho dele" que, a partir disso, sabe que vai "fazer uma cosquinha", possibilita que o corpo do bebê seja investido pela mãe, da mesma forma como pretendia com os óleos de massagem. Em um dos encontros, nos registros em vídeo, vemos a mãe ensaiando esta brincadeira, ao permitir que o filho tire as sandálias e brincando com seus dedos dos pés. Podemos pensar, a partir disso, que as atividades estabelecidas talvez possam resgatar alguns dos "planos" que alude terem sido estragados pela depressão, permitindo a inscrição de significantes sobre o corpo do bebê a partir desse contato que, muito mais do que puro toque, assume caráter lúdico e prazeroso. É importante salientar que esse contato permite a formação do que Lacan chamou de Letra, "ao mesmo tempo, o suporte material do significante e o que se distingue dele" (Chemama[18], p. 124).

Uma vez desenvolvidas algumas dessas brincadeiras, esta mãe pôde também inventar outras, resgatando a espontaneidade no contato com Lucas, no momento em que perde o "medo" de "chegar perto" dele, como demonstra o trecho a seguir:

Entrevistadora auxiliar: E as brincadeiras, de alguma forma tu também trouxeste para dentro de casa, algumas coisas que a gente fazia em aula?

3. A COMPOSIÇÃO DO DESEJO NA CRIAÇÃO E ENTOAÇÃO DE CANÇÕES

Mãe: Eu gostei muito daquela história do conto, que tu contas a história e põe sons e, então, eu procuro sempre fazer em casa quando ele tá a fim, mais tranqüilo. Daí eu comprei uns livros, então eu fico lendo para ele e mostrando os sons, porque achei muito legal, aquilo. E era uma coisa, uma... Eu não sou nada criativa, gente, eu não só nada criativa, então criar brincadeiras com ele, pra mim é difícil. Fora as brincadeiras normais, tu pegas os brinquedinhos, mesmo, e brinca, assim.
Entrevistadora: Também precisa criatividade...
Mãe: Agora, já não é uma coisa assim, não precisa tanta criatividade. Acho que ali, na aula, tu, sei lá, pelo menos pra mim, me ajudou. A história da massagem, essa que tu fazes com a bolinha...

A partir de algumas idéias que adquire através dos encontros, Fernanda parece autorizar-se a brincar com os sons, utilizando, por exemplo, os livros que comprou. Apesar de perceber-se como "nada criativa", portanto, passa a inventar novas formas de diversão entre os dois, "fora as brincadeiras normais". A partir dessa possibilidade, porém, já "não precisa criatividade", uma vez que a espontaneidade permite uma naturalidade que torna a criação espontânea.

Sobre esse aspecto, chama a atenção o fato de que a mãe concebe a criatividade como algo que demanda esforço e, uma vez obtida a naturalidade da interação, torna-se desnecessária. O brincar espontâneo, portanto, não parece ser compreendido na perspectiva deste conceito. Da mesma forma percebe a criação envolvendo a música e os sons. Quando nos referimos a não obrigatoriedade do canto, Fernanda comenta:

Mãe: Canta quem quer...
Entrevistadora auxiliar: Até, se alguém não quiser... Se preferir... Ou, de repente, se a pessoa quiser cantar um pedacinho pra nós, antes da atividade, a gente já sabe e traz a canção.
Mãe: Tudo escrito.
Entrevistadora: É, tem gente que traz. Que compõe alguma música

e traz escrito...
Mãe: Imagina, isso nunca vai acontecer comigo! Trazer uma composição...
Entrevistadora auxiliar: Não, pode ser algo...
Entrevistadora: Pega uma melodia conhecida, inventa uma letra pra criança. Às vezes, a gente faz.
Mãe: Não, eu não faço.
Entrevistadora auxiliar: Olha... Mas tu nunca pegaste uma música, assim, e colocou o nome do Lucas, numa brincadeira, assim, "não sei o que o Lucas"...
Entrevistadora: Tipo "O Lucas não lava o pé"...
Mãe: Ah, não, isso sim!
Entrevistadora auxiliar: Então? Não deixa de ser...
Mãe: Mas é só uma palavrinha.
Entrevistadora auxiliar: Não, é. Mas quantas coisas começam... Um dia tu trocas uma palavra, daqui a pouco vai trocando mais uma e vai ficando, vai se transformando numa canção. É que às vezes a gente não se dá conta. Uma composição parece uma coisa monstruosa, que a pessoa vai sentar e escrever páginas e páginas... Orquestra...
Mãe: Eu imagino assim... Chama a OSPA!
Entrevistadora auxiliar: "Não lava o pé", "lava a mão". Não deixa de ser. É uma composição pro Lucas.
Entrevistadora: E também é uma maneira de brincar com a música.
Entrevistadora auxiliar: Exatamente.
Mãe: Isso a gente faz, também, lá em casa. Botar o nome dele, botar o nosso, ou da tia...
Entrevistadora auxiliar: Então, sinta-se feliz, tu estás compondo!
Mãe: Virei uma artista!
Entrevistadora: Mas é bem isso, mesmo.
Mãe: Ah, que bárbaro!

Como podemos perceber especialmente ao final desse trecho, para a mãe, "compor", criar, é privilégio de artistas, do qual, em princípio, sente-se interditada, dizendo que "nunca vai acontecer".

3. A COMPOSIÇÃO DO DESEJO NA CRIAÇÃO E ENTOAÇÃO DE CANÇÕES   219

Entretanto, surpreende-se ao comentarmos que as brincadeiras utilizando a música, na interação com o filho, também podem ser uma forma de criação. É com prazer, portanto, que se descobre "artista", ao comentar que "isso a gente faz também".

Se suas brincadeiras, realizando atividades simples como incluir o nome do filho e de outras pessoas importantes para ele nas letras das canções, são vistos como algo longe de ser apresentado pela Orquestra Sinfônica de Porto Alegre, são, por outro lado, essenciais para a estruturação psíquica de Lucas.

Em primeiro lugar, permitem a formação do espaço potencial, onde trocas realmente significativas podem acontecer, como lembra Donald Winnicott[105]. Não podemos esquecer que, a despeito da concepção de Fernanda sobre a criatividade, para o autor, esta não diz respeito somente à criação artística, mas a uma forma de autenticidade e espontaneidade fundamental para o dia-a-dia.

Em segundo lugar, as brincadeiras realizadas possibilitam, como mencionado, a libidinização do corpo do bebê, colocando em cena o desejo da mãe, ao mesmo tempo em que, ao esperar que esta cheire o pezinho e faça cosquinhas, por exemplo, Lucas alcance o terceiro tempo do circuito pulsional e, desta forma, sua estruturação psíquica possa estabelecer-se.

Finalmente, não podemos esquecer a importância da canção mencionada como um significante que, de certa forma, remete à história da mãe, uma vez que associa o CD "salvador de sua vida" a seu próprio pai, de quem pensa tê-lo ganhado. Ao mesmo tempo, ao inscrever o filho em um projeto cujo objetivo considera desenvolver "o lado afetivo" através da música, parece legar-lhe também alguns aspectos de sua própria relação com este elemento da cultura. Como conta na entrevista:

> *Eu acho que música é tudo, é o... É como se a vida da gente fosse uma novela, e sempre tem um fundo musical. Imagina assim, todo mundo tem a sua música, a tua vida tem que ter uma música. Eu imagino assim, todo mundo tem uma música.*

Em uma concepção que remete à importância dessa forma artística como fenômeno transicional, Fernanda ressalta a importância que atribui à música. Possibilitar que Lucas tenha "uma vivência musical" é, portanto, inseri-lo em um mundo em que, "como se fosse uma novela", todo mundo tem um "fundo musical", "a sua música". Dedicar ao filho uma canção, no momento inicial de sua vida, pelo canto, passa a ser uma forma de incluir-se na criação do "fundo musical" de Lucas. Ao mesmo tempo permitirá que ele, como propõe em um trecho já relatado, "tenha gosto pela música" e, que, ainda que não seja músico, possa "recorrer" a ela "quando estiver aborrecido", encontrando, podemos pensar, uma "companhia que o escute."

Apesar de escolher uma música para o filho, nesse momento, Fernanda deixa aberta a possibilidade de que, no futuro, ele possa fazer suas próprias opções, criando então, o seu "fundo musical". Na observação da gravação em vídeo dos encontros, é possível verificarmos o profundo respeito com que percebe a subjetividade do filho. E, desta forma, embora realize inúmeras ações para aproximar-se do mesmo, Fernanda respeita também seu distanciamento, quando Lucas demonstra já alguma possibilidade de separação da mãe, bem como seu interesse pela realização das atividades de forma diferente da proposta por ela. Lucas parece evidenciar em seu funcionamento esta postura de sua mãe, mostrando-se uma criança curiosa e, ainda que tímida em alguns momentos, sempre disposta a explorar seu ambiente e a realizar contatos com outros membros do grupo e com a coordenadora. Sobre as escolhas que visa permitir ao filho, a mãe conta, após referir-se à diversidade de estilos musicais utilizados nos encontros:

> Mãe: *Tem que ter pra todos os gostos, né? Até porque tem gente que não admite ouvir um tipo qualquer de música, sei lá, um pagode. Odeia. Detesta.*

Entrevistadora: A gente procura fazer com que a criança tenha acesso a... Quer dizer, o mundo não é só de música erudita, nem só de...
Mãe: É, tem que saber que existe, né? Eles escutam se eles quiserem. O que ele gostar, o que ele preferir...
Entrevistadora auxiliar: Claro.
Entrevistadora: Ainda mais que, pelo que tu estavas falando, no caso do Lucas, particularmente, vocês escutam de tudo, né?
Mãe: Eu penso sempre assim, porque eu sou filha única, né? Eu acho que teve muitas coisas na minha vida que foram colocadas, e tu acabas pegando aquilo como teu, sem ser teu. Meio que imposto, mas tu acabas assimilando aquilo. Não quero isso pra ele. Eu acho que ele tem que conhecer de tudo e aprender a escolher o que é bom pra ele, né?

Se a possibilidade de vir a fazer escolhas é essencial para qualquer ser humano, como demonstra a mãe, é fundamental que alguém as faça, neste momento inicial, para que o bebê venha a constituir-se como sujeito. Uma vez dirigindo ao filho seu desejo e significantes com a canção "O sapo não lava o pé" e das brincadeiras que a acompanham, portanto, Fernanda está permitindo que, deste ponto de partida, Lucas venha a compor seu próprio fundo musical. Ou, como enfatiza, "a sua música."

A música e a instauração do circuito pulsional

Se para todos os sujeitos aqui enfocados a música mostra-se fundamental, cumprindo funções diversas de acordo com a história de cada criança e sua família, sempre com forte implicação de conceitos como filiação e desejo, bem como prazer compartilhado, para Laura e sua mãe estes se mostram particularmente importantes. Talvez esse seja o caso em que mais fortemente podemos perceber a música como atividade lúdica, garantindo a existência de diversos aspectos essenciais à estruturação psíquica do bebê. E, se para alguns sujeitos, como verificamos através da mãe de Lucas, cantar envolve dificuldades, para a mãe de Laura esta atividade parece possibilitar uma importante forma de brincar com a filha, legando-lhe uma relação com a música fundamental em sua própria história.

A mãe relata em vários momentos que o canto está presente em diversas atividades que realiza com a filha: banho, troca de fraldas, etc.

> *Em qualquer momento, dentro de casa, eu vejo que ela tem uma relação boa com a música, qualquer hora, se eu vou trocar uma fralda, se eu vou fazer alguma coisa e ela está impaciente: "Vamos cantar, Laura?" Aí ela pára, sabe?*

Reforça a observação seu relato, em outro momento, quando conta que, frente à impaciência da filha, convida: "Vamos cantar?" Então, "para tudo, termina a impaciência e a gente canta junto." Entretanto, como demonstra a continuação deste trecho da entrevista, a música não cumpre para a dupla somente a função de "terminar" com a impaciência:

> *Entrevistadora: Os momentos em que tu propões a música têm um pouco a ver com isso, de ser quando tu vês que ela está agitada, ou não só?*
> *Mãe: Quando ela está agitada, também. Quando a gente está, assim, confraternizando, também. Brincando, também. Eu coloco bastante música na vida dela. Em vários momentos do dia...*

Como para a família de Lúcia, também para a mãe de Laura o ato de cantar parece ser mais importante do que escolher para isso uma música específica. Durante sua participação no projeto, a mãe propôs, ao longo dos módulos, diversas canções: "A Casa", de Vinícius de Morais, "O pato", do mesmo compositor, juntamente com Toquinho e Paulo Andrade, "A barata", "Quem tem medo do lobo mau?", canção referente à história "Os três porquinhos", "O burrinho Ioc", "Pirulito", "Parabéns a você", "Coelhinho da páscoa", "Sapo Cururu", "Sou a Mônica", "Um, dois, feijão com arroz", "Ciranda, cirandinha", "Roda, cutia", entre outras.

Como podemos perceber, o número de canções propostas já atesta a importância do canto para a dupla, bem como o prazer encontrado na atividade de cantar. Aparentemente, estas canções adquiriram e perderam sua importância, acompanhando determinadas características de etapas do desenvolvimento do bebê e de sua relação com a mãe. Às canções inicialmente escolhidas por, como "O pato" e "A casa", seguiram-se outras, relacionadas a personagens e histórias, quando estas começaram a ser narradas, parlendas, como "Um, dois, feijão com arroz" e, finalmente, cantigas de roda, acompanhadas da execução de coreografias compostas por mãe e filha e relatos de realizações destas atividades entre as duas e o pai de Laura, em casa.

Apesar da importância de todas essas canções na interação entre Laura e seus pais, algumas parecem ser consideradas particularmente significativas por sua mãe:

> *Entrevistadora: As que tu cantaste pra ela foram "A barata" e...*
> *Mãe: E a do pato. Que é da "Arca de Nóe", do Vinícius.*
> *Entrevistadora: Me chamou a atenção, porque as duas são "do nosso tempo".*
> *Mãe: Exatamente. Exatamente. Eu não sei, a gente acaba direcionando, mas são músicas que tu conheces, né? E que eu acho legais. E ela gosta, ela curte bastante.*

No momento da *entrevista individual*, que se deu antes do final da participação da dupla no projeto, apenas as três primeiras canções citadas haviam sido cantadas. Estas canções, portanto, parecem demarcar, de certa forma, os primeiros contatos de Laura com a música infantil. Escolhidas a partir do repertório conhecido pela mãe e que esta "acha legais", observando, ao mesmo tempo, que a filha "gosta, ela curte bastante":

> *Mãe: Mas tem vários, assim, que ela curte. Quando eu vejo que ela está com sono, eu boto esses de caixinha de música e ela fica prestando atenção, e... Esse da natureza, ela gosta, porque tem os sons de bichos. Porque todas as crianças também adoram sons de bicho, né? E mais esse de cantiga de roda, aquele que eu levei pra aula, da barata, todos, assim, ela curte, ela adora...*
> *Entrevistadora: Isso que eu ia te perguntar. A história da barata, desde quando tu conheces, se tu costumavas cantar, quando tu eras pequena...*
> *Mãe: Não, não. Eu até, assim, normalmente, eu procuro comprar mais pra ela, até pra mim relembrar. Porque a gente... Tu tens a noção daquelas musiquinhas, e tu lembras da tua infância, mas tu lembras vagamente. Tu não lembras mais das letras, e tal. Então, agora, eu cato todos esses que tem, de cantigas de roda, de coisas assim, dessas musiquinhas da nossa infância, e eu compro pra poder relembrar e cantar pra ela, né? E esse da barata, aconteceu isso. Estava no CD, né? Eu já lembrava, tudo, mas, antes, eu não cantava, porque não lembrava a letra e, daí, quando eu comprei o CD, que estava ali, eu comecei a cantar direto pra ela. Então, eu procuro mais este tipo de musiquinha. Eu gosto mais do que essas músicas da onda, agora, Xuxa, Eliana, né? Essas coisas, assim. Tem algumas legais, até, mas eu procuro mais essas de cantigas de roda, que eu acho muito bonitinhas. E tem regravações bonitas...*

Comprando CDs "pra poder relembrar e cantar pra ela", a mãe de Laura parte do resgate do repertório de que se "lembra da infância, mas lembra vagamente", e introduz a filha no universo das canções infantis de que "gosta mais". Esse processo é evocado particularmente pela palavra "regravações", que reme-

3. A COMPOSIÇÃO DO DESEJO NA CRIAÇÃO E ENTOAÇÃO DE CANÇÕES

te a uma reedição de algo que já foi "gravado". Através destas regravações, portanto, a mãe de Laura reapropria-se de canções que marcaram sua própria infância, e as quais considera "muito bonitinhas", como as canções de roda, e as apresenta à filha, que "curte, adora". Nesse contexto, a canção "A barata" parece possibilitar a ambas momentos divertidos, em que brincam com os sons das palavras e com a melodia da canção, como demonstra este fragmento de um encontro, ainda no primeiro semestre de que participaram:

> *Mãe da Laura: Vamos cantar a da barata? Como é que faz a barata, Laura, "rá, rá, rá"?*
> *Entrevistadora: Então, vamos lá...*
> *A mãe de Laura começa a cantar, logo acompanhada pelo grupo e pelo teclado: "A barata diz que tem, sete saias de filó, é mentira da barata, ela tem é uma só. Rá rá rá, ró ró ró, ela tem é uma só. Rá rá rá, ró ró ró, ela tem é uma só. A barata diz que tem, um anel de formatura, é mentira da barata, ela tem é casca dura. Ra rá rá, ró ró ró, ela tem é casca dura. Ra rá rá, ró ró ró, ela tem é casca dura A barata diz que tem, um sapato de veludo, é mentira da barata, ela tem é pé peludo. Ra rá rá, ró ró ró, ela tem é pé peludo. Ra rá rá, ró ró ró, ela tem é pé peludo. A barata diz que tem, uma cama de marfim, é mentira da barata, ela tem é de capim. Ra rá rá, ró ró ró, ela tem é de capim. Ra rá rá, ró ró ró, ela tem é de capim"*
> *Entrevistadora: É muito bonitinha, esta música!*
> *Mães: É!!!*
> *Mãe da Laura: E ela faz: "rá, rá, rá"...*
> *O grupo canta, estimulado pelo teclado: "Ra rá rá, ró ró ró, ela tem é uma só!"*

A canção "A barata" já evidencia um momento posterior ao implicado na escolha de canções como "O pato" ou "A casa", e traz consigo um convite à brincadeira, na qual a participação de Laura já se faz mais ativa. Ao final do encontro, comenta:

> *Mas, a Laura, é impressionante o efeito que a música tem sobre ela, em viagem. Eu tinha comentado uma vez, e cada vez é mais nítido. A gente viaja, ela começa a ficar cansada, a chorar, a gente coloca o CD dela, ela reconhece, é significativo! A gente bota a música normal, assim... mas bota o disquinho dela, infantil, ela fica só escutando! É impressionante!*

O que Laura demonstra que "adora" através de sua atenção, do "ficar só escutando", é, portanto, o que conhece através de experiências prazerosas vivenciadas com a mãe. Talvez por isso, demonstre em relação a esse repertório um "reconhecimento" diferente do evidenciado em relação à "música normal", o que impressiona sua mãe. A partir do momento em que essas canções adquirem significado, evocando ao bebê experiências de ligação com a mãe, causam, talvez, o efeito "calmante" que tantas vezes refere Suzana, em relação à filha. Podemos pensar que, de fato, essas canções adquirem função transicional, possibilitando ao bebê a experimentação da "terceira área de experiência" de que nos fala Donald Winnicott[105] ao caracterizar o espaço potencial. Ou seja, área localizada nem internamente, nem externamente, do ponto de vista do bebê. Mas capaz de proporcionar-lhe formas de "brincar" a separação da mãe, a partir de objetos que não apenas representam, mas são considerados pelo bebê como ela própria. Como podemos perceber no discurso de sua mãe, neste momento de seu desenvolvimento, Laura apropria-se das canções que costuma ouvir, e faz delas um uso que parece significativo para ela:

> *Ela canta, ela canta durante as viagens, ela canta. Isso é uma coisa que eu digo, eu vejo que ela presta atenção nas músicas, porque, quando dá a musiquinha da barata, ela faz "rá-rá-rá", sabe? Daí, ela pega algumas palavrinhas, que ela já está falando, ela pega nas músicas e ela repete. Aquela "palma, palma, palma, pé, pé, pé" ela começa: "pé,pé,pé". Sabe? Ela busca as palavrinhas das músicas, e fica repetindo, né? Então eu percebo que ela está realmente*

ligada na música, ela não está só ali, e a música tocando, né? E em viagem é impressionante. A gente viaja muito pra Vacaria, que é longe, são horas de viagem. E, assim, na primeira metade, normalmente ela dorme, aí depois ela acorda e começa a ficar impaciente, cansada de estar na cadeirinha, aquela... É botar CD dela, musiquinha dela, e ela fica prestando atenção, cantando, brincando e viaja o resto da viagem numa boa. Sempre.

Os interesses de Laura, em um momento inicial, de fato, parecem diretamente relacionados aos de sua mãe. O repertório musical que escuta é organizado a partir das preferências desta, que gosta mais das canções citadas do que de "músicas da onda: Xuxa ou Eliana", como conta. Entretanto, mais do que a determinadas canções, como podemos observar a partir da variedade presente no repertório que propôs ao longo dos encontros, a mãe de Laura tenta transmitir-lhe o gosto pela música, visto como "uma coisa importante":

Eu sempre procurei deixar ela ter contato com a música. Porque eu acho uma coisa importante. E eu vejo que ela... assim, ela correspondeu bem. Ela curte música, ela gosta. Ela canta.

Quando Laura demonstra que "gosta" e "canta", portanto, "corresponde" às expectativas da mãe, que comenta em vários momentos a intensidade de sua relação com a música, bem como a de seu marido. Chama a atenção, neste ponto, que não escapa à sua observação a influência da ligação do casal às atividades musicais, nas preferências da filha. De fato, ao incluir o verbo "deixar" na primeira frase deste fragmento, parece reforçar seu papel na estimulação e autorização que faz à filha em relação às atividades musicais. Como comenta em outro momento, a relação de Laura com a música é "bastante forte. Até porque eu e meu marido temos uma ligação forte com a música". Ao mesmo tempo, a música parece ser um elemento muito presente na relação do casal e no ambiente familiar, havendo um grande espaço para as "músicas da Laura", como conta sua mãe:

> Mãe: Eu tenho piano em casa e curto, de vez em quando, tocar.
> Entrevistadora: Ela ouve, às vezes...
> Mãe: É, às vezes ela ouve. Depois, assim, o meu marido toca... Toca! Ele nunca chegou a estudar, assim, mas ele toca um pouco de teclado, de ouvido, e violão. Ele curte, também, música, sabe? Tanto que, até, antes, assim, há um tempo atrás, todo tempinho livre que a gente tinha, a gente procurava tocar junto, sabe?
> Entrevistadora: Um duo.
> Mãe: É. Tocar um pouquinho, cantar e tal. Agora o tempo livre fica com a Laura, né? Mas, assim, a gente curte música. Então, foi uma coisa que, como nós dois gostamos disso, então a gente, já desde o começo, queria, né? Relacionar isso com a Laura. Então, logo que ela nasceu, ela era bebezinho, assim, tinha um, dois meses, eu já procurei aqueles CDs, aqueles de caixinha de música, que saiu uma coleção "for babies", né? Tinha toda aquela coleção de Beatles, de love songs, country, mesmo de ninar, toda uma coleçãozinha para bebês. Eu comprei a coleção inteira pra Laura. Então, já desde o comecinho, ela tinha um mês, eu já botava aquele CDzinho, do "Good Night", que era o deles de ninar, pra ela dormir, sempre.
> Entrevistadora: E ela ainda ouve esses, agora?
> Mãe: Ainda ouve. Tanto que, agora, eu tenho no carro até o "Nature". Aquele de natureza que tem os bichinhos, os passarinhos, com uma música. Daí ela fica "titio", que ela diz, é o "piu-piu", que ela está escutando o passarinho, e o au-au, essas coisas. Então ela curte bastante música. A gente sempre colocou pra ela. Ela já tem uma caixinha só de CDs dela, né? Que tem um monte, que deve ter uns vinte ou mais, eu acho. Tudo assim, só de musiquinhas dela, desde caixinha de música até cantigas de roda, essas coisas assim.

3. A COMPOSIÇÃO DO DESEJO NA CRIAÇÃO E ENTOAÇÃO DE CANÇÕES

O "duo" formado pelo casal transforma-se em trio, quando "o tempo livre fica com a Laura". E ao ambiente musical em que "tocar junto" representava para ambos momentos importantes, são acrescidas canções infantis dos mais variados estilos, as "musiquinhas" de Laura. Como conta Suzana, "já desde o começo" a coleção *for babies* teve papel importante quanto ao objetivo de "relacionar isso", ou seja, o grande interesse destes pais pela música, à filha.

Por outro lado, a música esteve "desde cedo" presente, também na vida de Suzana, referindo-se ao estudo do piano:

> *Eu comecei com quatro anos de idade. Então, por isso que eu digo, assim, eu estudei doze anos. O programa são nove anos, né? Pra se formar. Pelo menos na minha época, era. Mas eu estudei tanto tempo, que quando eu comecei, foi uma parte até mais de recreação, da minha mãe. Então, eu não sabia nem ler, eu não comecei lendo música, ainda, nota. Era muito interessante, até eu achava muito bonitinho os meus livros daquela idade, a representação era com desenhinhos, né? O dó era um dedinho dodói. O sol era um solzinho, aquela coisa. Quer dizer, desde pequenininha, a música também estava na minha vida.*

Uma vez que Suzana vivenciou as primeiras experiências com o estudo do piano bastante cedo, "mais de recreação", como conta, e incentivada pela mãe, é compreensível que busque também possibilitar à filha experiências com a música "desde pequenininha". Fica evidente, por outro lado, o caráter lúdico que atribui ao fazer musical. Quer tocando com o marido ou cantando com a filha, a música parece remeter à experiência inicial, que relaciona à própria mãe e considera "muito interessante".

Se a "música estava na sua vida", como salienta Suzana, ao relatar a inclusão da filha neste universo sonoro, também parece estar na vida de sua própria mãe, como podemos perceber na continuação do trecho da entrevista acima transcrito:

> *Entrevistadora: Tu falaste da tua mãe, tu começaste a aprender com ela?*
> *Mãe: Não, não, não. Digo: a mãe me colocou, assim, mais como recreação, aí a partir dos seis, sete anos, quando eu comecei a me alfabetizar, que eu realmente comecei a estudar, mas desde os quatro anos, eu tinha contato. A mãe também, ela me colocou até porque pra ela era uma coisa importante. Ela estudou acordeom na adolescência. Também, depois, não levou adiante, não era uma profissional da área, mas ela achava aquilo importante. De vez em quando, ela tocava pra mim...*

Assim como Suzana toca piano, sendo escutada pela filha, em alguns momentos, também costumava escutar sua mãe, que, "de vez em quando" tocava acordeom para ela. Desta forma, música torna-se "uma coisa importante" para avó, mãe e filha, representando, por um lado, uma experiência lúdica e, por outro, um elemento de ligação afetiva.

A música, entretanto, é relacionada por Suzana não apenas à mãe, mas também ao pai e à família paterna de Laura.

> *Mãe: A família do meu marido também tem uma ligação forte com música. Minha mãe estudou acordeom. E o meu pai tocava, esse sim, totalmente só de ouvido, acordeom, também, né? Gaita, como eles chamavam. Mas ele tocava, tocava em bailes, sabe? Ele tocava... Teve uma época que até ele participou de um grupo, tipo bandinha alemã...*
> *Entrevistadora auxiliar: Tocou profissionalmente?*
> *Mãe: Profissionalmente, até ele participou uma época, sabe? De uma banda, aquela bandinha alemã, assim. Então ele... Né? Na minha casa, eu tinha bastante contato, meu pai tocava, quando eu era pequena, ele tocava. Nós íamos às festas de família, o pai pegava a gaita dele e saía tocando.*

Para Laura, portanto, a música pode funcionar como um significante que permeia toda a história familiar, inserindo-a neste contexto. Quer tocando "de ouvido", como parece ser característico aos homens da família, quer estudando piano "clássico", todos encontram na atividade musical um elemento importante. Tocar um instrumento, cantar e conviver com a música, parecem ser atividades naturais, sendo difícil demarcar a origem desse interesse:

> *Entrevistadora: Quando tu começaste a tocar piano, teve algum pedido da tua parte, ou foi assim...*
> *Mãe: Pra dizer a verdade, eu não me lembro, porque com quatro anos, né? Que eu comecei... Não me lembro, né? Se eu pedi ou se a mãe me colocou, isso, sinceramente, eu não lembro.*
> *Entrevistadora: Vocês tinham piano em casa?*
> *Mãe: Não tínhamos. Tanto que, quando nós começamos, a mãe alugou. Porque tinha essa história de alugar piano. Ela alugou, pra ver até se eu ia gostar. Porque era um investimento caro, né? Então, ela disse assim: "Bom, vamos ver, se tu gostares, a gente compra". Daí como eu segui, ela comprou o piano. Que depois eu me casei e levei junto. O piano é meu. Então, até tenho vontade de ver se a Laura tem interesse. Agora, claro que eu nunca vou forçar, né? Eu até tenho vontade de primeiro ver se ela tem interesse. Caso ela despertar o interesse, daí...*

Para Suzana, é difícil estabelecer seu interesse inicial como partindo exclusivamente de si ou implicado pelo desejo materno. Talvez por que, nesse momento, ambos estivessem estreitamente relacionados, como fica claro quando menciona que "quando nós começamos, a mãe alugou". O pronome "nós", nesse contexto, evoca a importância da experiência para ambas, levando a mãe de Suzana a fazer "um investimento caro" em nome da aprendizagem da filha. A citação direta do discurso materno relembra o fato de que sua participação mostrava-se fundamental, fornecendo à filha um instrumento alugado e, dessa forma, eximindo-a da obrigatoriedade de "gostar", evidenciada na utilização da conjunção subordinativa condicional "se": se gostasse, então comprariam o instrumento, que depois Suzana "leva junto" ao casar.

Suzana "tem vontade" de que a filha tenha interesse. Como sua mãe, porém, abre espaço em seu discurso para que Laura possa, no futuro, fazer a opção. Então talvez possa propiciar-lhe a mesma experiência proporcionada por sua mãe. Por hora, entretanto, os interesses de mãe e filha ainda parecem não se diferenciarem muito, ainda que, aos poucos, entre o repertório que Suzana lhe oferece, Laura comece a demonstrar algumas preferências:

> *Ela gosta, ela... Assim, ela curte mais, ela gosta mais quando tu colocas as dela. Ela já associa, ela já parece que já conhece as musiquinhas que são as dela.*

O que Laura já "curte", "associando" as "suas" musiquinhas, entretanto, passa pela interpretação de sua mãe, como demonstra este trecho da entrevista:

> *Quando eu comento, digo: "Ah! Ela vai na aulinha de música". Aí todo mundo: "Ah! O que ela vai fazer lá, ela canta, ela dança?" Eu digo "não, né?" Até essa parte... Outra parte que ela gostava muito, era a dos instrumentos. E em casa, também, ela ganhou um tamborzinho da minha mãe, né? Então ela pega as duas baquetinhas, uma com cada mãozinha e fica batendo. A coisa mais bonitinha! Ela curte. Outra... Ontem, ainda, ela fez mais uma associação com a aulinha de música. Nós estávamos... Eu fui numa feirinha de Natal, e passamos por um stand que tinha coisas de ginástica, e tinha um pote de vidro, com aquelas bolas de massagem. E ela enlouqueceu: "Bola, bola, bola"... Enquanto eu não comprei a bola, daquelas, pra ela. Daí, ela pegava e fazia assim, em mim... Porque ela fala já um monte de coisa, né? Ela começava: "massagi, massagi". E fazia, assim, na minha perna, massagem.*

3. A COMPOSIÇÃO DO DESEJO NA CRIAÇÃO E ENTOAÇÃO DE CANÇÕES

Os interesses de Laura estão relacionados, portanto, aos instrumentos musicais e objetos que lhe são disponibilizados, como o tamborzinho que ganha da avó ou a bolinha de massagem que conhece dos encontros. Por outro lado, a partir de atividades que realiza com a mãe, parece surgir um interesse próprio, quando, a seu modo, lhe "pede" que compre esta bolinha de massagem. Para que tal pedido seja atendido, entretanto, é necessária a interpretação de sua mãe, que reconhece no "enlouquecimento" de Laura um interesse pelo objeto.

Neste ponto, chama a atenção a antecipação funcional, em relação à filha, presente no discurso de Suzana, já que reconhece palavras que, neste momento da entrevista, Laura, com quatorze meses, ainda não seria capaz de enunciar da forma descrita. Da "massagi", portanto, Suzana deduz o interesse pelo objeto e pela atividade de massagem, que conheceu ao longo das atividades musicais.

Também nos relatos de Suzana nos *momentos de observação*, descrevendo comportamentos de Laura fora do grupo, podemos observar esta "antecipação", como evidencia este fragmento de um encontro de que participam:

> *Entrevistadora: E observações, vocês tem alguma coisa para comentar, dessa semana?*
> *Mãe da Laura: Eu estou bem feliz, por que eu percebi que, quando a gente escuta, ela presta atenção nas músicas e agora, assim, como ela está aprendendo a falar, ela canta as músicas, usa as palavras.... De noite, a gente dá "tchau", ela fica "tchau, tchau", e no carro... faz o "ah, ah, ah", da barata... Hoje eu estava "palma, palma, palma, pé, pé, pé...", daqui a pouco ela começou "pé, pé, pé"... Sabe? Então... Eu percebi que ela presta atenção, que ela está escutando as músicas, é alguma coisa que ela se liga! Não é assim... casual.*

Assim como o próprio fato de ser objeto dos relatos orgulhosos de sua mãe, a antecipação de suas habilidades pode ser importante para a constituição de Laura como sujeito, vindo a permitir-lhe que, mais adiante, realmente fale como a mãe espera. Por outro lado, mais uma vez as observações de Suzana reforçam o fato de que a "ligação" da filha com a música não é "casual", já que, com isso, Laura também proporciona grande satisfação a sua mãe, como relata:

> *Ela já fez um ano e dois meses. E ela se sentou e começou a bater palminhas, na música, né? O "Parabéns", tu cantas, onde tu estiveres, ela pára o que está fazendo e bate palmas, sabe? E outras músicas, se ela está brincando, assim, com os brinquedinhos dela, ali, nós estamos com a TV ligada. Aí dá algum programa que toca alguma música, durante entrevistas que tem, né? Que toca, que um conjunto vai lá tocar. Ela pára e começa a dançar. Levanta e começa a dançar. Sempre, sempre. Sabe? É muito bonitinho, até.*

Laura talvez perceba, portanto, quando sua mãe considera "bonitinho" suas reações à música, presenteando-a com estas. Aqui, podemos observar a instauração do circuito pulsional, que, partindo do investimento dirigido a Laura por sua mãe, no qual o canto e a música em geral parecem encontrar lugar importante, chega a seu terceiro tempo quando a menina oferece à mãe suas habilidades, deleitando-a ao enunciar palavras relacionadas a uma atividade prazerosa a ambas, bater palmas ao ouvir música, ou dançar. Como diz Marie-Christine Laznik[54], processo essencial para a constituição subjetiva do bebê.

Ao mesmo tempo, vemos por parte da mãe um olhar sobre a filha, que também evidencia o desejo, e manifesta-se tanto no discurso e na antecipação que traz em si, como na observação da relação entre as duas, particularmente demonstrada na filmagem do encontro em que Laura completa um ano e o grupo canta, a pedido da mãe, "Parabéns a você", enquanto esta a observa atentamente. Metaforicamente, poderíamos dizer que a mãe de Laura a olha, enquanto a filha pode, aos poucos, "olhar para o mundo". Neste ponto, é fundamental lembrarmos que a importância do olhar materno sobre o bebê é salientada por Donald Winnicott[105], quando aborda a função de espelho da mãe, fornecendo ao bebê, através de seu olhar, os primeiros subsídios para que venha a construir uma idéia de si.

Se a questão do olhar chama atenção ao observarmos a relação de Laura com sua mãe, da mesma forma, também a voz parece cumprir uma função importante nesta relação, como observamos ao presenciar as "conversas" entre estas. Em relação a isto, Alfredo Jerusalinsky[41] nos diz que "O olhar, o toque, a voz e sua modulação, especificamente dirigida ao bebê, são sinalizadores insubstituíveis do lugar do sujeito em uma época da vida na qual as partículas lingüísticas nada dizem à pequena criança" (p.42). Evidências, neste caso, do desejo materno dirigido a Laura, e do lugar simbólico que lhe atribui Suzana.

Essa mãe fala sobre a filha, denunciando em seu discurso o desejo, mas também com a filha, com a entonação que caracteriza o "manhês". Uma vez que Laura comparece com sua mãe à entrevista, de certa forma, nesse momento, os dois aspectos ocorrem concomitantemente, já que, mesmo quando fala da filha na terceira pessoa, relatando suas habilidades e a presença constante da música na história familiar, é também escutada por Laura, que brinca a seu lado. Em determinados momentos, Suzana interrompe-se para dirigir-se diretamente à filha:

> *Mãe: Vai brincar com os cubos, vai.*
> *Entrevistadora: Será que ela prefere aqueles bichinhos?*
> *Mãe: Não, pode deixar. Eu vou botar aqui. Eu acho que ela está, meio, assim, sei lá... Mas ela... (dirigindo-se à filha) Senta aqui, assim, ó. Senta aqui, ó, Lalá, assim. Olha os cubos. Olha aqui, ó. Olha, olha que bonito. São diferentes dos...*
> *Laura: Ubo..*
> *Mãe: Cubo. Sai de tudo! Está muito tagarela.*
> *Entrevistadora: Bem falante, já...*
> *Mãe: Ela está falando super cedo. Já está uma tagarela.*

Falar de Laura, falar com Laura, ouvir Laura falar, evidenciando prazer perante sua precocidade, "falando super cedo", e com "habilidade" de "tagarela". Aqui, podemos ver a síntese da implicação da voz na instauração do circuito pulsional, nesta díade. Para Laura e sua mãe, música e voz são importantes caminhos na expressão do desejo, representando investimento e a possibilidade de inserção da menina na rede de significantes que compõem a história familiar.

Podemos ver que o direcionamento da voz e olhar maternos sofrem modificações à medida que o tempo passa, e Laura desenvolve novas formas de interação com a mãe e com o ambiente. Assim, ao analisarmos a gravação em vídeo de um encontro em que Laura está com 17 meses, por exemplo, vemos que sua mãe já não "faz pela filha" os movimentos esperados, e embora seus cuidados não deixem de se evidenciar, é perceptível a diferença em relação ao primeiro encontro, quando o bebê passa quase todo o tempo das atividades no colo da mãe, que o olha. A própria qualidade das brincadeiras desenvolvidas entre elas torna-se diferente, como se vê, por exemplo, no interesse de Laura por um bico de pato, brinquedo oferecido em um dos encontros, e sua satisfação em colocá-lo em si mesma ou vê-lo no rosto da mãe.

Do primeiro ao último encontro, observamos Laura e sua mãe evoluindo no processo de separação que se faz necessário à constituição subjetiva e torna o bebê um ser diferenciado da mãe. Chamam atenção os fatos que têm lugar em um encontro do último módulo de que Laura participa, quando, em função do adoecimento da mãe, comparece com a amiga que esta considera como "terceira avó" da filha, talvez menção já a um terceiro que interfere na relação mãe-bebê. Nesse encontro, observamos o aparecimento de objetos que podem ser considerados "transicionais" em sua função, como um grande animal de pelúcia do qual a menina custa a separar-se. Relembrando a função atribuída por Donald Winnicott[105] a estes objetos, que segundo o autor, não

3. A COMPOSIÇÃO DO DESEJO NA CRIAÇÃO E ENTOAÇÃO DE CANÇÕES

"representam" para o bebê a mãe, mas "são" ela própria, é possível percebermos que parece ser o caso deste brinquedo, que a acompanha na ausência da mãe, e permanece a maior parte do tempo perto de si. Ao mesmo tempo, também a canção "O pato", escolhida na semana anterior pela mãe como uma música "para Laura" e relembrada neste encontro, pode ser percebida, talvez, como um objeto transicional, sendo visíveis a alegria e o prazer de Laura ao escutá-la.

Para a criança, portanto, a música certamente constitui-se como um objeto transicional, na perspectiva apontada por Sally Rogers[82], possibilitando um sentimento de conexão com sua mãe, que poderá perdurar ao longo de toda a vida. Por outro lado, se para Laura a canção "O pato" evoca a presença materna, em sua ausência, sua mãe também ressalta a experiência musical como um elemento da infância que, após "esquecido", pode ser relembrado através das "regravações", que menciona anteriormente, e das próprias vivências prazerosas, com a filha, através da música. A relação de mãe e filha com a canção "A barata" parece ilustrar este processo, como demonstra este trecho da entrevista:

> *"A barata" teve um Ibope monstro. Ibope louco, né? Tanto que eu tive que levar o CD, depois. Mas, é, são muito bonitinhas, essas músicas. Eu gosto mesmo. E parece incrível... Eu também estou me realizando com isso, porque eu não lembrava mais dessas músicas, né? Tu te esqueces, são parte da tua infância, mas tu esqueces.*

A "realização" de Suzana perante o contato com canções que evocam experiências esquecidas, mas que "são parte da infância", parece possibilitar a filha, ao participar destas experiências, uma importante vivência de ligação, não apenas com sua mãe, mas com toda a história familiar. A partir disso, poderá escolher, como salienta sua mãe em outro momento, se irá "se interessar" ou não pela continuidade do envolvimento com as atividades musicais.

É importante salientar que, como a mãe de Lucas, também Suzana parece legar à filha a possibilidade de fazer da música um uso em que seja percebida como atividade lúdica, capaz de proporcionar experiências como a que descreve ao relatar seu prazer de tocar, antes de a um determinado público em apresentações, para a mãe, ou somente para si mesma. Neste ponto, música e sujeito parecem fundir-se, evocando a importância da experiência musical como uma das formas de compreender a relação primordial do sujeito com o Outro. Um fragmento do final da entrevista de Suzana ilustra esta importância:

> *Entrevistadora: Bom, a última pergunta... Acho que tu, até, já me falaste disso, mas, assim, de uma forma sintética, o que significa música pra ti?*
> *Mãe: Ah! É muito importante, né? Ela foi importante na minha formação, assim. Acho assim, mesmo que hoje eu não seja uma pianista, não toque todo o dia, entende? Durante doze anos, ela fez parte do meu dia-a-dia. Eu estudava todos os dia, eu tocava... Acho que foi importante na formação até da minha personalidade, né?*

Da mesma forma, tendo em vista a importância dos momentos e experiências vividas por Laura e sua mãe através das atividades musicais, certamente a música será também parte fundamental da "formação da personalidade" ou, podemos pensar, estruturação psíquica da criança. Entre os sons do violão tocado pelo pai, piano tocado pela mãe, canções de ninar, cantigas de roda, parlendas e músicas que compõem o universo das histórias infantis, vemos Laura constituir-se, aos poucos, como um sujeito desejante, que poderá, no futuro, a partir do legado transmitido pelos pais, vir a fazer suas próprias opções. Nesse processo, os sons iniciais transformam-se em melodias, as melodias em canções e, finalmente, vemos o surgimento da palavra, possibilitando à criança vir a expressar seus interesses e, como a mãe, não apenas vivenciar importantes experiências através da música, mas fazer uso da palavra para descrevê-las em toda sua intensidade.

O desejo como personagem principal

Ainda que o discurso das mães e cuidadoras entrevistadas fale por si só, em todos os casos abordados vemos evidências da forte implicação da música e, particularmente, do canto, com o desejo destes sujeitos em relação aos bebês. Através de elementos discursivos que evidenciam a heterogeneidade mostrada e a constitutiva, a presença do "não-um" mencionada por Jaqueline Authier-Revuz[4], percebemos em suas falas a função da música que lhes antecede na rede de significantes que compõe a história familiar: os valores evocados na canção de Angelina, lembrando a Betânia seu pai; o interesse pela música percebido por Suzana em sua própria mãe, que lega a Laura; a sensação agradável frente a canções infantis, mencionada por Ana e Aline, e que transmitem a Lúcia e Débora; a canção de Lucas, que Fernanda relaciona ao pai; o nome do avô, legado e cantado ao filho pela mãe de Luciano; o interesse familiar pela música narrado por Lívia e Júlia e utilizado com Carolina e Vânia como fortes elementos de relação...

Em todos os casos, mães e cuidadoras fazem das atividades musicais elementos de filiação, em que cantar e, mais especificamente, cantar determinadas músicas, permite que a história do bebê encontre relação com sua própria história, a partir do elo propiciado pelo desejo. E que, nesse processo, um estilo de relação seja desenvolvido, vindo a permitir ao bebê a construção, no futuro, de seu próprio estilo. Ou, podemos pensar, que também se torne capaz de desejar, fazendo-se portador da palavra, e de viver a sua história.

As mães de Luciano e Angelina abordam este processo a partir dos movimentos que permitiram a nomeação de seu bebê, que remetem a importância desse significante na constituição do sujeito. Como demonstra Alfredo Jerusalinsky[20], a partir de conceitos de Lacan, o nome, como primeiro significante, S1, possui, no discurso parental, uma função simbólica, cujos efeitos só saberemos a partir dos deslocamentos operados, que, em um momento posterior, produzirão um efeito de saber, S2, relacionado ao percurso na linguagem:

> A diferenciação entre S1 e S2, ou seja, o significante onde opera o traço unário e o significante da ordem da demanda, é o que permite que a série das identificações não se constitua em gozo do Outro, ou seja, que não se constitua meramente em reconhecimento através da demanda, senão através do ser. É diferente quando alguém encontra reconhecimento porque responde à demanda do Outro e quando encontra reconhecimento porque é quem é (p.14).

Se, inicialmente, é fundamental a musicalidade atribuída pela mãe de Angelina a esse nome, ou a relação do nome de Luciano com a história familiar materna, é importante também que esse processo dê lugar, em um segundo tempo, a outros deslizamentos, permitindo que Angelina e Luciano possam construir a própria história de seus nomes, encontrando neles um reconhecimento que vai além dos elementos que lhes deram origem.

Este processo, bem exemplificado pela escolha do nome, diz respeito também a todas as "escolhas" iniciais da mãe pelo bebê e à possibilidade de que, partindo delas, as crianças possam optar por seus próprios "interesses" ou "estilos", como dizem as mães de Laura, Lúcia, Vânia e Lucas.

No discurso dessas mães, portanto, percebemos um movimento de inserção dos bebês à história familiar, possibilitando a filiação para, em seguida, permitir-lhes que venham a fazer deste legado suas próprias construções.

Se no caso das mães entrevistadas tal processo não surpreende, faz-se particularmente importante sua observação nos

3. A COMPOSIÇÃO DO DESEJO NA CRIAÇÃO E ENTOAÇÃO DE CANÇÕES

casos dos bebês institucionalizados. Pelos exemplos relacionados a Vânia, Débora e Carolina, podemos concluir que, ao cantar para um bebê uma canção escolhida a partir da própria história, seu cuidador necessariamente "passa", como diz Aline, determinados significantes que carregam a relação com um significado e que fazem com que transborde a função de educador, muitas vezes atribuída aos monitores.

Lívia conclui que é preciso ser também "meio mãe, meio palhaça", Aline faz menção à tarefa desempenhada como educação, em uma perspectiva mais ampla, e Júlia assume integralmente a função materna para, no decorrer do tempo, abandonar o papel de monitora de Vânia para tornar-se sua mãe. Ainda que em diferentes graus, portanto, todas emprestam aos bebês significantes de sua própria história, em cuja "transmissão", nestes casos, o canto mostra-se fundamental.

Apesar de todas as diferenças que permeiam os discursos de cada entrevistada, portanto, a articulação, em suas falas, das experiências abordadas com o desejo, é um elemento sempre presente.

Não é casual, assim, a relação, estabelecida a partir destas entrevistas, entre o canto e o encanto. Podemos pensar que, pelas músicas escolhidas ao longo dos encontros, mãe e bebê engajam-se em uma experiência que evoca toda a importância da musicalidade desta relação, desde o manhês, os balbucios e o "canto" do bebê, até as canções que constituem a "trilha sonora" da dupla e a palavra, através dos quais estes bebês poderão estabelecer suas próprias composições.

4. Últimos acordes

As considerações e discussões desenvolvidas ao longo deste livro poderiam dispensar uma "conclusão", no sentido estrito do termo, já que visam apresentar, gradativamente, as articulações e contribuições formuladas no trabalho de pesquisa que lhes deu origem. Entretanto, parece-me importante retomar alguns dos temas, buscando sintetizar as proposições que, a meu ver, representam eixos centrais na compreensão da relação entre a música e a consolidação dos laços pais-bebê, ou cuidador-bebê e, conseqüentemente, constituição deste como sujeito.

Em primeiro lugar, é preciso ressaltar que, música, no contexto deste trabalho, não diz respeito somente a formas estruturadas, mas a toda sonoridade que envolve a maternagem e a comunicação da mãe com o bebê. Não pode, pois, ser dissociada da voz que, partindo do manhês, do choro e dos balbucios, adquire formas elaboradas como o canto e a palavra. Entretanto, se esta última, como significante, mostra-se parte de uma cadeia em que adquire caráter polissêmico, a voz que se expressa no manhês, por outro lado, possui ainda um caráter unívoco, funcionando, para o bebê, como um primeiro significante. Ou talvez, poderíamos pensar, um significante inaugural, que estabelecerá, do ponto de vista do bebê, as bases para que outros significantes venham a se inscrever.

A voz é, pois, traço fundamental para a estruturação psíquica do bebê, alicerce indispensável para que a constituição do sujeito possa se dar e que a criança venha a se fazer portadora de uma palavra própria, apresentando-se como sujeito do desejo. Partindo já das experiências uterinas e, depois do nascimento, deste tempo em que a voz, juntamente com o toque, o olhar e outras formas de interação da mãe com o bebê inscrevem suas marcas, espelhando o desejo dos pais e o lugar simbólico que lhe atribuem, o bebê poderá, então, aceder à linguagem, a princípio como destinatário das mensagens dos pais para, finalmente, posicionar-se em relação a ela como sujeito desejante, negociando através das formas descritas por Jaqueline Authier-Revuz[4] a ilusão de autonomia em relação a palavra que caracterizará toda a comunicação humana.

Em alguns momentos, porém, é provável que se depare com situações que evocarão seus primeiros contatos com o ambiente, sua comunicação primordial com a mãe e, então, possivelmente a música representará uma forma de fazer-se compreendido "no mais além da palavra", como lembra Paulo Costa Lima[63]. Portanto, buscar a expressão pela música não resulta, como muitas vezes ouvimos dizer, da necessidade de dar a conhecer sentimentos de grande complexidade, mas, ao contrário, pode ser uma forma de elaborar ou reviver sensações pré-representacionais, de caráter extremamente primitivo, do ponto de vista dos estágios atravessados pelo bebê humano, em sua relação com o Outro primordial, matriz simbólica de todos os relacionamentos vindouros. Experiências vividas em um momento que representa, por um lado, a instauração do primeiro contato com a cultura, já que traz consigo a universalidade da música presente na voz materna, carregando os fonemas de sua comunidade lingüística e, por outro lado, a musicalidade própria de cada relação, representada por variações do manhês quanto a entonação, timbre, ritmo, etc.

4. Últimos acordes

Talvez esteja aí, portanto, a importância creditada pelos sujeitos pesquisados às atividades musicais. Em todos os exemplos abordados, vemos casos de mães, pais, monitoras, que estabelecem com os bebês momentos e espaços importantes através da atividade musical e da exploração dos sons. Dizem "não serem músicos", mas quase se desculpando pela intensidade de sua relação com a música, falam da importância dela para os filhos, a partir do valor que tem para si mesmos. Talvez porque, como nos diz Alain de Mijjola[66], excetuando-se os casos em que existe uma deficiência orgânica, "todos utilizam, um dia, uma canção para exprimir seu amor, uma melodia para acalmar sua dor, ou um assobio na noite para espantar o medo"[XII] (p.7). Esses sujeitos evocam, em relação à música, sensações características do que Alain Didier-Weill[27] denominou "A Nota Azul". Algo que faz com que essa forma artística, como diz Aline, "entre na gente", mostrando-se capaz de, paradoxalmente, permitir a repetição das experiências iniciais e, ao mesmo tempo, tangenciar sempre o novo, não apresentando caráter monótono ou entediante.

As mães entrevistadas descrevem momentos em que a música parece essencial para traduzir o caráter da cena, tornando som e imagem indissolúveis, da mesma forma que nas relações iniciais da mãe com o bebê. Ana denomina como a "trilha sonora" de sua vida, que a percebemos estendendo à relação com a filha; Lívia explica dizendo que "em todas as coisas da minha vida eu introduzi uma música", levando-me a caracterizar uma "sonoplastia", com o que concorda; Fernanda expressa na busca por um "ambiente musical", que a faz ter a música sempre presente; Suzana menciona ao dizer que utiliza música para acompanhar todas as atividades que realiza com a filha... De alguma forma, todas evocam a importância desta forma de expressão e, poderíamos dizer, compreensão, nas lembranças, vivências ou tradução das experiências significativas de suas vidas e em sua relação com seus bebês.

[XII] Tradução livre do original em francês.

O que as atividades musicais desenvolvidas nos encontros parecem possibilitar, portanto, é a retomada de contato com formas primeiras de relação com o Outro, autorizando-os a apropriarem-se, ou reapropriarem-se, da música, em suas mais diversas concepções. Como bem evidencia Betânia, em seu discurso, essa apropriação se dá pelo brincar, apontando para o caráter lúdico da atividade musical, que podemos relacionar aos fenômenos transicionais. Já Júlia descreve como uma reelaboração da relação com a música que faz com que "ganhe alguns pontos" com a "turma", que se torna "mais suave" com ela.

Por outro lado, nessa retomada de contato dos sujeitos com a música, podemos perceber também uma revivência da musicalidade inicial, que lhes permite compor sua própria "melodia materna", fundamental na relação com os bebês. Nesse sentido, as atividades musicais desenvolvidas em um ambiente estruturado, "com planejamento", como diz Aline, adquirem, para os bebês que delas participam com seus cuidadores, caráter lúdico, estruturante e mesmo preventivo. Quanto ao último aspecto, tornam-se particularmente significativas para Lucas e Fernanda, que através delas autoriza-se a "mostrar" sua voz e, com isto, retoma a ligação com o filho, do qual "aproxima-se", como diz, tornando-o uma criança "afetiva e musical". As atividades musicais mostram-se fundamentais também para Vânia, que por seu meio se "manifesta" e vem a encantar sua cuidadora, convocando-a, com o passar do tempo, a tornar-se mãe.

Através das mais variadas formas, esses sujeitos, bebês e cuidadores, encontram nas atividades musicais um modo importante de relação com o outro, com o Outro, com a criatividade e com a espontaneidade que caracteriza o que Donald Winnicott[105] descreveu como espaço potencial, dele vindo a surgir os fenômenos transicionais, essenciais para todos os seres humanos ao longo de sua existência.

Encontro aqui, subitamente, uma articulação inesperada com idéias que discuti em outro momento de meu percurso profissional[92], investigando a importância das atividades musicais no desenvolvimento da criança e sua criatividade, autonomia, etc. Como propus então, é importante que a música não seja privilégio de músicos e, com isto, muitas vezes associada à genialidade ou excentricidade[8], mas uma arte disponível para todos, adquirindo o caráter de criatividade estabelecido por Donald Winnicott[105], ou seja, relacionada ao viver criativo e autêntico.

As atividades musicais com bebês e suas famílias ganham significação também como forma de resgate da tradição cultural, permitindo, por um lado, a retomada individual de "outras maneiras de ver velhas coisas", como diz Betânia e, por outro, a reentrada em cena de canções infantis, folclóricas, acalantos, entre outras, muitas vezes esquecidas frente a novos estilos divulgados pela mídia, as "músicas da onda", como as denomina a mãe de Laura. De qualquer modo, nessa retomada, as mães escutadas neste trabalho revivem suas relações com suas próprias mães e, paralelamente, seus primeiros contatos com o mundo. Canções enraizadas na cultura e que, por outro lado, tomam caráter simbólico ao evocarem não só narrativas, textos de uma determinada cultura, mas também aspectos próprios da relação de uma mãe específica com um bebê específico e, de forma mais geral, com todos os seus antecedentes.

Dito de outra forma, os sons e a música, entonação e entoação, na concepção em que as abordamos aqui, particularmente articulados no canto, possibilitam a veiculação da cultura, dos sentimentos da mãe pelo filho e, principalmente, do desejo, que permite um lugar simbólico ao bebê e traz consigo as inscrições que possibilitam a inserção deste bebê na rede de significantes construída e legada pelos pais e seus antecedentes. Ou, poderíamos pensar a "música familiar", necessária para que venha a constituir sua música, sua musicalidade, seu estilo próprio. Da sonoridade do nome às canções que escolhem para seus bebês, passando pela melodia do manhês, as mães se apresentam ao bebê, lhe apresentam o mundo e o apresentam à sua comunidade e cultura. A música adquire, aqui, o caráter de filiação, permitindo que, juntamente com as inscrições no discurso que garantem, a partir da mãe, as filiações discursivas iniciais, o "estilo" familiar, com todas as suas características, seja retransmitido ao pequeno bebê.

Se, com os avanços da ciência, talvez cada vez menos possamos dissociar os efeitos psíquicos de outros que venham a se instaurar, dada a grande complexidade e plasticidade do cérebro humano e sua relação com o que é genericamente definido como "emoções", talvez possamos pensar que, mais do que resultados *per si*, estimulando diretamente desenvolvimentos neurológicos, cognitivos ou mesmo psíquicos, parece ser na articulação com o desejo dos pais que encontramos explicação para os efeitos creditados pelos mesmos às atividades musicais.

Aqui podemos retomar, portanto, a questão inicial formulada no "Prelúdio" deste trabalho, interrogando a que gênero poderíamos comparar a relação mãe-bebê. Parece evidente, diante dos aspectos abordados, a impossibilidade de uma resposta unívoca, já que essa melodia materna se apresentará de modo diferente para cada dupla mãe-bebê. Se há algo a que podemos equipará-la, entretanto, talvez seja a uma serenata, na qual o sujeito, a partir de canções que representam aquela relação em particular, convoca o ser amado a mostrar-se, expressando seu desejo para, finalmente, engajarem-se ambos em uma comunicação na qual voz e olhar tomam caráter fundamental.

Nessa serenata, entretanto, não é suficiente, embora seja imprescindível, a sonoridade da voz e o apelo que se faz presente. A canção do desejo implica mais do que a possibilidade de a mãe dirigir ao bebê sua musicalidade. É preciso que as palavras sejam ditas e, portanto, que este bebê seja falado pelos pais, inserido em seu discurso.

Se, como diz Donald Winnicott[103] "um bebê é algo que não existe", no sentido em que, nestes momentos iniciais, só o podemos pensar a partir da relação com a mãe ou substituta, poderíamos concluir, articulando esta frase à teoria lacaniana, que é justamente a mãe, a partir da inserção da criança em seu discurso, que faz com que este bebê possa ganhar este "direito" à existência, mesmo antes de seu nascimento. Alcançando o *status* de ser humano: "indivíduo", como diz a mãe de Luciano, ou "sujeito", como o concebemos a partir da psicanálise. Processo que se dá através da nomeação, como contam as mães de Luciano e Angelina, da suposição de que escutam, já no útero, as melodias que agradam a suas mães, reagindo a elas, como relatam diversas mães, entre as quais Betânia e Suzana, por meio do reconhecimento que demonstram ao escutá-las após o nascimento, como o faz Angelina, e dos relatos sobre todos estes acontecimentos, que vão caracterizando a narrativa da história do bebê.

Na direção contrária, vemos a construção de sentidos proporcionada pelo encadeamento dos significantes desfazer-se, dissociando-se da voz e suprimindo-se às palavras, à medida em que simbólico e imaginário se diluem no real. Nos momentos que antecedem o sono, portanto, as mães descrevem subtrair as palavras, transformando a entoação em puro som, murmurando melodias, o que parece favorecer o adormecimento do bebê. Após o relato de um grupo sobre este fato, em um *momento de observações*, interroguei outras mães e cuidadores sobre sua experiência nesse ponto, tendo encontrado, sempre, tanto em mães quanto em monitores das instituições, a mesma forma de proporcionar o relaxamento e, com ele, o sono do bebê.

Finalmente, em um ponto que parece abranger todos os outros, da filiação e desejo à musicalidade das relações iniciais, vemos a similaridade estabelecida por tantos autores, entre a música, particularmente o canto, e o manhês. Aqui, novamente, temos dados importantes para pensar na importância da relação do ser humano com a música e sua compreensão como retomada de uma forma inicial de relação com a mãe, como Outro primordial.

O efeito do canto no grupo, bem como de outras atividades musicais desenvolvidas nos encontros talvez esteja no fato de autorizar as mães a se apropriarem de sua trilha sonora, sua sonoplastia. Do brincar através da música. Destes sons, e de todos os elementos vinculados a ele, através da voz. Essa voz que se torna fundamental para o bebê, estabelecendo as já citadas "melodias maternas".

Betânia descreve bem a importância desse processo, relatando ter ficado "mais ligada" no que ouve, percebendo também, como conseqüência, a filha muito "ligada" nos sons. Esta mãe tece, a partir disto, considerações que poderíamos perceber como articulações entre a voz e o encantamento, da mesma forma como o faz a mãe de Vânia ao relatar o efeito do "canto de sereia" da filha. Conta, por exemplo, que depois de muitos anos de casamento, descobriu como gostava do timbre da voz do marido, incluindo em seu discurso, sobre a relação com Angelina, o som proveniente da voz do pai do bebê. E conclui suas observações discorrendo sobre os efeitos de sua reaproximação com a música, passando a explorar os sons e canções com a filha, ilustrando a importância do canto na relação mãe-bebê. Articulação fundamental, mediando voz e palavras, imprescindível nesse momento inicial, quando o bebê está tão sensível às melodias maternas. Como nos diz essa mãe na conclusão da entrevista: "Quando tu falas, tá, tudo bem! Mas o cantar... ah, tu pões outra coisa no cantar!!!"

5. Coda

Ainda que sob efeito tranqüilizante da "tônica" que soa nos acordes finais deste livro, ele não estaria completo sem alguns compassos adicionais, notas que ecoam já em um contexto diferente das anteriores, improviso evocando desdobramentos em relação às idéias discutidas. Isto porque, nos anos que se passaram desde o início da pesquisa, alguns sons "acidentais" se fizeram presentes, muitas vezes inquietantes, me levando a repensar, confirmar e reelaborar alguns dos aspectos desenvolvidos. Parece-me, portanto, importante, rearticular esta pesquisa a alguns temas abordados inicialmente, retomando alguns pontos do "Prelúdio."

Muito antes da conclusão de minha tese de doutorado, dado o caráter preventivo que as atividades musicais realizadas com bebês e suas mães, em um *setting* estruturado, demonstraram possuir, enquanto as desenvolvia, me parecia essencial estendê-las a mães e bebês que, pela precariedade de suas condições de vida, dificilmente chegariam a buscar um projeto da universidade. Foi, portanto, como uma possibilidade nesse sentido, que vi meu ingresso na rede municipal de atendimento à infância, já que as políticas públicas de saúde e assistência social então vigentes, previam entre suas prioridades a prevenção, e inexistiam, pelo menos em número suficiente, serviços desta natureza na cidade.

Entretanto, apesar de ter apresentado propostas acolhidas por algumas pessoas com interesse e disposição de implantá-las, até o momento a burocracia, ou talvez a existência de outras prioridades que não a prevenção, não permitiu que o projeto saísse do papel, causando-me grande frustração a cada vez que presencio sintomas e efeitos de distúrbios na relação inicial de uma criança com a mãe, que ecoam por muito tempo, às vezes ininterruptamente, ao longo de sua vida.

Soube, algumas semanas antes de defender minha tese de doutorado, que a adoção de Débora ainda não fora deferida ao casal que a solicitava, pois a mãe biológica, à época do nascimento do bebê uma adolescente, encontrava-se então em condições de assumir seus cuidados, o que vinha solicitando repetidamente. Tal fato coloca uma questão ética importante, pois, se por um lado, essa mãe precisa ser escutada e devem-se considerar seriamente suas possibilidades de desempenhar em relação à filha a função materna, visto o significado que certamente teve sua relação inicial com o bebê, no período em que esteve abrigada Débora também estabeleceu importantes laços com o casal ao qual alguns cuidadores, como a monitora que chamei de Aline, atribuíam papéis de pai e mãe. A questão, naquele momento, colocava-se como um impasse. O que me leva a imaginar como teria sido importante se a formação dos laços que depois estabeleceu com Aline e esse casal pudesse ter sido trabalhada com sua própria mãe, antes que seu rompimento representasse a quebra e o luto com os quais, de alguma maneira, Débora sempre terá que arcar, ainda que venha a permanecer sob a guarda de sua genitora.

Se é evidente que não podemos "salvar" todas as crianças em cujos laços com suas mães encontraremos disfunções e, com elas, riscos para a estruturação psíquica do bebê, é fato que muitas situações seriam passíveis de resolução com intervenções simples, se no tempo certo.

Uma das atividades profissionais que desempenho hoje me faz levantar muitas considerações nesse sentido, já que, por estar desenvolvendo uma pesquisa compreendida genericamente sobre "vínculos", fui inserida na equipe de uma instituição voltada ao atendimento de crianças vítimas de violência intrafamiliar. Na abordagem desses casos e escuta das crianças e de suas famílias, encontro sempre evidências de transtornos na relação inicial mãe-bebê. Observações que são amplamente confirmadas pela literatura, como o fazem Colwyn Trevarthen e Kenneth Aitken[100] ao relatar que pesquisas clínicas têm confirmado o papel das experiências iniciais adversas na etiologia dos transtornos psíquicos e na incidência de abuso sexual infantil e maus-tratos. Esses autores salientam, confirmando minhas observações, que a violência física é sempre precedida ou acompanhada, em algum grau, por rupturas na interação cuidador-criança.

Tais considerações tornam-se particularmente importantes quando encontramos uma incidência assustadora de maus-tratos e abuso sexual nos primeiros anos de vida, com possíveis conseqüências ao longo do desenvolvimento da criança que, penso eu, poderiam ser impedidas ou minimizadas com programas de detecção e intervenção precoce, o que também concorda com as idéias desenvolvidas pelos autores citados, que ressaltam a importância da elaboração de estratégias de intervenção com crianças de alto risco. Como poderíamos pensar, casos de prematuridade, hospitalizações de longa duração em períodos inicias da vida, gestação na adolescência, depressão pós-parto, entre outras.

O caso de um bebê atendido na instituição em que venho trabalhando reforça minhas observações sobre a importância da intervenção precoce. Renata, como a chamarei aqui, foi abrigada com quase dois anos, em estado de saúde bastante prejudicado e evidenciando enormes déficits em termos do desenvolvimento psicomotor esperado. Mais do que isso, entretanto, mostrava-se incapaz de sentar-se sem auxílio, brincar ou sorrir, e seu desinteresse pela aproximação de outras pessoas contrastava com o comportamento "exibido" que tão freqüentemente presenciamos em bebês que se sabem especiais, centros de seus pequenos mundos. Não víamos tentativas de convocar o olhar e o gozo do Outro, o que evidenciava a não instauração do circuito pulsional e, conseqüentemente, problemas à vista.

A impossibilidade de retorno à mãe biológica, por outro lado, nos preocupava, levando-nos a crer que, em um primeiro momento, seria necessário que pudesse estabelecer laços com alguém da instituição, sem os quais sua estruturação psíquica, e mesmo sobrevivência, poderiam estar seriamente ameaçadas. Frente à ansiedade da equipe sobre os déficits que apresentava, que levavam a sugestões diversas sobre encaminhamentos que "estimulassem" a fala, desenvolvimento motor, etc., optamos, entretanto, por centrar-nos na via do desejo que, por meio do estabelecimento de laços e, concomitantemente, intervenções através de atividades lúdicas, poderiam levar Renata a desenvolver-se.

Se a princípio o quadro observado parecia assustador, tornou-se mais promissor, portanto, quando, da mesma forma que Vânia, Renata encontrou, entre seus cuidadores, dois que a tomaram em seu desejo, levando-nos a brincar que eram seu "pai" e sua "mãe". Com um deles, freqüentou um dos grupos do projeto que se fez cenário deste livro, e seu desenvolvimento surpreendeu a mim e a todos os participantes. Do bebê apático que ingressou, vimos Renata tornar-se uma criança curiosa e inteligente, capaz de interagir com seus cuidadores e coleguinhas de forma espontânea e alegre. Capaz de "brincar e fazer travessuras", como diz Elsa Coriat[20], e também de demonstrar a todos que se sente especial em seu ambiente. Se seu futuro só saberemos *a posteriori*, como é próprio a todos os seres humanos, podemos dizer, no entanto, que parece constituir-se como sujeito desejante, vindo a fazer-se portadora de uma palavra própria.

Renata, dado o privilégio que representou poder acompanhá-la duplamente, no projeto e na instituição, me fez perceber, mais uma vez, a importância da intervenção precoce, "estimulando", se assim se pode dizer, a formação de laços com substitutos, quando encontramos a impossibilidade de fazê-lo em relação à mãe biológica. Por outro lado, representou uma articulação entre minhas atividades com bebês e com crianças vítimas de violência, fazendo-me tecer uma série de considerações neste sentido. Assim, me senti muito "tentada" a incluí-la entre os personagens deste livro, o que optei por não fazer em função da necessidade de restringir o recorte que vinha realizando, de forma a não tornar a análise das entrevistas inviável, pela quantidade de informações coletadas.

É inevitável, porém, sua inclusão nesta "Coda", pois Renata, talvez mais do que qualquer outra criança, me permitiu acompanhar o nascimento do desejo em um bebê, e suas conseqüências em sua estruturação psíquica. Fez-me presenciar as grandes possibilidades geradas pela intervenção "no tempo certo", quando as coisas "ainda estão acontecendo", ou seja, antes que a patologia realmente se instale. Não podemos esquecer que a intervenção precoce é considerada por autores das mais diversas áreas, através das mais diferentes concepções teóricas e, conseqüentemente, formas de compreender a patologia, fator essencial para que seus efeitos sejam minimizados.

Se por um lado o trabalho com crianças vítimas de violência mostra-se extremamente rico e me empolga, é com certa frustração, por outro, que escuto a cada criança que ingressa na instituição, me questionando se os altos custos sociais e individuais implicados em seu atendimento não poderiam ter sido minimizados pela inclusão em programas voltados à prevenção e intervenção precoce. Essas crianças e suas famílias ensinam que o ciclo de violência tem caráter transgeracional, encontrando origens nas gerações anteriores. Como tem sido observado pela equipe, é grande, por exemplo, a incidência de mães que foram criadas nos antigos "orfanatos", privadas do contato com suas próprias mães desde cedo e inseridas em um ambiente impessoal, ou ainda abusadas sexualmente por seus pais ou padrastos, tornando-se incapazes de proteger suas filhas destas vivências.

Recentemente, uma das adolescentes atendidas na instituição, a quem chamarei de Viviane, hoje com 13 anos, me ensinou muito sobre todo o processo envolvido na etiologia da violência intrafamiliar. Um vínculo com a equipe alicerçado em dois anos de convívio diário fez com que me pedisse para ler seu diário, e um pequeno "livro" que vinha escrevendo, aparentemente tentando encontrar uma "escuta" de suas palavras através de minha leitura. Vi-me, a partir das considerações formuladas por Viviane, com sua idade, escrevendo diários e contos, e encontrei inúmeras coincidências, apesar de todas as diferenças que caracterizam nossas histórias de vida. Se para mim, como para qualquer adolescente, mágoas familiares adquiriam nestes textos caráter de diferenciação e independização, importantes na construção da autonomia, já que garantidos por toda a certeza de afeto e apoio, para Viviane, entretanto, as queixas tomavam caráter de realidade. Abusada sexualmente pelo próprio pai e, posteriormente, pelo padrasto, e rejeitada pela mãe, Viviane narrava sua história de forma singela e sincera, concluindo com sabedoria que sua mãe nunca havia podido amá-la, pois nunca fora amada por sua própria mãe. Com requinte de compreensão de aspectos de sua história, surpreendente para sua idade, dizia ainda que isso se devia particularmente ao fato de ser a única filha mulher, já que observava que, o irmão, a mãe era capaz de amar.

Com todos esses fatos, seria previsível que quisesse manter distância de seus pais. Entretanto, alguns dias após a audiência que deferiu sua transferência para um novo abrigo, onde poderia estabelecer novos projetos de vida, com possibilidades importantes para seu crescimento pessoal e em relação a qual nutria grandes expectativas, seu vínculo com a equipe não impossibilitou que Viviane evadisse da instituição. Preocupada com os riscos que poderia correr, fui encontrá-la na casa de sua mãe e, na volta para "casa", procurando escutá-la e oferecer apoio naquele momento delicado, questionei-lhe sobre o que precisava. Entre lágrimas, sua resposta foi rápida e precisa: "um pai e uma mãe." Ainda que com as inúmeras dificuldades desta última, as quais reconhece e é capaz de relatar em momentos formais como uma audiência, é entretanto, à mãe, que Viviane recorre nos momentos cruciais de sua vida.

Viviane, Renata, Débora e, por outro lado, Vânia, Lucas, Carolina, Lúcia, Laura, Luciano e Angelina, me fazem considerar a enorme importância das relações iniciais e, conseqüentemente, da intervenção precoce quando necessária. Minimizando riscos de violência intrafamiliar, como aconteceu com Viviane, mas também *déficits* e transtornos de desenvolvimento ou questões referentes à estruturação psíquica, como poderia ter acontecido com Renata e Vânia, se o desejo não interviesse assinalando novas possibilidades. A implantação de uma musicalidade quando inexistente, como no caso de Vânia, ou a reparação das dissonâncias da musicalidade inicial, como observamos na relação da mãe de Lucas com o filho, prejudicada pela depressão materna, mostra-se essencial a fim de evitar diversos tipos de patologias individuais, relacionais e sociais. Afinal, quando em momentos iniciais, tais intervenções se mostram, como nos fazem perceber algumas das crianças estudadas, capazes de alcançar efeitos extremamente promissores, possibilitando-nos ver o que descreveríamos, apesar do risco de simplificação, como "normalidade", ou ausência de maiores dificuldades no desenvolvimento e estabelecimento de laços, evidenciando sujeitos desejantes.

Se a impossibilidade, até o momento, de implantação de um projeto vinculado à assistência pública municipal, voltado a bebês e seus cuidadores e utilizando a atividade musical como forma de prevenção de patologias futuras me entristece, outros desdobramentos e retornos que aconteceram desde o início de meu trabalho com bebês são bastante estimulantes.

Encontro ou tenho notícias, freqüentemente, sobre algum dos aproximadamente 500 bebês que calculo terem participado dos grupos que observei e coordenei na universidade ou na clínica particular, alguns hoje já com dez anos de idade ou mais. Crianças de quem os pais descrevem o interesse e prazer frente à música e a importância das atividades musicais que vivenciaram nos grupos, em seus primeiros anos de vida. Retornos importantes, que sempre me alegram, e que acontecem, normalmente, em encontros casuais.

Não são comuns, entretanto, contatos realizados com a intenção específica de relatar fatos sobre as crianças. Ausência a que psicanalistas, e talvez terapeutas em geral, como lembra Contardo Calligaris[12], estão bastante acostumados, já que normalmente, se tudo vai bem, não recebemos presentes de agradecimento pelos serviços prestados ou temos retorno sobre a vida de nossos pacientes após a conclusão dos tratamentos! Sermos "esquecidos" demonstra que o paciente pode seguir sua vida de forma independente e, portanto, é parte esperada do processo.

Por isso, as notícias que tive sobre Vânia, na véspera de um Natal, decorridos já muitos anos desde a conclusão de minha tese de doutorado, foram particularmente especiais, já que vieram por um telefonema de sua mãe, com quem não conversava desde a "formatura" do bebê no projeto. Como um verdadeiro presente para a data comemorativa, Júlia me agradecia pela participação que tinha tido na vida de ambas e, em seguida, passou o telefone para Vânia, de quem ouvi um simpático "feliz Natal", certamente um dos mais emocionantes que já recebi. Após o telefonema, com felicitações mútuas e alguns relatos de Júlia sobre a filha, incluindo a importância da música em sua vida, fiquei por muito tempo me lembrando de ambas e de momentos de que participaram no projeto. Era impossível não comparar o pequeno bebê apático que compareceu aos primeiros encontros à criança alegre com quem havia acabado de conversar. E que, embora talvez nem se lembrasse com muita nitidez da interlocutora e do período de sua vida de que eu fizera parte, era capaz de me desejar felicidades...

É com um misto de satisfação pelos deslizamentos que presenciei, frustração pelos fatos que não aconteceram e expectativa quanto ao surgimento de que novas possibilidades possam se apresentar, portanto, que encerro, fazendo minhas as palavras de Victor Hugo: *"Não há nada como o sonho, para criar o futuro"*...

Que os acordes que ainda soam nesta canção continuem ecoando, e vejamos que novas melodias se formarão...

REFERÊNCIAS

1. ARIÈS, Philippe. *História social da criança e da família*. Rio de Janeiro: Editora Guanabara, 1981.

2. AULAGNIER, Piera. *Um intérprete em busca de sentido* - I. São Paulo: Escuta, 1990.

3. _____. *A violência da interpretação: do pictograma ao enunciado*. Rio de Janeiro: Imago, 1979.

4. AUTHIER-REVUZ, Jacqueline. *Palavras incertas: as não coincidências do dizer*. Campinas: Editora da UNICAMP, 1998.

5. _____. Heterogeneidade(s) enunciativa(s). *Caderno de Estudos Lingüísticos*. Campinas, v. 19, p. 25-42, jul-dez, 1990.

6. BEYER, Esther. A construção de conceitos musicais no indivíduo: perspectivas para a educação musical. *Em Pauta* – Curso de Pós Graduação em Música da UFRGS. Porto Alegre, v. 9/10, 1995.

7. _____. A construção do conhecimento musical na primeira infância. *Em Pauta* – Curso de Pós Graduação em Música da UFRGS. Porto Alegre, v. 5, n. 8, 1993.

8. _____; STAHLSCHMIDT, Ana Paula ; TOMÉ, Cristine. Reflexões sobre a aquisição do conhecimento na educação musical. *Música Hoje*. Belo Horizonte, EMUFMG, n. 4, p. 28-40, 1997.

9. BOGOMOLETZ, Davi Litman. *Winnicott e a Música*. Disponível em: http://www.psicopedagogia/artigos/musica.html Acesso em: 23 nov. 2002.

10. BRAZELTON, Terry. *As competências do recém-nascido*. Palestra proferida na I Jornada sobre Desenvolvimento do Bebê do Instituto Zero a Três/ II Jornada sobre Desenvolvimento Infantil do Centro Brazelton do Brasil. Porto Alegre, 18-19 de agosto de 2000.

11. _____. *O desenvolvimento do apego: uma família em formação*. Porto Alegre: Artes Médicas, 1988.

12. CALLIGARIS, Contardo. *Cartas a um jovem terapeuta: o que é importante para ter sucesso profissional*. Rio de Janeiro: Elsevier, 2004.

13. CAMAROTTI, Maria do Carmo. "Que olhar tão triste o de mamãe" – O bebê diante da depressão materna. In: CAMAROTTI, Maria do Carmo (org). *Atendimento ao bebê: uma abordagem interdisciplinar*. São Paulo: Casa do Psicólogo, 2001.

14. CASTARÈDE, Marie-France. *Les vocalises de la passion: psychanalyse de l'opéra*. Paris: Armand Colin, 2002.

15. _____. *La voix et ses sortilèges*. Paris: Les Belles Lettres, 2000.

16. CAVALCANTI, Marianne C. B. Melodias maternas: um movimento interpretativo na dialogia mãe-bebê. In: CAMAROTTI, Maria do Carmo (org). *Atendimento ao bebê: uma abordagem interdisciplinar*. São Paulo: Casa do Psicólogo, 2001.

17. CÉLIA, Rafael. Vivências musicais: conhecimento, comunicação, criatividade. In: PELLANDA, Nize M.C.; PELLANDA, Luiz Ernesto C. *Psicanálise hoje: uma revolução do olhar*. Petrópolis: Vozes, 1996.

18. CHEMAMA, Roland (org). *Dicionário de Psicanálise*. Porto Alegre: Artes Médicas, 1995.

19. CORACINI, Maria José R.F. A escamoteação da heterogeneidade nos discursos da lingüística aplicada e da sala de aula. *Letras: alteridade e heterogeneidade* - Revista do Mestrado em Letras da UFSM (RS). Santa Maria, n° 14, jan/jun, p. 39-63, 1997.

20. CORIAT, Elsa. *Psicanálise e clínica de bebês: a psicanálise na clínica de bebês e crianças pequenas*. Porto Alegre: Artes e Ofícios, 1997.

21. CORSO, Mário. *Mostruário: inventário de entidades imaginárias e mitos brasileiros*. Porto Alegre: Tomo Editorial, 2002.

22. DECASPER, Anthony J.; LECANUET, Jean-Pierre; BUSNEL, Marie-Claire; GRANIER-DEFERRE, Carolyn; MAUGEAIS, Roselyne. Fetal Reactions to Recurrent Maternal Speech. *Infant behavior and development*. V. 17, p. 159-164, 1994.

23. DELIEGE, Irene; SLOBODA, John (eds). *Musical Beginnings: origins and development of musical competence*. New York: Oxford University Press, 1996.

24. DIDIER-WEILL, Alain. *Lila et la lumière de vermeer: la Psychanalyse à l'École des Artistes*. Paris: Denoël, 2003.

25. _____. *Invocations: Dionysos, Moïse, Saint Paul et Freud*. Paris: Calmann-Lévy, 1998.

26. _____. *Os três tempos da lei: o mandamento siderante, a injunção do supereu e a invocação musical*. Rio de Janeiro: Jorge Zahar Ed., 1997a.

27. _____. *Nota azul: Freud, Lacan e a arte*. Rio de Janeiro: Contra Capa, 1997b.

28. DOLTO, Françoise. *La cause des enfants*. Paris: Éditions Robert Laffont, 1985.

29. DOR, Joel. *O pai e sua função em psicanálise*. Rio de janeiro: Jorge Zahar Ed., 1991.

30. EISENBERG, Arlene; MURKOFF, Heidi; HATHAWAY, Sandee. *O que esperar dos primeiros anos*. Rio de Janeiro: Record, 1997.

31. FERES, Josette. *Bebê - Música e movimento: orientação para musicalização infantil*. São Paulo: J.S.M. Feres, 1998.

32. _____. Alunos com dificuldades de aprendizagem na escola de música de Jundiaí. In: DIAS, Târcia R.S.; DENARI, Fátima E.; KUBO, Olga M. *Temas em educação especial 2*. São Carlos: UFSCar, 1993.

33. FERREIRA, Maria Cristina. Nas trilhas do discurso: a propósito de leitura, sentido e interpretação. In: ORLANDI, Eni (org). *A leitura e os leitores*. Campinas: Pontes, 1998.

34. FERREIRA, Sílvia. A interação mãe-bebê: primeiros passos. In: WANDERLEY, Daniele de B (org.) *Palavras em torno do berço*. Salvador: Ágalma, 1997.

35. FREUD, Sigmund. Tres ensayos para una teoria sexual (1905). In: FREUD, Sigmund. *Obras Completas*. Madrid: Biblioteca Nueva, V. 2, 1996a.

36. _____. El "Moises" de Miguel Angel (1913-1914) In: FREUD, Sigmund. *Obras Completas*. Madrid: Biblioteca Nueva, V. 2, 1996b.

37. _____. Los instintos y sus destinos (1915). In: FREUD, Sigmund. *Obras Completas*. Madrid: Biblioteca Nueva, V. 2, 1996c.

38. _____. Mas allá del principio del placer (1920) In: FREUD, Sigmund. *Obras Completas*. Madrid: Biblioteca Nueva, V. 3, 1996d.

39. GUERCHFELD, Marcelo. Enfoques sobre a relação música e psiquiatria. *Em Pauta*. Porto Alegre, UFRGS, v. 1, n.1, p. 17-21, dez, 1989.

40. JERUSALINSKY, Alfredo. Como a linguagem é transmitida? *Psicanálise e clínica de Bebês*. Curitiba, Associação Psicanalítica de Curitiba, n. 4, p. 9-15, 2000.

41. _____. e cols. *Psicanálise e desenvolvimento infantil*. Porto Alegre: Artes e Ofícios, 1999.

42. JORGE, Ana Lúcia. *O acalanto e o horror*. São Paulo: Escuta, 1988.

43. KLAUS, Marshall; KLAUS, Phyllis. *O surpreendente recém-nascido*. Porto Alegre: Artes Médicas, 1989.

44. KOFMAN, Sarah. *A infância da arte*. Rio de Janeiro: Relume-Dumará, 1996.

45. KOHUT, Heinz. Observations of the psychological functions of music. *Journal of the American Psychoanalytic Association*. v. 5, n. 3, p. 389-407, 1957.

46. LACAN, Jacques. *O Seminário, livro 2: o eu na teoria de Freud e na técnica da psicanálise*. Rio de Janeiro: Jorge Zahar Ed., 1985.

47. _____. *O Seminário, livro 4: a relação de objeto*. Rio de janeiro: Jorge Zahar Ed., 1995.

48. _____. *O Seminário, livro 5: as formações do inconsciente*. Rio de Janeiro: Jorge Zahar Ed., 1999.

49. _____. *O seminário, livro 7: A ética da psicanálise.* Rio Janeiro: Jorge Zahar, 1988.

50. _____. *L'Identification*: Séminaire 1961-1962. Paris: Association Freudienne Internationale, 2000.

51. _____. *O Seminário, livro 11: os quatro conceitos fundamentais da psicanálise.* Rio de Janeiro: Jorge Zahar Ed., 1998a.

52. _____. O estádio do espelho como formador da função do eu tal como nos é revelada na experiência psicanalítica. *Escritos.* Rio de Janeiro: Jorge Zahar Ed., 1998b.

53. LAMBOTTE, Marie-Claude. Psicanálise e música. In: *Dicionário Enciclopédico de Psicanálise: o legado de Freud e Lacan.* Rio de Janeiro: Jorge Zahar Editor, 1996.

54. LAZNIK-PENOT, Marie-Christine. *Poderíamos pensar numa prevenção da Síndrome Autística?* In: WANDERLEY, Daniele de B (org.) Palavras em torno do berço. Salvador: Ágalma, 1997a.

55. _____.Por uma teoria lacaniana das pulsões. In: *Dicionário de Psicanálise*: Freud & Lacan. Salvador: Ágalma, 1997b.

56. _____. *Hacia el habla*: três niños autistas en psicoanálisis. Buenos Aires: Nueva Visión, 1995.

57. LAZNIK, Marie-Christine. A voz como primeiro objeto da pulsão. *Estilos da clínica.* São Paulo, USP-IP, vol.1, n° 1, p. 80-93, 1996.

58. LEBOVICI, Serge. *O bebê, a mãe e o psicanalista.* Porto Alegre: Artes Médicas, 1987.

59. _____. *Significado e função do brinquedo na criança.* Porto Alegre: Artes Médicas, 1985.

60. LECANUET, J.P.; GRANIER-DEFERRE, C.; JACQUET, A.Y.; DECASPER, A.J. Fetal Discrimination of Low-Pitched Musical Notes. *Developmental Psychobiology.* V. 36, n. 1, p. 29-38, 2000.

61. LECANUET, Jean-Pierre. Prenatal auditory experience. In: DELIEGE, Irene; SLOBODA, John (eds). *Musical beginnings*: origins and

development of musical competence. New York: Oxford University Press, 1996.

62. LIMA, Paulo Costa. The Brazilian Musical Libido. *Journal of the Psychoanalysis of Culture and Society*. V. 1, n. 1, p. 140-142, 1996.

63. _____. Música e psicanálise: uma bibliografia preliminar com 100 trabalhos de referência. *ART* 023, *Revista da Escola de Música e Artes Cênicas da Universidade Federal da Bahia*. Salvador, p. 39-51, 1995a.

64. _____. Música, um paraíso familiar e inacessível: uma serenata em 8 movimentos. *Percurso*. São Paulo, n. 15, p.55-64, 1995b.

65. MARTINS, Cyro. Criatividade. *Revista Brasileira de Psicanálise*. São Paulo, v. 5, n. 1/2, p. 14-42, 1971.

66. MIJOLLA, Alain de. En guise d'ouverture. In: CAÏN, J. et A.; ROSALOTO, G.; SCHAEFFER, P.; ROUSSEAU-DUJARDIN, J.; TRILLING, J. *Psychanalyse et musique*. Paris: Les Belles Lettres, 1982.

67. MOLINA, Silvia Eugênia. O sintoma do bebê. *Sintoma na infância*. Revista da Associação Psicanalítica de Porto Alegre, ano 7, n. 13, p. 15-19, 1997.

68. NEWMAN, Alexander. *Non-Compliance in Winnicott's Words*: A Companions to the work of D.W. Winnicott. New York: New York University Press, 1995.

69. OLIVEIRA, Alda. Fundamentos da educação musical. *Fundamentos da educação musical*. Porto Alegre, ABEM, p. 26-46, 1993.

70. ORLANDI, Eni. Introdução à leitura proposta e os leitores possíveis. In: ORLANDI, Eni (org). *A leitura e os leitores*. Campinas: Pontes, 1998.

71. _____. Discurso, imaginário social e conhecimento. *Em Aberto*, Brasília, ano 14, n.61, p. 53-59, jan/mar 1994.

72. OSTWALD, Peter. Music in the organization of childhood experience and emotion. In: WILSON, Frank; ROEHMANN, Franz. (ed) *Music and child development*: The biology of music making. Proceedings of the 1987 Denver Conference. St Louis, MMB Music, p.11-27, 1990.

73. OWENS, Lynne. The effects of music on the weight loss, crying, and physical movement of newborns. *Journal of Music Therapy*, v. 16, n° 2, p. 83-90, 1979.

74. PÊCHEUX, Michel. *O discurso: estrutura ou acontecimento*. Campinas: Pontes, 1997.

75. _____. *Semântica e discurso: uma crítica a afirmação do óbvio*. Campinas: Editora da UNICAMP, 1995.

76. _____. A análise de discurso: três épocas (1983) In: GADET, Françoise; HAK, Tony (orgs). *Por uma análise automática do discurso*. Campinas: Editora da UNICAMP, 1993a.

77. _____. Análise automática do discurso: In: GADET, Françoise; HAK, Tony (orgs). *Por uma análise automática do discurso*. Campinas: Editora da UNICAMP, 1993b.

78. PEREIRA, A.; ORTIZ, E.; BARBISAN, L.; MARTINS, L.; MUTTI, R.; LOPES, T. O discurso pedagógico: a presença do outro. *Letras: o discurso pedagógico - A presença do outro - Revista do Mestrado em Letras da UFSM* (RS), n° 12 (jan/jun), 1996.

79. PIKUNAS, Justin. *Desenvolvimento humano: uma ciência emergente*. São Paulo: McGraw-Hill do Brasil, 1979.

80. POCINHO, Margarida. *A música na relação mãe-bebê*. Lisboa: Instituto Piaget, 1999.

81. RASSIAL, Jean Jacques. Psicose na Adolescência. *Escritos da Criança*. Porto Alegre: Centro Lydia Coriat, n. 4, p. 80-96, 1996.

82. ROGERS, S. Theories of child developmental and musical ability. In: WILSON, Frank; ROEHMANN, Franz (ed) *Music and child development:* the biology of music making. Proceedings of the 1987 Denver Conference. St. Louis, MMB Music, p. 1-10, 1990.

83. RODULFO, Ricardo. *O brincar e o significante: um estudo psicanalítico sobre a constituição precoce*. Porto Alegre: Artes Médicas, 1990.

84. ROSA, Nereide S. S. *Educação musical para a pré-escola*. São Paulo: Ática, 1990.

85. SABBADINI, Andrea. On sound, children, identity and a "quite unmusical" man. *British Journal of Psychoterapy*. London, v. 14, n° 2, p. 189-195, 1997.

86. SADIE, Stanley (editor). Psychology of music. In: *The new grove dictionary of music and musicians*. London: Macmillan Publishers Limited, 1980.

87. SOUZA, Sandra P. Um lugar para falar... *Estilos da clínica*. São Paulo, USP-IP, vol.1, n° 1, p. 156-169, 1996.

88. STAHLSCHMIDT, Ana Paula M. Horror e humor na literatura infantil. *Correio da APPOA - Associação Psicanalítica de Porto Alegre*, Porto Alegre, ano XIII, n°153, nov 2006.

89. _____. M. A canção da pequena sereia: voz, melodias e encantamento, na constituição dos laços mãe-bebê. In: Léa Sales (Org.). *Pra quê esta boca tão grande? Questões acerca da oralidade*. Salvador: Agalma, 2005a, p. 75 - 83.

90. _____. M. Cantos e Encantos: sobre a música na voz e a voz na música. In: Esther Beyer. (Org.). *O som e a criatividade: reflexões sobre experiências musicais*. Santa Maria: Editora UFSM, 2005b, p. 71 - 90.

91. _____. A canção do desejo: compondo para um bebê que vai nascer. *Anais do VIII Encontro Anual da Associação Brasileira de Educação Musical*. Curitiba, ABEM, 1999a.

92. _____. Como situar a arte musical em uma sociedade? In: BEYER, Esther (org). *Idéias em educação musical*. Porto Alegre: Mediação, 1999b.

93. _____. *Brincando de fazer arte - a música e outras manifestações artísticas: a inserção social da criança com dificuldades de aprendizagem*. Dissertação de Mestrado. Porto Alegre: PUC, 1998.

94. _____. GOMES, Cristina P. de P. A música como forma de expressão de conflitos auxiliando no desenvolvimento da criança cega. *Caderno Científico da SPRGS*. Porto Alegre, SPRGS, p. 30-32, 1997.

95. STANDLEY, Jayne M; MOORE, Randall. Therapeutic Effects of Music and Mother´s Voice on Premature Infants. *Pediatric Nursing.* V. 21, n° 6, p. 509-512, nov-dez, 1995.

96. STEIN, Alexander. On Listening in music and psychoanalysis. *Journal for the Psychoanalysis of Culture & Society.* V. 5, n° 1, p. 139-144, 2000.

97. TEIXEIRA, Marlene. *Análise de discurso e psicanálise*: elementos para uma abordagem do sentido no discurso. Porto Alegre: EDIPUCRS, 2000.

98. _____. O "Sujeito" é o "Outro"? - uma reflexão sobre o apelo de Pêcheux à psicanálise. *Letras de Hoje.* Porto Alegre, v.32, n° 1, p.61-88, março 1997.

99. TOURINHO, Irene. Usos e funções da música na escola pública de 1° grau. *Fundamentos da Educação Musical.* Porto Alegre, ABEM, p. 91-133, 1993.

100. TREVARTHEN, Colwyn; AITKEN, Kenneth. Infant Intersubjectivity: Research, Theory, and Clinical Applications. *Journal of Child Psychobiology and Psychiatry and Allied Disciplines.* Cambridge University Press, v. 42, n° 1, p. 3-48, 2001.

101. WINNICOTT, Donald W. *El Hogar. Nuestro punto de partida*: ensayos de un psicoanalista. Buenos Aires: Paidós, 1996a.

102. _____. *Los procesos de maduracion y el ambiente facilitador*: estudios para una teoría del desarrollo emocional. Buenos Aires: Paidós,1996b.

103. _____. *Textos selecionados*: da pediatria à psicanálise. Rio de Janeiro: Francisco Alves Editora, 1993.

104. _____. *O gesto espontâneo.* São Paulo: Martins Fontes, 1990.

105. _____. *O brincar e a realidade.* Rio de Janeiro: Imago, 1975.

106. YOUNG, Susan. Contributions to an Understanding of the Music and Movement Connection. *Early Child Developmental and Care.* Amsterdam, Gordon and Breach Science publishers SA, v. 115, p. 1-6, 1996.